JN252494

韓愈詩訳注

第二冊

川合康三
緑川英樹 編
好川聡

研文出版

韓愈詩訳注　第二冊　目次

凡例

訳注

凡例

一、韓愈の詩を銭仲聯『韓昌黎詩繫年集釈』（上海古籍出版社、一九八四年）に従って配列し、全作品について解題、訓読、校勘、訳、注を施した。銭氏の繫年に同意できない場合も、閲覧の便を優先して配列は動かさない。本冊にはその巻三から、巻五の118「城南聯句」までの詩を収める。

二、『韓昌黎詩繫年集釈』の配列に依った作品番号を作成し、詩題の冒頭に算用数字で示した。

三、本文には、テキストとしての通行性の高さを考慮して、南宋・廖瑩中の世綵堂本『昌黎先生集』（蟫隠廬印行宋刊孤本之三、民国十七年［一九二八］）を用いた。

四、校勘には、以下の諸本を参照した。括弧内に本文中に記される略称を記す。

潮本『昌黎先生集』（潮本）

祝充『音註韓文公文集』（祝本）

文讜・王儔『新刊経進詳註昌黎先生文』（文本）

南宋蜀本『昌黎先生文集』（蜀本）

魏仲挙『新刊五百家註音辯昌黎先生文集』（魏本）

王伯大『朱文公校昌黎先生文集』（王本）

銭仲聯『韓昌黎詩繫年集釈』（銭本）

五、漢字については、原文は旧字体、その他は原則として通行の字体を用いた。ただし、訓読や訳文でも、「藝」、「辯」、「堯」、「龍」など、旧字体を用いた漢字もある。

六、異体字については、原則として『新字源』（角川書店、一九九四年改訂版）に別体と記される漢字は、原文・校勘にその字体を用いた。俗字や古字と記される漢字は、原文では親字に改めた。

七、訓読の仮名遣いは、原則として新仮名遣いによった。

八、語注に韓愈の詩を引いたときは作者名を省略し、作品番号を記した。

九、語注の末尾に詩型・押韻を記した。押韻には『広韻』の韻目を記し、許容される韻にまたがる場合は「同用」、それ以外にわたる場合はすべて「通押」とした。あわせて「平水韻」の韻目も記した。また、韻字のルビは漢音に統一して記した。

十、各詩の末尾に担当者の氏名を記した。

韓愈詩訳注　第二冊

077

八月十五夜贈張功曹

八月十五の夜　張功曹に贈る

永貞元年（八〇五）八月、郴州（湖南省郴州市）で張署とともに、新帝即位に伴う恩赦によって新たな辞令を受けた。朝廷復帰の期待ははずれ、不満をかこつ張署に対して、まずは中秋の月を愛でて酒を酌みながら楽しもうとうたう。中間に張署が不本意を歎く歌を挟んで、韓愈はそれを慰撫するかたちを取るが、張署の思いは実は韓愈の思いでもある。とはいえ、詩は嗟嘆を美しい明月に包んで優美な趣きにまとめる。

1　077　八月十五夜贈張功曹

1　纖雲四卷天無河　　繊雲　四もに巻きて　天に河無く
2　清風吹空月舒波　　清風　空を吹きて　月は波を舒ぶ
3　沙平水息聲影絕　　沙平らかに水息みて　声影絶ゆ
4　一杯相屬君當歌　　一杯　相い属す　君　当に歌うべし
5　君歌聲酸辭且苦　　君の歌は声酸にして　辞は且つ苦し
6　不能聽終涙如雨　　聴き終うる能わずして　涙　雨の如し
7　洞庭連天九疑高　　洞庭　天に連なりて　九疑高く
8　蛟龍出沒猩鼯號　　蛟龍　出没して　猩鼯は号ぶ
9　十生九死到官所　　十生九死にして　官所に到り

10 幽居默默如藏逃
11 下牀畏蛇食畏藥
12 海氣濕蟄熏腥臊
13 昨者州前搥大鼓
14 嗣皇繼聖登夔皋
15 赦書一日行萬里
16 罪從大辟皆除死
17 遷者追迴流者還
18 滌瑕蕩垢朝清班
19 州家申名使家抑
20 坎軻秖得移荊蠻
21 判司卑官不堪說
22 未免捶楚塵埃間
23 同時輩流多上道
24 天路幽險難追攀
25 君歌且休聽我歌
26 我歌今與君殊科
27 一年明月今宵多
28 人生由命非由他

幽居默默として　蔵逃するが如し
牀より下れば蛇を畏れ　食には薬を畏る
海気湿蟄として　熏い腥臊たり
昨者　州前に大鼓を搥ち
嗣皇　聖を継ぎて　夔皋を登す
赦書　一日に万里を行き
罪の大辟に従うは皆な死を除かる
遷者は追迴して　流者は還す
瑕を滌い垢を蕩ぎて　清班を朝す
州家　名を申ぶるも　使家抑う
坎軻　秖だ荊蛮に移るを得しのみ
判司は卑官にして　説うに堪えず
未だ捶楚を塵埃の間に免れず
同時の輩流　多く道に上るも
天路は幽険にして　追攀し難し
君の歌　且く休めて　我が歌を聴け
我が歌は今　君と科を殊にす
一年の明月　今宵多し
人生　命に由る　他に由るに非ず

29 有酒不飲奈明何　　酒有るも飲まざれば　明を奈何せん

［校勘］

11「藥」　文本作「毒」。
13「搥」　文本、王本作「槌」。
16「死」　文本、蜀本作「徙」。
17「迴」　文本、蜀本、魏本、王本作「廻」。
18「朝清」　潮本、祝本、文本、魏本作「清朝」。
20「秖」　祝本、文本、王本作「秪」。銭本作「祇」。
21「卑官」　魏本作「官卑」。
22「捶」　魏本作「棰」。
25「聽」　文本作「歌」。
26「歌今與君」　潮本、祝本、蜀本、魏本作「今與君豈」。
27「明月」　潮本、祝本、魏本作「月明」。
「宵」　祝本、魏本作「霄」。

八月十五日の夜、張功曹に贈る

薄雲が四方に巻き収められ、空には天の河も見えない。涼しい風が虚空を吹き抜け、月は光の波をあたりに拡げる。

岸辺の砂は平らに広がって水音も止み、あたりには音も姿もなく潜まりかえる。一杯の酒を君に勧めよう、どうか歌ってくれたまえ。

君の歌は声は凄惨、言葉もまた痛々しい。聴き終えることもできず、涙が雨と流れる。

「洞庭湖は天にそのまま連なり、九疑山は高くそびえる。蛟(みずち)や龍が出没し猩猩(しょうじょう)や鼯鼠(むささび)が雄叫びをあげる。

九死に一生を得て役所までたどり着き、世間から逃げ隠れるかのように、ひっそり息を詰めた暮らし。

牀を降りれば蛇を畏れ、食べ物には毒に怯える。海の大気は湿気を帯び、生臭さが鼻につく。

先日、庁舎の前で大太鼓を打ち鳴らしておふれがあり、世継ぎの天子が位を嗣いで夔(き)や皋陶(こうよう)のような賢臣を取り立てたという。

恩赦の書面は一日に一万里を駆け抜け、罪人は大罪に処せられる者はみな死を減じられた。

左遷された者は呼びもどされ、流罪を受けた者は都に返され、罪過は洗い流して潔白な身で朝廷に列することになった。

州の刺史はわたしの名前を挙げてくれたのに、節度使が抑えつけ、浮かばれぬまま未開の地荊州(けいしゅう)に量移されただけだ。

州の属僚など低い官で話にならぬ。塵あくたのなかで笞打ちを食らうことからも逃れられない。

同期の仲間は次々出世、だのに朝廷に上る道は険しくて追いすがるすべもない」。

君の歌はそこまでとして、わたしの歌を聴いてくれたまえ。わたしが歌うのは、今、君とは趣きが違う。

一年のなかで明月、今宵ほど明るい夜はない。人生はすべては運命しだい、ほかの理由はない。酒があるのに飲まないなんて、この明月がもったいないではないか。

0張功曹　張署（七五八―八一七）を指す。韓愈と同じく監察御史から左遷され、臨武県（湖南省臨武県）の県令になっていたが、憲宗即位の恩赦によって韓愈は江陵府法曹参軍、張署は江陵府功曹参軍に任じられた。056「張十一功曹に答う」第0句注参照。　**1・2天無河**　曹操「短歌行」（『文選』巻二七）に「月明らかに星稀に」というように、満月が明るくて天の河が見えない。　**舒波**　月光を敷き拡げる。「波」は月光を喩える。『漢書』礼楽志二「郊祀歌」第十一章に「月は穆穆として金波を以てす」、顔師古注に「言うこころは月光は穆穆（優美なさま）として、金の波流の若きなり」。二句は、傅玄「雑詩」（『文選』巻二九）と表現が重なるところがある。「清風何ぞ飄颻たる、微月　西方に出ず。……纖雲　時に髣髴たり、渥露（しとどに降りた露）我が裳を沾らす」。　**3声影絶**　人影も見えず物音も聞こえない。　**4相属**　相手に勧める。　**当歌**　曹操「短歌行」に「酒に対して当に歌うべし、人生幾何ぞ」。　**5声酸**　歌声が痛ましい。　**6涙如雨**　『詩経』邶風・燕燕に「泣涕（涙）は雨の如し」。

7　以下、第24句までは張署に成り代わって、ここまでの苦難を語る。「洞庭」は洞庭湖。「九疑」は九疑山。ともに061「恵師を送る」第67、71句注を参照。　**8**　「蛟龍」は龍の類、「猩鼯」は猩猩とムササビの類の動物。不気味な動物たちが活動していると異土の違和感をいう。韓愈「河南の張員外（張署）を祭る文」に「我は陽山に落ち、以て鼯猱に尹たり（ムササビや猿の長官となっている）、君は臨武に飄い、山林に之れ牢せらる」。　**9十生九死**　死ぬ可能性が九割。賈誼『新書』匈奴に「十死一生なるも、彼は必ず将に至らんとす」の「十死一生」と意味は同じ。　**官所**　役所。張署がいた臨武県の庁舎を指す。　**10蔵逃**　逃げ隠れる。　**12海気**　海辺の地の空気。　**湿蟄**　しめって陰気なさま。畳韻の語。『洛陽伽藍記』巻二・城東に、江左の地について「地は湿蟄多し」。　**熏腥臊**　「熏」は臭い。「腥臊」は生臭い。双声の語。　**13昨者**　近い過去を表す。　**州前**　「州」はここでは郴州の庁舎。　**搥大鼓**　重要なお達しを知らせる合図。　**14嗣皇継聖**　次の皇帝が帝位を継承する。順宗に代わって憲宗が即位したことをいう。068「県斎にて懐い有り」に「嗣皇　新たに明を継ぐ」というのは徳宗に代わって順宗が即位したことを指す。その第65句注参照。**夔皋**　舜の賢臣である夔と皋陶。皋陶は068「県斎にて懐い有り」にも「事業　皋稷（皋陶と后稷）を窺う」と見える。**15赦書**　新帝の即位に伴う恩赦の勅書。**一日行万里**　110「張徹に答う」に「赦行くこと五百里」。恩赦をもたらしたのは憲宗の即位と解したが、この詩は八月十五日の作なので、八月五日の即位から十日を要せずに届いたことになる。これを順宗の即位による恩赦と捉えると、「一日行万里」がたとえレトリックであるにしても通達の速さを言うのと齟齬する。**16**　この時の恩赦の布告は韓愈『順宗実録』巻五に、「貞元二十一年八月五日昧爽自り已前、天下の応に死罪を犯すべきもの、特に降して流（流罪）に従い、流已下は逓いに一等を減ず」。**大辟**　大きな辟の意で、死罪を婉曲にいう。『礼記』文王世子に「其の死罪は則ち曰く、某の罪　大辟に在りと」。**除死**　死罪を免除される。『左伝』昭公二十年に「臣は戻を免れざらんことを懼るも、請う　以て死を除かれんと」。**17遷者**　遠方の地に左遷された者。**追迴**　あとから改めて呼びもどす。召還する。**流者**　流罪にされた者。**18滌瑕蕩垢**　罪を洗い流す。068「県斎にて懐い有り」に「惟だ思う　瑕垢を滌ぎ、長く去りて桑柘（農業）を事とせんと」。その第67句注参照。**朝清班**　潔白な官員として朝廷に参内する。「班」は朝臣の班列。**19州家**　州刺史を意味する俗語。ここでは郴州刺史の李伯康を指す。**申名**　朝廷に復帰を許す名簿のなかに名前が記されている。**使家**　節度使を意味する俗語。湖南観察使の楊憑を指す。**20坎軻**　不本意なさま。双声の語。「古詩十九首」其四（『文選』巻二九）に「為す無かれ　窮賤を守り、轗（坎）軻　長えに苦辛するを」。**移**　量移。罪を軽減する。**荊蛮**　荊州（江陵）を指す。「蛮」をつけて蔑視の意を示す。『詩経』小雅・采芑に「蠢爾たる（虫のようにうごめく）蛮荊」。**21判司**　府や州の諸曹参軍（属官）の総称（『通典』巻三三・職官一五・総論郡佐）。張署の任じられた江陵府の功曹参軍を指す。**22捶楚**　むち打ちの刑。「捶」は打つ。「楚」はむち。唐代、官人でも地位低ければむち打ちを免れなかったことは、杜甫「高三十五書記（高適）を送る十五韻」に「身を簿尉の中より脱し、始めて捶楚と辞す」、杜牧「冬至の日、小姪（おい）の阿宜に寄す」詩に「参軍と県尉と、……笞箠（むち）身に瘡満つ」などと見える。23**輩流**　同輩。『魏書』宋弁伝に「輩流　及ぶ莫く、名は朝野に重し」。**上道**　恵まれた官途に登る。24　この句までが張署の立場の言辞。**天路**　朝廷に登る道。**幽険**　遠く険しい。『楚辞』離騒に「路幽昧にして以て険隘なり」。**追攀**　あとを追って登る。26**殊科**　種類を異にする。『漢書』公孫弘伝に、公孫弘を讃えた詔を引いて「内に富厚にして外に詭服を為して（心にもないことを口にする）以て虚誉を釣る者と科を殊にす」。27　一年のなかで今宵、中秋の月こそ、とりわけ明るい。白居易「前庭の涼夜」詩に「坐して愁う　樹葉落ち、中庭に明月多きを」。28　張署を慰める立場にまわって、運命に素直に従おうと語る。29　酒を飲み、中秋の月を存分に味わおうの意。「明」は満月の明るさ。のちに蘇軾「赤壁の賦」が、限りある生のなかで悲観に陥ることなく、今、享受できる「江上の清風、山間の明月」を精一杯楽しもうと述べるのに連なるところがある。

詩型・押韻　七言古詩。換韻して以下の六種の韻を用いる。（1）下平七歌（河・歌）と八戈（波）の同用。平水韻、下平五歌。（2）上平九虞（雨）と十姥（苦）の同用。平水韻、上平七虞。（3）下平六豪（高・号・逃・臊・皐）。平水韻、下平四豪。（4）上声五旨（死）と六止（里）の同用。平水韻、上声四紙。（5）上平二十七刪（還・班・蛮・攀）と二十八山（間）の同用。平水韻、上平十五刪。（6）最初の韻にもどって、下平七歌（歌・多・他・何）と八戈（科）の同用。平水韻、下平五歌。

（川合康三）

078 譴瘧鬼　瘧鬼を譴む

永貞元年（八〇五）の秋、郴州（湖南省郴州市）から江陵（湖北省荊州市）へと向かう途上の作とされる。のちに112「納涼聯句」で「痟飢　夏に尤も甚だしく、瘧渇　秋に更に数しばなり」と回顧されるのはこの時の状況であろう。後半で『楚辞』が強く意識されているのも、その舞台となった地方を通過していた状況を反映すると考えられる。邪鬼を祓う祝詞は、『文心雕龍』祝盟に「黄帝に『祝邪』の文有り、東方朔に『罵鬼』の書有るが如きに至り、是に於いて後の譴呪は、善罵に務む」と取り上げられている。ただし、この作品では題材として用いるのみであり、祝詞の形式にのっとるものではない。詩において瘧鬼に触れる例は、杜甫「彭州高三十五使君適……に寄す三十韻」の「三年　猶お瘧疾、一鬼　銷亡せず」を除き、韓愈以前にはほとんど見られない。現実の苦難について、それを引き起こしている鬼神に対して呼びかけるスタイルで諧謔的に述べるという構造は、同じく韓愈の「窮（貧乏神）を送る文」を想起させる。

1 屑屑水帝魂　屑屑たる水帝の魂
2 謝謝無餘輝　謝謝として余輝無し
3 如何不肖子　如何ぞ不肖の子
4 尚奮瘧鬼威　尚お瘧鬼の威を奮う

5　乗秋作寒熱　　秋(あき)に乗(じょう)じて寒熱(かんねつ)を作(な)し
6　翁嫗所罵譏　　翁嫗(おうう)に罵譏(ばき)せらる
7　求食歐泄閒　　食(しょく)を欧泄(おうせつ)の間(かん)に求(もと)め
8　不知臭穢非　　臭穢(しゅうあい)なるや非(いな)やを知(し)らず
9　醫師加百毒　　医師(いし)は百毒(ひゃくどく)を加(くわ)え
10　熏灌無停機　　熏灌(くんかん)して機(き)を停(とど)むる無(な)し
11　灸師施艾炷　　灸師(きゅうし)は艾炷(がいしゅ)を施(ほどこ)し
12　酷若獵火圍　　酷(こく)なること猟火(りょうか)の囲(かこ)むが若(ごと)し
13　詛師毒口牙　　詛師(そし)は口牙(こうが)を毒(どく)し
14　舌作霹靂飛　　舌(した)は霹靂(へきれき)の飛(と)ぶを作(な)す
15　符師弄刀筆　　符師(ふし)は刀筆(とうひつ)を弄(もてあそ)び
16　丹墨交橫揮　　丹墨(たんぼく)　交横(こうおう)に揮(ふる)う

［校勘］

7「歐泄」　潮本、祝本、文本、魏本作「嘔洩」。
10「熏」　祝本、文本、銭本作「薰」。
11「灸」　魏本作「炙」。

疫病神をとがめる

あくせくと落ち着かぬ水帝の御霊(みたま)は、すごすごと退いてのこる威光もない。

何としたことか、その不肖の子が、今なお疫病神として猛威を振っている。

秋の季節に乗じて寒気(さむけ)と発熱を引き起こし、じいさんばあさんにどやされる。

反吐(へど)や汚穢(おわい)の中に餌を求め、臭く汚ならしいものかどうかもおかまいなし。

医者はあらゆる劇薬を与え、燻(いぶ)したり水を注いだり施術の手を停めることはない。

灸師はもぐさで灸をすえ、その凄まじさは火をかけて猟の獲物を囲いこむようなありさま。

まじない師は口を動かしまくしたて、その舌は雷鳴を轟かせる。

符術師は筆を振るって、朱墨を縦横無尽に書きつける。


全体を二段に分ける。第一段では、瘧鬼によって人々が苦しむ中、それを治療するために医者や呪術者が力を尽くすさまを描く。

0譴瘧鬼　「譴」は罪を咎める。『文心雕龍』祝盟に「後の譴呪は、善罵に務む」（解題参照）。「瘧鬼」は、おこりの病をもたらす悪鬼。災いをもたらす鬼神を追い払う儀式は、「儺(だ)」（おにやらい）として『論語』郷党や『周礼』夏官司馬・方相氏などに見え、唐代の宮中でも行われていた。この瘧鬼を五帝の一人である顓頊(せんぎょく)の子とする伝承が広く行われており、張衡(ちょうこう)「東京の賦」（『文選』巻三）の李善注などが引く『漢旧儀』には「昔　顓頊氏の三子有り、已にして疫鬼と為る。一は江水に居りて瘧鬼と為る」といい、それらが「儺」において追い払われることが述べられる。　1　顓頊が子の瘧鬼の悪さのために落ち着かぬことをいう。屑屑　心穏やかならぬさま。『方言』巻一〇に「屑屑は安んぜざるなり」。水帝　顓頊のこと。五行説では北方・水に配当される。『淮南子』天文訓「北方は水なり。其の帝は顓頊」。　2謝謝　畳字で用いられることは少ないが、辞去するさまを表す。

余輝　日没後にのこる光。ここでは後世に伝わる帝の遺徳をいう。西晋・張華「晋中宮所歌」（『楽府詩集』巻一三）に「遺栄　日月に参じ、百世　余暉（輝）を仰ぐ」。3不肖子　父祖に似ず、愚かな子。「瘧鬼」が顓頊の子であるという伝承を踏まえる。別系統の伝説ではあるが、『左伝』文公十八年にも「顓頊氏に不才の子有り」と見える。5「瘧」は秋に流行し、悪寒と発熱が代わる代わる生じる病とされる。乗秋　『周礼』天官冢宰・疾医に「四時皆な癘疾有り。……秋時には瘧寒の疾有り」。作寒熱　『説文解字』疒部に「瘧は寒熱休作の病」、段玉裁注に「寒と熱と一に休み一に作り相い代わるを謂うなり」。7病気の広まりを、鬼が貪欲に食を求めることによって描く。欧泄　吐瀉物と排泄物。『漢書』厳助伝上に、南方の気候について「夏月暑時、欧泄霍乱の病　相い随い属くなり」と記す。8句末に否定詞を置く反復疑問の形式。9以下八句にわたって、四人の「師」が瘧に対処する様子が諧謔的に並べて描かれる。「医師」と「灸師」は医学的治療、「詛師」と「符師」が呪術的治療と言える。中国では古来両者の職を区別しながらも、医療においてはその双方の関与が認められていた。『旧唐書』職官志三には、医療をつかさどる太医署に医師・針師・按摩師・呪禁師の四科があったことを記す。百毒　この「毒」は毒ともなりうる強い薬をいう。『周礼』天官冢宰・医師に「毒薬を聚めて以て医事に共（供）す」。10熏灌　「熏」は煙でいぶす。「灌」は水を注ぎこむ。鬼を追い出す医療行為をいう。『韓非子』外儲説右上に、やしろに住み着いた鼠を追い出す難しさを述べて「之を燻せば則ち木を焚かんことを恐れ、之に灌げば則ち塗（塗り壁）の阤れんことを恐る」。停機　通常は陰陽や天文の運動の動きが止まる意味で用いられる。唐・王勃「劉右相に上る書」に「風伯（風の神）機を停むれば、大鵬垂天の翼を鎩う」。ここではわざと重々しい表現を用いることで諧謔を加えている。11艾炷　「炷」は灯心のことで、円錐形・円筒形にした艾の中心に火をつけたもの。『魏書』李洪之伝に「疹疾して灸療するに、艾炷の囲むこと将ぼ二寸、首足十余処、一時倶に下る」。12猟火囲　灸が盛んに燃えるさまを、巻狩りで火を用いて獲物を追い立てることに喩える。13詛師　「詛」

は祈禱。**毒口牙**　口をはたらかせること。『周易』師・彖伝に「此を以て天下を毒して、民　之に従う」、王弼注に「毒は猶お役（使役する）のごときなり」。あるいは毒々しい呪詛の言葉を口にして鬼神を祓うことをいうか。**14霹靂**　激しい雷鳴を表す畳韻の語。詛師がまじないを唱える様子の激しさを喩える。**15符師**　呪文を用いる詛師に対し、霊符を用いて呪術を行う者。**刀筆**　筆記具。簡牘に筆写していた時代、誤字を削るのに刀を用いたことによる。**16**　朱字・墨字を用いて霊符を筆写することをいう。霊符の作成には朱筆が用いられることが多い。『後漢書』方術伝下に「河南に麴聖卿有り、善く丹書符劾（鬼神を降伏させる札）を為り、鬼神を厭殺して之を使命す（使役命令する）」。**交横**　縦横に交差する。阮籍「詠懐詩十七首」其十二（『文選』巻二三）に「走獣　交横して馳せ、飛鳥　相い随いて翔る」。

17 咨汝之冑出　　咨　汝の冑出たるや
18 門戸何巍巍　　門戸　何ぞ巍巍たる
19 祖軒而父頊　　軒を祖として頊を父とし
20 未沬於前徽　　未だ前徽を沬めず
21 不修其操行　　其の操行を修めず
22 賤薄似汝稀　　賤薄なること汝に似たるは稀なり
23 豈不忝厥祖　　豈に厥の祖を忝めざらんや
24 靦然不知歸　　靦然として帰するを知らず
25 湛湛江水清　　湛湛として江水清し
26 歸居安汝妃　　帰居して汝の妃を安んぜよ

27 清波爲裳衣
28 白石爲門畿
29 呼吸明月光
30 手掉芙蓉旂
31 降集隨九歌
32 飲芳而食菲
33 贈汝以好辭
34 出汝去莫違

清波(せいは)　裳衣(しょうい)と為(な)し
白石(はくせき)　門畿(もんき)と為(な)す
明月(めいげつ)の光(ひかり)を呼吸(こきゅう)し
手(て)に芙蓉(ふよう)の旂(はた)を掉(ふる)う
降集(こうしゅう)して九歌(きゅうか)に随(したが)い
芳(ほう)を飲(の)みて菲(ひ)を食(く)らう
汝(なんじ)に贈(おく)るに好辞(こうじ)を以(もっ)てす
出(い)でよ　汝(なんじ)　去(さ)りて違(たが)うこと莫(な)かれ

〔校勘〕

20「沫」　潮本作「味」。文本作「法」。蜀本、銭本作「沫」。

21「修」　蜀本作「脩」。

34「出」　潮本、祝本、文本、魏本、銭本作「咄」。

「違」　祝本作「遲」。


ああ、お前の世系を見れば、家柄は何とも偉大なものではないか。黄帝を祖先とし顓頊(せんぎょく)を父とする、それら先代の遺徳はいまだに輝き衰えぬ。品行を正そうともせず、お前のような行い賤しく徳薄きものは他に類を見ない。きっとその祖先の名を汚すことになるのではないか。恥ずかしげもなく、収まるべきところも分からずにいる。

深く水をたたえた長江は澄みわたっている。その住まいにもどりお前の妃を安心させよ。

清らかな波を着物とし、白い石を敷居とする。

明月の光を呼吸して、蓮の旗を手に振るう。

地に下り来たって「九歌」の調べに身を任せ、かぐわしき草花を飲食する。

お前によきことばを贈ろう。出でよ、お前はここから去って、もう逆らうことのないように。


第二段では、瘧鬼に対し、五帝であるその父祖を恥ずかしめず、本来の住処に帰ることを呼びかける。『楚辞』の語彙が列挙されるが、これは『楚辞』離騒に「帝高陽（顓頊の名）の苗裔」とあり、瘧鬼の父とされる顓頊が楚人の祖先とされていたことを踏まえる。

17咨　『尚書』に見える詠嘆の語。鬼神への呼びかけとして古めかしい言い回しを用いる。　冑出　血筋の出るところ。　18巍巍　高く大きいさま。『論語』泰伯に「大いなるかな、尭の君為るや、巍巍乎として唯だ天を大と為す」とあるのを踏まえ、その王統の偉大さを表す。　19　顓頊は黄帝の孫であるため、瘧鬼もその子孫ということになる。「軒」は軒轅。黄帝のこと。「頊」は顓頊。『史記』五帝本紀に「帝顓頊高陽なる者は、黄帝の孫にして昌意の子なり」。　20未沫　まだ終わっていない。『楚辞』離騒に「芳は菲菲（香気のたちこめるさま）として虧け難く、芬は今に至るまで猶お未だ沫まず」。王逸注に「沫は已むなり」。　前徽　「徽」は善美。父祖の美徳をいう。劉孝標「重ねて劉秣陵沼に答うる書」（『文選』巻四三）に「余　其の音徽の未だ沫まずして其の人已に亡きを悲しむ」。　22賤薄　徳薄く人品賤しいこと。　23不忝厥祖　「忝」ははずかしめる。『尚書』太甲上に「辟たらざれば、厥の祖を忝む」。　24靦然　恥ずかしげもないさま。　25・26　以下、これまでの譴責の口調から一転し、『楚辞』の神のモチーフを用いて、瘧鬼に良き神へともどることを呼びかける。　湛湛江水　『楚辞』

招魂に「湛湛たる江水、上に楓有り」。「湛湛」は水を深くたたえたさま。「江水」には瘧鬼のすみかがあるとされた。第0句注の『漢旧儀』にも「一は江水に居りて瘧鬼と為る」。**汝妃**　「妃」は身分の高い者の妻の呼称。『楚辞』九歌・湘夫人などの河川の神女が瘧鬼の妻として想定されている。**27清波**　清潔な水流。**裳衣**　上下の衣服。『楚辞』離騒に「芰荷を製ちて以て衣と為し、芙蓉を集めて以て裳と為す」。**28白石**　流れに洗われて白くなった石。『詩経』唐風・揚之水に「揚の水、白石鑿鑿たり」。**門畿**　戸の敷居。「畿」は境目。**29**嵆康「琴の賦」（『文選』巻一八）に「天地の醇和（純正な和気）を含み、日月の休光（美しい輝き）を吸う」。**30掉**　大きく揺らす。**芙蓉旂**　蓮の花の旗。香草を旗とする例として、『楚辞』九歌・湘君に「蓀（香草の名）の橈（櫂）蘭の旌（はた）」。**31降集**　地上に降臨する。『漢書』郊祀志下に「鳳皇・神爵（雀）・甘露　京師に降集し、天下に赦す」。**九歌**　『楚辞』の九歌を指す。王逸の序に「其の祠には必ず歌楽鼓舞を作し以て諸神を楽しましむ」というように、九歌はもと神々に奉納された歌であると考えられていた。**32**『楚辞』離騒「朝には木蘭の墜露を飲み、夕べには秋菊の落英を餐う」のように、香草を飲食することをいう。「芳」はよい香、「菲」はその香しいさま。第7句に対応する。離騒や九歌の中には「芳は菲菲として」という表現が複数見える（第20句注参照）。

33好辞　良い言葉。言葉を贈ることは君子の行いとされる。『荀子』非相に「故に人に贈るに言を以てするは、金石珠玉よりも重し」。**34出**　「咄」に作るテキストも多い。その場合は、呼びかけや言い出しの声。**違**　背く、逆らう。あるいは「回」に通じるとして、「もうもどることのないように」とも読める。

詩型・押韻　五言古詩。上平八微（輝・威・譏・非・機・囲・飛・揮・巍・徽・稀・帰・妃・畿・旂・菲・違）。平水韻、上平五微。

（鈴木達明）

079

湘中酬張十一功曹　湘中にて張十一功曹に酬ゆ

永貞元年（八〇五）、郴州（湖南省郴州市）での作。憲宗即位による恩赦で江陵府（湖北省荊州市）法曹参軍に移される際、同じく江陵府功曹参軍に移された張署から贈られた詩に答え、喜びをうたう。

1 休垂絶徼千行涙　垂るるを休めよ　絶徼　千行の涙
2 共泛清湘一葉舟　共に泛べん　清湘　一葉の舟
3 今日嶺猿兼越鳥　今日　嶺猿と越鳥と
4 可憐同聴不知愁　憐れむべし　同じく聴くも愁いを知らず

［校勘］

0 「酬」　魏本作「醻」。

湘中にて張十一功曹に答える

絶域の地を悲しんだ千行の涙はもう流すまい。君とともに清き湘水に一葉の舟を浮かべよう。

今日聞く山の猿と越の鳥の声は胸に染みこみ、ああ、同じ声なのに悲しみを覚えはしない。

0湘中　ここでは郴州を指す。郴州は湘水流域にあった。**張十一功曹**　張署。056「張十一功曹に答う」第0句注参照。**1絶徼**　辺境の地。「徼」は境界。『漢書』佞幸伝・鄧通の顔師古注に「徼は猶お塞のごときなり。東北　之を塞と謂い、西南　之を徼と謂う」。**2**　二人の新たな赴任地である江陵へは、湘水を舟で下って向かった。**清湘**　湘水。湖南省を北に流れて洞庭湖に注ぐ。「湘中記」（『藝文類聚』巻八・水部・総載水）に「湘水は至って清し。深さ五六丈と雖も、底を見ること了了（はっきり）たり」。**3・4**「嶺猿」は嶺南地方の猿、「越鳥」は同じく越地方の鳥。いずれも南方の辺境の地での旅愁や、左遷の悲しみを想起させるもの。ここでは、その鳴き声を聞いても悲しみが湧かないということで、恩赦の喜びを表現する。同じ鳥の声が状況によって変わって聞こえる例として、白居易「早鶯を聞く」詩に「鳥の声は信に一の如きも、分別するは人の情に在り」。白居易詩では、朝廷で聞いた鶯と流謫の地のそれを比べる。陽山県へ左遷される途上の作である058「同冠峡に次る」に「心の嶺北を思う無し、猿鳥　相い撩する（心を揺さぶる）莫かれ」。**兼**　並列を表す。**可憐**　強く心を惹かれる。

詩型・押韻　七言絶句。下平十八尤（舟・愁）。平水韻、下平十一尤。

（二宮美那子）

080　郴口又贈二首　郴口にて又た贈る　二首

前の079「湘中にて張十一功曹に酬ゆ」に続けて張署に宛てた詩で、永貞元年（八〇五）、郴州（湖南省郴州市）

出発後まもなく、州境内の河川の合流地点で作られた。帰途に就いた晴れやかな気分が、簡潔な情景描写によって表されている。

（其二）

1　山作劍攢江寫鏡　　山は剣の攢まるを作し　江は鏡を写す
2　扁舟斗轉疾於飛　　扁舟　斗ち転りて　飛ぶよりも疾し
3　迴頭笑向張公子　　頭を廻らして張公子に笑う
4　終日思歸此日歸　　終日帰るを思いて　此の日　帰る

［校勘］

1「寫」　潮本、祝本、文本、蜀本、魏本作「瀉」。
3「迴」　文本作「回」。蜀本、魏本、王本作「廻」。

郴口にてさらに贈る　二首

その一

山は剣を束ねたような形、川は鏡のように辺りの景物を写す。ひとひらの舟はふいに向きを変えると飛ぶように速くなった。

振り返って張の若様に微笑む。くる日もくる日も帰りを思ってきたが、今日この日に帰るのだ。

0郴口　地名。郴江と耒水（ともに湖南省を北に流れる川）の合流点にあたる。「口」は河口の意。『水経注』巻三九・耒水に「黄水（郴江の別名）又た北に流れて耒水に注ぐ、之を郴口と謂う」。　**1剣攢**　「攢」は多くの物が一所に集まること。鋭く切り立った山が束ねた剣のごとく集まる。南方の山並を同様に形容したものに、柳宗元「浩初上人と同に山を看　京華の親故に寄す」詩の「海畔　尖山は剣鋩（剣の先端）に似、秋来　処処　愁腸を割く」。　**江写鏡**　川面が鏡のように景物を映し出す。唐・武平一「韋嗣立の山荘に幸するに和し奉る　侍宴応制」詩に「円塘（丸い池）　水は鏡を写し、遥樹　雪は春と成る」。なお、「瀉」に作れば注ぎこむの意。　**2**　船の飛ぶがごとき速度は、一刻も早い到着を願う、はやる心の比喩でもある。舟の速さを空中の飛行に喩えたものとして、陶淵明「帰去来の辞」（『文選』巻四五）に「舟は遥遥として以て軽く颺がる（舞い上がる）」。　**扁舟**　広大な水面にぽつんと浮かぶ小舟。『史記』貨殖列伝に「范蠡……乃ち扁舟に乗り、江湖に浮かぶ」。　**斗転**　「斗」は「阧」「陡」に通じる。にわかに、知らぬ間に。「転」は舟が向きを変えること。郴江が耒水に合流し、進行方向が変わるのをいう。　**3張公子**　張署を指す。「公子」は本来、諸侯の子の意。ここでは親愛の情をこめた呼び方。心ならずも中央を離れて僻地に留まり、帰りを待ちわびていた張署をからかい、諧謔味を出している。　**4終日**　ずっと。長い間。『史記』扁鵲伝に、中庶子（諸侯の庶子に仕える官）と会話する扁鵲の所作を述べて「終日、扁鵲天を仰ぎて歎ず」。

詩型・押韻　七言絶句。上平八微（飛・帰）。平水韻、上平五微。

（其二）

1　雪颭霜翻看不分　　雪颭き霜翻りて　看れども分かたず

2　雷驚電激語難聞　　雷驚き電激して　語るも聞き難し

3　沿涯宛轉到深處　　涯に沿いて宛転として　深き処に到れば

4　何限青天無片雲　　何限の青天　片雲無し

［校勘］

1「雪」　文本、蜀本作「雲」。

3「涯」　潮本、文本、蜀本作「崖」。

その二

雪が舞い霜が飛ぶようで、ものを見ようにも見分けもつかない。雷鳴が轟き稲妻が走るようで、話し声もよく聞こえない。

岸辺沿いからあちこちに揺れつつ深い淵まで来ると、限りない青空には雲ひとつない。

1・2　「雪」「霜」は白い浪しぶきを喩える。雪や霜が一面を真白に覆ったかのようで、事物の境界が判然としない。「雷」「電」は水流の音と勢いを喩える。同様の例に、062「霊師を送る」の「瞿塘　五六月、驚電　帰船に譲る」。颭　風が物を吹き動かす。柳宗元「柳州の城楼に登りて漳・汀・封・連の四州に寄す」詩に「驚風　乱れて颭かす　芙蓉の水、密雨　斜めに侵す　薜茘の牆」。3・4　叙景を借りた寓意。岸沿いに進んだ後、岸を離れて遠い沖に出てみると、空には雲一つない。転変の挙句、ようやく僻地を遠く離れて帰還する、晴れやかな心境を喩える。第4句と同様の句法に、李白「夜　牛渚に泊して懐古す」詩の「牛渚　西江の夜、青天　片雲無し」。宛転　舟が蛇行するさま。畳韻の語。何限　「無限」と同義（釈大典『詩家推敲』巻下）。唐の文宗

「宮中に題す」詩に「高きに憑る　何限の意、復た侍臣の知る無し」。
詩型・押韻　七言絶句。上平二十文（分・聞・雲）。平水韻、上平十二文。

（稲垣裕史）

081　題木居士二首　木居士に題す　二首

永貞元年（八〇五）、郴州（湖南省郴州市）から江陵（湖北省荊州市）に向かう途次、衡州（湖南省衡陽市）にある木居士の廟に立ち寄ったときの作。廟内に据え置かれている老木とそれを妄信する人々の姿を諷刺的に描き出す。王伾・王叔文とそれを取り巻く人々を寓意したともいわれる。

（其一）

1 火透波穿不計春　　火透り波穿ちて　春を計えず
2 根如頭面幹如身　　根は頭面の如く　幹は身の如し
3 偶然題作木居士　　偶然に題して木居士と作せば
4 便有無窮求福人　　便ち窮り無く福を求むる人有り

［校勘］

０　王本無「二首」。

木居士　二首

その一

火に炙られ波に穿たれ、どれだけの春を経たことか。根は人の頭のようであり、幹は胴体のよう。

たまたま木居士と名づけられたばかりに、無数の者がこれに御利益を求めている。

０　本詩で詠まれた木居士については、晩唐の羅隠にも「衡陽にて木居士廟の下に泊するの作」という詩が伝わっている。また、樊汝霖の注に引く北宋・張舜民（字は芸叟）「木居士詩の序」によれば、当時、木居士は鼇口寺という寺に安置されており、その寺は衡州耒陽県（湖南省耒陽市）の北、川に沿って二、三十里のところにあったという。更に元豊年間（一〇七八―一〇八五）の初めには、県令が木居士に雨乞いをしたものの効験が無かったので、これを割いて薪にするということがあったが、のちに寺僧によって新たな木居士が刻まれたとある。その「木居士」詩の首聯には「波穿ち火透る　本より奇無し、初めて見る　潮州刺史の詩」とあり、韓愈のこの詩のことが詠まれる。**題**　あるものを題材として取り上げ、それについて詠む。**木居士**　「居士」は在家のまま仏道に帰依する者。ここでは自然の浸食作用により人の姿となった老木を居士に見立てた。**1透**　浸透する。ここは火に焼かれること。**春**　ここでは広く「年」と同じ意。**2**　人の形をした古木に祈禱する話柄は、西晋・嵆含『南方草木状』巻中にも「五嶺の間　楓木多し、歳久しくして則ち瘤癭（こぶ）を生ず、一夕　暴雷驟雨に遇えば、其の樹の贅　暗に長ずること三五尺、之を楓人と謂う。越の巫　之を取りて術を作し、通神の験有り」と見えている。**3題**　名前をつける。**4求福**　幸福を求める。『詩経』大雅・旱麓に「豈弟の君子は、福を求めて回わず」。

詩型・押韻　七言絶句。上平十七真（身・人）と十八諄（春）の同用。平水韻、上平十一真。

（其二）

1 爲神詎比溝中斷
2 遇賞還同爨下餘
3 朽蠹不勝刀鋸力
4 匠人雖巧欲何如

神と為るは詎ぞ溝中の断に比せん
賞に遇うは還た爨下の余に同じ
朽蠹　刀鋸の力に勝えず
匠人　巧みなりと雖も　何如せんと欲する

［校勘］

1「神」　祝本作「人」。

その二

神物として祭られるのは、同じ木切れでも、どぶに捨てられるのとは大違い。この老木が人に珍重されることは、爨の燃え残りの薪と同じ。

腐って虫に食われた木は、刀や鋸で細工することはできない。木工の職人がいかに腕利きであっても、どうしようもない。

1　神物として祭られることと捨てられて溝中の木片となることとの間には、大きな隔たりがあるということ。

以下の注に述べる『荘子』天地の故事を踏まえ、一見すると両者の隔たりは大きいが、その実どちらも同じ老木に過ぎないということを意味し、溝に捨てられるような老木が神として崇拝されていることを暗に諷刺する。
溝中断　溝に捨てられた木の切れ端。『荘子』天地に「百年の木は、破りて犠尊（祭祀用の酒器）と為し、青黄にして之を文る。其の断　溝中に在り。犠尊を溝中の断に比ぶれば、則ち美悪　間有るも、其の性を失うに於いては一なり」とある。　2　以下の注に述べる蔡邕の焦尾琴の逸話を踏まえ、焼け焦げた老木が偶然人に拾われ、崇拝されていることへの皮肉をいう。なお、木居士を「溝中の断」「爨下の余」に比擬することは、其一の第1句「火透り波穿ちて春を計えず」と相応じている。　**賞**　愛でる。大切にする。　**爨下余**　爨の下にある薪の燃えさし。『後漢書』蔡邕伝に「呉人に桐を焼き以て爨ぐ者有り、（蔡）邕　火烈の声を聞き、其の良木なるを知る。因りて請いて裁ちて琴を為る、果たして美音有り、而して其の尾　猶お焦げたり、故に時人名づけて焦尾琴と曰う」と見える。　3・4　木居士を崇拝する人々は、それが自然に居士の姿となったことに神秘を見、それを信仰するのに対し、韓愈は自然のありのままの価値を認めず、細工を施すべきものとして捉え、それさえも不可能であるとして木居士を謗っている。ここには、韓愈の儒家的人為主義が色濃く反映しているだろう。なお、この二句は『論語』公冶長に、孔子が弟子の宰予を批判して「朽木は雕るべからざるなり」というのを意識するだろう。　**朽蠹**　腐って虫が食うこと。『左伝』昭公三年に「公の聚（蓄え）は朽蠹し、而して三老は凍餒す」。　**匠人**　大工。

詩型・押韻　七言絶句。上平九魚（余・如）。平水韻、上平六魚。

（伊﨑孝幸）

082

合江亭

合江亭

永貞元年（八〇五）秋、郴州（湖南省郴州市）から江陵（湖北省荊州市）へ向かう道すがら、衡州（湖南省衡陽市）の名跡合江亭に立ち寄り、遊覧した際の作。諸本の多くは、詩題を「合江亭に題して刺史鄒君に寄す」としており、それに従えば、衡州刺史の鄒君（後注参照）に寄せた詩。全四十句の大半は、合江亭の沿革とその歴代の愛好者たちに関する叙述で占められており、名跡の由来や歴史を書き留めた「記」としての性格を帯びる。

1　紅亭枕湘江　　紅亭　湘江に枕し
2　蒸水會其左　　蒸水　其の左に会す
3　瞰臨眇空闊　　瞰臨すれば眇として空闊たり
4　綠淨不可唾　　緑浄　唾すべからず
5　維昔經營初　　維れ昔　経営の初め
6　邦君實王佐　　邦君　実に王佐たり
7　翦林遷神祠　　林を翦りて神祠を遷し
8　買地費家貨　　地を買いて家貨を費やす
9　梁棟宏可愛　　梁棟　宏くして愛すべく

10 結構麗匪過　結構（けっこう）麗（れい）なれども過（か）に匪（あら）ず
11 伊人去軒騰　伊（か）の人（ひと）去（さ）りて軒騰（けんとう）し
12 茲宇遂頽挫　茲（こ）の宇（う）遂（つい）に頽挫（たいざ）せり

〔校勘〕
0「合江亭」潮本、祝本、文本、蜀本、魏本、銭本作「題合江亭寄刺史鄒君」。
1「紅」潮本、祝本、文本、蜀本、魏本作「江」。
2「左」蜀本作「佐」。
3「闊」蜀本作「闕」。
6「佐」蜀本作「左」。
9「宏」潮本、祝本、文本、蜀本作「横」。

合江亭

紅く塗られた亭は湘水（しょうすい）に臨み、蒸水（じょうすい）はその東で合流する。見下ろせば広々とした眺めが彼方まで続き、この緑の清流に唾するなどもってのほか。その昔、亭が建てられたとき、この地を治めていたのは、実に帝王の補佐たる器の人であった。林を切り開いて古いやしろを移し、土地を買い取るのに家財をなげうったという。梁（はり）や棟木（むなぎ）は壮大で心ひかれ、造りは華麗でありながら度を超えないものであった。ところが、かの人がここを離れて高位に昇ってからは、この建物もやがて荒廃し、朽ち果ててしまった。

全体を三段に分ける。第一段では、合江亭からの眺望を詠み、次いで亭が創建された当時のことを追想する。

0「合江亭」は、湘水と蒸水の川筋が合するあたりに建てられた亭。衡州治所の近郊に位置し、山上から両川を見おろす景勝の地であった。韓愈と同時代の呂温にも、この亭で詠んだ詩「衡州にて歳前に合江亭に遊び……」、「合江亭の檻前　高竹多く……」がある。また潮本や祝本などの詩題に見える「刺史鄒君」とは、鄒儒立を指す（岑仲勉『唐集質疑』）。貞元四年（七八八）に賢良方正科に及第し、殿中侍御史、武功県令などの官を経て、このとき衡州刺史。『元和姓纂』巻五・鄒姓に「開元中に象先有り、……象先　儒立を生む、衡州刺史たり」。1枕　接する。特に上から見おろすようにして隣接することをいう。『水経注』巻三五・江水に呉の孫権が築いた夏口城について、「山に依り江に傍い……高きより観て流れに枕す」という。湘江　湘水。湖南省を南北に流れ、洞庭湖に注ぐ川。2蒸水　衡州の西に源を発し、東流して湘水に注ぐ川。古くは承水という。会其左　「会」は合流する。「左」は東。蒸水が合江亭の東で湘水に合流することをいう。3瞰臨　上から見おろす。眇空闊　「眇」は遥かなさま。「空闊」は広々としたさまを表す双声の語。杜甫「房兵曹の胡馬の詩」に「向かう所　空闊無く、真に死生を託するに堪う」。4　川の水が汚すことの許されないほどに清らかであることをいう。なお、韓愈のこの句にもとづき、合江亭は宋以後、緑浄閣と呼びならわされる。緑浄　『水経注』巻三九・贛水に「清潭　遠く漲り、緑波　凝りて浄らかなり」、149「東都にて春に遇う」に「水容と天色と、此処に皆な緑浄たり」。不可唾　愛着のある場所を汚すに忍びないことをいう。杜甫「丈人山」詩に「青城の客と為りて自り、青城の地に唾せず」。杜甫の例ともども、魏・劉勳の妻王宋「雑詩二首」其二（『玉台新詠』巻二）に見える成語、「千里井に唾せず（遠くへ旅立つ者はそれまで使った井戸を汚さずに行く）」を踏まえた表現か。なお唐末の李匡乂『資暇集』巻下・不及剉に「千里の井、反って唾せず」という諺の由来に関する記事がある。5・6　一部の版本では、この第6句および第14句、第32句の後に、合江亭の沿革や衡州の施政に関する注が引かれる。底本にこれらの注は見えないが、諸家の説に従い、以下これらを韓愈の自注とみなして詩句の解釈を行った。第6句の注には「故の相斉映の作る所なり」とあり、この一聯より第10句に至るまでは、斉映による合江亭造営に関する叙述が続く。斉映（七四八—七九五）は、瀛州高陽（河北省高陽県）の人。貞元二年（七八六）に宰相（同平章事）となるが、同三年正月に罷免され夔州刺史に左遷、次いで衡州刺史に転任した。同七年（七九一）五月には桂管観察使となるので、衡州在任の期間は三年ほど。『旧唐書』巻一三六、『新唐書』巻一五〇にその伝がのこる。 **維** 発語の助字。話題を転じ、以下の合江亭創建についての叙述を導く。 **経営** 土地を測量し、建物を築く。畳韻の語。『詩経』大雅・霊台に「霊台を経始せんとし、之を経し之を営す」。 **6邦君** 古くは一国の君主や諸侯をいうが、ここでは地方長官の意。衡州刺史であった斉映を指す。唐・張九齢「郡の江南の上にて孫侍御と別る」詩に、刺史である自身を指して「身は邦君の弩を負う」という。 **王佐** 帝王の補佐。斉映が衡州刺史となる以前に、宰相の任にあったことを踏まえる。 **7遷神祠** 「神祠」は神を祀るやしろ。亭を建てるため、もともとあったやしろを別の地に移動させたことをいう。 **8費家貲** 「家貲」は家財。私財をなげうって土地を購入したことをいう。 **10結構** 建物の構造。王延寿「魯霊光殿の賦」（『文選』巻一一）に「其の棟宇を詳察し、其の結構を観る」。 **匪過** 過度でない。 **11伊人** かの人。斉映を指す。『詩経』秦風・蒹葭に「所謂伊の人、水の一方に在り」。 **軒騰** 高く飛び上がる。斉映が衡州刺史の任を終え、桂管観察使に栄転したことをいう。062「霊師を送る」に「逸志 教えに拘らず、軒騰して牽攣を断つ」。 **12頽挫** 崩れる。廃れる。

13 老郎來何暮　　老郎 来たること何ぞ暮きや
14 高唱久乃和　　高唱 久しくして乃ち和す

15 樹蘭盈九畹　蘭を樹えて九畹に盈ち
16 栽竹逾萬个　竹を栽えて万个を逾ゆ
17 長綆汲滄浪　長綆 滄浪たるを汲み
18 幽蹊下坎坷　幽蹊 坎坷たるを下る
19 波濤夜俯聽　波濤 夜に俯して聴き
20 雲樹朝對臥　雲樹 朝に対いて臥す
21 初如遺宦情　初めは宦情を遺れたるが如きも
22 終乃最郡課　終には乃ち郡課を最とす
23 人生誠無幾　人生 誠に幾くも無し
24 事往悲豈奈　事往きて 悲しみ豈に奈せん
25 蕭條緜歲時　蕭条として歳時綿なり
26 契闊繼庸懦　契闊 庸懦に継がる
27 勝事誰復論　勝事 誰か復た論ぜん
28 醜聲日已播　醜声 日びに已て播す

［校勘］
16「个」潮本、祝本、文本、蜀本、魏本作「箇」。
18「坷」文本作「軻」。
23「誠」魏本作「成」。

「無」 蜀本作「无」。

24「奈」 潮本、祝本、文本、蜀本、魏本、銭本作「那」。

26「懦」 祝本、蜀本作「瑣」。


年老いた郎官どのは、どうしてもっと早くこの地に来られなかったのか。高らかな歌声は、長い時を経てようやく唱和されることとなった。

彼は九畹(きゅうえん)の地を埋め尽くすほどの蘭と、一万本を超える竹をここに植えた。

長いつるべを垂らしては青々と澄んだ水を汲み上げ、静かな小道を進んではでこぼことした斜面を下ってゆく。

夜には顔をうつむけて波の音に耳を澄まし、朝には雲を帯びた木々と向き合って寝る。

初めは政務に励む気持ちを忘れてしまったかのようであったが、最後には刺史として最も優れた治績をあげられた。

しかし人生とは真に儚いもの。事ごとが過去のものとなってゆく悲しみをいったいどうしたらよいものか。

空しくも歳月は流れゆき、かつての勤労は凡庸さと惰弱さに取って代わった。

亭にまつわる美事など、もう誰も問題とはせず、悪評ばかりが日増しに広がっていく。

第二段は、合江亭の第二の主、宇文炫(うぶんげん)について述べ、彼の後に赴任した刺史の悪政に言及する。
13・14 一部の版本では、第14句の後に「宇文炫(うぶんげん)又た其の制（合江亭の規模）を増す」という注を引く。それによれば、斉映より後に宇文炫が衡州刺史に着任したと推測されるが、彼の詳しい官歴は不明。貞元年間に右補闕となり、その後、貞元十四年（七九八）の時点で刑部郎中であったことが知られる（『元和姓纂』巻六・宇文姓、『冊

府元亀』巻四八一・台省部・譴責、同巻六〇四・学校部・奏議、『新唐書』宰相世系表・宇文氏など参照）。岑仲勉『貞石証史』衡陽宇文炫題字、郁賢皓『唐刺史考全編』巻一六七は、宇文炫の衡州刺史着任を貞元十五年頃と推測する。

老郎　漢の顔駟の故事を踏まえ、老いてなお刑部郎中であった宇文炫を指す。顔駟は若くして郎（天子の侍従官）になりながら、老齢に至るまでその官に留まり、不遇をかこった人物。『後漢書』張衡伝の李賢注が引く『漢武故事』に「上（漢の武帝）郎署に至り、一老郎（顔駟）の鬢眉皓白たるを見る。問う、何れの時に郎と為れるか。何ぞ其れ老いたるやと」。**来何暮**　宇文炫が衡州に赴任し、領民の歓迎を受けたことをいう。後漢の廉范（字は叔度）の故事を踏まえる。廉范が蜀郡の太守に赴任し善政を敷くと、喜んだ民が「廉叔度、来たること何ぞ暮きや」とうたった（『後漢書』廉范伝）。**高唱**　斉映と宇文炫の高逸な志を歌声に喩える。**和**　調子を合わせてうたう。斉映の志が宇文炫に引き継がれたことをいう。**15・16**　宇文炫が蘭と竹を植え、広大な庭園を築いたことをいう。**樹蘭盈九畹**　『楚辞』離騒に「余既に蘭を滋うること九畹にして、又た蕙を樹うること百畝なり」とあるのを踏まえる。「蘭」は『楚辞』に多く見られる香草で、士の高潔さを象徴する。「畹」は耕地の面積の単位。一畹は十二畝（約七〇アール。一説に三十畝）。**栽竹**　竹は変わらぬ貞節を象徴し、古来士人たちの庭園に好んで移植された。**万个**　「个」は竹を数える量詞。『史記』貨殖列伝に「竹竿万个」、張守節正義の引く『釈名』に「竹は个と曰い、木は枚と曰う」。**17・18**　上昇（「汲む」）と下降（「下る」）という逆方向の動きによって対句を構成する。**長綆**　「綆」は釣瓶縄。水を汲み上げる際に用いる。『荘子』至楽に「褚（ふくろ）の小なる者は以て大を懐むべからず、綆の短き者は以て深きに汲むべからず」。**滄浪**　水の青々と澄んださま。畳韻の語。合江亭が臨む湘水一帯は古の楚の地に当たり、この語は『楚辞』漁父に見える「滄浪の歌」への連想を含む。**幽蹊**　山深い小径。謝脁「敬亭山の詩」（『文選』巻二七）に「我が行は組（官印の組紐）を紆うと雖も、兼ねて幽蹊を尋ぬるを得たり」。**坎坷**　でこぼことして平らでないさま。双声の語。**19俯聴**　うつむいて聴く。南朝宋・鮑照「大雷岸に登りて妹に与うるの書」に「仰ぎて大火（星の名）を視、俯して波声を聴く」。**20雲樹**　雲が掛かるほどの高所にそびえる木。**21宦情**　役人勤めに対する心持ち。古くは任官への志をいうが、ここでは政務にいそしもうとする心。謝霊運「魏の太子の鄴中集の詩に擬す八首　徐幹」（『文選』巻三〇）の序に「少くして宦情無く、箕潁の心（隠遁の志）有り」。**22**　地方官としての治績が最も優れていたことをいう。「郡課」は漢代の制度にもとづく語で、郡が属県の官吏に対して行う年末の考査のこと。『後漢書』百官志五の劉昭注が引く胡広の言に「丞尉以下は、歳ごとに郡に詣り、其の功を課校（考査）す。功　尤なること多くして最たる者は、廷尉に於いて之を労勉し、以て其の後を勧む」。また、この一句は漢・兒寛の故事（『漢書』兒寛伝）と、それを敷衍した盧諶「崔・温に贈る」詩（『文選』巻二五）の「倪寛は殿なるを以て黜けられんとせしも、終には乃ち衆賦を最とす（倪寛は租税の納入が最低だったため罷免されそうになったが、彼を慕った領民たちのおかげで結果的には納入高が最も多くなった）」を踏まえる。**23**　宇文炫が在任中に世を去ったことをいうか。「無幾」は時間的な短さをいう。『左伝』襄公三十一年に「人生幾何ぞ、誰か能く偸（安逸を貪ること）無からん」、曹操「短歌行」（『文選』巻二七）に「酒に対しては当に歌うべし、人生　幾何ぞ」。**24豈奈**　どうしようもない。「奈」は処理・処置を問う語で、「奈何」と同じ。**25蕭条**　物寂しいさまをいう畳韻の語。ここでは時が過ぎゆくことに対する寂寥をいう。**綿**　連なる。続く。歳月が久しく流れることをいう。張衡「思玄の賦」（『文選』巻一五）に「日月を綿ねて衰えず」、その旧注に「綿は連なり」。**26契闊**　努め苦しむこと。双声の語。ここでは、それまでの刺史たちの勤労をいう。『詩経』邶風・撃鼓に「死生契闊、子と説（誓い）を成す」、毛伝に「契闊は勤苦なり」。なお「契闊」の語には、久しく会わないという意もあり、その場合、衡州の地が長い間、優れた刺史を迎え入れていないことをいう。**庸懦**　凡庸で惰弱なこと。宇文炫以後の刺史についていう。**27勝事**　立派な物事。ここでは合江亭をめぐる刺史たちの逸話をいう。300「僕射裴相公の恩に感じて志を言うに奉和す」に「林園　勝事を窮め、

鐘鼓　清時を楽しむ」。28醜声　以後の刺史たちに関する醜聞や悪評。播　伝播する。

29 中丞黜凶邪　　中丞(ちゅうじょう)　凶邪(きょうじゃ)を黜(しりぞ)け
30 天子閔窮餓　　天子(てんし)　窮餓(きゅうが)を閔(あわ)れむ
31 君侯至之初　　君侯(くんこう)　至(いた)るの初(はじ)め
32 閭里自相賀　　閭里(りょり)　自(おのずか)ら相(あ)い賀(が)す
33 淹滞樂閑曠　　淹滞(えんたい)して閑曠(かんこう)を楽(たの)しみ
34 勤苦勸慵惰　　勤苦(きんく)して慵惰(ようだ)を勧(すす)む
35 爲余掃塵階　　余(わ)が為(ため)に塵階(じんかい)を掃(はら)い
36 命樂醉衆座　　楽(がく)を命(めい)じて衆座(しゅうざ)を酔(よ)わしむ
37 窮秋感平分　　窮秋(きゅうしゅう)　平分(へいぶん)せるに感(かん)じ
38 新月憐半破　　新月(しんげつ)　半破(はんぱ)せるを憐(あわ)れむ
39 願書巖上石　　願(ねが)わくは巌上(がんじょう)の石(いし)に書(しょ)し
40 勿使泥塵涴　　泥塵(でいじん)をして涴(けが)さしむること勿(な)かれ

［校勘］

33「閑」　銭本作「閒」。
34「慵」　文本作「庸」。
35「階」　潮本、祝本、文本、魏本、銭本作「堦」。蜀本作「墻」。

36「座」　魏本、銭本作「坐」。

40「泥塵」　潮本、祝本、文本、魏本作「塵泥」。蜀本作「塵堦」。


御史中丞どのが凶悪な刺史を弾劾し、天子が遂に領民の窮乏を憐れみたまうこととなった。

刺史どのがここに着任されたときには、村々の民が進んでそれを祝った。

今の地位に甘んじて閑雅な暮らしを楽しみつつも、政務に精を出して怠惰な連中を導いておられる。

このたび、わたしのために塵の積もったきざはしを払い、音楽を命じて、座にいる者みなに酒を振る舞って下さった。

わたしはといえば、窮まりゆく秋が半ばを迎えているのに感じ入り、出たばかりの月が半分欠けているのを見て心を動かされている。

願わくは崖の上の岩に書きつけたこの詩が、泥や塵に汚されることのないように。


第三段では、合江亭の現在の主である鄒君について述べ、彼が催してくれた亭での酒宴に説き及ぶ。

29　一部の版本では、第32句の後に「前の刺史元澄（げんちょう）　政無く、廉使（れんし）楊中丞　奏して之を黜（しりぞ）け、朝廷遂に鄒君を用いる」という注を引く。「前の刺史元澄」に関しては未詳。「廉使楊中丞」は、湖南観察使・御史中丞の楊憑（ようひょう）をいう（「廉使」は観察使の別称）。楊憑（字は虚受（きょじゅ））は、大暦年間の進士。監察御史、太常少卿などの官を経て、貞元十八年（八〇二）に湖南観察使となった（観察使を拝命した者は、同時に御史中丞の官を帯びるのが当時の慣例）。この句では、楊憑が元澄を弾劾したことを述べ、続く第30～32句は、鄒君（鄒儒立）が朝廷の命を受け、新たに衡州刺史に赴任したことをいう。　**中丞**　御史中丞。官僚の不正を弾劾することをつかさどる。正五品上。　**黜凶邪**

「黜」は免職して退ける。「凶邪」は、前の注の「前刺史元澄」を指していう。30閔　憐れみ、いたむ。31君侯　古くは諸侯や宰相をいうが、ここでは貴人に対する尊称。鄒君を指す。32閭里　むらざと。ここでは、むらざとに住む衡州の領民をいう。33淹滞　優れた才徳を持ちながら、久しく下位に留まっていること。『左伝』昭公十四年に「姦慝を詰り、淹滞を挙ぐ」、杜預注に「淹滞は才徳有りて未だ叙せられざる者なり」。閑曠　閑静でゆったりとしたさま。34先の第26句において、「契闊」が「庸儒」に取って代わられたことを述べたのに対し、ここでは逆に「勤苦」が「慵惰」を教導することを述べ、鄒君の赴任以前と以後とでは、衡州の治政のあり方が一変したことをいう。勧　励まして良い方向に導く。慵惰　怠けおこたる。衡州の下僚たちについていう。37・38　秋の感懐を表白する。この詩の具体的な制作時期について、「窮秋」の語から九月とする説と、「平分」の語が秋の真ん中の月を指すとみなして八月とする説がある。窮秋　秋の末頃、晩秋。平分　均等に分ける。ここでは、今が秋の盛りのとき（秋を二等分した際の真ん中ごろの時節）を迎えていることをいうと解した。『楚辞』九辯に「皇天　四時を平分し（四つの季節を均等に分け）、窃かに独り此の廩秋（冷え冷えとした秋）を悲しむ」とあるのをそのまま踏まえた表現だとすれば、単に今が等分されたうちの秋の季節に当たることをいうか。
新月　出たばかりの月。陳・江総「秋日　広州城の南楼に登る」詩に「野火　初煙細く、新月　半輪空し」。
半破　月が半ば欠けていることをいう。『晋書』天文志上に「日の西方に入るや、……初めは尚お半ば有りて、横に鏡を破るの状の如きも、須臾（しばらくの間）にして淪没す」。39　岩肌に詩を刻みつけ、久しく後代に伝えることを望む。40涴　汚す。

詩型・押韻　五言古詩。去声三十八箇（左・佐・个・坷・奈・餓・賀）と三十九過（唾・貨・過・挫・和・臥・課・懦・播・惰・座・破・涴）の同用。平水韻、去声二十一箇。

（谷口高志）

083 謁衡嶽廟遂宿嶽寺題門樓

衡岳廟に謁し遂に岳寺に宿して門楼に題す

永貞元年（八〇五）の秋、郴州（湖南省郴州市）から江陵（湖北省荊州市）へ向かう途中、湘江中流域の西南岸にある衡山（湖南省衡陽市の北から長沙市の西郊に到る約四百キロの長大な山脈）に立ち寄ったときの作。次の084「岣嶁山」、085「盈上人に別る」も同じ時に詠んだもの。世俗とかけ離れた神々しい世界を描き、韓愈が祈ると雲霧が晴れたこと、廟に参拝して占いをし、夜は寺に宿泊したことをうたう。衡山が雲霧に包まれたことは、韓愈「河南張員外（張署）を祭る文」にも「舟を湘流に委ね、往きて南岳を観る。雲壁潭潭（奥深いさま）として、穹林に擢ずる攸なり」と述べる。北宋の蘇軾は、韓愈が潮州から帰還する際の出来事とするが（「登州の海市（蜃気楼）」詩、「潮州韓文公廟記」）、そのとき韓愈は衡山を通っていない。

1 五嶽祭秩皆三公
2 四方環鎮嵩當中
3 火維地荒足妖怪
4 天假神柄專其雄
5 噴雲泄霧藏半腹
6 雖有絶頂誰能窮

五岳の祭秩　皆な三公
四方に環り鎮めて　嵩は中に当たる
火維　地は荒にして　妖怪足り
天は神柄を仮して　其の雄を専らにせしむ
雲を噴き霧を泄らして　半腹を蔵す
絶頂有りと雖も　誰か能く窮めん

［校勘］

0「樓」文本下有「詩」字。

1「皆」文本作「比」。

衡岳廟に参拝してそのまま山の寺に宿泊し、入り口の楼閣に書きつける

五岳の祭礼は、みな三公の位に擬える。四方全体の鎮めとなり、嵩山がその中心に位置する。

火の方角である南蛮は最果ての地で怪奇に満ち、天は衡山に神の権力を貸し与え、雄々しさをほしいままに誇らせている。

雲を噴き霧を洩らして、中腹より上半分の姿は隠れている。山頂はあっても誰が究められよう。

全体を四段に分ける。第一段は、南方に鎮座する衡山の地理と、霊山としての観念的な位置づけをうたう。

0**衡岳廟**　「衡岳」は衡山。五岳（東岳泰山・西岳華山・南岳衡山・北岳恒山・中岳嵩山）の一つ。常に雲に覆われており、最も高い芙蓉峰は快晴の朝でなければ見えなかったと言われる（『藝文類聚』巻七・山部・衡山に引く南朝宋・盛弘之（せいこうし）『荊州記』）。『元和郡県図志』巻二九・江南道・衡州に「衡岳廟は県の西三十里に在り」。1『礼記』王制に「天子は天下の名山大川を祭る。五岳は三公に視え（なぞらえ）、四瀆（しとく）（長江・黄河・淮江・済江）は諸侯に視う」とあるように、五岳を祭る際の礼は、三公（太師・太傅・太保）の位の待遇になぞらえる。五岳は民間信仰のみならず、国家祭祀の対象でもあり、天宝五載（七四六）正月、唐の玄宗は南岳神に司天王の封爵を贈った（『唐会要』巻四七・封諸岳瀆）。**祭秩**　秩序や等級に則った祭祀。『尚書』舜典に「岱宗（たいそう）（泰山）に至りて柴（さい）し（柴を焼いて天を祭り）、

山川に望秩す」、孔安国伝に「其の秩次の如く之を望祭す」。2 嵩山が五岳の中央に位置することをいう。『史記』封禅書に「昔 三代の君は、皆な河洛の間に在り、故に嵩高を中岳と為して、四岳各おの其の方の如く、四瀆は咸な山東に在り」。環鎮 四岳が東西南北を鎮守することをいう。「鎮」は地を鎮める意。3火維 五行説で南方は火に属すことから、衡山のある南方のこと。「維」は隅の意。地荒 文明の及ばない遠い果ての地。陽山左遷期に詠んだ068「県斎にて懐い有り」に「荒に投ずるは誠に職分」。妖怪 怪異な事物や現象。4神柄「柄」は威権、権力。5噴雲泄霧 衡山に雲や霧が立ちこめる様子を、「噴」「泄」という動きをともなった語で表す。左思「魏都の賦」(『文選』巻六)に「窮岫 雲を泄らし、日月 恒に翳る」。6絶頂 山の頂。泰山を詠んだ杜甫「岳を望む」詩に「会ず当に絶頂を凌ぎ、一たび衆山の小なるを覧るべし」。

7 我來正逢秋雨節
8 陰氣晦昧無清風
9 潛心默禱若有應
10 豈非正直能感通
11 須臾靜掃衆峯出
12 仰見突兀撐靑空
13 紫蓋連延接天柱
14 石廩騰擲堆祝融

我来たるは正に秋雨の節に逢う
陰気晦昧にして 清風無し
心を潜めて黙禱すれば 応有るが若し
豈に正直の能く感通するに非ざらんや
須臾にして静かに掃われて 衆峰出で
仰ぎ見れば突兀として青空を撐う
紫蓋は連延として 天柱に接し
石廩は騰擲して 祝融 堆し

わたしがここに来たのは、ちょうど秋雨の降る時節。陰の気が立ちこめて薄暗く、清らかな風は吹いていなかった。

心を集中して黙禱すると、応えがあったようだ。正しく真っ直ぐな心が神に通じたのではないか。

たちまち雲や霧が静かに払われて、多くの峰々が姿を現した。仰ぎ見ると、高々と聳えて青天をささえている。

紫蓋峰は脈々と続いて天柱峰につながり、石廩峰は踊り上がって祝融峰はうずたかく盛り上がっている。


第二段は、韓愈が真心をこめて祈禱すると、願いが通じて雲霧が晴れ、衡山の峰々が姿を現したことをうたう。

8**陰気**　暗く冷たい秋冬の気。『管子』形勢解に「秋は陰気始めて下り、故に万物収まる」。**晦昧**　暗いさま。畳韻の語。梁・呉均「柳呉興を送り竹亭に集う」詩に「晦昧たり　崦嵫（日が没する山）の色」。**清風**　清く和やかな風。『詩経』大雅・烝民に「吉甫　誦を作り、穆として（和らいで）清風の如し」、毛伝に「清微の風は、万物を化養する者なり」。9**潜心**　心を集中させる。『漢書』董仲舒伝・賛に「帷を下ろして憤りを発し、心を大業に潜む」。**黙禱**　声を出さずに心の中で祈る。柳宗元「寿州安豊県孝門の銘」に「泣して羸疾に侍し、隠冥を黙禱す」とあるが、詩語の前例は見られない。**応**　神が応じること、報いがあること。10**正直**　正しく真っ直ぐな心。人間についていうか、神についていうか両論がある。『詩経』小雅・小明に「爾の位を靖共（大切に守る）し、是の正直を好す。神の之を聴けば、爾の景福を介にせん」、唐・元稹「華の巫」詩に「我　此の語を聞きて長く太息す、豈に神明の正直を欺くこと有らんや」とあるのは前者の例、この句について記した蘇軾「登州の海市」詩の「自ら言う　正直山鬼を動かすと、豈に造物の龍鐘を哀れむを知らんや」も人間の様子を表したもの。一方、『左伝』荘公三十二年の「神は聡明正直にして壹なる者なり。人に依りて行う」は神の様子をいう。**感通**　響き通じる。『周易』繋辞伝上に「易は無思なり、無為なり、寂然にして動かず。感じて遂に天下の故に通ず」。11**須臾**　すぐに。畳韻の語。**掃**　霧や雲が消える。張衡「東京の賦」（『文選』巻三）に「以て啓明を消し朝霞を掃い、天光の扶桑に登るを須つ」、李善注に「掃は滅なり」。12突兀　高く聳え立つさま。畳韻の語。041「僧澄観を送る」に「突兀として便ち高きこと三百尺」。撐　つっかい棒を当てて支える。多くの峰が柱のように空を支える様子をいう。山と空を建物に喩えた表現。13・14「紫蓋」「天柱」「石廩」「祝融」は、衡山の主要五峰のうちの四つ（のこり一つは芙蓉峰）。衡山を詠んだ杜甫「岳を望む」詩に「祝融　五峰尊く、峰峰次いで低昂す。紫蓋　独り朝せず、長を争いて嶫として（険しく）相い望む」。連延　連なるさまを表す畳韻の語。騰擲　高く飛び上がる。双声の語。祝融峰がずっしりと盛り上がっているのに対し、石廩峰が急な放物線状に聳えるさまを喩える。魏・賈岱宗「大狗の賦」に「応龍（翼のある龍）の騰擲たるが若し」。

15　森然魄動下馬拜　　森然として魄動き　馬より下りて拝し
16　松柏一逕趨靈宮　　松柏一径　霊宮に趨る
17　粉牆丹柱動光彩　　粉牆丹柱　光彩を動かし
18　鬼物圖畫塡青紅　　鬼物の図画　青紅を塡む
19　升階傴僂薦脯酒　　階に升り傴僂して　脯酒を薦め
20　欲以菲薄明其衷　　菲薄を以て其の衷を明らかにせんと欲す

［校勘］
16「逕」　文本作「徑」。
19「階」　潮本、文本、王本作「堦」。

気が引き締まって魂が動き、馬から下りて拝礼し、松柏の生えるまっすぐな山道を山霊を祭った岳廟の方へうやうやしく進んだ。

白塗りの壁と赤い柱が光り輝き、怪物を描いた画は赤や青の色彩が塗りこまれていた。

廟の階段を上り、身をかがめて乾肉と酒をお供えし、粗末ながらも真心を示そうとした。

第三段は、厳かな雰囲気の中で身の引き締まる思いになり、岳廟へ赴き参拝した様子をうたう。

15森然　厳かさに気持ちが引き締まるさま。　**魄動**　神聖な物に触れて魂が動く。李白「夢に天姥(てんぼ)に遊ぶの吟留別」に「忽ち魂悸(ふる)えて以て魄動き、怳(きょう)として驚起して長嗟す」。**16松柏**　「柏」はコノテガシワ。同じ常緑樹の松とともに、霊廟や墓域に植えられることが多い。　**霊宮**　神霊を祭る建物。みたまや。ここでは衡岳廟を指す。　**趨**　尊い人の前などで足早に走る。ここは、廟に向かう際のかしこまった走り方を表す。**17粉牆**　白塗りの壁。　**動光彩**　光り輝く。李白「司馬将軍の歌」に「北落の明星　光彩を動かす」。**18鬼物**　鬼神の類。　**塡青紅**　「塡」は色を一面に塗りこめる。「青紅」は青色と紅色、転じて顔料。「丹青」と同義。**19傴僂**　普通のお辞儀とは異なり、祈禱や礼拝のときの体を折り曲げる動作。畳韻の語。「傴」「僂」ともに、かがめること。『左伝』昭公七年に「一命せられて僂し、再命せられて傴し、三命せられて俯し、牆に循いて走る」。　**脯酒**　乾肉と酒。『史記』封禅書に「春は脯酒を以て歳の為に祠(まつ)り、因りて凍(こおり)を泮(と)く」。**20**　粗末な供え物でもって真心を明らかに示そうとする。『左伝』隠公三年に「澗谿沼沚の毛（水草）、蘋蘩薀藻の菜（浮き草）、筐筥錡釜の器（粗末な器物）、潢汙行潦の水（たまり水）」を鬼神に供えるとあり、その杜預注に「明らかに忠信の行い有らば、薄物と雖も皆な用と為すべし」。「菲」「薄」はともにうすいことで、粗末な供え物のこと。「衷」は真心。

21 廟令老人識神意
22 睢盱偵伺能鞠躬
23 手持杯珓導我擲
24 云此最吉餘難同
25 竄逐蠻荒幸不死
26 衣食纔足甘長終
27 侯王將相望久絶
28 神縱欲福難爲功
29 夜投佛寺上高閣
30 星月揜映雲朣朧
31 猿鳴鐘動不知曙
32 杲杲寒日生於東

廟令の老人 神意を識り
睢盱として偵伺し 能く鞠躬す
手に杯珓を持して 我を導きて擲たしめ
云う 此れ最も吉にして余は同じくし難しと
蛮荒に竄逐せらるるも 幸いに死せず
衣食纔かに足らば 長終に甘んぜん
侯王将相 望み久しく絶え
神 縦い福あらんと欲するも 功を為し難し
夜 仏寺に投じて 高閣に上れば
星月揜映して 雲朣朧たり
猿鳴き鐘動けども 曙を知らず
杲杲たる寒日 東に生ず

〔校勘〕

21「令」 祝本、文本、蜀本、魏本作「内」。

30「揜」 文本、蜀本、銭本作「掩」。

「朣朧」 潮本、蜀本、魏本作「曈曨」。祝本、文本作「瞳矓」。

31「鐘」 潮本、祝本、蜀本、王本作「鍾」。

廟令の老人は神の意をよく解する。恭しいようすで神の意向を探ろうと礼拝した。

手に杯珓（はいこう）という占いの道具を持ってきてわたしに投げるよう指示し、「こんな大吉は他にはなかなか出せないですよ」と言った。

蛮夷の地に貶謫されたが、幸い死を免れた。何とか衣食には不自由しないのだから、最後までずっとこの待遇に甘んじようではないか。

王侯や将軍や宰相になる望みは絶たれて久しいので、神が福を授けてくれようとしても大した成果にはならない。

夜、寺に投宿して高殿に上ると、星や月は雲に掩われて見え隠れして、おぼろな光を放っていた。

猿が鳴き鐘が撞かれても夜が明けたのを知らずにいたが、あかあかと冬の日の太陽が東の空から昇ってきた。


第四段は、衡岳廟の老人に勧められた占いで大吉が出たが、貶謫の身ゆえ効験も現れようがないことをシニカルにうたいつつ、宿泊した寺で雲に覆われた空を仰ぎながら、一縷の期待をこめて朝を迎える。

21廟令　廟の役人、宮司。巫の役割も担っていた。『唐六典』巻三〇・鎮戍岳瀆関津官吏に「五岳四瀆、令は各おの一人、正九品上。……廟令は祭祀及び判祠の事を掌（つかさど）る」。**識神意**　神の意を解して告げる。**22睢盱**　目を見開いたり、仰ぎ見たりするさま。双声の語。ここでは恭しく鄭重に接するさま。張衡「西京の賦」（『文選』巻二）に「睢盱拔扈す」、李善注に「字林に曰く、睢は目を仰ぐなり、盱は目を張るなり」。『淮南子』俶真訓に「此に於いて万民は睢睢盱盱然として、身を竦（そびや）かして聴視を載（こと）とせざる莫し」。**偵伺**　うかがいさぐる。『後漢書』清河孝王伝に「外は兄弟をして其の纖過（些細な過失）を求めしめ、内は御者（側仕えの者）をして得失を偵伺せしむ」。**鞠躬**　腰をかがめて恐れ慎む。双声の語。『論語』郷党に「公門に入るに鞠躬如たり」。ここでは、「偵伺」「鞠躬」ともに礼拝の作法に則った動作を表す。**23杯珓**　卜占の道具で、投げて地面に落ちたときの裏表によって吉凶を占う。「珓」は「教」「校」「筊」にも作る。もともと蚌の貝殻を用いたが、のちに竹や木を蚌の形に削って用いた。「ポエ占い」と言い、現在も台湾などで行われている。南宋・程大昌『演繁露』巻三・卜教に詳細が記されている。**25竄逐**　罪を得て放逐される。李白「易秀才に贈る」詩に「蹉跎たり　君自ら惜しむ、竄逐　我誰にか因らん」。**蛮荒**　都から遠く隔たった野蛮な地。ここでは陽山をいう。『後漢書』樊準伝に「化は聖躬（天子）自りして、流れて蛮荒に及ぶ」。**26衣食纔足**　「纔」は、かろうじて。『後漢書』馬援伝に「士一世に生まれては、但だ衣食裁かに足り、……郷里に善人と称せらるるを取れば、斯れ可なり」。**長終**　天寿を全うすること。『史記』三王世家に「若の心を悉くし、信に其の中を執らば、天禄長終ならん」。**27侯王将相**　諸侯・帝王・将軍・宰相。『史記』陳渉世家に「王侯将相　寧くんぞ種有らんや」。**28難為功**　功績にならない。神に対して、手柄はたてられまいとユーモアを含んだ表現か。**30揜映**　雲などに覆われて見え隠れする。双声の語。初唐の李嶠「雲」詩に「煙熅たり　万年の樹、掩（揜）映たり　三秋の月」。**朣朧**　おぼろなさま。畳韻の語。潘岳「秋興の賦」（『文選』巻一三）に「月は朣朧として以て光を含み、露は凄清として以て冷を凝らす」。ここでは月の光を受けた雲がおぼろなさま。**31**　朝になると猿が鳴いて鐘が鳴るが、朝日の光がとどかないので朝が来たことがわからない。謝霊運「斤竹澗従り嶺を越えて渓行す」詩（『文選』巻二二）の「猨鳴きて誠に曙なるを知るも、谷幽くして光は未だ顕らかならず」にもとづく。また、朝を告げる寺の鐘の音は、杜甫「龍門の奉先寺に遊ぶ」詩に「覚めんと欲して晨鐘を聞き、人をして深省を発せしむ」などと詠われる。**曙**　夜明け。**32杲杲**　太陽が光り輝くさま。『詩経』衛風・伯兮に「其れ雨ふらん其れ雨ふらん、杲杲として出ずる日あり」。**寒日生於東**　冬の冷たい太陽が東の空に昇る。この場では夜明けとはわからないほど暗くても、東の空には日が昇ったことに期待をこめた表現。

詩型・押韻　七言古詩。上平一東（公・中・雄・窮・風・通・空・融・宮・紅・衷・躬・同・終・功・朧・東）。平水韻、上平一東。

（中木　愛）

084　峋嶁山　峋嶁山

前出083「衡岳廟に謁し遂に岳寺に宿して門楼に題す」と同じく、永貞元年（八〇五）の秋、衡山（湖南省衡陽市）に立ち寄ったときの作。伝説上の禹の石碑をついに捜しあてることができなかった悲しみをうたうとともに、「石鼓の歌」にも見えるように韓愈の古代文字に対する強い関心を示す。

1 峋嶁山尖神禹碑
2 字青石赤形摹奇
3 科斗拳身薤倒披
4 鸞飄鳳泊拏虎螭
5 事嚴跡祕鬼莫窺
6 道人獨上偶見之
7 我來咨嗟涕漣洏

峋嶁の山尖　神禹の碑
字青く石赤くして　形摹奇なり
科斗　身を拳めて　薤　倒に披き
鸞　飄り鳳泊まりて　虎螭拏む
事は厳に跡は秘にして　鬼も窺う莫し
道人　独り上りて　偶たま之を見る
我来たり咨嗟して　涕漣洏たり

8 千搜萬索何處有
9 森森綠樹猿猱悲

千搜(せんそう)万索(ばんさく) 何(いず)れの処(ところ)にか有(あ)る
森森(しんしん)たる緑樹(りょくじゅ) 猿猱(えんどう)悲(かな)しむ

［校勘］
2「摹」王本作「模」。
3「倒」潮本、祝本、文本、蜀本、魏本作「葉」。
4「拏」祝本、文本、蜀本作「挐」。
5「跡」蜀本、魏本作「迹」。

岣嶁山(こうろうさん)

岣嶁山の切り立った頂(いただき)には、神聖なる禹(う)の石碑があるという。

文字は青黒く石は赤く、碑の形は奇抜。

字体は科斗(おたまじゃくし)が身を曲げ、薤(らっきょう)の葉がさかさまに開いたよう。

鸞鳥(らんちょう)と鳳凰があちこち飛びまわり、虎と螭(みずち)がつかみ合って格闘するさま。

石碑の事跡は厳かで秘やか、鬼神さえも窺い知ることができない。

ある道士が一人で山に登り、偶然見つけたのだとか。

わたしはこの山にやって来たが、悲嘆のあまり涙しとど。

千遍も万遍も捜したのに、石碑はいったいどこにあるのか。鬱蒼と茂る緑の樹のあいだ、猿が悲しげに鳴くばかり。

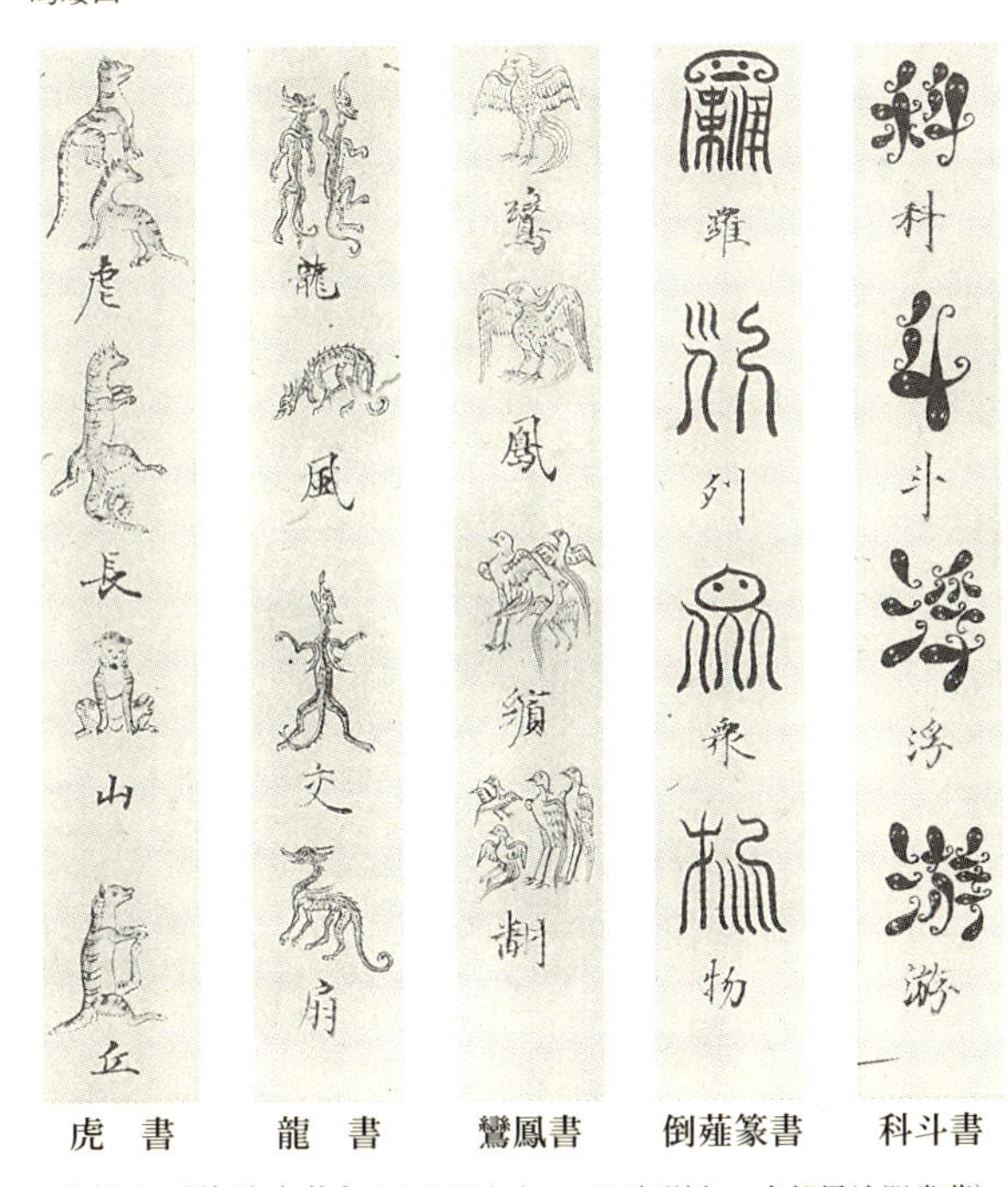

古鈔本『篆隷文体』（古典保存会、1935年影印、京都毘沙門堂蔵）

０**岣嶁山**　衡山の主峰を指す。『山海経』中山経の郭璞注に「今の衡山は衡陽湘南県に在り、南岳なり。俗に之を岣嶁山と謂う」。唐代の地理書『元和郡県図志』巻二九・江南道にも「衡山は南岳なり、一に岣嶁山と名づく、県の西三十里に在り」。「岣嶁」の語義は「山の巓」という（『広韻』上声四十五厚韻）。１**山尖**　鋭く尖った山頂。**神禹碑**　「神禹」は夏王朝を創業した禹の尊称。『初学記』巻五・地部・衡山に引く南朝宋・盛弘之『荊州記』に「禹は水を治め、登りて之を祭る。夢に玄夷（東夷の国）の使者に遇うに因りて、遂に金簡玉字の書を獲、治水の要を得たり」、同じく南朝宋・徐霊期『南岳記』に「夏禹　水を導き瀆（大川）を通じ、石に刻して名山の高きを書す」とあり、禹が洪水を治めたのち衡山の頂に石碑を刻したとされる。恐らくは、宛委山（浙江省紹興市）にて禹が「金簡玉字を案じ、通水の理を得たり」という『呉越春秋』越王無余外伝の記載と混淆した誤伝であろう。なお、岳麓書院の石刻など禹碑と称するものが伝存するが、後世の偽託と考えられる（清・姚範『援鶉堂筆記』巻四一・韓文公集など）。以下、伝聞や想像をもとに石碑の文字について述べる。 2 禹碑が古色蒼然としていることをいう。**青** 黒みがかった青色。 **形摹** 形状。「形模」と同義。 3**科斗** 古代の字体である科斗書。点画の頭が大きく尾が細くて、その形が科斗（おたまじゃくし）に似ていることから、この名がある。 **拳身** 身体を握りこぶしのように曲げる。文字の屈曲したさまを喩える。 **薤倒披** 倒薤書をいう。篆書の一種で、薤（オオニラ、ラッキョウ）の葉をさかさまに広げた形をした字体。南朝宋・王愔『文字志』（『初学記』巻二一・文部・文字）に「倒薤書なる者は、小篆体なり。垂支濃直、薤葉の若きなり」。「倒披」は、さかさまに開く。左思「魏都の賦」（『文選』巻六）に「華蓮 葩を重ねて倒に披く」。 4 禹碑に刻まれた文字のスタイルを喩える。あるいは南斉・蕭子良『古今篆隷文体』（『初学記』巻二一・文部・文字）における雑体書（装飾文字）のうち、鳳鳥書（鸞鳳書）や龍虎書のような字体を指すか。 **鸞飄鳳泊** 「鸞鳳飄泊」の互文。「鸞鳳」は鸞鳥と鳳凰、ともに瑞鳥。「飄泊」は動いたり止まったりして、縦横無尽に飛び回る。167「石鼓の歌」にも、石鼓文の奇怪な字体について「鸞は翔り鳳は翥びて衆仙下る」。 **拏虎螭** 虎とミズチ（角のない黄色の龍）が勇ましく取っ組み合う。盛唐の張懐瓘『書断』巻中・妙品（『法書要録』巻八）に「仲将（韋誕の字）の書は龍拏み虎踞り、剣抜き弩（石弓）張るが如し」。劉禹錫「李策秀才の湖南に還るを送る……」詩には、衡山の最高峰祝融峰に禹碑があるという伝説について「嘗て聞く 祝融峰、上に神禹の銘有りと。古石 琅玕（美玉）の姿、秘文 螭虎の形」。 5 神秘性ゆえに、実際に禹碑を見つけることが容易ではないことをいう。 6**道人** 道教の修行者。唐末の道士、李冲昭『南岳小録』五峰に「昔 夏禹 水を治め、此の峰に登り碑を立て、其の山の高下丈尺を紀す、皆な科斗文字なり。近代の樵人、或いは遇う者有り。其の碑は至って霊にして、隠れて見えず」。この記述によれば、禹碑は衡山五峰の一つ雲密峰に立てられ、木こりが偶然見つけたとする伝承があったようである。**7咨嗟**　ため息をついて悲嘆する。**漣洏**　涙の流れるさま。王粲「蔡子篤に贈る」詩（『文選』巻二三）に「中心孔だ悼み、涕涙は漣洏たり」。「洏」は状態を表す語につく助字。「而」「如」に通じる。**9森森**　樹木が茂って密生するさま。潘岳「懐旧の賦」（『文選』巻一六）に「柏は森森として以て攢め植う」。**猿猱悲**　哀切な猿の鳴き声は南方の景物。禹碑を見つけられない悲しみを猿声に託し、余情をもって詩を結ぶ。

詩型・押韻　七言古詩。上平五支（碑・奇・披・螭・窺）、六脂（悲）、七之（之・洏）の同用。平水韻、上平四支。

（緑川英樹）

085

別盈上人　　盈上人に別る

永貞元年（八〇五）、南岳衡山に僧誡盈を訪れ、山を離れるに当たっての作。質朴な言葉に深い惜別の思いをこめる。

1　山僧愛山出無期　　山僧　山を愛して　出ずるに期無く
2　俗士牵俗來何時　　俗士　俗に牽かれて　来たるは何れの時ぞ
3　祝融峯下一迴首　　祝融峰下　一たび首を迴らせば
4　即是此生長別離　　即ち是れ　此の生　長く別離す

［校勘］

3「迴」文本、魏本、王本作「廻」。蜀本作「回」。

4「卽」祝本作「只」。

山僧は山を愛して、いつ出るとも知れぬ。俗人は俗に繋がれ、また来るのはいつのことか。
祝融の峰のふもと、頭をめぐらし眺めやれば、これぞ今生の永久の別れ。

盈上人と別れる

0盈上人　柳宗元「衡山中院の大律師の塔の銘」に、衡山の僧希操の高弟として誡盈の名が見える。二字の法名の上字はしばしば略される。「上人」は僧に対する尊称。　**1山僧**　盈上人を指す。　**期**　これと決まった時期。

2俗士　俗世に暮らす者。韓愈自身を指す。孔稚珪「北山移文」（『文選』巻四三）に、官人が山に立ち入るのを拒んで「俗士の駕を廻らす（引き返す）を請う」。　**牽俗**　俗世に束縛される。『楚辞』招魂に「俗に牽かれて蕪穢す（荒み汚れる）」。　**3祝融**　衡山の主峰の名。083「衡岳廟に謁し遂に岳寺に宿して門楼に題す」第14句注参照。

迴首　振り返る。後ろ髪を引かれての動作。王粲「七哀詩二首」其一（『文選』巻二三）に「南のかた覇陵の岸に登り、首を迴らし長安を望む」。　**4此生**　陶淵明「雑詩十二首」其六に、人生が二度ないことを嘆いて「去り去りて転た速やかならんと欲し、此の生　豈に再び値わんや」。　**長別離**　江淹「雑体詩三十首」古離別（『文選』巻三一）に「君は天の一涯に在り、妾が身は長く別離す」。

詩型・押韻　七言絶句。上平五支（離）と七之（期・時）の同用。平水韻、上平四支。

（浅見洋二）

086 赴江陵途中寄贈王二十補闕李十一拾遺李二十六員外翰林三學士

江陵に赴く途中　王二十補闕・李十一拾遺・李二十六員外翰林三学士に寄せ贈る

永貞元年（八〇五）、憲宗即位の恩赦によって江陵府（湖北省荊州市）の法曹参軍として任地に赴く道中の作。この年の八月に順宗が退位して憲宗が即位し、王伾・王叔文とはじめとする改革派は中央から一掃された。改革派の失脚に伴って朝廷での発言力が増した三名に対して、長安での仕官の斡旋を訴えた詩である。陽山左遷の契機から現在に至るまでの状況を詳述した百四十句の長篇詩。

1　孤臣昔放逐　　孤臣　昔　放逐せられ
2　血泣追愆尤　　血泣　愆尤を追う
3　汗漫不省識　　汗漫として省識せず
4　恍如乘桴浮　　恍として桴に乗りて浮かぶが如し
5　或自疑上疏　　或いは自ら上疏を疑う
6　上疏豈其由　　上疏　豈に其の由ならんや
7　是年京師旱　　是の年　京師旱り
8　田畝少所收　　田畝　収むる所少なし

9 上憐民無食　上　民の食無きを憐れみ
10 征賦半已休　征賦　半ば已に休む
11 有司恤經費　有司　経費を恤え
12 未免煩徵求　未だ徴求を煩わすを免れず
13 富者既云急　富める者は既に云に急に
14 貧者固已流　貧しき者は固より已に流る
15 傳聞閭里閒　伝え聞く　閭里の間
16 赤子棄渠溝　赤子　渠溝に棄てらる
17 持男易斗粟　男を持して斗粟に易えんとするも
18 掉臂莫肯酬　臂を掉いて肯えて酬ゆる莫しと
19 我時出衢路　我　時に衢路に出ずるに
20 餓者何其稠　餓うる者　何ぞ其れ稠き
21 親逢道邊死　親しく道辺の死に逢い
22 佇立久咿嚘　佇立して久しく咿嚘す
23 歸舍不能食　舎に帰りて食らう能わず
24 有如魚中鉤　魚の鉤に中たれるが如き有り

［校勘］

0　潮本作「赴江陵途中寄翰林三學士」。文本作「赴江陵塗中寄三翰林」。

「途」　蜀本作「塗」。

「翰林」　祝本、魏本無。
2 「血泣」　潮本、祝本、文本、蜀本、魏本作「泣血」。
10 「征」　潮本、祝本、文本、蜀本、魏本作「兵」。
21 「邊死」　潮本、祝本、文本、蜀本、魏本作「死者」。
22 「佇立」　蜀本作「停馬」。
「咿」　文本作「吚」。
24 「中」　潮本作「挂」。祝本、文本、蜀本、魏本作「掛」。

江陵（こうりょう）に向かう道中にて、王（おう）二十補闕、李（り）十一拾遺、李（り）二十六員外の翰林学士三名に寄せて贈る

その昔、臣はひとり僻地に追いやられ、血の涙を流して過ちの原因を追い求めた。

だが見当もつかずまったく理解できない。消沈して筏（いかだ）に乗って漂っているようであった。

あるいは上奏文のせいかと自問してみたが、どうして上奏文にその原因があろうか。

あの年、都では旱魃に見舞われ、田畑にはほとんど収穫物がなかった。

天子は食べ物の尽きた人民に心を痛め、租税の半分を免除するよう計らわれた。

だが役人たちは国の経費を心配して、あれやこれやと租税の取り立てをやめない。

裕福な者でももはや逼迫しており、貧しき者はすでに流民となっている。

聞いた話によると、巷間では赤ん坊を溝川（どぶがわ）に棄てており、
息子をわずか一斗の穀物に交換しようとしても、肘で払いのけて誰も応じないそうだ。

そんな時大通りに出てみると、飢餓に苦しむ人のなんと多いことか。

路傍の死者を目の当たりにして、しばし呻き声をあげて立ちすくんだ。

宿舎に帰っても食事が喉を通らず、魚が釣り針を飲みこんだかのように心に引っかかっていた。


全体を七段に分ける。第一段は過去に陽山（広東省陽山県）へ左遷された理由を省み、上疏した貞元十九年（八〇三）の飢饉の惨状を振り返る。

○**王二十補闕**　王涯（七六三？—八三五）、字は広津。「二十」は排行。「補闕」は天子の過失を諫める官。貞元八年（七九二）、韓愈とともに進士に及第した。博学宏辞科にも合格し、貞元二十年（八〇四）十一月（一説に九月）に翰林学士の職に召され、翌二十一年（八〇五）三月には左補闕に任命される。のちに宰相となるが、「甘露の変」で殺害された。『旧唐書』巻一六九、『新唐書』巻一七九に伝あり。**李十一拾遺**　李建（七六四—八二一）、字は杓直。「拾遺」も天子を諫める官。『新唐書』本伝や唐・丁居晦「重修承旨学士題記」によれば、徳宗にその才を認められ、貞元二十年十二月に翰林学士、同二十一年三月に左拾遺に任命されたが、王叔文と対立して太子詹事に左遷されたことが記される。『旧唐書』巻一五五、『新唐書』巻一六二に伝あり。**李二十六員外**　李程（七六六—八四二）、字は表臣。貞元二十年に監察御史、同年秋に翰林学士に任命されるが、順宗が即位すると王叔文に排斥された。彼ものちに宰相となった。『旧唐書』巻一六七、『新唐書』巻一三一に伝あり。**翰林学士**　詔勅の起草をつかさどる職。官品がないため、別に職事官を帯びる。玄宗のときに翰林学士院が設置されて以降、皇帝に直属することから重要なポストとなっていった。『旧唐書』徳宗紀下の記載に「（貞元二十年）十一月丁酉、監察御史李程、秘書正字張聿、藍田県尉王涯を以て並びに翰林学士と為す」と見える。韓愈が詩を贈った三名は、いずれも将来を嘱望される身であったが、王伾・王叔文一党には加わらず、一定の距離を置いていたことが窺われる。 1孤臣　疎外され孤立した臣下。『孟子』尽心上の「独り孤臣孽子（庶子）のみ、其の心を操るや危うく、其の患いを慮るや深し、故に達す」に出る語。 放逐　辺境の地へ追いやられる。『史記』太史公自序に「屈原放逐せられて、離騒を著す」。 2血泣　涙が尽きて代わりに血が出るほどの悲しみをいう。諸本では「泣血」に作り、普通はこの語順で用いられる。『礼記』檀弓上に「高子皐（孔子の弟子）の親の喪を執るや、泣血すること三年」、鄭玄注に「泣きて声無く、血の出ずるが如きを言う」。 愆尤　過ち。張衡「東京の賦」（『文選』巻三）に「卒に風規を補う無く、祇だ以て其の愆尤を昭らかにす」。 3汗漫　茫漠としてまとまりがなく、認識しがたいさま。畳韻の語。『淮南子』道応訓に「吾 汗漫と九垓の外（天の果て）に期す」、高誘注に「汗漫は之を知るべからざるなり」。 省識　認識する。 4怳　失意のさま。 乗桴浮　筏に乗って浮かび漂う。失意のまま中国（中原）を離れ陽山へ赴くことを表す。『論語』公冶長の「道行われず、桴に乗りて海に浮かばん」にもとづく。 5・6 「上疏」は貞元十九年に上奏した「御史台より上りて天旱人饑を論ずる状」を指す。自己の上奏が左遷の原因と疑ったがそんなはずはないと揺れ動く心情を描く。 7〜10 「天旱人饑を論ずる状」の冒頭に「今年已来、京畿の諸県、夏は亢旱に逢いて、秋又た早く霜ふる。田種の収むる所、十に一も存せず。陛下 恩は慈母を踰え、仁は春陽を過ぐ。租賦の間、例として皆な蠲免（免除）す」と見える。その内容を詩句にしたもの。『旧唐書』徳宗紀によれば、この年は正月から七月まで雨が降らなかった。 11有司　役人。 経費　国家の経営に必要な費用。『史記』平準書に「皆な各おの私の奉養を為して、天下の経費を領めず」。 12徴求　租税を取り立てる。 韓愈『順宗実録』巻一に、李実の悪政を述べて「是の時、春夏旱あり、京畿 食に乏し。実（李実）一に以て意に介さず、方に務めて聚斂して徴求し、以て進奉に給す」と、飢饉でも税の徴収をやめなかったことが記されている。韓愈は李実の反撃に遭い、陽山に左遷させられたとする説もある。 14流　家を失い流民となることをいう。『詩経』大雅・召旻に「我を饑饉に瘨ましめ、民 卒く流亡す」。 15閭里　民間、巷。平民の住む場を表す。16　親が飢えのために赤子を棄てるのは、王粲「七哀詩二首」其一（『文選』巻二三）の「路に飢えたる婦人有り、子を抱きて草間に棄つ」が想起される。また「天旱人饑を論ずる状」でも、「子を棄て妻を逐いて、以て口食を求め、屋を坼き樹を伐りて、以て税銭を納め、道塗に寒餒し（凍え飢え）、溝壑に斃踣す（倒れ死ぬ）」と飢饉の様子を詳述する。17　食糧に換えるために我が息子を奴隷として売り出すことを意味する。斗粟　一斗（約6リットル）の粟。わずかな穀物をいう。李白「魯郡劉長史の弘農長史に遷るを送る」詩の「白玉もて斗粟に換え、黄金もて尺薪を買う」は、貴重品をわずかな生活物資に交換する例。18掉臂　肘で払いのけること。相手にしないことをいう。『史記』孟嘗君列伝に「日暮れの後、市朝を過ぐる者は臂を掉いて顧みず」。19衢路　四方に通じる大通り。前の四句が人づてに聞いた民間の光景をいうのに対し、この句からは自身の目で見た都の光景をうたう。20稠　ぎっしりと多いさま。037「鴛驥」に「市う者　何ぞ其れ稠き」。22佇立　呆然としてたたずむ。『詩経』邶風・燕燕に「瞻望するも及ばず、佇立して以て泣く」。咿嚘　言葉にならぬ声を吐き出す。双声の語。『漢書』東方朔伝に「伊優（咿嚘）亜は、辞未だ定まらざるなり」。24魚中鉤　胸につかえたものがある状態をいう。186「劉師服を送る」でも、「士生まれて名の為に累せられ、魚の鉤に中たれるが似き有り」と同様の表現を用いる。

25　適會除御史　　適会　御史に除せられ
26　誠當得言秋　　誠に言うを得る秋に当たる
27　拜疏移閤門　　疏を拝して閤門に移し
28　爲忠寧自謀　　忠を為すに寧ぞ自ら謀らんや
29　上陳人疾苦　　上は人　疾苦すれば

30 無令絶其喉　其の喉を絶たしむる無かれと陳べ
31 下陳畿甸内　下は畿甸の内は
32 根本理宜優　根本にして理として宜しく優すべしと陳ぶ
33 積雪驗豐熟　積雪は豊熟を験す
34 幸寛待蠶麰　幸わくは寛めて蚕麰を待たん
35 天子惻然感　天子　惻然として感じ
36 司空歎綢繆　司空　綢繆を歎ず
37 謂言即施設　謂言えらく　即ち施設せんと
38 乃反遷炎州　乃ち反って炎州に遷さる
39 同官盡才俊　同官　尽く才俊
40 偏善柳與劉　偏えに柳と劉と善し
41 或慮語言洩　或いは慮る　語言洩れ
42 傳之落冤讎　之を伝えて冤讎に落つるかと
43 二子不宜爾　二子は宜しく爾るべからず
44 將疑斷還不　将た疑うらくは断めんや還た不や

〔校勘〕

29「陳」　蜀本作「言」。

31「陳」　潮本、祝本、文本、蜀本、魏本、銭本作「言」。

38「反」　潮本、祝本、蜀本作「返」。

「州」　祝本、文本、魏本作「洲」。

41「語言」　文本作「言語」。

「洩」　蜀本作「泄」。


そんな折、ちょうど監察御史に任命された。まさに今こそ発言できる時なのだ。

そこで上奏文を奉って朝廷に差し出した。忠義をなすにあたって、どうして我が身を考えたりしようか。

人民は困窮しており、その息の根を絶つことの無いようにと筆を起こし、
畿内は国の根本であり、優遇されて然るべきだと終わりに述べた。

積雪は豊作の前兆であり、次の収穫まで租税の徴収を待つようにとお願い申し上げた。

天子はいたく心を痛めて感じ入り、司空もねんごろな叙述に感嘆された。

すぐに実施されると思っていたのに、逆に炎熱の州に左遷されることになろうとは。

同僚はみな俊才ぞろいだが、なかでも柳君と劉君の二人と親密である。

もしかして彼らからわたしの言葉が漏れ、伝わっていって政敵の耳に入ったのかもしれない。

二人はそんなことをするはずがないが、そう言い切ってよいものかどうか。


第二段は、飢饉に苦しむ民を救うために「天旱人饑を論ずる状」を提出したが、なぜか陽山へ左遷されることとなった疑念を述べる。

25適会　たまたま、ちょうど。**御史**　監察御史を指す。韓愈は貞元十九年七月に監察御史に任命された。　26得

言　発言する。『顔氏家訓』省事に「諫諍の徒は、以て人君の失を正すのみにして、必ず言うを得るの地に在りて、当に匡賛（正し補佐する）の規を尽くすべし」。秋　「時」と同義。27拝疏　上奏する。韓愈「施先生の墓銘」に「諸生輒ち疏を拝して留めんことを乞う」。移　公文書を送りとどける。閤門　太極殿の両側にある門。監察御史などの官はこの門を通って参内した。提喩して宮廷を意味する。白居易「新楽府　驃国の楽」に「須臾にして百辟（百官）閤門に詣り、俯伏拝表して至尊に賀す」。28自謀　国のためでなく、自己のために謀をめぐらす。29疾苦　人民が苦しむ意味でよく用いられる。『史記』蕭相国世家に「民の疾苦する所の者を知る所以は、何（蕭何）の具に秦の図書を得るを以てなり」。31畿甸　都周辺の地域。陸機「五等論」（『文選』巻五四）に「然して禍は畿甸に止まり、害は覃く及ばず」。32根本　根幹。『詩経』大雅・民労の「此の中国を恵しむ」の鄭箋に「京師は諸夏の根本なり」。「天旱人饑を論ずる状」では「又た京師は、四方の腹心、国家の根本なり。其の百姓実に宜しく倍ます憂恤を加うべし」と述べる。優　優遇する。33積雪が豊作の前兆であることは、古くは『詩経』小雅・信南山「雪を雨らすこと雰雰たり」の毛伝に「豊年の冬、必ず積雪有り」と見える。「天旱人饑を論ずる状」では「今瑞雪頗る降り、来年必ず豊かならん」と述べる。34寛　寛大にする。ここでは租税の徴収を引き延ばすことを指す。蚕麰　「麰」は大麦。普通は「蚕麦」と書き、養蚕と穀物で農家の生産物をあらわす。「天旱人饑を論ずる状」の「容して来年の蚕麦に至らば、庶わくは少しく存立すること有るを得ん」というのに対応する句。35惻然　悲しみ傷むさま。『漢書』薛宣伝に「朕　惻然として之を傷む」とあるように、天子の悲しむさまを表すのによく用いられる。36司空　三公（太尉、司徒、司空）の一つ。唐代では正一品に置かれ、臣下の最高の位を意味する。この時の司空は杜佑（七三五―八一二）。綢繆　からみつくように離れがたいさま。畳韻の語。『詩経』唐風・綢繆に「綢繆として薪を束ぬ」、毛伝に「綢繆は猶お纏綿のごときなり」。37施設　実施する。韓愈「兵部李侍郎（李巽）に上る書」に「言を出だし事を挙げて、宜しく必ず施設すべし」。

38炎州　酷暑の州。『楚辞』遠遊の「南州の炎徳を嘉す」に出る語で、南方蛮夷の地を指す。杜甫「広州の張判官叔卿の書を得て使い還りしとき詩を以て意に代う」詩に「忽ち得たり　炎州の信、遥かに月峡従り伝う」では、広州の地をかくいう。　40柳与劉　柳宗元（七七三―八一九）と劉禹錫（七七二―八四二）を指す。二人とも韓愈と同じく貞元十九年に監察御史に任命された。その文学の才もさることながら、若くして博学宏辞科に及第し、順調に出世コースを歩んでいた。当時彼らは王伾・王叔文を領袖とする改革派に属しており、韓愈とは政治的に対立する立場にあった。この詩は二人が失墜したあとに書かれている。　42寃讎　仇敵。　43・44　拭い去れない疑念、揺れ動く心情を率直に詩句で示す。過去の人物に仮託したり寓意したりするのではなく、直接「柳」「劉」と名指しして、同僚に対する疑念を詩に書き表すのは前例がない。

45 中使臨門遣　　中使　門に臨みて遣り
46 頃刻不得留　　頃刻も留まるを得ず
47 病妹臥牀褥　　病妹　牀褥に臥し
48 分知隔明幽　　分けて知る　明幽を隔つるを
49 悲啼乞就別　　悲啼して別れに就かんことを乞い
50 百請不頷頭　　百たび請えども頭を頷かず
51 弱妻抱稚子　　弱妻　稚子を抱き
52 出拝忘慙羞　　出で拝して慙羞を忘る
53 僶俛不迴顧　　僶俛として迴顧せず
54 行行詣連州　　行き行きて連州に詣る

55　朝爲青雲士　　朝には青雲の士為るも
56　暮作白首囚　　暮には白首の囚と作る
57　商山季冬月　　商山　季冬の月
58　冰凍絶行輈　　氷凍して行輈を絶つ
59　春風洞庭浪　　春風　洞庭の浪
60　出沒驚孤舟　　出没して孤舟を驚かす
61　逾嶺到所任　　嶺を逾えて任ずる所に到り
62　低顏奉君侯　　顔を低れて君侯に奉ず
63　酸寒何足道　　酸寒　何ぞ道うに足らんや
64　隨事生瘡疣　　事に随いて瘡疣を生ず

〔校勘〕

47「妹」　文本、魏本作「姝」。

「牀」　蜀本、王本作「床」。

53「迴」　文本、魏本作「廻」。蜀本作「回」。

61「逾」　文本作「踰」。

62「顏」　文本、蜀本作「頭」。


宮中からの使いが家の前でわたしを追いたて、寸刻も留まることを許さない。

妹は病床に臥したまま、今生の別れになろうと覚悟している。
お別れをさせてほしいと泣き叫び、百たび頼んでも首を縦に振らない。
か弱い妻は稚児を胸に抱き、恥も忘れて見送りに出る。
振り返るのを懸命にこらえ、進み続けて連州へと至った。
朝には青雲の志を胸にしたおのこが、夕べには白髪の虜囚に変わり果てた。
商山（しょうざん）では冬の末の十二月、路も凍りついて車の通行も途絶えた。
春風吹きすさむ洞庭湖の波は、大きくうねって一葉の舟を翻弄した。
五嶺の山々を越えて任地に到着し、顔を伏せて君公に御挨拶した。
貧乏なのはいまさら言うまでもない。事あるごとに吹き出物が出来てしまう。

第三段は、都での家族との別れから、任地の陽山に着任するまでを叙述する。家族の情を細やかに描くさまは、杜甫の「北征」詩などを彷彿とさせる。

45中使　宮中の使者である宦官。**遣**　追い立てること。『史記』白起（はくき）伝に「秦王乃ち人をして白起を遣り、咸陽の中に留まるを得ざらしむ」。**46頃刻**　ほんの短い時間。**48分**　はっきりと、明らかに。**明幽**　明と暗。「幽明」と同義。現世と黄泉を意味する。唐・元稹（げんじん）「江陵にて三たび夢む」詩に「況んや乃ち幽明隔たり、夢魂　徒らに爾（しか）為すをや」。**50**　韓愈が何度頼んでも妹が首を縦に振らず、この場に留めさせようとする。あるいは、役人が首を縦に振らず、面会の許可を与えないことを表すか。**51・52**　罪を得て左遷の命を受けたときは即日出立しなければならず、家族は後日あとを追って出発する。**弱妻**　体の弱い妻。**慙羞**　恥じ入る。韓愈「淮西を平らぐる碑の文を撰するを進むる表」の結びに「慙羞戦怖の至りに任（た）うる無し」。**53僶俛**　無理につとめるさま。

双声の語。陸機「文の賦」（『文選』巻一七）に「有無に在りて僶俛す」、李善注に「僶俛は由お勉強のごときなり」。**54行行**　進み続ける。「古詩十九首」其一（『文選』巻二九）に「行き行きて重ねて行き行き、君と生別離す」。**連州**　今の広東省連州市。韓愈の左遷された陽山は連州に属する県。**55・56**「朝為……、暮作……」は、ごく短い間に状況が変化することをいう常用の表現。第51・52句注も参照。韓愈は二度目の左遷でも、252「左遷されて藍関に至り姪孫湘に示す」に「一封　朝に奏す　九重の天、夕べに潮州に貶せらる　路八千」とうたう。**青雲士**　青雲の志を抱いた前途洋々の士を表す。唐・張九齢「鏡に照らして白髪を見る」詩に「宿昔　青雲の志、蹉跎たり　白髪の年」。**57商山**　今の陝西省商洛市の東にある山。都を出立したばかりの光景をうたう。**季冬**　晩冬、十二月を表す。**58行輈**「輈」は車のながえ。馬車を意味する。**59・60**　陽山に赴任する道中の厳しい自然をうたう。普通ならうららかにそよぐ春の風も、南方の僻地でははげしく吹きすさぶことをいう。**出没**　出たり隠れたりすることを表す畳韻の語。唐・竇庠「金山行」に「欻然として風生じ波出没す」。ここでは、舟が波にもまれて激しく上下するさまをいう。**61逾嶺**「嶺」は湖南省および江西省南部に横たわる五嶺の山々。陽山はこの山脈をさらに越えた嶺南の地にある。**62低顔**　頭を垂れる。謙遜、恭順のさまをいう。杜甫「上水の遣懐」詩に「顔を低る　色を下す地、故人　善誘を知る」。**君侯**　貴人に対する尊称。陽山県を所轄する連州刺史を指す。**63酸寒**　貧窮するさま。畳韻の語。120「士を薦む」の「酸寒たり　溧陽の尉、五十　耄に幾何ぞ」は、孟郊の貧乏暮らしを述べた例。**64随事**　事あるごとに。**瘡疣**　ふきでものの類。苦痛や心配事の比喩に用いられる。劉禹錫「将に汝州に赴かんとして途に浚下を出でて留まりて李相公に辞す」詩の「夷門は天下の咽喉たり、昔時　往往にして瘡疣を生ず」では、争乱に喩える。

65 **遠地觸途異**　　遠地　途に触れて異なり

66 吏民似猿猴
67 生獰多忿很
68 辭舌紛嘲啁
69 白日屋簷下
70 雙鳴鬭鵂鶹
71 有蛇類兩首
72 有蠱羣飛游
73 窮冬或搖扇
74 盛夏或重裘
75 颶起最可畏
76 訇哮簸陵丘
77 雷霆助光怪
78 氣象難比侔
79 癘疫忽潛遘
80 十家無一瘳
81 猜嫌動置毒
82 對案輒懷愁

吏民(りみん)　猿猴(えんこう)に似(に)たり
生獰(せいどう)にして忿很(ふんこん)多(おお)く
辞舌(じぜつ)　紛(ふん)として嘲啁(ちょうちょう)たり
白日(はくじつ)　屋簷(おくえん)の下(もと)
双鳴(そうめい)して鵂鶹(きゅうりゅう)闘(たたか)う
蛇(へび)有(あ)りて両首(りょうしゅ)に類(るい)し
蠱(こ)有(あ)りて群飛(ぐんぴ)して游(あそ)ぶ
窮冬(きゅうとう)　或(ある)いは扇(おうぎ)を揺(ゆ)らし
盛夏(せいか)　或(ある)いは裘(かわごろも)を重(かさ)ぬ
颶(ぐ)の起(お)こるは最(もっと)も畏(おそ)るべし
訇哮(こうこう)して陵丘(りょうきゅう)を簸(あお)る
雷霆(らいてい)　光怪(こうかい)を助(たす)け
気象(きしょう)　比侔(ひぼう)し難(がた)し
癘疫(れいえき)　忽(たちま)ち潜遘(せんこう)し
十家(じっか)に一(いつ)も瘳(い)ゆる無(な)し
動(やや)もすれば毒(どく)を置(お)くかと猜嫌(さいけん)し
案(あん)に対(たい)して輒(すなわ)ち愁(うれ)いを懐(いだ)く

［校勘］

65「途」文本、魏本作「塗」。蜀本作「事」。

66「猿」潮本、祝本、魏本、王本、銭本作「猨」。

67「多」祝本、魏本作「知」。

「佷」潮本作「很」。蜀本作「狼」。

72「蠱」潮本、蜀本、魏本作「蟲」。

75「最」蜀本作「晨」。

78「侔」祝本作「牟」。

79「溝」祝本作「溝」。

82「案」潮本、文本、蜀本作「按」。祝本、魏本作「桉」。


遠方の地は至る所で中原と異なっており、現地の役人や民衆は猿のよう。

気質は粗野でとかくいきり立ち、言葉遣いはがちゃがちゃとしてけたたましい。

白昼から軒下では、鵂鶹（みみずく）が鳴き争っている。

双頭の蛇の類がいたり、毒虫が群れを成して飛び交っている。

真冬でも扇であおいだり、真夏でも皮衣をはおったりすることがある。

台風が来るのは最も恐ろしいことで、うなり声を上げて丘陵を煽り立てる。

雷鳴は妖しげな光を助長し、気象は他と比べようがない。

流行病は人知れず突然広まっていき、十中八九、治る家はない。

なにかにつけて毒が入っているのではないかと猜疑して、食膳に向かうたびに心配してしまう。

第四段は、左遷された陽山の風土を過剰な嫌悪をこめて叙述する。068「県斎にて懐い有り」第四段とともに、中唐の中では南方の風土を詳述する早い例に属する。

65触途　至るところ。『顔氏家訓』文章に「此の一隅を挙げて、塗（途）に触れて宜しく慎しむべし」。**66陽山の民衆を猿になぞらえるのは、067「劉生の詩」の「陽山　窮邑にして惟だ猿猴のみあり」と同様の表現。**67**生獰**　獰猛なさま。李賀「猛虎行」の「孫に乳し子を哺み、教え得て生獰」など、中唐あたりから用いられる語。

忿很　「忿」は怒る。「很」は逆らう。怒り狂うことをいうと思われるが、類例がない。**68辞舌**　言葉遣い。他の用例がほとんど見られない。「忿很」と同じく韓愈の造語か。**嘲哳**　元々はからかうさまをいう双声の語。唐代ではこの例のみだが、「嘲哳」と同義と思われる。柳宗元「巽公院五詠　苦竹橋」詩の「嘲哳として山禽鳴く」は鳥の鳴き声を表す。ここでは異民族の言語が鳥の鳴き声のように理解しがたいと形容する。白居易「東南行一百韻」の「夷音　語は嘲哳、蛮態　笑うこと睢盱たり」も同様の例。**69・70**　夜の悪鳥が昼間から騒いでいる不吉さをいう。**鵂鶹**　ミミズクの類。『太平御覧』巻九二七・羽族部・異鳥に引く『荘子』の逸文に「鵂鶹夜は蚤を撮りて毫末を察し、昼は目を瞑じて丘山を見ず」とあるように夜に活動し、古来から凶鳥とされた。

71・72　「蠱」は毒虫。双頭の蛇も「蠱」も、南方蛮夷の地特有の動物とされた。元稹「楽天の微之の詩を得て通州の事を知るに酬い、因りて四首を成す」其一に「茅簷の屋舎　竹籬の州、虎は偏蹄を怕れ蛇は両頭。暗蠱時に酒の影を迷わす有り、浮塵　日に向かいて波の流るるに似たり」と、通州（四川省達州市）の風土を述べている。**73・74**　南方亜熱帯独特の過ごしにくさをいう。**75颶**　台風を指す。068「県斎にて懐い有り」に「雷威固より已に加わり、颶勢　仍お相い借る」、その第56句注参照。**76訇哮**　吼え叫ぶような大きな音を表す双声の語。韓愈以前の例は見られない。**77雷霆**　稲妻。『周易』繋辞伝上に「之を鼓つに雷霆を以てす」とあるように、ここでは特にその音に着目して、稲光の後に轟音が追随するさまをいうか。光怪　異様な光。『新唐書』五行志一に「或いは発して氛霧、虹蜺、光怪の類を為すは、此れ天地災異の大なる者、皆な乱政より生ず」とあるように、天変地異を想起させる気象。78気象　068「県斎にて懐い有り」にも「気象　杳として測り難し」。比侔　比較する。並ぶ。79癘疫　流行病。『左伝』昭公元年に見える語。82対案　「案」は食膳の意。『史記』万石君伝に「子孫に過失有らば、譙譲せず（責め立てず）、為に便坐し、案に対して食せず」。

83　前日遇恩赦
84　私心喜還憂
85　果然又羈縶
86　不得歸耡耰
87　此府雄且大
88　騰凌盡戈矛
89　棲棲法曹掾
90　何處事卑陬
91　生平企仁義
92　所學皆孔周
93　早知大理官
94　不列三后儔
95　何況親犴獄

前日　恩赦に遇い
私心　喜び還た憂う
果然として又た羈縶せられ
耡耰に帰るを得ず
此の府　雄にして且つ大なり
騰凌するは尽く戈矛
棲棲たり　法曹の掾
何処にか卑陬を事とせん
生平　仁義を企み
学ぶ所は皆な孔周
早に知る　大理の官
三后の儔に列せざるを
何ぞ況んや犴獄を親らし

96 敲搒發姦偸
97 懸知失事勢
98 恐自罹罝罘
99 湘水淸且急
100 涼風日脩脩
101 胡爲首歸路
102 旅泊尚夷猶

敲搒して姦偸を発くをや
懸め知る　事勢を失して
恐らくは自ら罝罘に罹らんことを
湘水　清く且つ急に
涼風　日びに脩脩たり
胡為れぞ帰路に首かいて
旅泊　尚お夷猶たる

〔校勘〕

86「耡」　潮本、祝本、蜀本、魏本作「鋤」。
89「棲棲」　文本作「捿捿」。
「掾」　蜀本、王本作「椽」。
91「生平」　蜀本作「平生」。
96「搒」　文本、蜀本作「榜」。
97「失事勢」　蜀本作「事勢乖」。
98「罹」　蜀本作「離」。
100「脩脩」　銭本作「修修」。

望外にも先日恩赦を受け、ひそかに喜びつつ不安でもあった。

案の定また官に繋がれ、国に帰って鋤を手にする暮らしも適わなかった。

この江陵府は雄大な地であり、意気盛んなのは軍人ばかり。

せわしない法曹参軍の下っ端では、卑屈な仕事などどこでできよう。

常日頃から仁義の道に憧れ、学んだのは全て孔子と周公の教えであった。

刑法を司る官は、要職にある人たちと同列でないことはとっくに分かっていたが、
じかに牢獄に接し、鞭や杖で打って盗賊どもを摘発するまでになろうとは。

この先もう予想がつくのだが、時代の趨勢にのれずに自ら法の網にかかってしまうだろう。

湘水の流れは清らかで激しく、北からの冷たい風は日々ヒュウヒュウと吹いている。

なぜか帰路に向かう旅路は、今なお遅々たるもの。


第五段は、恩赦を受けたものの、これから赴く江陵府法曹参軍の仕事に対する不満を述べる。
83 貞元二十一年（八〇五）の春、順宗の即位による恩赦を受けて、韓愈は陽山を離れた。同年秋に、江陵府の法曹参軍の辞令を受けることとなる。 **遇** 思いがけず出逢う。 84 恩赦を受けたが新たな赴任地と官職は決まっておらず、長安に復帰するとは限らなかったため、喜びと不安とが同居していたと振り返る。 **私心** 個人的な心情。司馬遷「任(じん)少卿に報ずる書」（『文選』巻四一）に「僕 誠に私心 之を痛む」。 85 **果然** 予想したとおり。 **羈縶** 束縛する。「羈」はおもがい、馬の頭から銜(くつわ)に掛ける紐。「縶」はほだし、馬の足を繋ぐ縄。ここでは、江陵府法曹参軍として官に繋がれることをいう。 86 **耡耰** 農具の鋤(すき)。諸本が作るように、普通「鋤耰」と書く。隠棲して農作業に従事する願望は、068「県斎にて懐い有り」第五段でも述べられているが、ここでは不本意な任官を、隠逸の願いかなわず官に繋がれるというかたちで述べる。 87・88 江陵は古来より要衝の地とされ、唐

代では荊南節度使の本拠地であり、大軍が駐屯していた。騰凌　飛び上がって躍動するさま。畳韻の語。戈矛「戈」「矛」もほこの意。『詩経』秦風・無衣に「王　于に師を興さば、我が戈矛を脩め、子と仇を同じくせん」。ここでは軍人や軍隊を意味する。89・90　武官ばかりがのさばっている江陵府では、下っ端の文官に居場所などないことを嗟く。棲棲　忙しく落ち着かないさま。『詩経』小雅・六月の「六月棲棲たり」に出る語。法曹掾　法曹参軍は司法関係の事務を担う官。「掾」は下役の地方官。卑陬　恥じ入るさま。『荘子』天地に「子貢卑陬して色を失い、頊頊然（茫然自失）として自ら得ず」。ここでは、刑罰を担う下役などは君子がやるべきでない恥じ入るような仕事であることを意味し、以下第96句までその不満を述べる。91企　つま先立つことから、待ち望む、心を寄せるの意。92孔周　孔子と周公旦。古代の聖人として併称される。ここでは儒家の経典を指す。張衡「帰田の賦」（『文選』巻一五）に「五絃の妙指を弾き、周孔の図書を詠ず」。93大理官　刑法をつかさどる官。『史記』五帝本紀に「皋陶（法律・刑罰をつかさどる舜の臣下）は大理と為り、平らぎ、民各おの伏して其の実を得」。唐代の官署にも大理寺が置かれた。法曹参軍の仕事が司法関係なのでかくいう。94三后　いにしえの諸侯や重臣は「后」と称された。誰を指すかはさまざまな例があるが、『尚書』呂刑では「乃ち三后に命ず、功を民に恤むを」以下、伯夷・禹・稷三名の重臣を挙げる。刑法の官が彼らと同列でないことは、『後漢書』楊賜伝に「三后　功を成し、惟だ民に殷んにす。皋陶焉に与らず、蓋し之を吝ずるなり」と、民に刑罰を加える職務を恥じたためと述べる。95犴獄　牢獄。「犴」も獄の意。『荀子』宥坐に「犴獄治まらざるも、刑（処罰）すべからざるは、罪　民に在らざるの故なり」。96敲搒　「敲」も「搒」も打つ、叩く。法曹参軍の職務として、罪人を笞刑や杖刑に処すこと。姦偸　盗人、凶賊。漢・王褒「僮約」（『初学記』巻一九・人部・奴婢）に「市聚に往来し、慎んで姦偸を護る」。97懸知　予期する。「懸」は、清・劉淇『助字辨略』巻二に「懸は猶お預のごときなり」。98罝罘　動物を捕らえる網。『礼記』月令などに見える語。陽山左遷のように、江陵でもまた法網に捕らえられるのではないかと危惧する。**99湘水**　湖南省最大の河川。南から北に流れて洞庭湖に注ぐ。韓愈は湘水に沿って北上し、江陵に向かっていた。**100涼風**　北風。『爾雅』釈天に「北風　之を涼風と謂う」。脩脩風の音を表す擬音語。白居易「夜宴惜別」詩に「門前の風雨　冷たくして脩脩たり」。ここでは、帰路を阻むかのような北からの厳しい風を表す。**101首帰路**　「首路」は出発する。顔延之「北のかた洛に使いす」詩（『文選』巻二七）に「服を改めて徒旅を飭（ととの）うるも、路に首かいて険難に跼（せぐくま）る（怖じ気づく）」。**102夷猶**　遅々として進まぬさま。双声の語。『楚辞』九歌・湘君に「君行かずして夷猶す」、王逸注に「夷猶は猶予なり」。陽山から旅立ったが、都にもどれるわけではないため足取りが重くなることをいう。

103　昨者京師至　　昨者（さきごろ）　京師（けいし）より至（いた）り
104　嗣皇傳冕旒　　嗣皇（しこう）　冕旒（べんりゅう）を伝（つた）う
105　赫然下明詔　　赫然（かくぜん）として明詔（めいしょう）を下（くだ）し
106　首罪誅共吺　　首罪（しゅざい）　共吺（きょうとう）を誅（ちゅう）す
107　復聞顚夭輩　　復（ま）た聞（き）く　顚夭（てんよう）の輩（はい）
108　峨冠進鴻疇　　峨冠（がかん）して鴻疇（こうちゅう）を進（すす）むと
109　班行再肅穆　　班行（はんこう）　再（ふたた）び粛穆（しゅくぼく）たり
110　璜珮鳴琅璆　　璜珮（こうはい）　鳴（な）りて琅璆（ろうきゅう）たり
111　佇繼貞觀烈　　佇（ま）つらくは貞観（じょうがん）の烈（れつ）を継（つ）ぎて
112　邊封脫兜鍪　　辺封（へんぽう）　兜鍪（とうぼう）を脱（ぬ）がんことを

〔校勘〕
103「師」 潮本、祝本、文本、蜀本、魏本、王本、銭本作「使」。
106「攺」 潮本、祝本、文本、蜀本、魏本作「兜」。
110「珮」 魏本作「佩」。

先頃、都より人が来た。新皇帝が天子の冠を継承し、
威厳に満ちて詔勅を下し、首魁の共工(きょうこう)と驩兜(かんとう)のごとき逆臣を誅されたとか。

また、泰顚(たいてん)と閎夭(こうよう)に比すべき賢臣たちが、高官となって国家統治の要綱を献げているとも聞いた。

百官の列は再び厳粛さを取りもどし、腰に下げた帯び玉が美しい音を鳴らしている。

貞観の治の功業を引き継ぎ、辺境では敵が兜(かぶと)を脱ぐことが待ち望まれる。

第六段は、憲宗が即位して王伾・王叔文一派が失脚したことを述べ、今後の治世に期待を寄せる。
103京師　諸本では「京使」(都からの使い)に作る。104嗣皇　新たに即位した皇帝。永貞元年(八〇五)八月に順宗が退位して憲宗が即位したことをいう。077「八月十五の夜　張(ちょう)功曹に贈る」に「嗣皇　聖を継ぎて夔皋(きこう)(古の名臣)を登(のぼ)す」。冕旒　冠に垂れる飾り玉。天子の冠を指す。105赫然　威厳あるさま。明詔　詔勅のこと。「明」は賢明、英明の意。詔を敬ってかくいう。106王伾が開州司馬に、王叔文が渝州(ゆしゅう)司戸に左遷されたことをいう。首罪　罪状の最も重い者。共攺　共工(きょうこう)と驩兜(かんとう)(鴅吺(かんとう)とも表記される。諸本は「兜」に作る)。堯舜の臣下で三苗(さんびょう)、鯀(こん)と併せて「四凶」と称された逆臣。『尚書』舜典に「共工を幽州に流し、驩兜を崇山に放ち、三苗を三危に竄(ざん)し、鯀を羽山に殛(きょく)す」。107杜黄裳(とこうしょう)と鄭余慶(ていよけい)のような賢臣が宰相に任ぜられたことをいう。顚夭　周

の文王を補佐した泰顚と閎夭（『尚書』君奭）。国家の名臣を喩える。『三国志』蜀書・諸葛亮伝の裴松之注に引く『蜀記』に「昔　顚夭在りて、名有りて跡無し」。108**峨冠**　高い冠。高官を意味する。209「児に示す」に「客の為す所を問えば、峨冠　唐虞を講ず」。**鴻疇**　「洪範九疇」の略で、殷の箕子が周の武王に説いた天下を治める大法九箇条。「鴻」は「洪」に通じ、大の意。「疇」は類。『尚書』洪範に「天乃ち禹に洪範九疇を錫（賜）う」。109**班行**　朝廷に参列する百官の行列。「班列」と同義。**粛穆**　つつしむさま。畳韻の語。丘遅「楽遊苑に侍宴し張徐州を送る応詔詩」（『文選』巻二〇）に「粛穆として恩波被る」。110**璜珮**　腰に下げる帯玉。官職にある者がつける装身具。「璜」はドーナツ状の璧を半分にした形の玉器。**琅璆**　玉の鳴るさま。前例はないが、『楚辞』九歌・東皇太一に「長剣の玉珥を撫すれば、璆鏘と琳琅鳴る」と、類似する表現が見られる。111**佇**　じっとたたずむことから、待ち望む、期待するの意。**貞観**　唐の太宗時代の年号（六二七―六四九）。唐王朝の基盤を築き、太平の時代であったため、貞観の治と讃えられた。**烈**　功業、いさお。「業」と同義。112**辺封**　辺境の地。白居易「辺鎮節度使の起復の制」に「戎秩を加え、用て辺封を護らしむ」。**脱兜鍪**　「兜鍪」は兜を意味する畳韻の語。兜を脱ぐのは、『旧唐書』闞稜伝に「稜　兜鍪を脱ぎ賊衆に謂いて曰く、汝　我を識らざるか、何ぞ敢えて来たり戦わんと」とあるように、矛を収めること。ここでは辺境の賊軍が降服することをいう。

113 三賢推侍従　　三賢　侍従に推され
114 卓犖傾枚鄒　　卓犖として枚鄒を傾く
115 高議參造化　　高議　造化に参し
116 清文煥皇猷　　清文　皇猷を煥かす
117 協心輔齊聖　　心を協せて斉聖を輔け

118 政理同毛輶
119 小雅詠鳴鹿
120 食苹貴呦呦
121 遺風邈不嗣
122 豈憶嘗同裯
123 失志早衰換
124 前期擬蜉蝣
125 自從齒牙缺
126 始慕舌爲柔
127 因疾鼻又塞
128 漸能等薫蕕
129 深思罷官去
130 畢命依松楸
131 空懷焉能果
132 但見歳已遒
133 殷湯閔禽獸
134 解網祝蛛蝥
135 雷煥掘寶劍
136 冤氛銷斗牛

政理　毛の輶きに同じ
小雅　鳴鹿を詠じ
苹を食らいて呦呦たるを貴ぶ
遺風　邈として嗣がず
豈に嘗て裯を同じくせしを憶わんや
志を失いて早に衰換せり
前期　蜉蝣に擬す
歯牙の缺けし自従り
始めて舌の柔為るを慕う
疾に因りて鼻又た塞がり
漸く能く薫蕕を等しくす
深く思う　官を罷めて去り
命を畢うるまで松楸に依らんと
空しく懐うも焉くんぞ能く果たさんや
但だ歳の已に遒るを見る
殷湯　禽獣を閔れみ
網を解きて蛛蝥を祝す
雷煥　宝剣を掘り
冤氛　斗牛に銷ゆ

137　茲道誠可尙　　茲(こ)の道(みち)　誠(まこと)に尚(とうと)ぶべし
138　誰能借前籌　　誰(たれ)か能(よ)く前籌(ぜんちゅう)を借(か)らんや
139　殷勤謝吾友　　殷勤(いんぎん)に吾(わ)が友(とも)に謝(しゃ)す
140　明月非暗投　　明月(めいげつ)　暗(やみ)に投(とう)ずるに非(あら)ず

〔校勘〕

117　「協」　魏本作「同」。
118　「政」　潮本、祝本、文本、蜀本、魏本、王本作「致」。
　　「同」　銭本作「如」。
120　「苹」　蜀本、魏本作「萍」。
122　「嘗」　潮本、祝本、文本、蜀本、魏本作「常」。
　　「裯」　潮本作「稠」。
125　「齒牙」　文本作「牙齒」。
133　「殷」　魏本作「商」。
136　「氛」　潮本、祝本、文本、蜀本、魏本作「氣」。
139　「吾友」　潮本、祝本、文本、蜀本、魏本作「友朋」。

三名の賢哲は侍従の職に推挙され、その文才は枚乗(ばいじょう)や鄒陽(すうよう)を圧倒する。高邁な議論は創造主のはたらきに参画し、清雅な文章は皇帝の教化を輝かせる。

心を一つにして聡明なる聖天子を補佐し、施政は軽やかな毛のように実行に移される。

小雅では鳴き交わす鹿をうたい、草を食べて鳴き声を上げる様子を貴んだ。

その遺風は遥か昔のこととして継承されず、昔わたしと寝床を共にしたよしみなど思い出してくれないのか。

わたしは志を失ってとうに老いぼれてしまい、この先は蜉蝣（かげろう）のようにわずかな命。

歯が抜け落ちてから、舌の柔らかさをはじめて有り難く思うようになった。

病気で鼻もつまってから、次第に芳香も悪臭も同じように感じるようになった。

役人など辞めて帰り、死ぬまで墓所のある故郷に身を寄せたいと切に思う。

いたずらに願うばかりで実現させるべくもない。歳月がどんどん迫ってくるのをただ見やるばかり。

殷の湯王（とうおう）は禽獣にも情けをかけ、三方の網を取り除いて蜘蛛のようにあれと祈った。

晋の雷煥（らいかん）は宝剣を掘り出して、その恨みの気が斗牛の星座から消え失せた。

この道は真に尊ぶべきもの、張良（ちょうりょう）のように天子の箸を借りて謀（はかりごと）をめぐらすのはどなただろう。

我が友たちへ慇懃に申し上げる。わたしの言葉は明月の珠をでたらめに暗闇へ放り出したわけではないのだ。


第七段は、詩を贈った三名を讃え、自身を長安へ召還して仕官の斡旋を取り計らってくれるよう訴える。

113 **三賢** 王涯（おうがい）・李建（りけん）・李程（りてい）を指す。**侍従** 天子の側で仕える官。要職に就くことを意味する。彼らの伝記からは具体的な職名は分からず、韓愈が相手を持ち上げた表現ともとれる。114 **卓犖** 抜きん出て優れたさま。畳韻の語。左思（さし）「詠史八首」其一（『文選』巻二一）に「弱冠にして柔翰を弄び、卓犖として群書を観る」。**枚鄒** 枚乗（ばいじょう）と鄒陽（すうよう）。漢の景帝の頃の文学者で、枚乗は「七発」（『文選』巻三四）などの韻文作家、鄒陽は散文家として併称される。115 **造化** 造物主のはたらき。116 **皇猷** 帝王の施策や教化。「猷」は道、はかりごと。梁・沈約（しんやく）「斉の太尉文憲王公の墓誌銘」に「帝図必ず挙がり、皇猷諧い煥く」。117**協心**　心を合わせる。『尚書』畢命に「三后　心を協せ、同じく道に底らば、道洽く政治まり、沢みは生民（人民）を潤さん」。**斉聖**　物事によく通じているさま。叡智。双声の語。『尚書』冏命に「昔　文武（周の文王と武王）在り、聡明斉聖なり」とあるように、天子に必要な資質とされ、ここでは天子を指す。118**政理**　政治。**毛輶**　毛のように軽いこと。『詩経』大雅・蒸民に「徳の輶きこと毛の如し」。軽々と実行しやすいことをいう。119・120『詩経』小雅・鹿鳴の「呦呦として鹿は鳴き、野の苹を食らう」をそのまま用いた句。「鹿鳴」は臣下や客をもてなす宴会の詩であり、人材や仲間を求める意味を持つ。121・122「鹿鳴」のうたのような友人を厚くもてなす風潮が失われてしまい、三人とも出世によって韓愈との昔のよしみを忘れてしまったのではないかと危惧する。**同裯**　寝床を同じくすること。深い友情を表す。「裯」はとばり。曹植「白馬王彪に贈る」詩（『文選』巻二四）に「何ぞ必ずしも衾幬（裯）を同じくして、然る後に慇勤を展べんや」。123**衰換**　老いぼれることを意味する。「換」は悪い方向への変化。124**前期**　この先。未来の事を考えること。沈約「范安成と別るる詩」（『文選』巻二〇）の「生平　少年の日、手を分かつも前期を易しとす」。**蜉蝣**　カゲロウ。つかの間の生に喩えられる。『詩経』曹風・蜉蝣に「蜉蝣の羽、衣装楚楚たり」、その毛伝に「朝に生まれ夕に死す」。125・126『説苑』敬慎に見える老子の語に、舌は柔らかいからこそ歯のように欠けたりしないことを「夫れ舌の存するや、豈に其の柔らかきを以てするに非ずや。歯の亡ぶや、豈に其の剛きを以てするに非ずや」と述べたのを踏まえる。051「歯落つ」にも「嚼むこと廃るれば軟らかきも還た美なり」。開き直り、屈折した気分をシニカルに描く。127・128「薫」は香り草。「蕕」は悪臭の草。『左伝』僖公四年に「一薫一蕕、十年にして尚猶ほ臭い有り」。善人と悪人は同じ場所に居りがたいことを意味する。元稹「陽城駅」詩に「鼻復た勢気塞がり、薫蕕を辯ずるを得ず」。ここでは、鼻がつまることによって臭いが気にかからなくなったと投げやりな気分を述べる。130**松楸**　松とヒサギは墓地に植えられる木。ここでは先祖の墓所のある故郷をいう。謝朓（しゃちょう）「斉の敬皇后哀策文」（『文選』巻五八）に、敬皇后を南斉・明帝と合葬することを述べて「輿鍐（よそう）（車と馬の飾り）を松楸に映ず」。132歳已遒 『楚辞』九辯の「歳忽忽（こつこつ）（速やかに進む）として遒り尽く」にもとづく。133・134『呂氏春秋』異用に見える故事を用いる。四方に網をかけて獣を捕るのを殷の湯王が憐れんで、その三方を取り払い、「更（あらた）めて祝せしめて曰く、昔 蛛蝥は網罟（もうこ）を作り、今の人は紓（しょ）（緩やかさ、寛容さ）を学ぶ……」として、蜘蛛の網が一面にしかないように前方に突っこむ獣以外を逃がした。諸国がその話を聞いて「湯の徳は禽獣に及ぶ」と帰順した。「祝」は祈る、呪文を唱える。「蛛蝥」はクモの別名。この湯王の情けのように、韓愈を江陵府から都へ呼びもどすよう訴えている。135・136『晋書』張華（ちょうか）伝に見える雷煥の故事を用いる。呉が滅亡する前、「斗牛の間に常に紫気有り」て滅亡後も消えなかったので、雷煥に原因を尋ねると「宝剣の精、上りて天に徹（とお）るのみ」と答えた。そこで雷煥を豊城（ほうじょう）県令に任命して宝剣を掘り起こさせると、その気が消えたという逸話。「冤氛」は名剣が埋もれたままになっていることの恨み。「斗牛」は星宿（せいしゅう）（星座）の名、斗宿と牛宿。この故事のように、埋もれた自分を抜擢してほしいと訴える。138借前籌 「籌」は箸。『史記』留侯世家に「臣請う 前箸を藉（か）りて大王の為に之を籌（はか）らん」とあるのを踏まえ、皇帝の箸を借りて謀をめぐらす意。皇帝に直訴して韓愈を長安へ呼びもどせるのは、張良に比すべき君ら三名をおいて他にはないと訴える。140「明月」は宝玉の名。鄒陽（すうよう）「獄中にて上書し自（みずか）ら明らかにす」（『文選』巻三九）に「明月の珠、夜光の璧（へき）、暗（闇）を以て人に道に投ずれば、衆は剣を按じて相い眄（かえりみ）ざる者莫（な）し」とある故事にもとづく。貴重な物でも暗闇の中にいきなり放り出されれば抜刀して身構えることから、有為の才が世に警戒され認められないことを意味する。郭璞（かくはく）「遊仙詩七首」其五（『文選』巻二一）に「明月 闇に投じ難し」。ここでは、このたびの詩は不躾にお願いするものではなく、根拠のあることだと述べる。最後の八句は、たたみかけるように典故を用いて三名に仕官の斡旋を懇願する。

詩型・押韻　五言古詩。下平十八尤（尤・浮・由・収・休・求・流・酬・稠・嚘・秋・謀・優・麰・州・劉・讎・不・留・羞・州・囚・輈・舟・疣・啁・鶹・游・裘・丘・侔・瘳・愁・憂・耰・矛・陬・周・儔・罘・脩・猶・旒・疇・璆・鍪・鄒・猷・輶・裯・蝣・柔・蝤・楸・遒・蝥・牛・籌）、十九侯（溝・鉤・喉・頭・侯・猴・偸・吺・投）、二十幽（繆・幽・呦）の同用。平水韻、下平十一尤。

（好川　聡）

087　潭州泊船呈諸公

潭州に船を泊して諸公に呈す

この詩は文集の「遺文」に収録されている。韓愈が潭州（湖南省長沙市）に立ち寄ったのは、永貞元年（八〇五）に江陵府の法曹参軍に赴任する途次だけなので、この詩が韓愈の作とすれば、その折に作られたと判断される。なお当時の潭州刺史は、湖南観察使の楊憑が兼務していた。

1　夜寒眠半覺　　夜寒くして眠り半ば覚む
2　鼓笛鬧嘈嘈　　鼓笛　鬧しきこと嘈嘈たり
3　闇浪舂樓堞　　闇浪　楼堞を舂き
4　驚風破竹篙　　驚風　竹篙を破る
5　主人看使範　　主人　使範を看

6 客子讀離騷　　客子（きゃくし）　離騒（りそう）を読（よ）む
7 聞道松醪賤　　聞道（きくな）らく　松醪（しょうろう）は賤（やす）しと
8 何須恡錯刀　　何（なん）ぞ須（もち）いん　錯刀（さくとう）を恡（お）しむを

〔校勘〕
0「船」　文本作「舡」。
潮本、蜀本、魏本未収。

潭州に船を泊めて皆さんにさしあげる

夜は寒く、眠りから覚めかかると、笛太鼓の音が騒がしくドウドウと響いている。それは闇の中を打ち寄せる波が高殿の囲いを繰り返し突き、激しい風が竹の水棹（みざお）を割らんばかりに吹いていた音だった。

この地の主人は観察使の規範書を見ており、幕客たちは離騒を読みふけっている。聞くところでは松脂（まつやに）を使った酒は安いという。金を惜しむことはないだろうに。

0泊船　船を泊める。韓愈が潭州に何日滞在したのかは不明だが、次の詩で近郊に出かけていることから、暫く逗留したものと見られる。この詩は到着して間もない作か。　諸公　湖南観察使とその幕客たちをいう。　1夜寒　すでに晩秋から初冬の時期である。寒さで眠れないことを示して、末二句と呼応させている。　2鼓笛　太鼓や笛の音。目覚めかかった耳にはそう聞こえたのである。宴席が設けられていて、そのお囃子かと思ったと言い、やはり末二句と呼応させる。**嘈嘈**　大きな音の形容。王延寿「魯の霊光殿の賦」（『文選』巻一一）に「耳は嘈嘈として以て聴を失う」、李善注に「埤蒼曰く、嘈嘈は声の衆きなり」。**3闇浪**　真っ暗な中で波の打ち寄せる音だけが聞こえること。**舂**　突く。打ち当たる。**楼堞**　水辺に建つ楼閣の周りにめぐらせた浪避けの垣根。公務の旅の場合、船から上がって水辺の宿舎で寝るのが一般的であり、この時の韓愈も同様であったと思われる。**4驚風**　激しく吹く風。曹植「徐幹に贈る」詩（『文選』巻二四）に「驚風　白日を飄し、忽然として西山に帰せしむ」。**篙**　舟を操る棹。**5使範**　天子から一地方を任される観察使の規範を記した書物であろう。『新唐書』藝文志二に王晋『使範』一巻が著録されるが、これと同じ書物かどうかは分からない。**6離騒**　『楚辞』の代表的な一篇。潭州を中心とした地域は『楚辞』に縁のある土地である。『世説新語』任誕に、王恭の言として「名士は必ずしも奇才なるを須いず。但だ常に事無きを得、酒を痛飲し、離騒を熟読せしむれば、便ち名士と称すべし」とあるのを踏まえ、模範的な観察使の下で、幕客たちも名士たらんと努力しているという意を含めているだろう。そして痛飲すべき酒の方は無いようだという冗談を込めて、下二句につなげている。**7松醪**　醸造の際に松脂を使用した酒。潭州には「松醪春」という名の酒もあったといい、松脂を使う酒はこの地では一般的だったらしい。唐・戎昱「張秀才の長沙に之くを送る」詩に「松醪は能く客を酔わしむ、慎んで湘潭に滞る勿かれ」。**賤**　値段の安い意。**8悋**　「吝」と同じ。惜しむ、ケチる。**錯刀**　漢代の貨幣に刀の形で金の文字が刻んであるものが有った。そこから貨幣、金銭の意味に用いる。

詩型・押韻　五言律詩。下平五豪（嘈・篙・騒・刀）。平水韻、下平四豪。

（齋藤　茂）

088

陪杜侍御遊湘西兩寺獨宿有題因獻楊常侍

杜侍御に陪して湘西の両寺に遊び独宿して題する有り、因りて楊常侍に献ず

永貞元年（八〇五）晩秋、江陵（湖北省荊州市）への道中、潭州（湖北省長沙市）に立ち寄った韓愈は、杜侍御なる人物のお供をして湘江西岸の岳麓山にある岳麓・道林の両寺を訪れた。一人で宿泊した夜、所懐を詩に述べ潭州刺史・湖南観察使の楊憑に宛てた。この人物は、077「八月十五の夜　張功曹に贈る」で「州家　名を申ぶるも使家抑う」と名指していたその人である。なお、杜甫もかつてこの両寺を訪れ、「岳麓山・道林の二寺の行」に「玉泉の南　麓山殊なり、道林は林巒争いて盤紆す（曲がりくねる）」とうたう。

1 長沙千里平　　長沙　千里平かなるも
2 勝地猶在險　　勝地　猶お険に在り
3 況當江闊處　　況んや江の闊き処に当たり
4 斗起勢匪漸　　斗かに起こりて　勢い漸には匪ざるをや
5 深林高玲瓏　　深林　高く玲瓏たり
6 青山上琬琰　　青山　上は琬琰たり
7 路窮臺殿闢　　路窮まりて台殿闢き
8 佛事煥且儼　　仏事　煥かに且つ儼かなり

9　剖竹走泉源
10　開廊架崖广
11　是時秋之殘
12　暑氣尚未歛
13　羣行忘後先
14　朋息棄拘檢
15　客堂喜空涼
16　華榻有清簟
17　澗蔬煑蒿芹
18　水果剝菱芡
19　伊余夙所慕
20　陪賞亦云忝

竹(たけ)を剖(さ)きて泉源(せんげん)を走(はし)らしめ
廊(ろう)を開(ひら)きて崖广(がいげん)に架(か)く
是(こ)の時(とき)　秋(あき)の残(なごり)
暑気(しょき)　尚(な)お未(いま)だ歛(おさ)まらず
群行(ぐんこう)して後先(こうせん)を忘(わす)れ
朋息(ほうそく)して拘検(こうけん)を棄(す)つ
客堂(きゃくどう)　空涼(くうりょう)なるを喜(よろこ)ぶ
華榻(かとう)　清簟(せいたん)有(あ)り
澗蔬(かんそ)　蒿芹(こうきん)を煮(に)
水果(すいか)　菱芡(りょうけん)を剝(は)ぐ
伊(こ)れ余(われ)　夙(つと)に慕(した)う所(ところ)
陪賞(ばいしょう)　亦(ま)た云(ここ)に忝(かたじけな)くす

［校勘］

0「遊」　銭本作「游」。

「兩」　潮本、祝本、文本、蜀本、魏本無。

「有題」　王本、銭本下有「一首」二字。

「因」　祝本、文本、蜀本、魏本無。

「楊」　文本作「揚」。

7「殿」蜀本作「閣」。

10「廊」潮本作「廓」。

「广」蜀本作「戸」。

11「之」潮本、祝本、文本、蜀本、魏本作「初」。

12「歛」潮本作「斂」。

14「朋」潮本、祝本、文本、蜀本、魏本作「困」。

「檢」文本作「撿」。

15「空」蜀本作「風」。


杜侍御のお供をして湘江西岸の二軒の仏寺に遊び自分だけ泊まって詩を書きつけた、そこで楊常侍に献呈する

長沙は千里のかなたまでまっ平らだが、景勝の地というものはやはり険しい場所にある。

まして江がひらけるところにあたり、山が急激に隆起して勢いなだらかならぬところならなおさら。

深い林は仰げば高く透きとおり、青い山は上が宝石のように美しく輝く。

路が窮まったところでぱっと伽藍がひらけ、荘厳の仏具はきらびやかにもおごそかである。

寺中には竹を割った樋を通して泉水をはしらせ、廊下がひらけて崖の上の建物にさしわたしている。

時節は秋のなごり、なのに暑さはまだ収まらない。

おおぜいで登山すれば先輩後輩の順序など忘れ、連れだって一息つけば役所勤めの堅苦しさなどどこへやら。

通された客間はからりと涼しいのがうれしい、模様のある長椅子にはすがすがしいたかむしろが敷かれている。

献立は谷間の山菜で蒿と芹を煮た料理、果物は菱の実と芡を剝いたもの。
これこそわたしが平生から心に望んでいたところ、お供してご相伴にあずかったのはまことにかたじけないことだ。

全体を二段に分ける。第一段は土地の形勢から語り起こし、両寺への登山行と到着後のさまを述べる。
0杜侍御　誰を指すかは未詳。「侍御」は殿中侍御史（従七品上）もしくは監察御史（正八品上）の通称（唐・趙璘『因話録』巻五）。官僚の監察弾劾を担当する御史台に属する。ただし、しばしば節度史や観察史の幕僚の肩書きに用いられ、ここもそうであろう。**湘西両寺**　湘江西岸の岳麓山の山上にあった岳麓寺と山下にあった道林寺。ただし作中には岳麓寺のことのみ描く。『元和郡県図志』巻二九・江南道・長沙県に「岳麓山は県の西南に在り、湘江水より隔たること六里」、『方輿勝覧』巻二三・湖南路・潭州に「道林寺は岳麓山下に在り。……岳麓寺は山上にあり、百余級にして乃ち至る」。**楊常侍**　楊憑。082「合江亭」第29句注参照。当時、潭州刺史であり湖南観察使を兼ねていた（『旧唐書』徳宗紀下）。「常侍」は散騎常侍の略称。楊憑はこの後長安に戻り左散騎常侍となる（『旧唐書』楊憑伝）。**1千里平**　長沙から湘江の流れこむ洞庭湖まで平らかな原野がひろがる。**4斗起**　山が急峻にそそり立っていること。「斗」は「陡」に通じる。『史記』封禅書に「成山は斗ち海に入る」。**勢匪漸**　山勢がなだらかでないこと。「匪」は「非」に通じる。**5・6**　樹林や山の上の部分が玉のようにきらきらしていることをいう。**玲瓏**　透き通った、きらきらしたさま。双声の語。**琬琰**　宝玉のように美しいさま。双声畳韻の語。**8仏事**　伽藍を荘厳する仏具。『洛陽伽藍記』巻一・長秋寺に「荘厳の仏事、悉く金玉を用う」。作工の異（精巧な作り）は、具に陳ぶべきこと難し」。**10開廊**　空中回廊のようなものか。**崖广**　崖に依って構えられた建物。『説文解字』广部に「广は厂に因りて屋を為るなり」。**12斂**　収斂する。**13忘後先**　「後先」は後輩と先輩。道を行くのに目上の人を追い越さないようにするのは重要な徳目だが、大勢での登山行では後先入り乱れ、そんなことを気にしていられないことをいう。『孟子』告子下に「徐行して長者に後る、之を弟（悌）と謂い、疾行して長者に先んず、之を不弟と謂う」。14朋息　仲よく休息する。棄拘検　役職による遠慮や決まり事などうっちゃってしまう。15空涼　部屋がからっとしていて涼しいさま。177「崔舎人の月を詠ずるに和す二十韻」に「空涼たり　水上の亭」。16華榻　模様を施した長椅子。ベッドとしても使う。清簟　竹で編んだ涼やかなむしろ。17・18　精進料理は質素ながらも歓待されていることをいう。蒿芹　ヨモギとセリ。水辺に生える香り高い山菜。『呂氏春秋』本味に「菜の美なる者は、…雲夢の芹」。杜甫「鄭広文に陪して何将軍の山林に遊ぶ十首」其二に、美味の食べ物を述べて「鮮鯽　銀糸の膾、香芹　碧澗の羹」。菱　ヒシ。その実は食用になる。芡　オニバス。ミズブキ。蓮の一種。20陪賞　杜侍御のお供をして仏寺の景色や味覚を味わうことをいう。

21　幸逢車馬歸
22　獨宿門不掩
23　山樓黑無月
24　漁火燦星點
25　夜風一何喧
26　杉檜屢磨颭
27　猶疑在波濤
28　怵惕夢成魘
29　靜思屈原沈

幸いに車馬の帰るに逢い
独宿して　門　掩わず
山楼　黒くして月無く
漁火　燦きて星のごとく点ず
夜風　一に何ぞ喧しき
杉檜　屢しば磨颭す
猶お疑う　波濤に在るかと
怵惕して夢に魘を成す
静かに思う　屈原の沈みしを

30 遠憶賈誼貶
31 椒蘭爭妬忌
32 絳灌共讒諂
33 誰令悲生腸
34 坐使淚盈臉
35 翻飛乏羽翼
36 指摘困瑕玷
37 珥貂藩維重
38 政化類分陝
39 禮賢道何優
40 奉己事苦儉
41 大廈棟方隆
42 巨川檝行剡
43 經營誠少暇
44 遊宴固已歉
45 旅程愧淹留
46 徂歲嗟荏苒
47 平生每多感
48 柔翰遇頻染

遠(とお)く憶(おも)う　賈誼(かぎ)の貶(へん)せられしを
椒蘭(しょうらん)　争(あらそ)いて妬忌(とき)し
絳灌(こうかん)　共(とも)に讒諂(ざんてん)す
誰(たれ)か悲(かな)しみをして腸(ちょう)に生(しょう)ぜしめ
坐(い)ながらに涙(なみだ)をして瞼(ほお)に盈(み)たしめん
翻飛(ほんぴ)せんとするも羽翼(うよく)に乏(とぼ)し
指摘(してき)して瑕玷(かてん)に困(くる)しめらる
珥貂(じちょう)　藩維(はんい)重(おも)く
政化(せいか)　陝(せん)を分(わ)かつに類(るい)す
賢(けん)を礼(れい)するは　道(みち)　何(なん)ぞ優(ゆう)なる
己(おのれ)を奉(ほう)ずるは　事(こと)　苦(はなは)だ倹(けん)なり
大廈(たいか)　棟(むね)　方(まさ)に隆(たか)し
巨川(きょせん)　檝(かじ)　行(ゆ)くゆく剡(けず)らん
経営(けいえい)　誠(まこと)に暇(いとま)少(すく)なく
遊宴(ゆうえん)　固(もと)より已(すで)に歉(あきた)らず
旅程(りょてい)　淹留(えんりゅう)を愧(は)じ
徂歳(そさい)　荏苒(じんぜん)たるを嗟(なげ)く
平生(へいぜい)　毎(つね)に感(かん)多(おお)く
柔翰(じゅうかん)　遇(たま)たま頻(しき)りに染(そ)む

49 展轉嶺猿鳴　　展転すれば嶺猿鳴き
50 曙燈靑睒睒　　曙灯　青くして睒睒たり

［校勘］
23「無」蜀本作「无」。
32「諂」潮本、文本、魏本、王本作「謟」。
33「令」蜀本作「念」。
35「翻」祝本、文本、魏本作「飜」。
36「摘」文本作「擿」。
42「檝」文本作「楫」。
44「遊」銭本作「游」。
50「曙」祝本、蜀本作「曙」。
「睒睒」潮本作「睒睒」。祝本、文本、蜀本、魏本作「燄燄」。

たまたま杜侍御ご一行がお帰りになって、自分ひとり泊まることになり門は開けっぱなしたまま。

月のない夜、山上の楼閣は漆黒の闇に包まれ、漁り火は星のように瞬く。

夜風はなんとうるさいことか、杉や檜の枝がつねに擦れて波うっている。

なんだか舟に泊まって波にもまれているような気がして、不安になり夢にうなされた。

屈原が自沈したことを静かに思い起こし、賈誼が流されたことに遠く思いを馳せる。

楚の子椒（ししょう）や子蘭（しらん）らは争うように屈原のことをねたみにくみ、漢の周勃（しゅうぼつ）や灌嬰（かんえい）らはよってたかって賈誼のことを悪く言った。

誰が悲しみをはらわたに生じさせ、なすこともないまま顔じゅう涙でいっぱいにするのだろう。

空高く飛び上がりたいけれど翼がない、過ちをあばかれて玉にできたきずに苦しめられている。

冠を貂（てん）の尾で飾る常侍どのは国の守りとして重鎮をなし、その政治と人徳による教化の力は国の半分を任された周公と召公に匹敵する。

賢者を遇するのに礼をもってするあなたの道はなんとねんごろで手厚いものか、一方で自身のことはまことにつづまやかにしておられる。

いまおかげで天下の人民を庇護する大きな建物の棟木はりっぱなものとなり、ゆくゆくは大きな川を国家のかじとなって渡って行かれることだろう。

あなたは州の政治をきりまわすことでまことにお暇がなく、遊山や宴会などもとより十分には堪能しておられないご様子。

わたしはといえば旅先でぐずぐずしているのが恥ずかしく、いたずらに時間だけが過ぎてゆくのを嘆いている。

平生より感じること考えることが多く、ふと筆をとり何度も墨にひたしてみた。

眠れずに寝返りをうっているうち峰の上で猿が鳴いた、明け方のともしびが青くまたたいている。

第二段は宿泊した夜、屈原と賈誼に自身を重ね、楊憑の政治を褒めたたえ、一筆啓上した旨を述べて締めくくる。

21幸　思いがけず。　24　眼下に点ずる漁り火を天上の星の瞬きにみたてる。あるいは反対に天上の星を漁り火に見立てるか。25〜28 夜風に木々の枝が擦れあって、夢うつつのうちに波間に浮かぶような心地になることをいう。087「潭州に船を泊して諸侯に呈す」にも強風と波浪のことが見え、この潭州逗留時、風波が激しかったようである。**磨颭** 「磨」はこすれあう。「颭」はそよぐ。風が物を動かすこと。**怵惕** 不安な気分になる。『尚書』冏命に「怵惕して惟れ厲み、中夜（夜半）に以て興き、厥の愆ちを免れんことを思う」。**成魘** 悪夢にうなされる。29・30 屈原はほど近い汨羅に身を投げ、賈誼はここ長沙に流されて帰れなかった。いずれの挿話も水の記憶がまとわりついている。31**椒蘭** 「椒」は楚の大夫の子椒。「蘭」は楚の懐王の末子である子蘭。「椒」も「蘭」も本来は香草であるが、ここでは奸佞の臣を指す。『楚辞』離騒に「固より時俗の流従せる、又た孰か能く変化無からん。椒蘭を覧るに其れ茲くの若し……」、王逸注に「子椒・子蘭の変節すること此くの若し」。**妬忌** ねたみにくむ。32**絳灌** 「絳」は漢の絳侯、周勃。「灌」は灌嬰。賈誼は年若くして文帝の覚えめでたく、公卿の位を与えようとしたところ、周勃や灌嬰らが「雒（洛）陽の人、年少く初学なるに、専ら権を擅にせんと欲し、諸事を紛乱す」と讒言して沙汰やみとなり、長沙の太傅に左遷された（『史記』賈誼伝）。**讒諂** そしりへつらう。34**瞼** ほお。『宋書』廬江王禕伝に「顔に戚いの状無く、涙は瞼に垂れず」。35・36 朝廷へ復帰する願いがかなわず江陵に移されることになったその間の事情を、飛びたいけれど翼がないという、常套句で述べる。077「八月十五の夜 張功曹に贈る」で「使家（観察使）」によって抑えられた、とやり玉にあげていた当人に対して、ちいさな玉のきずによってこんなにも苦しめられている、と訴える。**翻飛** ひらひらと飛ぶ。『詩経』周頌・小毖に、鳥が大きく羽ばたくことをうたって「拚（翻）飛するは維れ鳥」。**指摘** 誤りや罪を暴き出す。**瑕玷** 玉のきず。『史記』藺相如伝に「璧に瑕有り、指して王に示さんと請う」。37・38 楊憑が顕官であり国の重鎮であることをいう。**珥貂** 漢の朝廷では侍中・中常侍などの顕官が貂（テン）の尾で冠を飾り、それは唐代の左右散騎常侍にも踏襲された（『唐六典』巻八・門下省）。左思「詠史八首」其二（『文選』巻二一）に「金

張　旧業に籍り、七葉　漢貂を珥む」。**藩維**　天子は藩鎮をもって国の守りとする。『詩経』大雅・板に「价人は維れ藩、大師は維れ垣」、毛伝に「价は善なり。藩は屏なり」。**分陝**　周代の初め、周公旦と召公奭（ともに周の文王の子）がそれぞれ国の半分を任されたことを踏まえ、地方の大官として重責を担うことをいう。「陝」は今の河南省三門峡市。ここを管轄の境界線とした。『公羊伝』隠公五年に、天子の三人の相（補佐）の役割分担について「陝自り東なる者は、周公　之を主り、陝自り西なる者は、召公　之を主る。一相は内（朝廷）に処る」。**39礼賢**　賢者を礼遇すること。**40**　楊憑のつづまやかな暮らしぶりをいう。『左伝』僖公二十八年に「蔿呂臣は実に令尹と為らば、己を奉ずるのみ、民には在らず」、杜預注に「其の自ら守りて大志無きを言う」。自分のことだけ考えて他を省みない「奉己」本来の意を転じて用いた。**41大廈**　堂々とした国体。またそれにふさわしい人材。江淹「雑体詩三十首」盧諶・感交（『文選』巻三一）に「大廈は異材を須ち、廊廟は庸器に非ず。英俊世功を著し、多士　斯の位を済す」。**42**　楊憑がゆくゆく天子を補佐し国家を導く人材であることをいう。『尚書』説命上に「巨川を済らば、汝を用て舟楫と作さん」、『周易』繋辞伝下に「木を刳りて舟と為し、木を剡りて楫と為す。舟楫の利は以て通ぜざるを済し、遠きを致して以て天下を利す」とあるのにもとづく。**43・44**　楊憑に対し、あなたは政務に忙しく宴会など充分に楽しむことができないでしょう、という。要するに、一度ご陪席にあずかり歓談したいものです、と水を向けている。087「潭州に船を泊して諸侯に呈す」に、楊憑らに対するよりくだけた物言いがみえるのは、宴席でのものと思われる。宴はこの誘いに応えて開かれたと考えれば、この詩と前後の配列が入れ替わる。**歉**　食べ足りないことから、不満に思うの意。**45淹留**　ぐずぐずする。都にもどれぬことの焦躁、不満を表す。**46徂歳**　年が過ぎゆく。**荏苒**　だんだんと時が過ぎてゆく。双声の語。潘岳「悼亡詩三首」其一（『文選』巻二三）に「荏苒として冬春謝る」、李善注に「荏苒は猶お漸のごときなり。冉冉として歳月の流るる貌なり」。張華「志を励ます」詩（『文選』巻一九）に「日や月や、荏苒として代謝す」。

48柔翰　毛筆。左思「詠史八首」其一（『文選』巻二一）に「弱冠（二十歳）にして柔翰を弄し、卓犖として群書を観る」。遇　偶然。「偶」に通じる。49展転　眠れずに寝返りを打つ。『詩経』周南・関雎に「悠なるかな悠なるかな、輾（展）転反側す」。嶺猿鳴　謝霊運「斤竹澗従り嶺を越えて渓行す」詩（『文選』巻二二）に「猨鳴きて誠に曙を知り、谷幽くして光は未だ顕らかならず」を踏まえる。083「衡岳廟に謁し遂に岳寺に宿して門楼に題す」にも「猿鳴きて鐘動けども曙を知らず、杲杲たる寒日　東に生ず」。50青　灯火の色をいう。北周・庾信「灯の賦」に「燼（灯花）長くして宵久しく、光青くして夜寒し」。睒睒　ちかちかと光るさま。076「東方半ば明らかなり」に、明け方の金星について「太白睒睒たり」。

詩型・押韻　五言古詩。上声五十琰（険・漸・琰・广・歛・検・芡・掩・颭・魘・貶・諂・瞼・陝・倹・剡・染・苒・睒）、五十一忝（簟・忝・点・玷・歉）、五十二儼（儼）の同用。平水韻、上声二十八琰。

（乾　源俊）

089 洞庭湖阻風贈張十一署

洞庭湖にて風に阻まれ張十一署に贈る

永貞元年（八〇五）十月、陽山（広東省陽山県）から法曹参軍として江陵府（湖北省荊州市）へ赴く途中、強風のため洞庭湖で船が足止めされた時の作。この時、やはり南方の臨武県（湖南省郴州市）に左遷されていた張署も江陵府の功曹参軍として赴任するために同道していた。韓愈が彼のために作った祭文「河南の張員外を祭る文」の中で、「風を太湖（洞庭湖）に避け、七日鹿角にあり」とあるのもこの時の消息を語っている。鹿角は洞庭湖の東岸の岳州附近（湖南省岳陽県）にある町。詩は荒れ狂う風や波に胸中の思いを言寄せる内容となっている。

1 十月陰氣盛
2 北風無時休
3 蒼茫洞庭岸
4 與子維雙舟
5 霧雨晦爭泄
6 波濤怒相投
7 犬雞斷四聽
8 糧絶誰與謀
9 相去不容歩
10 險如礙山丘
11 清談可以飽
12 夢想接無由
13 男女喧左右
14 飢啼但啾啾
15 非懷北歸興
16 何用勝羈愁
17 雲外有白日

十月　陰気盛んにして
北風　時として休む無し
蒼茫たり　洞庭の岸
子と双舟を維ぐ
霧雨　晦くして争い泄れ
波濤　怒りて相い投ず
犬雞　四もに聴くを断ち
糧絶えて誰と与にか謀らん
相い去ること歩を容れざるも
険しきこと山丘に礙げらるるが如し
清談　以て飽くべくも
夢想にも接するに由無し
男女　左右に喧しく
飢え啼きて但だ啾啾たるのみ
北帰の興を懐くに非ずんば
何を用てか羈愁に勝えん
雲外に白日有りて

18 寒光自悠悠　寒光（かんこう）自（おのずか）ら悠悠（ゆうゆう）たらん
19 能令暫開霽　能（よ）く暫（しばら）く開（ひら）き霽（は）れしむれば
20 過是吾無求　是（これ）を過（す）ぎて吾（われ）求（もと）むる無（な）し

［校勘］
7「犬雞」　潮本、祝本、文本、魏本作「雞犬」。
16「羇」　祝本、文本、銭本作「羈」。
20「無」　魏本作「何」。

洞庭湖で強風のために行くてをさえぎられ張署（ちょうしょ）に贈る

十月になると陰の気が強くなり、北から吹く風は少しも止む時がない。

ぼうっとしてあたりを見わたせぬ洞庭湖の岸辺で、君と舟を並べて繋留した。

霧雨は暗く次から次へとにじみでて、波は荒れ狂って打ち寄せてくる。

周囲は犬や鶏の鳴き声もかき消され、食べ物さえなくなっては誰に相談したものやら。

二人の舟はほんの一歩も入らないほどの距離だが、波の険しさといったら山や丘に阻まれているかのよう。

清談でもすれば心も満ち足りもしようが、二人顔を合わすことなど夢でも叶わぬ。

子供らはそばで騒ぎ立て、腹が減ったとわぁわぁ泣きわめくばかり。

北へ帰るのだという思いがなければ、どうしてこのような旅の辛さに耐えられようか。

あの雲の彼方には輝く太陽があり、冬の陽の光がどこまでも射しているにちがいない。

少しの間だけでも晴れわたらせてくれるなら、わたしはこれ以上望むものなどないのに。

0洞庭湖　湖南省北部に位置する、当時は中国最大の湖。孟浩然「洞庭湖を望み張丞相に贈る」詩や杜甫「岳陽楼に登る」詩などでその雄大な光景がうたわれている。張十一署　056「張十一功曹に答う」第0句注を参照。1陰気　寒さをもたらす気。曹植「鼙舞歌五首　孟冬篇」に「孟冬十月、陰気厲清たり」。2　さらに北を目指す舟の航行が大風によって妨げられる。杜甫「諸公と同に慈恩寺の塔に登る」詩にも「高標　蒼天に跨ぎ、烈風　時として休む無し」。3蒼茫　ぼうっとしてあたりが判然としないさま。畳韻の語。梁・沈約「八詠詩　夕べに行きて夜鶴を聞く」に「海上　雲霧多く、蒼茫として洲嶼を失う」。4維双舟　二艘並べて繫ぐ。「維」は舟を岸に繫ぐこと。強風のため張署とともに停泊せざるをえなくなったことをいう。杜甫「船を纜ぎ風に苦しむ　戯れに四韻を題し鄭十三判官に簡し奉る」詩も、強風のため洞庭湖で足止めされたことを詠んで「帽を吹かれて時時落ち、舟を維ぎて日日孤なり」。5霧雨泄　きりさめがどこからか洩れるように外に表れ出てくること。『楚辞』大招に「霧雨淫淫たり」、王逸注に「地気発泄して、天気　応ぜざるを霧と曰う」。083「衡岳廟に謁し遂に岳寺に宿して門楼に題す」にも「雲を噴き霧を泄らして半腹を蔵す」。6怒　090「岳陽楼にて竇司直に別る」にも「余瀾　怒りて已まず、喧聒として甕盎を鳴らす」と、怒り狂う洞庭湖の荒波をうたう。相投　波が次々と岸辺に打ち付けられること。7　風雨による日常ののどかさの喪失をいう。『孟子』公孫丑上に「雞鳴狗吠相い聞こえて、四境に達す」、『老子』第八十章に「隣国相い望み、雞犬の声相い聞こゆるも、民は老死に至るまで相い往来せず」というように、鶏犬の声は平和な村落の象徴。8糧絶　食料がなくなること。『論語』衛霊公に「陳に在りて糧を絶つ」と、孔子たちが食に窮したことを記す。9　韓愈と張署との舟がすぐ隣にあることをいう。不容歩　一歩も足を入れられないほど近いことをいう。10　大波が山や丘のように立ちはだかって、隣の舟に行くのも困難なことをいう。『周易』習坎・彖伝に、「天の険なるは升るべからざるなり。地の険なるは山川丘陵なり」。 **11清談** 世俗とかけ離れた高尚な話。応璩「侍郎曹長思に与うる書」（『文選』巻四二）に「幸いに袁生有りて、時に玉趾を歩ませる（訪ねて下さる）も、樵蘇（炊事に使う薪や草）もて爨がず、清談するのみ」と、食事もそっちのけで清談に耽ったとある。 **飽** 清談でじゅうぶんに心が充たされること。 **12** 夢の中でさえ二人が会うことが叶わないほどに波が猛り狂っていることをいう。 **夢想** 夢の中で相手のことを思うこと。「古詩十九首」其十六（『文選』巻二九）に「独り宿して長夜を累ね、夢想して容輝を見る」。 **接** 人に接し会うこと。 **13男女** 息子と娘。杜甫「歳晏行」に「況んや聞く処処に男女を鬻ぎ（売り飛ばす）、慈を割き愛を忍び租庸を還すと」。 **14啾啾** 子供が泣き騒ぐさまをいう。杜甫「鳳凰台」詩に、飢えと寒さで啼き叫ぶ雛鳥について「恐らくは母無き雛有りて、飢寒 日びに啾啾たらん」とうたう。 **15北帰興** 北へ帰りたいという気持ち。都や故郷が念頭にある。唐・劉長卿「感懐」詩に「自ら笑う 湘浦の雁に如かざるを、飛び来たるは即ち是れ北帰の時なり」。杜甫「官定まりて後戯れに贈る」詩に「故山 帰興尽き、首を廻らして風飆（つむじ風）に向かう」。 **16羈愁** 異郷に身を置くことから生じる愁い。ここは特に左遷の身の悲しさをいう。 **17・18** 皇帝を取り巻く者たちへの批判、さらには恩赦による江陵への量移になお不満であることが寓されていよう。「白日」は皇帝の象徴。「古詩十九首」其一に「浮雲 白日を蔽い、遊子 顧反せず」、李善注に「浮雲の白日を蔽うは、以て邪佞の忠良なるを毀るを喩うるなり」。 **寒光** 冬の寒々とした日射し。 **悠悠** 光が無限に行きわたるさま。『楚辞』九章・思美人に「開春発歳（年のはじめ）、白日出でて悠悠たり」、王逸注に「君の政は温仁、体は光明するなり」。この句は皇帝の威光を喩える。 **19・20** 都へもどるために皇帝のさらなる恩沢を希求する。「開霽」は晴れ渡ること。唐・高適「古楽府飛龍曲 陳左相に留め上る」に「豁達として雲は開き霽れ、清明として月は秋に映ず……風塵と霄漢と、日の悠悠たるを瞻望す」。

詩型・押韻　五言古詩。下平十八尤（休・舟・謀・邱・由・啾・愁・悠・求）と十九侯（投）の同用。平水韻、下平十一尤。

（愛甲弘志）

090

岳陽樓別竇司直

岳陽楼にて竇司直に別る

永貞元年（八〇五）、陽山から江陵に赴く道中、岳州（湖南省岳陽市）を訪れて岳陽楼に上った。当地で旧知の岳州刺史竇庠と会って、その別れに際して作られた長編の古詩。詩中に「冬の孟」とあることより、同年十月の作。岳陽楼からの壮大な絶景はしばしば詩に歌われ、孟浩然「洞庭湖を望み張丞相に贈る」、杜甫「岳陽楼に登る」が特に知られる。なお、本作品に竇庠が唱和した詩「韓十八侍御の岳陽楼に登るに和す」がのこり、さらに江陵で韓愈と再会した劉禹錫もこの詩を読んで「韓十八侍御　岳陽楼にて竇司直に別るの詩を示され、因りて属和せしむ、重ぬるに自ら述ぶるを以てするの故に足して六十二韻を成す」を作っている。

1 洞庭九州閒　　洞庭　九州の間
2 厥大誰與讓　　厥の大なること誰が与にか譲らん
3 南匯羣崖水　　南に匯む　群崖の水
4 北注何奔放　　北に注ぐこと　何ぞ奔放たる

5 瀦爲七百里
6 呑納各殊狀
7 自古澄不清
8 環混無歸向
9 炎風日搜攪
10 幽怪多冗長
11 軒然大波起
12 宇宙隘而妨
13 巍峩拔嵩華
14 騰踔較健壯
15 聲音一何宏
16 轟輵車萬兩
17 猶疑帝軒轅
18 張樂就空曠
19 蛟螭露筍簴
20 縞練吹組帳
21 鬼神非人世
22 節奏頗跌踼
23 陽施見誇麗

瀦りて七百里を為し
呑納して各おの状を殊にす
古 自り澄ませども清まず
環混して帰向すること無し
炎風 日びに捜攪す
幽怪 多く冗長たり
軒然として大波起これば
宇宙隘くして妨ぐ
巍峩として嵩華を抜き
騰踔して健壮を較ぶ
声音 一に何ぞ宏なる
轟輵 車万両
猶お疑う 帝軒轅の
楽を張りて空曠に就くかと
蛟螭 筍簴を露わし
縞練 組帳を吹く
鬼神 人世に非ず
節奏 頗る跌踼す
陽施して誇麗を見

24　陰閉感悽愴　　陰閉じて悽愴を感ず

［校勘］

3「匯」潮本、祝本、文本、蜀本、魏本作「維」。

8「無」蜀本作「无」。

12「妨」祝本作「防」。

14「踔」潮本、祝本、文本、蜀本、魏本作「躍」。

「健」祝本、文本作「徤」。

16「輵」潮本作「揭」。祝本、文本、蜀本、魏本作「磕」。

24「感」潮本、祝本、文本、蜀本作「咸」。

岳陽楼にて竇司直と別れる

洞庭湖は天下の中にあって、その大きさは誰にも負けはしない。

南では山々から幾多の川を集め、北ではそれが長江に注いで、その勢いのなんと盛んなことか。

水は七百里にわたってたまり、川の流れを合わせ呑んでそれぞれの景観は変化に満ちている。

古来、濁った湖面を透き通らせることなどとうてい無理とされ、水は激しく渦巻き一定方向に帰着しない。

東北から吹く風が毎日のように水面をかき乱し、怪物がのさばっている。

高々と大きな波が起こると、宇宙ですらも狭くるしい。

波がしらの雄大さは嵩山や華山を越え、高くしぶきをあげてたくましさを競う。

その響きはとてつもなく大きく、ごうごうと車一万台が走るほどの音。

まるで黄帝が、広々とした原野で咸池の楽曲を演奏しているかのようだ。

水しぶきは蛟螭が躍り出てそこに楽器を掛けているようでもあり、純白の絹がきらびやかな幕となって風にはためくかのようでもある。

それは鬼神の叫び声にも似て世間に存在するものとはかけ離れ、音の調子が尋常ならざる変化をする。

陽の気が広がると高揚した調べとなり、陰の気が塞がると人を痛ましい思いに誘う。


全体を四段に分ける。第一段は、南岸から眺めた洞庭湖の壮大な景色について、さまざまな比喩を駆使して述べる。

0**岳陽楼**　岳州の西門に位置し、洞庭湖に臨む高楼。はじめこの地に三国呉の魯粛が閲兵の台を作り、唐の開元四年（七一六）、張説がその上に三層の楼閣を建てた。楼からの眺めは雄大で、洞庭湖が一望の下にある。**竇司直**　竇庠（七六六？―八二八？）、字は冑卿。「司直」は大理司直（疑獄をつかさどる官）をいうが、ここでは寄禄官（俸禄の基準として名目的に与えられた肩書き）であり、当時、実際には鄂岳観察・武昌軍節度使韓皐のもとで節度副使となり、岳州刺史の職を代行していた。韓愈には彼の兄竇牟のために書いた「竇司業を祭る文」「唐の故の国子司業竇公の墓誌銘」がある。　1**洞庭**　洞庭湖。当時は中国最大の湖。089「洞庭湖にて風に阻まれ張十一署に贈る」参照。　**九州**　中国全体を指す。　2**誰与譲**　匹敵するものがないことをいう。『荀子』正論に「天子なる者は、埶位（権勢と地位）至尊にして、天下に敵するもの無ければ、夫れ有た誰が与にか譲らん」。　3湘水・資水・沅水・澧水などの川が洞庭湖の南側から注ぎこむことをいう。　**匯**　水流が集まる。　**群崖**　周辺の山々の峰。柳宗元「法華寺の石門の精舎三十韻」に「結構して（家屋を建築して）群崖を罩め、回環して（周囲を歩き回って）万象を駆る」。4奔放　水の勢いが雄大でほとばしるさま。双声の語。5瀦　川が停滞して水がたまる。『水経注』巻一一・滱水に「渚水瀦り張りて、方広数里」。七百里　劉禹錫「韓十八侍御　岳陽楼にて竇司直に別るの詩を示され……六十二韻を成す」詩に「楚江何ぞ蒼然たる、曾瀾（重なり合った波）七百里」。6呑納　すっぽり呑みこむ。左思「呉都の賦」（『文選』巻五）に、呉の大江について「或いは江（三江）を呑みて漢（漢水）を納る」。殊状　眺めが変化に富む。丘遅「日に漁浦潭を発す」詩（『文選』巻二七）に「詭怪（奇怪）にして石は像を異にし、嶄絶（高く険しい）にして峰は状を殊にす」。7澄不清　あまりに広大なため透明にしようとしても不可能であること。スケールの大きさをいう。『後漢書』黄憲伝に「叔度（黄憲）は汪汪（度量が広い）として千頃の陂の若く、之を澄ませども清まず、之を淆せども濁らず、量るべからざるなり」。8環混　水面が渦巻く。双声の語。9炎風　東北の風。『呂氏春秋』有始に「東北を炎風と曰う」。089「洞庭湖にて風に阻まれ張十一署に贈る」に「十月　陰気盛んにして、北風　時として休む無し」とあるのと同じく、初冬に吹く北風のことであろう。ただ、068「県斎にて懐い有り」では「炎風　毎に夏に焼く」とあり、南方の炎熱の風と解することもできる。捜攪かきまぜて乱す。畳韻の語。10幽怪　幽霊や怪物の類をいう。冗長　むだに多い。あり余る。11軒然　高く挙がるさま。12宇宙　天地全体をいう。妨　妨害する。邪魔する。13巍峨　高く壮観なさま。双声の語。『抱朴子』博喩に「五岳は巍峨として、蔵疾（猛獣や毒蛇がひそむ）を以て極天の高を傷つけず」。嵩華　五岳のうち、中岳の嵩山と西岳の華山。西晋・張載「剣閣銘」に、峻険な梁山について「高きこと嵩華に踰ゆ」。14騰踔　高く上がる。双声の語。「騰趠」とも書く。左思「呉都の賦」に「狖・鼯・猓然（オナガザルやムササビ）あり、騰趠して飛び超ゆ」。健壮　強健である。16轟輵　車の音を表す擬音語。17軒轅　伝説上の帝王黄帝のこと。軒轅氏。以下、神話的ともいえる比喩を次々と繰り出して湖の波を形容する。18張楽　音楽を奏する。『荘子』天運に「（黄）帝、咸池（黄帝が作った楽曲名）の楽を洞庭の野に張る」とあるのを踏まえる。『荘子』にいう「洞庭」は広々とした庭の意で固有名詞ではないが、韓愈はこれを洞庭湖に掛けて用い、波の音を音楽に喩える。謝朓「新亭の渚にて范零陵に別るる詩」(『文選』巻二〇)にも「洞庭は楽を張る地」とある。空曠　果てしなく広い所。双声の語。19蛟螭　「蛟龍」に同じ。龍の一種。みずち。筍簴　古代、鐘や磬などの楽器を掛けておくのに用いた枠。「筍虡」「簨虡」に同じ。『周礼』考工記・梓人に「筍虡を為る」、その鄭玄注に「楽器の県(懸)くる所、横を筍と曰い、植を虡と曰う」。また『礼記』明堂位に「夏后氏の龍簨虡(龍の飾りを施した簨虡)」とあり、みずちを登場させるのはそれを踏まえる。20縞練　白絹。「縞」「練」はいずれも絹のことで、その白さから水しぶきや雪などの喩えに用いられる。組帳　きらびやかなとばり。とばりの類を波に喩えるのは、枚乗「七発」(『文選』巻三四)に「其の少く進むこと、浩浩溰溰として(広大で白く)、素車(白木の車)白馬　帷蓋(車につける風よけの幕や幌)の張れるが如し」が早い例。21鬼神　『荘子』外物に「海水震蕩し(ふるえ動き)、声は鬼神に侔しく、千里に憚赫す(千里先の人を恐れさせる)」とあるのにもとづき、水の音を鬼神のわめき声に喩える。22節奏　音楽のふし。跌踼　音調に抑揚がつき変化することをいう。双声の語。23陽施　陽の気が伸び広がって盛んになる。『淮南子』天文訓に「気を吐く者は施し、気を含む者は化す。是の故に陽施し陰化す」。誇麗　美しい。ここでは音楽の旋律が高揚することをいう。24悽愴　物悲しいさま。双声の語。

25　朝過宜春口　　朝に宜春の口を過ぎ
26　極北缺堤障　　北に極りて堤障を缺く
27　夜纜巴陵洲　　夜　巴陵の洲に纜ぐに
28　叢芮纔可傍　　叢芮　纔かに傍うべし

29 星河盡涵泳
30 俯仰迷下上
31 餘瀾怒不已
32 喧聒鳴甕盎
33 明登岳陽樓
34 輝煥朝日亮
35 飛廉戢其威
36 清晏息纖纊
37 泓澄湛凝綠
38 物影巧相況
39 江豚時出戲
40 驚波忽蕩瀁
41 時當冬之孟
42 隙竅縮寒漲
43 前臨指近岸
44 側坐眇難望
45 滌濯神魂醒
46 幽懷舒以暢

星河(せいか)　尽(ことごと)く涵泳(かんえい)し
俯仰(ふぎょう)　下上(かじょう)に迷(まよ)う
余瀾(よらん)　怒(いか)りて已(や)まず
喧聒(けんかつ)として甕盎(おうおう)を鳴(な)らす
明(あ)けて岳陽楼(がくようろう)に登(のぼ)れば
輝煥(きかん)として朝日(ちょうじつ)亮(さや)かなり
飛廉(ひれん)　其(そ)の威(い)を戢(おさ)め
清晏(せいあん)にして纖纊(せんこう)を息(や)む
泓澄(おうちょう)として凝緑(ぎょうりょく)を湛(たた)え
物影(ぶつえい)　巧(たく)みに相(あ)い況(たと)う
江豚(こうとん)　時(とき)に出(い)でて戯(たわむ)れ
驚波(きょうは)　忽(たちま)ち蕩瀁(とうよう)す
時(とき)　冬(ふゆ)の孟(はじめ)に当(あ)たり
隙竅(げききょう)　寒漲(かんちょう)を縮(ちぢ)む
前(すす)み臨(のぞ)みて近岸(きんがん)を指(ゆび)さす
側(そばだ)ち坐(ざ)せども眇(びょう)として望(のぞ)み難(がた)し
滌濯(できたく)して神魂(しんこん)醒(さ)め
幽懐(ゆうかい)　舒(の)びて以(もっ)て暢(の)ぶ

［校勘］

25「過」　潮本、祝本作「迴」。文本作「廻」。魏本作「回」。

26「北」　潮本、蜀本、魏本作「地」。

「堤」　文本、銭本作「隄」。

40「瀁」　潮本、文本、蜀本、魏本作「漾」。

41「冬之孟」　蜀本作「孟冬月」。


朝、宜春口を通過して、乗船して北岸の方まで到達したが土手がない。

夜になって舟を巴陵の中洲に繋ぐことにし、草が密生している岸辺にかろうじてつけることができた。

銀河がすっぽり水に浸り、仰いだり伏したりすると、どちらが上か下かわからない。

湖の余波はなお怒りがおさまらず、騒がしい音をたてて水がめを鳴らすかのようだ。

夜が明けてから岳陽楼に登ると、朝日が輝いて格別に明るい。

風の神がその威力を終息させて、天気をおだやかにし、さざ波一つ立たないようにした。

湖水は深く澄みきって濃い緑色を呈し、陸上の景色と湖面に映った影とが上手にまねしあっている。

江豚（すなめり）がしばしば水中から飛びはねて戯れると、たちまち大きな波が揺れ動く。

ちょうど初冬の十月にあたり、大地にぽっかりあいた穴のごとき湖に冷たい水が縮こまるように溜まっている。

近づいて眺めると岸辺の水は指さすことができるが、身体を傾けて座っても水面は無限に広がって遠くまで見通すことができない。

湖を前にして魂が洗われ、目の覚めるような清々しさを覚えて、心にわだかまっていた思いが解き放たれ晴れ晴れとしてくる。

　第二段では、洞庭湖を舟で横断して岳陽楼のある北岸に渡り、翌朝、楼に登って眺めた湖の風景を述べる。

25宜春口　地名。その位置に関しては諸説あるが、しばらく洞庭湖の南に注ぐ宜春江の河口とする。『北夢瑣言』（『太平広記』巻一四五・懲応）に「湖南の武穆王　辺（辺境）を巡り、舟を廻らして洞庭宜春江の口に至る」。26極北　洞庭湖の南岸から船で北岸に渡っていくことをいう。「極」は至る。木華「海の賦」（『文選』巻一二）に「舟人漁子、南に徂き東に極る」、李善注に「極は至るなり」。堤障　堤防。27纜　ともづなで舟を岸に繫ぐ。巴陵　岳州のこと。もと巴陵郡と称した。28叢芮　草の生い茂る水際。『詩経』大雅・公劉に「芮鞫に之れ即く」、毛伝に「芮は水厓（涯）なり」。29　夜空の星が湖面に映って、星が水に浸っているように見えることをいう。星河　銀河。南斉・張融「海の賦」に、水面に映る銀河を記して「湍転れば則ち日月驚くが似く、浪動けば而ち星河覆るが如し」。涵泳　水につかる。浸る。左思「呉都の賦」（『文選』巻五）に「黿鼊（海亀）・鯖・鰐ありて、其の中に涵泳す」。31余瀾　まだ消えずに残っている波。32喧聒　騒音が耳障りであるさま。双声の語。郭璞「江の賦」（『文選』巻一二）に「千類万声、自ら相い喧聒」。甕盎　水がめ。34輝煥　輝くさまを表す双声の語。35飛廉　風の神。『楚辞』離騒に「前に望舒（月の御者）をして先駆せしめ、後に飛廉をして奔属せしむ（ついて走らせる）」、王逸注に「飛廉は風伯（風の神）なり」。戢　武器をしまう。36清晏　天がさわやかに晴れるさま。揚雄「羽猟の賦」（『文選』巻八）に「天清み日晏る」、李善注に「晏は雲無きの処なり」。息繊纊　細い波さえ止んでしまう意。「繊纊」は繊維の細かい綿。『尚書』禹貢に「厥の篚（かごに入れた貢ぎ物）は繊纊」。ここでは微細な波紋を喩える。木華「海の賦」に、静まった海面の様子を記して「軽塵飛ばず、繊蘿動かず」。37泓澄　水が深くて澄んでいるさま。凝緑　濃厚な緑色。177「崔舎人の月を詠ずるに和す二十韻」に「山翠相い緑を凝らし、林煙　共に青を冪む」。38相況　まねする。39江豚　長江などに生息するイルカ。スナメリ。長江イルカ。郭璞「江の賦」に「魚は則ち江豚海豨（水中動物の一種）」、李善注に「南越志に曰く、江豚は猪の似し」。40驚波　急激に起こる波。蕩潏　波が上下に揺れる。畳韻の語。江淹「雑体詩三十首」王微・養疾（『文選』巻三一）に「北渚に帝子（湘水の女神）有るも、蕩潏として期すべからず」。41冬之孟　冬の最初の月、すなわち陰暦十月。孟冬。42隙竅　すき間のような穴。洞庭湖を喩える。43側　傾ける。遠くが見やすいように体勢を変えること。張衡「四愁の詩四首」其一（『文選』巻二九）に「身を側てて東のかた望めば涙は翰を霑す」。44眇　遥か遠いさま。082「合江亭」に「瞰臨すれば眇として空闊たり」。45滌濯　洗い清める。双声の語。神魂　霊魂。心。46幽懐　心の中に隠している気持ち。わだかまり。039「幽懐」参照。舒　気持ちがのびやかである。杜甫「五盤」詩に「喜び見る　淳樸の俗、坦然として心神舒ぶ」。暢　同前。062「霊師を送る」に「還た旧相識の如く、壺を傾けて幽悁を暢ぶ」。

47 主人孩童舊　　主人は孩童の旧
48 握手乍忻悵　　手を握りて乍ち忻悵す
49 憐我竄逐歸　　憐れむ　我　竄逐せられて帰り
50 相見得無恙　　相い見て恙無きを得ることを
51 開筵交履舄　　筵を開きて履舄を交え
52 爛漫倒家釀　　爛漫として家醸を倒す
53 杯行無留停　　杯　行りて留停すること無く
54 高柱送清唱　　高柱　清唱を送る

55 中盤進橙栗
56 投擲傾脯醤
57 歡窮悲心生
58 婉孌不能忘
59 念昔始讀書
60 志欲干霸王
61 屠龍破千金
62 爲藝亦云亢
63 愛才不擇行
64 觸事得讒謗
65 前年出官由
66 此禍最無妄
67 公卿採虛名
68 擢拜識天仗
69 姦猜畏彈射
70 斥逐恣欺誑
71 新恩移府庭
72 逼側廁諸將
73 于嗟苦駑緩

中盤に橙栗を進め
投擲して脯醤を傾く
歡窮まりて悲心生じ
婉孌として忘るること能わず
念う昔　始めて書を読みしとき
志　霸王に干めんと欲す
龍を屠りて千金を破り
芸を為すこと亦た云に亢し
才を愛して行を択ばず
事に触れて讒謗を得たり
前年　官に出ずるの由
此の禍　最も無妄なり
公卿　虚名を採り
擢で拝して天仗を識る
姦猜　弾射を畏れ
斥逐して欺誑を恣にす
新恩　府庭に移り
逼側として諸将に廁わる
于嗟　駑緩に苦しみ

74 但懼失宜當　但だ懼らくは宜当を失わんことを

〔校勘〕

47「孩童」祝本、魏本作「童孩」。

52「漫」文本、蜀本作「熳」。

53「留停」祝本、魏本作「停留」。

60「覇」潮本、祝本、魏本、王本、銭本作「霸」。

65「由」潮本、祝本、文本、蜀本、魏本作「日」。

71「移」潮本、文本、魏本作「趍」。祝本、蜀本作「趍」。

73「于」蜀本作「吁」。

「苦」蜀本作「若」。

竇庠とわたしとは子供時代からの古なじみで、親しく手を握りあうと悲喜こもごも至る。左遷の憂き目に遭いながら帰ってきたわたしとの、再会と無事を喜び懐かしんでくれる。酒宴を催しては履き物が散らかるほど歓を尽くし、豪快に自家製の酒をあるだけふるまってくれた。酒が順々につがれると杯が途中で滞ることはなく、高らかな琴の調べに乗って澄んだ歌声が響く。大きな皿には橙や栗が盛られ、干し肉やしおからがどさっとあるだけ運ばれてきた。楽しみが絶頂に達するとそこから悲しみの感情が生じ、友を名残惜しく思う気持ちがいつまでも続く。思えば昔、学問を始めたばかりの頃は、天子のもとで大いなる働きをしたいと願ったものだ。

龍をしとめる技術を習得するのに千金を費やすのと同じように、我が学問だって高度なもののはず。

だがわたしは自分の才能を過信して品行を慎まなかったので、何かと中傷を被ることが多かった。

先年、左遷された理由を考えてみたが、この災難はまったく思ってもみなかったものだった。

朝廷のおえら方にうわべだけの評判を取り上げられ、抜擢されて、天子のそばに仕える光栄を得た。

邪悪で疑い深い人たちは弾劾されるのを恐れて、わたしを追放して思う存分悪事を働き、天下の人々を欺いた。

近ごろの恩赦によって江陵府に移り、押し合いへし合いする武官たちの中に身を置くことになった。

ああ、おのれの愚鈍さには困ったもので、自分の正しさを貫けるかどうかをひたすら危ぶむ。


第三段は、岳州刺史の竇庠に宴席で歓待される様子を述べ、ついで過去にさかのぼって陽山県令に左遷され、江陵府に移るまでの自身の状況を回想する。このあたりの経緯は086「江陵に赴く途中……」でも詳述される。

47主人　竇庠を指す。　孩童旧　幼少時からの旧友。「旧」は古い友人。『左伝』荘公二十七年に「原仲は季友の旧なり」。韓愈「唐の故の国子司業竇公の墓誌銘」に「愈は公（竇庠の兄竇牟）よりも少（わか）きこと十九歳、童子を以て見（まみ）ゆるを得て、今に於いて四十年。始めは師を以て公を視、終（つい）には兄を以て事（つか）う」とあり、子供の頃から竇氏兄弟とはつき合いがあった。　48握手　手をとる。再会の際の親密さの表現。　忻悵　「忻」は「欣」に通じ、喜ぶの意。「悵」は気分がしずむ。　49竄逐　放逐する。追放する。陽山への左遷を指す。083「衡岳廟に謁し遂に岳寺に宿して門楼に題す」に「蛮荒に竄逐せらるるも幸いに死せず」。　無恙　病気がない。心配がない。『楚辞』九辯に「皇天の厚徳に頼りて、還りて君の恙無きに及ばん」。　51開筵　宴を設ける。　交履舃　履き物が入り乱れる。堅苦しい礼儀を抜きにして酒宴が盛り上がっている様子の形容。「履」は底が一重の履き物で、「舃」は二重のもの。『史記』滑稽列伝に「日暮れ酒闌（たけなわ）にして、尊（酒樽）を合わせ坐を促（ちかづ）け、男女席を同じくし、履舄交錯す」。52爛漫　豪快で拘束されないさま。畳韻の語。倒家醸　家じゅうの酒を出し尽くす。「家醸」は家でみずから醸造した酒。『世説新語』賞誉に「何次道（何充）の酒を飲むを見れば、人をして家醸を傾けんと欲せしむ」。53杯行　席順に従って客に酒をすすめる。王粲「公讌詩」（『文選』巻二〇）に「坐を合って楽しむ所を同じくし、但だ杯の行ること遅きを愬う」。留停　停滞する。とどまる。54高柱　高く張った琴柱。清唱　澄んでよく通る歌声。55中盤　大皿の中。56投擲　ほうり投げる。大量の料理を乱雑に持ってくる様子をいう。傾　尽くす、なくなる。脯醤　干し肉と肉のしおから。酒の肴をいう。57　歓楽が最後まで行き着くとやがて悲しみに転ずるというのは、古来、定型化した感情。漢の武帝「秋風の辞」（『文選』巻四五）に「歓楽極まりて哀情多し」、『史記』滑稽列伝に「酒極まれば則ち乱れ、楽しみ極まれば則ち悲しむ」。58婉孌　感情がまとわりついて離れないさま。陸機「承明に於いて作り士龍（陸雲）に与う」詩（『文選』巻二四）に「婉孌たり　居人（とどまる人）の思い、紆鬱（気が晴れない）たり　遊子の情」。59念昔　過去を回想する時、その冒頭に置く語。028「此の日惜しむべきに足る　張籍に贈る」に「念う昔　未だ子を知らざりしとき」。なお、このような長篇詩における人生の回想は、杜甫の「北征」や「壮遊」などに見られ、その影響が感じられる。60干覇王　主君が覇王の業をなせるように助ける臣下でありたいと願う。『晏子春秋』内篇問上に「景公　晏子に問いて曰く、『吾　善く斉国の政を治めて以て覇王の諸侯を干めんと欲す』と」。ここでは政治に参与する志があったことをいう。61　龍を殺す技を身につけるのに千金を費やす。『荘子』列御寇に「朱泙漫は龍を屠ることを支離益に学ぶ。千金の家（家産）を単くし、三年にして技成る。而れども其の巧を用うる所無し」とあるように、現実にそれを用いる場面がなく、ここでも高度な学問を積みながら登用されないことを暗にいう。破　費やす。62為芸　才能や技芸がそなわる。柳宗元「外甥崔駢を祭る文」に「我は汝が舅たり、汝は我が甥たり。仁を求めて具に得、芸を為すこと継ぎて成る」。云　語調を整えるための助字。64触事　事あるごとに。145「崔十六少府……二十韻」に「我　時に亦た新たに居す、事に触れて苦だ辨じ難し（処置しがたい）」。**讒謗**　讒言し誹謗する。**65前年**　貞元十九年（八〇三）を指す。**出官**　都を離れて地方の官職に出される。監察御史から陽山県令に左遷されたことを指す。**66無妄**　思いがけない災い。「无妄」に同じ。『周易』无妄に「无妄の災あり。或いは之が牛を繋ぐ。行人の得（旅人が繋いであった牛を得て行ってしまう）は、邑人の災い（村人が盗ったと疑われる）」。**67・68**　監察御史に抜擢されたことをいう。**公卿**　高官。二句あとの「姦猜」などともにぼかした表現。**虚名**　実質をともなわない評判。**天仗**　天子の行列の儀仗や警備の士。転じて天子の意。**69弾射**　誤りを指摘して批判する。張衡「西京の賦」（『文選』巻二）に「若し其れ五県の遊麗（在野の名士）、弁論の士は、街に談し巷に議し、臧否（善悪）を弾射す」。ここでは監察御史の職務としての百官の取り締まり、州や県の巡視、訴訟事件の処理などを指す。**70斥逐**　放逐する。**欺誑**　だまし惑わす。**71新恩**　憲宗の即位による恩赦を指す。179「崔二十六立之に寄す」に「新恩　銜羈（法による束縛）を釈かる」。**府庭**　役所。**72逼側**　近接して混み合うさま。畳韻の語。司馬相如「上林の賦」（『文選』巻八）に、急流の様子を述べて「偪側　泌瀄す（ぶつかりあう）」、李善注に「司馬彪曰く、偪側は相い迫るなり。……偪の字、逼と同じ」。**廁**　ある集団の中に混じって入る。**73于嗟**　感歎を表す助字。『詩経』周南・麟之趾などに見える。**駑緩**　遅鈍である。鈍感である。嵇康「山巨源に与えて交わりを絶つ書」（『文選』巻四三）に「性復た疏嬾（ものぐさ）にして、筋駑く肉緩し」。**宜当**　妥当である。『楚辞』哀時命に「身は既に濁世に容れられず、進退の宜当を知らず」。

75　追思南渡時　　追思す　南渡の時

76　魚腹甘所葬　　魚腹　葬る所に甘んず

77　嚴程迫風帆　　厳程　風帆を迫し

78 劈箭入高浪
79 顚沈在須臾
80 忠鯁誰復諒
81 生還眞可喜
82 剋己自懲創
83 庶從今日後
84 粗識得與喪
85 事多改前好
86 趣有獲新尚
87 誓耕十畝田
88 不取萬乘相
89 細君知蠶織
90 稚子已能餉
91 行當掛其冠
92 生死君一訪

劈箭(へきせん)　高浪(こうろう)に入(い)る
顚沈(てんちん)　須臾(しゅゆ)に在(あ)り
忠鯁(ちゅうこう)　誰(たれ)か復(ま)た諒(まこと)とせん
生(い)きて還(かえ)ること真(まこと)に喜(よろこ)ぶべし
己(おのれ)を剋(せ)めて自(みずか)ら懲創(ちょうそう)せん
庶(こいねが)わくは今日(こんにち)従(よ)り後(のち)
粗(ほ)ぼ得(とく)と喪(そう)とを識(し)らん
事(こと)　多(おお)く前好(ぜんこう)を改(あらた)め
趣(おもむき)　新尚(しんしょう)を獲(う)ること有(あ)り
誓(ちか)って十畝(じっぽ)の田(でん)を耕(たがや)し
万乗(ばんじょう)の相(しょう)を取(と)らず
細君(さいくん)　蚕織(さんしょく)を知(し)り
稚子(ちし)　已(すで)に能(よ)く餉(おく)る
行(ゆ)くゆく当(まさ)に其(そ)の冠(かんむり)を掛(か)くべし
生死(せいし)　君(きみ)　一(ひと)たび訪(と)え

［校勘］

82「剋」文本、蜀本、魏本作「刻」。

かつて南方に流された時のことを思い起こすと、魚の腹中に葬られてもかまわないと思った。

切迫した旅程に追い立てられるようにして、舟に帆を張り、矢のような速さで高波を突き進んでいった。

すぐにも沈没しそうであったが、もし死んでいたら自分の忠誠を誰が信じてくれただろう。

南方から生きて帰れたのは実に喜ぶに値すること。おのれを厳しく律してまずは深く反省しよう。

できれば今日から先は、世渡りの上での損得について少しはわきまえたいもの。

事に対処するのに多くは前の態度を改め、考え方にも新たにめざす方向が見えてきた。

十畝（じっぽ）の田地で耕作に従事し、天子に仕える宰相の地位を求めぬことを誓う。

妻は養蚕、機織りができるし、幼子（おさなご）は畑に弁当を届けられよう。

じきにわたしは官を辞して隠居するつもりだが、どうかあなたには思い出したら一度安否を尋ねてもらいたい。

第四段は、波乱の人生を生き抜いてきたことに対する感慨を吐露し、退隠の願望を述べて結ぶ。
75追思　追憶する。　**南渡**　川などを舟で南方に渡る。『楚辞』九章・哀郢（あいえい）に、屈原が放逐された後、江南を放浪するさまを述べて「将に舟を運（めぐ）らして下浮せんとし、洞庭を上りて江を下る。……陵陽（りょうよう）（波の神）に当たって焉（いず）くにか至る、淼（びょう）（広々としたさま）として南渡して焉くにか如（ゆ）く」。後世、屈原の故事を踏まえ、南方に左遷される意。　**76魚腹**　遺体を魚の腹に葬る意で、つまり溺死すること。『楚辞』漁父（ぎょほ）に「寧（むし）ろ湘流（湘水）に赴き江魚の腹中に葬らるるとも、安（いず）くんぞ能く皓皓（こうこう）たる白（潔白な自分）を以て世俗の塵埃を蒙らんや」。　**77厳程**　左遷の旅ゆえ期間の限られた厳しい旅の日程。唐・劉希夷（りゅうきい）「友人の新豊（しんぽう）に之（ゆ）くを送る」詩に「賓遊（賓客や旅人）旅宴に寛（くつろ）ぐも、王事（王の派遣による公務）厳程を促す」。　**風帆**　舟の帆。　**78劈**　突き破る。　**箭**　矢。舟が速く進む形容。韓愈「河南の張員外（張署（ちょうしょ））を祭る文」に「程を追って盲進し、颿船（はんせん）（帆船）箭のごとく激す」。　**79顚**

沈　揺れて沈む。80忠鯁　忠実で率直である。「鯁」は正直でまっすぐの意。諒　信用する。82剋己　自分を抑える。自分に厳しく求める。「克己」と同義。懲創　懲戒する。戒める。「創」も「懲」の意。84得与喪「得喪」は得失、利害の意。『荘子』田子方に「死生終始（生死）は将に昼夜たらんとし（昼夜の交替のように自然で）、之を能く滑す無し。而るを況んや得喪禍福の介する所をや」。ここでは世俗における利害の計算、処世術をいう。85前好　以前の好み。趣　志向。新尚　新しい興味。87十畝田　広さ十畝の田畑。『荘子』譲王に見える顔回の言葉「仕うるを願わず。……郭内（町の中）の田十畝、以て絲麻（絹糸と麻糸）を為むるに足る」を踏まえ、官界での栄達を願わずに農耕に従事することをいう。「畝」は面積の単位。「十畝」は広くはないが隠居する宅地としてはまずまずの広さ。陶淵明「園田の居に帰る五首」其一に「方宅　十余畝、草屋　八九間」。068「県斎にて懐い有り」第五段でも、静かに農村で一生を終えたいと帰隠の情を述べて締め括る。88万乗　一万乗の戦車。周代、天子は戦車一万乗を出すことができたことから、天子、帝王などの地位を指す。東方朔「客難に答う」（『文選』巻四五）に「蘇秦・張儀、一たび万乗の主に当たりて、身は卿相の位に都る」。89・90　ごく普通の庶民的な農耕生活を送ることを家族の様子から述べる。細君　妻。東方朔が自分の妻を「細君」と称した故事（『漢書』東方朔伝）にもとづく。蚕織　養蚕や紡績などの婦人の仕事を指す。『詩経』大雅・瞻卬に「婦公事無し（公の政治などには関らない）、其の蚕織を休む」。稚子　幼い子供。餉　田畑で耕作する人に食事をとどける。『孟子』滕文公下に「童子の黍肉を以て餉るもの有り」。91行当　もうすぐ……する。掛其冠　後漢の逢萌が県の亭長を辞める時、冠を東都城門に掛けた故事（『後漢書』逸民伝・逢萌）にもとづき、官を棄てて辞職することを指す。92　官界にのこる賓庠に対して、そこから身を引く自分の安否を気にかけてほしいと期待する。「訪」は問う意。梁・王僧孺「殷・何の両記室を送る」詩に「倘し還書の便（手紙を出すついで）有らば、一言　死生を訪え」。大げさな言い回しの中に、なお官界を志向し、本気で隠逸を考えてはいない気持ちが見える。

詩型・押韻　五言古詩。去声四十一漾（譲・放・状・向・長・妨・壮・両・帳・愴・障・上・亮・況・瀁・漲・望・暢・悵・恙・釀・唱・醬・忘・王・妄・仗・誑・将・諒・創・尚・相・餉・訪）と四十二宕（曠・踼・傍・盎・纊・亢・謗・当・葬・浪・喪）の同用。平水韻、去声二十三漾。

（谷口　匡）

091　晩泊江口

晩に江口に泊す

永貞元年（八〇五）十月、岳州（湖南省岳陽市）で竇庠と別れて船を進め、長江の入り口に至って一泊した時の作。090「岳陽楼にて竇司直に別る」に続く。

1 郡城朝解纜　　郡城　朝に纜を解き
2 江岸暮依村　　江岸　暮に村に依る
3 二女竹上涙　　二女　竹上の涙
4 孤臣水底魂　　孤臣　水底の魂
5 雙雙歸蟄燕　　双双　蟄燕帰り
6 一一叫羣猿　　一一　群猿叫ぶ
7 迴首那聞語　　首を迴らすも那ぞ語を聞かんや

8　空看別袖翻　　空しく看る　別袖の翻るを

［校勘］

5「蟄」祝本作「鷙」。

「燕」潮本、祝本、文本、蜀本作「鷰」。

7「迴」文本、蜀本、魏本、王本作「廻」。

「聞」潮本、祝本、文本、蜀本、魏本作「能」。

日暮れに長江の河口に泊まる

朝、ともづなを解いて岳州の町を発ち、暮れに川沿いの村に舟を着ける。
二人の舜妃の涙はこの地の竹を斑に染め、国を追われた家臣の魂は水底に眠る。
二羽、また二羽と巣に帰っていくイワツバメ。一匹、また一匹と叫びをあげる猿の群れ。
振り返っても何を語るのか聞こえはしない。別れの袖を振っているのむなしく見る。

0江口　洞庭湖と川の合流地点。沈欽韓は岳州の北、洞庭湖が長江に注ぎこむ「荊江口」、またの名「三江口」をいうとして、岳州を発ったあとの作とする。一方、王元啓はそれより前の、郴州から衡州へ移動する時の作とする。銭仲聯ら近年の注釈が沈欽韓を支持するのに従うが、「江口」は必ずしも荊江口ないし三江口という地名の略称としなくてよい。　**1郡城**　岳州を指す。「郡」は古名「巴陵郡」を用いたもの。　**解纜**　舟を岸に繋ぐ綱を解いて出帆する。江淹「雑体詩三十首」謝恵連・贈別（『文選』巻三一）に「纜を解きて前侶を候い、還り望みて方に鬱陶たり」。梁・何遜「南洲浦に宿る」詩に「纜を解きて朝風に及び、帆を落として暝浦に依る」。2 **依村** 村落に舟を寄せる。日暮れて水辺の村に停泊することをいう。第1句の「郡城」が繁華な町であったのと、ひっそりした村を対比する。3 舜の死を悲しんだ娥皇・女英の二妃が流した涙でその地の竹には斑模様があるという伝説を用いる。018「遠遊聯句」第22句注を参照。4 屈原が汨羅に身を投じた故事を用いる。055「湘中」第2句注を参照。5 つがいの燕が巣に帰るのを、孤独な旅の身にある自分と対比する。**双双** それぞれがつがいになって。**蟄燕** 土のなかに籠もる燕。イワツバメの類か。北周・庾信「哀江南の賦」に「飢えては蟄燕に随い、暗きには流蛍を逐う」というように、詩文には飢餓に際して食べる物として書かれるが、ここでは南方特有の燕として描く。6 猿の悲痛な叫びに自分の心境を托する。**一一** 一匹ずつそれぞれに。**群猿**「猿」は南方の動物。猿の鳴き声は旅愁を掻き立てる。7・8 この日の朝に岳州を発った際、見送りの人たちと別れた時のことを回想する。**迴首** 舟が進む方向とは逆の方向に振り返る。**別袖翻** 別れを惜しんで袖を振る。「別袖」は、韓愈の詩文では148「侯参謀の河中の幕に赴くを送る」に「別袖 洛水に払い、征車 崤陵に転ず」、「郴州の李使君（李伯康）を祭る文」に「明旌（喪旗）の低昂するを見るも、尚お別袖に遅疑す」などと見えるが、韓愈以前には見られない語。

詩型・押韻 五言律詩。上平二十二元（猿・翻）と二十三魂（村・魂）の同用。平水韻、上平十三元。

（川合康三）

092

龍移

龍移る

龍が住み替えをしたために、元の淵は水が涸れて魚たちが死んだという寓意的な詩。『荀子』致士に「川淵なる者は、龍魚の居なり。……国家なる者は、士民の居なり。川淵枯るれば、則ち魚龍 之を去る。……国家 政を失すれば、則ち士民 之を去る」というように、池水は政治状況にたとえられるが、ここでは龍（天子）の退位によって水が枯れ、人々が居処を失うことをいう。銭仲聯がここに編年するのは、順宗が退位して王伾・王叔文らが失墜したことを寓するとする方世挙の説による。それに従えば、末句は王伾・王叔文の死を韓愈が悼んでいることになるが、それでは韓愈の彼らに対する態度と齟齬しないか。程学恂が言うように、何を指しているのかは結局わからないとするほかない。何らかの政局の変化を好ましからざるものとしてうたうことは確かであり、その内容は直言しかねるものであったことが知られる。

1 天昏地黑蛟龍移
2 雷驚電激雄雌隨
3 清泉百丈化爲土
4 魚鼈枯死吁可悲

天昏く地黒くして　蛟龍移る
雷 驚き 電 激して　雄雌随う
清泉百丈　化して土と為り
魚鼈枯死す　吁 悲しむべし

［校勘］

2「激」潮本、祝本、文本、蜀本、魏本作「撃」。

龍の宿替え

天は真っ暗、地は真っ黒、龍の宿替え。いかずち鳴り響き、いなずま燦めき、雄と雌が連れだつ。
水澄める百丈の淵が干上がって土になった。魚もすっぽんも死に絶えた、ああ、何たる悲しさ。

0龍移　第1句のなかの二字を取って詩題とする。「龍移」の二字は、陳・張正見「風　翠竹の裏に生ずを賦し得たり　応教」詩に「花を翻すは鳳の下るかと疑い、水を颺ぐるは龍の移るに似たり」と、風が水を巻き上げる比喩として見える。064「叉魚　張功曹を招く」に「獺の去るは食無きを愁い、龍の移るは焼かるるを懼る」。龍が移動する際に風が起こり雷が鳴ることは、『太平広記』巻四二三・華陰湫の条に『劇談録』を引いて「唐咸通九年（八六八）春、華陰県の南十里余に、一夕風雷暴かに作り、龍の湫に移る有りて、遠き自りして至る」。**1天昏地黒**　異常な事態の前触れ。『太平広記』巻四二二・劉禹錫の条に、『集異記』を引いて「忽然の間に大いに雨ふり、天地昏黒たり」。**蛟龍**　「蛟」は龍の一種。池や淵に棲む魚たちの主人にあたる。『説文解字』虫部・蛟に「池魚　三千六百に満つれば、蛟来たりて之が長と為り、能く魚を逕いて飛ぶ」。**2雷驚電激**　班固「西都の賦」（『文選』巻一）に「雷奔り電激す」。**3清泉百丈**　深い泉水をいう。一丈は約三メートル。杜甫「郭給事の湯東の霊湫の作に同じ奉る」詩に「天に沸きて万乗動き、水を観る　百丈の湫。……中夜　窟宅改まり、移るは風雨の秋に因る」。杜甫の詩は龍が「窟宅」から驪山の近くの「霊湫」に「移」って来たことをうたうもので、そのため韓愈の詩との繋がりが認められる。ただし韓愈の場合、逆に龍は「百丈」の「清泉」から移り去って、そのために池の水が涸れてしまったことをいう。**化為土** 人の死をいうことが多いが、ここでは水を湛えた深い池が土だけの地になったことをいう。**4魚鼈** 魚やスッポン。水中に棲むものたち。**枯死** 本来は植物の死をいうが、水がなくて死ぬことから水中の動物に用いた。『太平広記』巻一一・劉憑の条に、『神仙伝』を引いて「其の家宅の傍らに泉水有り。水自ら竭れ、中に一蛟の枯死する有り」。

詩型・押韻 七言古詩。上平五支(移・随)と六脂(悲)の同用。平水韻、上平四支。

(川合康三)

093

永貞行

永貞行(えいていこう)

永貞元年(八〇五)、江陵(湖北省荊州市)における作。徳宗が崩御してのち、王伾(おうひ)・王叔文(おうしゅくぶん)(二王)らは順宗を担ぎ上げ、政治の刷新を断行した(いわゆる「永貞の革新」)。本篇は、この動きを二王や宰相韋執誼(いしつぎ)による専横と捉え、順宗に続く憲宗が即位してのち、彼らが失脚するまでの顚末を、歌行体で批判的に描き出す。後半では、二王に坐して左遷された友人に、自分が眼にしてきた蛮夷の風俗を伝える。作品中にはっきりと示されないが、連州刺史(広東省連州市)に左遷される途上の劉禹錫(りゅううしゃく)に向けた作品と考えられる。

1 君不見太皇亮陰未出令　君見(きみみ)ずや　太皇亮陰(たいこうりょういん)　未(いま)だ令(れい)を出(い)ださざるに

2 小人乘時偸國柄　小人(しょうじん)　時(とき)に乗(じょう)じて　国柄(こくへい)を偸(ぬす)むを

3 北軍百萬虎與貔
4 天子自將非他師
5 一朝奪印付私黨
6 懍懍朝士何能爲
7 狐鳴梟噪爭署置
8 睗睒跳踉相嫵媚
9 夜作詔書朝拜官
10 超資越序曾無難
11 公然白日受賄賂
12 火齊磊落堆金盤
13 元臣故老不敢語
14 晝臥涕泣何汍瀾
15 董賢三公誰復惜
16 侯景九錫行可歎
17 國家功高德且厚
18 天位未許庸夫干

北軍百万　虎と貔と
天子自ら将いる　他師に非ず
一朝　印を奪いて　私党に付し
懍懍たる朝士　何をか能く為さん
狐鳴き梟噪ぎて　争いて署置し
睗睒　跳踉　相い嫵媚す
夜に詔書を作りて　朝に官を拝し
資を超え序を越えて　曾ち難きこと無し
公然として白日に　賄賂を受け
火斉磊落として　金盤に堆し
元臣　故老　敢えて語らず
昼に臥して涕泣すること　何ぞ汍瀾たる
董賢の三公　誰か復た惜しまん
侯景の九錫　行くゆく歎くべし
国家　功高くして　徳且つ厚く
天位　未だ許さず　庸夫の干むるを

［校勘］

1 「亮」　潮本、祝本、文本、蜀本、魏本、王本、銭本作「諒」。

4 「他師」 文本作「它時」。魏本作「它師」。
8 「睗睒」 潮本作「睒閃」。祝本、文本、蜀本、魏本作「睒閃」。
「嫵」 潮本、文本、蜀本作「娬」。
11 「白」 魏本作「日」。
「賄賂」 魏本作「賂賄」。
15 「三」 潮本、祝本作「一」。

永貞のうた

君は見ただろうか、先の皇帝が喪に服しまだ命令を発せられないのに、小人がこれを好機と国の実権を掠めとるのを。

禁軍百万の兵は虎や貔（ひ）のごとく精悍。天子おんみずから率いるもの、他の軍隊とは違うのだ。

ところがある日、天子の印綬を奪い取って自分の一派にゆだねてしまった。恐れおののく臣下たちには何のなすすべもない。

狐が鳴き梟（ふくろう）が騒ぐように競って官を任命し、ちらちらと目配せして跳ね回ってはおべっかをつかう。

夜に詔書を作って朝には官を授け、資格や序列を飛び越えて何のはばかりもない。

白昼大っぴらに賄賂を受け取り、燃えるような宝玉がおびただしく金の鉢に積みあがる。

元勲や老臣も意見することができず、昼間から床（とこ）に伏しさめざめと涙する。

董賢（とうけん）が三公の位を得たとて誰が惜しもうか。侯景（こうけい）の九錫はいずれ嘆きをうむだけだ。

国の功業はゆるぎなく徳も深いもの。天子の位は凡夫が求めるのを許しはしなかった。

全体を二段に分ける。第一段では、王伾・王叔文一派が、禁軍の指揮権を握り官吏を大量に任命して、古参の臣下が追いやられるさまを描写する。

0**永貞**　順宗の年号。貞元二十一年（八〇五）正月に徳宗が崩御し、ついで順宗が即位した。順宗は病により政務を執れない状態であったが、皇太子時代からのとりまきであった王叔文を起居舎人・翰林学士に、王伾を左散騎常侍・翰林学士に任命した。また王叔文と親しかった韋執誼を宰相に取り上げた。二王は徳宗朝での宦官の専横に対抗するために、柳宗元・劉禹錫ら新進の若手官僚を擁し、急激な改革を推し進めた。しかし、同年八月には順宗が退位、宦官の擁立によって憲宗が即位し、改革は宦官・藩鎮などの既存勢力に敗れてわずか半年余りで頓挫した。王伾・王叔文や彼らに従った劉禹錫・柳宗元・韋執誼・韓泰・韓曄・陳諫・凌準・程異はそれぞれ僻地に流された（二王八司馬事件）。この作品は、左遷された劉禹錫が連州刺史に赴任する途上、韓愈がいる江陵に立ち寄った際に書かれたと思しい（090「岳陽楼にて竇司直に別る」詩題注参照）。以前韓愈がいた陽山県は、連州の管轄内にあった。劉禹錫は連州への赴任途上、さらに朗州司馬（湖南省常徳市）に貶されたため、今回の左遷では連州に赴いていない。1・2　順宗が徳宗の喪に服している間に、王伾・王叔文らが政治の実権を握ったことをいう。**太皇**　先代の皇帝。順宗を指す。韓愈がこの作品を書いた時、順宗はすでに譲位し、「太上皇」と称していた。**亮陰**　皇帝が喪に服すること。一説には服喪の部屋。「諒陰」「梁闇」などとも表記する。『論語』憲問に「子張曰く、書に云う、高宗諒陰、三年言わずとは、何の謂いぞや」。**国柄**　国の実権。3**北軍**　皇帝の禁軍。「北衙」と同義。唐代では、羽林・龍武・神武・神策の四軍から成り、宮城の北に駐留する。**虎与貔**　「貔」は虎に似た猛獣。禁軍の精悍さを喩える。『尚書』牧誓に「勖めんかな夫子、尚わくは桓桓（勇猛なさま）たること虎の如く貔の如く、熊の如く羆の如からん」。4　禁軍が天子直属のものであることをいう。**師**　軍隊。 5・6 王伾・王叔文らが禁軍を意のままにしようとしたことをいう。『新唐書』兵志・天子禁軍に「順宗即位し、王叔文 事を用いて神策(神策軍)の兵柄を取らんと欲し、乃ち故の将范希朝を用いて左右神策・京西諸城鎮行営兵馬節度使と為し、以て宦者の権を奪わんとするも克たず」。 **一朝** ある日。 **印** 天子から与えられる印綬。 **付私党** 自分の一派に渡す。 **懍懍** 恐れるさま。『尚書』泰誓中に「百姓懍懍として、厥の角を崩すが若し」。 7・8 二王の一派が勢力を伸ばしていくさまを、ずるがしこい狐や凶鳥とされるフクロウが跳梁跋扈するのに喩える。 **署置** 官職を置く、官吏を任命する。 **睗睒** ちらちらと見るさま。双声の語。左思「呉都の賦」(『文選』巻五)に「軽禽狡獣は……其の睒睗する所以を忘れ、其の去就する所以を失う」。 **跳踉** 飛び回る。「跳梁」とも表記する。『荘子』逍遥遊に、「狸狌(山猫とイタチ)」について「東西に跳梁し、高下を避けず」。 **嫵媚** 媚びる。 双声の語。 9〜12 王伾・王叔文らが秩序を無視して人事権をほしいままにしたため、売りこみの賄賂が横行したことを描写する。当時、天子の詔勅は翰林学士が作っていた。韓愈『順宗実録』巻五に、この間の様子を描写して「叔文既に志を得、王伾・李忠言等と外事を専断し、遂に首めに韋執誼を用いて相と為す。其の常に交結する所は、相い次いで抜擢し、一日に除する(官職を授ける)こと数人に至り、日夜群聚す」。また『資治通鑑』巻二三六・唐紀順宗永貞元年には、王叔文一派に推挙を求める人々の行列が朝晩途切れることなく続いたことや、王伾が集めた賄賂を大箱の中に貯め、夫婦でその上に眠ったことを記す。 **拝官** 官を授ける。 **超資越序** 「資」「序」は任官に必要なしかるべき資格や序列。それを無視することをいう。 **火斉** 宝珠。班固「西都の賦」(『文選』巻一)に、長安城の後宮の華麗さを描いて「翡翠火斉、耀を流し英を含む」。 **磊落** 数の多いさまを表す双声の語。 13・14 重鎮たちが二王の専横に堪えかね、昼日中に参朝もせず自宅で嘆いているさまをいう。『順宗実録』巻二には、権勢を笠に着た王叔文・韋執誼の傍若無人な振る舞いに誰も意見できないことを嘆き、宰相鄭珣瑜が辞職したことが記される。また「二相(鄭珣瑜と左僕射賈耽)皆な天下の重望（人望が厚い）なるに、相い次いで帰臥し、叔文・執誼等益ます顧忌する所無く、遠近大いに懼る」という。汍瀾　涙の流れるさま。畳韻の語。15・16　董賢・侯景は、資格や能力もないのに高位高官に上りつめ、最後には失脚した人物。彼らを挙げて王伾・王叔文らの比喩とする。董賢　前漢の人。眉目秀麗で人に取り入るのがうまく、哀帝に寵愛された。二十二歳の若さで最高位である三公の一つ大司馬に至るが、哀帝の崩御後、すぐに死に追いこまれた（『漢書』佞幸伝）。侯景　東魏から南朝梁に帰順した武将。のちに東魏と梁の講和が成立しそうになるや挙兵し、首都建康の宮城を陥落させた。大宝二年（五五一）には「自ら九錫の礼を加え」（『梁書』侯景伝）、皇帝蕭棟を廃してみずから帝位に即き、国号を漢と改めた。しかしそのわずか一箇月後には、梁の湘東王蕭繹が派遣した軍に敗れ処刑される。九錫　天子から諸侯・大臣に授与する九種の器物。前漢末、王莽が新を建てる前にみずからに九錫を与えたことから、九錫を授かることは臣下が王朝を簒奪する前段階とされる。18天位　天子の位。『詩経』大雅・大明に「天位　殷の適（世継ぎ）、四方に挟らざらしむ」。また、班彪「王命論」（『文選』巻五二）に「又た況んや幺麼（卑小な者）の数子に及ばず、而して闇かに天位を干めんと欲する者をや」。庸夫　凡庸な人。

19　嗣皇卓犖信英主　　嗣皇卓犖として　信に英主
20　文如太宗武高祖　　文は太宗の如く　武は高祖
21　膺圖受禪登明堂　　図に膺たり禅を受けて　明堂に登り
22　共流幽州鯀死羽　　共は幽州に流され　鯀は羽に死す
23　四門肅穆賢俊登　　四門粛穆として　賢俊登る
24　數君匪親豈其朋　　数君親しきに匪ず　豈に其れ朋ならんや

25 郎官清要爲世稱
26 荒郡迫野嗟可矜
27 湖波連天日相騰
28 蠻俗生梗瘴癘烝
29 江氛嶺祲昏若凝
30 一蛇兩頭見未曾
31 怪鳥鳴喚令人憎
32 蠱蟲羣飛夜撲燈
33 雄虺毒螫墮股肱
34 食中置藥肝心崩
35 左右使令詐難憑
36 愼勿浪信常兢兢
37 吾嘗同僚情可勝
38 具書目見非妄徵
39 嗟爾既往宜爲懲

郎官　清要にして　世に称せらる
荒郡　野に迫らる　嗟　矜れむべし
湖波　天に連なりて　日びに相い騰り
蛮俗は生梗にして　瘴癘烝す
江氛　嶺祲　昏くして凝るが若く
一蛇両頭　見ること未だ曽てせず
怪鳥鳴喚して　人をして憎ましめ
蠱虫群飛して　夜　灯を撲つ
雄虺毒螫すれば　股肱を堕とし
食中に薬を置けば　肝心崩る
左右の使令　詐りて憑み難し
慎んで浪りに信ずる勿かれ　常に兢兢たれ
吾嘗て同僚　情は勝うべけんや
具に目に見るを書す　妄りに徴するに非ず
嗟　爾　既往　宜しく懲と為すべし

〔校勘〕

22「鯀」　文本、蜀本、魏本、銭本作「鮌」。

28「烝」　潮本、祝本、文本、蜀本、魏本作「蒸」。

29「江」蜀本作「汀」。

「氛」魏本作「氣」。

31「鳴喚」潮本、祝本、文本、蜀本、魏本作「爭鳴」。

34「藥」魏本作「毒」。

36「勿」文本作「無」。

37「嘗」祝本、魏本作「常」。


あとを継がれた皇帝は衆に抜きん出たまこと英明なるお方。文の道は太宗のごとく、武の道は高祖に並ぶ。

瑞祥の図に応じ禅譲されて明堂に臨むと、共工（きょうこう）は幽州に流され鯀（こん）は羽山（うざん）に死した。

四方に通ずる門はおごそかに開かれ、俊秀が集まってくる。君たちは二王と親密ではなく、どうして朋党だなどと言えようか。

郎官は清廉な要職、人々の羨望の的だ。それが未開の地と隣り合わせの僻地の郡に流されるとは、何と痛ましいことだ。

湖の波は天にとどくほどで休みなく沸きたち、蛮俗は猛々しく地には瘴気が充ちている。

河や峰には不吉な雲気がおぐらくわだかまる。一つの胴体に二つ頭の蛇は見たこともないものだ。

不気味な鳥が鳴き騒いで憎悪をかき立て、毒虫は群れ飛び夜には灯火にぶつかってくる。

巨大な毒蛇に齧まれると足や腕を切り落とさねばならないし、食事に毒が入っていれば内臓が爛れてしまう。

側仕えの召使いは嘘つきで頼りにできない。簡単に信用せず、いつも用心深くあるように。

わたしはかつての同僚であり、君の苦境は見るに忍びない。この眼で確かめたことをつぶさに記すのであって、でたらめに示す訳ではないのだ。
ああ、君の来し方を、よくよく戒めとせねばならない。

第二段では、憲宗即位後に二王一派が一掃されたことを述べる。第23句以下は毎句押韻で、かつての同僚たちが連座して僻地に流されるのを嘆き、陽山で眼にした蛮俗を描写して彼らに忠告する。

19嗣皇 順宗を嗣いで即位した憲宗を指す。「嗣王」は『尚書』を始めとしてよく用いられるが、「嗣皇」は唐詩では韓愈のみに見える語。077「八月十五の夜 張功曹に贈る」に「嗣皇 聖を継ぎて夔皋（古の名臣）を登す」などの用例がある。憲宗は宦官の擁立によって立てられた。**卓犖** 群を抜き卓越すること。畳韻の語。20貞観の治で称えられる太宗を「文」の代表、建国の祖である高祖を「武」の代表として挙げ、憲宗は両者に匹敵するという。**21膺図受禅** 瑞祥の図に応じ、禅譲を受ける。天子が皇位を継いだことをいう。「膺」は応じる。「図」は河図。黄河に現れた、瑞祥を表す図。張衡「東京の賦」（『文選』巻三）に「高祖は籙（予言書）に膺たり図を受く」。**明堂** 古代の帝王が政教を明らかにする場所。諸侯に朝し、祭祀などの典礼を執り行う。『孟子』梁恵王下に「夫れ明堂は、王者の堂なり」。22憲宗を舜になぞらえ、憲宗の即位後、王伾が開州司馬に、王叔文が渝州司戸に左遷されたことをいう。「共」は共工。共工と「鯀」は堯の臣下。三苗・驩兜と共に「四凶」と称された逆臣。舜が即位すると、共工は幽州に流され、鯀は羽山で死んだ（『尚書』舜典）。086「江陵に赴く途中……」第106句注参照。23〜26 憲宗即位後に新たな人材が登用される一方で、韓愈の友人の柳宗元や劉禹錫は二王に連坐して地方に左遷された。この四句は、二王の朋党でもなく立派な官職に就いていた友人がなぜ僻地に流されるのか、と悲しむ。**四門粛穆** 「四門」は四方に通じ諸侯が来朝する門、それが開かれ立派な人々が集まってくる。「粛穆」は厳粛なさま。畳韻の語。『尚書』舜典に、舜の王朝へ諸公が集まるさまを描写して「四門に賓し、四門穆穆たり」。また086「江陵に赴く途中……」に「班行　再び粛穆たり」、その第109句注参照。郎官　天子の側近である郎中・員外郎。左遷される前、劉禹錫は屯田員外郎、柳宗元は礼部員外郎であった。清要　清廉で枢要な職位。唐代の官職には清濁の区別があり、御史大夫など三品以上を「清望官」、各諸司の郎中・員外郎など四品以下、八品以上を「清官」と称し、出世を望みうるエリートコースと見なした（『唐六典』巻二・尚書吏部）。荒郡迫野　「荒郡」は辺鄙な土地。「迫野」は野蛮な未開の地がすぐ隣り合わせに迫っていることをいうか。27湖波　068「県斎にて懐い有り」に、洞庭湖の激しい波を描写して「湖波　日車を翻す」。28生梗　野蛮で猛々しい。『周書』郭彦伝に「蛮左（蛮夷）は生梗にして、未だ朝憲（朝廷の法令）に遵わず」。瘴癘　南方特有の熱病を起こさせる瘴気。29江氛嶺祲　「氛」も「祲」も凶兆の気。30一蛇両頭　両頭の蛇は、南方蛮夷の地に特有の生物とされた。086「江陵に赴く途中……」に「蛇有りて両首に類す」、第71句注参照。見未曾　中原ではいまだかつて見たことがない。32蠱虫　毒虫。086「江陵に赴く途中……」に「蠱有りて群飛して游ぶ」、第72句注参照。33雄虺　「虺」は毒蛇。『楚辞』天問に「雄虺九首、儵忽（速やか）として焉くにか在らん」。毒螫　毒虫や毒蛇に噛まれる。34　南方で食事に毒が入っていることを恐れる表現は、077「八月十五の夜　張功曹に贈る」に「牀より下れば蛇を畏れ食には薬を畏る」、086「江陵に赴く途中……」に「動もすれば毒を置くかと猜嫌し、案に対して輒ち愁いを懐く」などと見える。35使令　召使い。使い走りの者。36兢兢　恐れ慎むさま。『詩経』小雅・小旻に「戦戦兢兢として、深淵に臨むが如く、薄氷を履むが如し」。37同僚　「同寮」とも表記する。『詩経』大雅・板に「我　事を異にすと雖も、爾と寮を同じくす」、毛伝に「寮は官なり」。韓愈は以前、劉禹錫・柳宗元と共に御史台にあった。086「江陵に赴く途中……」に「同官　尽く才俊、偏えに柳と劉と善し」。このように友人として行く末を案じる一方で、韓愈が自身の陽山左遷に関わって、当時政治的立場を異にした両者に疑いを抱いていたことは、同詩第41～44句に「或いは慮る　語言洩れ、之を伝えて冤讎に落つるかと。

二子は宜しく爾るべからず、将た疑うらくは断めんや還た不や」と見える。38徴　明らかにする、はっきりと示す。39「同僚」に対して、すでに起こったことは取り返しがつかないが、今後はよく身を慎んで過ごさねばならないと忠告する。嗟爾　相手に対する呼びかけの語。『詩経』小雅・小明に「嗟爾君子、恒に安処する無かれ」。既往　過去。『尚書』太甲中に「既往　師保（君主の子弟の教育官）の訓えに背く」。懲　懲戒。以前の失敗を教訓とすること。

詩型・押韻　雑言古詩。換韻して以下の六種の韻を用いる。（1）去声四十三映（柄）と四十五勁（令）の同用。平水韻、去声二十四敬。（2）上平五支（為）と六脂（貔・師）の同用。平水韻、上平四支。（3）去声六至（媚）と七志（置）の同用。平水韻、去声四寘。（4）上平二十五寒（難・瀾・歎・干）と二十六桓（官・盤）の同用。平水韻、上平十四寒。（5）上声九麌（主・羽）と十姥（祖）の同用。平水韻、上声七麌。（6）下平十六蒸（称・矜・烝・凝・凴・兢・勝・徴・懲）と十七登（登・朋・騰・曾・憎・灯・肱・崩）の同用。平水韻、下平十蒸。

（二宮美那子）

094　木芙蓉　木芙蓉

永貞元年（八〇五）秋、江陵に赴く道中での作とされるが、編年は定めがたい。木芙蓉の花を水芙蓉（蓮）の花と比較しつつ描いた詠物の詩。木芙蓉は柳宗元や白居易など、中唐以降によくうたわれるようになる。

1 新開寒露叢
2 遠比水閒紅
3 豔色寧相妬
4 嘉名偶自同
5 採江官渡晩
6 搴木古祠空
7 願得勤來看
8 無令便逐風

新(あら)たに寒露(かんろ)の叢(くさむら)に開(ひら)く
遠(とお)く水閒(すいかん)の紅(くれない)に比(なら)ぶ
豔色(えんしょく)　寧(なん)ぞ相(あ)い妬(ねた)まん
嘉名(かめい)　偶(たま)たま自(おのずか)ら同(おな)じ
江(こう)に採(と)れば官渡(かんと)晩(く)れ
木(き)に搴(と)れば古祠(こし)空(むな)し
願(ねが)わくは勤(しき)りに来(き)たり看(み)るを得(え)ん
便(すなわ)ち風(かぜ)を逐(お)わしむる無(な)かれ

〔校勘〕

2「閒」潮本、祝本、文本、蜀本作「邊」。

3「妬」銭本作「妒」。

5「採」蜀本作「秋」。

「官渡」潮本、文本作「秋節」。

6「搴」蜀本作「寒」。

「祠」文本作「辭」。

7「願得」潮本、祝本、文本、蜀本、魏本作「須勸」。

木芙蓉

露の冷たく降りる茂みから花が咲き出した。遠く離れた水面の紅色に比類する。

鮮やかな色取りを妬んだりしようか。その美名はたまたま同じなのに過ぎないのだから。

川辺で摘み取ると官設の渡し場は暮れゆき、木々から手折ると古びた祠は空ろになる。

できれば何度でも見に来たいものだ。風を追いかけてあっさり花を散らせないでくれ。

0木芙蓉　アオイ科の落葉低木。日本で「芙蓉」といえば一般にこちらを指し、中国での「芙蓉」が水面に咲く蓮（ハス科）の花を指すのとは異なる。ただ日本でも、蓮と対比する際には「木芙蓉」と呼ばれる。白居易「木芙蓉の花下に客を招いて飲む」詩に「水蓮の花尽きて木蓮開く」とあるように、蓮の花が夏に咲くのに対して、木芙蓉は秋に花を咲かせる。2水間紅　水辺に咲く蓮を指す。3・4　名前が同じなのは偶然に過ぎないのだから、競い合って相手の美しさを妬む必要はないという意。艶色　艶やかな色合い。陶淵明「閑情の賦」の「城を傾くるの艶色を表し、徳有るを伝聞に期す」のように、女性の美しさを表すことが多い。嘉名　善き名前。『楚辞』離騒に「皇覧て余を初度に揆り、肇めて余に錫うに嘉名を以てす」。5採江　川辺で蓮の花を採取する例として、「古詩十九首」其六（『文選』巻二九）に「江を渉りて芙蓉を采り、蘭沢　芳草多し」と見える。官渡　国が設けた渡し場。杜甫「京自り奉先県に赴く詠懐五百字」に「轅を北にして涇渭に就き、官渡に又た轍を改む」。6『楚辞』九歌・湘君の「薜茘（陸上の花）を水中に采り、芙蓉を木末に搴る」を意識した句。ただ『楚辞』の例は「木芙蓉」ではなく、蓮の花を木の梢から取るのは無理だという意味で用いられる。この二句は文字の異同が多く、旧注でもさまざまに解釈が分かれ、意味が定まらない。ひとまず、一日の、一年の終わりの中で消えんとする花への愛惜をこめる方向で解する。7勤　まめに、頻繁に。あるいは「勤めて」と訓じて、せいぜい、できるだけの意にもとれる。8便　すぐに、たやすく。逐風　風を追いかけるように花びらが飛散することをいう。梁・沈約「哀草を愍れむの賦」に「復た悲しむ　池上の蘭、飄落して颪を逐いて尽くるを」。

詩型・押韻　五言律詩。上平一東（叢・紅・同・空・颪）。平水韻、上平一東。

（好川　聡）

095

喜雪献裴尚書

雪を喜ぶ　裴尚書に献ず

積雪を言祝ぐうた。古来、大雪は来る秋に豊作をもたらす瑞祥とされてきた。本詩の制作時期は、作中「春雪」の語が見えるので立春の後、また「已に年華の晩きを分とす」とあるため年末の作であり、この年は年内に立春を迎えたことになる。同じ降雪が元和元年（八〇六）作の096「春雪」に詠まれているから、本詩はその前年にあたる永貞元年（八〇五）末、江陵府で法曹参軍の任にあった時期の作と推定できる。詩の受け手は韓愈の上官にあたる荊南節度使の裴均であるが、謝恵連「雪の賦」（『文選』巻一三）を意識した結び、「塩に擬して旧句を吟じ、簡を授けて前規を慕う」から類推するに、韓愈の一方的な献詩ではなく、裴均の命を受けて作られ、酒宴に供された作品であろう。作中、雪を人間世界の諸相になぞらえた寓意的な表現が散見し、結びの段では雪の描写から一転、唐突に韓愈自身の窮乏へと焦点が移る。あるいは本詩を通じて、裴均に就職の便宜を求める意図があったのかもしれない。

1　宿雲寒不巻　　宿雲　寒くして巻かず

2 春雪墮如簁
3 騁巧先投隙
4 潛光半入池
5 喜深將策試
6 驚密仰簷窺
7 自下何曾汙
8 增高未覺危
9 比心明可燭
10 拂面愛還吹
11 妬舞時飄袖
12 欺梅併壓枝
13 地空迷界限
14 砌滿接高卑
15 浩蕩乾坤合
16 霏微物象移
17 爲祥矜大熟
18 布澤荷平施

春雪　堕ちて簁うが如し
巧を騁せて先ず隙に投じ
光を潜めて半ば池に入る
深きを喜び　策を将て試み
密きに驚き　簷を仰ぎて窺う
自ら下るも何ぞ曾て汚れんや
高きを増すも未だ危うきを覚えず
心に比ぶるに明らかにして燭らすべし
面を払うに愛して還た吹く
舞を妬みて時に袖を飄し
梅を欺りて併びに枝を圧す
地は空しくして界限を迷わし
砌は満ちて高卑を接ぐ
浩蕩として乾坤合し
霏微として物象移る
祥を為して大熟を矜り
沢を布きて平施を荷う

〔校勘〕

1「巻」文本作「捲」。

4「半」潮本、祝本、文本、蜀本、魏本作「亂」。

8「增」文本作「曾」。

「覺」潮本、祝本、文本、蜀本、魏本作「見」。

11「妬」銭本作「妒」。

18「布」潮本、祝本、蜀本、魏本作「帀」。

降雪を喜ぶ　裴尚書に献上す

滞った雲は寒々としたまま巻き収められず、春の雪が篩をふるったように落ちて来る。

技量を尽くして真先に隙間めがけて飛びこむが、輝きを押し隠したまま大半は池に没してゆく。

深さが嬉しくて杖で測ってみたり、降りの激しさに驚いて軒を見上げ様子をうかがったりする。

自分から下っても汚されることなく、高さを増しても危うさがない。

心に擬えればその明るさはともしびになるほど、愛でるように吹いては顔を撫でつける。

舞姫をねたんで時おり袖をおどらせ、梅の花をだしぬいて一緒に枝にのしかかる。

大地には何もなく物の境界を曖昧にし、階段に一杯になって高所と低所を繋げている。

ひろびろと果てしなく天地は一体となり、はらはらと降り霞んで外界の姿が変化する。

吉祥となって豊かな実りを誇り、恵みを敷きおよぼしてあまねく分配を賜る。


全体を三段に分ける。第一段は、夜明け前の降雪の様子を、繊細な描写と雄大な叙景を交えてうたう。

0裴尚書　裴均（七五〇—八一一）、字は君斉（くんせい）。当時は荊南節度使の任にあり、のちに叛乱を起こした劉闢（りゅうへき）を撃退した功により検校吏部尚書を加えられる。詩を唱和する集いをたびたび主催し、『新唐書』藝文志四には『寿陽唱詠集』十巻、『渚宮唱和集』二十巻、『峴山（けんざん）唱詠集』八巻、『荊潭（けいたん）唱和集』一巻（韓愈の序が伝わる）、『盛山唱和集』一巻、『荊夔（けいき）唱和集』一巻が著録される。　1宿雲　昨夜から停滞して晴れない雲。　不巻「巻」は「捲」に同じく、雲が巻き収まって消滅すること。唐・戴叔倫（たいしゅくりん）「九日　敬（けい）処士・左（さ）学士と同（とも）に賦し、『菊を采りて東山に上る』もて便ち首句と為す」詩に「戯鶴　唳（な）くも且つ閑（しず）かなり、断雲　軽くして巻かず」。　2篩「篩」に通じる。ふるい。ここでは動詞的に用い、細かくさらさらと撒かれるの意。先例に乏しい語で、時代は下るが、晩唐の貫休（かんきゅう）「廬山（ろざん）の衲僧を送る」詩に「天を凍らせて方に雪を篩せんとす」。一句は、雪の白さをふるいにかけた穀物の白さに喩える。　3・4　うまい具合にすっと間隙に入りこんだり、光り輝く間もないまま池に沈んで輝きを水中に没したりする。地面に降りおおせた雪と池に没してしまった雪を対比し、擬人化する。　騁巧「騁」は存分に発揮する、「巧」は技巧。左思（さし）「魏都の賦」（『文選』巻六）に「工徒（職人）擬議（あれこれ考え話し合う）して巧を騁す」。まるで技巧を尽くして狙ったかのように、我先にと狭い隙間に入りこんでゆくのをいう。　潜光　持ち前の輝かしさを、ひけらかさずに隠しておく。『論語』子罕（しかん）の「斯（ここ）に美玉有り、匵（ひつ）（箱）に韞（おさ）めて諸（これ）を蔵せんか」を意識した表現。ここでは雪の白さが池に没して消えること。李白「梁園自（よ）り敬亭山に至り会公に見ゆ……」詩に「水国　英奇饒（ゆた）かなり、光を潜めて幽草に臥す」。　5将策試　杖で雪の深さを探る。謝恵連「雪の賦」に「尺に盈（み）つれば則ち瑞を豊年に呈す」とあり、平地に一尺の雪が積もれば豊作の瑞兆とされた。「策」はつえ。　6驚密　降ってくる雪の夥しさに驚く。「密」は雪の降り方の多さ、激しさをいう。謝恵連「雪の賦」に「俄（にわ）かにして微霰零（ふ）り、密雪下（くだ）る」、また098「春雪　早梅に間（まじ）わる」に「吹（かぜ）を逐いて能く密なるを争う」。　7・8　雪が、地面の土に汚されることなく、うず高く降り積もる。雪を擬人化し、地面に向かって降るさまを人のへりくだった態度に、高く積もるさまを立身出世に見立てる。この二句は、『法言』寡見に「自ら後にする者は、人之を先にし、自ら下る者は、人之を高くす」、『孝経』諸侯に「上に在りて驕らざれば、高くして危うからず」とあるように、典故の使用から見て明らかに人間界を比喩している。謙虚な者は汚れを知らず、高みに昇っても危うくないとは、官界の寓意か。　**増高**　高さが増加する。『礼記』月令に「（孟夏の月）長きを継ぎて高きを増す」。
9　「比」はなぞらえる。張協「雑詩十首」其九（『文選』巻二九）に「重基（重なった山）は志に擬うべく、迴淵は心に比ぶべし」。「蛍雪の功」でよく知られるように、雪の明るさとともしびの明るさは類比の関係にある。ここでは潔白な心を、ともしびに使用できるほど白く明るい雪になぞらえる。10　雪が、何度も愛でるように顔に吹きつける。「払面」は、『楚辞』大招に「長袂　面を払い、善く客を留む」とあるように、柔らかに面を払うこと。「愛」は雪のやさしく吹きつける様子、またそれが人にとって好ましい状態であるのをいう。11・12　やはり雪を擬人化する。「妬」は羨む、嫉妬する。098「春雪　早梅に間わる」に「枝に排びて巧く新たなるを妬む」。人間世界の舞踊に嫉妬した吹雪が、負けじと張り合って踊り手の袖に吹きつけ、舞踊の動作に先んじてその袖を翻らせる。「欺」は騙す、だし抜く。白く咲く梅の花を馬鹿にするように、白い雪がたっぷりと上にのしかかる。「妬」「欺」を用いた同様の例に、唐・司空曙「新柳」詩の「全く欺く　芳蕙の晩きを、妬むに似る　寒梅の疾きを」。　**飄袖**　着物の袖がなびく。後漢・張衡「舞の賦」の「裾は飛鷰に似、袖は迴雪の如し」のように、舞踊のときになびく衣の袖は古くから吹雪に喩えられてきたが、ここでは逆に吹雪が袖に吹きつけ、あたかも舞を舞うかのようになびかせる、という機智。　**併圧枝**　雪が梅の花とともに、自分たちの重みで枝をたわませる。白居易「書に代うる詩一百韻　微之（元稹）に寄す」に「岸草　煙は地に鋪き、園花　雪は枝を圧す」。
13**地空**　地上に何もなくなったかのように。一面を覆い尽くす雪のために、物と物の境界が識別できないのをいう。14　段上に雪が多く堆積し、高低の区別がなくなる。**砌**　きざはしの石畳。15**浩蕩**　果てなく広がるさま。**16霏微**　盛んに降り注ぐ。畳韻の語。『詩経』邶風・北風に「北風　其れ喈（疾いさま）たり、雪を雨らすこと其れ霏たり」、毛伝に「霏は甚だしき貌」。ここでは降りしきる雪のため、もやのようにかすむさま。**物象移**　「物象」は外界の事物、またそのありさま。177「崔舎人の月を詠ずるに和す二十韻」に「瀟疎として物象冷し」。「移」は、ここでは周囲の物が雪にかすみ、外観が日常から変化するのをいう。**17・18**　豊作の瑞祥である雪を言祝ぐ。「大熟」「平施」はそれぞれ豊作と作物の均等配分とをいうが、たっぷりと（大熟）、平らかに敷き積もった（平施）、雪そのものの形象でもあるだろう。**為祥**　「祥」は瑞祥。大雪は秋の豊作をもたらす吉祥とされていた。『詩経』小雅・信南山「雪を雨らすこと雰雰たり」の毛伝に「雰雰は雪の貌。豊年の冬、必ず積雪有り」。第5句注を参照。**平施**　あまねく分配する。『周易』謙・象伝に「君子は以て多きを裒めて寡なきを益し、物を称りて平施す」。ここで謙卦の語が用いられるのは、雪の「自ら下る」（第7句）謙虚な性質とも関連するか。**大熟**　大豊作。『尚書』金縢に見える語。

19 已分年華晩　　已に年華の晩きを分とするに
20 猶憐曙色随　　猶お曙色の随うを憐れむ
21 氣嚴當酒換　　気厳しくして酒に当たりて換え
22 灑急聽窗知　　灑ぐことの急なるは窓に聴きて知る
23 照曜臨初日　　照曜として初日に臨み
24 玲瓏滴晩澌　　玲瓏として晩澌滴る
25 聚庭看嶽聳　　庭に聚めて岳の聳ゆるを看
26 掃路見雲披　　路を掃いて雲の披くを見る

27　陣勢魚麗遠　　陣勢（じんせい）魚麗（ぎょり）遠（とお）く
28　書文鳥篆奇　　書文（しょぶん）鳥篆（ちょうてん）奇（き）なり

［校勘］
21「換」祝本、文本、蜀本、魏本作「暖」。
22「窗」王本作「牕」。
23「曜」祝本、文本、蜀本、魏本作「耀」。
24「玲」祝本作「珍」。
「澌」潮本、祝本、文本、蜀本、魏本、王本、銭本作「凘」。
26「路」祝本作「露」。

年の瀬だととうに承知はしていても、やはり夜明けの光を伴うほうが好ましい。

寒気が厳しいので替わりの燗をつけ、降りが激しいのは窓辺で耳を澄ませると分かる。

きらきらと朝日に臨み、ぽとぽとと暮れ方の氷がしたたる。

庭に集められてそびえ立つ山岳が見え、道が掃かれて雲が開いてゆくのが見える。

軍陣の様子は魚麗（ぎょり）の陣のごとく遠くまで続き、書かれた文字は鳥篆のように奇抜。


第二段は、日の出前後の様子を描写する。

19・20「分」は、事情をわきまえてこれに甘んずる、事態を承知するの意。212「城南に遊ぶ十六首」其四・落花に「已に身を将て地に著きて飛ぶを分とす」。「年華」は本来、年齢の意。歳末を人間の晩年になぞらえ、暮れゆく老人の身と重々承知はしているものの、やはり若々しい明るさが愛おしいものだ、と諧謔を含ませつつ述べる。雪は歳末に降るものであり、歳末は日光が弱いと承知しているものの、この雪景色に朝日が華を添えてくれるならばもっと素晴らしい、という期待を意図している。**曙色** あけぼの。また、明け方の光に照らし出された景色。**21当酒換** 「当」は酒の燗の番をする、「換」は燗の替わりをつける。**23・24** 朝日が昇って雪が止み、氷雪が融け始める様子を描く。**照曜** 畳韻の語。ここでは雪面が日光を受けて輝くさま。**初日** 朝日。**玲瓏** 硬質で清涼感のある音を表す双声の語。110「張徹に答う」に「碧流 滴りて瓏玲たり」。**晩澌** 「澌」は固まりつつある氷、もしくは融けてゆるんだ氷。一句は、夜間に凍結した氷が朝日によって融解し始めるさまをいう。**25・26** 庭に集められた雪、路の両側によけられた雪を山や雲に見立てる。**27・28** 雪掻きされた様子を描写する。「陣勢」と「書文」で武・文の対比になっている。**魚麗** 陣形の一種。『左伝』桓公五年の秋、周の攻撃を受けた鄭国が「魚麗の陣（陣）を為」したとあり、前方に戦車、後方に歩兵を配した軍陣。張衡「東京の賦」（『文選』巻三）に、天子の遊猟（巻狩り）に従う軍隊の壮麗さを描写して「鵝鸛（陣形の名）魚麗、箕のごとく張り翼のごとく舒ぶ（箕・翼は星宿の名）」。第25句に対応し、集められてできた大小の雪山の壮観なさまを、戦車と兵卒の陣形に見立てる。**書文** 文字の形。**鳥篆** 書体の一種。古代の蒼頡は鳥獣の足跡から文字を発明したとされる。西晋・索靖「草書状」（『晋書』索靖伝）に「倉（蒼）頡既に生まれ、書契 是れ為る。科斗・鳥篆、物に類して形を象る」とあるように、「科斗」（084「岣嶁山」第3句注参照）同様、古めかしく神秘的なイメージを持つ。第26句に対応し、うねった雪掻きの跡を、曲線の多い古文字に見立てる。

29 **縦歓羅艶黠** 縦歓 艶黠を羅ね

30 列賀擁熊螭
31 履弊行偏冷
32 門扃臥更羸
33 悲嘶聞病馬
34 浪走信嬌兒
35 竈靜愁煙絕
36 絲繁念鬢衰
37 擬鹽吟舊句
38 授簡慕前規
39 捧贈同燕石
40 多慙失所宜

列賀　熊螭を擁す
履弊れ　行きて偏えに冷たく
門扃され　臥して更に羸る
悲嘶　病馬を聞き
浪走　嬌児に信す
竈静かにして煙の絶ゆるを愁え
糸繁くして鬢の衰うるを念う
塩に擬して旧句を吟じ
簡を授けて前規を慕う
捧贈するは燕石に同じ
多く慙ず　宜しき所を失するを

〔校勘〕
37「鹽」　祝本作「盬」。
39「燕」　祝本作「然」。

歓楽を極めた宴には美女がずらり、慶賀の行列には猛者が居並ぶ。
靴はぼろぼろで歩けばどうにも冷たく、入口にかんぬきをかけて俯伏して疲れ果てる。
悲しくいななく病みつかれた馬の声を聞き、やたらと走り回る我が子は放ったらかし。

かまどがひっそりと煙も途切れてしまったのを心配し、白い物が多くなり衰えた髪の毛に思いを致す。
塩に喩えて言い古された詩句を詠み、書きつけの札を下されたので先人の例に心を寄せる。
捧げますのは燕石も同様のつまらぬ物、相応しからぬ作をひたすら恥じ入るばかり。

第三段は、降雪を慶賀する華々しい祝宴と、それとは対象的な韓愈自身の貧困をうたう。それまでの雪の描写から一転し、切々と窮状を説く。

29縦歓　歓楽をほしいままにする、楽しみを尽くす。　艶黠　宴席に侍る艶麗で聡明な美人をいう。「黠」ははしこい、目端が利く。『北史』后妃伝下に「馮淑妃（北斉・後主の愛妾）……慧黠にして能く琵琶を弾き、歌舞に工みなり」。30列賀　慶賀に訪れた人々の列。白居易「雨を賀す」詩に「蹈舞　万歳を呼び、列賀　庭中に明らかなり」。　熊螭　「螭」は猛獣の一種。班固「西都の賦」（『文選』巻一）に、天子の狩猟の様子を述べて「師（獅）豹を挟み、熊螭を拖く」。ここでは慶賀に訪れた粗野で猛々しい将士を、熊や螭に喩える。31　貧しさのあまり底の抜けた靴で雪中を歩いたという漢・東郭先生の故事。『史記』滑稽列伝に「東郭先生　久しく詔を公車（宮廷の役所）に待ち、貧困飢寒して、衣は敝（弊）れ、履は完からず。雪中を行くに、履は上有るも下無く、足は尽く地を践む」。32　大雪の際に雪掻きもせず、自宅で死んだように臥していた漢・袁安の故事。『録異伝』（『藝文類聚』巻二・天部・雪）に「漢の時大いに雪ふり、地に積もること丈余たり。洛陽の令……、袁安の門に至るや、路有る無し……。戸に入り、安の僵れ臥すを見て問う、『何を以てか出でざる』と。安曰く、『大いに雪ふりて人皆な餓う、宜しく人に干めざるべし』と」。34嬌児　みずからの愛児。我が子を詩にうたった早い例に西晋・左思「嬌女の詩」（『玉台新詠』巻二）がある。また杜甫「北征」に「平生　嬌とする所の児」。杜甫は貧しい家庭環境に甘んずる我が子をしばしば描いた。145「崔十六少府の伊陽に摂し……因りて酬ゆ三十韻」に「嬌児眉眼好し、袴脚　両骭（すね）凍る」。ここでは腹を空かせ、無闇に家中を歩き回る子供を描写するか。35陶淵明「貧士を詠ず七首」其二に「竈を闚うも煙を見ず」とあるのを踏まえる。37・38　謝恵連「雪の賦」に登場する司馬相如に自身をなぞらえる。恐らく韓愈も司馬相如のごとく上官の命を受けて本詩を作り、これを捧げたのであろう。**擬塩**　『世説新語』言語に見える逸話。東晋の謝安は、雪の日に兄の子供らと文学談義をしていた。にわかに雪が激しくなり、謝安が「白雪紛紛たるは何の似る所ぞ」、この降雪は何に似ているかと訊ねると、兄の子謝朗は「塩を空中に撒けば差や擬すべし」、さながら空に撒かれた塩のようですと答えたという。一句は、みずからの作品を謙遜し、雪を塩に喩えるようなありきたりの詩に過ぎないと述べる。梁・簡文帝「雪を詠ず　顛倒して韻を使う」詩に「塩　飛びて蝶の舞うを乱す」。**授簡**　ふだを与えて詩文を作らせる。「簡」は古代、文字を書きつけるために用いた細長い板。謝恵連「雪の賦」に見える語。その序によれば、漢の梁孝王は雪の日に文人を集めて酒宴を設け、まずみずから雪に関する詩（『詩経』邶風・北風、同・小雅・信南山）を朗誦したのち、司馬相如に「簡を授けて」雪の様子を賦すよう命じたという。ここでは裴均と韓愈自身の関係を、梁王と司馬相如に比している。**前規**　手本となる先人の事績、先例。孟浩然「歯坐（東晋・習鑿歯の坐った場所）山南の諸隠に呈す」詩に「従来　微尚（ささやかな願い）を抱く、況んや復た前規に感ずるをや」。39**燕石**　燕国に産するという玉に似た石。内実のともなわない、取るに足らない物の意で、ここでは謙遜の辞。宋国のある男がこれを宝物とし、幾重にも梱包した上、開封するときは斎戒し生贄まで捧げるという珍重ぶりであったが、実際には瓦同様のつまらない石であった、という故事（『後漢書』応劭伝・李賢注に引く『闕子』）を踏まえる。

詩型・押韻　五言排律。上平五支（篪・池・窺・危・吹・枝・卑・移・施・随・知・澌・披・奇・螭・羸・児・衰・規・宜）。平水韻、上平四支。

（稲垣裕史）

096　春雪　春雪（しゅんせつ）

元和元年（八〇六）、韓愈が法曹参軍として江陵にいた時の作。同じく春の雪をうたう095「雪を喜ぶ　裴（はい）尚書に献ず」とほぼ同時期のものとされる。古くより雪は豊作の兆しとされ、それをうたうことは新年を言祝ぐことを意味した。本作はそうした瑞祥としての雪をうたうものではあるが、ここには同時に謝恵連（しゃけいれん）「雪の賦」（『文選』巻一三）以来の、雪を美的対象として捉えるという態度も見られ、春雪の多様な姿が比喩や縁語を自在に用いることで巧みに描かれている。

1　看雪乘清旦　　雪（ゆき）を看（み）て清旦（せいたん）に乗（じょう）じ
2　無人坐獨謠　　人無（ひとな）くして坐（ざ）して独（ひと）り謡（うた）う
3　拂花輕尚起　　花（はな）を払（はら）いて軽（かる）くして尚（な）お起こり
4　落地暖初銷　　地（ち）に落（お）ちて暖（あたた）かくして初（はじ）めて銷（き）ゆ
5　已訝陵歌扇　　已（すで）に訝（いぶか）る　歌扇（かせん）を陵（しの）ぐかと
6　還來伴舞腰　　還（ま）た来（き）たりて舞腰（ぶよう）に伴（ともな）う
7　灑篁留密節　　篁（たけ）に灑（そそ）ぎて密節（みっせつ）に留（とど）まり
8　著柳送長條　　柳（やなぎ）に著（つ）きて長条（ちょうじょう）に送（おく）らる

9　入鏡鸞窺沼
10　行天馬度橋
11　偏堦憐可掬
12　滿樹戲成搖
13　江浪迎濤日
14　風毛縱獵朝
15　弄閑時細轉
16　爭急忽驚飄
17　城險疑懸布
18　砧寒未擣綃
19　莫愁陰景促
20　夜色自相饒

鏡に入りて鸞は沼を窺い
天を行きて馬は橋を度る
階に遍くして掬すべきを憐れみ
樹に満ちて戯れに揺らすことを成す
江浪　濤を迎うる日
風毛　猟を縦にする朝
閑を弄して時に細やかに転じ
急を争いて忽ち驚き飄る
城険にして布を懸くるかと疑い
砧寒くして未だ綃を擣たず
愁うる莫かれ　陰景の促すを
夜色　自ら相い饒かならん

〔校勘〕

1「看」　潮本、祝本、文本、蜀本、魏本作「觀」。
2「坐獨」　蜀本作「獨坐」。
5「陵」　文本、蜀本、魏本作「凌」。
7「密」　銭本作「半」。
8「著」　文本作「着」。

10「度」文本、魏本作「渡」。

11「堦」潮本、祝本、銭本作「階」。

15「閑」銭本作「閒」。

16「急」祝本作「忍」。

「忽」蜀本作「恐」。

18「擣」蜀本作「搗」。

春の雪

清々しい朝のうちに雪を見て、人気（ひとけ）のない中ただ独り腰を下ろして歌う。

花をかすめて飛んでは、軽いためにまた舞い上がり、地面に落ちると、その温（ぬく）みによってようやく消える。

歌女の手にする白扇よりも高く飛ぶかと思えば、また飛来して舞姫の腰に従って舞うようだ。

竹に降りそそいでは細かな節（ふし）に積もって留まり、柳に附いては垂れた枝にあって風に吹かれて飛んでゆく。

鏡の中に入ったかのように、鷥は池をのぞきこみ、天空を行くかのように、馬は橋を渡ってゆく。

きざはしにあまねく敷き積もって両手で掬（すく）い取れるのが愛おしく、木に降り積もったのを戯れに揺すってみる。

川の白い波頭のようだ、逆流する大波を迎えた日の。風に飛び散る鳥の羽のようだ、存分に狩猟をした朝の。

のんびりと漂っては時折くるくると回り、速さを競うように飛んでは不意にひらりと翻る。

城の守りは堅固で白布を垂れ懸けているかと思われ、砧（きぬた）は寒々としてまだ打っていない白絹が掛かっている。

宵闇の迫るのを心配することはない。夜の雪景色はひとしお美しいだろうから。

1清旦　清らかな朝。「旦」は明け方。　2謡　音楽をともなわないで歌うこと。徒歌。『詩経』魏風・園有桃「心の憂うるや、我は歌い且つ謡う」、毛伝に「曲　楽に合するを歌と曰い、徒だ歌うを謡と曰う」。　5歌扇　歌舞の時に用いる団扇。班婕妤「怨歌行」（『文選』巻二七）に「新たに裂く　斉の紈素、皎潔　霜雪の如し」とあるように、白い団扇はしばしば雪に喩えられる。初唐の陳子良「春雪を詠ず」詩では「光は映ず　妝楼の月、花は承く　歌扇の風」と春雪の降るさまをうたう。　6舞腰　舞人の腰。舞妓のこと。梁・簡文帝「夜妓を聴く」詩に「何ぞ如かん　明月の夜、流風　舞腰を払うに」とある。舞と雪との関わりについては、095「雪を喜ぶ　裴尚書に献ず」にも「舞を妬みて時に袖を飄し」とうたう。第11句注参照。　9　一面の銀世界の中、鸞が池を窺うと、まるで鏡に入ってしまったかのようであるの意。次句とともに倒置の技法を用いる。鸞が鏡に入るとは、南朝宋・范泰「鸞鳥詩の序」（『藝文類聚』巻九〇・鳥部・鸞）に「昔　罽賓の王　罝を峻卯の山に結び、一鸞鳥を得、王甚だ之を愛し、其の鳴を欲するも致さざるなり。……其の夫人曰く、『嘗て聞く　鳥は其の類を見て後に鳴くと。何ぞ鏡を懸けて以て之を映さざる』と。王　其の意に従うに、鸞　形を覩て悲鳴す」と見える故事を踏まえた表現。　10　万物が雪に覆われた中、馬が橋を渡ると、まるで白雲を踏んで天を行くかのようであるの意。漢の郊祀歌「天馬」（『漢書』礼楽志二）に「浮雲を躡み、晻として上に馳す」とうたわれる天馬を意識した表現。

13「江浪」は川の波。雪を喩える。「濤」は大波。ここでは特に銭塘江の潮の逆流現象をいう。枚乗「七発」（『文選』巻三四）には、その海嘯を詠んで「其の始め　起こるや、洪　淋淋焉として、白鷺の下に翔るが如く、其の少しく進むや、浩浩溰溰（高く白いさま）として、素車白馬の帷蓋之れ張るが如し」とあり、その波の白さがいわれている。韓愈は050「雪を詠ず　張籍に贈る」でも「胥（伍子胥）は怒りて浪崔嵬（高く険しいさま）たり」と雪を銭塘江の逆流に喩えている。　14風毛　風に舞い飛ぶ羽毛。やはり雪を喩える。班固「西都の賦」（『文選』巻一）に、狩猟のありさまを描いて「風毛雨血、野に灑ぎ天を蔽う」、その五臣注に「風毛雨血は、毛血雑じり下りて風雨の如きを言う」。17 雪を城から垂らした白い布に見立てた。『左伝』襄公十年に、「城小さきも固し」といわれた偪陽の攻城戦の様子を描いて「主人（城の守り手）布を懸くれば、菫父之に登り、堞に及びて之を絶つ。隊（墜）つれば則ち又た之を懸く。蘇りて復た上ること三たび、主人辞す」とあるのを踏まえる。18 雪を砧にかかる絹に見立てた。050「雪を詠ず　張籍に贈る」にも「砧練　終に宜しく擣つべし」と同様の表現が見られる。綃　生絹。19陰景　「陰影」に同じ。ここでは夜の闇をいう。『顔氏家訓』書証に「凡そ陰景なる者は、光に因りて生ず」とある。20　夜の雪景色について述べ、冒頭の朝の光景と相応じる。夜色　夜の景色。饒　豊かにするの意。ここでは、夜の景色がより一層美しくなるということ。なお、張相『詩詞曲語辞匯釈』巻一には「饒は猶お添のごときなり、連なり。足らずして増益を求むるなり」とあり、その用例として韓愈のこの詩句を引き、「意は夜間の雪光、啻だに陰景の饒頭（添え物）と為すのみにあらざるを言うなり」と述べる。

詩型・押韻　五言排律。下平三蕭（条）と四宵（謡・銷・腰・橋・揺・朝・飄・綃・饒）の同用。平水韻、下平二蕭。

（伊﨑孝幸）

097 春雪　春雪

「文集」の遺文に収録。朱熹『昌黎先生集考異』遺文によれば、方崧卿が『文苑英華』（巻一五四）から採録したというが、『韓集挙正』には記述が見えない。制作時期は不明だが、銭仲聯は096「春雪」と同時期の作と推定する。

1 片片驅鴻急　片片として鴻を駆りて急に
2 紛紛逐吹斜　紛紛として吹を逐いて斜めなり
3 到江還作水　江に到れば還た水と作り
4 著樹漸成花　樹に著けば漸く花と成る
5 越喜飛排瘴　越は飛びて瘴を排するを喜び
6 胡愁厚蓋砂　胡は厚く砂を蓋うを愁う
7 兼雲封洞口　雲と兼ねて洞口を封じ
8 助月照天涯　月を助けて天涯を照らす
9 瞑見迷巣鳥　瞑には巣に迷える鳥を見
10 朝逢失轍車　朝には轍を失える車に逢う
11 呈豐盡相賀　豊を呈すれば尽く相い賀す
12 寧止力耕家　寧くんぞ止だ力耕の家のみならんや

［校勘］
潮本、祝本、蜀本、魏本未収。
9「瞑」王本、銭本作「暝」。

春の雪

ひらひらとおおとりを追い立てて勢いよく吹き降り、はらはらと風を追いかけて斜めに舞い飛ぶ。

川面に着くとふたたび水となり、樹木に触れるとぽつぽつと花を咲かせる。

越の地では毒気を吹き飛ばしてくれようと喜び、胡の地では砂漠を厚く覆い隠してしまわないかと愁える。

雲とともに洞穴の入り口をふさぎ、月光に力を貸して天のはてまで照らす。

黄昏には帰路に迷う鳥たちを目にし、朝には轍を見失った車馬に出会う。

豊作のきざしには誰もが喜び祝う、どうして耕作にはげむ家だけのことであろう。

1・2　細かい雪片が舞い落ちる様子を描く。**片片**　軽く翻るさま。**鴻**　雁の類で大型の渡り鳥。**紛紛**　多くのものが乱れ飛ぶさま。050「雪を詠ず　張籍(ちょうせき)に贈る」に「片片として匀(ととの)うこと翦(き)るが如し、紛紛として砕かるること挼(う)つが若し」。**吹**　風の意。梁・呉均(ごきん)「周 承(しゅうしょう)未だ還らず　重ねて贈る」詩に「散雪吹を逐いて寒く、蓬姿霜を浮かべて采たり」。4　雪の結晶が樹木に附着し、花のように見えることをいう。梁・江淹(こうえん)「室人を悼む十首」其七に「階前　水光裂け、樹上　雪花団(まろ)し」。5・6「越」と「胡」は南方と北方の異民族の代名詞。「古詩十九首」其一（『文選』巻二九）に「胡馬　北風に依り、越鳥　南枝に巣くう」。**飛排瘴**「瘴」は南方特有の毒熱の気。雪がそれを吹き飛ばすことをいう。風が瘴気を吹き払うことを詠んだ例として、高適(こうせき)「柴(さい)司戸の劉(りゅう)卿の判官に充てられ嶺外に之(ゆ)くを送る」詩に「風霜　瘴癘を駆り、忠信　波濤を渉る」。**厚蓋砂**　雪に覆われて、もともと不便な砂地の道がさらに不便になる。「砂」は西北方の辺境に広がる砂漠。『漢書』匈奴伝下に「胡地は沙鹵(ろ)（塩分を含んだ砂地）、多く水草乏し」。7　山上の石室や洞窟が雲を生じ、それに覆われるというイメージは神秘的な仙境の表現として、後漢から六朝にかけて広まった。後漢・杜篤(ととく)「首陽山の賦」に「高岫（山の洞窟）巌側に帯び（連なり）、洞房　雲中に隠る」。8**助月**　白雪が月明かりを反射してその光を増幅させる。

新月の夜に星が月の代わりに照らすことをいう例として、『晋書』天文志中に「景星は半月の如く、晦朔（つごもりとみそか）に生じ、月を助けて明を為す」。**天涯**　天の果て。世界の隅々。**9**　夕暮れに帰る鳥が、雪に埋もれた自分の巣の場所が分からなくなる。「暝」は「瞑」と通じる。日暮れ。枚乗「七発」（『文選』巻三四）に「朝には則ち鸝黄・鳱鴠鳴き、暮には則ち羈雌（つがいの無い鳥）・迷鳥宿る」。**10失轍**　わだちが雪に覆われて走れない。「轍」は車のわだち。**11呈豊**　積雪が豊作の前兆とされることは、086「江陵に赴く途中……」第33句注を参照。ここは謝恵連「雪の賦」（『文選』巻一三）の「尺に盈つれば則ち瑞を豊年に呈す」にもとづく表現。「呈」はあらわす、しめす。**12**　豊作の喜びは、農家だけのものではない。**力耕**　農作業に務める。『楚辞』卜居に「寧ろ草茅を誅鋤して（刈り取って）以て力耕せんか、将た大人に遊んで（貴人と交際して）以て名を成さんか」。

詩型・押韻　五言排律。下平九麻（斜・花・砂・涯・車・家）。平水韻、下平六麻。本訳注では「涯」を下平九麻の韻としてもあつかう。056「張十一功曹に答う」押韻の注記を参照。

（鈴木達明）

098　春雪間早梅

春雪　早梅に間わる

前の096「春雪」、097「春雪」と同じく、元和元年（八〇六）春、江陵府法曹参軍のときの作とされる。従来、梅と雪は互いになぞらえて詠まれるが、この詩では、雪と梅どちらの描写ともとれる表現を連ねて、両者の類似性を浮かび上がらせている。

1 梅將雪共春
2 彩豔不相因
3 逐吹能爭密
4 排枝巧妬新
5 誰令香滿座
6 獨使淨無塵
7 芳意饒呈瑞
8 寒光助照人
9 玲瓏開已徧
10 點綴坐來頻
11 那是俱疑似
12 須知兩逼眞
13 熒煌初亂眼
14 浩蕩忽迷神
15 未許瓊華比
16 從將玉樹親
17 先期迎獻歲
18 更伴占茲辰

梅　雪と春を共にするも
彩艶　相い因らず
吹を逐いて能く密なるを争い
枝に排びて巧く新たなるを妬む
誰か香りをして座に満たしむる
独り浄らかにして塵無からしむ
芳意は瑞を呈するを饒し
寒光は人を照らすを助く
玲瓏として開きて已に遍く
点綴して坐来頻りなり
那ぞ是れ倶に疑似せん
須く知るべし　両つながら真に逼るを
熒煌として初めて眼を乱し
浩蕩として忽ち神を迷わしむ
未だ瓊華に比するを許さず
玉樹と親しむに従す
先ず献歳を迎えんことを期するに
更に伴いて茲の辰を占む

19　願得長輝映　願わくは長えに輝映するを得んことを

20　輕微敢自珍　軽微　敢えて自ら珍とせんや

［校勘］

3「爭」　蜀本作「生」。

4「妬」　銭本作「妒」。

5「座」　文本作「坐」。

15「華」　祝本作「花」。

16「從將」　潮本、祝本、文本、魏本作「將從」。

18「辰」　文本、蜀本作「晨」。

春雪が早梅の間にまじっている

梅は雪と春をともにしているが、艶やかさは互いに親しまない。
風を追いかけては隙間のないように競ってみたり、枝に並んでは若々しさを妬んでみたり。
誰が座いっぱいに香りを満たすのか。ひたすら塵ひとつない清浄さを演出する。
華やかな芳しさが瑞兆の気配をいっそう強め、冷たい輝きが人を照らすのを助ける。
清らかに辺り一面に咲きわたり、点の装飾がみるみるうちに施される。
ともに似通っているどころではない、梅は雪そのもの、雪は梅そのものなのだ。
まばゆく輝いた先から眼をくらませ、定めなく漂ってたちまち心を惑わせる。

瓊の花になぞらえられるほどではないが、玉の樹とは親しむがまま。

最初は雪もともに新年を迎えられると思っていたが、この春の時節にまで伴っている。

いつまでも美しく輝き合っていてほしい。ちっぽけで珍重すべきほどのものではないだろうけど。

2 梅と雪がそれぞれ独自の美しさを誇ることをいう。 **彩艶** いろどり、あでやかさ。 **不相因** 寄り添わない、それぞれ無関係である。蘇武「詩四首」其一（『文選』巻二九）に「骨肉 枝葉に縁り、結交（友人）も亦た相い因る」。 3・4 空中を埋め尽くさんばかりに舞うさまや枝に咲いたり積もったりするさまを、互いに争っていると擬人化した表現。雪についてだが095「雪を喜ぶ 裴尚書に献ず」にも「舞を妬みて時に袖に飄り、梅を欺りて併びに枝を圧す」のように似た表現が見える。 **吹** 風。097「春雪」に「紛紛として吹を逐いて斜めなり」とある。 **排枝** 「排」は並ぶ。梁・簡文帝「傷離 新体詩」に「枝に排び葉を度りて鳥帰るを争う」。 **巧** ……できる。唐・袁暉「二月閨情」詩の「園中 花巧く笑い、林裏 鳥能く歌う」など、しばしば「能」と対に用いる。 5〜10 梅と雪を交互にうたったものと解したが、梅に見立てた雪の描写とも解せる。第7句の「芳意」は梅、「呈瑞」は雪、第8句の「寒光」は雪、「照人」は梅の描写であり、梅と雪が互いの趣に興を添え合うことをうたう。 **芳意** 華やかで芳しい春のおもむき。唐・張九齢「庭梅詠」に「芳意 何ぞ能く早き、孤栄 亦た自ら危うし」。 **饒** ……を増す、添える。096「春雪」第20句注参照。 **呈瑞** 瑞兆となる。謝恵連「雪の賦」（『文選』巻一三）に「尺に盈つれば則ち瑞を豊年に呈し、丈に袤れば則ち沴を陰徳に表す」。雪が豊作の瑞兆であることは、095「雪を喜ぶ 裴尚書に献ず」第17句、097「春雪」第11句にも見える。 **照人** 梅の花が人の顔を照らすように華やかに咲く様子。唐・殷尭藩「友人の山中梅花」詩に「水に臨む一枝 春占むること早く、人を照らす千樹 雪同に清らかなり」。 **玲瓏** 玉のような清らかな美しさを表す双声の語。203「百葉桃花に題す」の「百葉

の双桃　晩更に紅なり、窓を窺い竹に映じて玲瓏たるを見る」も、花びらを形容した例。**点綴**　点を打つように装飾を施す。杜甫「厳鄭公（厳武）が庁事の岷山沱江の図画を観奉る十韻」に、「雪雲　虚しく点綴し、沙草微茫を得たり」。**坐来**　ほどなく。唐・韋応物「暮に相い思う」詩に「空館　忽ち相い思う、微鐘　坐来歇む」。

11疑似　似通う。**12逼真**　真に迫る。ここは雪と梅の類似についていう。『水経注』巻二八・沔水に「又た白馬山有り、山石馬に似て、之を望めば真に逼る」。**13〜16**　梅と雪に共通の特徴を述べる。**熒煌**　キラキラと光り輝くさま。双声の語。宋玉「高唐の賦」（『文選』巻一九）に、花の輝く様子が「煌煌熒熒として、人の目精を奪う」とある。**乱眼**　目を乱す。102「李花　張十一署に贈る」でも、花が人を惑わせるさまを「魂を迷わし眼を乱して看れども得ず」と詠む。**浩蕩**　広く漂うさま。095「雪を喜ぶ　裴尚書に献ず」の「浩蕩として乾坤合し、霏微として物象移る」も、果てしなく降り積もる雪を詠んだもの。**瓊華**　仙界の花。「瓊」は玉の名。**玉樹**　玉の樹。「瓊」「玉」ともにしばしば美しい花や雪の喩えとして用いられる。謝恵連「雪の賦」に「庭には瑶階を列ね、林には瓊樹を挺んず」、陳・張正見「雪を詠ず　衡陽王の教に応ず」詩に「睢陽に玉樹生じ、雲夢に瓊田起こる」、唐・戎昱「早梅」詩に「一樹の寒梅　白玉の条」など。**17・18**　めでたい正月を過ぎてなお、雪と梅を賞翫できることをいう。**献歳**　新年。『楚辞』招魂に出る語。「献」は進む意で、新しい歳が進み来ること。**19輝映**　互いに照り輝く。謝霊運「江中の孤嶼に登る」詩（『文選』巻二六）に「雲日　相い輝映し、空水は共に澄鮮なり」。**20軽微**　軽く小さいこと。漢・董仲舒「雨雹対」（『古文苑』巻一一）に「其れ寒月なれば則ち雨上に凝る、体尚お軽微にして風に因りて相い襲う、故に雪と成る」。

詩型・押韻　五言排律。上平十七真（因・新・塵・人・頻・真・神・親・辰・珍）と十八諄（春）の同用。平水韻、上平十一真。

（中木　愛）

099

早春雪中聞鸎 早春 雪中に鶯を聞く

早春の鶯をうたう。雪のなか他の鳥に先駆けて早々と鳴き、春の訪れを告げる鶯に孤高の精神を見出す。前の096「春雪」、097「春雪」、098「春雪 早梅に間わる」と同じく、元和元年（八〇六）春、江陵（湖北省荊州市）での作とされる。なお、これら一連の雪の詩は全て五言排律で作られており、韓愈詩の中ではかなり異例である。酒宴など公的な場で作られた詩と思われる。

1 朝鸎雪裏新　朝鶯 雪裏に新たにして
2 雪樹眼前春　雪樹 眼前に春なり
3 帶澁先迎氣　渋を帯びて先ず気を迎え
4 侵寒已報人　寒を侵して已に人に報ず
5 共矜初聽早　共に初めて聴くことの早きを矜り
6 誰貴後聞頻　誰か後に聞くことの頻りなるを貴ばん
7 暫囀那成曲　暫く囀るは那ぞ曲を成さん
8 孤鳴豈及辰　孤り鳴くは豈に辰に及ばん
9 風霜徒自保　風霜 徒だ自ら保ち

10 桃李詎相親　　桃李（とうり）　詎（なん）ぞ相（あ）い親（した）しまん
11 寄謝幽棲友　　寄謝（きしゃ）す　幽棲（ゆうせい）の友（とも）
12 辛勤不爲身　　辛勤（しんきん）するは身（み）の為（ため）ならず

〔校勘〕
0「鷪」蜀本、魏本、銭本作「鶯」。
1「鷪」蜀本、魏本、銭本作「鶯」。
6「聞」蜀本作「開」。
8「辰」蜀本作「晨」。

早春　雪のなかに鶯の鳴き声を聞く
朝の鶯が雪のなかで初めて鳴くと、雪をかぶった木々は眼前に春の姿を現す。声はまだ滞りがちだが、いち早く春の気を迎え入れ、寒さをものともせず、もう人に春の訪れを告げている。初めて聴いたのがいつなのか、皆その早さを自慢し、後になってたびたび耳にするようになると、誰もそれをありがたがらない。片時のさえずりは一つの曲をなすこともなく、孤独に鳴く声は時節などを気にかけはしない。ただ風や霜のなかで自らの身を守り、桃や李（すもも）の花などには近づこうとしない。お伝えしよう、ひっそりと隠れ棲む我が友よ、辛苦に耐えるのは自身のためでないのだと。

0「鶯」はチョウセンウグイス（コウライウグイス）。日本でいう「ウグイス」とは異なる鳥。倉庚、黄鳥、黄鸝などとも呼ばれる。春を象徴する鳥として、古来多くの文人に詠まれてきたが、雪のなかの鶯を詠んだ例はまれ。1新 初めて。2 鶯が鳴くことによってあたりが急に春めきだし、目の前に春が現出したかのように感じられることをいう。3渋 滑らかでないさま。初めて鳴き声をあげるため、声がとどこおりがちなことをいう。唐・宋之問「雲門寺に宿す」詩に「谷鳥 囀ること尚お渋たり、源桃 未だ紅ならざるに驚く」。先迎気 鶯が他のものに先んじて春の気を感じ取り、迎え入れることをいう。5・6 鶯の初鳴きがもてはやされたことは、李白の応制詩「宜春苑に侍従し詔を奉じて『龍池の柳色初めて青く、新鶯の百囀するを聴く』を賦する歌」などに窺える。共 みなで、一緒に。7 初鳴きであるため少しの間しかさえずれず、楽曲を成すまでには至らないことをいう。唐代、鶯のさえずりは音楽と極めて近しいものと意識されており、たとえば王勃「酒に対す」詩に「繁鶯 歌は曲に似たり」などとあるほか、高宗が鶯の音を楽工に写し取らせて、「春鶯囀」という楽曲を作った逸話が伝えられる（唐・崔令欽『教坊記』）。8 時節の到来を待たず、一羽で鳴き始める鶯の孤高さをいう。「及辰」は時に乗じる、時機を逃さないようにする。「辰」は「時」と同義。ここでは春の盛りの時期を指す。9自保 みずからの身を保つ、安んずる。鶯が風や霜を耐え忍ぶことをいう。唐・楊炯「驄馬」詩に「風霜 但だ自ら保ち、窮達 皇天に任す」。10 鶯が桃李の花に親しもうとしないことを述べて、その内面の気高さを表す。桃李 モモとスモモ。ここでは、表面的で通俗的な華やかさの象徴。008「孟生の詩」でも「誰か松桂の性を憐れまん、競いて桃李の陰を愛す」とうたう。その第30句注参照。11・12 鶯のように孤高の辛さに耐える友にこの詩を贈り、励ましの言葉とする。寄謝 言葉を送って伝える。「謝」は告げる、伝えるの意。幽棲 ひっそりと住む、隠棲する。辛勤 苦労して勤める。畳韻の語。不為身 その行為が自分のためでなく、広く周囲のためとなることをいう。鶯が辛苦して発した鳴き声が、聞く者に春の到来の喜びを感じさせるのと同様に、隠棲している友の苦しみもやがては周囲を利することへとつながるのだと説く。漢・揚雄「長楊の賦」（『文選』巻九）に「蓋し聞く　聖主の民を養うや、仁霑いて恩洽く、動くは身の為ならずと」、その顔師古の注（『漢書』揚雄伝）に「百姓を憂うを言うなり」。

詩型・押韻　五言排律。上平十七真（新・人・頻・辰・親・身）と十八諄（春）の同用。平水韻、上平十一真。

（谷口高志）

100　和歸工部送僧約

帰工部の僧約を送るに和す

工部侍郎の帰登が僧の文約を送別する詩（すでに佚）を作り、韓愈がそれに唱和したもの。禅僧ですら多忙であることを免れないことから、人間の生のせわしなさを詠嘆する。旧注では元和元年（八〇六）、江陵府法曹参軍の任にあった頃の作とするが、未詳。

1　早知皆是自拘囚　　早に知る　皆な是れ自ら拘囚し
2　不學因循到白頭　　学びず因循して白頭に到るを
3　汝既出家還擾擾　　汝既に出家するも　還って擾擾たり
4　何人更得死前休　　何人か更に死前に休うを得ん

［校勘］

0「約」 王本無。

4「得」 文本、蜀本作「向」。

帰工部どのが僧の約を見送るのに唱和する

とっくにわかっていた、誰しもみずからを縛る囚われの身、何も学ばずだらだらと生きて白髪頭になってしまうことを。

あなたは出家したのに、なお慌ただしくせかせかしている。まして俗人なら死ぬまで休むことなどできやしない。

0帰工部 帰登（七五四―八二〇）、字は沖之。蘇州呉（江蘇省呉県）の人。大暦七年（七七二）、孝廉高第に挙げられ、右拾遺、起居舎人、皇太子侍読などを歴任。順宗が即位すると給事中に抜擢され、元和元年の時点では工部侍郎であった。また、孟簡・劉伯芻・蕭俛とともに『大乗本生心地観経』を翻訳しており、仏教に造詣の深い人物でもある。『旧唐書』巻一四九、『新唐書』巻一六四に伝あり。 僧約 禅僧の文約。劉禹錫「約師に贈別す」引に「荊州の人文約は、市井の生まれにして雲鶴の性たり、故に葷（俗世間）を去りて浮図（僧）と為り、寤（悟）りを生じて証入（真理を得て仏の境地に入る）するか。南のかた六祖始生の墟（慧能生誕の地、嶺南）に抵り、遺教を得ること甚だ悉らかなり」。また「貧道（僧自身の謙称）昔 湘川に浮かび、会たま柳儀曹（柳宗元）零陵（永州）に謫せられ、仏寺（龍興寺）に宅み、幸いにも棟を聯ねて居ること年有り」と回顧していることから、永貞元年（八〇五）末から数年間、文約は柳宗元とともに永州（湖南省永州市）に滞在していたと推測される。本詩が元和元年の作であるとすれば、文約は一時的に江陵附近にもどって来て、帰登や韓愈の知遇を得たのであろうか。　**1拘囚**　囚人のように束縛する。『左伝』僖公二十三年「公子懼れ、降服して囚わる」、杜預注に「上服（上衣）を去りて、自ら拘囚して以て之に謝す」。賈誼「鵩鳥の賦」（『文選』巻一三）に「愚士は俗に繫がれ、窘しめらるること囚拘の若し」。　**2不学**　生の本質を学ばない。　**因循**　いい加減でルーズなさま。138「裴十六功曹の府西駅を巡る途中にて寄せらるるに酬ゆ」に「多才　自ら労苦し、無用　秖だ因循す」。　**3汝**　文約を指す。　**擾擾**　入り乱れて落ち着きのないさま。文約が旅立って行くことを、俗界と同様に忙しく生きていると捉える。　鮑照「行薬して城東の橋に至る」詩（『文選』巻二二）に「擾擾たり　遊宦の子、営営たり　市井の人」。　**4死前休**　「死前」は死ぬ前、生きているあいだ。『荘子』刻意に、人間にとって死が休息であることを説いて「其の生くるや浮かぶが若く、其の死するや休うが若し」。南宋・王楙『野客叢書』巻七によれば、晩唐の杜荀鶴「秋に臨江駅に宿る」詩の「世を挙げて尽く愁裏従り老い、誰人か肯えて死前に向いて閑ならん」は韓愈のこの句を踏まえた表現。

詩型・押韻　七言絶句。下平十八尤（囚）と十九侯（頭・休）の同用。平水韻、下平十一尤。

（緑川英樹）

101 杏花

杏花（きょうか）

元和元年（八〇六）、江陵（湖北省荊州市）にあっての作。南方を流浪するなか出会った杏の花に愛惜の念を寄せる。江陵の寂れた古寺に咲く杏花に長安の曲江のほとりを埋めつくす杏花を重ねてうたうことで、都を離れて流浪する身の悲哀を滲ませる。

1　居鄰北郭古寺空
2　杏花兩株能白紅
3　曲江滿園不可到
4　看此寧避雨與風
5　二年流竄出嶺外
6　所見草木多異同
7　冬寒不嚴地恆泄
8　陽氣發亂無全功
9　浮花浪蕊鎭長有
10　纔開還落瘴霧中
11　山榴躑躅少意思
12　照耀黃紫徒爲叢
13　鷓鴣鉤輈猿叫歇
14　杳杳深谷攢青楓
15　豈如此樹一來翫
16　若在京國情何窮

居隣　北郭　古寺空し
杏花両株　能くも白紅
曲江　園に満つるも　到るべからず
此を看るに寧くんぞ雨と風とを避けんや
二年　流竄せられて　嶺外に出ず
見る所の草木　異同多し
冬寒　厳ならずして　地は恒に泄れ
陽気　発乱して　全功無し
浮花　浪蕊　鎮長に有り
纔かに開きて還た落つ　瘴霧の中
山榴　躑躅　意思少なく
黄紫を照耀して　徒らに叢を為す
鷓鴣鉤輈として　猿叫歇む
杳杳たる深谷　青楓を攢む
豈に如かんや　此の樹　一たび来たりて翫ぶに
若し京国に在らば　情　何ぞ窮まらんや

17 今旦胡爲忽惆悵
18 萬片飄泊隨西東
19 明年更發應更好
20 道人莫忘鄰家翁

今旦　胡為れぞ忽ち惆悵たる
万片　飄泊して　西東に随う
明年　更に発けば　応に更に好かるべし
道人　忘るる莫かれ　隣家の翁

［校勘］

4 「寧」　魏本作「甯」。
7 「恆」　魏本作「常」。
「泄」　潮本、祝本、文本、蜀本、魏本作「洩」。
14 「杏杳」　潮本、祝本、文本、魏本作「杏藹」。蜀本作「香藹」。
15 「翫」　蜀本作「玩」。
17 「胡」　魏本作「何」。
「惆」　潮本、蜀本作「怊」。
19 「更」　魏本作「花」。

杏の花

我が寓居の隣、まちの北はずれの古寺は人気なく、杏花が二株、かくも鮮やかに白や紅の花をつける。曲江の園林を埋めつくす杏花を尋ね行くのがかなわぬからには、ここの杏花を見るのにどうして雨や風を避けたりしよう。

二年の間、五嶺の向こう側に放逐され、目にする草木はすべて内地とは大きく異なっていた。

冬の寒さも厳しくはなく地の気は常に漏れ出し、陽の気がでたらめに発して天地の完全なはたらきは失われていた。

あだなる花は年中見かけるが、咲いたかと見れば瘴気ただよう霧のなか散ってゆく。

山榴（さつき）や躑躅（つつじ）は風情も乏しく、黄や紫の花びらをまばゆく輝かせてむやみに群がっている。

鷓鴣（しゃこ）がクークーと鳴き、さっきまで聞こえていた猿の叫び声がやみ、深く暗い谷は青い楓樹に覆われる。

それらはこの杏花を尋ね来て愛でるのには到底及ばぬ。都で愛でればなおさら思いは深く尽きせぬものとなっただろうに。

今日、ふと物悲しさにとらわれるのはどうしたことか。万の花びらが風に吹かれて西に東に漂うから。

来年、また花開くときはもっときれいだろう。ご住職よ、そのときは隣に住んだこの老いぼれのことを忘れずに思い起こしてほしい。

1居隣　居宅の隣の意で、隣家をいう。劉禹錫（りゅううしゃく）「朗州の崔（さい）員外の任（じん）十四兄侍御と同（とも）に鄙人の旧居を過（よぎ）りて懐（おも）わるるの什（じゅう）に酬ゆ、時に呉郡に守たり」詩に「昔日　居隣、招屈（しょうくつ）亭（屈原を記念する亭）」。北郭　まちの北郊。「郭」は、城壁内の市街地を「城」というのに対して、その外側の区画をいう。古寺　清・王元啓『読韓記疑』巻一によれば、江陵の金鑾（きんらん）寺を指す。韓愈が自身の名前を書きつけたものがのこっていたという。2能白紅　杏の花の色鮮やかであることをいう。赤い花と白い花の二株があったか。「能」は、なんと、こんなにも。強調や感嘆の意をあらわす、ややくだけた語。方世挙は杏の花は咲き始めは赤く、のちにしだいに白くなるという。ならば「能（よ）く白紅」、白にも紅にもなりうるの意。3曲江　長安の東南隅にある池。風光明媚な行楽地として知られる。その西岸には杏園があり、科挙（進士科）の合格を祝する宴が開かれる習わしであった（唐・李綽『秦中歳時記』）。韓愈にとっても過去の栄光の日の記憶と結びついた園林。 4 曲江の杏花を見られぬ以上、せめてこの古寺に咲く杏花は風雨に妨げられても見たいという。 5 **二年** 貞元十九年（八〇三）冬、陽山（広東省陽山県）の県令に左遷されてより、貞元二十一年秋、江陵に移るまでの期間を指す。 **流竄** 「流」「竄」ともに遠方の地に追放する。『尚書』舜典に「共工（堯帝の臣）を幽州（北方の地域）に流し……三苗（南方の異民族）を三危（南方の辺地）に竄す」。263「元十八協律に贈別す六首」其三に「意わざりき 流竄の路、旬日（十日間）食眠を同にするを」。 **嶺外** 中原から見て五嶺の外。「嶺南」「嶺表」というに同じ。陽山を含む広東・広西一帯。 6 草木が長安一帯とは大きく異なるという。 **異同** 異なる所と同じ所の意だが、ここではもっぱら「異」に重点がある。 7・8 南方の暖かさが天地の則るべき常道を逸していることをいう。 **地恒泄** 本来ならば冬には閉じこめられているはずの大地の気が常に漏れ出ているという。『礼記』月令に、冬に春の政令を発布すると生じる異常を指摘するなか「孟冬（初冬）に春令を行えば、則ち凍閉密ならずして、地気 上に泄る」とあって、凍結していた地の気が漏れ出ることが述べられる。 **陽気発乱** 暖かな陽の気が無秩序に奔出する。『礼記』月令に「（季春の月）生気 方に盛んにして、陽気発泄す」。 **無全功** 「全功」は完璧なるはたらき。『列子』天瑞に、天地の作用も不完全を免れないことを述べて「天地 全功無し」。 9 **浮花浪蕊** 見た目は華やかだが気高さや趣深さに欠ける花。「浮」は軽々しく実質がない。「浪」はでたらめで締まりがない。「蕊」は花。 **鎮長** 二字で、常に、久しくの意。「鎮」は「長」と同義。李賀「少年を嘲る」詩に「道う莫かれ 韶華（青春時代）鎮長に在りと」。 10 **纔開還落** 「纔」は「還」と呼応して、……するとすぐに……するの意。 **瘴霧** 南方特有の毒気を含んだ霧。 11 **山榴** ツツジの類。「山石榴」とも呼ぶ。白居易「山石榴 元九（元稹）に寄す」詩に「山石榴、一名は山躑躅、一名は杜鵑花」。 **躑躅** ツツジ。双声の語。南方に多い。山榴も躑躅も強烈な色彩の花を咲かせる。

056「張十一功曹に答う」の第4句注を参照。 意思 味わい、興趣。韓愈「馮宿に与えて文を論ずる書」に「辱くも初筮の賦を示さるるに、実に意思有り」。 12照耀 光り輝く。畳韻の語。102「李花 張十一署に贈る」に「万樹を照耀して繁きこと堆の如し」。 黄紫 杏花の「白紅」と異なり、視覚的に刺激の強い色彩をいう。

13鷓鴣鉤輈 「鷓鴣」は南方に棲息するキジ科の鳥。左思「呉都の賦」（『文選』巻五）に「鷓鴣 南に翥びて中に留まる」。その鳴き声は、猿のそれと同じく旅人の愁いを掻き立てる。「鉤輈」は鷓鴣の鳴き声を写した畳韻の語。唐・李徳裕の袁州（江西省宜春市）にての作「斑竹管の賦」に「鷓鴣 起ちて鉤輈、白猿 悲しみて断続す」。

14杳杳 暗く奥深いさま。 攢青楓 「攢」は群がるように集まる。「楓」はマンサク科の落葉高木。南方に多く生ずる。日本のカエデとは別種。 15・16 杏の花は嶺南の花木に勝る、それを都にあって観賞できたら尽きせぬ味わいがあっただろうにと述べて、第3句と呼応させる。 京国 都。曹植「王仲宣（王粲）の誄」（『文選』巻五六）に「我が公（曹操）実に嘉し、京国に表揚（表彰）す」。 17今日 「今朝」「今日」と同義。 惆悵 悲しみ愁えるさま。双声の語。『楚辞』九辯に「惆悵として私かに自ら憐れむ」。 18 たくさんの花びらが散って風に舞うさまに、南方をさすらう韓愈自身の姿を重ねる。 万片 多くの花びら。杜甫「曲江二首」其一に、落花をうたって「一片 花飛びて春を減却す、風 万点（「万片」と同義）を飄わせて正に人を愁えしむ」。104「春に感ず四首」其二に「紅蕚（赤い花びら）万片 風の吹くに従す」。 飄泊随西東 「飄泊」は、ふらふらと漂いさすらう。「随西東」は、風に吹かれるままに漂い飛ぶことをいう。「西東」は方々、あちこちの意。杜甫「清明二首」其一に、放浪する老残の我が身をうたって「此の身 飄泊して西東に苦しみ、右臂（右腕）偏えに枯れ半耳聾す」。

19・20 さすらいの身ゆえに、来年ふたたびこの杏花を見に来ることかなわぬだろうという。 道人 古寺の僧を指す。 隣家翁 韓愈を指す。このとき韓愈は三十九歳。

詩型・押韻 七言古詩。上平一東（空・紅・風・同・功・中・叢・楓・窮・東・翁）。平水韻、上平一東。

102 李花贈張十一署

李花　張十一署に贈る

（浅見洋二）

元和元年（八〇六）二月、江陵府法曹参軍の任にあった時の作。郊外へ李の花見に行き、そこで目にした美しい風景とそれに触発された感慨をうたって、病気のために同道できなかった同僚の張署に贈ったもの。

1 江陵城西二月尾
2 花不見桃惟見李
3 風揉雨練雪羞比
4 波濤翻空杳無涘
5 君知此處花何似
6 白花倒燭天夜明
7 羣雞驚鳴官吏起
8 金烏海底初飛來
9 朱輝散射青霞開
10 迷魂亂眼看不得

江陵　城西　二月の尾
花は桃を見ず　惟だ李を見るのみ
風に揉まれ雨に練られ　雪も比するを羞ず
波濤　空に翻りて　杳として涘無し
君知るや　此の処　花　何にか似たる
白花倒燭して　天　夜に明らかなり
群雞驚き鳴きて　官吏起く
金烏　海底より初めて飛び来たり
朱輝散射して　青霞開く
魂を迷わし眼を乱して　看れども得ず

11 照耀萬樹繁如堆
12 念昔少年著遊燕
13 對花豈省曾辭杯
14 自從流落憂感集
15 欲去未到先思迴
16 秖今四十已如此
17 後日更老誰論哉
18 力攜一罇獨就醉
19 不忍虛擲委黃埃

万樹を照耀して　繁きこと堆の如し
念う昔　少年　遊燕に著くことを
花に対して豈に曾て杯を辞するを省みんや
流落して自従り憂感集まり
去かんと欲して未だ到らざるに　先ず迴らんことを思う
秖だ今四十　已に此くの如し
後日更に老いば　誰か論ぜんや
力めて一樽を携えて　独り酔いに就かん
虚しく擲ちて黄埃に委つるに忍びず

［校勘］

0「李花」　潮本、蜀本作「李有花」。
4「翻」　祝本、文本、魏本作「飜」。
7「雞」　蜀本作「鷄」。
10「魂亂」　潮本、祝本、文本、蜀本、魏本作「亂入」。
11「繁」　銭本作「緐」。
12「遊」　銭本作「游」。
13「省曾辭」　潮本、祝本、文本、蜀本、魏本作「曾辭酒」。
15「迴」　文本、魏本、王本作「廻」。

16「秖」 祝本、魏本作「秖」。王本作「祇」。銭本作「祇」。

18「獨」 文本作「共」。

李の花 張十一署に贈る

江陵の町の西、二月の末。夜に桃の花は見えず、李の花だけが目に鮮やか。

春の風雨に耐えて咲いた花の白さは雪ですら恥じ入り、波のしぶきは水際が見えないほど空高く上がっているかのよう。

ここの李の花が何に似ているか、おわかりだろうか。白い花がさかさまに光を放って空が夜なのに明るくなる。するとの群れが一斉に驚いて鳴き、役人たちが起きだすのだ。

金色のカラスが海底から飛び立つや、赤い光をあたりに放ち、彩雲が散って澄んだ空がぱっと開ける。うっとりして眩しく、見ようとしても見えず、朝日を受けて一面の樹林を照らし、咲き繁った花は盛り上がった丘のようだ。

若い時分を思い起こすといつも遊びに出かけては飲んでばかりいて、美しい花を見ては酒杯を傾けないではいられなかった。

落ちぶれて地方をさすらうようになってからは気がふさいでばかりで、花見の場所に着くより先に家に帰ることを考えてしまっていた。

今、四十でもうこんな具合だから、今後もっと年をとったら花を見る元気などなくなるのはいうまでもない。せいぜい酒だるを持ってきて飲み、一人で酔うことにしよう。この美しい花びらを土ぼこりの中に散らせたまま棄てておくのは耐えられないから。

0李花　「李」はスモモ。バラ科の果樹で、春に白い小花をつける。古来、詩文ではしばしば桃と併称されて題材となる。ただ韓愈のこの作品は、単独で李だけに、しかも実ではなく花を詠じた詩篇として珍しく、また夜に見た花の美しさに着目した点も独特で、その影響が晩唐の李商隠「李花」詩に見られる。韓愈の李花を題材とした詩には、他に162「李花二首」もある。張十一署　張署のこと。056「張十一功曹に答う」参照。当時、江陵府において功曹参軍の官にあった。　2　月末で月が欠けていて暗い夜であるため、紅い桃の花はよく見えず、白い李の花だけが咲いているかのように目に映ることをいう。夜の暗さの中で李だけが見えるというのは、南宋・陸游『老学庵筆記』巻一でも取り上げられる巧みな表現。時間についてはことさらに書かれていないが、以下第7句までおのずと夜の景色とわかるように述べる。　3風揉　風が吹いて枝をたわめる。　雨練　雨が降りつける。「練」の原義は、生糸を練って白く軟らかにすること。ここでは雨に当たったあとに李の花が白く咲いたことをいう。　雪羞比　その純白さにおいては雪でさえ遠く及ばない意。「羞比」は比較にならない。唐・陳子昂「修竹篇」に「豈に凝冽（厳しい寒さ）を厭い、春木の栄に比するを羞じざらんや」。　4　真っ白に咲いた李の樹林が一面に広がるようすを波の白いしぶきに喩え、同時に波のような動きを表現する。　翻空　波が高くあがるさま。唐・儲光羲「江南曲四首」其一に「緑江深くして底を見、高浪　直くして空に翻る」。　涘　水辺。岸。　6倒燭　さかさに照らす。太陽の光とは逆に下から上に照らす意。　天夜明　花の白さがくっきりと浮かび上がって闇夜を明るくすることをいう。李商隠「李花」詩にも「自ら明らかなり　月無き夜、強いて笑う（咲く）風ふかんと欲する天」。　7群雞驚鳴　あまりの明るさに鶏が朝と勘違いして鳴きだすことをいう。　8・9　日の出の様子を述べる。ここから第11句までは朝の風景。　金烏　太陽を喩える。061「恵師を送る」第25句「金鴉」の注参照。　青霞　「青雲」と同義。「霞」は彩雲。高空の雲。　10　朝日に輝く李の花の眩しさを述べる。　迷魂　極度に陶酔するようすの形容。乱眼　眩しさに眼がちかちかしてよく見えないさま。098「春雪　早梅に間わる」に「熒煌として初めて眼を乱し、浩蕩として忽ち神を迷わしむ」。11照耀　101「杏花」参照。如堆　花が幾重にも層をなして多いさまを喩える。「堆」はうずたかい丘。12　以下、最後の句まで李の花から触発された感慨を述べる。念昔　090「岳陽楼にて竇司直に別る」第59句の注参照。少年　若い頃。著遊燕　遊覧と宴会を好む。「著」は執着する。062「霊師を送る」に「高士　幽禅に著く」、174「張籍に贈る」に「吾　老いて書を読むに著く」など。「燕」は「宴」に通じる。13省曾　「省」はふり返る、回想する。一説に「省曾」の二字で、かつての意（張相『詩詞曲語辞匯釈』巻五・省）。14流落　志を得ず、他郷をさすらう。双声の語。ここでは陽山への左遷以後を指す。憂感　心配や悲しみ。15　心から花見を楽しめない心境を述べる。句の言い方は、杜甫「楽遊園の歌」の「却って憶う　年年　人酔うの時、只今未だ酔わざるに已に先ず悲しむ」を用いる。16秖今　現在。176「劉師服に贈る」に「秖だ今　年纔かに四十五、後日懸かに知る　漸く莽鹵なる（次第に老い衰える）を」。四十　当時の韓愈は三十九歳。ここでは概数でいう。18力　努力して。滅入りがちな気分を振り払って、元気を奮い起そうとすることを表す。独就酔　103「寒食の日に出でて遊ぶ」の冒頭の句に「李花初めて発くに君（張署）始めて病む」とあるように、この時、張署は病気であって、韓愈は一人で花見に出かけた。「就酔」は酩酊した状態になること。柳宗元「始めて西山を得て宴游する記」に「觴を引きて満酌し、頽然として酔いに就き、日の入ることを知らず」。19虚擲　むだに捨ててしまう。李白「宣城にて九日　崔四侍御・宇文太守と敬亭に遊ぶを聞く……二首」其一に「良辰（よき日）と美景と、両地　方に虚しく擲つ」。委黄埃　土ぼこりの中に捨てられたまま顧みられない意。「委」はしおれて下に落ちる。「黄埃」は黄色い土ぼこり。東晋・謝尚「大道曲」（『楽府詩集』巻七五）に「青陽　二三月、柳青くして桃復た紅なり。車馬相い識らず、音　黄埃の中に落つ」。

詩型・押韻　七言古詩。換韻して以下の二種の韻を用いる。（1）上声五旨（比）、六止（李・涘・似・起）、七尾（尾）の通押。平水韻、上声四紙と五尾。（2）上平十五灰（堆・杯・迴）と十六咍（来・開・哉・埃）の同用。平水韻、上平十灰。

（谷口　匡）

103　寒食日出遊　寒食の日に出でて遊ぶ

前二首の後を受け、元和元年（八〇六）の寒食節の作。諸本は詩題の後に「張十一院長見示病中憶花九篇、寒食日出遊夜歸、因此投贈（張十一院長　病中に花を憶うの九篇を示さるるも、寒食の日に出でて遊び夜帰り、此に因りて投じ贈る）」と続くが、方崧卿『韓集挙正』巻一をはじめ、底本と王本では題下注とする。旧友の張署から贈られた九篇に対する返詩であり、「競病」の険韻（『南史』曹景宗伝）を用いた長篇詩の制作からは韓愈の格別な思い入れが窺える。本篇は、李から桃・梨、そして桐へとそれぞれ花の盛りが移ろう中で、長らく病に臥す同僚、張署と一緒にそれらを眺めやることのできない憾みを詠む。二人は共に南方に流されやっと赦されてここ江陵にまでもどってきた。しかし張署はまた南方の邕州（広西壮族自治区南寧市）へと赴くことが決まり、それだけにこれまで味わった苦労が思い返され、一時でも共に過ごしたいという切実な願望が詠まれている。

1　李花初發君始病　　李花　初めて発くに　君　始めて病む

2 我往看君花轉盛
3 走馬城西惆悵歸
4 不忍千株雪相映
5 邇來又見桃與梨
6 交開紅白如爭競
7 可憐物色阻攜手
8 空展霜縑吟九詠
9 紛紛落盡泥與塵
10 不共新糚比端正
11 桐華最晩今已繁
12 君不强起時難更
13 關山遠別固其理
14 寸步難見始知命
15 憶昔與君同貶官
16 夜渡洞庭看斗柄
17 豈料生還得一處
18 引袖拭淚悲且慶
19 各言生死兩追隨
20 直置心親無貌敬

我　往きて君を看るに　花　転た盛んなり
馬を城西に走らせて　惆悵として帰る
忍びず　千株の雪相い映ずるに
邇来　又た見る　桃と梨と
交ごも紅白を開きて争い競うが如きを
憐れむべし　物色の手を携うるを阻み
空しく霜縑を展べて九詠を吟ずるを
紛紛として落ち尽くす　泥と塵とに
新粧と共に端正を比せず
桐華最も晩きも　今　已に繁く
君強いて起きずんば　時　更め難し
関山遠く別るるは　固より其れ理あり
寸歩に見難くして　始めて命を知る
憶う昔　君と同に官を貶され
夜　洞庭を渡りて　斗柄を看しを
豈に料らんや　生きて還りて一処を得んとは
袖を引き涙を拭いて　悲しみ且つ慶ぶ
各おの言う　生死両つながら追随せんことを
直置に心親しくして　貌敬うこと無し

21 念君又署南荒吏
22 路指鬼門幽且夐
23 三公盡是知音人
24 曷不薦賢陛下聖
25 囊空甑倒誰救之
26 我今一食日還併
27 自然憂氣損天和
28 安得康强保天性
29 斷鶴兩翅鳴何哀
30 縶驥四足氣空橫
31 今朝寒食行野外
32 綠楊帀岸蒲生迸
33 宋玉庭邊不見人
34 輕浪參差魚動鏡
35 自嗟孤賤足瑕疵
36 特見放縱荷寬政
37 飲酒寧嫌醆底深
38 題詩尙倚筆鋒勁
39 明宵故欲相就醉

念う　君又た南荒の吏に署せられ
路は鬼門を指して　幽にして且つ夐かなり
三公尽く是れ知音の人
曷ぞ賢を陛下の聖に薦めざる
嚢は空しく甑は倒るるに　誰か之を救わん
我　今一食　日に還た併す
自然に憂気は天の和を損なえば
安くんぞ康強にして天の性を保つを得んや
鶴の両翅を断ちて　鳴くこと何ぞ哀しき
驥の四足を縶ぎて　気は空しく横たり
今朝寒食　野外を行けば
緑楊　岸を帀りて　蒲は生じて迸る
宋玉の庭辺　人を見ず
軽浪参差として　魚は鏡を動かす
自ら孤賤にして瑕疵足るを嗟くも
特に放縦せられて　寛政を荷る
酒を飲むに寧ぞ醆底の深きを嫌わんや
詩を題するに尚ほ倚る　筆鋒の勁きに
明宵　故らに相い酔いに就かんと欲す

40 有月莫愁當火令　　月有らば　火令に当たるを愁うること莫かれ

［校勘］

0「寒食日出遊」　銭本作「寒食日出游」。潮本、祝本、魏本、銭本下有「夜歸張十一院長見示病中憶花九篇因此投贈」。文本下有「夜歸張十一院長見示病中憶花詩九篇因此投贈」。蜀本下有「夜歸張十一院長見示病中憶花詩因此投贈」。

3「惆」　潮本、魏本作「怊」。

11「華」　魏本作「花」。

「繁」　銭本作「緐」。

15「昔」　魏本作「惜」。

16「渡」　潮本作「度」。

32「帀」　魏本、王本作「市」。

37「寧」　魏本作「甯」。

「餞」　潮本、祝本、魏本作「琖」。文本作「盞」。蜀本作「醆」。

39「故」　潮本、祝本、文本、蜀本、魏本作「固」。

寒食の日に郊外に遊びに出かける

李の花が咲き始めた頃、君は病に伏した。わたしが君を見舞った頃、花はますます盛りを迎えていた。町の西へと馬を駆って出掛けもしたが、失意のうちに帰ってきた。あたり一面に雪の如く咲き乱れる李の花が照り輝くさまに心中忍びがたいものがあったから。

近頃さらに桃と梨とがその紅や白の花を競わんばかりに代わる代わる咲かせるのを見た。ああ、せっかくの景物を前に手を携えて愛でることをさせてくれず、うつろな思いで白絹を広げて君の九首の詩を吟じるだけだ。

はらはらと泥や塵の中に散り尽くしてしまっては、粧いを凝らしたばかりの女性の小綺麗なのとは比べるべくもないではないか。

桐の花がいちばんおそく咲いたが今はもう盛りで、君には無理にでも起き上がってもらわねば別の機会にというのは無理というもの。

遠く関山の彼方にいる人と離ればなれになっているというのならいかにも道理があるが、ほんの目と鼻の先にいる人になかなか会えないことにはじめて如何ともしがたい運命を思い知らされる。

想えば昔、君と共に左遷されたが、夜に洞庭湖を渡るときに北斗七星を眺めやったものだ。

まさかこうして生きて帰って同じ地に任ぜられるとは思いだにもせず、袖を取って涙を拭っては悲しんだり喜んだり。

生きるも死ぬもどこまでもついていこうとそれぞれ誓い、ただ親愛の心で接してうわべだけ慇懃ということはなかった。

思いやられるのは、いままた君は南の果ての役人へと任じられたが、その道は鬼門関へと続きおぼろげで遥か遠い道のりである。

三公はみな君をよく知っている人であれば、どうして神聖なる皇帝陛下に君のような賢者を推薦しないのであろうか。

財布の中は空っぽで甑はひっくり返ったままの生活に誰が手をさしのべてくれようか。わたしも今は一食だが二日でということも。

いきおい憂愁の気分は天の調和をそこねて、頑強な身体も本来のままでいられるはずもない。

鶴は両の羽を切り取られてその鳴き声のなんと哀しげなことか。駿馬も四本の足を縛られてその気力をむなしく溢れさせているだけ。

今朝、寒食ということで郊外に出かけると、柳の青は岸辺をぐるりと取り巻いて蒲が水面から勢いよく芽吹いていた。

宋玉の旧宅の庭には人影もなく、ざわざわと軽く波立って魚が水鏡を揺り動かしていた。

寄る辺なく賤しい身で過ちを犯してばかりなのは嘆かわしいことであるが、格別の計らいで赦されて寛大な政の恩恵を蒙っている。

酒を飲むのに大きな杯など嫌がるはずもなく、詩を作るにもやはり筆鋒の力強さを身上とするのである。

明日の晩はわざわざ出向いていって一緒に飲もうと思う。月明かりがあれば禁火のお達しなど気にすることなどない。

0**寒食**　寒食節。春秋時代、介子推が晋の文公に再仕官を強要されても出て来なかったので山に火を放たれ焼け死んだのを悼んだことに始まると言われ、煮炊きなど火を使うことが禁じられる。『荊楚歳時記』に「冬節（冬至）を去ること一百五日、即ち疾風甚雨有り、之を寒食と謂う。火を禁ずること三日、餳と大麦の粥とを造る」とあり、旧暦の三月初めに当たる。この時代にはその二日後の清明節と併せて連続七日の休暇があったので、郊外に遊びに出掛けることが多かった。

張十一院長　張署のこと。韓愈とは何度も詩を唱和し合った間柄。056

「張十一功曹に答う」第0句注を参照。「院長」は張署の旧職名である監察御史のこと。『唐国史補』巻下に「外郎・御史・遺・補は相い呼びて院長と為す」。「病中に花を憶う九篇」は現在のこっていない。 3城西 江陵の町の西側。102「李花 張十一署に贈る」にも「江陵城西 二月の尾、花は桃を見ず 惟だ李を見るのみ」。惆悵 憂え悲しむさまを表す畳韻の語。 4不忍 耐えられない。つらいものがある。 千株雪 あたり一面、雪のように白く花咲く木々をいう。065「梨花の発くを聞き劉師命に贈る」に、梨の花を雪に喩えて「聞道く 郭の西 千樹の雪」、その第3句注参照。 5邇来 最近。 6紅白 桃の赤い花と梨の白い花。 7物色 自然の景物。058「同冠峡に次る」に「天晴れて物色饒かなり」。 携手 手に手を取る。『詩経』邶風・北風に「恵みて我を好せば、手を携えて行を同じくせん」。 8霜縑 詩をしたためるための白い絹。 九詠 張署が贈った「病中に花を憶う九篇」を指す。 9紛紛 花がはらはらと散るさま。065「梨花の発くを聞き劉師命に贈る」に「紅艶紛紛として地に落つること多し」。 泥与塵 美しい花の対極にある泥と塵。102「李花 張十一署に贈る」の「虚しく擲ちて黄埃に委つるに忍びず」にも重なる。 10新粧 花を化粧を施したばかりの美しい女性に喩える。205「戯れに牡丹に題す」に「晨を陵ぎて（早朝）併せて新粧の面を作し、客に対して偏えに語らざるの情を含む」。 端正 乱れることなくきちんとしている。劉楨「従弟に贈る三首」其二（『文選』巻二三）に、松を詠じて「氷霜正に惨悽たるも、終歳 常に端正たり」。 11桐華 桐の花は晩春に咲く。『礼記』月令に「（季春の月）桐始めて華さく」。 12時難更 花見はまたの時にというのはなかなか難しく、時機を逃してはならない。「更」は変更するの意で、本来、『広韻』下平十二庚韻だが、押韻上、去声に読む。 13関山 辺境にある山々。柳惲「関山を度る」詩（『玉台新詠』巻五）に「旧と聞く 関山遠しと、何事ぞ金羈（金のたづな）を総ぶる」。 14寸歩難見 目と鼻の先の距離なのに会うことができない。杜甫「九日 岑参に寄す」詩にも「寸歩 曲江の頭、一たび相い就くを為し難し」。 知命 天命を知る。『周易』繋辞伝上に「天を楽しみ命を知る、故に憂えず」。ここは会えないことをこのように大仰に皮肉っぽく言ってみせている。15　貞元十九年（八〇三）末に、韓愈が陽山県令へ、張署が臨武県令へとそれぞれ南方に降格左遷されたことをいう。「貶」は一義的には降格をいう。このあたりのことは韓愈の「河南の張員外を祭る文」にも記されている。16斗柄　北斗七星の柄に当たる三つの星で、北極星とともに夜間の道しるべであった。『淮南子』斉俗訓に「夫れ舟に乗りて惑う者、東西を知らざれば、斗極（北斗七星と北極星）を見れば則ち寤る」。また南に左遷された者にとって北にある都の方角を確かめる目印にもなったにちがいない。17　韓愈と張署がともに南方から江陵へと量移されたことをいう。生還　090「岳陽楼にて竇司直に別る」にも「生きて還ること真に喜ぶべし」と、陽山から生還した喜びをうたう。18引袖　涙を拭くために袖を引っ張る。19生死両追随　生きるのも死ぬのも就いていこう。20直置　ただひたすらに。江淹「雑体詩三十首」殷仲文・興矚（『文選』巻三一）に「直置に宰る所（心のはたらき）を忘れ、蕭散として慮を遺るるを得たり」。心親貌無敬　心から親愛の情を抱いて、うわべだけ恭しくするようなことはしない。『礼記』表記に「子曰く、君子は色を以て人に親しまず。情疏にして貌親しきは、小人に在りては則ち穿窬の盗（こそ泥）なるか」。21　韓愈「唐の故の河南令張君（張署）の墓誌銘」に「二年にして恩に逢い、倶に徙りて江陵に掾（属官）たり。半歳にして、邕管　君を奏して判官と為し、殿中侍御史に改めらるるも行われずして、京兆府司録を拝せらる」とあるように、張署が邕管経略使路恕の求めに応じて、南方の邕州に赴こうとしたことをいう。南荒　南の果ての地。陸機「辯亡論二首」上（『文選』巻五三）に「輶軒（使者の車）南荒に騁す」。22鬼門　邕州の東に位置する容州（広西壮族自治区容県）にあり、ここを通る者は生きて帰れる保証はないとされた。『旧唐書』地理志四・容州に「県の南三十里に両石の相い対する有りて、其の間　闊さ三十歩。俗に鬼門関と号す。漢の伏波将軍馬援、林邑の蛮を討つに、路は此に由りて碑を立つ。石亀尚お在り。昔時　交趾に趨くに皆な此の関に由る。其の南は尤も瘴癘多く、去く者生還を得ること罕なり。諺に曰く、鬼門関、十人に九は還らずと」。唐・沈佺期

「鬼門関に入る」詩に「昔伝う　瘴江の路、今到る　鬼門関」。幽且敻　行く先が得体がしれず遥か遠い。23三公　『新唐書』百官志・三師三公には、太尉・司徒・司空のことといい、人臣としての最高位。知音　自分の才能をよく理解してくれる人のことをいう。021「音を知る者誠に希なり」第0句注参照。24陛下聖　「陛下」は皇帝をいう。後漢・蔡邕（さいよう）『独断』巻上に「之を陛下と謂うは、群臣　天子に言うに、敢えて天子を指斥せず、故に陛下（きざはしの下）に在る者を呼びて之に告ぐ」。韻字の都合上、「聖」を下に置く。25　前聯を承けて、そのように賢明でありながら、しかし位が低く貧乏を極めているようでは誰も推薦などしないという。これ以降第30句まで韓愈と張署二人のことについて述べる。囊空　財布の中は空っぽでお金がない。杜甫「空囊」詩に「囊空しくして羞渋（しゅうじゅう）たる（恥ずかしい思い）を恐るれば、一銭を留め得て看る」。甑倒　「甑」は穀物を蒸す土器で、それが使われずにひっくり返っているほどに貧しいことをいう。これはまた『後漢書』郭太（かくたい）（泰）伝に「（孟敏（もうびん））太原に客居し、甑を荷（にな）い地に堕つれば、顧みずして去る。林宗　見て其の意を問う。対（こた）えて曰く、甑已に破れたり、之を視て何の益かあらんと」というように、役に立たないものは一顧だにされない話も連想させる。26一食日還併　一日に一食、時に二日に一食という極貧生活。『礼記』儒行に、儒者の生活ぶりについて「衣を易（か）えて（衣服を使い回して）出で、日を幷（併）せて食らう」、鄭玄注に「日を幷せて食らうとは、二日に一日の食を用うるなり」。27自然　当然。憂気　鬱々とふさがった気持ち。天和　自然がもたらす調和。『荘子』知北遊（ちほくゆう）などに見える語。28康強　安らかでじょうぶなこと。『尚書』洪範に「身は其れ康彊（強）にして、子孫其れ吉に逢わん」。天性　生まれつき備わっているもの。『孟子』尽心上に「形（からだつき）色（かおつき）は天性なり」。29・30　十分に才能を発揮できないことへの悲しみや苛立ちをいう。断鶴両翅　東晋の高僧支遁（しとん）は、鶴が飛んで逃げないようにその羽を切って飼っていたが、飛べない鶴の悲しげなさまを見ると、「既に凌霄（大空を飛翔する）の姿有れば、何ぞ肯えて人の為（ため）に耳目の近玩（なぐさみもの）と作（な）らんや」と言って、羽を伸ばして放してやった故事（『世説新語』言語）を踏まえる。「翅」は羽の意。　**縶驥四足**　『淮南子』俶真訓に、混沌とした世の中に身を置かれながら正しい道を行っていないと責め立てるのは、「是れ猶お両つながら騏驥を絆ぎて、其れ千里を致さんことを求むるがごときなり」と喩えた話を踏まえる。　**横**　抑えようがないほどの勢いがあること。267「琴操十首　雉朝飛操」に「群雌孤雄、意気横出す」。　**31・32**　人気のない風景描写から張署のいない寂しさが浮き彫りにされる。　**迸**　蒲の芽が外に勢いよく出てくる。　**33宋玉庭**　江陵にあったとされる宋玉の邸宅の庭。宋玉は戦国時代の楚の人で屈原の弟子とされ、不遇に終わっている。杜甫「李功曹の荊州（江陵）に之き鄭侍御の判官に充てらるるを送る　重ねて贈る」詩に「曾て聞く　宋玉の宅、毎に荊州に到らんと欲す」。　**34軽浪参差**　魚のそれぞれの動きによって不揃いにばらばらと波立つこと。元稹「楽天の重ねて東楼に別るるに題すに和す」詩に「風は鱗甲を駆りて浪参差たり」。　**鏡**　鏡のような水面。080「郴口にて又た贈る二首」其一に「山は剣の攢まるを作し　江は鏡を写す」、第1句注を参照。　**35孤賤**　寄る辺なく身分が低い。鮑照「行薬して城東の橋に至る」詩（『文選』巻二二）に「尊賢は永く照灼（輝かしい）たるも、孤賤は長えに隠淪す（落ちぶれる）」。　**瑕疵**　「瑕」「疵」ともに、きず、過ち。『左伝』僖公七年に「予に取り予に求むるも、女を疵瑕とせず」、杜預注に「女を以て罪釁と為さず」。　**36放縦**　「放」「縦」ともに赦すこと。　**荷**　恩恵を蒙る。　**寛政**　皇帝の寛大な施政。ここは特に恩赦をいう。　**37醆**　さかずき。「盞」に通じる。　**38筆鋒**　筆の勢い。鮑照「擬古三首」其三に「五車（車五台分の読書量）もて筆鋒を摧く」。　**39相就酔**　張署の所へ出かけて酒を飲む。102「李花　張十一署に贈る」に、張署の不在を嘆いて「力めて一樽を携えて独り酔いに就かん」というのと表裏をなす。　**40火令**　寒食日の禁火令。ここは道を行くのに必要な灯りを使えないという不便はあるものの、月明かりがあるからなんということはないという気持ちで締める。

詩型・押韻　七言古詩。去声四十三映（病・映・競・詠・更・命・柄・慶・敬・横・鏡）、四十四諍（迸）、四十五勁

（盛・正・夐・聖・併・性・政・勁・令）の同用。平水韻、去声二十四敬。

（愛甲弘志）

104 感春四首　春に感ず　四首

花々が咲き乱れ生命の躍動する春の盛りに、それを留めるすべがないことに思いを致し、悲しみを覚えるという主題。憲宗の即位とともに刷新された人事に、自分は満たされなかった嘆きを織り込む。元和元年（八〇六）春、江陵府（湖北省荊州市）での作と推定される。韓愈には他に150「春に感ず五首」、213「春に感ず三首」があり、同題の作例はこれ以降、中晩唐の詩人に多く見られる。先立つ作としては、戎昱の七絶一首がある。

（其一）

1 我所思兮在何所
2 情多地遐兮徧處處
3 東西南北皆欲往
4 千江隔兮萬山阻
5 春風吹園雜花開
6 朝日照屋百鳥語

我が思う所　何所にか在る
情多く地遐かにして　処処に遍し
東西南北　皆な往かんと欲するも
千江隔て　万山阻む
春風　園に吹きて　雑花開き
朝日　屋を照らして　百鳥語る

7 三杯取醉不復論　　三杯　酔を取りて　復た論ぜず
8 一生長恨奈何許　　一生　長恨　奈何せん

［校勘］
2「偏」蜀本作「偏」。
4「江」王本作「山」。
8「奈」潮本、文本、蜀本作「春」。

春に思う　四首

その一

わたしの思う人はどこにいる。思いは深く地は遠く、気持はあちこちどこにも向かう。
東西南北あらゆる方向にみな行ってみたいが、千の川がへだて万の山がはばむ。
春の風が園に吹いて花ばなが開き、朝の日が屋根を照らし多くの鳥がことばをかわす。
三杯の酒をあおって酔い、もう言うまい。一生続く憂い、それはいかんともしがたい。

1～4 詩句の発想と措辞を張衡「四愁の詩四首」（『文選』巻二九）に取る。「我が思う所は太山に在り（我所思兮在太山）、往きて之に従わんと欲するも梁父艱し」。以下「桂林・漢陽・雁門」と、「東・南・西・北」に行きたい場所を挙げ、それぞれ「湘水・隴坂・雪」に阻まれて行けないとうたう。その趣旨を四句につづめ、こんなところに逼塞していたくない、という気持を述べた。 5雑花 色とりどりの花。丘遅「陳伯之に与うる書」（『文選』巻四三）に「暮春三月、江南に草長じ、雑花は樹に生い、群鶯乱飛す」。 7三杯 酔うのに充分なほどの酒量。李白「月下独酌四首」其二に「三杯 大道に通じ、一斗 自然に合す」。取酔 酒を飲んで酔っぱらう。李白「南陵にて児童に別れ京に入る」詩に「高らかに歌い酔を取り自ら慰めんと欲す」。不復論 恨み言は捨て置いてもう言うまい、という意。 8一生長恨 一生負い続ける永遠のうれいかなしみ。揚雄「劇秦美新」序（『文選』巻四八）に「懐う所 章かにせざれば、長恨は黄泉まで」。「古詩十九首」其十五（『文選』巻二九）に「生年百に満たざるに、常に千歳の憂いを懐く」。 奈何許 「奈何」は、どうしようもない。「許」は句末の語気助詞。南朝の民歌「読曲歌八十九首」其二十九（『楽府詩集』巻四六）に「奈何せん（奈何許）、石闕 口中に生じ、碑を銜みて語るを得ず」。

詩型・押韻 雑言古詩。上声八語（所・処・阻・語・許）。平水韻、上声六語。

（其二）

1 皇天平分成四時
2 春氣漫誕最可悲
3 雜花糚林草蓋地
4 白日座上傾天維
5 蜂喧鳥咽留不得
6 紅蕚萬片從風吹
7 豈如秋霜雖慘冽
8 摧落老物誰惜之

皇天平分して 四時を成し
春気漫誕たるは 最も悲しむべし
雑花 林を粧い 草 地を蓋い
白日 座上 天維傾く
蜂喧しく鳥咽ぶも 留め得ず
紅萼万片 風の吹くに従す
豈に如かんや 秋霜は惨冽なりと雖も
老物を摧落して 誰か之を惜しまん

9　爲此徑須沽酒飲
10　自外天地棄不疑
11　近憐李杜無檢束
12　爛漫長醉多文辭
13　屈原離騷二十五
14　不肯餔啜糟與醨
15　惜哉此子巧言語
16　不到聖處寧非癡
17　幸逢堯舜明四目
18　條理品彙皆得宜
19　平明出門暮歸舍
20　酩酊馬上知爲誰

此が為に径ちに須く酒を沽いて飲むべし
自ら天地を外れ　棄てて疑わず
近ごろ憐れむ　李杜の検束無く
爛漫として長えに酔い文辞多きを
屈原　離騒　二十五
肯えて糟と醨とを餔啜せず
惜しいかな　此の子　言語に巧みなるも
聖処に到らず　寧ぞ痴に非ざらんや
幸いに堯舜の四目を明らかにするに逢い
条理　品彙　皆な宜しきを得
平明に門を出で　暮に舎に帰る
馬上に酩酊するは誰為るかを知らん

［校勘］

2「氣」潮本、祝本、文本、蜀本、魏本作「風」。

4「座」文本作「坐」。

7「慘」潮本、祝本、文本、蜀本、魏本作「凜」。

「冽」蜀本作「列」。

11「李」王本作「老」。

「檢」文本作「撿」。

12「爛」魏本作「瀾」。

「漫」祝本作「熳」。

「辭」魏本作「詞」。

16「寧」魏本作「甯」。

その二

天は一年を公平に分けて四季をなしたが、春の気がひろがるこの時こそもっとも悲しい。

色とりどりの花は林を化粧し草は地をおおい、いまいるこの場で太陽は軸を傾ける。

蜂がうるさく飛びまわり鳥がさかんに鳴くのを留めておくことはできず、紅い花が万の花びらを吹きちらすがままにする。

秋の霜と較べてみてどうだろうか、それはひどく寒いとはいっても、老い衰えたものを砕いて地に落としてしまうだけのことでだれも惜しみはしない。

そうであるならすぐに酒を買ってきて飲もう、みずから世界の外へとぬけだし世のことなどうっちゃってなんの疑いをもつこともない。

近ごろでは李白と杜甫が自由気ままに、気持ちよく飲みひたすら酔っぱらってたくさんの文章をのこしたのがいとおしい。

屈原（くつげん）は「離騒」以下二十五篇の作品をのこしたが、世人にあわせて酒粕をくらい薄酒をすするようなことはしなかった。

惜しいことだ、この人がことばがじょうずであったのは、しかしすばらしい聖人(よいどれ)の域に至らなかったのは、おろかでないといえようか。

思いがけなくも聖皇帝が即位し四方へと目をそそがれ、ものごとのすじめがたち分類がなされ皆あるべきところを得た。

夜明けに門を出て日暮れに宿舎に帰る。馬のうえで酔っぱらっているのはどこのどなたさんか。

1・2　『楚辞』九辯「皇天　四時を平分し、窃(ひそ)かに独り此の廩秋(りんしゅう)（寒い秋）を悲しむ」のように、悲しいとされるのは秋だが、これを反転して、春の盛りが最も悲しいとする。北宋の蘇軾「法恵(ほうえ)寺の横翠閣」詩にも「人は秋を悲しと言うも春は更に悲し」という。　**漫誕**　無秩序に広がるさま。畳韻の語。　**4傾天維**　天の常道をはずれる。「天維」は天を繋いでいるつな。張衡「西京の賦」（『文選』巻二）に「天維を振い、地絡を衍(の)ぶ」。　5・6　眼前の狂おしいまでに展開される春の光景を引き留めておくことができないことをいう。杜甫「曲江二首」其一に「一片の花飛びて春を減却す、風　万点を飄して正に人を愁えしむ」という趣旨に近い。　**紅蕚**　赤い花。「蕚」は花弁を支える部分を指すが、花そのものをもこのように呼称する。　7・8　秋の霜が万物を揺落したとしても当たり前のことで、悲しむには足りないという意。　**豈如**　…と比べてどうだろうか。　**惨冽**　ひどく寒いこと。張衡「西京の賦」に「孟冬　陰を作し、寒風粛殺たり。雨雪飄飄として、氷霜惨烈（冽）たり」。　**老物**　老い衰えた物。人間や自然の物についていう。『周礼』春官・籥章(やくしょう)に、臘祭において「豳(ひん)の頌を歙(ふ)き、土鼓を撃ち、以て老物を息わしむ」という。　**9径須沽酒飲**　李白「将進酒」に「径ちに須く酒を沽いて君に対して酌むべし」。　**10外天地**　『荘子』大宗師に「参日（たった三日間）にして而(しか)る後に能く天下を外る」、郭象注に「外は猶お遺(わす)るるがごときなり」。蒋抱玄が注するように、阮籍「大人先生伝」の「今　吾乃ち天地の外に飄颻す」に従えば、俗世の外に自分の身を置く意。 11憐　愛でる、愛おしむ。 李杜無検束　李白と杜甫が束縛がなく自由なこと。両者は天宝の初め、東魯で交遊した。杜甫「李白に贈る」詩に「痛飲狂歌　空しく日を度り、飛揚跋扈　誰が為に雄なる」。李白と杜甫を並べて評価するのは韓愈が最も早い。216「張籍を調る」でも「李杜　文章在り、光焔万丈長し」。 12爛漫　気持ちよく酒に酔うさま。畳韻の語。杜甫「高適に寄す」詩に「定めて知る　相い見るの日、爛漫として芳尊（美酒）を倒すを」。 13『楚辞』の「離騒」以下「九歌・天問・九章・遠遊・卜居・漁父」に含まれる併せて二十五篇。それらは伝統的に屈原の作と考えられていた。『漢書』藝文志・詩賦略に「屈原賦二十五篇」。 14『楚辞』の「漁父」篇中の言葉を援用した。世人はみな酔っているのに自分のみ覚めているという屈原に対し、漁父は世とともに移ろうべきであると説いて「衆人皆な酔わば、何ぞ其の糟を餔らい其の釃を歠らざる」という。 餔啜　食べ物を食べたりすすったりする。 釃　酒かすに水をいれ発酵させた二番しぼりの薄い酒。 15・16　屈原の世人を「酔っている」とする比喩を転じて、ここでは「酔いどれ」が文学者の価値であるとした。「聖」は酒の隠語。禁酒令の際に酒を隠れて楽しんだことにもとづく。『三国志』魏書・徐邈伝に「酔客　酒を謂うに清き者を聖人と為し、濁れる者を賢人と為す」。 17　聖天子が即位し、門戸を開いて人材を集め、広く天下を視聴させる意。『尚書』舜典に、舜が帝位に即いて「四岳に詢り、四門を闢き、四目を明らかにし、四聡を達す」る政治を心がけたことを踏まえる。「堯舜」は、憲宗を指す。 18条理　ものごとのすじめ。 品彙　品を分けて類ごとにまとめること。 19・20　新皇帝の即位とともに綱紀も改まり人員の配置も正しきを得た。自分を除いて他の人々が落ち着いたのに、自分ひとりが地方にくすぶっているのが不満である、という気持を含む。 平明　夜明け。 酩酊馬上　西晋の山簡の故事（『世説新語』任誕）を用いる。山簡は出遊して楽しく酔い、時人は歌を作って「山公　時に一酔し、径ちに高陽池に造る。日莫（暮）れ倒載して帰り、茗艼（酩酊）して知る所無し。復た能く駿馬に乗り、白接䍦を倒著す（白鷺の羽頭巾をさかさまにかぶる）。手を挙げて葛彊に問う、幷州の児は如何」という。李白「襄陽曲四首」其二にも「山公　酒に酔う時、酩酊す　高陽の下。頭上の白接籬、倒著して還た馬に騎る」。

詩型・押韻　七言古詩。上平五支（吹・醨・宜）、六脂（悲・維・誰）、七之（時・之・疑・辞・痴）の同用。平水韻、上平四支。

（其三）

1 朝騎一馬出　朝に一馬に騎りて出で
2 瞑就一牀臥　瞑に一牀に就きて臥す
3 詩書漸欲抛　詩書　漸く抛たんと欲し
4 節行久已惰　節行　久しく已に惰る
5 冠欹感髪禿　冠　欹ちて髪の禿なるを感じ
6 語誤悲齒墮　語誤りて歯の堕つるを悲しむ
7 孤負平生心　孤負す　平生の心
8 已矣知何奈　已んぬるかな　知る　何奈せん

［校勘］

2「瞑」潮本、文本、魏本、王本、銭本作「暝」。
「牀」祝本、文本作「床」。
4「已」魏本作「矣」。

「惰」潮本、祝本、蜀本、魏本作「破」。

6「悲」王本作「驚」。

「墮」祝本作「惰」。文本作「憧」。

7「孤」潮本、祝本、文本、蜀本、魏本作「辜」。

8「知」蜀本作「如」。

「奈」蜀本作「那」。

その三

朝は一頭の馬で庁に赴き、夜は一牀の牀に臥せる。

古典の書物もしだいに遠ざけるようになり、徳行に励むのもずっと怠けている。

冠が傾いて髪が薄くなったのがわかる。言葉を言い違えて歯が抜けたのが悲しい。

常日頃の心掛けに背いては、ああ、どうしたらよいものか。

1・2 朝仕事に出かけ夜帰って寝るだけの単調で無聊な日々をいう。 3詩書 『詩経』と『尚書』をはじめとする儒学の経典の勉強をすること。 4節行 儒家としての節度ある行い。 惰 怠る。 5・6 韓愈はこの頃しばしば髪と歯の衰えについて述べている。前年に書かれた「五箴」序にも「余生まれて三十有八年、髪の短き者、日びに益ます白く、歯の揺らぐ者、日びに益ます脱つ」とある。051「歯落つ」参照。 7孤負 そむく。 平生 ふだん。『論語』憲問に「久要 平生の言を忘れず」、孔安国注に「平生は、猶お少き時のごとし」。 8已矣 絶望の意を表す助字。048「楊兵部凝・陸歙州参を哭す」に「已んぬるかな 如何すべき」。

詩型・押韻　五言古詩。上声三十四果（堕（だ））、去声三十八箇（奈（だ））、三十九過（臥（が）・惰（だ））の上去通押。平水韻、上声二十哿と去声二十一箇。

（其四）

1　我恨不如江頭人
2　長網横江遮紫鱗
3　獨宿荒陂射鳧鴈
4　賣納租賦官不嗔
5　歸來歡笑對妻子
6　衣食自給寧羞貧
7　今者無端讀書史
8　智慧只足勞精神
9　畫蛇著足無處用
10　兩鬢雪白趨埃塵
11　乾愁漫解坐自累
12　與衆異趣誰相親
13　數杯澆腸雖暫醉
14　皎皎萬慮醒還新
15　百年未滿不得死

我（われ）は恨（うら）む　江頭（こうとう）の人（ひと）に如（し）かざるを
長網（ちょうもう）　江（こう）に横（よこ）たえて　紫鱗（しりん）を遮（さえぎ）る
独（ひと）り荒陂（こうひ）に宿（やど）りて　鳧雁（ふがん）を射（い）
売（う）りて租賦（そふ）を納（おさ）め　官嗔（かんいか）らず
帰（かえ）り来（き）たり歓笑（かんしょう）して　妻子（さいし）に対（たい）す
衣食（いしょく）は自（みずか）ら給（きゅう）す　寧（なん）ぞ貧（ひん）を羞（は）じん
今者（いま）　端無（はしな）くも書史（しょし）を読（よ）めば
智慧（ちえ）は只（た）だ精神（せいしん）を労（ろう）するに足（た）る
蛇（へび）を画（えが）き足（あし）を著（つ）けて　用（もち）うるに処無（ところな）し
両鬢（りょうびん）　雪（ゆき）のごとく白（しろ）くして　埃塵（あいじん）に趨（はし）る
乾愁（かんしゅう）　漫（みだ）りに解（と）きて　坐自（そぞろ）に累（わずら）う
衆（しゅう）と趣（おもむき）を異（こと）にして　誰（たれ）か相（あ）い親（した）しまん
数杯（すうはい）　腸（ちょう）に澆（すす）ぎて　暫（しばら）く酔（よ）うと雖（いえど）も
皎皎（こうこう）たる万慮（ばんりょ）　醒（さ）めては還（ま）た新（あら）たなり
百年（ひゃくねん）未（いま）だ満（み）たざれば　死（し）するを得（え）ず

16 且可勤買抛青春　且く勤めて買うべし　抛青春

［校勘］

3「皃」祝本、文本、蜀本、魏本作「皃」。

「鴈」銭本作「雁」。

5「歡」文本作「懽」。

6「寧」魏本作「甯」。

8「慧」蜀本作「惠」。

「只」潮本作「秖」。祝本、魏本作「秪」。

「足」潮本、文本、蜀本、魏本作「是」。

9「著」文本作「着」。

11「漫」蜀本作「謾」。

その四

わたしは川辺にすむ漁夫にも及ばないのが恨めしい、彼らは長い網を川に張って紫の鱗をした獲物をかける。ただ草の茂った堤に寝泊まりし鴨や雁を射とめ、それを売って年貢を納め役人の怒りをかうこともない。家に帰ってきてにこやかに妻や子供にむかい、着るもの食べるものはおのずと事足りて貧しさを恥じることはない。

今、手当たり放題に書物を読めば、かしこい頭の働きはただ心を疲れさせるだけ。

蛇を画いて足をつけたすようで使いものにならず、髪が白くなるまで世塵のなかを駆け巡る。

かすかすになった愁いをむやみに払ってわけもなく疲れ、皆とは志すところが違い誰も親しい人がいない。

酒を何杯かあおりはらわたを洗い流し少しのあいだ酔ったとしても、あざやかなくさぐさの思いが酔いから醒めればまた新たに迫ってくる。

百年にまだ満たず死ぬことができないからには、とりあえずせっせと「青春を抛(なげう)て」という名の酒を買うまでさ。

1江頭人　川のほとりに住む人、つまりは漁師。2紫鱗　魚類のこと。鱗が紫色に輝いているのでこのようにいう。左思(さし)「蜀都の賦」(『文選』巻四)に「鮮(なます)にするに紫鱗を以てす」。3荒陂　雑草の生い茂ったつつみ。鳧雁　カモとカリ。ともに水辺の鳥。『詩経』鄭風・女曰鶏鳴(じょえつけいめい)に「将(は)た翱(こう)し(飛び)将た翔し、鳧と雁とを弋(い)ん(いぐるみで射よ)」。4租賦　年貢。6自給　自分で生活をたてる。『三国志』呉書・歩騭(ほしつ)伝に「瓜を種うるを以て自ら給す」。7無端読書史　秩序立ってではなく適当に書物を読むこと。「無端」は糸口がないこと。「書」も「史」もふみ。書籍。8　頭を使うのは精神を疲労させるに過ぎないという。智慧　頭脳の知的なはたらき。精神　心のはたらき。9　本が読めることなど、蛇に足を画いたように(『戦国策』斉策二)無駄なことだという。「著」はつける。「着」に同じ。10両鬢　耳際の髪。左右にあるので「両」という。埃塵　俗世間。11乾愁　乾いてかすかすになった愁い。漫解　むやみやたらと追い払うこと。坐自　わけもなく。12異趣　向かうところ、志すところが異なる。13澆　水を注ぐ。『世説新語』任誕に「阮籍は胸中に塁塊(かたまり)あり、故に須く酒もて之を澆ぐべし」。14皎皎　明るく輝くさま。15百年未満　「百年」は人生の長さのめやす。「古詩十九首」其十五に「生年　百に満たず」。16拋青春　その名も「青春を抛て」という酒の銘柄。唐代には春の名がつく酒の銘柄が多くあった。『唐国史補』巻下に、名酒の名を列挙して「滎陽の土窟春、富平の石凍春、剣南の焼春」と見える。

詩型・押韻　七言古詩。上平十七真（人・鱗・嗔・貧・神・塵・親・新）と十八諄（春）の同用。平水韻、上平十一真。

（乾　源俊）

105

憶昨行和張十一

憶昨行　張十一に和す

元和元年（八〇六）、江陵府（湖北省荊州市）における作。同府功曹参軍であった張署の「憶昨行」に韓愈が唱和したもので（張署の原詩は伝存せず）、詩題を「張十一の憶昨行に和す」に作る本もある。郴州臨武県（湖南省臨武県）令への左遷から現在に至るまでの張署の歩みを回顧し、未来への展望を述べて病床にある彼を励ます。103「寒食の日に出でて遊ぶ」にも触れられるように、恩赦によって韓愈と共に江陵に移った張署は、その後間もなく邕管（治所は邕州宣化県、今の広西壮族自治区南寧市）経略史であった路恕から判官に推挙されている（韓愈「唐の故の河南令張君の墓誌銘」）。その招きには結局応じなかったものの、本詩を見るに張署は当初、出向するつもりであったと推測される。恐らく張署の原詩には邕管へ赴く意思が述べられており、韓愈には本詩によってそれを思い止まらせる意図があったのだろう。

1 憶昨夾鍾之呂初吹灰
2 上公禮罷元侯迴
3 車載牲牢甕舁酒
4 竝召賓客延鄒枚
5 腰金首翠光照耀
6 絲竹迴發清以哀
7 青天白日花草麗
8 玉斝屢擧傾金罍
9 張君名聲座所屬
10 起舞先醉長松擢
11 宿酲未解舊痁作
12 深室靜臥聞風雷
13 自期殞命在春序
14 屈指數日憐嬰孩
15 危辭苦語感我耳
16 淚落不揜何漼漼

憶う昨　夾鍾の呂　初めて灰を吹きしとき
上公　礼罷りて　元侯迴る
車に牲牢を載せ　甕には酒を舁き
並びに賓客を召して　鄒枚を延く
腰金　首翠　光照耀たり
糸竹　迴かに発して　清くして以て哀し
青天　白日　花草麗し
玉斝　屢しば挙げられ　金罍傾く
張君の名声は座の属する所
起ちて舞い先に酔いて　長松擢かる
宿酲未だ解けずして　旧痁作り
深室に静かに臥して　風雷を聞く
自ら期す　命を殞とすは春序に在るを
指を屈し日を数えて　嬰孩を憐れむ
危辞　苦語　我が耳を感ぜしめ
涙落つるも揜わず　何ぞ漼漼たる

［校勘］

0　潮本、祝本、文本、魏本作「和張十一憶昨行」。

1「鍾」魏本、銭本作「鐘」。

2「上」潮本、文本、蜀本、魏本作「社」。祝本作「杜」。

「迴」文本、魏本、王本作「廻」。

4「客」蜀本作「容」。

5「耀」蜀本作「曜」。

6「迥」文本、蜀本、魏本、王本作「迵」。

9「座」文本作「坐」。

11「酲」祝本作「醒」。

「舊痁」潮本、祝本作「痁舊」。

14「嬰」潮本作「攖」。

あの時を思い出すうた　張十一に唱和す

あの時を思い出す。二月の音律が葦の灰をちょうど吹き飛ばした時、社稷の神の祭礼が済んで殿様が戻ってくる。

車に供物の肉を載せ瓶に酒を入れて担ぎ、また客人を呼んで鄒陽や枚乗のごとき文人を招く。

腰に巻かれた黄金と頭を飾る翡翠がきらきらとまばゆい光を放ち、管弦の調べは遠く響いて澄みかつ哀切だ。

晴れた空と明るい太陽のもと草花は美しく、祭礼用の玉の酒入れが度々掲げられ神事の金樽が傾けられる。

張君の名声は衆座の注目する所、立ち上がって舞を舞えばさっそく酔いが回り大きな松が折れたかのよう。

昨日の酒が抜けないうちに昔の瘧が再発し、奥の部屋で静かに寝ていても風雷のような音が聞こえてくる。

命の尽きるのはこの春のうちと見越し、指折り日を数えて遺される幼い我が児を気にする。切迫した言葉や辛い話がわたしの耳を刺激し、涙が落ちても拭わぬままはらはらと止め処ない。

全体を三段に分ける。第一段は、春の祭礼に催された酒宴から、張署が体調を崩してそのまま病床に臥すまでを回想する。祭祀に係わる語が多用されることから、一般の宴席ではなく、祭礼の延長として開かれた酒宴であったと考えられる。

0憶昨行　「憶昨」は畳韻の語。過去の出来事が静かに思い出されてくること。後段の「念昔」と比較するに、ここではより近い過去に対して用いている。「行」は歌のこと。張十一　張署。056「張十一功曹に答う」を参照。1　夾鍾の灰が吹き上がったばかりの頃、すなわち二月初頭。中国古典音楽には六律と六呂、計十二の標準音（十二律、律はもと各音階の標準音を発する管の意）があり、それぞれ十二ヶ月に対応している。夾鍾　六呂の一つで、『礼記』月令に「仲春の月（二月）……、律は夾鍾に中たる」とあるように、二月の楽律（偶数月が呂）。灰『後漢書』律暦志上に見える「葭莩の灰」のことで、葦（あし）の内側の薄い皮膜を燃やした灰。その灰を楽律の基準となる十二本の管に盛り、気温や湿度の変化で灰が吹き飛んだ時点をもって、各管に対応する月の到来とした。第1～4句は荊南節度使の裴均（はいきん）が公式の祭礼（仲春を迎える神事か）を終え、宴に移る様子をうたう。祭礼を荘重に描写するため、儀式にまつわる格式ある語を多用している。2　神を祭る儀式が終わり、諸侯が帰ってくることをいう。上公　諸公、ひいて社稷の神。古代、五行を司る官は天子に封地を与えられて諸侯となり、死後は天子の社稷に五行の神とともに合祀された。『左伝』昭公二十九年に「封ぜられて上公と為り、祀られて貴神と為り、社稷五祀として、是れ尊ばれ是れ奉ぜらる」。元侯　諸侯の中の長。「上公」とともに古の五爵（公・侯・伯・士・男）に由来する語。『左伝』襄公四年に「三夏（三つの楽曲）は、天子の元侯を享（きょう）（もてなす）する所以なり」。ここでは節度使たる裴均の身分を喩える。 **3牲牢** 儀礼に供物として用いる家畜。 **舁** 何人かでかつぐ。 **4延** ひきいれる、招待する。 **鄒枚** 鄒陽と枚乗。ともに漢の梁孝王の食客となった文学者。謝恵連「雪の賦」（『文選』巻一三）の「（梁王）旨酒を置き、賓友に命じ、鄒生を召し、枚叟を延く」を意識した表現。 **5腰金** 腰帯に附けられた黄金の留金。宴席に列した官人の召物。当時、五品以上の官は金の留金を身に着けた。 **首翠** 翡翠の髪飾り。「首」は頭。ここでは宴席に仕える侍女の召物。曹植「洛神の賦」（『文選』巻一九）に「金翠の首飾を戴き、明珠（真珠）を綴りて以て軀を耀かす」。あるいは祭祀に参加した官人の冠をいうか。皇帝や皇太子が身に着ける祭礼用の冠には「珠翠」を施したものがある（『旧唐書』輿服志、『新唐書』車服志）。ただし、その他の身分には用いられず、皇帝・皇太子がこの酒宴に参加した形跡もない。 **6糸竹** 弦楽器と管楽器、その演奏。 **7** 天候に恵まれた祭礼の日のめでたい雰囲気をいう。297「水部張員外と同に曲江に春遊し白二十二舎人に寄す」に「青天白日 楼台に映ず」。 **8** 詩の冒頭と同じく、儀式ばった語を用いる。 **玉斝** 「斝」は祭礼に用いられる三本脚の酒器。『詩経』大雅・行葦に「或いは献り或いは酢（報）い、爵を洗い斝を奠く」。 **金罍** 「罍」は祭礼に用いる酒樽の一種。『詩経』周南・巻耳に「我姑く彼の金罍を酌み、維に以て永く懐わざらん」。 **9属** 注目を集める。「矚」に通ず。『漢書』昭帝紀に「大将軍（霍光）は国家の忠臣にして、先帝の属する所なり」。 **10長松摧** 酒に酔って昏倒するさまを喩える。張署が長身であったことを窺わせる表現。魏・嵇康は七尺八寸の堂々たる体軀で、「巌巌たること孤松の独り立つが若」く、酒に酔えば「傀俄たること玉山の将に崩れんとするが若」くであったという（『世説新語』容止）。さらに、張署が自己の不遇に心を痛める様子をも喩える。松は、『論語』子罕に「歳寒くして、然る後に松柏の彫むに後るることを知るなり」とあるように、強健な精神の象徴であり、それが無残にも折れるとは、世の無常を説く時の常套表現。唐・孟雲卿「行路難」に「君見ずや 長松百尺 勁節多きも、狂風暴雨終に摧折するを」。 **11宿酲** 時間が経ってものこっている悪酔、二日酔。

旧痁　「痁」は瘧、南方で罹りやすいマラリア熱による発作。「旧」は、かつて郴州で得た病であることをいう。**12風雷**　孫汝聴は耳鳴り、文讜は発作による呻き声と解釈する。178「石鼎聯句詩の序」に「道士　牆に倚りて睡り、鼻息は雷鳴の如し」とあるのを取れば、いびき。**13春序**　秩序ある四季の巡りとしての春。049「苦寒」に「隆寒　春序を奪う」。**14屈指数日**　残された日を指折り数える。唐・独孤及「弋陽江を下る舟中　書に代えて裴侍御に寄す」詩に「指を屈して別日を数うるに、忽乎として両年と成る」。**嬰孩**　「孩嬰」と同義。みどりご。乳幼児。**15・16**　深刻に事態を悲観するばかりであった当時の自分たちを振り返り、その大仰なさまを描写して戯画化する。077「八月十五の夜　張功曹（張署）に贈る」に「君の歌は声酸にして辞は且つ苦し、聴き終うる能わずして涙　雨の如し」と同様の叙述がある。**危辞**　緊迫感あふれる言葉。「危」は切実、切迫の意味合いをともなう。杜甫「元使君（元結）の舂陵行に同ず」詩に「彼の危苦の詞に感ず、庶幾くは知る者の聴かんことを」。**漼漼**　涙を流すさま。陸機「魏の武帝を弔う文」（『文選』巻六〇）に、曹操臨終の場面を描いて「季豹（末子の名）を指して漼焉たり」、李善注に「漼は泣涕の垂るる貌」。

17 念昔從君渡湘水　　念う昔　君に従いて　湘水を渡り

18 大帆夜劃窮高桅　　大帆　夜に劃けて　高桅窮まる

19 陽山鳥路出臨武　　陽山　鳥路　臨武に出ず

20 驛馬拒地驅頻隤　　駅馬　地に拒みて　駆るも頻りに隤る

21 踐蛇茹蠱不擇死　　蛇を践み蠱を茹らいて　死を択ばず

22 忽有飛詔從天來　　忽ち飛詔の天従り来たる有り

23 伾文未揃崖州熾　　伾文　未だ揃られず　崖州熾んなり

24 雖得赦宥恆愁猜
25 近者三姦悉破碎
26 羽窟無底幽黃能
27 眼中了了見鄉國
28 知有歸日眉方開

赦宥を得たりと雖も　恒に愁い猜う
近者　三姦　悉く破砕せられ
羽窟　底無くして　黄能を幽す
眼中　了了として　郷国を見る
帰日有るを知りて　眉方めて開く

［校勘］

24「恆」　文本作「常」。

さらに昔を想う。君につき従って湘水を渡るおり、船の大きな帆が夜に裂けて高い帆柱は今にも折れそう。わたしは空を行く鳥だけが越えられる陽山の道なき道を通り、あなたは臨武へ出る。駅伝の馬はかの土地に踏み入れるのを嫌がり駆り立てても何度もへたり込む。毒蛇を踏み毒虫を食らい死んだも同前だったが、ある日思いがけなく恩赦の詔が天から飛んで来た。王伾と王叔文がいまだ除かれず、崖州に行く韋執誼の威勢も良かったから、恩赦を頂いたとはいえ心配で疑い深くなる。

最近になり奸臣三名が全員破滅し、底無しの羽山の洞穴、その暗闇に化物黄能は閉ざされた。眼にははっきりと故国が映り、帰郷の日が来ると分かって眉根のひそみはようやく解ける。

第二段は、第一段よりも前の出来事について回顧する。嶺南への左遷、左遷地の劣悪な環境、順宗の即位による恩赦、王伾・王叔文・韋執誼の失脚に至るまでを述べる。
17・18　左遷地へ向かう船旅で遭遇した窮状を述べる。同じ事柄を回顧した詩に、103「寒食の日に出でて遊ぶ」の「憶う昔　君と同に官を貶され、夜洞庭を渡りて斗柄を看しを」。韓愈「河南張員外（張署）を祭る文」にも「洞庭漫汗として、天に粘りて壁無し。風濤相い豗ち、中に霹靂を作す。程を追いて盲進し、颿（帆）船　箭激（矢のように早く激しい）たり」と回顧されている。夜　夜間も停泊せずに航行したことを示す。劃　裂ける。窮　行き詰まる、窮地に陥る。桅　帆柱。19「臨武」は郴州に属する県。船旅を共にした韓愈と張署は郴州で別れ、各々の任地へ向かった。前述の「河南張員外を祭る文」に「我は陽山に落ち、以て鼯猱（ムササビや猿）に尹たり。君は臨武に飄ち、山林　之れ牢う」。鳥路　空飛ぶ鳥だけが越えられるような険しい山道。謝朓「暫く下都に使いし、夜に新林を発して……」詩（『文選』巻二六）に「風雲には鳥路有るも、江漢は限りて梁無し」。
20　駅馬さえも走行をためらう、瘴癘の地の恐ろしさをいう。拒地　馬が地面にじっとしがみつく。隤　馬が病み疲れるさま。「虺隤」に同じ。『詩経』周南・巻耳に「彼の崔嵬（険しい山）に陟り、我が馬は虺隤たり」、毛伝に「虺隤は病むなり」。21践蛇茹蠱　「蠱」は人を死に至らしめるという毒虫。086「江陵に赴く途中……」に「蛇有りて両首に類し、蠱有りて群飛して游ぶ」。その毒虫を「茹」らうとは、110「張徹に答う」にも「荒餮獠（南方異民族）蠱を茹らう」と見える。不択死　「択」は区別する。生と死の区別がつかない、死ぬのとかわりない。『呂氏春秋』情欲に「耳　声を楽しまず、目　色を楽しまず、口　味を甘しとせずんば、死と択ぶ無し（死人も同様だ）」。22　順宗の即位に伴って下された恩赦についていう。天から飛ぶが如くやって来たとは、朝廷から早馬で伝えられたのを喩える。同じ事実を述べたものに、086「江陵に赴く途中……」の「前日　恩赦に遇い、私心　喜び還た憂う」。23伾文未揃　永貞元年（八〇五）八月、憲宗即位にともない王伾は開州司馬、王叔文は渝州司戸に流された。「揃」は刈り取って除くの意。崖州熾　韋執誼が崖州司馬に左遷されるのは、王伾・王叔文よりも遅い永貞元年十一月のこと。**24赦宥**　「赦」「宥」ともに罪を許すこと。『周易』解・大象に「君子は以て過ちを赦し罪を宥す」。**25三姦**　王伾・王叔文・韋執誼を指す。それぞれ開州・渝州・崖州に流された後、王叔文は誅され、他二名もほどなくその地で没した。**26**　治水に失敗した鯀（夏王朝の祖である禹の父）は帝堯によって羽山で処刑され、その魂は「黄熊」（「熊」は「能」に同じ。『経典釈文』に「一音は奴来の反……、三足の鼈なり」）という獣に変化し、羽淵に潜っていった（『左伝』昭公七年）。「三姦」の破滅を暗示している。**27了了**　明瞭に、ありありと。唐・王昌齢「華陰を過ぐ」詩に「東峰始めて景を含み、了了として松雪を見る」。**28**　帰還の日を待ち望む叙述は、韓愈と張署の贈答詩にしばしば見られる。056「張十一功曹に答う」の張署の原詩「韓退之に贈る」に「九疑峰の畔　二江の前、闕を恋い帰るを思いて日は年に抵つ」、また080「郴口にて又た贈る」其一に「頭を迴らして張公子に笑う、終日帰るを思いて此の日帰る」。**眉方開**　しかめた眉がそこでやっと緩む。白居易「酔中　殷協律に酬ゆ」詩に「酔袖　狂を放にして相い向かいて舞えば、愁眉　和笑して一時に開く」。

29 今君縦署天涯吏　　今君　縦い天涯の吏に署せらるるも
30 投檄北去何難哉　　檄を投じて北に去るは　何ぞ難からんや
31 無妄之憂勿薬喜　　無妄の憂い　薬勿くして喜ぶ
32 一善自足禳千災　　一善　自ら千災を禳うに足る
33 頭輕目朗肌骨健　　頭軽く目朗らかにして　肌骨健やかなり
34 古劍新斸磨塵埃　　古剣　新たに斸りて　塵埃を磨く
35 殃銷禍散百福併　　殃銷え　禍散りて　百福併ぶ

36 從此直至肴與骀
37 嵩山東頭伊洛岸
38 勝事不假須穿裁
39 君當先行我待滿
40 沮溺可繼窮年推

此従り直ちに肴と骀とに至らん
嵩山の東頭　伊洛の岸
勝事　穿裁を須うるを仮らず
君　当に先に行くべし　我は満つるを待つ
沮溺　継ぐべし　年を窮めて推さん

［校勘］

29「縱」　潮本、祝本、文本、蜀本、魏本作「從」。

31「無」　蜀本、銭本作「无」。

32「禳」　蜀本作「穰」。

「災」　蜀本作「灾」。

33「肌」　蜀本作「飢」。

「健」　祝本、文本作「徤」。

35「銷」　文本作「消」。

36「肴」　潮本、祝本、蜀本、魏本作「者」。

「骀」　蜀本、魏本作「駘」。

37「洛」　蜀本作「落」。

38「栽」　潮本、祝本、文本、蜀本、魏本作「裁」。

39「我待」　文本作「待我」。

今たといあなたが最果ての地の職員に配属されたとしても、召還の令状を投げ捨てて北へ帰るのも難しいことではなかろう。

無用の憂いは薬など無くとも心が晴れようし、一つの善行は千の災厄を払ってくれるものだ。

頭は軽く眼ははっきりして身体は丈夫、古い剣は新たに切れるようになって塵芥が磨き除かれた。

災いは消え不運は散じて百の幸福が一度に訪れる、これからは顔が浅黒く背中に染みのある長寿の爺さんに一直線だ。

嵩山の東がわ伊水洛水の岸辺、すてきな生活をするのにわざわざ手を加えなくてもよい。

あなたは先に行きたまえ、わたしは年期が明けるのを待つ。長沮と桀溺の後を継ごう、死ぬまで追求しよう。


第三段は、王伾らの失脚が転機となり、今後は幸福な人生を送るであろうと張署を励まし、また自分より先に官界を引退して隠逸生活に入るよう勧める。路恕の推薦に応じぬよう、婉曲に説こうとする意図が窺える。
29 路恕による推挙をいう。署 ある役職に配置されること。天涯 天の果て。路恕の管轄する邕管が僻地であるのをいう。同じく推挙の事実を述べたものに、103「寒食の日に出でて遊ぶ」の「念う 君又た南荒の吏に署せられ、路は鬼門を指して幽にして且つ敻かなり」。なお、「縦」を「従」に作れば「署せらるるに従う」、推挙に応じるの意になる。30投檄 路恕から寄せられた招聘の書簡を投げ捨てる。「投」はここでは放る、うち遣るの意。「檄」はふれぶみ。通告や召集など、軍令を各地に伝える書簡。路恕が経略史であったためにこの語を用いる。北去 「北」は都のある中原の方角。直接には第37句に言及される嵩山を意図している。何難哉 二通りに解釈できる。反語に読めば、天涯の吏に推挙されたとしても、いつでも檄を棄てて北に帰れるではないか、の意。「何と難しいことか」と強調に読めば、推挙に応じた今、断るのも難しかろう、の意となり、この場合は第29句「縦」は「従」に作るのがよい。31『周易』無妄に「九五、无（無）妄の疾、薬勿くして喜ぶ有り」にもとづく。「妄」は虚妄、うそいつわり。みずからの虚妄が招いたのではない病は、薬を用いずとも自然に治癒するの意。張署の左遷や病気は、彼のやましさが原因ではないのだから、じきに良くなるであろうと励ます。

32一善　一つの良い行い。『礼記』中庸に「（顔）回の人と為りや、中庸に択び、一善を得れば、則ち拳拳服膺して之を失わず」。33・34　恩赦のために張署の積年の病と心労とが癒え、再び活躍できる体調にもどる。第33句が肉体、第34句が精神の恢復をそれぞれいう。剣　佩（おびだま）などとともに士人の礼装品の一つ。士大夫の高潔な精神を象徴する。塵埃　積年のちり。錆やくもり。35百福　多くの幸福。『詩経』大雅・仮楽（からく）に「禄を干（もと）めて百福」。

36耇与鮐　「耇」は年老いて顔にしみの出たさま。「鮐（たい）」はフグ。高齢者の背中にはフグの背の模様のようなしみができることから、やはり老齢をいう。長命の意。『詩経』大雅・行葦に「黄（黄味がかった白髪）耇台（鮐）背、以て引き以て翼（たす）く」。37　「嵩山」は洛陽の東南にある山。五岳の中岳にあたる。「伊洛」は伊水と洛水、洛陽の西南より黄河に流れこむ川。ともに河南府に位置する。韓愈の故郷河陽（かよう）も河南府に属することから、故郷周辺の隠逸の地をいう。38勝事　素晴らしい事柄。俗塵から離れた風雅な事。王維「終南の別業」詩に「興来たりて毎（つね）に独り往き、勝事空しく自ら知る」。082「合江亭」に「勝事　誰か復た論ぜん」。穿栽　「穿」は穴や溝を掘る、「栽」は草木や花を植えつけること。068「県斎にて懐い有り」に「嵩（山）を斸（き）りて雲扃（うんけい）を開き、潁（えい）（水）を圧して風榭を抗（あ）ぐ。禾麦種（う）えて地に満ち、梨棗栽えて舎を繞る」とあるような、隠逸生活を営むための開拓・造園・植樹といった土木作業をいう。39先行　隠棲地の嵩山へ一足先に赴く。待満　「満」は満了。ここでは韓愈の任期が終わるのを指す。40沮溺　長沮と桀溺。仕官を避けて農耕を生業とする隠逸者の典型。『論語』微子に「長沮・桀溺　耦（ぐう）（二人で耕す）して耕す……。耰（ゆう）（種の土かけ）して輟（や）めず」とあり、張署と二人で農耕に従事することが意図されている。韓愈のこうした帰田への憧れは068「県斎にて懐い有り」の結びに端的に表されており、張署も「韓退之に贈る」詩で「渙汗（天子の詔書） 幾時か率土（地の果て）に流れ、扁舟直ちに下りて共に帰田せん」と述べている。**窮年** 永久に。『荀子』栄辱に、人間の欲望の限りなさを述べて「年を窮めて世を累ぬるも、不足を知らず（満足を知らない）」。**推** 推し進める。韓醇は『礼記』月令に「（孟春の月）天子親ら耒耜（すき）を載せ、……躬ら帝藉（天子の田地）を耕す。天子は三たび推す」とあることから、すきを土の中に推し入れる、耕すの意に解する。

詩型・押韻 雑言古詩。上平十五灰（灰・迴・枚・罍・摧・雷・孩・漼・桅・隤）と十六咍（哀・来・猜・能・開・哉・災・埃・鮐・栽・推）の同用。平水韻、上平十灰。

（稲垣裕史）

106 題張十一旅舎三詠　張十一の旅舎に題す　三詠

元和元年（八〇六）、江陵（湖北省荊州市）での作。友人張署の寓居の庭にある三つの景物を取り上げた題詠。

（其一）榴花　　榴花

1 五月榴花照眼明　　五月の榴花　眼を照らして明らかなり
2 枝閒時見子初成　　枝間　時に見る　子の初めて成るを

3 可憐此地無車馬　　憐(あわ)れむべし　此(こ)の地(ち)　車馬(しゃば)無(な)し
4 顛倒青苔落絳英　　青苔(せいたい)に顛倒(てんとう)して　絳英(こうえい)を落(お)とす

［校勘］
2「時」　文本作「初」。
「初」　文本作「先」。

張十一(ちょう)の館に題する　三詠
榴花
五月の石榴(ざくろ)の花は目にも鮮やか。枝の間にはちょうど成ったばかりの実が覗く。
ああ、この地には訪れる車馬もない。青い苔に転がる紅(くれない)の落花。

0張十一　張署。南方に左遷され、江陵に移されるまでを共にした友人。056「張十一功曹に答う」第0句注参照。**旅舎**　仮宿りの館。張署の江陵での宿舎をいう。**榴花**　石榴（ザクロ）の花。ザクロは、漢の武帝の時に張(ちょう)騫(けん)が西域より持ち帰ったという。夏に真っ赤な花を咲かせる。その実は多産の象徴とされ、唐代では花と共に広く詩に詠まれた。其三で取り上げられる「蒲萄（ブドウ）」と共に外来の植物。潘岳(はんがく)「閑居の賦」（『文選』巻一六）に「石榴蒲陶の珍は、磊落(らいらく)（実が沢山なるさま）として其の側(かたわ)らに蔓衍す」、李善注に「博物志に曰く、張騫　大夏に使いして石榴を得。李広利(りこうり)　弐師将軍と為り、大宛を伐ちて蒲陶を得」。**2時**　折良く。**子**　果実の意。
3・4　張署の宿舎には客の訪れもなく、鑑賞する人もないままあたら落ちてしまったザクロの花に思いを寄せる。**無車馬**　陶淵明「飲酒二十首」其五（『文選』巻三〇では「雑詩二首」其一）の「廬を結びて人境に在り、而して車馬の喧しき無し」を用いる。陶淵明詩では俗世間との交渉がないのを喜ぶが、この詩では見る人もなくうち捨てられている花を惜しむ。またそこには自分たちの不遇が投影されてもいる。**顚倒**　ひっくり返るさま。双声の語。苔の上に落ちたザクロの花の様子をいう。**絳英**　「絳」は濃い赤色。「英」は花。

詩型・押韻　七言絶句。下平十二庚（明・英）と十四清（成）の同用。平水韻、下平八庚。

（其二）　井

1　賈誼宅中今始見
2　葛洪山下昔曾窺
3　寒泉百尺空看影
4　正是行人渇死時

井

賈誼の宅中　今　始めて見
葛洪の山下　昔　曾て窺う
寒泉百尺　空しく影を看る
正に是れ行人渇死する時

［校勘］

4「渇」　潮本、祝本、文本、蜀本、魏本作「暍」。

井戸

賈誼の屋敷では今ようやく目にし、葛洪の山のふもとでは昔のぞき見たことがある。
百尺の清らかな水はむなしく水影をゆらす。それはちょうど旅人が渇きで死ぬ時。

1・2　張署と韓愈が現在いる江陵と、以前いた陽山（広東省陽山県）・臨武（湖南省臨武県）にゆかりの井戸をそれぞれ挙げる。**賈誼宅中**　「賈誼」は漢の文人。江陵に近い潭州長沙（湖南省長沙市）には、長沙太傅に左遷されていた賈誼の故宅があり、井戸ものこされていた。『水経注』巻三八・湘水に「城の内、郡廨の西に陶侃の廟有り。云う　旧と是れ賈誼の宅地なりと。中に一井有り、是れ誼の鑿つ所、極小にして深く、上は歛まり下は大きく、其の状は壺に似たり」。また杜甫の潭州での作「清明二首」其一にも「定王城の旧処を見ず、長く懐う賈傅井の依然たるを」。**葛洪山下**　「葛洪」は東晋の学者。仙道を学び煉丹術をよくし、『抱朴子』『神仙伝』などを著した。葛洪の井戸の所在に関しては、多くの伝承がある。『水経注』巻四〇・漸江水に「（上虞）県の南に蘭風山有り……丹陽の葛洪、世を遁れて之に居り、基井存す」とある。上虞県は紹興の東。その他、中唐の顧況「山中」詩に「野人　山中に宿するを愛す、況んや葛洪丹井（煉丹に用いる井戸）の西に在るをや」と杭州西湖のほとりを指す例などが見える。ここでは、葛洪が乱を避けて移り住んだ羅浮山の丹井を指すか。　3・4「寒泉」は澄んだ水。井戸を指す。「渴死」は喉の渇きで死ぬ。諸本は「暍死」に作る。「暍死」ならば暑気にあたって死ぬ。『周易』井の「九三、井渫えたれども食らわれず、我が心を惻ましむ。用て汲むべし。王　明らかなれば、並びに其の福を受けん」、また「九五、井冽くして、寒泉食らわる。象に曰く、寒泉の食らわるるは、中正なればなり」を踏まえ、清らかな井戸の水が汲まれないことを王が賢臣を採らない比喩とし、清冽な水が汲まれるのが正しいあり方とする。この二句には、憲宗の世に代わっても容れられず、不遇をかこつ張署と韓愈の現状が意識される。

詩型・押韻　七言絶句。上平五支（窺）と七之（時）の同用。平水韻、上平四支。

（其二）　蒲萄　　蒲萄

1 新莖未徧半猶枯
2 高架支離倒復扶
3 若欲滿盤堆馬乳
4 莫辭添竹引龍鬚

新莖　未だ遍からざるに　半ば猶お枯れ
高架　支離として　倒れて復た扶く
若し盤に満ちて馬乳を堆くせんと欲すれば
辞する莫かれ　竹を添えて龍鬚を引くを

［校勘］
2「倒」祝本、魏本作「到」。
「復」潮本、祝本、文本、蜀本、魏本作「後」。

葡萄

若い茎は伸びきらず、もう半分は枯れたまま。高い支柱はちぐはぐでひっくり返ったり支えたり。馬の乳房を皿に山盛りにしたいならば、竹をあてがい龍のひげを引っ張るのを尻ごみしてはならないよ。

0**蒲萄**　葡萄（「蒲陶」とも表記）は、外来の植物。其一「榴花」第0句注を参照。2　葡萄を支える棚が壊れているさまをいう。**支離**　ばらばら、ちぐはぐなさま。畳韻の語。3・4　手入れの悪い葡萄を前にして、収穫を期待するならばきちんと世話するようにと主人に呼びかける。**馬乳**　「馬乳葡萄」と呼ばれる長い実がなるブドウ。『封氏聞見記』巻七・蜀無兎鴿に「太宗朝、遠方咸な珍異草木を貢ず、今　馬乳蒲萄有り、一房　長二尺余、葉護国の献ずる所なり」。また『南部新書』丙に「太宗　高昌を破り、馬乳蒲桃を収めて、苑に種え、并びに酒法を得。……長安始めて其の味を識るなり」。**引龍鬚**　竹をあてて葡萄の蔓を導くことを、龍のひげを引くと喩える。

詩型・押韻　七言絶句。上平十虞（扶・鬚）と十一模（枯）の同用。平水韻、上平七虞。

（二宮美那子）

107　贈鄭兵曹　　鄭兵曹に贈る

元和元年（八〇六）、江陵（湖北省荊州市）での作と思われる。毎句押韻し、歌行を思わせるのびやかな表現で、お互い地方の下級官僚にある憂いを慰めあう詩。

1　罇酒相逢十載前　　樽酒　相い逢うこと　十載の前
2　君爲壯夫我少年　　君は壮夫為り　我は少年なり
3　罇酒相逢十載後　　樽酒　相い逢うこと　十載の後
4　我爲壯夫君白首　　我は壮夫為り　君は白首
5　我材與世不相當　　我が材　世と相い当たらず
6　戢鱗委翅無復望　　鱗を戢め翅を委れて　復た望む無し
7　當今賢俊皆周行　　当今の賢俊　皆な周行
8　君何爲乎亦遑遑　　君　何為れぞ亦た遑遑たる

9 杯行到君莫停手　杯行りて君に到るも　手を停むる莫かれ
10 破除萬事無過酒　万事を破除するは　酒に過ぐる無し

［校勘］
3 「十」　蜀本作「千」。

鄭兵曹どのに贈る

一樽の酒を前に出会ったのは十年前のこと。

あなたは壮年、わたしは青年であった。

再び一樽の酒を前に出会ったのはそれから十年の後。

わたしは壮年となりあなたは白髪頭となった。

わたしの才幹は世に受け入れられることなく、
魚が鱗をちぢこませ鳥が翼をしなだれているように鳴りを潜めて出世などもう望むべくもない。

今の世の俊才賢才はみな朝廷の顕官となっているのに、
あなたはどうしてまたあたふたと過ごしているのか。

杯があなたに続って来たら手を止めずに飲み干してくれ。

万慮を忘れ去るのに酒にまさるものは無いのだから。

0 **鄭兵曹**　誰を指すか諸説あるが、鄭群（七六二―八二一）のことか。鄭群については、次の108「鄭群　簟を贈る」

第0句注を参照。この時期、韓愈とともに江陵にいた。「兵曹」は兵曹参軍事のことで、地方の兵事をつかさどる下級官僚。**1〜4** 鄭群は韓愈より六歳年長であり、この詩が作られた元和元年は、鄭群四十五歳、韓愈三十九歳。その十年前は、鄭群三十五歳、韓愈二十九歳であった。ただし、二十九歳の頃を「少年」というか疑問も残る。鄭兵曹はもう少し年の離れた誰かで、もっと早くに作られた可能性も考えられる。**6戢鱗委翅** 「戢鱗」は魚が鱗を萎縮させること。「委翅」は鳥が翼をだらりと垂れること。「委」は「萎」に通じる。『晋書』宣帝紀の論に「光を和らげ塵を同じくし、時と与に舒巻（進退）し、鱗を戢め翼を潜め、風雲に属くを思う」とあるのは、身をひそめて時機を待つことをいうが、ここでは無力な様をともなう。**7周行** 朝廷の高官たち。038「彭城に帰る」に「周行　俊異多く、議論　瑕疵無し」。その第27句注参照。**8** 陶淵明「帰去来の辞」（『文選』巻四五）の「曷ぞ心を委ねて去留（生死の運命）に任せざる、胡為れぞ遑遑として何くに之かんと欲する（胡爲乎遑遑欲何之）。富貴は吾が願いに非ず、帝郷（仙界）は期すべからず」を踏まえる。ここでは朝廷の高官たちと地方での齷齪した役人生活とを対比させている。**遑遑** 忙しくばたばたするさま。**10破除** 除き去ること。唐・王建「歳晩に自ら感ず」詩に「一向に破除するも愁い尽きず、百方に廻避するも老いは須く来たるべし」。酒で憂いを晴らすのは、曹操「短歌行」（『文選』巻二七）に「何を以て憂いを解かん、唯だ杜康（酒）有るのみ」など古くから見える。

詩型・押韻 七言古詩。毎句押韻。換韻して以下の四種の韻を用いる。（1）下平一先（前・年）。平水韻、下平一先。（2）上声四十四有（首）と四十五厚（後）の同用。平水韻、上声二十五有。（3）下平十陽（望）と十一唐（当・行・遑）の同用。平水韻、下平七陽。（4）上声四十四有（手・酒）。平水韻、上声二十五有。

（好川　聡）

108

鄭羣贈簟　鄭群　簟を贈る

元和元年（八〇六）五月、江陵（湖北省荊州市）での作。荊南節度使裴均の幕僚として韓愈と同じく江陵にいた鄭群からたかむしろを贈られたのに対し、感謝の意を表したもの。親しい友人に宛てて書かれたということもあって、作品には誇張や逆説がちりばめられ、全体として諧謔味に溢れたものとなっている。

1 蘄州笛竹天下知
2 鄭君所寶尤瓌奇
3 攜來當晝不得臥
4 一府傳看黃瑠璃
5 體堅色淨又藏節
6 盡眼凝滑無瑕疵
7 法曹貧賤衆所易
8 腰腹空大何能爲
9 自從五月困暑濕
10 如坐深甑遭烝炊

蘄州の笛竹　天下知る
鄭君の宝とする所　尤も瓌奇なり
携え来たるも昼に当たりて　臥すことを得ず
一府　伝え看る　黄瑠璃
体は堅く色は浄くして　又た節を蔵す
尽眼　凝滑にして　瑕疵無し
法曹　貧賤にして　衆の易る所
腰腹　空しく大きくして　何をか能く為さん
五月　暑湿に困しみて自従り
深甑に坐して烝炊に遭うが如し

11 手磨袖拂心語口
12 慢膚多汗眞相宜
13 日暮歸來獨惆悵
14 有賣直欲傾家資
15 誰謂故人知我意
16 卷送八尺含風漪
17 呼奴掃地鋪未了
18 光彩照耀驚童兒
19 靑蠅側翅蚤蝨避
20 肅肅疑有淸飈吹
21 倒身甘寢百疾愈
22 却願天日恒炎曦
23 明珠靑玉不足報
24 贈子相好無時衰

手磨し袖払いて　心　口に語る
慢膚　汗多きには　真に相い宜しと
日暮れて帰り来たりて　独り惆悵たり
売る有らば直ちに家資を傾けんと欲す
誰か謂わん　故人の我が意を知り
巻きて八尺の含風漪を送らんとは
奴を呼び地を掃いて　鋪くこと未だ了わらざるに
光彩　照耀して　童児を驚かす
青蠅は翅を側てて　蚤蝨は避く
粛粛として清飈の吹くこと有るかと疑う
身を倒して甘寝すれば　百疾愈ゆ
却って願う　天日の恒に炎曦ならんことを
明珠　青玉も　報ゆるに足らず
子に相好の時として衰うること無きを贈らん

［校勘］

1「笛」　銭本作「簟」。
4「瑠」　文本、蜀本、魏本、王本、銭本作「琉」。
5「淨」　文本作「靜」。魏本作「潤」。

6「盡」潮本、祝本、文本、蜀本、魏本作「滿」。
10「烝」祝本、文本、蜀本、魏本、王本作「蒸」。
11「磨」蜀本作「摩」。
13「惆」潮本作「怊」。
14「資」蜀本作「貲」。
23「靑」蜀本、王本作「淸」。

鄭群（ていぐん）がたかむしろを贈ってくれた

蘄州の笛竹は天下に遍く知られているが、鄭君の宝蔵するのはその中でも最も優れたもの。それを携えて鄭君がやって来たが、ちょうど昼だったのでそこに臥すことはできず、役所中の者がその黄色の瑠璃を回し見た。

本体は堅く色は清らか、そのうえ節も隠れて、目に映るところすべてがつるつると滑らかで瑕（きず）も無い。法曹参軍という職は卑しく貧しいもので、皆に軽んじられる。その上、こうも腰や腹まわりばかり徒らに肥え太っていて、いったい何ができようか。五月になってじめじめとした暑さに苦しんでからというもの、底の深い甑（こしき）の中に居ながら下から蒸されているようだ。手でさすり袖で払っては、心に思ったことがふと口をついて出てくる。てかてかとした太り肉（じし）で汗かきの私にとって、これはまさにうってつけだ、と。

日が暮れて家に帰ったが、独りしょんぼりと気が沈んでしまった。もしあれを売る者がいたならば、すぐにでも家の財産をつぎこんでしまいたいとさえ思ったほどだ。

ところが思いがけず、旧友の鄭君がわたしの心を知って、八尺の風を含んだ細波を巻き収めて送ってきてくれたのだ。

下男を呼び、床を払ってそれを敷かせたが、敷き終わらないうちから彩なす光が照り輝き子供たちを驚かせた。

蝿は羽根をすぼめて避け、蚤や蝨も逃げ出すありさま。さっと清々しい疾風が吹いたかのようだ。

その上に体を倒してのんびり寝そべると、どんな病もすっかり癒え、かえって太陽がいつも強く照りつけることを願うほどである。

明月の珠や青玉でもこの恩に十分報いることはできまい。あなたにはいつまでも衰えることのない交誼を贈ろう。

0　本詩は、前半部分で鄭群が自身の所持する簟を役所に持ってきて、皆がそれを回し見たということを描き、後半部分では、誰よりもその簟を欲しがっていた韓愈の気持ちを察して、鄭群がそれを贈ってくれたということを述べる。　**鄭群**　七六二―八二一、字は弘之、貞元四年（七八八）の進士。韓愈の「唐の故の朝散大夫・尚書庫部郎中鄭君の墓誌銘」に「君 諱は群、字は弘之。世よ滎陽の人為り。……裴均の江陵為りしとき、殿中侍御史を以て其の軍に佐たり」とあるように、この時裴均の幕僚として韓愈と共に江陵にいた。裴均の死後は復州刺史、衢州刺史を歴任し、その後ふたたび朝廷に入って庫部郎中となった。　**簟**　竹を編んで作ったむしろ。たかむしろ。暑中に涼を取るために用いる。『詩経』小雅・斯干に「莞（蒲のむしろ）を下にし簟を上にす、乃ち斯の寝に安んず」、鄭箋に「竹葦を簟と曰う」。　1　「蘄州」の治所は今の湖北省蘄春県の北西にあり、『新唐書』地理志五に「蘄州蘄春郡……土貢は白紵、簟」とあるように、簟を産することで知られる。「笛竹」は竹の一種。もとは笛に適した竹であることからこのようにいう。白居易「李蘄州に寄す」詩に「笛愁いて春は尽く　梅花の裏、簟冷ややかにして秋は生ず　薤葉の中」、その自注に「蘄州は好笛を出だす」とある。また白居易「蘄州の簟を寄せて元九（元稹）に与え、因りて六韻を題す」詩には「笛竹　蘄春に出で、霜刀　翠筠を劈く。織りて成す双鎖の簟、寄与す　独眠の人」とあり、韓愈のこの詩と同じく蘄州の笛竹で作った簟が詠まれている。**2壊奇**　珍しくて優れている。左思「呉都の賦」（『文選』巻五）に「相い与に潜険を昧し、壊奇を捜る」。**3当昼不得臥**　『論語』公冶長に「宰予　昼寝ぬ。子曰く、朽木は雕るべからざるなり。糞土の牆は杇るべからざるなり」を踏まえ、昼に勤めを怠けて寝るわけにはいかない、という諧謔。**4一府**　役所中。「府」は役所、ここでは江陵府のこと。　**黄瑠璃**　黄色の瑠璃。硬質で光沢のあることから簟を美玉になぞらえた。『漢書』西域伝に「罽賓地平らかにして温和……封牛、水牛、象、大狗、沐猴、孔爵、珠璣、珊瑚、虎魄、璧流離（瑠璃）を出だす」とあり、その顔師古注に「魏略に云う、大秦国は赤、白、黒、黄、青、緑、縹、紺、紅、紫の十種の流離を出だす」。**5**　南朝宋・戴凱之『竹譜』に、竹の種類とその特徴を列挙して「篁（竹）は篙・笛に任う。篁竹は堅くして促節、体円くして質堅し」、また「（竹象蘆）肌理は匀浄にして、筠色は潤貞なり」などと述べる。　**蔵節**　節が隠れて見えないことをいう。**6尽眼**　目の及ぶところすべて。通常は広大な景色を見はるかすのに用いるが、ここでは簟を仔細に観察することに用いる。白居易「遠きに寄す」詩に「瞑色　辺際無く、茫茫として尽眼愁う」。**凝滑**　光沢があって滑らか。つやのある女性の肌の美しさをいうのに『詩経』以来「凝脂」の語が用いられ、また「凝膚」といった語もある。恐らくこうした語の連想から韓愈は簟の表面の光沢と滑らかさを表現しようとしたのだろう。**7法曹**　法曹参軍のこと。裁判などをつかさどる下級の官。正七品下。韓愈は永貞元年（八〇五）八月からこの地位にあった。　**易**　軽んじる。『漢書』陸賈伝に「絳侯　我と戯れ、吾が言を易る」。**8腰腹**　腰と腹。『梁書』賀琛伝に、太ったさまを述べて「朕（梁の武帝）……昔　要（腰）腹は十囲を過ぐ」。**9暑湿**

蒸し暑いこと。『淮南子』墜形訓に「南方は陽気の積もる所、暑湿之に居る」。10烝炊　蒸して穀物などを炊ぐこと。長江沿岸の夏期の蒸し暑さを喩えた。12慢膚　つやつやとして肌理の細かい肌。「慢」は「曼」に通じる。『楚辞』天問に「平脅曼膚、何を以てか之を肥やす」、その王逸注に「当に憂いを懐き癯瘦なるべきも、反って形体曼沢なり」とある。また『淮南子』脩務訓「曼頰皓歯」の高誘注には「曼頰は細理なり」と見える。韓愈のこの句は、太っていて皮膚がてかてかとしていることをいうだろう。魏本の引く樊汝霖注は唐・孔戣「私記」より「(韓)退之は豊肥にして善く睡る、吾が家に来たる毎に必ず枕簟を命ず」を引く。これによると実際韓愈は肥満体であったようである。13惆悵　失意のさま。双声の語。『楚辞』九辯に「惆悵として私かに自ら憐れむ」。15故人　旧友。鄭群を指す。16含風漪　風を含んで立つ細波。「漪」は微細な波、水紋のこと。簟を微かに波立つ水面になぞらえた。陳・陰鏗「豊城の剣池を経」詩に「夾篠深淥澄み、風を含んで細漪を結ぶ」。18光彩　色鮮やかな光。曹丕「芙蓉池の作」詩（『文選』巻二二）に「上天光彩を垂れ、五色一に何ぞ鮮やかなる」。照耀　光り輝く。畳韻の語。19青蝿　ハエ。『詩経』小雅・青蝿に「営営たる青蝿、樊に止まる」。側翅　恐れて羽根を縮めること。唐・李邕「鶻の賦」に「或いは翅を側てて横に鷙まる」、また杜甫「高三十五書記（高適）を送る」詩に「飢鷹未だ肉に飽かざれば、翅を側てて人に随いて飛ぶ」。蚤蝨　ノミとシラミ。『論衡』変動に「故に人の天地の間に在るは、猶お蚤蝨の衣裳の内に在るがごとし」。20粛粛　身の締まるような風の音のさま。蔡琰「悲憤詩」に、風の吹くさまについて「翩翩として我が衣を吹き、粛粛として我が耳に入る」。清飈　清らかな疾風。成公綏「嘯の賦」（『文選』巻一八）に「清飆（飈）喬木を振わす」。21甘寝　のんびり寝る。『荘子』徐無鬼に「孫叔敖甘寝し羽を秉りて郢人兵を投ず」。22炎曦　強い日射し。「曦」は日の光。唐・皎然「薛員外誼の苦熱行の寄せらるるに酬ゆ」詩に「炎曦肌膚を爍かし、毒霧性情を昏くす」。23・24明珠や青玉のように貴重なものでもこの恩に報いることはできない、そこでせめて今後の交誼を約することでその返礼としたいとの意。この二句は、張衡（ちょうこう）「四愁の詩四首」（『文選』巻二九）の「美人　我に貂襜褕（ちょうせんゆ）（貂（てん）の毛皮の上着）を贈る、何を以てか之に報いん　明月の珠」（其三）、「美人　我に錦繡段（錦の織物）を贈る、何を以てか之に報いん　青玉の案（つくえ）」（其四）を踏まえた表現。　**相好**　仲の良いこと。ここは友人としての交わり。『詩経』小雅・斯干に「兄及び弟よ、式（もっ）て相好せよ」。

詩型・押韻　七言古詩。上平五支（知（ち）・奇（き）・璃（り）・疵（し）・為（い）・炊（すい）・宜（ぎ）・漪（い）・児（じ）・吹（すい）・曦（き））と六脂（資（し）・衰（すい））の同用。平水韻、上平四支。

（伊﨑孝幸）

109　醉贈張祕書

酔（よ）いて張秘書（ちょうひしょ）に贈（おく）る

元和元年（八〇六）、長安の張署（ちょうしょ）の家で行われた酒宴に、張籍（ちょうせき）・孟郊（もうこう）らとともに招かれた時の作。この年の六月、韓愈は国子博士に任ぜられ、貞元十九年（八〇三）以来離れていた長安の地へもどることができた。張署や張籍などの友人もほぼ時を同じくして長安にて官職を得ており、いま一人の親友孟郊をも加えて酒宴の運びとなったものであろう。困難な時期を乗り越えて、仲間たちとともに新しい政治状況を迎えた喜びとともに、新たな文学を築きあげようとする意欲がうかがわれる。魏晋以降、酒席での作詩の習慣は存在するが、それらがおおむね共通の題について詠まれ、上位者へ献上されるものであったのに対して、ここでは身分差の無い個人的な集いでの作詩である点において大きく異なる。酒席での作ということもあり全篇諧謔に満ちているが、同時に強い一体感のもと、友人たちの詩風への評価や韓愈のめざす文学観が端的に見られる作品でもある。

1 人皆勸我酒
2 我若耳不聞
3 今日到君家
4 呼酒持勸君
5 爲此座上客
6 及余各能文
7 君詩多態度
8 藹藹春空雲
9 東野動驚俗
10 天葩吐奇芬
11 張籍學古淡
12 軒鶴避雞羣
13 阿買不識字
14 頗知書八分
15 詩成使之寫
16 亦足張吾軍

人　皆な我に酒を勧むれども
我　耳の聞かざるが若し
今日　君が家に到り
酒を呼びて持して君に勧む
此の座上の客と為るは
余に及ぶまで各おの文を能くす
君の詩は態度多く
藹藹たり　春空の雲
東野は動もすれば俗を驚かし
天葩　奇芬を吐く
張籍は古淡を学び
軒鶴　雞群避く
阿買は字を識らざるに
頗る八分を書くを知る
詩成りて之をして写さしめば
亦た吾が軍を張るに足る

［校勘］

5「座」　文本作「坐」。

「客」　蜀本作「士」。

11「淡」　蜀本作「談」。

12「鶴」　潮本、祝本、文本、蜀本、魏本作「昂」。

酒に酔って張(ちょう)秘書どのに贈る

誰もがわたしに酒を勧めてくるが、わたしは耳が聞こえないかのようにとりあわぬ。

だが今日は君の家に来て、酒を用意させ杯を持って君に勧める。

この一席に連なった客たちは、わたしも含めてそれぞれ文学に長じた者ばかり。

君の詩は風情に富む。もくもくと空を覆う春の雲だ。

孟東野(もうとうや)はことあるごとに世間をびっくりさせる。天上の花が開きこの世のものとは思えぬ芳香を発する。

張籍(ちょうせき)はいにしえぶりの淡泊な味わいを身につけ、車馬に乗ることを許された立派な鶴のような風格に、鶏どもは近づけぬ。

阿買(あばい)だって字も覚えぬうちから、なかなかに八分(はっぷん)の筆さばきを知っている。

できあがった詩を書き写させれば、十分にわれらが陣容の一翼を担ってくれる。


全体を三段に分ける。第一段では、張署の寓居での酒宴に同好の文学の士が集ったことを述べ、その面々の詩風を紹介する。各人の文学の個性を書き連ねるところは、曹丕「典論論文」（『文選』巻五二）が建安文人の個々の違いを指摘するのを想起させる。

0張秘書　張署（056「張十一功曹に答う」を参照）とする説に従う。韓愈「河南の張員外を祭る文」に「予(われ)　博士に徴せられ、君は使を以て已(や)む（邕(よう)管経略使の誘いによって江陵にとどまった）。京師に相い見ゆ、願いの始めを過ぐるなり」というように、元和元年、韓愈が国子博士に任ぜられた後、張署も京兆府司録参軍に任命されて、長安で会うことがかなった。ここで「秘書」と呼ぶのは、張署が進士及第後、最初に秘書省校書郎に任じられたことによろう。当時の士大夫にとっては出世の入り口となる官職であった。『通典』巻二六・職官八に「秘書校書郎……典籍を讐校するを掌(つかさど)り、文士起家の良選為(た)り」。あるいは官職に就く途中の時期で、便宜的にそう呼んだものか。

1・2　俗世間の酒宴の誘いにはまったく見向きもしないと述べ、仲間たちと文学を語り合うこの酒宴が特別なものであることを引き立たせる。**4呼酒**　酒を用意させる。**5座上客**　酒席に参加する客。『後漢書』孔融(こうゆう)伝に「坐上に客恒(つね)に満ち、尊（樽）中に酒空(むな)しからざれば、吾　憂い無し」。**7・8**　張署の詩の特色について述べる。張署の詩は『全唐詩』巻三一四に一首、『全唐詩補編』続拾巻二三に一句のこるのみであり、実作からその風格を知ることは困難だが、ここでは春の雲に喩えて、柔らかい風情があり、ゆったりとして潤いある詩風と評価していると考えられる。**多態度**　風情のあるさまをいう。しばしばたおやかさや物腰の柔らかさを表すのに用いられる。唐・張彦遠(ちょうげんえん)『歴代名画記』巻九に「談皎(だんきょう)は人物を画くを善くし、態度有り。衣裳は潤媚（しっとりと美しい）なれども、但だ格律高からず」。北宋・晏幾道(あんきどう)「浣渓沙」詞に「腰は細来自(よ)り態度多く、臉(かお)は紅処因(よ)り風流に転ず」。**藹藹**　雲の集まるさま。陸機(りくき)「呉趨(ごすう)行」（『文選』巻二八）に「藹藹として慶雲被(おお)い、冷冷として祥風過ぐ」。**春空雲**　春の雲は暖かく潤いのあるイメージとして詩に詠まれる。王倹(おうけん)「褚淵(ちょえん)碑文の序」（『文選』巻五八）に「風儀（立派な振る舞い）は秋月と明を斉(ひと)しくし、音徽（美しい音や言葉）は春雲と潤いを等しくす」。

9・10　孟郊の、人を驚かす奇抜な詩風について述べる。**東野**　孟郊の字(あざな)。次聯で張籍を姓名で呼ぶのに対して孟郊を字で呼ぶのは、年長であるためだけでなく、その詩風に対する韓愈の敬意を反映する。孟郊については、007「長安に交遊する者　孟郊に贈る」参照。**驚俗**　世俗を驚かせる。163「盧仝に寄す」では盧仝について「怪辞　衆を驚かして謗り已まず」という。**天葩**　天上の花。**奇芬**　衆と異なる、ひときわ優れた芳香。『晋書』楊方伝に「其の文　甚だ奇分（芬）有り、其の胸臆より出ずるが若し」。韓愈は、孟郊の表現の抜きん出た特異性を「天」の領域にとどくものとしてしばしば形容している。たとえば019「孟郊に答う」の「規模　時利に背き、文字　天巧を覷る」や120「士を薦む」の「栄華は天秀（天然の美しい花）に肖、捷疾は響報に逾ゆ」など。11・12　張籍の詩のいにしえぶりの平淡な味わいと孤高の風格について述べる。張籍については、022「病中　張十八に贈る」を参照。彼もまたこの年から太祝の職に就き、長安延康坊の西明寺のあたりに寓居していた。張籍は特に楽府に優れ、韓愈「挙げて張籍を薦むる状」では「文は古風多く、沈黙静退し、介然（堅固なさま）として自ら守る」と評価されている。**古淡**　いにしえぶりの淡泊さ。古代の理想的な時代の音楽は、過剰さの無い淡泊なものと考えられていた（たとえば『礼記』楽記や『呂氏春秋』侈楽）。韓愈「荊潭唱和詩の序」にも、この句と異なる評価ではあるが、「夫れ和平の音は淡薄にして、愁思の声は要妙たり」という。また121「秋懐詩十一首」其七にも「琴の徽（琴柱）絃を具うる有り、再び鼓づれば聴くこと愈いよ淡し。古声　久しく埋滅し、真濫（真偽）を見るに由無し」とうたう。**軒鶴**　屋根つきの車に乗ることを許された鶴。「軒」は大夫の車。『左伝』閔公二年「衛の懿公　鶴を好み、鶴に軒に乗る者有り」の故事を踏まえ、もともと高潔な鳥とされる鶴の中でも優れたものとして張籍を喩える。**避雞群**　世の凡俗な者たちにとって近寄りがたいことをいう。『世説新語』容止「嵆延祖（嵆紹）は卓卓（抜きんでるさま）として野鶴の雞群に在るが如し」。13〜16　上記の三者に続けて、諧謔をこめてまだ幼い童子をも同好の詩文の仲間としてあつかう。**阿買**　「阿」は幼名につける接頭辞。称謂としての「阿」については、清・顧炎武『日知録』巻三二・阿などを参照。この「阿買」に当たる人物が誰であるかは不明。あるいは張署の子か。　八分　書体の名。秦の王次仲が作ったとされる（張懐瓘『書断』八分など）が、異説もある。時代や論者によって指す書体も異なるが、唐代においては現在の隷書に当たる、特別な技巧を要する書体を指した。『唐六典』巻一〇・秘書省に「字体に五有り……四に曰く八分、石経・碑碣の用いる所を謂う」。ここでは、幼い子供が書くたどたどしい字が、まるで碑文に用いられる古めかしい八分のように見えることをいう。

張吾軍　「張」は広げる、展開する。文壇での同好の士の勢力を陣容に喩える。『左伝』桓公六年に「我　吾が三軍を張りて、吾が甲兵（武器防具）を被り、武を以て之に臨む」。作詩を軍事に喩える例は、022「病中　張十八に贈る」にも見える。

17 所以欲得酒　　酒を得んと欲する所以は
18 爲文俟其醺　　文を為るに其の醺を俟てばなり
19 酒味既冷冽　　酒味　既に冷冽
20 酒氣又氛氲　　酒気　又た氛氲
21 性情漸浩浩　　性情　漸く浩浩たり
22 諧笑方云云　　諧笑　方に云云たり
23 此誠得酒意　　此れ誠に酒意を得
24 餘外徒繽紛　　余外　徒らに繽紛たり
25 長安衆富兒　　長安　富児衆く
26 盤饌羅羶葷　　盤饌　羶葷を羅ぬ
27 不解文字飲　　文字の飲を解せず

28 惟能醉紅裙　惟だ能く紅裙に酔うのみ
29 雖得一餉樂　一餉の楽しみを得と雖も
30 有如聚飛蚊　聚飛の蚊の如き有り

［校勘］
19「泠」　潮本、王本作「冷」。
「冽」　潮本、祝本、蜀本、魏本、王本、銭本作「冽」。
20「氛」　潮本、祝本、文本、蜀本、魏本作「氳」。

酒を飲もうと欲するのは、詩文を作るには酔いの回るのが必要だからだ。

酒の味わいは清く澄みきり、香りはまた馥郁としている。

心持ちはしだいに大きく広がり、皆の笑い声が今まさに盛り上がったところである。

これこそ本当に酒の真意を得たもの、その他は無駄な狼藉ばかり。

長安には金持ち連中がたくさんいて、大皿になまぐさものを並べている。

「文学の酒宴」など理解できず、ただ紅いスカートを翻す妓女の歌舞に酔うことしかできない。

それで一時の楽しみを得ることはできようが、まるでうるさく群がり飛ぶ蚊どものようなありさまだ。

第二段は、仲間たちとともに美酒を片手に詩文の楽しみに興じる様子を述べたのち、それと対比して世俗の下品な酒席を軽蔑する。

17・18　酒はあくまで詩文作成のためのものとうそぶく。　醺　酔いが回ること。　19・20　手にする酒の味と香りを誉め称える。　冷冽　水の清く澄んださまを表す双声の語。　氛氳　香木や果実の香りがたちこめるさま。畳韻の語。『水経注』巻四・河水に、桑落酒の香りを形容して「香醑（美酒）の色は、清白　滫漿（米のとぎ汁）の若く、別調（格別な風味）氛氳として、佗（他）と同じからず」。　21浩浩　広大なさま。酒に酔って次第に気分が大きくなることをいう。　22諧笑　なごやかな笑い声。　云云　盛んに増え広がるさま。『老子』第十六章「夫れ物の芸芸たる、各おの其の根に復帰す」。「芸芸」は「云云」に通じる。　23・24　酒宴の真の価値は、そこで行われる文学の楽しみにこそあり、それ以外の要素は瑣末なものに過ぎないという。　余外　それ以外。　繽紛　乱れ散らばるさまを表す双声の語。　25富児　金持ちを軽んじていう。南朝宋・鮑照「少年時至衰老行に代う」に「友を結ぶに貴門多く、富児の隣に出入す」。　26盤饌　大皿に盛った食事。　羶葷　肉類の食べ物。「羶」は羊の肉の臭み。「葷」は肉類の食物。特に仏教的な清浄さを汚すものとして用いられる。唐・顔真卿「遊撃将軍……欧陽使君神道碑の銘」に「志は禅誦に敦く、茹（食事）は羶葷を絶つ」。　27文字飲　詩作のために行う酒宴。韓愈の造語。この詩以降、文学を楽しむ宴会の代名詞として用いられる。北宋・蘇軾「蘇州の閭丘・江君の二家にして雨中に酒を飲む二首」其一に「肯えて綺羅に対して白酒を辞せんや、試みに文字を将て紅裙を悩まさん」。　28酔紅裙　「文字飲」と対比して、妓女を侍らすだけの世俗の酒宴をいう。「紅裙」は赤いもすそ。妓女の比喩。陳・後主「舞媚娘三首」其一（『楽府詩集』巻七三）に「態を転じて紅裙を結び、嬌を含みて翠羽を拾う」。　29一餉　わずかな時間をいう。「一晌」と同じ。067「劉生の詩」に「瞥然として一餉　十秋を成す」。あるいは文字通りに一回の食事としてもここでは通じる。　30聚飛蚊　飛び回る蚊の群れによって、俗悪な小人たちが集まり騒ぎ立てているさまを喩える。『漢書』中山靖王劉勝伝「夫れ衆喣（多くの息吹）は山を漂かし、聚蚊は雷を成す」にもとづく。

31 今我及數子
32 固無蕕與薫
33 險語破鬼膽
34 高詞媲皇墳
35 至寶不雕琢
36 神功謝鋤耘
37 方今向泰平
38 元凱承華勛
39 吾徒幸無事
40 庶以窮朝曛

今　我及び数子は
固より蕕と薫と無し
険語は鬼胆を破り
高詞は皇墳に媲ぶ
至宝は雕琢せず
神功は鋤耘を謝す
方今　泰平に向かい
元凱　華勛を承く
吾が徒は幸いにして事無し
庶わくは以て朝曛を窮めん

［校勘］

35「雕」　蜀本作「彫」。

37「泰」　文本、蜀本、王本作「太」。

今日わたしと君たちとの間には、香草と臭草のような違いなどもちろん無い。険しく難しい語句には鬼神も胆をつぶし、衆に抜きん出た言葉は三墳の書に並び立つ。最高の宝玉は雕琢を加えぬものであり、神わざは鋤を入れるまでもない。

いまはまさに泰平へと向かう世の中、八元八凱のような賢臣が、尭や舜のごとき明主を補佐している。
われらが仲間たちは幸いなことに何事も無い、どうか夜明けまで日暮れまでとことん楽しもうではないか。

第三段は、韓愈と仲間たちに共通する文学表現の理想像を述べ、一同が政治的苦難を脱して、現在の新たな治世を迎えることができた喜びを称えて締めくくる。

31・32　韓愈一門の間では、第一段で評したような性格の違いこそあれ、香草と悪草のような善し悪し・上下の違いはないことをいう。**固**　否定を強める。言うまでもなく。**蕕与薫**　「蕕」は悪臭のする草。「薫」は香り良い草。086「江陵に赴く途中……」第128句注を参照。33・34　韓愈たちが共通して重視する、世俗の価値観や俗流の習慣化された表現から抜きん出た言語表現について述べる。**険語**　険難な言辞。「険」は六朝期までは避けるべきとされた概念であったが、韓愈たちはかえってそれを追究した。唐・王建「韓愈侍郎に寄せ上る」詩では、韓愈について「異篇を叙述して経に総て別し（弁別する）、険句を鞭駆して最も先に投ず」という。**破鬼胆**　鬼神の心胆をも驚かせる。「毛詩大序」に「故に得失を正し、天地を動かし、鬼神を感ぜしむるは、詩よりも近きは莫し」というのを飛躍させた表現。**高詞**　高邁な語彙、衆から抜きん出た新鮮な言葉。『詩品』中品の序に「但だ自然の英旨は、其の人に値うこと罕なり。詞已に高きを失えば、則ち宜しく事義（典故）を加うべし」。また韓門の高弟である皇甫湜「李生に答うる第一書」に「詞高ければ則ち衆に出で、衆に出ずれば則ち奇なり」。**媲**　添い合う。並ぶ。**皇墳**　「三墳」の書を指す。古代の三皇の記した書とされるためこのように呼称する。孔安国「尚書の序」に「伏犧・神農・黄帝の書、之を三墳と謂う、大道を言うなり」。35・36　第33・34句で描かれたような人間の常識を越えた優れた文学表現は、まるで人の手が加えられていないかのように見えるという。実際には、「険語」や「高詞」は、人為的な技巧を尽くして製作されるものであり、ここでいう天然性とは異なった方向性を持つと言えるが、その合致を目指すことは、韓愈一門を中心とした中唐における新しい文学運動の一つの特徴であった。 **雕琢** 『法言』寡言に「良玉は彫（雕）らず、美言は文らず」。 **神功** 人の力を越えた神秘的な功績・効果。『詩品』中品・謝恵連には、兄の謝霊運が夢で恵連と出会い思いついた「池塘 春草を生ず」の詩句について「此の語 神助有り、吾が語に非ざるなり」と述べたという故事が見え、『南史』謝恵連伝では「神功」に作る。 **鋤耘** 田畑を耕すこと。 **37** 改元が行われ、新たな世が始まったことを歓迎する。形式的な賞賛に止まらず、憲宗即位後の政治変革により、韓愈達の政治的立場も一変して改善されたことへの実感をともなったものであろう。翌年春の作である133「元和聖徳詩」序に「皇帝陛下、即位して已来、姦臣を誅流し、朝廷清明にして、欺蔽有る無し。……太平の期、適に今日に当たる」。 **38** 伝説上の堯・舜とその賢臣たちになぞらえて、憲宗の新しい治世を賞賛する。 **元凱** 八元八凱のこと。伝説上の皇帝高辛氏の才子八人を八元、高陽氏の才子八人を八凱と呼ぶ。この十六氏族の後裔たちは代々美名を保持し、舜が堯の後を継いで即位した時に登用されて内外の政治教化に貢献したという（『左伝』文公十八年）。 **承** 補佐する。「丞」に通じる。 **華勛** 古代の理想的な帝王である舜と堯を指す。舜の名を重華といい、堯の名（一説に字）を放勲（「勛」は「勲」の古字）という。『史記』五帝本紀に「帝堯は、放勲なり。……虞舜は、名を重華と曰う」。 **39・40** 酒席に連なる仲間たちが不遇の日々を無事に乗り越えたことを喜び、この楽しい時間が続くことを願う。 **無事** 特に国家の安泰について用いられる。『史記』平準書「漢興りて七十余年の間、国家事無し」。ここでは同時に、要職に就けず無為の日々を送る自分たちの境遇に対する皮肉もこめられていよう。 **窮朝曛** 夜には朝まで、昼間には夜まで、時間を尽くす。「曛」は黄昏時。謝霊運「魏の太子の鄴中集に擬する詩八首 陳琳」（『文選』巻三〇）に「夜に聴けば星闌（夜明け間近）を極め、朝に遊べば曛黒を窮む」。

詩型・押韻 五言古詩。上平二十文（聞・君・文・雲・芬・群・分・軍・醺・氳・云・紛・葷・裙・蚊・薫・墳・耘・勛・

醺）。平水韻、上平十二文。

（鈴木達明）

110 答張徹　張徹に答う

元和元年（八〇六）、国子博士在任中の作。韓門弟子の一人である張徹から贈られた詩に答えたもの。二人の出会いから、何度かの離合を経て現在に至るまでの経緯を詳細に述べ、仕官を志す張徹を励ます。後半は、張徹と別れた後の華山遊覧と陽山での生活の描写に、多くの紙幅を割いている。韓愈にはこのように、友に向かって自己の体験を回想して語る長篇の詩が散見する。131「侯喜の至るを喜び張籍・張徹に贈る」も同年の作。

1 辱贈不知報　　贈らるるを辱くするも報ゆるを知らず
2 我歌爾其聆　　我歌う　爾其れ聆け
3 首敘始識面　　首に始めて面を識るを叙べ
4 次言後分形　　次に後に形を分かつを言う
5 道途綿萬里　　道途　万里に綿く
6 日月垂十齡　　日月　十齢に垂んとす
7 浚郊避兵亂　　浚郊に兵乱を避け

8　睢岸連門停　　睢岸に門停を連ぬ
9　肝膽一古劍　　肝胆　一古剣
10　波濤兩浮萍　　波濤　両浮萍
11　漬墨竄舊史　　墨を漬して旧史に竄し
12　磨丹注前經　　丹を磨きて前経に注す
13　義苑手祕寶　　義苑　秘宝を手にし
14　文堂耳驚霆　　文堂　驚霆を耳にす
15　暄晨躡露舃　　暄晨　露舃を躡み
16　暑夕眠風櫺　　暑夕　風櫺に眠る
17　結友子讓抗　　友を結びて　子　抗するを譲り
18　請師我慙丁　　師たらんことを請いて　我　丁たるを慙ず
19　初味猶啖蔗　　初味は猶お蔗を啖らうがごとく
20　遂通斯建瓴　　遂に通じて斯に瓴を建す
21　搜奇日有富　　奇を捜りて日びに富める有り
22　嗜善心無寧　　善を嗜みて心寧らかなること無し

［校勘］

0「答」　文本、蜀本、魏本作「荅」。

5「途」　潮本作「路」。文本、蜀本作「塗」。

8「停」潮本、祝本、文本、蜀本、魏本作「庭」。

16「夕」蜀本作「多」。

20「斯」蜀本作「新」。

張徹（ちょうてつ）に答える

かたじけなくも詩を贈られてどう報いたらよいか分からないが、わたしが歌うので君は聞いてくれたまえ。

最初に知り合ったことを述べ、次に離ればなれになったことを言おう。

距離は遥か万里も遠く、歳月は十年にもなろうとしている。

浚（しゅん）の地に兵乱を避け、睢水（すいすい）の畔に君と住まいを連ねた。

一本の古い剣のように真心を打ち明け、二枚の浮き草のように波間を漂泊していた。

墨をつけて古の歴史書に書き入れをし、朱墨を擦って昔の経典に注を施していた。

奥義を記した書物の園で秘宝を手に入れ、文章の世界では、優れた作品に霹靂（へきれき）を聞くような感銘を受けた。

日射しが暖かい朝に、くつを露に濡らして歩き、暑い夕べに、風の入る格子窓のそばで眠った。

友誼を結ぼうとすると、君は謙遜して対等につき合わず、師となるよう求められて、わたしは恥じ入る思い。

二人の関係は、最初はさとうきびをかじるように、徐々に佳境へと入っていったが、通じ合ってからは、高いところから水瓶をひっくり返すように、一気呵成に分かり合えた。

新奇な表現を追求して日びその成果が増え、徳の修養に励んで飽き足ることはなかった。


全体を六段に分ける。第一段では、徐州（じょしゅう）（江蘇省徐州市）で張徹と知り合った経緯を述べ、交流を深めた日々を振り返る。

0張徹　?—八二一。韓愈の門下生。元和四年（八〇九）の進士。范陽府の監察御史を経て、幽州節度使張弘靖の属官をしていた長慶元年（八二一）に、軍の叛乱に巻きこまれ殺害された。韓愈は叔父の孫娘を嫁がせており、「故の幽州節度判官・贈給事中、清河張君の墓誌銘」「張給事を祭る文」を書いている。李賀や白居易とも交流があった。韓愈らと作った111「会合聯句」のほか、詩文はのこらない。3識面　面識を得る。『北史』孫遊道伝に「常て其の名を聞くも、今日始めて其の面を識る」。4分形　別離する。「形」は体。南朝宋・鮑照「故人の馬子喬に贈る六首」其六に「煙雨　交わりて将に夕ならんとし、此従り忽として形を分かつ」。5・6　張徹と知り合った徐州から長安までの物理的距離（約八百キロメートル）と、今に至るまでの歳月（貞元十五年〜元和元年の八年間）をいう。綿　遥か遠い。陸機「飲馬長城窟行」（『文選』巻二八）に「家を去ること邈かにして以て綿し」。7・8　汴州の乱を避けて、睢水の流れる徐州に移ったこと。浚郊　汴州（河南省開封市）を指す。「浚」は春秋時代、衛の地名。「郊」は城外。『詩経』鄘風・干旄の「孑孑たる（高く上がる）干旄、浚の郊に在り」にもとづく。睢岸　徐州を指す。「睢」は睢河。泗水に注ぐ汴水の支流。連門停　張徹と住居が隣になったこと。「停」は「亭」に通じ、宿舎の意味。9　心を打ち明けて信頼し合うことをいう。「肝胆」は肝臓と胆嚢、転じて心や誠意を表す。『史記』淮陰侯列伝に「臣願わくは腹心を披きて、肝胆を輸し、愚計を効さんことを」、杜甫「魏将軍の歌」に「吾　子が為に起ちて都護を歌う、酒　闌にして剣を挿みて肝胆露る」とある。剣は堅い友情や気概の象徴。054「利剣」も自分自身の心を剣に喩えた詩。10　ともに漂泊の身の上であることを浮き草に喩える。当時の韓愈は節度使の幕僚、張徹は無位無官の身であった。11〜14　歴史・経典・老荘・文学のあらゆるジャンルにわたって、ともに学んだことをいう。韓愈が書いた「張給事を祭る文」には、張徹が編纂や施注に励んだことが「父の業を幹くして、文を纂めて光いにする有り」と記されている。漬墨　墨を水に浸して擦る。

唐・張少博「石硯の賦」に「既に文を垂れて以て象を呈し、亦た瀾を澄まして墨を漬す」。竄　文字を書きこんで訂正する。磨丹　朱色の顔料を擦る。「丹」は、顔料に使われる朱色の鉱物。『呂氏春秋』誠廉に「丹は磨くべきなり、而れども赤を奪うべからず」、062「霊師を送る」に「材調　真に惜しむべし、朱丹　磨研するに在り」。義苑　玄学や仏教などの奥義を記した古書の世界。南朝宋・釈道高「道高重ねて李交州に答うる書」に「義苑を流浪し、書園を渉歩す」。秘宝　班固「典引」（『文選』巻四八）に、宮中に秘蔵される河図について「東序の秘宝を御す」。文堂　文章の世界。耳驚霆　「驚霆」は激しい雷。雷鳴が轟くような衝撃を受ける。左思「魏都の賦」（『文選』巻六）に、先生の話に啓発された客人が「抑そも春霆響きを発して、驚蟄飛び競うが若し」とある。15暄晨　「暄」は気候が暖かい。躡露舃　露の中を歩く。「躡」は踏む、くつを履く。「露舃」は露に濡れたくつ。16風櫺　風が入る格子窓。「櫺」は窓などに取つける飾り格子。江淹「雑体詩三十首」許詢・自序（『文選』巻三一）に「曲櫺　鮮飈（涼しい風）激しく、石室に幽響有り」、李善注に「櫺は窗間の孔なり」。17結友　友となる。抗　匹敵する。『宋書』謝瞻伝に「瞻　文章を善くし、辞采の美なるや、族叔混・族弟霊運と相い抗す」。18請師　師となるよう求める。丁　当たる。028「此の日　惜しむべきに足る　張籍に贈る」に「零落として丁たる所に甘んず」。「慙丁」で、師たるにふさわしくないことを恥じる意。19噉蔗　徐々に佳境に入ること。「蔗」はサトウキビ。東晋の顧凱之が、サトウキビを根から甘味のある茎の方へ食べ進め、「漸く佳境に至る」と言った故事（『世説新語』排調）にもとづく。20建瓴　「瓴」は水瓶。高いところに水瓶を置いて、ひっくり返す。勢いの盛んな喩え。『史記』高祖本紀に「地埶（勢）便利にして其れ以て兵を諸侯に下すは、譬えば猶お高屋の上に居りて瓴水を建すがごときなり」とある。ここでは互いの以心伝心ぶりや影響の大きさを表す。

21・22　張徹とともに文や徳の修養に励んだ様子。捜奇　新奇な表現を求める。韓愈「荊潭唱和詩の序」に「奇を捜り怪を抉りて文字を雕鏤す」。日有富　日に日に満ちる。日ごとに収獲が増えたことをいう。『詩経』小雅・小宛に「彼の昏くして知らざる、壹に酔いて日びに富む」。 22嗜善　善なる行いを好む。『孟子』離婁下に「善を責むる（互いに善を行うよう勧め合う）は、朋友の道なり」。

23 石梁平侹侹　　石梁　平らかにして侹侹たり
24 沙水光泠泠　　沙水　光りて泠泠たり
25 乗枯摘野豔　　枯に乗りて野豔を摘み
26 沈細抽潜腥　　細を沈めて潜腥を抽く
27 遊寺去陟巘　　寺に遊びて去きて巘に陟り
28 尋径返穿汀　　径を尋ねて返りて汀を穿つ
29 縁雲竹竦竦　　雲に縁りて竹竦竦たり
30 失路麻冥冥　　路を失いて麻冥冥たり
31 淫潦忽翻野　　淫潦　忽ち野に翻り
32 平蕪眇開溟　　平蕪　眇として溟を開く
33 防泄塹夜塞　　泄るるを防ぎて　塹　夜塞ぎ
34 懼衝城晝扃　　衝くを懼れて　城　昼扃ざす
35 及去事戎轡　　去きて戎轡を事とするに及び
36 相逢宴軍伶　　相い逢えば軍伶に宴す
37 觥秋縦兀兀　　觥　秋に兀兀たるを縦にし
38 獵旦馳駉駉　　獵　旦に駉駉たるを馳す

［校勘］

23「平」　蜀本作「半」。

27「遊」　銭本作「游」。

「陟」　蜀本作「登」。

28「徑」　銭本作「幽」。

「返」　潮本作「反」。

31「飜」　祝本、文本、魏本作「飜」。

33「泄」　蜀本作「世」。

「塹」　文本作「壍」。

「塞」　蜀本作「寒」。

38「旦」　潮本、祝本、文本作「晏」。蜀本、魏本作「宴」。

石橋が平らかにまっすぐかかり、砂を浸した水が輝きながらさらさら流れていた。
枯木の筏（いかだ）に乗って野の花を摘んだり、細糸を沈めて水中の魚を釣り上げたり。
寺に遊びに行くのに峰を登り、小道を探しながら帰って水辺の地を通り抜けた。
雲にとどきそうなほど竹が高々と聳え、麻が鬱蒼と生い茂って道が無くなってしまった。
長雨のたまり水がどっと平野を覆い、野原一面に大きな海ができた。
水の浸入を防ぐため夜は堀の水門が塞がれ、水の襲撃を恐れて昼は城門が閉められた。

幕府の仕事に携わるようになってから、君と会って軍楽の宴を楽しんだ。
ある秋の日には大きなさかずきで痛快に酒を飲み、朝からよく肥えた馬を飛ばして猟をしたりした。

第二段では、ともに水辺や山林を散策して遊んだことを懐かしみ、近辺で起こった大洪水に言及し、幕府での交遊の様子を描く。

23侹侹　まっすぐ長いさま。『説文解字』人部に「侹は長き貌なり」。24沙水　砂を浸した水。底の砂が見えるほど川の水が透明なことを表す。冷冷　涼しく清らかなさま。陸機「招隠詩」（『文選』巻二二）に「山溜（山中のせせらぎ）何ぞ冷冷たる」。25乗枯　いかだに乗る。「枯」は枯木、ここは枯木で造ったいかだ。『捜神記』巻一九に「向の小舟は是れ一枯槎の段にして長さ丈余りなり」。野艶　「艶」は花の美しさ。26沈細　細い釣り糸を水中に沈める。「細」は細い釣り糸。応璩「従弟君苗・君冑に与うる書」（『文選』巻四二）に「鉤緡（釣針と釣糸）を丹水に沈む」。抽　引き上げる。ここは魚を釣り上げる。潜腥　水中に潜んでいる魚。第25・26句は、「枯」「艶」「細」「腥」という形容詞によってそれぞれ舟・花・釣り糸・魚を表しており、奇をてらった韓愈らしい表現といえる。27陟巘　峰に登る。「巘」は大きな峰から分かれた小山。『詩経』大雅・公劉に「陟りては則ち巘に在り」。28汀　水際の平地。29縁雲　雲にとどくほど高いさま。曹植「七啓」（『文選』巻三四）に「華閣は雲に縁り、飛陛（高く懸かるきざはし）は虚を陵ぐ」。竦竦　高くそびえ立つさま。南朝宋・鮑照「紹古辞七首」其三に「竦竦として山木寒し」。30冥冥　草木が茂って薄暗いさま。『楚辞』九章・渉江に「深林は杳として以て冥冥たり」。31〜34　貞元十五年（七九九）七月に、鄭州・滑州（河南省）一帯で発生した大洪水について述べる。030「齷齪」、038「彭城に帰る」参照。第33・34句は、水の侵入を防ぐため水門や城門を閉ざすさま。淫潦　長雨で溜まった水。「淫」はとめどなく浸すこと。「潦」は長雨、溜まり水。030「齷齪」にも「秋陰　白日を欺り、泥潦　少しも乾かず」とある。平蕪　雑草の茂った野原。梁・江淹「四時の賦」に「平蕪　海に際し、千里　鳥飛ぶ」。開溟　海ができる。「溟」は海。塹　堀。ここは堀の水門。衝　勢いよく打ちつける。『後漢紀』霊帝紀に「治水を善くする者は、之を引きて平らかならしむ、故に衝激の患い無し」。35　韓愈が張建封の援護によって武寧軍節度使の幕僚となったことをいう。事戎轡　軍事に従事する。「戎」は戦車。「轡」はくつわ。36軍伶　「伶」は楽官。黄帝のとき伶倫が楽官となり、のちに伶氏が踏襲したことから。『詩経』邶風・簡兮の詩序に「衛の賢者　伶官に仕う」、鄭箋に「伶官は楽官なり。伶氏は世よ楽官を掌りて焉を善くす。故に後世多く楽官を号して伶官と為す」。ここでは幕府での贅沢な宴をいう。37觥　獣にかたどった杯。大量の酒が入る。縦兀兀　酔ってうっとりし羽目を外す。「兀兀」は理性を失ったさま。劉伶「酒徳の頌」（『文選』巻四七）に「兀然として酔い、豁爾として醒む」。38駉駉　馬が肥えて壮んなさま。『詩経』魯頌・駉に「駉駉たる牡馬、坰（遠野）の野に在り」、毛伝に「駉駉は良馬の腹幹肥張するなり」。

39　従賦始分手　　賦に従いて始めて手を分かち
40　朝京忽同舲　　京に朝して忽ち舲を同じくす
41　急時促暗棹　　時を急ぎて暗棹を促し
42　戀月留虚亭　　月を恋いて虚亭に留まる
43　畢事驅傳馬　　事を畢えて伝馬を駆り
44　安居守牕螢　　安居して窓蛍を守る
45　梅花灞水別　　梅花　灞水に別れ
46　宮燭驪山醒　　宮燭　驪山に醒む

47 省選逮投足
48 鄕賓尙擢翮
49 塵袪又一摻
50 淚皆還雙熒

省選（しょうせん） 足（あし）を投（とう）ずるに逮（およ）び
鄕賓（きょうひん） 尙（な）お翮（はね）を擢（くだ）く
塵袪（じんきょ） 又（ま）た一（ひと）たび摻（と）り
淚皆（るいし） 還（ま）た双（ふた）つながら熒（けい）たり

［校勘］
44「隠」 銭本作「窗」。
47「投」 蜀本作「捉」。

貢挙の士として科挙に応じる君と別れたところ、わたしも朝廷に参内することになってすぐに同じ舟に乗った。先を急いで夜の闇の中も棹を漕がせたり、月を愛でてひっそりした亭に留まったり。
公務を終えたわたしは、駅馬を走らせて徐州に帰り、君は都に落ち着いて蛍雪の苦学に励むことになった。梅の花が咲く灞水のほとりで別れ、離宮の灯りのもと驪山の麓で酔いも醒めて眠れなかった。
わたしは吏部の選考によって四門博士となったが、郷貢進士たる君はひきつづきその翼を打ち砕かれた。
塵にまみれた袖をいまいちど引き留めて別れを惜しみ、二人のまなじりは、また涙でかすんだ。

第三段では、張徹とのたびたびの離合を述べる。後半は、韓愈（第43・47句）と張徹（第44・48句）の様子と二度の別離（第45・46句および第49・50句）が交互に描かれる。

39従賦　張徹が科挙の試験に赴いたこと。「賦」は地方から朝廷に推挙される貢挙の士。漢の鼂錯（ちょうそ）が、推挙されたことを賦（貢ぎ物）に喩えて「乃ち臣錯を以て賦に充つ」（『漢書』鼂錯伝）と謙遜したことに由来する。**40朝京**　入京する。韓愈は貞元十五年の冬、張建封に従って長安へ出張した。「朝」は朝廷に伺候する意。**舲**　窓のある舟。『楚辞』九章・渉江に見える語。**41促暗棹**　暗闇のなか、急いで船を漕ぐ。**42虚亭**　ひとけのないあずまや。東晋・殷仲文「東陽太守を送る」詩に「虚亭　賓を留むる無し」。**43**　韓愈が朝廷での仕事を終えて徐州に帰るさま。**伝馬**　駅馬。**44**　張徹が長安に留まって科挙の試験に臨んだこと。**守窓蛍**　窓辺の蛍火を頼りに苦学する。東晋の車胤の故事「家貧しくして常には油を得ず、夏月になれば則ち練嚢に数十蛍火を盛り以て書を照らし、夜を以て日を継ぐ」（『晋書』車胤伝）を踏まえる。**45灞水**　長安の東郊を北流する川。秦嶺から発して渭水に注ぐ。この川にかかる灞橋附近は、東南の方角に向かう旅人を見送る送別の場所。**46宮燭**　離宮の灯。灯りがともる早朝を表す。**驪山**　灞水の北にある山名（陝西省臨潼県の東南）。北麓には、湯泉のある豪華な離宮（華清宮）があり、玄宗と楊貴妃が訪れたことで有名。**醒**　別れの悲しみのあまり酒からも醒めて眠れない様子。元稹「酔いて盧頭陀に別る」詩に「尽日笙歌　人散ずる後、江に満つる風雨　独り醒むる時」。**47**　貞元十八年（八〇二）、韓愈が四門博士の職を授かったこと。**省選**　尚書省吏部が行う銓選。**投足**　足を踏み入れる。揚雄「解嘲」（『文選』巻四五）に「歩まんと欲する者は足を擬めて跡を投ず（躊躇しつつ足を運ぶ）」。**48**　張徹が科挙に及第できずに帰郷する様子。**郷賓**　郷貢進士を指す。周代の郷大夫が優秀な人材を君主に推薦する際、彼らを賓客として敬い、郷飲酒の宴を催したことに由来する（『周礼』地官・郷大夫）。唐代では、地方の郷試に合格した「郷貢進士」と、長安の学館で選ばれた「生徒」が、科挙試験に応じる資格を有した。**摧翮**　翼が砕ける。張徹の落第を喩える。**49摻塵袪**　「摻」は執る。「袪」は袂。「摻袪」で去りゆく相手の袂を引き留めること。『詩経』鄭風・遵大路に「大路に遵いて、子の袪を摻執す」。**50熒**　目がちかちかする。

51 洛邑得休告
52 華山窮絶陘
53 倚巖睨海浪
54 引袖拂天星
55 日駕此迴轄
56 金神所司刑
57 泉紳拖脩白
58 石劍攢高靑
59 磴蘚澾拳跼
60 梯飆颫伶俜
61 悔狂已咋指
62 垂誡仍鐫銘

洛邑 休告を得
華山 絶陘を窮む
巖に倚りて海浪を睨
袖を引きて天星を払う
日駕 此に轄を迴し
金神 刑を司る所
泉紳 脩白を拖き
石剣 高青を攢む
磴蘚 澾にして拳跼たり
梯飆 颫ぎて伶俜たり
狂を悔いて已に指を咋み
誡を垂れて仍お銘を鐫む

〔校勘〕

53「巖」王本作「岩」。
55「迴」文本、蜀本、魏本、王本作「廻」。
57「脩」蜀本作「修」。
62「誡」蜀本作「誠」。

わたしは休暇を得て洛陽に帰り、華山の切り立った頂上に登った。

崖に寄りかかって大海の波を見下ろし、袖を引いて天上の星にさっと触れた。

日輪はここで車を引き返し、金の神が刑罰を司っている。

滝の帯が長く白く垂れ下がり、石の剣が高く青青と集まっている。

石段に生えた苔が滑りやすくて体がすくんで進めず、梯子に吹く旋風に揺られて吹き飛ばされそうになった。

無茶な行動を悔やみ指を噛んで誓いを立て、さらに後世への訓戒として銘文を刻んだ。


第四段では、貞元十八年に四門博士になった後、妻子を迎えるため休暇を取って洛陽に行き、華山に遊んだことを述べる。

51休告　官吏の休暇。『漢書』魏相伝に「休告家従(よ)り還りて府に至る」。**52絶陘**　断崖絶壁。『爾雅』釈山に「山絶ゆるは陘なり」。**53倚巌**　崖に寄りかかる。王巾(おうきん)「頭陀寺(ずだじ)碑文」(『文選』巻五九)に「崇巌に倚拠し、通壑に臨睨す」。**睨**　斜めに見る、見下ろす。**54引袖**　袖を引っ張る。高いところにあるものに手を伸ばすときの動作。**払天星**　星を払う。星に手がとどきそうなほど華山が高いことをいう。**55**　太陽が西の地で方向転換して帰る。太陽が沈むことをいう。**日駕**　太陽を車に喩えた表現。「日御」と同義。**轄**　車軸を固定する金具、くさび。転じて車の意。**56**　西方を象徴する金神が刑罰をつかさどる。**金神**　蓐収(じょくしゅう)という神。「金」は五行説で西・秋に当たり、秋官は刑罰をつかさどる。第55・56句は、華山(西岳)が西方にあることを表す。**57**　瀑布を白く長い帯に喩えた表現。**紳**　帯。061「恵師(えし)を送る」にも「懸瀑　天紳を垂る」という類似の表現が見える。**拕**　引く。垂れる。**脩白**　高いところから落下する滝の長く白いさま。**58**　切り立った崖を石の剣に喩えた表現。080「郴口にて又た贈る二首」其一にも「山は剣の攅まるを作し江は鏡を写す」。**高青**　嶺の高く青いさま。59磴蘚　苔の生えた石の坂道。澾　すべる。滑らか。拳跼　体が縮まるさまを表す双声の語。「踡跼」「拳局」「蜷局」とも記す。『楚辞』離騒に「僕夫は悲しみ余が馬は懐い、蜷局として顧みて行かず」、王逸注に「蜷局は詰屈として行かざる貌なり」。60梯飈　旋風に揺れる梯子。前の「磴蘚」と同様、「梯飈」も語法上は上下を逆にした方が自然であり、斬新さを求めた造語。颭　風に揺れる。伶俜　独りさまようさま。畳韻の語。潘岳「寡婦の賦」（『文選』巻一六）に「少くして伶俜にして偏孤なり」。61・62　危険な登山を後悔し、戒めの言葉を刻んだことをいう。「狂」は、登山が身の危険を顧みない衝動的な行為であったことを表す。『唐国史補』巻中に「韓愈　奇を好みて客と華山の絶峰に登る。返るべからざるを度り、乃ち遺書を作りて、発狂慟哭す」とある記事は、この詩を踏まえたものか。咋指　指を嚙む。誓いを立てるために血書する。「咋」は嚙む。『漢書』陳余伝に「敖（張敖）其の指を齧みて血を出して曰く……」、顔師古注に「自ら其の指を齧みて血を出し、以て至誠を表し誓約を為す」とある。垂誡　目下の者や後世の者に戒めを示す。鐫　刻む。銘　金石や器物に彫る文章。

63 峨豸忝備列　　豸を峨くして列に備わるを忝くし
64 伏蒲愧分涇　　蒲に伏して涇を分かつを愧ず
65 微誠慕横草　　微誠　横草を慕うも
66 瑣力摧撞筳　　瑣力　撞筳摧かる
67 疊雪走商嶺　　畳雪　商嶺を走り
68 飛波航洞庭　　飛波　洞庭を航る
69 下險疑墮井　　険を下るは井に堕つるかと疑い

70 守官類拘囹
71 荒餐茹獠蠱
72 幽夢感湘靈
73 刺史肅蓍蔡
74 吏人沸蝗螟
75 點綴簿上字
76 趨蹌閤前鈴
77 賴其飽山水
78 得以娛瞻聽
79 紫樹雕斐亹
80 碧流滴瓏玲
81 映波鋪遠錦
82 插地列長屏
83 愁狖酸骨死
84 怪花醉魂馨
85 潛苞絳實坼
86 幽乳翠毛零

官を守るは囹に拘わるるに類たり
荒餐　獠蠱を茹らい
幽夢　湘霊に感ず
刺史は蓍蔡を粛しむも
吏人は蝗螟に沸く
点綴す　簿上の字
趨蹌す　閤前の鈴
頼いに其れ山水に飽き
以て瞻聴を娯しましむるを得たり
紫樹　雕りて斐亹たり
碧流　滴りて瓏玲たり
波に映じて遠錦を鋪き
地に挿みて長屏を列す
愁狖　骨を酸ましめて死し
怪花　魂を酔わしめて馨る
潜苞　絳実坼き
幽乳　翠毛零つ

［校勘］

66「筳」祝本、文本、蜀本、魏本、銭本作「莛」。

71「餐」蜀本作「飧」。

73「蓍」祝本作「著」。蜀本作「耆」。

76「趨」文本、蜀本作「趍」。

「蹌」潮本作「鎗」。

「閤」銭本作「閣」。

79「雕」魏本作「雜」。

「[illegible]」銭本作「亶」。

83「酸」祝本作「[illegible]」。

84「醉」銭本作「酸」。

「魂」祝本作「魄」。

85「坼」祝本、魏本作「拆」。

86「乳」文本、蜀本作「孔」。


司法官の獬豸（かいち）の冠を高々とかぶって、かたじけなくも朝廷に参列し、天子の青蒲（せいほ）に伏して、ありがたくも事の清濁是非を明らかにする仕事をした。

ささやかな誠意で、草を倒すほどの小さな功を尽くしたいと思ったが、わずかな力は鐘を打つ小枝のように打ち砕かれた。

雪が降り積もる商山を走り、波が飛び散る洞庭湖を渡った。

険しい嶺を下るのは、まるで井戸に落ちるかのようで、県令の職に留まるのは、牢獄に繋がれたも同然だった。

ひどい食事は、獠(ろう)族の地の毒虫を食べるもの。ほの暗い夢の中では、湘霊の女神に感応した。

刺史が粛々と政治を行っても、下役人たちは蝗(いなご)などの害虫に大騒ぎ。

わたしは公の書類を細かく点検し、役所の鈴の前を行ったり来たりした。

幸いそこの山水を満喫できたため、目や耳を楽しませることができた。

紫の木々は、彫刻を施したように精緻で色あでやか。みどり色の川の流れは、玉のしたたるような清らかな音を立てていた。

波間に遠くまで敷かれた錦が映え、地面に長いついたてが並んで刺さっていた。

憂いに満ちた猿の鳴き声は、骨まで疼くほどの悲痛さを極め、異様な花は魂を酔わせるような香りを漂わせていた。

覆われていた包みが開いて真っ赤な果実が現れ、雛鳥が緑色の羽根を落としたりした。


第五段では、監察御史になったあと陽山県に流罪となったことを述べ、現地での生活を振り返る。

63 貞元十九年（八〇三）に、韓愈が監察御史に任ぜられたことをいう。峨　冠を高々とかぶる。086「江陵に赴く途中……」第108句注を参照。豸　獬豸(かいち)。牛に似た獣の名。人間の正不正を解することから、司法官の冠を「獬豸冠」「獬冠」という（『後漢書』輿服志下）。備列　人数に加わる。64伏蒲　天子に諫言する。「蒲」は青蒲。ガマの草で編んだ天子の敷物をいう。漢の史丹(したん)が、皇太子を廃そうとした元帝を、天子の領域である青蒲の上まで進み出て諫めた故事にもとづく。『漢書』史丹(したん)伝に「丹　直ちに臥内に入り、頓首して青蒲の上に伏す」。愧　気がひけて恐縮する。分涇　清濁を分かつ。「涇」は渭水に合流する河川の名。『詩経』邶風・谷風に「涇は渭を以て濁るも、湜湜（しょくしょく）（清らか）たる其の沚（みぎわ）」、毛伝に「涇渭相い入るも清濁異なる」。とあるように、涇水は濁り渭水は清らかであることから、是非の区別を喩える。65横草　草を踏み倒す程度の微々たる功労。『漢書』終軍（しゅうぐん）伝に「（終）軍に横草の功無し」、顔師古注に「言うこころは、草中を行きて、草をして偃臥せしむ、故に横草と云うなり」。66摧撞筳　「筳」は竹の小枝。鐘を打っても響かないことから、「撞筳」で役に立たない小さなはたらきを表す。東方朔（とうぼうさく）「客の難ずるに答う」（『文選』巻四五）に出る語。020「酔いて東野を留む」第12句注参照。「摧」はその茎が折れることで、韓愈が陽山県令に左遷されたことを表す。67・68　流罪先の陽山へ赴く道中の様子。雪や荒波に境遇の厳しさを重ねた描写。「商嶺」は商山。086「江陵に赴く途中……」にも「商山季冬の月、氷凍して行輈を絶つ。春風　洞庭の浪、出没して孤舟を驚かす」と陽山への道中を述べる。畳雪　降り積もる雪。南朝宋・謝荘（しゃそう）「元日　雪花に和す応詔詩」に「畳雪　瓊藻に翻（ひるがえ）る」。飛波　飛ぶように打ちつける波。西晋・張華「遊仙詩四首」其四に「雲榜　霧柂を鼓し、飄忽として飛波を陵ぐ」。69下険　険しい山を下る。「険」は、嶺南地方への入り口に当たる大庾嶺を指す。堕井　井戸に落ちる。急な峠道を下って遥か南方の地に隔絶されたことを喩える。「井」は「穽」（落とし穴）に通じることから、左遷に対する韓愈の心境を含ませた表現か。70守官　陽山県令に就いたこと。名目上の転任で、実際は流罪の処分であった。拘囹　獄に繋がれる。「囹」は牢獄。71荒餐　野蛮の地の粗野な食事。茹獠蠱　「獠」は南方の部族の名。『北史』獠伝に「獠は蓋し南蛮の別種なり、漢中自（よ）り邛（きょう）・筰（さく）（四川省）に達するまで、川洞の間、所在（いたるところ）皆な有り」とある。「蠱」は毒虫。105「憶昨行　張十一に和す」も、陽山の生活を「蛇を践み蠱を茹らいて死を択ばず」と描く。72　湘霊伝説に思いを致す。「湘霊」は湘水（湖南省を流れて洞庭湖に注ぐ川）の女神。堯帝の娘で舜帝の妃となったが、舜が洞庭湖の南の蒼梧の地に崩じたと聞き、湘水に身を投げて死んだ。73・74　中央から派遣された刺史が徳ある為政者であるのに対し、現地の役人は無秩序で文化がないことを対比的に描く。蓍蔡　卜筮。「蓍」はめどき、「蔡」

は亀で、ともに占いに用いる道具。政治の象徴。『楚辞』九懐・匡機に見える語。　吏人　現地採用の役人。地方の役人が役に立たないことは、086「江陵に赴く途中……」にも「遠地　途に触れて異なり、吏民　猿猴に似たり」。生獰にして忿很多く、辞舌　紛として嘲哳たり」。　沸　大声で訳もなく騒ぎ立てる。　蝗螟　イナゴとズイムシ。ともに稲の害虫。地方長官が蝗の退治に躍起になる様子を謗った白居易「新楽府　蝗を捕う」に「蝗を捕え蝗を捕う　竟に何の利かある」とある。　75・76　県令の仕事に多忙を極めるさま。　点綴　一つずつ細かく書いたり点検したりするさま。　簿　役所の公文書。あるいは君主に拝謁するとき覚え書きをするため手に持つ笏（しゃく）をいうか。『三国志』蜀書・秦宓伝に「宓　簿を以て頬を撃つ」、裴松之注に「簿は手版なり」。　趨蹌　小走りに進む。君主に拝謁するときの礼を尽くした進み方。『詩経』斉風・猗嗟に「巧趨　蹌たり」、毛伝に「蹌は巧趨の貌なり」。　閤前鈴　役所の前にある鈴。ここは将帥や長官が職務に当たる「鈴閤」を表す。『晋書』羊祜伝に「軍に在りて常に軽裘緩帯、身は甲を被ず。鈴閤の下、侍衛する者は十数人に過ぎず」とある。　78娯瞻聴　目と耳を楽しませる。「瞻」は「視」と同義。東晋・王羲之「蘭亭集の序」（『晋書』王羲之伝）に、「以て視聴の娯しみを極むるに足り、信に楽しむべきなり」。　79雕　彫刻を施す。繊細な美しさを表す。　斐亹　彩りの美しさを表す畳韻の語。孫綽「天台山に遊ぶの賦」（『文選』巻一一）に「彤雲は斐亹（亹）として以て櫺（格子窓）に翼す」。　80瓏玲　玉のような清らかさを表す双声の語。「玲瓏」と同義。ここは、せせらぎの音についていう。　81鋪遠錦　川面に映った木々や花の彩りを、遠くまで敷いた彩織物に喩えた表現。班固「西都の賦」（『文選』巻一）に、昆明池を描写して「錦を摛べ繡を布くが若く、其の陂に燭り燿く」。　82列長屏　並べたついたてによって山並みを喩えた表現。孫綽「天台山に遊ぶの賦」に「壁立の翠屏を搏る」。　83愁狖　悲痛な鳴き声を上げる猿。「狖」はオナガザル。謝霊運「彭蠡湖口に入る」詩（『文選』巻二六）に「月に乗じて哀狖を聴き、露に浥いて芳蓀（香り高い菖蒲）馥し」。　酸骨　骨に響くほど悲痛である。唐・韋応物「富平に往きて懐いを傷ましむ」詩に

「恨みを銜みて已に骨を酸ましむ、何ぞ況んや苦寒の時をや」。死　限界に達する。窮まる。84酔魂　酔ったようにうっとりさせる。85潜苞　包み隠すもの。ここは果実を覆っている皮を表す。絳実　赤い果実。茘枝のような南方特有の実を指すか。晩唐の薛濤「茘枝を憶う」詩には「伝え聞く　象郡は南荒を隔つと、絳実豊肌　忘るべからず」とある。86　鳥が羽を落とす描写としたが難解。あるいは緑の草の上に果汁がしたたるさま、または鍾乳石の上に石灰水がしたたるさまを描いたものか。幽乳　禽獣の雛。「乳」を「孔」に作るテキストに従えば孔雀か。翠毛　カワセミや孔雀などの緑色の毛。西晋・左芬の「孔雀の賦」に「緑碧の秀毛を戴き、翠尾の脩茎を櫂（擢）ばす」。

87 赦行五百里
88 月變三十蓂
89 漸階羣振鷺
90 入學誨螟蛉
91 苹甘謝鳴鹿
92 罍滿慙罄缾
93 囧囧抱瑚璉
94 飛飛聯鶺鴒
95 魚鬣欲脱背
96 虬光先照硎
97 豈獨出醜類

赦行くこと五百里
月変ずること三十蓂
階に漸みて振鷺に群がり
学に入りて螟蛉を誨う
苹甘くして鳴鹿に謝し
罍満ちて罄缾に慙ず
囧囧として瑚璉を抱き
飛飛として鶺鴒聯なる
魚鬣　背を脱せんと欲し
虬光　先ず硎を照らす
豈に独り醜類を出ずるのみならんや

98 方當動朝廷　方当に朝廷を動かすべし
99 勤來得晤語　勤めて来たりて晤語するを得ん
100 勿憚宿寒廳　寒庁に宿するを憚ること勿かれ

［校勘］

92「鉼」　祝本作「瓶」。

93「囧囧」　蜀本作「囧冏」。魏本、王本、銭本作「冏冏」。

96「光先」　潮本、祝本、文本、蜀本、魏本作「精光」。

「硎」　文本、蜀本作「鉶」。


赦書が日に五百里の速さで届けられ、月は三十回も変わった。

朝廷の階に進んで、鷺のごとき賢明な官吏たちの仲間入りをし、国子監に入って、蜂が桑虫を育てるように弟子たちの指導に当たった。

わたしを呼び求め、美味しい苹を食べさせてくれた仲間に感謝する。酒のたっぷり入った酒樽たる教師の身、生徒たちを空っぽの酒瓶の状態のままにしていることが恥ずかしい。

君は光り輝く瑚璉のような器を持ち、飛び上がる鶺鴒のごとく、兄弟で受験に挑んでいる。

今にも魚の背のひれが抜けようとしており、研ぎたての剣が砥石を照らしている。

君の才能は、同輩の間で抜き出ているどころでの話ではない。やがては朝廷を動かすことになるだろう。

御足労だが話をしに来てくれないか。さびれた官舎に泊まることを嫌がらないでほしい。

第六段では、都に召還されて国子博士となったことを述べ、張徹の才能を称えて今後の活躍を期待し、官舎に遊びに来るよう誘いかける。

87 唐代の赦書の末尾に附される「赦書 日に行くこと五百里」という定型句を用いて、韓愈のもとに赦書が下されたことを表したもの。077「八月十五の夜 張功曹に贈る」の「赦書 一日に万里を行く」は伝達の速さを誇張した言い方。韓愈は永貞元年（八〇五）八月、憲宗即位にともなう恩赦によって江陵府法曹参軍に量移された。

88 三十蓂 「蓂」は蓂莢という瑞草。堯帝のとき階（きざはし）に生え、一日から十五日までは毎日一枚ずつ葉を生じ、十六日から三十日には一枚ずつ落ちて暦を示したという（『白虎通』封禅、『竹書紀年』上・帝堯陶氏など）。「蓂」を月の単位として用いた例は見られないが、ここは貞元十九年（八〇三）末の陽山左遷から永貞元年八月の江陵への量移を経て、元和元年（八〇六）六月に都に召還されるまでの約三十箇月を表す。89 振鷺 群がって羽ばたくサギ。『詩経』周頌・振鷺に「振鷺 于（ここ）に飛び、彼の西雝（せいよう）（辟雍（へきよう）、周代の大学）にあり」、魯頌・有駜（ゆうひつ）に「振振たる鷺、鷺 于（ここ）に下る」とあり、後者の鄭箋に「絜白の士、君の朝に群集す」とある。朝廷に潔白な臣下が多く集まるさまをいう。揚雄「劇秦美新」（『文選』巻四八）に「振鷺の声 庭に充ち、鴻鸞の党 階に漸む」。90 国子監で生徒を指導すること。螟蛉 クワムシ。蜾蠃（から）という蜂が親の代わりに育てるという。『詩経』小雅・小宛に「螟蛉に子有り、蜾蠃（ジガバチ）之を負う。爾（なんじ）の子を教誨するに、穀（よき）（善道）を式（もっ）て之に似せしむ」、毛伝に「螟蛉は桑虫なり」。91 『詩経』小雅・鹿鳴の「呦呦（ゆうゆう）として鹿鳴き、野の苹（ヨモギ）を食らう」が、人材や仲間を招いて宴を催す様子を表すことを踏まえて、「苹甘」は厚遇を、「謝鳴鹿」は自分を取り立ててくれた仲間への感謝をいう。92 「罍」は大きな酒樽。「缾」は酒を入れる小さなかめ。「罄」は酒が尽きて無くなること。『詩経』小雅・蓼莪（りくが）に「缾の罄くるは、維れ罍の恥なり」とある表現を踏まえ、生徒に十分な指導を注げないでいる教師としての力不足を羞じる。以上第89～92句は、元和元年六月に国子博士となったことについて、『詩経』の表現を連ねて述べる。**93囧囧**　光り輝くさま。「冏冏」に通じる。江淹「雑体詩三十首」孫綽・雑述（『文選』巻三一）に「冏冏として秋月明らかに、軒（欄干）に憑りて堯老を詠ず」。**瑚璉**　宗廟で黍などを盛る貴重な器。玉で飾られている。孔子が子貢の才覚を称えて「瑚璉なり」と言った話（『論語』公冶長）を踏まえ、ここでは張徹を喩える。**94飛飛**　飛ぶ様子。**鶺鴒**　セキレイ。『詩経』小雅・常棣に「脊令（鶺鴒）原に在り、兄弟　難を急にす」とあり、水鳥であるセキレイが高原を飛んで仲間を鳴き求めるように、兄弟も緊急の難あるときは助け合うべきだとうたう。張徹が弟の張復とともに、科挙の受験勉強に励むことを喩える。韓愈が書いた張徹の墓誌銘に「君の弟復も亦た進士なり」とある。**95魚鬣**　魚の背びれ。司馬相如「上林の賦」（『文選』巻八）「鰭を揵げ尾を掉う」の郭璞注に「鰭は背上の鬣なり」。また李白「大鵬の賦」の「鬐鬣を海島に脱し、羽毛を天門に張る」は、鯤が大鵬になる描写。ここでは、魚の背びれが脱けて龍になろうとすることを、張徹の進士合格と栄達に喩える。**96虬光**　刀剣の光。「虬」は龍の一種。剣は龍の化身であることから、剣を龍に喩える。**硎**　砥石。『荘子』養生主に「解く所数千牛なるも、刀刃は新たに硎より発するが若し」。これを踏まえた杜甫「秦州にて勅目を見るに、薛三璩は司議郎を授けられ、畢四曜は監察に除せらる……凡そ三十韻」の「剣を掘りて獄に埋むるを知り、刀を提げて硎より発するを見る」は、埋もれた逸材の発掘を述べたもの。ここでは、張徹が修養を積み才能が世に現れ始めることをいう。**97醜類**　同類。『礼記』学記に「古の学者は、物を比ぶるに醜類をもってす」。**98方当**　必ず……するはずである。**99勤**　苦労して……する。わざわざ……する。ここは相手への労いを表す。**晤語**　向かい合って話す。『詩経』陳風・東門之池に「彼の美なる淑姫、与に晤語すべし」。**100寒庁**　何もなくひっそりとした官舎。国子監の官舎を指す。

詩型・押韻　五言古詩。下平十五青（聆・形・齢・停・萍・経・霆・櫺・丁・瓴・寧・泠・腥・汀・冥・溟・扃・伶・駉・

舲・亭・蛍・醒・翎・熒・陘・星・刑・青・俜・銘・涇・莛・庭・囹・霊・螟・鈴・聴・玲・屏・馨・零・蓂・蛉・缾・鴒・硎・廷・庁）。平水韻、下平九青。

（中木　愛）

111　會合聯句　会合聯句

これは元和元年（八〇六）の閏六月に張籍・孟郊・張徹が長安にもどった韓愈のもとに集まり、再会を喜んで行った聯句である。韓愈の聯句は、貞元十三年（七九七）の秋から冬にかけて汴州（河南省開封市）で孟郊と行った128「有所思聯句」、129「遣興聯句」、130「剣客李園に贈る聯句」が最も早いと見られるが、これらは二句もしくは四句ずつ順に交替する伝統的な様式に従ったものであった。しかし翌十四年の初春に孟郊・李翺と行った018「遠遊聯句」では、李翺の担当は二句だけで、後は孟郊と感興の赴くまま句を継いでいた。この「会合聯句」には張籍・張徹が加わっているが、やはり途中から交替の仕方が変わり、従来の様式と異なる新しい聯句の姿を見せている。また押韻には上声二腫の韻が用いられているが、これは属する字の少ない、いわゆる険韻である。宴席の余興という性格の強かった従来の聯句では、参加者の和を重んじて平等に担当し、難しい制約を加えなかったが、韓愈たちの聯句は調和のとれた様式よりも、内容の面白さを求め、優れた技量を競う方向へと向かっている。この後韓愈は、孟郊と二人だけで集中的に聯句の制作を行い、様式的にも内容的にも独特な聯句の世界を作り上げてゆく。

1 離別言無期
2 會合意彌重　籍
3 病添兒女戀
4 老喪丈夫勇　愈
5 劍心知未死
6 詩思猶孤聳　郊
7 愁去劇箭飛
8 讙來若泉涌　徹
9 析言多新貫
10 攄抱無昔壅　籍
11 念難須勤追
12 悔易勿輕踵　愈

離別　言は期無し
会合　意は弥いよ重し　籍
病みては児女の恋を添え
老いては丈夫の勇を喪う　愈
剣心　知んぬ　未だ死せざるを
詩思　猶お孤り聳ゆ　郊
愁いの去ること箭の飛ぶよりも劇しく
讙びの来たること泉の湧くが若し　徹
言を析ちて新貫多く
抱を攄べて昔壅無し　籍
難きを念いて須く勤めて追うべし
易きを悔いて軽しく踵むこと勿かれ　愈

［校勘］

5「死」　潮本、祝本、文本、蜀本、魏本作「謝」。

8「讙」　銭本作「讙」。

会合の聯句

別れれば、いつ話せるかもわからない。だから親しい者同士が集えば、思いは一層深い。（張籍）
病気になって女子供のように未練がましく、年老いて丈夫の勇気が失われた。（韓愈）
分かっている、剣のように鋭い君の心はまだ死んではいない。詩情は今も独り抜きん出ている。（孟郊）
愁いが消えるのは矢が飛ぶよりも速く、喜びが訪れるのは泉の水が湧き出るよう。（張徹）
言葉を分かち合って新しい事柄を多く詠い、胸の内を述べれば覆われていた思いも無くなる。（張籍）
難しさを心に思いつつ懸命に後を追うのが良く、安易さを戒め軽々しく歩を進めてはならない。（韓愈）

全体を四段に分ける。第一段は再会してともに聯句を行う喜びと、聯句創作の意気込みがうたわれる。ここでは参加者が順に二句ずつ担当して交代しており、これまでの一般的な様式に従っている。

0会合　集まること。親しい人が一堂に会すること。曹植「七哀詩」（『文選』巻二三）に「浮沈　各おの勢を異にす、会合　何れの時にか諧わん」。018「遠遊聯句」は孟郊の旅立ちに際して作られ、この作品は韓愈が朝官に復帰したことを契機としているように、聯句は参加者に関わる具体的な出来事を背景に作られることが一般的であった。韓孟聯句はこの後「納涼」「秋雨」など、詠物的な主題を設定して表現を競う作品が多くなる。　1・2

導入として離別と再会を対比し、会合の喜びをうたう。離別　親しい人と別れ別れになる。『楚辞』離騒に「余は既に夫の離別を難しとせず」、王逸注に「近きを離と曰い、遠きを別と曰う」。また「古詩十九首」其十七（『文選』巻二九）に「上には言う　長く相い思うと、下には言う　久しく離別すと」。無期　いつになるか分からないの意。唐・李頻「関東にて薛能に逢う」詩に「惟れ君と一度別るれば、便ち見うに期無きが似し」。意弥重　思いがますます深くなる。謝恵連「七月七日夜、牛女を詠ず」詩（『文選』巻三〇）に「沈吟　爾が為に感じ、情深くして意は彌いよ重し」。　3・4　左遷を経て久しぶりに会ったが、自分は病と老いとで衰えたと嘆く。もとよりこれは韓愈の戯れであろう。なお、「児女」と「丈夫」はしばしば対照的に描かれる。121「秋懐詩十一首」其三に「丈夫は意在ること有り、女子は乃ち怨み多し」。**恋**　ぐずぐずと未練がましい、怨みがましいの意。5・6　気弱な振りをした韓愈の句に、むしろ意気盛んなその胸の内を描いて応える。**剣心**　剣のように鋭く犀利な心。詩心を剣に喩える。054「利剣」参照。なお、孟郊は「百憂」詩でも「壮士　心は是れ剣、君が為に斗牛を射ん」と用いるなど、剣の比喩を愛用している。**詩思**　詩情。唐・韋応物「休暇の日に王侍御を訪ねて遇わず」詩に「怪来しむ　詩思の人骨を清むるを、門は寒流に対して雪は山に満つ」。**孤聳**　ひときわそびえ立つ様子。梁・陶弘景「山を尋ぬる誌」に「石は孤り聳えて独り絶ち、岸は天に懸かりて浮かぶに似たり」。7・8　再会できた喜びをうたい、韓愈の気持ちを励ます。二句は、「耿湋拾遺を送る聯句」の顔真卿の句「喜び来たりて歓宴は洽い、愁い去りて詠歌は頻りなり」を意識するだろう。**箭飛**　速さを矢が飛ぶことに喩える。南朝宋・鮑照「飛白書勢銘」に「絶鋒　剣は摧け、驚勢　箭は飛ぶ」。**讙来**　喜びが湧き上がる。「讙」は「歓」の異体字。陶淵明「園田の居に帰る五首」其五に「歓び来たるも夕べの短きに苦しみ、已に復た天旭に至る」。**泉湧**　感情が溢れ出るのを泉が豊かに湧き出ることに喩える。西晋・陸雲「南征の賦」の「雄声　泉は湧き、逸気　風は亮たり」。9・10　「新」と「昔」の対応で再会の喜びを表しつつ、ともに聯句を行う楽しみをうたう。**析言**　『礼記』王制に「言を析き律を破る」と見えるが、それは法令を巧みに言い換える意。ここは言葉を分かち合う意味に用い、聯句を行うことをいう。『文心雕龍』麗辞「魏晋の群才に至りて、句を析くこと弥いよ密なり」の「析句（表現を磨く）」をも意識するだろう。**新貫**　新しい事柄。『論語』先進に「閔子騫曰く、旧貫に仍るはこれ如何、何ぞ必ずしも改作せん」とある「旧貫」は、旧事の意。ただし「貫」には言葉を貫いて聯句を作るという意味も含まれていると見るべきだろう。**攄抱**　思いを述べる。「抱」は胸に懐く思い、「攄」は「抒」と同じで、心の内を述べ表す意。班固「西都の賦」（『文選』巻一）に「願わくは賓の懐旧の蓄念を攄べ、思古の幽情を発かんことを」。 **昔壅** 以前から胸に閉ざされている思い。「壅」は塞がれて表明できない思いをいう。

11・12 前二句を承け、聯句の難しさを言って安易に句を付けることを戒める。 **念難** 難しさを心に懐き続けること。 **悔易** 安易さを羞じて、戒めること。 **追** 先人の道を追って進む意。 **踵** 踏み行う意。「追」も「踵」も聯句のこと、つまり前の句を承けて後を付ける意味と解しておく。

13 吟巴山犖嶨　　巴を吟ずれば　山は犖嶨たり
14 説楚波堆壟　郊　　楚を説けば　波は堆壟たり　郊
15 馬辭虎豹怒　　馬は虎豹の怒りを辞し
16 舟出蛟鼉恐　徹　　舟は蛟鼉の恐れを出ず　徹
17 狂鯨時孤軒　　狂鯨　時に孤り軒がり
18 幽狖雜百種　愈　　幽狖　百種を雑う　愈
19 瘴衣常腥膩　　瘴衣　常に腥膩たり
20 蠻器多疎冗　籍　　蛮器　多く疎冗たり　籍
21 剝苔弔斑林　　苔を剝ぎて斑林を弔い
22 角飯餌沈塚　愈　　飯を角みて沈塚に餌す　愈
23 忽爾銜遠命　　忽爾として遠命を銜み
24 歸歟舞新寵　郊　　帰らんか　新寵に舞わん　郊

［校勘］

13「嵒」　潮本、祝本、蜀本、魏本作「嵓」。文本下有小字「郊」。

21「弔」　祝本作「吊」。

「斑」　潮本、祝本、文本、蜀本、魏本作「班」。

「林」　文本下有小字「愈」。

24「歟」　蜀本作「還」。

巴の地を詠えば、山には大きな石がびっしりと突き出し、楚の地を語れば、波が小山のように堆(うずたか)い。(孟郊)
馬は虎や豹の怒りを避け、舟は蛟龍(みずち)や鼉(わに)の恐怖から逃れ出る。(張徹)
荒れ狂う大魚が時に独り飛び出、山奥の猿は多くの種類が混り合う。(韓愈)
瘴気が染みついた衣服はいつも臭くべたつき、蛮族の器は粗雑でやたら大きなものばかり。(張籍)
苔を剝ぎ取って斑竹の林に湘妃(しょうひ)を弔い、飯を包んで水中の屈原(くつげん)の墓に供える。(韓愈)
突然、遥遥(はるばる)と天子のご命令を受けた。さあ、帰って新たなる恩寵に感謝して舞おう。(孟郊)

第二段は左遷されて陽山、江陵で過ごした韓愈の苦難を追想する。この段落は、途中までは前段と同様の順句数で交替しているが、二巡した後では張徹が外れ、韓愈がその中心に躍り出ている。
13・14　韓愈のたどった旅路の険しさを山と川に分けて描き、その苦難を思いやる。前の韓愈の二句に「追」「踵」など彼自身の行動を連想させる語が使われていたことを承けて、聯句を行うことから左遷の旅路へと転換させたのだろう。「巴」「楚」は今の重慶市から湖北・湖南両省の地を大まかにいうが、「巴」は山の多い地域、「楚」は洞庭湖、長江、湘水を中心とした水が豊かな地域というイメージがある。**犖嵒**　山に大きな石がびっしりと並ぶ様子。畳韻の語。「犖确」（045「山石」第1句参照）に同じ。**堆壠**　小山のように堆い様子。郭璞「江の賦」（『文選』巻一二）に、波の様子を描いて「沂淪（渦巻いて）溛濊（平らかにならず）、乍ち浥り乍ち堆し」。また木華「海の賦」（『文選』巻一二）に「余波独り湧きて、澎濞（ザワザワと音をたて）として灪磑（高く険しく）たり、碨磊（でこぼこ）として山壠（小山のよう）たり」。**15・16**　山と水における危難をいう。「馬」「舟」はそれぞれの交通手段。**辞**　避ける。**蛟鼉**　ミズチとワニ。「虎豹」が山林の獰猛な動物を代表するのに対し、水中の獰猛な動物として挙げる。杜甫「顧八分文学の洪の吉州に適くを送る」詩に「舟檝　根蔕無し、蛟鼉　好く祟りを為す」。**17・18**　やはり山と水を対比して怪しい動物の様子を描く。**狂鯨**　狂ったように跳ねる大魚。「鯨」は巨大な魚。061「恵師を送る」でも「鯨は戯れて脩鱗を側つ」と南海に棲む異様な動物として描く。**軒**　飛び上がる。**幽狖**　山奥に隠れ住む猿。「狖」は猿の一種、オナガザル。猿の鳴き声は哀しいものであった。『楚辞』九歌・山鬼に「猨は啾啾として狖は夜鳴く」。110「張徹に答う」第83句注参照。**百種**　さまざまな種類。山中に雑多な種類の猿が群れをなしている不気味さで、大魚が飛び上がる前句の驚きと対比させる。**19・20**　南方の蛮族の地の異様さを衣服や器物の側からうたう。**瘴衣**　「瘴」は嶺南の地に立ちこめるという毒気。それが染みついた衣服。**腥膩**　生臭くて油染みている意。**蛮器**　蛮族の使う器物。**疎冗**　造りが粗雑で、むやみに大きいこと。**21・22**　楚の地にまつわる悲劇の主人公、舜の妃と屈原とを取り上げる。**剥苔**　苔を剥ぎ取る。弔うために林の中に入るので、苔を剥いでしまうのだろう。**斑林**　斑竹の林。斑竹は湘水の流域に多く生えるが、言い伝えでは蒼梧の野で崩じた舜の後を追って湘水に身を投げた舜の二妃の娥皇と女英の涙がかかって斑模様になったという。なお、斑竹と屈原の故事を用いた対は、061「恵師を送る」にも「斑竹　舜婦啼き、清湘　楚臣（屈原）沈む」とある。**角飯**　粽。米をマコモの葉に包んで蒸した食物。「角」は包む意。西晋・周処『風土記』（『太平御覧』巻八五一・飲食部・糉）に「俗は菰葉を以て黍米を裹み、淳濃なる灰汁を以て之を煮て爛熟せしめ、五月五日及び夏至に之を啖う。一名糉、一名角黍なり」。粽は、楚の地では屈原への供養に用いた。『続斉諧記』（同上）に「屈原は五月五日に汨羅に投じて死するを以て、楚人は之を哀しみ、此の日に至る毎に竹筒もて米を貯うるを取りて水に投じて以て之を祭る」。**餌**　食べさせる。**沈塚**　水中の墓。屈原は入水自殺をしたのでこう言う。**23・24**　南方での苦難の描写を一段落させ、都へ召還される喜びに転ずる。**忽爾**　たちまち。「忽然」と同じ。**銜遠命**　「銜命」は天子の命令を受ける意。『礼記』檀弓上に「君の命を銜みて使いすれば、之（仇）に遇うも闘わず」。「遠」ははるばる都から伝えられたことを表す。**帰歟**　さあ帰ろう。『論語』公冶長に「子は陳に在りて曰く、帰らん歟帰らん歟」。**舞**　朝見の際には、臣下が天子の恩寵に感謝して拝舞する。ここはその儀礼をいう。**新寵**　新たに受けた天子の寵愛。陳・江総「雑曲三首」其三に「泰山は応に転移すべしと言うも、新寵は更に参差たるを信ぜず」。

25　鬼窟脱幽妖
26　天居覩清栱　愈
27　京遊歩方振
28　謫夢意猶恂　籍
29　詩書誇舊知
30　酒食接新奉　愈
31　嘉言寫清越
32　瘉病失肬腫　郊
33　夏陰偶高庇

鬼窟　幽妖を脱し
天居　清栱を覩る　愈
京遊　歩みは方に振うも
謫夢　意は猶お恂る　籍
詩書　旧知を誇り
酒食　新奉に接す　愈
嘉言　清越を写し
瘉病　肬腫を失う　郊
夏陰　高庇を偶べ

34　宵魄接虚擁　愈　　宵魄　虚擁に接わる　愈
35　雪絃寂寂聴　　　　雪絃　寂寂として聴き
36　茗盌纖纖捧　郊　　茗盌　纖纖として捧ぐ　郊
37　馳輝燭浮螢　　　　馳輝　浮蛍燭し
38　幽響泄潜蛬　愈　　幽響　潜蛬泄らす　愈
39　詩老獨何心　　　　詩老　独り何の心ぞ
40　江疾有餘尰　郊　　江疾　余尰有り　郊

［校勘］

26「栱」祝本、文本、蜀本、魏本作「拱」。

27「遊」銭本作「游」。

34「宵」祝本作「霄」。

「魄」潮本、祝本、文本、魏本作「魂」。

36「盌」潮本作「椀」。

異類の住む地から妖怪の手を逃れて、天子の居られる清らかな御殿を見ることができた。（韓愈）
都を歩む足取りは軽やかでも、左遷の悪夢に胸はまだ恐れおののく。（張籍）
国子博士となって、経書とは昔なじみであることを誇らしく思い、酒食は新たに振る舞いを受ける。（韓愈）
めでたい言葉は美しい響きとなって表され、病が癒えて出来物も消えた。（孟郊）

夏の木陰は高く並び、月光は掬い取ろうとする手に接する。（韓愈）
清らかな弦で奏でられる美しい曲に静かに聞き入り、茶を淹れた椀をほっそりした腕が捧げ持つ。（孟郊）
スーッと動く光は飛び交う蛍の灯すもの、かすかな音色は姿の見えない虫の漏らすもの。（韓愈）
老いた詩人の方は独りどういう心持ちか、江南で得た病で足の腫れが引かない。（孟郊）

第三段は都にもどった感慨と、朝官に復帰して得た落ち着いた生活の様子をうたう。ここでも二句交代の原則は守られているが、韓愈がリードして張籍と孟郊がそれに応じる展開となっている。

25・26　左遷の地と都とを対比して帰還の喜びをいう。**鬼窟**　化け物の巣窟。見慣れない生き物の多かった陽山県の地をいう。**幽妖**　妖怪。元稹（げんじん）「風に遭う詩」に「怪族潜かに収まりて湖は黯黮（あんたん）たり、幽妖尽（ことごと）く走りて日は崔嵬（さいかい）たり」。**天居**　天子の住まわれる所。鮑照「舞鶴の賦」（『文選』巻一四）に「天居の崇絶たるを仰ぎ、更に惆悵（ちゅうちょう）として以て驚思す」。**清栱**　美しい宮殿。「栱」は柱と梁の接合部分をいうが、ここは宮殿全体の意味。27・28　喜びの中に、なお残る辛い記憶をいう。**京遊**　都を見て歩くこと。孟郊「夢沢行」に「我は懐う京洛の遊、未だ厭かず風塵の衣」。**歩方振**　足取りが軽やかであること。**謫夢**　左遷されていた時の記憶が夢に現れること。**恂**　憂える。懼れる。29・30　国子博士に任命された誇らしさをいう。**詩書**　『詩経』と『尚書』、または広く経書をいう。『左伝』僖公二十七年に「詩書は義の府なり、礼楽は徳の則なり」。杜甫「官軍の河南河北を収むるを聞く」詩に「却って妻子を看るに愁いは何（いずこ）に在りや、漫に詩書を巻き喜びて狂わんと欲す」。**旧知**　昔からの知り合い。**酒食**　酒と食物。もてなし。『論語』為政に「事有れば、弟子　其の労に服し、酒食有れば、先生（父兄）饌（せん）す（食べる）」。**新奉**　国子博士として新たに酒食のもてなしを受ける意。31・32　都に帰って、本来の生活にもどれた喜びを言う。**嘉言**　善言。『尚書』大禹謨（だいうぼ）に「嘉言　伏する攸（ところ）罔（な）く、野に遺賢無く、万邦咸な寧らかなり」。**清越**　清らかで調子の高らかなこと。『礼記』聘義に「之を叩けば、其の声は清く越りて以て長く、其の終わりは詘然として楽しむなり」。**肬腫**　腫れ物。086「江陵に赴く途中……」に「事に随いて瘡疣生ず」と見えた「疣」と同じ。腫れ物は飲み水など外因によることも多いが、また憤りなど精神面から生じることもあった。『三国志』魏書・賈逵伝に「公事を争いて理を得ず、乃ち憤りを発して癭（首の瘤）を生ず」。ここは朝官となったことで、南方に居た時のような不満が収まり、腫れ物も引いたと言うのだろう。33・34　夏の日の清々しい住居の様子。以下第38句までは、都での落ち着いた生活ぶりを描く。**夏陰**　夏になって繁った木々の蔭。晩唐の皮日休「夏首に病癒え因りて魯望を招く」詩に「暁に清和に入るも尚お袷衣し、夏陰初めて合して双扉を掩う」。**高庇**　「庇」は覆う、かばうの意。**宵魄**　月をいう。「魄」は月の暗い部分。『尚書』康誥に「惟れ三月や魄を生ず」とあり、孔安国伝に「月は十六日に明消えて魄生ず」。**虚擁**　月光を掬い取ろうとしても実体が無いことをいう。陸機「擬古詩十二首　明月何ぞ皎皎たるに擬す」詩（『文選』巻三〇）に「安らかに寝ぬ　北堂の上、明月　我が牖より入る。之を照らして余輝有るも、之を攬るに手に盈たず」とあるのを意識するか。35・36　家庭での静かな生活を描く。**雪絃**　美しい音楽を奏でる弦。「雪」は白雪の曲を意味する。孟郊「城郭の道士に贈る」詩にも「曾て青桂の隣に依り、学び得たり　白雪の弦」とある。**寂寂**　ひっそりと静かな形容。**茗盌**　「茗」は茶。「盌」は「椀」の異体字。孟郊「空姪の院に宿りて澹公に寄す」詩に「茗椀　乳華挙ぐ」。**繊繊**　女性のほっそりとした手の形容。『詩経』魏風・葛屨に「摻摻たる女手、以て裳を縫うべし」、毛伝に「摻摻は猶お繊繊のごときなり」。37・38　夏の終わりを迎えた住居の庭の様子。**馳輝**　馳せてゆく光。謝朓「暫く下都に使いしして夜新林を発し京邑に至りて西府の同僚に贈る」詩（『文選』巻二六）の「馳暉　接すべからず、何ぞ況んや両郷を隔つるをや」のように太陽を指す例が一般だが、ここは蛍が動いてゆくその光の意。**浮蛍**　空中に浮かぶように飛ぶ蛍。**幽響**　かすかな鳴き声。韋応物「晦日、処士叔の園林にて燕集す」詩に「佳禽　幽響を発す」。泄　漏れる。潜蛬　草むらに隠れているコオロギ。「蛬」はコオロギ、キリギリスの類。『詩経』唐風・蟋蟀に「蟋蟀　堂に在り、歳聿に其れ莫れんとす」、毛伝に「蟋蟀は蛬なり」。

39・40　韓愈の生活ぶりを承けて、孟郊が自身の不遇をいう。詩老　老いた詩人。孟郊は「秋懐十五首」其十四「詩老　古心を失い、今に至るまで寒く皚皚たり（白々とした寒気に包まれている）」のように、みずからを指す語として頻用する。江疾　江南の地の病。孟郊は貞元十七年（八〇一）に溧陽県（江蘇省溧陽県）尉の職を授かり、十八年から二十年にかけて赴任していた。そこで苦労したことを病気に喩えて言う。余尰　病気のなごりである足の腫れ。「尰」は、『詩経』小雅・巧言に「既に微且つ尰」とあり、毛伝に「骭瘍（足の瘡）を微と為し、腫足（足の腫れ）を尰と為す」。なお、第32句で「肬腫」と言い、ここでまた「余尰」と言うのは（共に孟郊の句）、一見すると繰り返しの感があるが、先のは韓愈について朝官に復したことで腫れが消えたと言い、こちらは孟郊自身のことを一向に治らない（うだつが上がらない）とぼやいたのである。

41　我家本瀍穀　　我が家は本と瀍穀

42　有地介皐鞏　　地有りて皐鞏に介まれり

43　休跡憶沈冥　　跡を休めて沈冥せんことを憶い

44　峨冠慙闒茸　愈　　冠を峨くして闒茸たるを慙ず　愈

45　升朝高轡逸　　朝に升りて高轡逸く

46　振物羣聽悚　　物を振わせて群聴悚つ

47　徒言濯幽泌　　徒らに幽泌に濯うと言わば

48　誰與薙荒茸　籍　　誰と与にか荒茸を薙わん　籍

49 朝紳鬱青綠
50 馬飾曜珪珙
51 國讎未銷鑠
52 我志蕩邛隴　郊
53 君才誠倜儻
54 時論方洶溶
55 格言多彪蔚
56 懸解無梏拲
57 張生得淵源
58 寒色拔山冢
59 堅如撞羣金
60 眇若抽獨蛹　愈
61 伊余何所擬
62 跛鼈詎能踊
63 塊然墮岳石
64 飄爾罥巢氄　郊
65 龍旆垂天衞
66 雲韶凝禁甬
67 君胡眠安然

朝紳　青緑を鬱んにし
馬飾　珪珙を曜かす
国の讎は未だ銷鑠せず
我が志は邛隴を蕩らかにせんとす　郊
君が才は誠に倜儻たり
時論　方に洶溶たり
格言　多く彪蔚たり
懸解　梏拲無し
張生は淵源を得たり
寒色　山冢を抜きんず
堅きこと群金を撞つが如く
眇たること独蛹を抽くが若し　愈
伊れ余　何の擬うる所ぞ
跛鼈　詎ぞ能く踊らん
塊然として岳石を堕とし
飄爾として巣氄を罥す　郊
龍旆　天衛に垂れ
雲韶　禁甬に凝る
君　胡ぞ眠ること安然たる

68 朝鼓聲洶洶　愈
朝鼓（ちょうこ）　声（せい）は洶洶（きょうきょう）たり　愈（ゆ）

［校勘］

42「犟」文本、蜀本下有小字「愈」。
43「冥」文本下有小字「郊」。
44「闟」潮本、祝本、魏本作「闟」。
「愈」潮本、文本、蜀本作「郊」。
46「悚」文本下有小字「徹」。
52「卭」潮本、祝本、文本、蜀本作「卬」。
53「才」文本作「材」。
54「溶」文本下有小字「愈」。
56「拳」文本下有小字「愈」。
58「豕」文本下有小字「愈」。
60「蛹」祝本作「踊」。
64「買」文本、蜀本作「胥」。
66「甬」文本下有小字「愈」。
67「胡」潮本、祝本、魏本作「乎」。
「然」文本下有小字「郊」。
68「洶洶」潮本作「汹洶」。

わたしの家はもと瀍水（てんすい）と穀水（こくすい）の流れるところ、成皐（せいこう）と鞏（きょう）の境に土地がある。
引退して世を逃れようと思い、無能の身で冠を高く被っていることを羞じる。（韓愈）
朝廷の官吏となって気高い歩みは速く、万物を振るわせて多くの人を恐れ慎ませる。
ひそやかな流れで冠の紐を洗おうと言うが、それでは誰と共に乱れた雑草どもを刈り取ったら良いのか。（張籍）
朝臣である君の服装は青や緑が色濃く、馬の飾りは珪（けい）や珙（きょう）が輝いている。
国に讐（あだ）なす輩はまだ消え去っていない。わたしの志は邛（きょう）や隴（ろう）の賊どもを平らげること。（孟郊）
君の才能はまことに卓越しており、時の世論も君を称えてまさに沸騰している。
立派な言葉は甚だ美しく、君の才能は解き放たれて桎梏は無い。
張（ちょう）さんは奥深い道理を身につけ、厳かな雰囲気は寒々とした山が聳えているよう。
硬質な詩は多くの鐘を突くかのように響き豊かで、尽きない詩想は繭（まゆ）から糸を引き出すかのよう。（韓愈）
そもそもわたしなど何に準えられようか。足の萎えた鼈（すっぽん）にどうして踊れよう。
つくねんとして山の石が落ちているよう、あてどなく漂う雛鳥が網にかかったよう。（孟郊）
天子の龍の御旗が禁衛に掲げられ、雲韶（うんしょう）の楽が太楽所にたゆたう。
さあ君よ、のんびりと眠っていてはいけない。朝廷の合図の太鼓がどんどんと鳴っているぞ。（韓愈）

第四段は、それぞれの立場から抱負や感慨を述べ合う。ここでは四句交代に変わっており、途中韓愈が孟郊、張籍を評したところは八句続けている。句数といい、担当者の交代の仕方といい、旧来の様式に囚われずに、流れに応じて自由に句を継ぐという韓孟聯句の姿勢が如実に現れている。

41〜44　韓愈がみずからの故郷を振り返り、隠棲への思いを述べる。韓愈の代々の墓地は黄河を挟んだ洛陽の対岸、今の河南省孟県にあった。我家　自分または一族の家。『尚書』盤庚下に「肆に上帝は将に我が高祖の徳を復して、我が家を乱越（治める）せんとす」。李白「東魯の二稚子に寄す」詩に「我が家は東魯に寄す、誰か亀陰の田を種えん」。瀍穀　ともに洛陽近辺を流れる川の名。『尚書』禹貢に「伊・洛・瀍・澗は、既に河に入る」。また『国語』周語下に「霊王の二十二年、穀洛闘い、将に王宮を毀たんとす」とあり、韋昭の注に「穀洛は二水の名なり。洛は王城の南に在り、穀は王城の北に在り、東して瀍に入る」。介　間に在ること。『左伝』襄公九年に「天は鄭国に禍せんと、二大国の間に介せしむ」。皐鞏　成皐と鞏、いずれも洛陽近辺の地名。『史記』秦本紀に「荘襄王の元年、……韓は成皐・鞏を献ず」。休跡　世間での活動を止めて、隠棲すること。魏・王粲「三輔論」に「道を履んで智を懐き、跡を休めて光を顕らかにす」。沈冥　ひっそりと隠れて行動に表さない。『法言』問明に、蜀の隠者厳君平（本名は荘遵）について「蜀荘は沈冥たり、蜀荘の才はこれ珍たり、苟見を作さず、苟得を治めず、久しく幽れて其の操を改めず」。峨冠　冠を高々とかぶる。身分の高いことをいう。086「江陵に赴く途中……」に「峨冠して鴻疇（国家統治の要綱）を進む」。闒⿸虍辱　劣ること、才能が無いこと。「闒茸」と同じ。賈誼「屈原を弔う文」（『文選』巻六〇）に「闒茸　尊く顕れ、讒諛　志を得」とあり、李善注に「闒茸は不才の人」。45〜48　隠棲を口にする韓愈に対し、朝廷での活躍を期待する気持ちを述べる。升朝　朝廷の官吏となって天子に謁見すること。唐・顔師古「賢良策」に「髪を結んで朝に升り、袵を敷いて（居住まいを正して）職を受く」。高轡逸　順調に出世することを立派な馬の足取りに喩える。孟郊「襄陽の于大夫に献ず」詩に「願わくは言に逸轡に従い、暇日　清渓を凌がん」。振物　物を振るわせて良い音をたてること。群聴悚「群聴」は多くの人々の耳。唐・蘇頲「天竺寺の碑」に「遺光相い渉り、群聴相い接し、数十里の外に震聞す」。「悚」は恐れ慎む。嵆康「琴の賦」（『文選』巻一八）に「衆聴を悚てて神を駭かす」。濯幽泌　隠棲することをいう。「濯」は洗う。『楚辞』漁父の「滄浪の水清まば、以て吾が纓を濯うべし、滄浪の水濁らば、以て吾が足を濯うべし」を踏まえる。「幽泌」は人知れず静かに流れる水。「泌」は湧き出した流れ。『詩経』陳風・衡門に「泌の洋洋たり」、毛伝に「泌は泉水なり」。　**薙**　草を刈る。『礼記』月令に「（季夏の月）土潤いて溽暑たり、大雨時に行い、焼薙して水を行えば、以て草を殺すに利あること、熱湯を以てするが如し」、鄭玄の注に「薙は地に迫りて草を芟るを謂うなり」とある。　**荒茸**　伸び放題の草。「茸」は細くびっしりと生えた草。朝廷に蔓延っている良くない勢力に喩える。　**49・50**　韓愈の朝官としての出で立ちをいう。　**朝紳**　朝官の服。「紳」は大帯。**青緑**　官服または印綬の色。品秩によって色が決まっており、青は八、九品、緑は六、七品に対応する。ただし国子博士は五品の官であるから、色は緋であったはずである。何らかの思い違いに因るものか。　**馬飾**　乗馬の飾り。『新唐書』車服志によれば、品秩に応じて馬のくつわ飾りである珂の数が決まっていた。六品以下の官はこれをつけることができず、韓愈は国子博士となって始めて珂をつけることが許されたのである。　**珪珙**　飾りとなる宝玉。「珪」は先の尖った玉（圭と同じ）、「珙」は大きな璧をいうが、ここは美しい玉の代表として用いている。　**51・52**　反乱軍の討伐に功を挙げて、自分も朝官として活躍したいという願いを示す。　**国讎**　国家の敵。陳・徐陵「侯安都の徳政碑」に「赫けるかな　高祖、爰に国讎を清む」。孟郊は「百憂」詩でも「朝に国讎を除かんと思い、暮に国讎を除かんと思う」とうたう。　**銷鑠**　消える。枚乗「七発」（『文選』巻三四）に「金石の堅き有りと雖も、猶お将に銷鑠して挺解（解体）せんとするなり」。　**蕩邛隴**　朝廷に背いた節度使を討伐すること。「邛」は邛州で、今の四川省成都市の西。当時劉闢が朝廷の命に背いて剣南西川節度使を自称したため、討伐軍が派遣されていた。九月に成都が陥落して乱が平定されるが、そのことは後の127「征蜀聯句」に詳しく描かれる。「隴」は今の甘粛省の地。夏州節度使の楊恵琳が背いたが、五月に討伐平定された。　**53〜56**　孟郊に対する評価。　**倜儻**　ずば抜けた様子。双声の語。司馬遷「任少卿に報ずる書」（『文選』巻四一）に「惟だ倜儻非常の人のみ之を称す」。**時論**　時々の世論の意だが、ここは時の人々の孟郊に対する評価をいう。『三国志』魏書・常林伝に「時論は林の節操清峻なるを以て、これを公輔に致さんと欲す」。**洶溶**　勢いよく湧き上がるさま。畳韻の語。「洶溶」とも表記される。王粲「浮淮の賦」に、風が起こり淮水が波立つ様子を描いて「長瀬潭濊（深く渦を巻き）、滂沛洶溶たり」。**格言**　旨とすべき立派な言葉。『三国志』魏書・崔琰伝に「此れ周孔の格言、二経の明義なり」。沈約「奏して王源を弾す」（『文選』巻四〇）に「往哲の格言、薫蕕（香草と悪草）雑わらず」。**彪蔚**　豹の毛皮のように美しく彩のあること。『周易』革に「君子は豹変し、其の文は蔚たり」。『文心雕龍』書記に「清美として以て其の才を恵み、彪蔚として以て其の響きを文とす」。**懸解**　束縛を解かれた自由な様子。囚われない状態をいう。「県解」に同じ。『荘子』養生主に「時に安んじて順に処れば、哀楽入る能わざるなり。古は是を帝の県解と謂う」。**梏拲**　両手を縛りつけられる刑罰。『周礼』秋官・掌囚に「凡そ囚なる者は、上罪は梏拲して桎し、中罪は桎梏し、下罪は梏す」とあり、鄭玄注に「拲」は両手を一本の木に縛りつけること、「桎梏」は両手をそれぞれ一本の木に縛りつけることと言う。**57・58**　続いて張籍に対する評価を述べる。**張生**　座には張徹も居たが、彼は韓愈と姻戚関係にあり、句の流れから言っても、ここは張籍一人を指すと見たい。**淵源**　学問の源。『漢書』董仲舒伝の賛に「然れども其の師友淵源の漸る所を考うれば、猶お未だ游夏（子游と子夏）に及ばず」。**寒色**　寒々とした景色。賈島「山寺に宿る」詩に「衆岫　寒色に聳え、精廬　此に向いて分かつ」。**抜山冢**　「抜」は抜きん出ていること。「山冢」は山の頂。『詩経』小雅・十月之交に「百川沸騰し、山冢崒崩す」、毛伝に「山頂を冢と曰う」。**59**　張籍の詩が高い響きを持っていることに喩える。**撞群金**　複数の打楽器を打ち鳴らす。音楽性豊かであることに喩える。「金」は金属の楽器。唐・李華「医を言う」に「復た斉・宋・鄭・衛の楽の、宮中に張りて金を撞き石を撃つを聞く」。**60**　張籍の豊かな才能は、繭から糸が長く引き出されるように尽きないと褒める。**眇**　尽きることのない様子。**独蛹**　ただ一つの繭。他には無いすぐれた繭をいう。司馬相如「上林の賦」（『文選』巻八）に「独繭の褕袣（長く軽やか）なるを曳き、眇なること閻易（衣服のゆったりとした様子）として以て邮削（精緻に作る）す」と見える「独繭」の言い換えであろう。**61～64** 孟郊の謙遜。韓愈の第53～56句を承け、自分が賞賛に値しないことをいう。**跛鼈**　足の萎えたスッポン。『楚辞』哀時命に「跛鼈を駟として山に上らんとするも、吾固より其の陞る能わざるを知る」。**踊**　舞い踊ることに、天子の恩寵に感謝する拝舞の礼の意味を重ねるのだろう。**塊然**　為すこと無く、つくねんとする様子。『荘子』応帝王に「事に於いて与に親しむ無く、彫琢して復た朴し、塊然として独り其の形を以て立つ」。**岳石**　山の石。賈島「李余の湖南に往くを送る」詩に「岳石　海雪を挂け、野楓　渚檣堆し」。**飄爾**　漂うさま。趙至「嵇茂斉に与うる書」（『文選』巻四三）に「鳴鶏の旦を戒むれば、則ち飄爾として晨に征く」。**罥**　網、または網にかける。『史記』司馬相如伝に「騕褭（神馬）を罥け、封豕（大きな猪）を射る」。**巣氄**　巣にいる雛。「氄」は産毛の意で、『尚書』堯典に「鳥獣氄毛あり」。ここは雛の意味に用いるのだろう。**65～68**　孟郊らの活躍に期待する気持ちを表して一首を締めくくる。**龍旆**　龍の絵の旗。天子の御旗。元稹「春を生ず二十首」其五に「殿階　龍旆の日、漏閣　宝筝の風」。**天衛**　近衛軍。唐・崔融「則天大聖皇后哀冊文」に「天衛の蒼蒼たるを儼かにす」。**雲韶**　元来は黄帝の音楽「雲門」と舜の音楽「大韶」の並称。ここは宮中で奏でられる音楽をいう。**凝**　留まり滞る。**禁甬**　宮中の音楽所。「甬」は鐘をつるす横木で、つまり大小の鐘が組み合わされた編鐘をいう。ここは、それら楽器のある所、すなわち宮中の太楽所を指すと解した。**安然**　安閑とした様子。『後漢書』馮衍伝に「老母諸弟は軍に執らえらるるも、邑の安然として顧みざるは、豈に其の節を重んずるに非ざるか」。**朝鼔**　朝廷へ参内する時を知らせる太鼓。「鼔」は「鼓」に同じ。梁・元帝「劉尚書侍の五明集に和す」詩に「金門　朝鼔を練り、玉壺　夜更けに休む」。**洶洶**　太鼓のドンドンという音。揚雄「羽猟の賦」（『文選』巻八）に「洶洶旭旭として、天は動き地は岋く」とあり、李善注に「鼓動の声なり」。

詩型・押韻　聯句（五言古詩）。上声二腫（重・勇・聳・湧・壅・踵・壟・恐・種・冗・塚・寵・栱・恟・奉・腫・擁・捧・蛬・尰・鞏・竦・悚・茸・珙・隴・溶・拲・冢・蛹・踊・毦・甬・洶）。平水韻、上声二腫。

（齋藤　茂）

112

納涼聯句

納涼聯句

元和元年（八〇六）晩夏、長安にて納涼の会を催した際、孟郊と交わした聯句。韓愈はこのとき、国子博士。夏の暑さと納涼の様子を二人で代わるがわるうたった後、みずからの過去や現状に対する感懐をそれぞれ述べる。暑熱の厳しさをうたった箇所では、典故や比喩を駆使しつつさまざまな表現が試みられており、特定の題材のもとに表現を競い合う韓孟聯句独自の特徴（後の117「秋雨聯句」、126「闘鶏聯句」など参照）が示されている。また形式面においても、本作は従来の聯句の枠にとらわれない詠みぶりとなっており、二句ごとの交替が第8句まで二度続いた後、孟郊の十六句、韓愈の二十二句がさらに二度繰り返されるかたちとなっている。

1　遞嘯取遙風　　遞いに嘯して遥風を取れば
2　微微近秋朔　郊　　微微として秋朔に近し　郊
3　金柔氣尚低　　金柔らかくして気尚お低く

4 火老候愈濁 愈
5 熙熙炎光流
6 竦竦高雲擢 郊*
7 閃紅驚蚴虬
8 凝赤聳山嶽 愈*
9 目林恐焚焼
10 耳井憶瀺灂
11 仰懼失交泰
12 非時結冰雹
13 化鄧渴且多
14 奔河誠已慤
15 暍道者誰子
16 叩商者何樂
17 洗矣得滂沱
18 感然鳴鸑鷟
19 嘉願苟未從
20 前心空緬邈
21 清砌千廻坐
22 冷環再三握

火老いて候愈いよ濁る　愈
熙熙として炎光流れ
竦竦として高雲擢んず　郊
紅を閃かして蚴虬驚き
赤を凝らして山岳聳ゆ　愈
林を目にすれば　焚焼せんことを恐れ
井を耳にすれば　瀺灂たるを憶う
仰ぎて懼る　交泰を失い
時に非ずして氷雹を結ぶを
鄧に化して渇すること且お多く
河に奔るは誠に已だ慤なり
道に暍する者は誰が子ぞ
商を叩く者は何の楽ぞ
洗として滂沱たるを得れば
感然として鸑鷟鳴かん
嘉願　苟くも未だ従わず
前心　空しく緬邈たり
清砌　千廻坐り
冷環　再三握る

23 煩懐却星星　　煩懐（はんかい）　却（かえ）って星星（せいせい）たり

24 高意還卓卓　郊　　高意（こうい）　還（ま）た卓卓（たくたく）たり　郊（こう）

［校勘］

3「尙」王本作「相」。

6「郊※」底本、潮本、祝本、蜀本、魏本、王本作「愈」。文本無。

8「嶽」潮本、祝本、文本、蜀本、魏本、銭本作「岳」。

「愈※」底本、潮本、祝本、蜀本、魏本、王本無。文本作「郊」。

9「焼」文本下有小字「郊」。

10「灂」文本下有小字「郊」。

12「雹」文本下有小字「郊」。

17「洗」潮本、祝本、文本、蜀本、魏本作「浩」。

「沱」文本作「沲」。

19「嘉」潮本、祝本、文本、蜀本、魏本作「佳」。

21「迴」文本作「回」。魏本作「廻」。

23「星星」文本、蜀本作「醒醒」。

納涼の聯句

代わるがわるに嘯（うそぶ）いて彼方より風を招き寄せれば、少しずつ秋の初めも近づこう。（孟郊）

金の気は弱々しく、まだ十分に高まっておらず、火の気は老いて益々蒸し暑い時節となった。（韓愈）

炎のごとき光が燦々と降り注ぎ、高く飛ぶ雲が空に屹然と抜きんでている。（孟郊）

紅き稲妻が閃いて、うねりくねる龍が驚き、赤に濃く染まった雲が、山岳となってそびえる。（韓愈）

林を目にすれば、火に焼かれているかのようであり、井戸に耳をあてては、ちゃぷちゃぷと響く水の音を思う。

空を仰いでは、天地の気の調和が乱れて雹が時期外れに降ってくるのではないかと恐れる。

暑さに倒れた夸父の杖は鄧林に変じたというが、その時のような喉の渇きが今なお激しく感じられ、黄河に走ってその水を飲み干したぐらいでは、まだまだ足りない。

道ばたで暑気あたりに苦しむ者は誰であろう、商の弦をつまびく者はどの曲を奏でているのだろうか。

涼やかな雨がザアザアと降れば、感応した鸑鷟が鳴き声をあげるだろうに。

そのようなよき願いは、はかなくも遂げられず、先の望みは空しく絶たれてしまった。

清らかな石段に千度も腰掛け、冷えた環を再三手に握りしめる。

煩慮はかえってすっかり消え失せ、気高き思いは再び奮い立つ。（孟郊）

全体を四段に分ける。第一段では、詠み手を替えながら、晩夏の耐え難い暑熱について繰り返し述べ、最後に納涼のさまに説き及ぶ。

0納涼　納涼の会は六朝期より文人たちの間で盛んに催され、梁代には皇族を中心とした詩歌の応酬も行われるようになる。梁・劉緩「納涼に奉和す」詩、梁・庾肩吾「山子納涼に奉和す」詩などがその例（『藝文類聚』巻五・歳時部・熱）。本作は従来の納涼詩の伝統を承けつつ、それを聯句に持ちこみ、表現を競い合う意識を強く押し出したもの。1　孟郊と韓愈が代わるがわるに嘯き、暑さを和らげるための風を招き寄せることをいう。交互に詩句を吟詠し、聯句を行うことをも意味するか。　**嘯**　口をすぼめて声を長く引くこと。成公綏「嘯の賦」（『文選』巻一八）に「長風を万里に集む」とあるように、風を招来する行為ともみなされていた。魏・劉楨「大暑の賦」に「襟領を披きて長嘯し、微風の来思せんことを冀う」。　**遥風**　遥か遠くから吹き寄せる風。　**2微微**　かすかに、わずかに。　**秋朔**　秋の月の初め。七月一日。　**3・4**　秋の涼やかな気がまだ微弱なままであるのに、夏の気が老成して、晩夏特有の蒸し暑さが増していくことをいう。孟郊が前の一聯において秋の気配を感じ取ったのに対し、暑気が依然として払われていないことを述べる。　**金柔**　「金」は五行の一つで、秋に配当される気。「柔」はそれが兆したばかりで弱々しいことをいう。　**火老**　火は五行の一つで、夏の気。『淮南子』墜形訓に「土壮んなれば、火老い金生じ木囚われ水死す」。　**候愈濁**　「候」は時候。「濁」は気が濁ること。ここでは、濁ったように蒸し暑いことをいう。　張協「雑詩十首」其一（『文選』巻二九）に「秋夜　涼風起こり、清気　暄濁（生暖かく蒸し暑いこと）を蕩う」。　**5・6**　照りつける陽光と高く翻る夏雲をうたう。なお底本および諸本では、第6句の後に「愈」と注記されているが、第4句の後にも「愈」とあり、重複の感を免れない。王元啓・銭仲聯の説に従って「愈」を「郊」に改め、この一聯を孟郊の句とした。　**熙熙**　光り輝くさま。　柳宗元「長日（夏至）を迎うの賦」に「熙熙たる純曜を変じ、杲杲たる晴光を流す」。　**炎光流**　太陽を燃えさかる炎に喩え、その光が空から降り注ぐことをいう。　揚雄「劇秦美新」（『文選』巻四八）に、新の王朝の威光について「炎光飛響、天淵の間に盈塞す」。　**竦竦**　高くそびえるさま。ここでは、夏雲が空高くそびえるさまをいう。東晋・顧凱之「神情詩」に、夏の雲をそびえる峰に喩えて「夏雲　奇峰多し」という。　**7・8**　紅く閃く稲光を龍や蛟に喩え、赤に染まった雲を山岳に喩える。第7句は陽光を詠じた第5句を承け、第8句は雲を詠じた第6句を承ける。なお、「紅」「赤」は五行では夏の色。また前の一聯を孟郊の句に改めたのにともない、第8句の後に「愈」の注記を補って、この一聯を韓愈の詩句とした。旧注の説に拠る。　**閃紅**　紅い稲妻を閃かす。司馬相如

「上林の賦」（『文選』巻八）に「赤電を軼ぎ、光耀を遺す」とあるように、電光はしばしば赤い色で表される。また劉禹錫「七夕二首」其二に、電光を紅い綾絹に喩えて「軽電　紅綃を閃かす」という。**驚虬**　稲妻が閃くさまを、驚いて飛び跳ねる龍や蛟に喩える。「蚴虬」は龍や蛟がうねりくねるさま。畳韻の語。ここではうねりくねる龍や蛟をいう。『楚辞』惜誓に「蒼龍　蚴虬たりて左驂（左のそえうま）と於る」。なお、唐・沈佺期「霹靂引」に「電耀耀として龍躍る」、092「龍移る」に「雷驚き電激し雄雌随う」とあるように、龍は稲妻の縁語。**凝赤**　赤を凝縮する、濃くする。太陽の光を受けた雲の色をいう。李賀「梁台古愁」詩に、蓮の花について「芙蓉　紅を凝らし秋色を得」。9　太陽の光によって、林が燃えてしまうのではないかと恐れる。**目林**　「目」は目にする。韓愈「陳秀才彤を送るの序」に「吾　其の貌を目にし、其の言を耳にし、因りて以て其の人と為りを得」。10　激しい暑さによって井戸がすでに涸れてしまったため、水音を想像して渇きを癒やそうとすることをいう。**瀺灂**　水の流れる音をいう双声の語。司馬相如「上林の賦」に「坻に臨み壑に注ぎ、瀺灂として霣墜す（落下する）」、李善注に『字林』を引いて「瀺灂は小水の声なり」。11・12　天地の気が調和と安定を失い、空から雹が降ってくるのではないかと危惧する。『漢書』五行志中之下に引かれる漢・劉向の説に「盛陽　水を雨らし、温煖にして湯熱し、陰気　之を脅すも相い入らざれば、則ち転じて雹と為る」とあり、盛んな陽の気によって雹が降ることが述べられる。なお、雹が降るのは災異であり、『左伝』僖公二十九年の経に「秋、大いに雹雨る」、その伝に「災いを為すなり」とある。**交泰**　天の気と地の気が通じ合い、万物が泰らかであること。『周易』泰・象伝に「天地交わるは、泰なり」とあるのにもとづく語。**非時**　その時でない、しかるべき時節でない。**結氷雹**　雹が凝結する。『説文解字』雨部に「雹は氷雨るなり」。13・14　太陽と競走し、喉が渇いて死んだという夸父の伝説を用い、暑気の厳しさを強調する。『山海経』海外北経に「（夸父）渇して飲むを得んと欲して河・渭（黄河・渭水）に飲む。河・渭足らず、北のかた大沢（池の名）に飲まんとするも、未だ至らずして道に渇きて死す。其の杖を棄つれば、化して鄧林と為る」。**化鄧**　夸父の杖が鄧林に変じたことをいう。鄧林は樹林の名。一説に、楚の国の北境にある桃林を指すという。**渇且多**　喉の渇きが今なおも甚だしいことをいう。「且」は、ここでは「尚」に同じ。張相『詩詞曲語辞匯釈』巻一・且（四）参照。「多」は程度が甚だしいことをいう。　**奔河誠已愨**　夸父が黄河まで走り、その水を飲み干しても渇きを癒やすのに不十分であったことを引きあいに出し、現在の酷暑になぞらえる。「已」は「甚」と同義。「愨」は質朴で控えめなことをいうが、ここでは不足していること。『礼記』檀弓下に、殷の弔問の礼が控えめに過ぎることを述べて「殷は已だ愨なり。吾は周に従わん」。**15暍道**　「暍」は暑気あたりになること。『説文解字』日部に「暍は暑に傷むなり」、杜甫「多病にして熱を執り、懐いを李尚書に奉ず」詩に「道に暍するを霑す黄梅の雨を思い、敢えて宮恩の玉井の氷を望まんや」。　**誰子**　二字で「誰」の意。**16叩商**　商の音階の弦をつまびく。「叩」は弦をかき鳴らす。「商」は五音の一つで、四季のうち秋に配当される音。『列子』湯問に、琴の名手師文の演奏について、「春に当たりて商の弦を叩き、以て南呂（十二律の一つ、秋八月の曲調）を召べば、涼風忽ち至り、草木　実を成す」とあるのを踏まえ、音楽の演奏で暑さを和らげる秋風を招こうとすることをいう。**17・18**　大雨が降り瑞鳥が鳴く様子を、みずからの願望をこめて夢想する。　**洗矣**　さっぱりとしてすがすがしいさま。「洗」は「洒」に通じ、ここでは雨が暑気をすっかり払い除くことをいう。孟郊「藍渓の僧の元居士の為に維摩経を説くを聴く」詩に「洗然たり　水渓の昼、寒物　光輝を生ず」。「矣」は語調を整える語。　**滂沱**　雨が激しく降るさま。『詩経』小雅・漸漸之石に出る語。　**感然**　感じるさま。ここでは鸑鷟が雨に感応することをいう。　**鸑鷟**　鳳凰の一種。瑞鳥。畳韻の語。『国語』周語上に「周の興るや、鸑鷟　岐山に鳴く」。鳳凰と降雨はしばしば関連づけられ、『韓詩外伝』巻八には「（鳳凰）挙がりて八風を動かし、気応じて時に雨ふる」とある。**19・20**　前の一聯で述べた雨への期待と願望が、現実のものとはならなかったことを嘆く。　**嘉願**　めでたき願い。次句の「前心」とともに、雨が暑気を除いてくれることを願う気持ちをいう。018「遠遊聯句」の孟郊の句に、「嘉願　中州に還る」。**苟未従**　「苟」はかりそめに、なおざりに。「従」は、その通りとなるという意。唐・顧況「雨に苦しむ」詩に「嘉願　従う所有らば、安くんぞ其の薄きに処るを得んや」。**前心**　以前抱いていた思い。**緬邈**　遠く遥かなさま。双声の語。ここでは雨への望みが絶たれてしまったことをいう。潘岳「寡婦の賦」（『文選』巻一六）に「遥かに逝きて逾いよ遠く、緬邈として長く乖く」。**21**　石段に何度も座り、その冷たさによって暑さを冷まそうとすることをいう。石の冷たさに涼を得ることは、梁・劉孝威「逐涼に奉和す」詩にも「巌に倚りて石の冷たきを欣び、池に臨みて水の涼しきを愛す」と詠まれる。**清砌**　清らかなみぎり、石段。双声の語。**22**　玉器を繰り返し握り、暑さを冷まそうとすることをいう。前秦・王嘉『拾遺記』（『太平広記』巻四〇二・宝）に、戦国時代、燕の昭王の逸話として「常に懐に此の珠（黒い蜂から取れた真珠）を握り、盛暑の月に当たるも、体自ら軽涼なり、号して『暑を銷し涼を招くの珠』と曰えり」とある。**環**　平たい円形の玉器で、中央に孔の空いたもの。**23・24**　涼を得たことで精神が活力を取りもどしたことをいう。**煩懐**　煩わしい心慮。「懐」は胸の内の思い。**星星**　ここでは胸の内がすっきりするさまをいう。「星」は「惺」「醒」に通じ、眠りや酔いから覚める、意識がはっきりしているの意。杜甫「観（弟の杜観）の即ち到るを喜び、復た短篇を題す二首」其二に「応に十年の事を論じて、愁絶　始めて星星たるべし」。**高意**　高くすぐれた心。高遠な思い。**卓卓**　抜きん出るさま。ここでは、精神が高揚しているさまをいう。

25　龍沈劇煮鱗　　龍沈みて　鱗を煮らるるよりも劇しく
26　牛喘甚焚角　　牛喘ぎて　角を焚かるるよりも甚だし
27　蟬煩鳴轉喝　　蟬煩わしくして　鳴きて転た喝し

28 烏躁飢不啄
29 晝蠅※食案繁
30 宵蚋肌血渥
31 單絺厭已褫
32 長箑倦還捉
33 幸茲得佳朋
34 於此蔭華桷
35 青熒文簟施
36 淡瀲甘瓜濯
37 大壁曠凝淨
38 古畫奇駮犖
39 淒如犴寒門
40 皓若攢玉璞
41 掃寬延鮮飈
42 汲冷漬香穱
43 篚實摘林珍
44 盤肴饋禽鷇
45 空堂喜淹留
46 貧饌羞齷齪
愈

烏躁ぎて　飢うれども啄まず
昼蠅　食案に繁く
宵蚋　肌血に渥う
単絺　厭いて已に褫ぎ
長箑　倦みて還た捉る
幸いに茲に佳朋を得
此に於いて華桷に蔭わる
青熒として文簟施き
淡瀲として甘瓜濯う
大壁　曠として凝浄たり
古画　奇にして駮犖たり
凄として寒門に犴るが如く
皓として玉璞を攢むるが若し
寛を掃いて鮮飈を延き
冷を汲みて香穱を漬す
篚実　林珍を摘み
盤肴　禽鷇を饋る
空堂　淹留を喜び
貧饌　齷齪を羞ず
愈

［校勘］

25「劇」潮本、祝本、文本、蜀本、魏本作「極」。

28「躁」銭本作「噪」。

「飢」蜀本作「饑」。

29「蠅」底本作「繩」。諸本が「蠅」に作るため字を改める。

「繁」銭本作「緐」。

31「厭」蜀本作「猒」。

「褫」祝本作「榹」。

32「篓」潮本、文本、蜀本作「箑」。

34「此」祝本作「焉」。

「桷」祝本、蜀本作「桶」。

35「靑」潮本、祝本、文本、蜀本、魏本作「清」。

37「壁」潮本作「壁」。

38「駮」潮本作「駁」。

39「凄」祝本、銭本作「淒」。

「豇」潮本、祝本作「淜」。文本、蜀本作「珝」。

43「摘」祝本作「橘」。

44「豰」潮本、文本、蜀本作「殻」。

龍は水中に沈み、鱗（うろこ）を煮られるより激しくもだえ、牛はあえいで、角（つの）を焼かれるよりさらに苦しむ。

煩わしい蟬は鳴いてますます声をしわがらせ、騒ぎ立てる烏（からす）は餓えても餌を啄もうとしない。

昼どきの蠅が食卓に群がり、宵の蚊が肌の血をたっぷりと吸い取る。

ひとえの葛（くず）の服ですら厭わしくてもう脱いでしまい、長柄の扇もあおぎ疲れたが、また手に取ってしまう。

幸いにここに良き友と会い、こうして華やかな屋敷に暑気を避けている。

キラキラと彩なす竹むしろを敷き、ザブザブと甘瓜を洗う。

大きな壁は広々として澄みきっており、そこに描かれた古い絵は珍（めずら）かで、目に鮮やか。

寒門の地に来たかのようにひんやりとし、玉璞（あらたま）を連ねたかのように白く輝いている。

広々とした部屋を掃い清めて涼風を入れ、冷えた水を汲んで香しい麦をひたす。

竹かごには山でとれた果実の珍品を摘み、皿には鳥の卵の料理をさし出す。

何もないこの部屋に久しく留まってくれるのは喜ばしいが、ささやかな食事の支度にもあくせくしているのは恥ずかしい限り。（韓愈）

　第二段では、韓愈が詠み手となり二十二句をつける。初めの八句は暑熱の厳しさに生物や人が苦しんでいるさまを誇張して描き、第33句以下は屋内での納涼のさまをうたう。

25　龍は熱を特に嫌うものとされ、064「魚を叉（さ）す　張（ちょう）功曹を招く」にも「龍の移るは焼かるるを懼（おそ）る」とある。その第28句注参照。　**26牛喘**　呉牛喘月の成語で知られるように、牛は特に暑さを恐れるものとされていた。『漢書』丙吉（へいきつ）伝に「恐らくは牛の近行するに暑を用ての故に喘ぐは、此れ時気　節を失すればなり」、『風俗通義』

（『太平御覧』巻四・天部・月）に「呉牛　月を望見すれば則ち喘ぐ」。　焚角　『史記』田単伝に「田単　乃ち城中に千余牛を得るを収め、……兵刃を其の角に束ね、脂を灌ぎて葦を尾に束ね、其の端を焼く」とあるのを踏まえる。

27喝　声を枯らして鳴く。陳・張正見「秋蟬　柳に喝すを賦得す　衡陽王の教に応ず」詩に「長楊に流喝し尽くし、詎ぞ蔡邕の弦を識らん」。　28　騒がしく鳴くカラスでさえ暑さのために憔悴し、餓えても食べ物を口にしようとしないことをいう。　29・30　龍や牛などが衰弱していくなか、蝿や蚊といった卑小なものほど暑さに乗じてのさばり、人に害を及ぼすことをいう。　食案　食事をする机。　宵蚋　「蚋」は蚊の一種。唐・元稹「懐いを紀して李六戸曹・崔二十功曹に贈る五十韻」に「夜は膚を餐する蚋に怯え、朝は面を払う蝿に煩う」。　肌血渥　蚊が人の血を吸って存分にうるおうことをいう。「肌血」は皮膚の血。「渥」は水気がたっぷりあること。

31単絺　「単」はひとえ。「絺」は目の細かい葛布で作った服。夏に着る薄もの。『論語』郷党に「暑に当たりては袗の絺綌（目の細かい葛衣と粗い葛衣）、必ず表して（上着をつけて）出ず」。梁・劉孝威「暑に苦しむ」詩（『藝文類聚』巻五・歳時部・熱）に「弱紈（柔らかな白絹）すら猶お重きを覚え、繊絺すら尚お涼少なし」。　褫　衣服を脱ぐ、解く。　32長箑　「箑」は扇。『方言』巻五に「扇　関自り東は之を箑（箑）と謂い、関自り西は之を扇と謂う」。潘岳「秋興の賦」（『文選』巻一三）に「軽箑を屏け、繊絺を釈ぐ」。　倦還捉　扇であおぐのにくたびれたが、暑さに耐えかねてまたそれを手に取ってしまうことをいう。　33・34　以下、本段の末尾に至るまで、屋内での納涼のさまを詠じると解したが、第33句の「幸」を「ねがわくは」と読み、第44句まで韓愈の願望が続くとみなすことも可能か。　佳朋　よき朋友。孟郊を指す。　蔭華桷　「蔭」は物陰に隠れる。「桷」は方形の垂木。「華桷」とは、ここでは納涼の会が行われた建物を美化していう。王粲「公讌詩」（『文選』巻二〇）に「君子の堂に高会し、並坐して華榱（「榱」も垂木）に蔭わる」。　35青熒　ちらちらと輝くさま。畳韻の語。揚雄「羽猟の賦」（『文選』巻八）に、玉石の輝きについて「眩燿青熒たり」、李善注の引く李彤『単行字』に「青熒は光明の貌」。

文簟　紋様のついたたかむしろ。王維「孫秀才を送る」詩に「玉枕　双文の簟、金盤　五色の瓜」。36**淡澉**　洗いすすぐ。畳韻の語。枚乗「七発」（『文選』巻三四）に「手足を澹（淡）澉し、髪歯を頮濯す（洗う）」、李善注に「澉澹は猶お洗滌のごときなり」。**甘瓜濯**　瓜を水で洗う。「甘瓜」はマクワウリ。曹丕「朝歌令呉質に与うる書」（『文選』巻四二）に「甘瓜を清泉に浮かべ、朱李を寒水に沈む」とあるのを踏まえ、瓜を水で冷やして食べ、涼を得ることをいう。37・38　邸内の壁とそこに描かれた絵についてうたう。**曠凝浄**　「曠」は広大なさま。「凝浄」は清らかで澄みきっているさま。『水経注』巻三九・贛水に「清潭　遠く漲り、緑波　凝浄たり」。**古画**　唐・岑参「関を出で華岳寺を経て法華の雲公を訪ぬ」詩に「長廊　古画を列す」。045「山石」に「僧は言う古壁仏画好しと」。**奇駮犖**　「奇」は、「古画」がめったに見られない優れたものであることをいう。「駮犖」は色彩が入り混じっているさま。畳韻の語。司馬相如「上林の賦」（『文選』巻八）に「赤瑕（赤い玉）は駮犖として、雑わりて其の間に（数多の玉石のなかに）臿まる」、郭璞注に「駮犖は采の点ずるなり」。39　大壁と古画を前にして、極寒の地である寒門にいるかのような涼しさを覚えたことをいう。絵画から涼しさを感じることについては、西晋・張華『博物志』（『歴代名画記』巻四・後漢）に「（劉褒）北風の図を画き、人　之を見て涼を覚ゆ」とある。**狃**　至る。「溯」に作る本もあり、その場合は川を歩いて渡るの意。揚雄「甘泉の賦」（『文選』巻七）に「椽欒（山名）に登りて天門に狃る」。**寒門**　北方にあるという伝説上の極寒の地。『楚辞』遠遊に「絶垠（天地の極限）に寒門に逴ざかる」、王逸注に「寒門は北極の門なり」。40　多くの玉を集めたかのように、一面白く照り映えていることをいう。旧注が説くように、古画が雪山の景色を描いた絵であったため、このようにいうか。**皓**　白く清らかなさま。**玉璞**　あらたま。磨いたり加工を施したりしていない玉。41**寛**　広い。**延鮮颸**　風を招き入れることをいう。「延」は引き入れる。唐・王昌齢「趙十四兄に訪ねらる」詩に「客来たりて長簟を舒べ、閤（部屋）を開きて清風を延く」。「鮮颸」は新鮮で清らかな風。南斉・謝朓「夏の始め劉孱陵に和す」

詩に「幌を洞きて鮮颸入る」。　42漬香穭　麦飯を冷水につけて食べ、涼を取ることをいう。「穭」は早生麦の一種。『楚辞』招魂に「稲粢穱麦に黄粱を挐う」、張衡「南都の賦」（『文選』巻四）に「冬の稌と夏の穱、時に随いて代わるがわる熟す」。　43・44　食事によるもてなしをうたう。なお、この一聯と次の一聯から、納涼の会は韓愈が主催して孟郊を招いたものだったことが知られる。　筐実　「筐」は竹製のかご。「実」は果実。『漢書』地理志八上の顔師古の注に「筐は竹器なり、筐（竹かご）の属なり」。　林珍　山林でとれた珍品。　饋禽鷇　「饋」は食べ物を人に贈って勧める。孟郊に食事をもてなしたことをいう。「禽鷇」は鳥の卵。唐・慧琳『一切経音義』巻三三・煩悩鷇に「字書に云う、鳥の卵殻なり」。118「城南聯句」の孟郊の句に、橙の大きさを鵠の卵になぞらえて「鵠鷇　塊橙を攢む」。　45空堂　がらんとして何もない座敷。　淹留　久しく留まる。孟郊がこの場に留まっていることをいう。　46貧饌　貧しい食事。「貧」は謙辞。　齷齪　こせこせとして余裕のないさま。畳韻の語。食事の準備にあくせくとする自身を卑下していう。

47 殷勤相勸勉　　殷勤に相い勧勉し
48 左右加礱斲　　左右　礱斲を加う
49 賈勇發霜硎　　勇を賈いて霜硎より発し
50 爭前曜冰槊　　前を争いて氷槊を曜かす
51 微然草根響　　微然として草根響けば
52 先被詩情覺　　先ず詩情に覚らる
53 感衰悲舊改　　衰に感じて旧改を悲しむも
54 工異逞新皃　　異に工みにして新皃を逞しくす

55 誰言擯朋老
56 猶自將心學
57 危簷不敢憑
58 朽机懼傾撲
59 靑雲路難近
60 黃鶴足仍錠
61 未能飲淵泉
62 立滯叫芳葯　郊

誰か言わん　朋を擯けて老ゆと
猶自お心を将て学ぶ
危簷　敢えて憑らず
朽机　傾撲を懼る
青雲　路　近づき難く
黄鶴　足　仍お錠さる
未だ淵泉に飲む能わず
立滞して芳葯に叫ぶ　郊

〔校勘〕

48「加」潮本、祝本、文本、蜀本、魏本作「皆」。

「礱」文本作「磨」。

49「硎」祝本作「鉶」。

54「皃」潮本、祝本、文本、蜀本、魏本、王本作「貌」。

58「机」祝本作「杌」。


君は懇ろにわたしを励まし、かたわらで詩句に彫琢を加えている。

わたしは勇気を買い求めて、霜の降りた砥石で刀をとぎ出だし、先陣を競って氷の矛を輝かせよう。

草の根からかすかに音が響けば、先ず詩情によってそれに気づかされる。

老衰に感じ入り、以前と容貌が変わってしまったことを悲しく思うが、巧みに変化して新たな姿を見せつけることもできる。

友を捨てて一人老いさらばえてゆくなどと誰がいうのか、まだ自らの心で多くを学び取っている。

危なげな軒の下には近よらず、朽ちた杌は傾き崩れるのではないかと恐れる。

青雲への道は近づきがたく、黄鶴はまだ足をつながれたまま。

深い泉で水を飲むことはかなわず、ただ立ちすくんで、芳しい白芷に叫び声をあげるばかり。（孟郊）

第三段では、孟郊が詠み手となり十六句をつける。聯句のやりとりを戦いになぞらえた後、みずからの老衰と困窮を韓愈に訴えかける。

47**殷勤**　手厚く親切なさま。畳韻の語。**勧勉**　すすめ、はげます。李陵「蘇武に答うる書」（『文選』巻四一）に「左右の人、……耳に入らざるの歓（耳に合わない音楽）を為し、来たりて相い勧勉す」。48**左右**　すぐそば。**加礱斲**　韓愈が聯句の創作に工夫を凝らすことをいう。「礱斲」は磨くことと切ること。ここでは詩歌の字句に磨きをかけることをいう。『国語』晋語八に「趙文子　室を為るに、其の椽を斲り之を礱き、密石（筋目の細かい砥石）を加う」。49・50　韓愈と聯句を交わし表現を競い合うことを、武器を用いた戦いになぞらえる。詩歌の応酬を武器を交えた戦闘に喩える例は、中唐期に至って多く見られるようになり、062「霊師を送る」に「詩を戦わさば誰と与にか敵せん、浩汗として戈鋋（「鋋」は小さなほこ）を横たう」。また「劉二十八（劉禹錫）汝自り左馮に赴き塗に洛中を経て相い見ゆ」聯句の李紳の句に「鋒を交えて便ち文を戦わす」。**賈勇**　勇気を買い求め、自身を鼓舞する。韓愈から勇気をもらい、創作に挑もうとする心意気をいう。『左伝』成公二年に見える斉の高固の言葉、「勇を欲する者は余の余勇（ありあまる勇気）を賈え」にもとづく。**発霜硎**　霜を帯びた砥石で刀を磨き出だす。『荘子』養生主に「今　臣（料理の達人庖丁）の刀は十九年にして、解せし所は数千牛なり、而るに刀刃は新たに硎より発せるが若し」とあるのにもとづく。ここでは刀を研ぎ澄ますかのように、みずからの詩想を研磨することをいう。杜甫「薛十二丈判官に贈らるるに奉酬す」詩に、相手より贈られた詩を讃えて「清文　哀玉を動かし、道を見ること新硎より発せるがごとし」。なお「霜」の語は、次句の「氷」同様、刃物や石などが白く輝いて鋭利であることをいうが、ここではさらに納涼によって得られた冷涼感をも表す。左思「呉都の賦」（『文選』巻五）に「剛鏃（堅いやじり）潤い、霜刃　染まる」、その劉逵注に「霜刃は其の殺利（鋭利）たるを言うなり」。**争前**　先を争う。より優れた表現を求めて韓愈と競い合うことをいう。杜甫「敬みて鄭諫議に贈る十韻」に、相手の優れた詩才について「先鋒　孰か敢えて争わん」。**曜氷槊**　みずからの詩句を矛のように研ぎ澄ませて、聯句相手の韓愈を打ち負かそうとすることをいう。「槊」は長柄の矛。**51・52**　秋のかすかな物音を、詩人ならではの心によっていち早く感じ取ったことをいう。これに類する表現として、白居易「新秋　涼を喜ぶ」詩に「光陰と時節と、先ず感ずるは是れ詩人なり」とあり、季節の移り変わりを詩人が他者に先駆けて感じ取ることが述べられる。**微然**　わずかに。**草根響**　草の根から、虫のすだきが響いてくることをいう。杜甫「促織」詩に「草根に吟ずること穏やかならず、牀下　夜に相い親しむ」。孟郊「秋懐十五首」其四に「幽幽たり　草根の虫、生意　我と与に微かなり」。**詩情**　詩を詠もうとする心、詩興。中唐期に至って多く見られるようになる語。唐・皎然「秋日　遥かに盧使君の何山寺に遊び……涅槃経の義を論ずるに和す」詩に「詩情　境に縁りて発し、法性（存在や現象の本性）筌に寄りて空なり」。**53・54**　みずからの容貌が衰えていくことと、詩が巧みに様変わりしていくことを対照的に述べる。**旧改**　昔の姿が改まる。**工異逞新皃**　詩のありようが、変幻自在で思いのままに新たなかたちを取ることを誇らしげにいう。「工」は技工に長けている。「異」は変化。「逞」はほしいままにする。「皃」は「貌」の古字。形を写す、姿にあらわすの意。ここでは言葉によって事物を写し取り、表現することをいう。杜甫「丹青引」に、凡百の画工が描いた馬の肖像が実物に似ないことを述べて「画工は山の如きも皃るは同じからず」。55・56 前の一聯を承け、みずからの身体と詩歌のありようについて述べる。友を遠ざけたからといって、孤独に老衰してゆくわけではなく、かえって己一人の心に従うことで内面を充実させ、詩歌の向上を図っていることを説く。**擯朋老** 「擯」は退けて捨てる。なお、「朋に擯けられて老ゆ」と読み、友に捨てられて孤独に老いてゆくと解することもできる。**将心学** みずからの心によって学ぶ。57・58 処世における心がけをいう。**危簷** 崩れかかっていて危険な軒。**憑** 身を寄せる。**傾撲** 傾いて倒れる。59・60 栄達の道が自分には閉ざされていることを嘆く。**青雲** 高位高官、顕貴な身分の喩え。揚雄「解嘲」（『文選』巻四五）に「塗に当たる者は青雲に升り、路を失う者は溝渠に委てらる」。孟郊「長安旅情」詩に「尽く説く 青雲の路、足有らば皆な至るべしと。我が馬も亦た四蹄なるに、門を出ずれば地無きに似たり」。**黄鶴** 非凡な才を持つ者の喩え。孟郊自身を指していう。李白「古風五十九首」其十五に「方に知る 黄鶴挙がりて、千里独り徘徊するを」。**足仍錠** 足が縛られていて空高く飛び上がれないことをいう。「錠」は足かせをする。『玉篇』金部・錠に「足に鎖するなり」。61・62 黄鶴が喉の渇きをいやすことができず、困窮を訴えるさまをうたう。**飲淵泉** 鶴が泉の水をたっぷり飲み、暑さによる渇きをいやそうとすることをいう。「淵泉」は水を深くたたえた泉。**立滞** 第60句「足 仍お錠さる」を承け、鶴が立ったまま、その場に留まっていることをいう。**叫芳葯** 「叫」は自身の窮状を訴えて相手に助けを求めること。聯句が行きづまり、詠み手の交替を韓愈に望む気持ちを含む。孟郊「離思」詩に「独鶴 雲侶（雲上にいる連れ合い）に叫ぶ」。「葯」は香草の名。ヨロイグサ。白芷。優れた人物を喩え、韓愈を含めた世の忠良の士を指す。『楚辞』七諫・怨世に、忠良の士が世に顧みられないことを嘆いて「葯芷と杜衡（香草の名）とを棄捐す、余 世の芳を知らざるを奈何せん」。

63 與子昔睽離
64 嗟余苦屯剝
65 直道敗邪徑
66 拙謀傷巧諑
67 炎湖度氛氳
68 熱石行犖硞
69 痟飢夏尤甚
70 瘧渴秋更數
71 君顔不可覩
72 君手無由搦
73 今來沐新恩
74 庶見返鴻朴
75 儒庠恣游息
76 聖籍飽商搉
77 危行無低徊
78 正言免咿喔
79 車馬獲同驅
80 酒醪欣共歠
81 惟憂棄菅蒯

子（し）と昔（むかし）睽離（けいり）し
嗟（ああ）　余（われ）　苦（はなは）だ屯剝（ちゅんはく）たり
直道（ちょくどう）　邪径（じゃけい）に敗（やぶ）れ
拙謀（せつぼう）　巧諑（こうたく）に傷（いた）む
炎湖（えんこ）　氛氳（ふんうん）たるを度（わた）り
熱石（ねっせき）　犖硞（らくかく）たるを行（ゆ）く
痟飢（しょうき）　夏（なつ）に尤（もっと）も甚（はなは）だしく
瘧渇（ぎゃくかつ）　秋（あき）に更（さら）に数（しば）しばなり
君（きみ）が顔（かお）　覩（み）るべからず
君（きみ）が手（て）　搦（と）るに由無（よしな）し
今来（きんらい）　新恩（しんおん）に沐（もく）し
庶（ねが）わくは鴻朴（こうぼく）に返（かえ）るを見（み）ん
儒庠（じゅしょう）　游息（ゆうそく）を　恣（ほしいまま）にし
聖籍（せいせき）　商搉（しょうかく）に飽（あ）く
危行（きこう）　低徊（ていかい）無（な）く
正言（せいげん）　咿喔（いあく）を免（まぬか）る
車馬（しゃば）　同（とも）に駆（か）るを獲（え）
酒醪（しゅろう）　共（とも）に歠（す）うを欣（よろこ）ぶ
惟（た）だ菅蒯（かんかい）を棄（す）つるを憂（うれ）うるも

82 敢望侍帷幄　敢えて帷幄に侍るを望まんや

83 此志且何如　此の志　且つ何如

84 希君爲追琢　希わくは君　為に追琢せんことを　愈

［校勘］

63「睽」祝本作「睽」。

64「余」文本作「予」。

65「邪」祝本作「斜」。

67「湖」王本作「胡」。

69「飢」祝本、蜀本、魏本作「饑」。

75「游」文本作「遊」。

77「無」文本作「兇」。

「徊」魏本、銭本作「回」。

80「欶」文本作「嗽」。

83「志」文本作「意」。

「何如」潮本作「如何」。

むかし、あなたと別れてから、わたしの命運はすっかり行きづまってしまった。

真っ直ぐな大道は曲がった小道に敗れ、処世に拙い身は巧みな讒言に傷つけられた。

炎と燃える湖から蒸気がもくもくと立ち上るなかを渡り、熱を帯びた岩がごつごつ折り重なる間を進んでいった。

夏は痟の病による餓えがとりわけひどく、秋は瘧による喉の渇きにしきりに苦しめられる。

あなたの顔を見ることはかなわず、その手を握るすべもなかった。

ところが近頃、新たな恩恵に浴することができ、世の中が太古の質朴さに立ち返るときが来ようとしている。

儒教の学舎で存分に楽しみ安らい、聖人の典籍を心ゆくまで考究する。

ためらうことなく厳格な行動を取り、愛想笑いもせず正しい言を述べられる。

あなたとともに車馬を走らせることができ、一緒に酒を飲む歓びも堪能している。

ただ気がかりなのは、菅や茅のように捨て去られることだけ。天子のそばに侍ることなど、どうして望もう。

わたしのこの志は、さてどうであろうか。あなたが磨き上げてくれるのを願っている。（韓愈）

第四段は、韓愈が一気呵成に二十二句をつける。陽山左遷時の苦難を回顧した後、現在では国子博士として都に召還され、憲宗の治下で充実した日々を送っていることを説く。

63・64　以下、第72句に至るまで過去への追想が続く。この一聯では、『周易』の卦である「睽」「離」「屯」「剝」を用い、孟郊との別れと自身の苦難を述べる（孟郊と別れたのは貞元十四年）。なお韓愈は113「同宿聯句」でも、冒頭に「君に別れて自従り来、遠く出だされて巧譖に遭う」といい、孟郊との別離から聯句をうたい起こしている。**睽離**　「睽」「離」ともに離れる、別れるの意。韓愈「郴州の李使君を祭る文」に「睽離の期に在るを念い、此の会の又びなり難きを謂う」。**屯剝**　「屯」「剝」ともに行き悩む、困窮するの意。北周・庾信「張侍中の懐いを述ぶるに和す」詩に「世季にして誠に屯剝たり」。65・66　貞元十九年（八〇三）、監察御史として都にいたときに讒言を受けたことをいう。**直道**　まっすぐな道。転じて人が行うべき正しい道。『論語』微子に「道を直くして人に事うれば、焉くに往くも三たび黜けられざらんや」。**邪径**　まっすぐでない小道、よこみち。転じて正しくない、よこしまな行い。『漢書』五行志中之上に見える成帝の時の謡に「邪径は良田を敗り、讒口は善人を乱す」。**拙謀**　つたないはかりごと。『尚書』盤庚上に出る語。特に世渡りが下手なことをいう。「拙」は、「巧詠」の「巧」に対応し、周囲におもねらず、みずからの本性を貫き通す態度を表す。265「曾江口に宿し姪孫湘に示す二首」其二に、潮州に流謫されたことを嘆いて「嗟　我亦た拙謀にして、身を致して南蛮に落つ」という。**巧詠**　「詠」は謗る、中傷する。**67・68**　讒言を受け、左遷地の陽山に赴いたときのことを回想する。韓愈は南方の地の暑熱を繰り返し詩に詠みこんでいるが、ここでも主題の「納涼」に引きつけつつ、洞庭湖と山岳の暑さを強調する。068「県斎にて懐い有り」に、陽山へ赴任する途次のことを振り返って「湖波（洞庭湖の波）日車を翻し、嶺石（南嶺山脈の岩）天罏を坼く」といい、南方の風土について「炎風　毎に夏に焼く」という。**炎湖**　炎のような熱気を発する湖。**氛氳**　煙やもやなどが盛んにたちこめるさま。畳韻の語。ここでは湖面に熱気や蒸気がこもるさまを表す。**熱石**　焼けた岩。暑熱の厳しい南方の山岳特有の岩をいう。『輿地志』（『初学記』巻八・州郡部・江南道）に「臨武県（湖南省臨武県）の山に熱石有り、物を其の上に置けば、立ちどころに焦がさる」。**犖硞**　岩石がごつごつと重なり合うさま。畳韻の語。「犖确」に同じ。045「山石」に「山石　犖确として行径微かなり」。**69・70**　南方赴任時、流行病に冒されたことをいう。第70句は、特に永貞元年（八〇五）秋の経験をいうか。同年に書かれた作、078「瘧鬼を譴む」参照。**痟飢**　「痟」は体の疼痛をいい、胃腸がずきずきと痛んで食事がままならないことをいう。『周礼』天官・疾医に「四時皆な癘疾（流行病）有り、春時には痟首（頭痛）の疾有り、……秋時には瘧寒の疾有り」、その鄭玄注に「痟は酸削（激痛）なり」。**瘧渇**　「瘧」は一定の周期で発熱をくり返す伝染病。前掲の『周礼』に述べられているように、おこりは秋に流行する病とされていた。078「瘧鬼を譴む」に「秋に乗じて寒熱を作す」。71覿　目の当たりにする。72搦　持つ。手に取る。73・74　恩赦を受け、新たな世の中に期待する気持ちをうたう。今来　今、または最近。「来」は時間副詞を作る語。沐新恩　新たな恩恵をこうむる。「沐」は恵みを受けるの意。永貞元年（八〇五）八月、憲宗が新たに即位し、翌元和元年六月に朝廷に呼び返されたことをいう。090「岳陽楼にて竇司直に別る」では、憲宗即位による恩赦を「新恩　府庭（江陵府の役所）に移る」とうたう。庶見　「庶」は願う、望む。『詩経』檜風・素冠に「庶わくは素き冠を見ん」。返鴻朴　太古の世の理想的な質朴さに立ち返る。王延寿「魯の霊光殿の賦」（『文選』巻一一）に、宮室に描かれた伏羲や女媧の絵について「鴻荒（広大で混沌とした太古の世）は朴略（素朴で飾り気がない）にして、厥の状は睢盱たり（かっと目を見開くさま）」、張載注に「鴻は大なり、朴は質なり。……上古の世は、鴻荒の世たりて、其の形を画くも亦た質にして略なり」。75・76　国子博士として学問に励んでいる現状をいう。儒庠　儒教の学校。韓愈が勤めた長安の国子学（国立学校。三品以上の官僚の子孫を教育する）を指す。游息　学問を遊び楽しんで、心を憩わせることをいう。『礼記』学記に「君子の学に於けるや、焉を蔵し、焉を修め、焉に息い、焉に遊ぶ」とあるのを踏まえる。聖籍　聖人の遺した典籍。経書。商搉　「商」「搉」ともに、はかり比べて検討するの意。77危行　厳格で正直な行い。「危」は厳しいの意。『論語』憲問に「邦に道有れば、言を危しくし行いを危しくす」とあるのを踏まえる。低徊　ためらいがちに行きつもどりつするさま。ぐずぐずと思い悩み、躊躇することをいう。『楚辞』九歌・東君に「長く太息して将に上らんとするも、心は低佪（徊）して顧みて懐う」。78咿喔　無理に笑うさま。双声の語。「喔咿」と同義。『楚辞』卜居に「寧ろ正言して諱まず、以て身を危うくせんか。……将た哫訾栗斯（へつらい、かしこまるさま）、喔咿儒兒として以て婦人に事えんか」。80酒醪　清酒と濁酒。広く酒をいう。欶　すする。81菅蒯　スゲとアブラガヤ。取るに足らない卑賤なものの喩え。ここでは韓愈自身を貶めていう。『左伝』成公九年に「詩に曰く、糸麻（絹と麻）有りと雖も、菅蒯を棄つること無かれ」とあるのを踏まえる。82侍帷幄　天子の側近として寵愛を受け、政治に深く関わることをいう。「帷幄」は天子の居所に掛けられる垂れ幕。『史記』高祖本紀に「夫れ籌策（はかりごと）を帷帳の中に運らし、勝を千里の外に決するは、吾　子房に如かず」と漢創業の名臣張良を讃える。83此志　前の一聯までに述べた内容を広く承ける。学問に打ちこむことができ、孟郊とともに楽しみを尽くすこともできる現在の状況に満足し、さらなる栄達を望まない気持ちをいう。且　語調を整えるための助字。まあ、さあ。84追琢「追」「琢」ともに彫り磨くの意。孟郊が自分の考えに同意し、「此の志」を全きものにしてくれるよう呼びかける語。『詩経』大雅・棫樸に「其の章を追琢し、其の相（姿）を金玉にす」、毛伝に「追は彫なり。金ならば彫と曰い、玉ならば琢と曰う」。

詩型・押韻　聯句（五言古詩）。入声四覚（朔・濁・擢・岳・濯・雹・愨・楽・鷟・邈・握・卓・角・啄・渥・捉・桷・濯・犖・璞・穱・觳・齪・斲・槊・覚・皃・学・撲・鋜・葯・剝・諑・硞・数・搦・朴・搉・喔・軟・幄・琢）。平水韻、入声三覚。

（谷口高志）

113　同宿聯句

同宿聯句

元和元年（八〇六）、長安において韓愈と孟郊が同宿して作った聯句。第14句のエンジュの繁った様子を実景と見れば、夏から秋にかけての作。主に国子博士の任にある韓愈の立場から、陽山への左遷と都への召還、職務や文学への自負などが述べられ、同宿の情景、さらには聯句そのものへと対象が移る。二句ずつ交替で作られるが、終わりの八句は孟郊が単独で詠じて結ぶ。押韻は去声五十二沁の険韻であり、困難な条件の中で表現を追求しようとする側面がここにも窺える。

1 自從別君來　君に別れて自従り来
2 遠出遭巧譖 愈　遠く出だされて巧譖に遭う 愈
3 斑斑落春淚　斑斑として春涙落ち
4 浩浩浮秋浸 郊　浩浩として秋浸に浮かぶ 郊
5 毛奇覩象犀　毛奇　象犀を覩
6 羽怪見鵩鵀 愈　羽怪　鵩鵀を見る 愈
7 朝行多危棧　朝に行けば危桟多く
8 夜臥饒驚枕 郊　夜臥せば驚枕饒し 郊
9 生榮今分踰　生栄　今　分を踰え
10 死棄昔情任 愈　死棄　昔　情に任す 愈

〔校勘〕
7「棧」　文本、蜀本作「輚」。

同宿の聯句

あなたと別れて以来、讒言を被って遠方の地に流された。（韓愈）
ぽたぽたと春の涙が落ちて、ざあざあと流れる秋の大水に舟を浮かべて旅した。（孟郊）
象や犀のような奇怪な獣を見たり、鵩や鴆のような恐ろしい鳥を目にしたりした。（韓愈）
朝、出かけていくのは往々にして危険な桟道、夜に休息するのはまずきまって安眠できぬ枕。（孟郊）
生きて都に帰れたことは現在のわが身には過ぎたもの。そのまま死んで捨てられようが、あの時はなるようになれと思った。（韓愈）

全体を三段に分ける。第一段は韓愈の陽山（広東省陽山県）へ左遷された辛い日々を振り返る。二句ずつ交替するが、孟郊が左遷時代の韓愈に寄り添って悲しみを詠じるのに対して、韓愈はあっさりと終わろうとし、聯句ならではのぎくしゃくした食い違いが感じられる。

0同宿　一緒に泊る。「同宿」を詩題に掲げた作品は唐以前はほとんどないが、中唐に至って増え、友情を表現するテーマの一つになる。その中には不遇感を抱く者同士が一晩の語らいによって慰めを得る様子が歌われるものがあり、この聯句にもそうした側面が見られる。　1　孟郊とは貞元十四年（七九八）に汴州（河南省開封市）で別れた。　2遠出　朝廷を追われて遠く都の外に出される。ここでは陽山に左遷されたことを指す。　巧讒　欺きそしる。「巧」はいつわる。　3・4　左遷されて悲しみに暮れ、川を旅する韓愈の姿を比喩的に詠じる。　斑斑　涙のしずくが斑点となって数多くついているさま。李白「閨情」詩に「錦を織りて心草草たり、灯を挑げて涙斑斑たり」。　春涙　春という本来楽しいはずの時節に流す涙。唐・王勃「春遊」詩に「客念　紛として極まり無く、春涙　倍ます行を成す」。　浩浩　水が盛んに流れるさま。『尚書』堯典に、洪水について「浩浩として天に滔る」、孔安国伝に「浩浩は盛大なること天に漫るが若し」。　秋浸　秋の大水。「浸」は洪水。『荘子』逍遥遊に「大浸　天に稽れども溺れず」。　**5・6**　南方がいかに異境の地であるかを奇怪な動物によってあらわす。**毛奇**　毛虫（獣）の奇なるものの意。　**象犀**　象と犀。南方の獣。『爾雅』釈地に「南方の美なる者、梁山の犀象有り」。司馬相如「上林の賦」（『文選』巻八）に「獣には則ち……窮奇（牛に似た怪獣）象犀あり」。また、124「区弘の南に帰るを送る」に「野に象犀有り　水に貝璣（真珠）あり、百宝を分散して人士は稀なり」。ここではそれらを美しいものや物産の豊かさとしてではなく、奇怪な風物として意識する。　**羽怪**　羽族（鳥）の怪なるものの意。　**鵩鴞**　不吉な鳥の名。ここでは追放されて南方をさすらった賈誼や屈原を連想させる鳥として用いる。「鵩」は鴞に似た鳥。賈誼「鵩鳥の賦」序（『文選』巻一三）に「誼　長沙王の傅（守り役）と為る。三年にして、鵩鳥有り飛びて誼の舎に入り、坐の隅に止まる。鵩　鴞に似て、不祥の鳥なり」。「鴆」は伝説中の毒鳥の一種で、その羽を浸した酒を飲むと即死するという。『楚辞』離騒に「吾　鴆をして媒と為さしむ、鴆　余に告ぐるに好からざるを以てす」。　**7・8**　旅の生活が不自由で意に満たぬものだったことをいう。　**危桟**　高く険しい桟道。杜甫「岳州の賈司馬六丈……に寄す五十韻」に「翠は乾く　危桟の竹、紅は膩（なめらか）なり　小湖の蓮」。　**驚枕**　安眠できないことをいう。「驚」はびっくりして目覚めること。　**9生栄**　生きている間に栄誉を受ける。子貢が孔子を称えた言葉、「其の生くるや栄え、其の死するや哀しむ（人から悲しまれる）」（『論語』子張）にもとづく。曹植「王仲宣（王粲）の誄」（『文選』巻五六）に「生栄死哀、亦た孔だ栄なり」。ここでは陽山の左遷から生還できたことを指す。　**分踰**　「踰分」を倒置した形。「分」は本分、分際。「踰」は「逾」に通じ、越えるの意。　**10死棄**　死後、見捨てられて忘れられる。孟郊「盧殷を弔う十首」其九に「嗟嗟　無子の翁、死棄せらるること脱毛の如し」。　**情任**　「任情」を倒置した形。思いのままに振る舞う。

11　鵷行參綺陌　　鵷行　綺陌に参わり

12 雞唱聞清禁　郊
13 山晴指高標
14 槐密騖長蔭　愈
15 直辭一以薦
16 巧舌千皆矜　郊
17 匡鼎惟說詩
18 桓譚不讀讖　愈
19 逸韻何嘈嗷
20 高名俟沽賃　郊

雞唱　清禁に聞く　郊
山晴れて高標を指さし
槐密にして長蔭に騖す　愈
直辞　一以て薦め
巧舌　千皆な矜む　郊
匡鼎　惟だ詩を説き
桓譚　讖を読まず　愈
逸韻　何ぞ嘈嗷たる
高名　沽賃を俟つ　郊

［校勘］

13「標」　文本作「摽」。
14「騖」　祝本作「鶩」。
20「賃」　蜀本作「債」。

今や朝廷で都大路を歩む官僚の列に加わり、宮中で夜明けを告げる役人の声も聞こえてくる。（孟郊）

山は晴れ渡り、都の象徴たるその頂を指さして眺め、槐が繁って長い日陰をなす都大路に車を走らせる。（韓愈）

ひたすら率直な忠告を上奏すると、巧言の数々はすべて止む。

匡衡のようにもっぱら『詩経』の講義をし、桓譚に倣って予言書などは読まない。（韓愈）
あなたのすぐれた詩歌の調べはなんと活気に満ちていることか。この高い評判は売って使ってもらえるのを待っているのだ。（孟郊）

第二段は都の長安にもどれた喜びと現在の職務や文学創作への気概を詠じる。

11 夜明けとともに都に入り、宮門が開くのを待つ役人たちを比喩的に描写する。**鵷行** 朝廷の官吏たちが整然と並んだ列。「鵷」は鳳凰の一種。その飛ぶさまが整然としていることから、朝廷の官吏たちの列を意味する。**綺陌** あやぎぬの模様のように繁華な街路。都大路。12**雞唱** 雞人の声。雞人は周代、祭祀において夜明けを告げる官職の名（『周礼』春官・雞人）で、後世、宮中において時間を管理する役人。**清禁** 厳かな宮禁。13・14 都にもどっての晴れ晴れとした気持ちを述べる。**山** ここでは終南山を指す。**高標** 高いしるし。ここでは終南山が都の象徴となっていることをいう。**槐** エンジュの木。都の大通りの両側にはエンジュが植えられ、並木を成していた。289「南内に朝賀して帰りて同官に呈す」に「緑槐十二街、渙散として（四方に散って）輪蹄を馳す」。**騖** 車馬を自在に走り回らせる。**長蔭** エンジュが左右に繋って長い日陰を作っている大通りのこと。15・16 唐王朝の一臣下としての務めを果たそうと意気ごむことをいう。**直辞** 率直で公正な言葉。直言。**一以** ただそれだけを。『論語』里仁に「吾が道は一以て之を貫く」。**巧舌** うわべだけの甘言。唐・盧仝「古に感ず四首」其二に「蒼蠅 垂棘（美玉）を点し、巧舌 錦綺を成す」。**矜** 「噤」「吟」に通じる。口をつぐんで話さない。『史記』淮陰侯列伝に「舜・禹の智有りと雖も吟みて言わざるは、瘖聾（聾唖者）の指麾するに如かざるなり」。17・18 正統的な儒学を尊重する韓愈自身の立場を表明する。**匡鼎** 漢の儒学者匡衡のこと。匡衡が若い頃『詩経』について話すと、人々は満足して顔をほころばせた故事による。『漢書』匡衡伝に

「詩を説く無かれ、匡鼎来たる。匡 詩を説けば、人の頤を解かん」、張晏注に「匡衡少き時、字は鼎」。桓譚 後漢の学者。霊台の位置を予言書によって決めようとした光武帝に対して、自分はそのようなものは読まないと諌めた故事による。『後漢書』桓譚伝に「帝 譚に謂いて曰く、『吾 讖を以て之を決めんと欲す、何如』と。譚 黙然たること良や久しくして曰く、『臣は讖を読まず』と」。讖 予言書。19逸韻 すぐれた詩歌。嘈嗷 にぎやかで盛んなさま。畳韻の語。王鑑「七夕に織女を見る」詩（『玉台新詠』巻三）に「雲韶（黄帝と舜帝の音楽）何ぞ嘈嗷たる、霊鼓 鳴りて相い和す」。20 すぐに買い手がつくはずであることをいう。韓愈の職務として国子博士では物足りないという思いを裏に潜める。高名 名声。『淮南子』俶真訓に「詩書を縁飾して（人に誇り）、以て名誉を天下に買う」。俟沽賃 美玉があるがしまっておくか売るかを子貢に尋ねられた孔子の答え、「之を沽らんかな、之を沽らんかな、我は賈（買い手）を待つ者なり」（『論語』子罕）にもとづく語。「沽」は売る。「賃」は雇われる。

21 紛葩歡屢塡　　紛葩として歓び屢しば塡ち
22 曠朗憂早滲　愈　　曠朗として憂い早に滲く　愈
23 爲君開酒腸　　君が為に酒腸を開き
24 顚倒舞相飲　郊　　顚倒して舞いて相い飲す　郊
25 曦光霽曙物　　曦光 曙物霽れ
26 景曜鑠宵祲　愈　　景曜 宵祲を鑠かす　愈
27 儒門雖大啓　　儒門は大いに啓くと雖も
28 姦首不敢闖　　姦首は敢えて闖わず

29 義泉雖至近
30 盗索不敢沁
31 清琴試一揮
32 白鶴叫相喑
33 欲知心同樂
34 雙繭抽作紙　郊

義泉　至って近しと雖も
盗索　敢えて沁まず
清琴　試みに一たび揮けば
白鶴　叫びて相い喑す
心　楽しみを同じくするを知らんと欲せば
双繭　抽きて紙を作す　郊

［校勘］
22「朗」　潮本、祝本、文本、蜀本、魏本作「亮」。
24「倒」　潮本作「到」。
25「曙」　文本作「署」。
26「愈」　文本無。
28「姦」　蜀本、王本作「奸」。
「闖」　文本下有小字「愈」。
32「叫相喑」　文本、蜀本作「相叫吟」。

あちらと思えばこちらにと喜びがいつも満ちあふれ、心はからりとして不安はとっくに消えている。（韓愈）
あなたのために酒をどんどん腸に入れて、倒れんばかりに舞ってはまた杯を勧める。（孟郊）
朝日がもやを払って夜明けの景色が現れ、その輝きが夜に生じた妖気を弱めてゆく。（韓愈）

儒学の門は広く天下に開いても、悪党が頭を覗かせて様子を窺うことはできない。

正義の泉はすぐ近くにあっても、盗賊がつるべで汲むことはできない。

清らかな調べの琴を奏でてみると、白い鶴が鳴いて琴の音色に和す。

いかに心を一つに楽しんでいるかといえば、それは二つの繭から生糸を紡いで絹糸を織りなすようなものなのだ。（孟郊）

第三段は、同宿して歓を尽くす一晩の様子に移る。そして夜が明け、今後への楽観と希望や聯句という営みそのものに思いを致す。

21紛葩　花が咲き乱れるように盛大で多いさま。双声の語。馬融「長笛の賦」（『文選』巻一八）に、長笛による美しい楽曲を述べて「紛葩爛漫として、誠に喜むべし」、李善注に「紛葩は盛多の貌」。塡　充満する。22曠朗　広々として明るいさまを表す畳韻の語。張協「七命」（『文選』巻三五）に「天清冷にして霞無く、野曠朗にして塵無し」。滲　尽きる。『広雅』釈詁に「殫・索・既・渇・滲……は、尽なり」。ここでは憂いがなくなる意。23酒腸　酒を入れるはらわた。身体部位を用いた生々しい言葉遣い。唐・張継「重ねて巴丘を経」詩に「詩句乱れて青草の落つるに随い、酒腸倶わりて洞庭の寛きを逐う」。24顚倒　前後や順序がひっくり返り、錯乱したさま。双声の語。ここは酔った時の体の動きであろう。飲　酒を飲ませる。25・26　同宿して夜が明けてゆくことを述べるとともに、これから輝かしい世になってゆくだろうという希望を重ねる。曦光　太陽の光。「曦」は太陽。108「鄭群　簟を贈る」第22句注参照。景曜　きらめき。輝き。張衡「西京の賦」（『文選』巻二）に、未央宮の華麗な垂木を描写して「景曜の韡曄（光輝くさま）を流せり」、李善注に「景は光景（輝き）なり」、薛綜注に「曜は光なり」。鑠　熱によって勢力などを弱める、そぐ。宵祲　夜気。「祲」は陰陽の二気が作用して生ずるとされる不祥の気。093「永貞行」に「江氛嶺祲、昏くして凝るが若し」。27〜30 寛大な世の中になったが悪い奴が入って来れないという楽観を述べる。**儒門** 儒者の門。儒家の学問。顔延之「皇太子の釈奠の会の作」（『文選』巻二〇）に「国は師位（先生の地位）を尚び、家は儒門を崇む」、五臣注に「儒門は専門に教授するを謂う」。ここでは国子学を指す。**大啓** 大いに開く。『詩経』魯頌・閟宮の「大いに爾の宇（国土）を啓き、周室の輔と為れ」にもとづく古めかしい言い方。**闖** 頭を出す。ここは頭を突き出して様子をうかがう意。**義泉** 正義の泉。『旧唐書』地理志三によれば、夷州（貴州省鳳岡県）に実在した地名。ここでは孔子がその名を憎んで、喉が渇いても飲まなかったという「盗泉」にかけた架空の泉。『尸子』巻下に「（孔子）盗泉に過りて、渇けども飲まず。其の名を悪めばなり」。**盗索** 盗賊が水を汲むのに用いるつるべ。「索」はつるべの縄。**汲** 水を汲む。31〜34 聯句の醍醐味を音の調和や糸を紡ぐことに喩え、そこに二人の感情の交流を見出す。第31・32句は打てば響くといった、両者の掛け合い、応答の妙、第33・34句は両者が渾然一体となるのをいう。**清琴** 清らかな音色の琴。魏・曹丕「善哉行」（『宋書』楽志三）に「客有り南従り来たり、我が為に清琴を弾ず」。**試一揮** ちょっと弾いてみる。南朝宋・鮑照「王護軍の秋夕に和す」詩に「軒を開きて戸牖に当たり、琴を取りて試みに一たび弾ず」。「揮」は琴を奏でる。**白鶴叫相喑** 春秋時代、晋の平公が楽師の師曠に琴を演奏させたところ、黒い鶴が鳴いて舞ったという。『韓非子』十過に「師曠 已むを得ずして、琴を援きて鼓す。一たび奏すれば、玄鶴二八（十六羽）有り、南方道り来たりて……三たび之を奏すれば頸を延べて鳴き、翼を舒べて舞う。音は宮商の声に中たり、声は天に聞こゆ」、また魏・曹植「白鶴の賦」に「雅琴の清均（韻）を聆く」。「喑」は声が呼応する。**双繭抽** 蚕の繭から生糸をつむぎ出す。二人での聯句ゆえに「双」という。陸倕の「新刻漏（新しい水時計）の銘」（『文選』巻五六）に「微なること抽繭の若く、逝くこと激電の如し」。**紝** 織り物を織るのに用いる細い絹糸。機糸。「紝」に同じ。『礼記』内則に「女子は十年まで出でず、……糸繭を治め、紝を織り紃

（丸く組んだひも）を組む」。

詩型・押韻　聯句（五言古詩）。去声五十二沁（譖・浸・鴆・枕・任・禁・蔭・紟・讖・賃・滲・飲・祲・闖・沁・喑・紝）。平水韻、去声二十七沁。

（谷口　匡）

114　南山詩　南山の詩

唐の都、長安の南郊にそびえる終南山をうたう。元和元年（八〇六）六月、江陵府（湖北省荊州市）から長安に召還され、国子博士となった後の作。二百四句におよぶ屈指の長篇であり、賦の鋪陳の技法をはじめ、豊富多彩な比喩や新奇晦渋な語彙を駆使して山の姿を描き尽くす。ことに「或〇若……」の句法を延々と連ねた箇所は、過剰なまでに言葉を注ぎこんで対象の全体に迫ろうとする点において、韓愈文学の特質を示すと言ってよい。詩における南山（終南山）は、つとに『詩経』小雅・天保に「南山の寿の如く、騫けず崩れず」とあるように、長寿や恒久不変を象徴する存在であった。漢賦以来、長安に近接する地理的条件ゆえに、帝都の陸標、王朝・国家の安泰を祈念するための霊山として表現されてきたが、その一方で隠棲の地、権力から遠ざかる超俗空間でもあった。このように世俗と超俗という両義性を帯びる終南山は、唐代になると詩の重要な題材になってゆくが、この作品では伝統的なシンボリズムを敢えて解体し、韓愈自身の体験、知覚に即しながら終南山の風景を事細かく捉えようとする。

1 吾聞京城南
2 茲維羣山囿
3 東西兩際海
4 巨細難悉究
5 山經及地志
6 茫昧非受授
7 團辭試提挈
8 挂一念萬漏
9 欲休諒不能
10 粗敘所經覯

吾聞く　京城の南
茲れ維れ群山の囿なりと
東西　両つながら海に際わり
巨細　悉くは究め難し
山経及び地志
茫昧として受授するに非ず
辞を団めて試みに提挈せんとすれば
一を挂けて　万を漏らさんことを念う
休めんと欲すれども諒に能わず
粗ぼ経覯し所を叙べん

〔校勘〕

2「維」　文本作「惟」。
8「挂」　祝本、文本、蜀本、魏本作「掛」。

南山の詩

わたしの聞くところでは、都の南、これぞ群山の集まる苑であるとか。
東西両側とも地の果ての海まで続き、細大漏らさずすべてを知り尽くすのは難しい。

山づくしの本や地理書も、記述が曖昧ではっきりせず、授け伝えられるものではない。
もろもろの言葉を取り集め、試みに南山の姿をつかみ取ってみたいと思うが、一つだけを取り上げて、他の多くを漏らしてしまうのではないかと心配だ。
書くのをやめようと思っても、どうしてもやめられない。そこで、わたしが実際に経巡ったところをあらまし述べてゆこう。

全体を十段に分ける。第一段は、この詩の総序に相当し、表現者として自分なりに終南山を叙述したいという強い意志を示す。

0南山　終南山。長安の南四〇キロほどの地に位置する連山。主峰は標高二六〇四メートルの翠華山（太乙山）だが、太白山を含めた秦嶺山脈の中段全体を指す。終南山そのものを題詠対象とした作品の早い例に、後漢・班固「終南山の賦」がある。詩は北周・隋の頃から現れ始め、唐の太宗「終南山を望む」詩、王維「終南山」詩、孟郊「終南山に遊ぶ」詩などが名高い。　1京城　帝都。長安を指す。　2茲維　語調を整えるための助字。「維」は「惟」に通じる。『尚書』伊訓に「以て万邦を有つに至る、茲れ惟れ艱きかな」、同・周官に「太師・太傅・太保を立つ、茲れ惟れ三公なり」など、古代的で荘重な語気をともなう。　囿　鳥や獣を飼うために造られた天子の庭園。物が群がり集まる場所をいう。　3　終南山の東西両側とも世界の果てに連なるという。　両際海　「際」は接するの意。「四海」というように、海は四方の地の果てにあると認識されていた。王維「終南山」詩にも、宇宙論的なレベルで終南山を捉えて「太乙　天都に近く、連山　海隅に到る」。　4巨細　全体と細部。　5山経　古代の地理書『山海経』の略称となることもあるが、ここでは山について記録した書物一般をいう。　地志　土地の地理情況を記した書物。韓愈「毛穎の伝」にも、あらゆる雑多な書物を列挙して「陰陽・卜筮・占相・医方・族氏・山経・地志・字書・図画……」と見える。6茫昧　ぼんやりして、はっきりしないさま。双声の語。受授　知識を受け取り伝える。7団辞　さまざまな言葉を一つに集める。「団」は団結、凝集の意。提挈　まとめて手にひっさげる。ここでは全体の概要を提示すること。『淮南子』俶真訓に「天地を提挈して万物を委つ」、高誘注に「一手を提と曰う。挈は挙ぐ」。8一部分だけを挙げて、多くの遺漏があるのではないかと恐れる。『宋書』前廃帝本紀・論に「若し夫れ武王　殷紂の釁を数（責）むるは、其の万に一も絓（挂）くる能わず」。「万漏」は、通常の語順であれば「漏万」となるべきところ、押韻の都合により顚倒させた。9『論語』子罕の「罷（休）めんと欲すれども能わず」に倣った句。表現したいという欲求を抑えがたいことをいう。「諒」は事実を強調する助字。10経覯　「経」は通り過ぎる。「覯」は出会う。

11　嘗昇崇丘望　　嘗て崇丘に昇りて望めば
12　戢戢見相湊　　戢戢として相い湊まるを見る
13　晴明出稜角　　晴明に稜角を出だせば
14　縷脈砕分繡　　縷脈　砕けて繡を分かつ
15　蒸嵐相澒洞　　蒸嵐　相い澒洞とし
16　表裏忽通透　　表裏　忽ち通透す
17　無風自飄簸　　風無けれども自ら飄簸し
18　融液煦柔茂　　融液して煦かく柔茂す
19　横雲時平凝　　横雲　時に平凝し
20　點點露數岫　　点点　数岫を露わす

21 天空浮脩眉
22 濃緑畫新就
23 孤樘有巉絶
24 海浴褰鵬噣

天空（てんくう）　脩眉（しゅうび）を浮（う）かべ
濃緑（のうりょく）　画（えが）きて新（あら）たに就（な）る
孤樘（ことう）　巉絶（ざんぜつ）たること有（あ）り
海（うみ）に浴（よく）して鵬（ほう）の噣（くちさき）を褰（かか）ぐ

［校勘］

11「嘗」潮本、祝本、文本、蜀本、魏本作「常」。
「昇」蜀本作「升」。
13「稜」銭本作「棱」。
14「繡」蜀本作「綉」。
17「無」蜀本作「无」。
21「空」潮本、祝本、文本、蜀本、魏本作「宇」。
23「樘」潮本、祝本、文本、蜀本、魏本、王本作「撐」。

かつて高みに登って眺めたところ、峰々が押し合いへし合い寄り集まるのが見えた。晴れわたって山の稜線が現れると、尾根筋が細かく分かれ美しい縫い模様をなす。蒸気や靄（もや）がもくもくと立ちこめ、山の彼方こなたがいつしか通じ合う。風もないのにおのずと漂い上がり、融けて液体となって草木を暖かく潤す。横にたなびく雲が時として平らに垂れこめば、ぽつぽつと洞穴が幾つか露わになる。

空に浮かぶのは細長い眉、青緑の黛を引いたばかりの粧い。
支え柱一本、切り立つその姿は、海で水浴びする大鵬のくちばし。

第二段は、終南山全体を遠くから眺望し、天気によって変化するさまざまな相貌を描く。
11・12　離れた場所から、終南山の遠景を捉える。**崇丘**　高い丘。陸機「洛に赴く道中の作二首」其二（『文選』巻二六）に「策を振いて崇丘に陟る」。**戢戢**　びっしり群がり集まるさま。「濈濈」に通じる。『詩経』小雅・無羊に「爾の羊来たる、其の角濈濈たり」。**13・14**　快晴のときに山の稜線が現れると、あたかも糸筋が細かく分かれて刺繡を施したかのようだという。**稜角**　物の角になって突出した部分。山の尾根をいう。121「秋懐詩十一首」其四に「清暁（清々しい明け方）に書を巻きて坐すれば、南山　高稜を見わす」。**縷脈**　糸の筋。**15蒸嵐**　「蒸」は水から立ちのぼる気。「嵐」は山林に発生するもや。山気。日本語の「あらし」ではない。**澒洞**　種々の気が混じり合って瀰漫するさま。畳韻の語。「鴻洞」と同義。漢・賈誼「旱雲の賦」に、夏の雲について「清濁の澒洞たるを運らし、正に重沓（重なり合うさま）として並び起こる」。**16表裏**　あちこち、あまねく。「表」は外、「裏」は内。**通透**　「通」「透」ともに貫通するの意。双声の語。**17・18**　「蒸嵐」の気が空を漂い、草木に暖かさをもたらす。**飄簸**　風にあおられるようにして大きく揺れ動く。「簸」の原義は、穀物をあおって、もみがらなどを取り除く。**融液**　融けて液状化する。**煦**　ぽかぽか暖かい。**柔茂**　草木が柔らかく生い茂る。**19平凝**　平らになって凝集する。**20岫**　洞穴のある山。**21・22**　終南山の女性的な美しさを形容する。『西京雑記』巻二に、漢・卓文君の眉の色を遠くに青くかすむ山に喩えて「文君は姣好（見目麗しい）にして、眉色は遠山を望むが如し」というのを反転する。**脩眉**　「脩」は長い。曹植「洛神の賦」（『文選』巻一九）に、神女の艶麗な姿態について「脩眉は聯娟（緩やかに曲がるさま）たり」。**濃緑**　青緑色の眉墨によって、遠くに望む終南山の色をいう。23・24　終南山の男性的な雄々しさを形容する。**孤橕**　孤絶して屹立する峰。「橕」は「撐」に通じ、突っ張り支えるための柱。控柱。118「城南聯句」第14句（韓愈）にも「擢抓（枝が切り砕かれる）孤撐饒る」。**巉絶**　山の絶壁が切り立つさま。劉峻「広絶交論」（『文選』巻五五）に「太行・孟門（ともに山の名）も、豈に嶄（巉）絶と云わんや」。また杜甫「白水の崔少府十九翁の高斎三十韻」にも、西岳華山について「巉絶として華岳赤し」。**褰**　高く挙げる。「騫」の通仮字と解すれば、大鳥の羽ばたくさまをいう。061「恵師を送る」に「鵬は騫びて長翮（長い羽根）を堕とす」。**鵬噣**　世界の果てなる海で沐浴する大鵬のイメージは、『荘子』逍遥遊に「化して鳥と為るや、其の名を鵬と為す。鵬の背、其の幾千里なるかを知らざるなり。怒して（勢いよく）飛べば、其の翼は垂天の雲の若し。是の鳥や、海運けば則ち将に南冥（南の果ての海）に従らんとす。南冥とは天池なり」というのを意識するか。「噣」は鳥のくちばし。

25　春陽潛沮洳　　春陽　沮洳に潜み
26　濯濯吐深秀　　濯濯として深秀を吐く
27　巖巒雖嵂崒　　巌巒　嵂崒たりと雖も
28　輭弱類含酎　　軟弱なること酎を含むに類す
29　夏炎百木盛　　夏炎　百木盛んに
30　蔭鬱增埋覆　　蔭鬱として増ます埋覆す
31　神靈日歆歔　　神霊　日びに歆歔し
32　雲氣爭結構　　雲気　争いて結構す
33　秋霜喜刻轢　　秋霜　刻轢を喜み

34 礫卓立癯瘦　礫卓(たくたく)として立(た)ちて癯瘦(くそう)たり
35 參差相疊重　參差(しんし)として相(あ)い畳重(じょうちょう)し
36 剛耿陵宇宙　剛耿(ごうこう)として宇宙(うちゅう)を陵(しの)ぐ
37 冬行雖幽墨　冬行(とうこう)　幽墨(ゆうぼく)なりと雖(いえど)も
38 冰雪工琢鏤　氷雪(ひょうせつ)　工(たく)みに琢鏤(たくろう)す
39 新曦照危峨　新曦(しんぎ)　危峨(きが)たるを照(て)らせば
40 億丈恆高袤　億丈(おくじょう)　恒(つね)に高袤(こうぼう)
41 明昏無停態　明昏(めいこん)に態(たい)を停(とど)むること無(な)く
42 頃刻異狀候　頃刻(けいこく)に状候(じょうこう)を異(こと)にす

〔校勘〕
26「吐深」　潮本、祝本、魏本作「深吐」。
27「巖」　蜀本作「岩」。
33「轢」　祝本、蜀本作「鑠」。
36「陵」　文本、蜀本作「凌」。
39「危」　蜀本作「⿱宀危」。
41「無」　蜀本作「无」。

春の陽気が秘かに湿地にこもるとき、つやつやと、かそけき花が綻(ほころ)びる。

山並みは険しくそそり立つけれども、しどけないさまは芳醇な酒に酔った姿に似る。

夏の炎暑に木々が生い茂るとき、こんもりとした緑蔭がますます山を覆い隠す。

神霊は日ごとに熱い息吹を送り、雲の気が競ってさまざまな形を組み立てる。

秋の霜が万物を痛めつけるとき、がりがりに痩せこけた姿で突っ立っている。

ふぞろいの高さで重なり合いつつ、不屈の意志で天地全体を凌駕する。

冬の季節は暗くひっそりとしているが、真っ白な氷と雪が巧みに彫琢を施す。

朝日の光が聳えるところを照らせば、億丈の山々はいつも高く広がっている。

明るいときと暗いときと同じ姿のままでいることはなく、瞬く間にその形を変化させる。

第三段は、終南山の四季折々の景観について述べる。四句ごとに春夏秋冬それぞれの美しさを描写したのち、最後の二句で時刻によって山容がめまぐるしく変化するとまとめる。
25春陽　「陽春」と同義。『詩経』豳風・七月に「春日　載ち陽かく、鳴く倉庚（コウライウグイス）有り」。沮洳　じめじめした低湿の地。『詩経』魏風・汾沮洳に出る語。畳韻の語。26濯濯　光沢があるさま。春のみずみずしさをいう。『世説新語』容止に、ある人が王恭の立派な姿に感歎して「濯濯として春月の柳の如し」。吐深秀　冬のあいだ潜んでいた花が咲き初める。西晋・潘尼「安石榴（ザクロ）の賦」に「英を含み秀を吐き、乍ち合して乍ち披く」。「吐」は芽吹いて花を咲かせる。「深秀」の語、北宋の欧陽脩「酔翁亭の記」では、琅邪山の形容に用いられる。27巌巒　険しい岩山。徐悱「古意　到長史漑の琅邪城に登る詩に詶ゆ」（『文選』巻二二）に「表裏は形勝（要害の地）を窮め、襟帯は巌巒を尽くす」。嵂崒　山が高くそびえるさま。畳韻の語。司馬相如「子虚の賦」（『文選』巻七）に、雲夢沢の山を形容して「隆崇峍（嵂）崒たり」。28　山の景色を酒に酔ったさまに喩えるのは、魏の嵆康について「其の酔えるや、傀俄（がらがらと崩れるさま）として玉山の将に崩れんとするが若し」と評した逸話（『世説新語』容止）がよく知られるが、ここでは女性が微醺を帯びたような、柔らかな酔態をイメージするべきか。**軟弱**　双声の語。しなやかな草木の茂る春山を形容する。**含酎**　「酎」は何度も発酵させた濃厚な酒。29　夏は五行説では火に当たり、あらゆる樹木を成長させる季節であることをいう。『後漢書』荀爽伝に「夏は則ち火王（旺）んにして、其の精は天に在り、温煖の気、百木を養い生ず」。30**蔭鬱**　樹木がこんもりと茂るさま。双声の語。**埋覆**　覆い隠す。31**歊歔**　双声の語。「歊」は熱気が立ちのぼる。「歔」は息を吐き出す。32**結構**　家屋などの構え。建造物を造り出すこと。左思「招隠詩二首」其一（『文選』巻二二）に「巌穴に結構無し」、李善注に「結構は交結構架するを謂うなり」。33**喜**　……しがちである。**刻轢**　人を苦しめ踏みにじる。粛殺の気である「秋霜」から冷酷厳格なイメージが導かれる。『史記』酷吏列伝の序に、呂后の時の酷吏侯封について「宗室を刻轢し、功臣を侵辱す」。34**礫卓**　高く突出したさま。畳韻の語。「卓礫」と同義。**癯瘦**　瘦せてやつれたさま。『文子』自然に「神農は形悴（憔悴）たり、堯は瘦癯たり」。35**参差**　高低ふぞろいのさま。双声の語。山並みに用いた例として、張衡「西京の賦」（『文選』巻二）に「華岳峨峨として、岡巒（丘や峰）は参差たり」。**畳重**　幾重にも重なり合うさま。「重畳」と同義。36**剛耿**　双声の語。「強」は剛強、「耿」は耿介の意。二字合わせて、意志が強く屈しないさまを表す。**陵宇宙**　「陵」は上に登る、越える。「宇宙」は世界全体。「宇」は上下四方の空間、「宙」は過去から現在までの時間を表す。西晋・傅玄「驚雷の歌」に、雷の威力について「威は宇宙を陵ぎて四海を動かす」。37**冬行**　「行」は季節の運行。**幽墨**　物音一つしないさま。「幽黙」に通じる。『楚辞』九章・懐沙に「孔だ静かにして幽黙なり」。39**新曦**　日の出。「曦」は陽光。**危峨**　「危」「峨」ともに高く険しい山の形容。40　冬の終南山は暗く氷雪に覆われているが、朝日の光を受けて煌めくと、高大な山々が確かに変わらず存在していることがわかる。**億丈**　極めて高いもの。「丈」は長さの単位。賈誼「過秦論」(『文選』巻五一)に「億丈の城に拠り、不測の谿に臨み以て固めと為す」。高袤　高さと広さ。「袤」は土地の南北の長さを表す。41明昏　朝と夕、晴れと曇りなどをいう。42頃刻　ほんのわずかの時間。086「江陵に赴く途中……」第46句注参照。状候　病気の症状の意に用いることが多いが、ここでは山の状況。謝霊運「石壁の精舎より湖中に還るの作」(『文選』巻二二)に「昏旦に気候変じ、山水は清暉を含む」。

43 西南雄太白　西南には太白雄なり
44 突起莫間簉　突起して　間わり簉ぶもの莫し
45 藩都配徳運　都に藩として徳運に配し
46 分宅占丁戊　宅を分かちて丁戊を占む
47 逍遙越坤位　逍遥して坤位を越え
48 詆訐陥乾竇　詆訐せられて乾竇に陥る
49 空虚寒兢兢　空虚　寒くして兢兢たり
50 風氣較搜漱　風気　較や捜漱す
51 朱維方焼日　朱維　焼日に方たるも
52 陰霰縦騰糅　陰霰　縦に騰糅す
53 昆明大池北　昆明　大池の北
54 去覲偶晴晝　去きて覲れば偶たま晴昼なり
55 緜聯窮俯視　綿聯として俯視を窮め
56 倒側困清漚　倒側として清漚に困しむ

57　微瀾動水面　　微瀾(びらん)　水面(すいめん)を動(うご)かせば
58　踊躍躁猱狖　　踊躍(ようやく)して猱狖(どうゆう)躁(さわ)ぐ
59　驚呼惜破碎　　驚(おど)き呼(さけ)びて　破碎(はさい)せんことを惜(お)しみ
60　仰喜呀不仆　　仰(あお)ぎ喜(よろこ)びて　仆(たお)れざることを呀(か)す

［校勘］
47「坤」　潮本、祝本、蜀本、魏本作「地」。
51「燒」　魏本作「曉」。

西南には太白山(たいはくざん)が雄大に、高く突き出て脇に控える山もない。都の藩屏(まもり)として唐王朝の徳に応じ、あてがわれた居所は丁戊(ひのとつちのえ)の地。ぶらぶら歩いて坤(こん)の位置を越えてしまい、誹謗中傷されて乾(けん)の穴に落っこちた。がらんとした虚空は寒くてブルブル、風の気配もヒューヒューとかなり激しい。朱夏に太陽が照りつけるさなかでも、陰の気たる霰(あられ)があちこち乱れ飛ぶ。昆明(こんめい)の大池(おおいけ)の北は、見に行くと折しも晴れた真昼どき。どこまでも続く山並みの影、うつむいて目を凝らす。逆さまに傾いたまま、澄んだ泡のなかでお困りの様子。さざ波が水面(みなも)を揺り動かすと、猿どもが跳ね回って大騒ぎ。山が砕け散ったのかと驚き叫んだが、振り仰いでみて、倒れていないことに気づくと、キャッキャッと喜ぶ。

第四段は、終南山の西南にある太白山と昆明池を描写する。太白山については、『周易』の概念などを援用しつつ、その地勢や万年雪を戴くさまを擬人化して述べる。それに対して昆明池のほうは、水鏡に映る終南山の倒影のイメージを中心に、猿たちが一喜一憂するさまをユーモラスに表現する。

43太白　太白山。秦嶺山脈の最高峰で、標高三七六七メートル。長安から西南約一〇〇キロのところに位置する。俗に「武功（武功山）・太白、天を去ること三百（わずか三百尺）」と言われるほど高くそびえ、冬も夏も積雪して白く輝いて見えるという（『水経注』巻一八・渭水）。**44間簉**　「間」は交わる。「簉」は補佐、副の意。転じて添え物として並ぶ。**45藩都**　長安の外側の守りとなる。「藩」は垣根。**徳運**　唐王朝の気運。唐は五行では土徳であるとされた。**46分宅**　春秋時代、魯の郈成子が亡き友の妻子のために自分の家を分け与えた故事にもとづく語（『孔叢子』陳士義）。劉峻「広絶交論」に「寧くんぞ郈成の宅を分かつの徳を慕わんや」。もとの典故を踏まえて、徳高き終南山が西南の地を太白山に分与したとする。**占丁戊**　「丁」は十干の第四位。五行では火、方位は南に当たる。「戊」は十干の第五位。五行では土、方位は中央に当たる。太白山が長安の南、秦嶺山脈の中に位置することをいうか（徐震「韓昌黎南山詩評釈」、国立武漢大学『文哲季刊』第七巻第二号、一九四二年）。**47・48**　旧来の説は、『周易』の八卦である「坤」を西南、「乾」を西北ととり、太白山が西南の方位を占めるのみならず、西北の方位までも侵犯しているとする（王本の引く孫汝聴注）。ただし、乾坤はそれぞれ天地を表す卦でもあり、ここでは太白山が身の程知らずに天に迫ることを擬人化していうと解した。**逍遥**　ゆったりとそぞろ歩きする。畳韻の語。謝混「西池に游ぶ」詩（『文選』巻二二）に「逍遥して城肆を越え、願いて言に屢しば経過す」。**越坤位**　「坤」の卦は地を表す。本来は大地の位置にあるべき山が己の本分を越えるさまを「越」という。班固「西都の賦」（『文選』巻一）に、長安の宮殿が正しい位置にあることを述べて「坤霊の正位に拠る」。**詆訐**　他人をそしり、欠点を暴く。**陥乾竇**　「乾」の卦は天を表す。「竇」は穴。「地の穴」ならぬ「天の穴」に陥落するという逆説的な発想により、太白山が天高くそびえることを喩えるか。**49～52** 太白山には常に風雪があり寒々としていることをいう。**空虚** うつろで何もないこと。山頂とその上空を指すか。**兢兢** 戒め慎むさま。ここでは寒さに震えて身が引き締まること。『詩経』小雅・小旻に「戦戦兢兢として、深淵に臨むが如く、薄氷を履むが如し」。**較** 程度を表す副詞。「頗」の類義語。**搜漱** 冷たい風が吹きすさぶさま。双声の語。「飂飂」と同義。**朱維** 「朱」は五行では夏の季節、南の方位に当たる。「維」は天を支える太綱、軌道。**方** ちょうどそのとき。**焼日** 真っ赤に燃える太陽。**陰霰** 「霰」はあられ。「陰」はあられや雪の属性。**騰糅** 沸き上がり、混じり合う。**53** 「昆明大池」は終南山のふもと、長安の西南郊にある昆明池。もとは漢の武帝が都の貯水と水軍の訓練のために開鑿し、その後、水が枯れた時期もあったが、貞元十三年（七九七）八月、唐の徳宗の詔によって水底をさらえ、大きな人造池として整備された。終南山は昆明池の南にあるから、水面に映る山影を見られるのは池の「北」側になる。**54去覯** 「覯」は見る、会うの意。**55・56** 昆明池の水面に終南山の倒影が映っていることをいう。**綿聯** 長く連なるさま。畳韻の語。「連綿」と同義。張衡「西京の賦」に「繚垣（巡らした垣根）は綿聯として、四百余里」。ここでは終南山の山並みについていう。**窮俯視** 下を向いて池面全体を凝視する。**倒側** 片方に傾いて倒れる。157「月蝕の詩 玉川子（盧仝）の作に効う」に「翎と鬛と倒側して相い搪撐す」。**困清漚** 池に映った終南山の姿を擬人化していう。「困」は窮地に陥って苦しむ。「漚」は水泡。白居易「昆明の春」詩にも「影は南山を浸して青滉瀁たり（水が広々と漂うさま）」。**57微瀾** 微かに生じた波紋。西晋・陸機「招隠二首」其一に「玉泉 微瀾涌く」。**58** 猿たちは水面に映った終南山の影を本物だと思いこみ、興奮している。**踊躍** 心昂ぶって舞い踊るさま。双声の語。**猱狖** 猿の類。「猱」はテナガザル。「狖」はオナガザル。**59破砕** 終南山の影が粉々に打ち砕かれる。**60** 終南山が実際には崩壊していないことを知り、猿たちは安心して喜びの鳴き声をあげる。**呀** 口を大きく開けるさま。『魏書』崔巨倫伝に「五月五日の時、天気 已に大いに熱し。狗は便ち呀として死せんと欲し、牛は復た吐きて舌を出だす」。仆 前のめりに倒れる、倒壊する。

61 前尋徑杜墅　前に尋ねて杜墅を径しとき
62 坌蔽畢原陋　坌蔽として畢原陋し
63 崎嶇上軒昂　崎嶇として軒昂たるに上れば
64 始得觀覽富　始めて観覧の富かなるを得たり
65 行行將遂窮　行き行きて将に遂に窮めんとすれども
66 嶺陸煩互走　嶺陸　煩わしく互いに走る
67 勃然思坼裂　勃然として坼裂せんことを思い
68 擁掩難恕宥　擁掩すること恕宥し難し
69 巨靈與夸蛾　巨霊と夸蛾と
70 遠賈期必售　遠く賈いて必ず售れんことを期す
71 還疑造物意　還た疑う　造物の意
72 固護蓄精祐　固く護りて精祐を蓄うるかと
73 力雖能排斡　力は能く排斡すと雖も
74 雷電怯呵詬　雷電　呵詬せんことを怯る
75 攀緣脫手足　攀縁すれば手足を脱し
76 蹭蹬抵積甃　蹭蹬として積甃に抵る
77 茫如試矯首　茫如として試みに首を矯ぐれば

78 塯塞生怐愗
79 威容喪蕭爽
80 近新迷遠舊
81 拘官計日月
82 欲進不可又

塯塞として怐愗たるを生ず
威容 蕭爽たるを喪い
近新 遠旧に迷う
官に拘がれて日月を計うるに
進まんと欲すれども又たすべからず

〔校勘〕
61「徑」 潮本、祝本、文本、蜀本、魏本作「經」。
69「蛾」 潮本、祝本、文本、蜀本作「娥」。
75「緣」 祝本作「轅」。

かつて訪れて杜陵を通ったとき、塵埃にまみれて御陵の地畢原もみすぼらしかった。でこぼこ道に沿って聳え立つところを上がって行くと、ようやくすばらしい眺めを目にすることができた。どんどん進み、そのまま先へ行こうとしたが、連なる嶺やら丘やら、うっとおしいほど入り混じる。むっとして怒りがこみ上げ、こんなものなど切り裂いてしまいたいと思う。南山を覆い隠しているのは許しがたいのだ。

巨霊と夸蛾のような怪力の持ち主が、遠くまで商いに行けば、きっと売れること間違いなし。あるいは造物主の意図として、ここを固く護り、神明なるわざを蓄えておられるのか。山々を押しのける力があったとしても、雷と稲妻の怒りに触れてしまうかもしれぬ。

崖をよじ登ると手足を滑らせ、ふらふらと下りて深い井戸のような谷底に到る。

茫然として頭を挙げてみれば、八方塞がり、どうにも途方に暮れてしまう。

南山の威厳ある姿から爽快さがなくなったと感じられ、前に通った道なのか今来た道なのか、近いのか遠いのかもわからなくなった。

宮仕えの身ゆえ、のこりの日数を数えれば、進みたいとは思うけれど、もはやこれまで。


第五段は、かつて杜陵を経由して初めて終南山を登攀したものの、わけが分からなくなって失敗に終わった体験を述べる。

61径　進路を取る。経由する。「経」に通じる。　杜野　杜陵。京兆万年県（陝西省西安市）の東南、少陵原に位置する。多くの貴族高官がこの地に「墅」（別荘、荘園）を営み、特に杜氏一族が集まり住んだ。　62坌蔽　塵で覆われて汚れたさま。双声の語。「坌」は塵埃の意。　畢原　万年県の西南にある平原。周の文王・武王をはじめ、いにしえの天子たちの陵墓がある地。　63崎嶇　山道がでこぼこして険しいさま。双声の語。張衡「南都の賦」（『文選』巻四）に、山の地勢を描写して「下は蒙籠（草木が生い茂るさま）として崎嶇たり」。　軒昂　驕り高ぶるさま。ここでは山が高くそびえ立つさま。　64観覧富　観賞すべき景色が豊富である。　65行行　ひたすら歩み続けるさま。「古詩十九首」其一（『文選』巻二九）に「行き行きて重ねて行き行く」。　66嶺陸　山嶺と高地。双声の語。　煩互走　煩わしいほどに、ごちゃごちゃと交錯し合う。　67・68　障碍となる山々を切り裂いてしまいたいという奇抜な発想は、杜甫「剣門」詩にも「吾将に真宰（造物主）を罪せんとし、意に畳嶂（重なる山々）を鏟らんと欲す」という。　勃然　興奮して突然顔色を変えるさま。　坼裂　「坼」「裂」ともに裂くの意。漢・劉歆「遂初の賦」に「地は坼裂して憤り忿ち急なり」。　擁掩　覆い隠す。双声の語。「擁」は「壅」に通じ、ふさぐの意。**恕宥**　寛恕する。大目に見る。**69・70**　ここも奇想を用い、怪力の神ならば山を遠くへ売りに行くことも可能であろうという。**巨霊**　黄河の神。華山（五岳の一、陝西省華陰県の南）はもともと太華山と少華山が連なり、黄河はそこを迂回して流れていたが、巨霊が手足で山を二つに押し分けて、河の流れをまっすぐに通した。張衡「西京の賦」に「巨霊贔屓（力を振り絞る）し、掌を高くし蹠を遠くし、以て河曲を流す」。053「炭谷湫の祠堂に題す」にも「巨霊　高く其れ捧げ、此の一掬（両手ひとすくいの水）を保ちて慳しめり」。**夸蛾**　怪力無双の神。愚公という者が家の出入り口を邪魔している太行山と王屋山を子や孫まで総がかりで移そうとしたところ、天帝がその志に感心して、夸蛾氏の二子に命じて二つの山を運ばせた（『列子』湯問）。「愚公　山を移す」の故事として知られる。**遠賈**　遠方へ行って商売する。『詩経』邶風・谷風に「賈（商品）用て售れず」。**71造物**　造物主。天地万物を創造した神。**72固護**　守りが堅固である。畳韻の語。鮑照「蕪城の賦」（『文選』巻一一）に「基扃（城の土台と門のかんぬき）の固護を観る」、李善注に「固護は牢固なるを言うなり」。**精祐**　造物主の精妙なしわざ。「祐」は神助の意。**73排斡**　「排」は推しのける。「斡」は回転させて動かす。**74雷電**　雷と稲妻。造物主の怒りを喩える。**呵詬**　叱り罵る。双声の語。**75〜78**　終南山登攀に失敗する過程を戯画化して描く。**攀縁**　物にしがみついて登る。**蹭蹬**　勢いを失ってふらふらするさま。畳韻の語。木華「海の賦」（『文選』巻一二）に、大海を泳ぐ鯨について「或いは乃ち窮波に蹭蹬たり、陸に塩田に死す」、李善注に「蹭蹬は勢いを失うの貌」。**積甃**　地下深く掘った井戸。ここでは深い山谷を喩える。「甃」は井戸の内壁として積む煉瓦。**茫如**　ぼんやりとしたさま。「茫然」と同義。**矯首**　頭を上に向ける。張衡「思玄の賦」（『文選』巻一五）に「仰ぎて首を矯げて以て遥かに望めば、魂惝惘（心うつろ）として儔無し」。**堛塞**　塞がって充満するさま。敦煌変文に見える「逼塞」「幅塞」と同義。**恂愁**　判断力がはたらかず、愚かなさま。畳韻の語。『楚辞』九辯に「直だ恂愁たりて自ら苦しむ」。**79蕭爽**　清浄で爽快なさま。双声の語。杜甫「玄都壇の歌　元逸人に寄す」に、道教修行の場所について「身を福地に致すこと何ぞ蕭爽たる」。80　山中の谷底で道に迷い、時間や空間の感覚が混乱した状態をいう。謝霊運「石門の最高頂に登る」詩（『文選』巻二二）に「来たる人は新術（これから進む道）を忘れ、去る子は故蹊（もと来た道）に惑う」というのも道に迷った例。81拘官　官職に身を束縛される。計日月　出勤すべき時までの日数を計算する。并州長官の郭伋が領内を巡察した際、土地の童児に「使君（長官）何れの日にか当に還るべき」と問われると、「日を計りて之に告げしめ」、期日通りに帰って来たという（『後漢書』郭伋伝）。

82不可又　これ以上、山道を進むことはできない。「又」を動詞に用いて韻字とするのは、『詩経』小雅・賓之初筵の「室人（主人）入りて又たす」に倣った句法。その鄭箋に「又は復なり」。

83　因縁窺其湫
84　凝湛閟陰噐
85　魚蝦可俯掇
86　神物安敢寇
87　林柯有脱葉
88　欲墮鳥驚救
89　争銜彎環飛
90　投棄急哺鷇
91　旋歸道迴睨
92　達枿壯復奏
93　吁嗟信奇怪

因縁して其の湫を窺えば
凝湛として陰噐を閟ざす
魚蝦は俯して掇うべきも
神物　安くんぞ敢えて寇せんや
林柯に脱つる葉有り
墮ちんと欲すれば鳥驚き救う
争い銜みて彎環として飛び
投げ棄てて急ぎて鷇に哺す
旋帰して道に迴睨すれば
達枿　壮にして復た奏まる
吁嗟　信に奇怪なり

94 峙質能化貿　峙質も能く化貿す

［校勘］
84「閟」魏本作「閉」。
「罯」潮本、蜀本作「獸」。
85「俯」祝本作「掮」。
91「迴」文本作「回」。魏本作「廻」。
92「逵」潮本、祝本、文本、蜀本、魏本作「遠」。

道すがら谷底の淵を覗いてみると、清き水をたたえて陰獣の龍を閉じこめている。魚や蝦はかがんで手づかみできるが、神霊の存在を侵すことなど許されない。森の木の枝から葉が落ちて、水面を汚そうとすれば、鳥がサッと来て救う。我先に葉をくわえて、ぐるりと飛び回り、投げ棄てるやいなや、大急ぎで雛の世話をする。帰り行く途中で振り返ってみると、屹立する南山が壮大にしてまた重層する。ああ、実に不思議なことだ。そそり立つのが持ち前なのに巧みに変化するなんて。

第六段は、終南山から引き返す途次に見た霊妙な淵を描きつつ、山が多様な変化を見せることを述べる。

83因縁　道に沿って行く。双声の語。「夤縁」と同義。湫　龍が棲む深い淵。終南山のふもとにある炭谷湫を指す。貞元十九年（八〇三）、韓愈はここで行われた雨乞いの祭りをめぐって、053「炭谷湫の祠堂に題す」を詠んでいる。その解題を参照。また121「秋懐詩十一首」其四にも「其の下　湫水澄み、蛟（龍の一種）の寒くして罾すべき有り」。84凝湛　水が澄んで静かなさま。東晋・湛方生「諸人　共に老子を講ず」詩に「吾が生は凝湛を幸う」というのは、老荘的な精神のあり方を喩えた例。陰嚚　陰の獣である龍を指す。「嚚」は「畜（家畜となっている禽獣）」の意。『礼記』礼運に「龍以て畜と為す」。053「炭谷湫の祠堂に題す」にも、龍が淵に棲むことについて「本より以て陰姦を儲う」。85掇　拾い取る。86神物　神秘的な存在。龍をいう。『周易』繋辞伝上に「天神物を生じて、聖人は之に則る」。寇　侵犯する、傷つけ害する。87・88　神域に棲む生き物たちの霊妙なはたらきを描写する。淵の清澄さを保つために、水面に落ちた葉を鳥が口にくわえるという例は、『水経注』巻一三・灅水にも燕京山（山西省北部）の天池について「池の中　嘗て斥草（ほんの小さな草や葉）も無し、其の風籜（風に吹かれた竹片）淪むこと有るに及べば、輒ち小鳥の翠色なる有りて、淵に投じて銜み出だすこと、会稽の耘る鳥（聖天子舜のために草取りした鳥）の若きなり」と見える。林柯　「柯」は木の枝。脱葉　木から散り落ちる葉。謝荘「月の賦」（『文選』巻一三）に「洞庭　始めて波だち、木葉　微く脱つ」。89銜　口にくわえる。彎環　畳韻の語。杜甫「万丈潭」詩に、淵の水の渦巻くさまを描いて「黒きには知る　湾澴（彎環）たる底」。ここでは鳥が旋回して飛ぶさま。90投棄　鳥が落ち葉を淵から離れたところに投げ棄てることをいう。哺鷇　鳥が雛に口移しで食べさせる。「鷇」は雛鳥の意。『漢書』東方朔伝に「声の謷謷たる者は、鳥　鷇に哺するなり」。91旋帰　本来いるべき場所に帰る。『詩経』小雅・黄鳥の「言に旋り言に帰らん」に出る語。「古詩十九首」其十九に「客行　楽しと云うと雖も、早く旋帰するに如かず」。迴睨　振り返ってにらむ。「睨」は斜めに見つめる。92達枿　山の高くそそり立つさま。「嵽嵲」に通じる。畳韻の語。杜甫「京自り奉先県に赴く詠懐五百字」に「晨を凌いで驪山を過ぐれば、御榻（天子の玉座）は嵽嵲に在り」。古くは張衡「西京の賦」に、甘泉宮を描写して「喬き基を山岡に託し、直ちに嵽嵲として以て高く居る」、その薛綜注に「嵽嵲は高き貌なり」と見える。

奏　一箇所に集まる。「湊」に通じる。93・94　変幻自在の終南山に対して歎声を発する。吁嗟　感歎を表す助字。「于嗟」と同義。峙質　不動のままそびえる山の性質。「峙」はそばだつ。化貿　「化」「貿」ともに変化するの意。

95　前年遭譴謫　　前年　譴謫に遭い
96　探歴得邂逅　　探歴して邂逅することを得たり
97　初従藍田入　　初め藍田従り入り
98　顧眄勞頸脰　　顧眄して頸脰を労す
99　時天晦大雪　　時に天晦くして大いに雪ふり
100　涙目苦矇瞀　　涙の目は苦だ矇瞀たり
101　峻塗拖長冰　　峻しき塗は長き氷を拖き
102　直上若懸溜　　直ちに上れば懸溜の若し
103　褰衣歩推馬　　衣を褰げて歩みて馬を推せば
104　顛蹶退且復　　顛蹶して退きては且た復びす
105　蒼黄忘遐睎　　蒼黄として遐睎するを忘れ
106　所矚纔左右　　矚る所は纔かに左右のみ
107　杉篁咤蒲蘇　　杉篁は蒲蘇を咤り
108　杲耀攢介冑　　杲耀として介冑を攢む
109　專心憶平道　　心を専らにして平らかなる道を憶い

110 脱険逾避臭

険を脱かること臭を避くるに逾えたり

［校勘］

101 「塗」　潮本作「途」。
「拖」　王本作「柂」。

105 「晞」　文本、蜀本作「晞」。

先年、流謫された折、探し歩くうちに思いがけず南山とめぐり会えた。

藍田から入って行くと、首が疲れるほど何度も見上げた。

折悪しく空は暗く大雪が降り、涙あふれる目にはほとんど何も見えない。

険しい道にはずっと氷が張りつめ、まっすぐ上って行けば流れる滝のよう。

衣の裾からげて歩きながら馬を押し、滑ってすってんころり、退いてはまた前進を繰り返す。

あたふたと慌てふためくまま、遠くを眺めることなどすっかり忘れ、目にしたのは、ほんの身近なところだけ。

杉や竹は大きな矛の形を誇示し、キラキラと氷雪の鎧兜をまとっていた。

ひたすら心に思い浮かべるのは平らかな道のこと。この難所を抜け出したい気持ちは、悪臭を避けるよりも切実だった。


第七段は、二回目の終南山体験、韓愈が流謫されて陽山に赴く際、藍田から山中に入ったが、大雪に遭って難儀したことを回想する。

95 貞元十九年（八〇三）十二月、韓愈が監察御史から陽山県令に左遷されたことをいう。前年 往時。譴謫 処罰されて官職を降格されたり、追放されたりする。96探歴 探し求めて歴訪する。邂逅 偶然に出会う。双声の語。思いがけず終南山に登る機会を得たことをいう。『詩経』鄭風・野有蔓草（やゆうまんそう）に「邂逅して相い遇う」、毛伝に「邂逅は期せずして会うなり」。97藍田 藍田県（陝西省藍田県）。長安の東南約五〇キロ、終南山の東端に位置する。唐代では、長安から長江中流域、嶺南方面に赴く際に必ず通る地であり、藍田関が置かれていた。98 謝霊運「臨海の嶠（きょう）に登らんとし、初めて彊中（きょうちゅう）を発して作る……」詩（『文選』巻二五）に「顧望して脰（くび）は未だ悁れざるに、汀（みぎわ）の曲（くま）に舟は已に隠る」というのを転用し、何度も見ようとして首が疲れるほど、南山に対する思いの深いことを示す。顧眄 あたりを見まわす。頸脰「頸」「脰」ともに首の意。100涙目「涙」は雪の反射光によるとともに、左遷の悲しみのため。矇瞀 目がぼんやりとかすんだ状態をいう。双声の語。「矇」は盲人、転じて暗くて見えないさま。「瞀」も同義。降雪によって視界が遮られる例として、顔延之（がんえんし）「北のかた洛に使いす」詩（『文選』巻二七）に「陰風 涼野に振い、飛雪 窮天（真冬の空）に瞀（くら）し」。陽山への左遷の途次、藍田・商山路を通って氷雪に遭ったことは、086「江陵に赴く途中……」にも「商山 季冬の月、氷凍して行輈を絶つ」と回想される。101・102 坂道に沿って張った氷を白い滝になぞらえる。峻塗 峻険な道。「塗」は「途」に通じる。拖 引きずる。長氷 長い距離にわたって張った氷。直上 まっすぐ昇る。坂道が上までずっと続くことをいう。孔稚珪（こうちけい）「北山移文」（『文選』巻四三）に、そびえ立つ鍾山（しょうざん）の山勢について「青雲を干して直ちに上ること、吾 方（まさ）に之を知れり」。懸溜 上からつり下げたような水の流れ。瀑布をいう。「溜」は水が流れ落ちること。陶淵明「従弟敬遠（けいえん）を祭る文」に「淙淙（そうそう）（水が激しく落ちるさま）たる懸溜」。103褰衣 衣服の裾をまくり上げる。『詩経』鄭風・褰裳（けんしょう）に「裳（もすそ）を褰げて溱（しん）（川の名）を渉（わた）らん」。104顛蹶 ひっくり返って倒れる。105蒼黄 慌てるさま。「倉皇」に通じる。畳韻の語。遐睎 双声の語。「遐」は遠い。「睎」は眺める。118「城南聯句」第46句（韓愈）にも「遐睎　逢迎を縦にす」。107・108　杉と竹の姿を武器に見立てる。杉篁　杉と竹。咤　誇る。「詫」に通じる。蒲蘇　『広雅』釈器に「蒲蘇は……鈹（大矛）なり」。杲耀　明るく輝いているさま。畳韻の語。攢介冑　「攢」は多くの物を集める。「介冑」は鎧と兜。110「張徹に答う」にも、切り立った崖を剣に喩えて「石剣　高青を攢む」。109専心　一つのことに心を集中させる。平道　終南山の峻険な山道に対して、平坦な道。平穏な日常を喩える。110脱険　「険」は険阻な場所。陽山への左遷という、官界における重大な危機を重ね合わせていう。避臭　嫌な臭いを避ける。『呂氏春秋』遇合に、「大臭（ひどい悪臭）」を持つ人がおり、兄弟妻妾でも一緒にいることができなかったという話が見える。「脱険」と「避臭」とは常識では結びつきがたいが、敢えて両者を比喩関係にしておかしみを喚起する。

111 昨來逢清霽　　昨来　清霽に逢い
112 宿願忻始副　　宿願　始めて副うことを忻ぶ
113 崢嶸躋冢頂　　崢嶸として冢頂に躋れば
114 倏閃雜鼯鼬　　倏閃として鼯鼬を雑う
115 前低劃開闊　　前低くして劃として開闊たり
116 爛漫堆衆皺　　爛漫として衆皺を堆くす
117 或連若相從　　或いは連なりて相い従うが若く
118 或蹙若相鬭　　或いは蹙りて相い闘うが若し
119 或妥若弭伏　　或いは妥んじて弭き伏すが若く
120 或竦若驚雊　　或いは竦ちて驚き雊くが若し

121 或散若瓦解
122 或赴若輻湊
123 或翩若船遊
124 或決若馬驟
125 或背若相惡
126 或向若相佑
127 或亂若抽筍
128 或嵲若注灸
129 或錯若繪畫
130 或繚若篆籀
131 或羅若星離
132 或蓊若雲逗
133 或浮若波濤
134 或碎若鋤耨
135 或如賁育倫
136 賭勝勇前購
137 先强勢已出
138 後鈍嗔詎譳
139 或如帝王尊

或(ある)いは散(さん)じて瓦解(がかい)するが若(ごと)く
或(ある)いは赴(おもむ)きて輻湊(ふくそう)するが若(ごと)し
或(ある)いは翩(へん)として船(ふね)の遊(あそ)ぶが若(ごと)く
或(ある)いは決(けつ)として馬(うま)の驟(はし)るが若(ごと)し
或(ある)いは背(そむ)きて相(あ)い悪(にく)むが若(ごと)く
或(ある)いは向(む)かいて相(あ)い佑(たす)くるが若(ごと)し
或(ある)いは乱(みだ)れて筍(たけのこ)を抽(ぬき)んずるが若(ごと)く
或(ある)いは嵲(そそ)りて灸(きゅう)を注(す)えたるが若(ごと)し
或(ある)いは錯(ぬ)りて絵画(かいが)の若(ごと)く
或(ある)いは繚(まと)いて篆籀(てんちゅう)の若(ごと)し
或(ある)いは羅(つら)なりて星(ほし)の離(つら)なるが若(ごと)く
或(ある)いは蓊(さか)んにして雲(くも)の逗(とど)まるが若(ごと)し
或(ある)いは浮(う)かびて波濤(はとう)の若(ごと)く
或(ある)いは砕(くだ)けて鋤耨(じょどう)するが若(ごと)し
或(ある)いは賁育(ほんいく)の倫(ともがら)の
勝(か)ちを賭(か)けて勇(いさ)み前(すす)みて購(あがな)うが如(ごと)し
先強(さきつよ)くして勢(いきお)い已(すで)に出(い)で
後鈍(あとにぶ)くして嗔(いか)りて詎譳(とうどう)たり
或(ある)いは帝王(ていおう)の尊(とうと)きの

140 叢集朝賤幼
141 雖親不褻狎
142 雖遠不悖謬
143 或如臨食案
144 肴核紛飣餖
145 又如遊九原
146 墳墓包槨柩
147 或纍若盆甖
148 或揭若甑梪
149 或覆若曝鼈
150 或頽若寝獣
151 或蜿若藏龍
152 或翼若搏鷲
153 或齊若友朋
154 或隨若先後
155 或迸若流落
156 或顧若宿留
157 或戻若仇讎
158 或密若婚媾

叢集して賤幼を朝せしむるが如し
親しと雖も褻狎せず
遠しと雖も悖謬せず
或いは食案に臨み
肴核　紛として飣餖するが如し
又た九原に遊び
墳墓に槨柩を包みたるが如し
或いは纍として盆甖の若く
或いは掲として甑梪の若し
或いは覆いて曝せる鼈の若く
或いは頽れて寝ねたる獣の若し
或いは蜿りて蔵れたる龍の若く
或いは翼うちて搏う鷲の若し
或いは斉びて友朋の若く
或いは随いて先後の若し
或いは迸りて流落するが若く
或いは顧りみて宿留するが若し
或いは戻りて仇讎の若く
或いは密にして婚媾の若し

159 或儼若峨冠
160 或翻若舞袖
161 或屹若戰陣
162 或圍若蒐狩
163 或靡然東注
164 或偃然北首
165 或如火熺焰
166 或若氣饙餾
167 或行而不輟
168 或遺而不收
169 或斜而不倚
170 或弛而不彀
171 或赤若禿鬝
172 或燻若柴槱
173 或如龜坼兆
174 或若卦分繇
175 或前橫若剝
176 或後斷若姤

或いは儼かにして峨冠の若く
或いは翻りて舞袖の若し
或いは屹として戦陣の若く
或いは囲みて蒐狩の若し
或いは靡然として東に注ぎ
或いは偃然として北に首う
或いは火の熺焰するが如く
或いは気の饙餾するが若し
或いは行きて輟まらず
或いは遺てて収めず
或いは斜めにして倚らず
或いは弛くして彀はらず
或いは赤として禿鬝の若く
或いは燻べて柴槱の若し
或いは亀の兆を坼かつが如く
或いは卦の繇を分かつが若し
或いは前の横たわりて剝の若く
或いは後の断えて姤の若し

〔校勘〕

112「始」潮本、祝本、魏本作「所」。

116「爛」祝本、魏本作「瀾」。

「漫」蜀本作「熳」。

122「湊」潮本、祝本、文本、蜀本、銭本作「輳」。

123「翩」文本、蜀本作「泛」。

127「筍」文本作「荀」。

128「注」潮本、祝本、文本、蜀本、魏本、銭本作「炷」。

129「繪畫」文本作「畫繪」。

136「賭」祝本作「睹」。蜀本、魏本作「睹」。

144「肴核」蜀本作「核肴」。

「紛」潮本、祝本、文本、蜀本、魏本作「分」。

146「槨」文本作「椁」。

148「甄桓」潮本、祝本、文本、魏本、銭本作「登豆」。王本作「甄豆」。

154「隨」祝本、魏本作「差」。

160「翻」祝本、魏本作「飜」。

165「焰」潮本、祝本、文本、蜀本、魏本作「煙」。

170「弛」文本、蜀本、魏本作「弛」。

173「坼」文本、王本作「拆」。

近ごろ、爽やかな雨上がりの日に恵まれ、かねてよりの願いが、うれしいことにようやくかなった。

高く聳える山頂に登り行けば、ササッと鼯(むささび)や鼬(いたち)どもが目の前をかすめる。

前が低くなり、急にからりと視界が開けるや、遠くにはさまざまな尾根の襞(ひだ)が積み上がっている。

あるものは連なってつき従うように、あるものは迫って取っ組み合うように。

あるものは静かに坐ってひれ伏すように、あるものはつま立って驚いた雉(きじ)が鳴き声をあげるように。

あるものは散らばって瓦(かわら)が砕けるように、あるものは真ん中に向かって輻(くるまや)が集まるように。

あるものはすいすいと船が進むように、あるものは一気にダッシュして馬が駆けるように。

あるものは背中合わせになって憎み合うように、あるものは向かい合って助け合うように。

あるものは入り乱れて筍(たけのこ)があちこち生え出たように、あるものはそそり立って艾(もぐさ)の灸を据えたように。

あるものは色を塗りこんで絵画のように、あるものは曲がりくねって篆書(てんしょ)のように。

あるものはずらりと並んで星が連なるように、あるものはもくもくと群がって雲が空に留まるように。

あるものは揺れ動いて大波小波のように、あるものは砕けて鋤(すき)や鍬(くわ)で耕されたように。

あるものは孟賁(もうほん)や夏育(かいく)のような力士が、懸賞金を目当てに勇ましく進み出て、勝負を賭けているようである。

先の方は力が強くて、勢いが早くも飛び抜けており、後ろの方は気後れして、むくれたまま押し黙っている。

あるものは尊き帝王が、賤しき者も幼き者も大勢集め、朝見させているようである。

親近であっても変に馴れ馴れしくせず、疎遠であっても顔をそむけたりなさらぬ。

あるものは食卓を前にして、ご馳走が入り乱れてずらりと並べられているようである。

また九原(きゅうげん)の地に出かけて、墓のなかに柩(ひつぎ)を納めているようでもある。

あるものは積み重なって鉢や甕のように、あるものはすっくと立ち上がって土や木の高坏のように。

あるものはかぶさって甲羅干しの鼈のように、あるものは崩れ落ちて寝入る獣のように。

あるものはうねって潜む龍のように、あるものは羽ばたいて闘う鷲のように。

あるものは肩を並べて友だちのように、あるものは先に後につき従って小姑たちのように。

あるものは逃げ走って異郷に流浪するように、あるものは立ち寄ってしばし逗留するように。

あるものは反目し合って仇敵のように、あるものは密着し合って姻戚のように。

あるものは厳かにして役人の高い冠のように、あるものは翻って舞姫の長い袖のように。

あるものはどっしりと構えて陣立てのように、あるものは取り囲んで巻狩りのように。

あるものはなびいて東に流れ注ぎ、あるものはのんびりと北向きに横たわる。

あるものは炎が燃え上がるように、あるものは湯気が飯を蒸すように。

あるものは歩いたまま立ち止まらず、あるものは棄て去って手に取らず。

あるものは斜めであるが寄りかからず、あるものはたるんでいて張りつめず。

あるものはむき出しで禿げた頭のように、あるものは煙をあげて燔祭の儀式のように。

あるものは亀の甲が兆しを示してひび割れたかのように、あるものは易の卦が占いの言葉をそれぞれ出したかのようである。

あるものは前方の山が横たわって剝の卦のように、あるものは後方の山が断ち切れて姤の卦のように。


第八段は、晴天の日に初めて終南山の頂まで到達し、全体を眺望したことを述べる。「或○若……」という句を羅列し、観念的で高尚なものから日常的で卑近なものに至るまで、さまざまな事物に見立てて、山の全容を描き尽くそうとする。これは漢代の賦に見える舗陳の技法を詩に取りこんだものとされるが、物尽くし的な遊び心による表現の冒険とも言うべき試みにほかならない。

111昨来　最近。「来」は、「夜来」「今来」のように、時間を表す語の後に軽く添える助字。清霽　雨上がりの晴れてすがすがしい状態。南朝宋・盛弘之（せいこうし）『荊州記』（『藝文類聚』巻七・山部・衡山）に、衡山（こうざん）の中の芙蓉峰について「清霽素朝に非ざる自（よ）りは、望見すべからず」。112以前から抱いていた南山登頂の願いがようやく実現したことを喜ぶ。宿願　昔からの願い、宿望。忻　心から喜ぶ。「欣」に通じる。副　合致する、釣り合う。113崢嶸　山が高くそびえるさま。畳韻の語。孫綽（そんしゃく）「天台山（てんだいさん）に遊ぶの賦」（『文選』巻一一）に「峭崿（しょうがく）（高い崖）の崢嶸たるに陟（のぼ）る」。躋　登る。冢頂　「冢」「頂」ともに山頂の意。『詩経』小雅・十月之交（じゅうげつしこう）に「山冢崒（ことごと）く崩る」、毛伝に「山頂を冢と曰う」。114倏閃　稲妻がきらめくような一瞬の速さを形容する。双声の語。鼯鼬　「鼯」はムササビ。「鼬」はイタチ。それらが複数飛び交うゆえに「雑」という。115　山頂に到着して突如視界が開けたことをいう。劃　線を引いてすぱっと区切る。唐・任華（じんか）「李白に寄す」詩に「手下　忽然として片雲飛び、眼前　劃として孤峰の出ずるを見る」。開闊　空間がからりと開けるさま。双声の語。116爛漫　多彩で散乱したさま。畳韻の語。王延寿（おうえんじゅ）「魯の霊光殿の賦」（『文選』巻一一）に、宮殿が四方に光り輝くさまを「流離爛漫たり」、李善注に「分散して遠き貌」。堆衆皺　「堆」は、うずたかく積み上げる。複雑に入り組んだ山谷を衣服の皺になぞらえるのは、司馬相如「子虚の賦」に「襞積褰縐（へきせきけんしゅう）（衣服の襞（ひだ）が縮んで皺が寄る）、……鬱橈（うつどう）（深々と入り組むさま）たること谿谷のごとし」というのを転用した。118蹙　接近する。間近に迫る。119妥　ゆったり坐る。『詩経』小雅・楚茨（そし）に「以て妥んじ以て侑（すす）む」、毛伝に「妥は安坐するなり」。弭伏　服従する。漢代の緯書『龍魚河図』（『藝文類聚』巻一一・帝王部・黄帝軒轅氏）に、諸国が黄帝の威光にひれ伏したことを述べて「八方の万邦、皆な為（ため）に弭伏す」。120竦　首を延ばして、つま立ちする。驚雊　「雊」はキジが鳴く。121・122　分散と集中を表す対句。 **瓦解** 瓦が砕け散るようにバラバラになる。 **輻湊** 車の矢が轂（車輪の中心にある円形の軸受け）に集まることから、物が一箇所に集中すること。「輻」は車輪の矢、スポーク。「湊」は「輳」に通じ、寄り集まるの意。第12句の韻字「湊」と重複しており、あるいは「輳」に改めるべきか。「瓦解」「輻輳」ともに習見であるが、両者を対にした用例としては、『史記』貨殖列伝に「能ある者には輻湊し、不肖なる者には瓦解す」と見える。 123・124 スピード感溢れる船と馬の動きに喩える。 **翩** ひらひらと軽快に飛ぶさま。 **決若馬騄** 『荘子』斉物論に「魚は之を見て深く入り、鳥は之を見て高く飛び、麋鹿（シカの類）は之を見て決として騄る」、『釈文』に引く崔譔の注に「疾走して顧みざるを決と為す」。「騄」は馬が速く走る。 127 **抽筍** 「抽」は草木が伸び出る。「筍」はタケノコ。 128 **嵲** 山がそそり立つさま。 **注炙** 炙治の艾が盛り上がっている形状に喩える。「注」は「炷」に通じ、火をともす。 129・130 絵画と書に見立てた対句。 **錯** 絵の具で塗り飾る。 **繚** まといつく。 **篆籀** 古代の書体の一つ、大篆を指す。周の宣王の太史（書記官）籀が作ったとされる。左思「魏都の賦」（『文選』巻六）に「篆籀を讎校（書物を校正する）し、篇章 畢く観る」。 131 **星離** 星のように数多く散在するさま。「離」は連なるの意。郭璞「江の賦」（『文選』巻一二）に「星のごとく離ぬる沙鏡あり」、李善注に「衆多を言うなり」。 132 **蓊** 雲が盛んに立ちこめるさま。潘岳「西征の賦」（『文選』巻一〇）に「清風の飂戾（風がさわやかに吹くさま）たるを吐き、帰雲の鬱蓊を納る」。 **逗** 一時的に留まる。 134 **鋤耨** すきで土を耕し、くわで草を取り除く。 135・136 勇者が懸賞金目当てに勇気を奮うさまに喩える。 **賁育倫** 「賁」は孟賁。水中では蛟龍を避けず、陸上では虎狼を避けなかった勇士。「育」は夏育。衛の人。千鈞を挙げる怪力の持ち主。二人とも戦国時代、秦の武王に仕えた。「倫」は類、仲間。揚雄「羽猟の賦」（『文選』巻八）に「賁育の倫、盾を蒙り羽（矢）を負い、鏌邪（大きな戟）を杖ついて羅なる者、万を以て計う」。 **賭勝** 勝敗を争う。盛唐の李頎「古意」詩に「勝ちを馬蹄の下（戦場）に賭け、由来 七尺（自身の体）を軽んず」。 **勇前購** 勇ましく前に進んで懸賞金を求める。

「購」の原義は、賞金を出して探し求める。ここでは懸賞金をもらうことか。北宋の王安石「平甫の舟中に九華山を望むに和す四十韻」に「県を去ること尚お百里、身を側てて勇み前みて瞻る」というのは、恐らく本詩の句法に倣ったもの。137・138 前二句を受けて、先んずる者は強くて威勢よく、後れをとる者は腹を立てて何も言えないと述べる。山の前後で勢いが対照的であることを喩える。**詎譳** 何もしゃべれないさま。畳韻の語。『広韻』去声五十候韻に「詎譳は言う能わざるなり」。139〜142 帝王のごとく高くそびえ立つ山のもと、適度な距離を保ちつつ群小の峰々が控えるさまをいう。**叢集** 群がり集まる。何晏「景福殿の賦」（『文選』巻一一）に「叢集委積し（積み重なり）、焉くんぞ殫く籌るべけんや」。**賤幼** 「賤」は身分の低い者。「幼」は年齢の低い者。通常は「幼賤」というところ、押韻の都合で語順を顚倒させた。『左伝』文公十五年に「君子の幼賤を虐げざるは、天を畏るればなり」というのは、弱小の諸侯を喩えた例。**褻狎** 馴れ親しんで気安いさま。『三国志』魏書・三少帝紀に「忠良は疏遠たりて、便辟（媚びへつらう輩）は褻狎す」。**悖謬** 道理に反して食い違う。ここでは仲違いすること。143・144 食べ物が並んでいるさまに見立てる。**食案** 短い脚のついた食事用のテーブル。**肴核** さまざまな美味の食べ物。「肴」は調理した魚や肉。「殽」に通じる。「核」は桃や梅など種のある果物。『詩経』小雅・賓之初筵の「籩豆 楚たる有り（ずらりと並ぶ）、殽核 維れ旅ぬ」にもとづく。**紛** 入り混じるさま。**飣餖** 食べ物を器にたくさん並べる。双声の語。『法苑珠林』巻五二・眷属篇・改易部に「飲食飣餖す」。131「侯喜の至るを喜び、張籍・張徹に贈る」にも「奴を呼びて盤飧を具えしめ、飣餖 魚菜贍る」。145・146 墓地の土饅頭が点在するさまに見立てる。**遊九原** 「九原」は墓地。春秋時代、晋の卿大夫（高級官僚）が葬られた郊外の平原をいう。『国語』晋語八に「趙文子 叔向と九原に遊びて曰く、死者 若し作す（生き返らせる）べくんば、吾 誰と与にか帰らん」云々と亡き良臣たちを偲んだ話を踏まえる（『礼記』檀弓下にも見える）。**墳墓** 墓の総称。盛り土したものを「墳」、平らなものを「墓」という。**槨柩** 「槨」は二重になっている棺の外側の部分、外棺。「柩」は遺体を納めた棺、ひつぎ。147・148 容器に見立てた対句。**罍** 重なり合う。「累」に通じる。**盆甖** 酒などを入れる容器。「盆」は、はち。口は大きく胴の部分が小さい形。「甖」は、もたい。口は小さく胴の部分が大きい形。**掲** 高くかかげる。**㽅梪** たかつき。祭祀や食事に用いる容器。「登豆」に通じる。『詩経』大雅・生民に「豆に于いてし登に于いてす」、毛伝に「木（木製）なるを豆と曰い、瓦（素焼き）なるを登と曰う」。149〜152 各種生物の様子に見立てる。**曝鼈** 「曝」は日向ぼっこする。「鼈」はスッポン。張籍「城南」詩にも「曝鼈 乱れて自ら墜ち、陰藤 斜めに相い鉤がる」。**蜿** 龍や蛇などがとぐろを巻くさま。張衡「思玄の賦」に、厳しい寒さに北方の獣が身を縮める様子を描写して「玄武は殻（甲羅）の中に縮まり、騰蛇（龍の類）は蜿りて自ら糾う」。**翼** 鳥が翼を広げる。ここは動詞として用いる。**搏鷲** 「搏」は格闘する。153・154 同性間の友人・親族関係に喩える。**斉** 並ぶ。そろう。**友朋** 「朋友」と同義。**先後** 兄弟の妻同士が互いに呼び合う呼称。「娣姒」と同義。兄の妻を「姒」、弟の妻を「娣」と呼ぶ。『史記』孝武本紀に「神君なる者は、長陵の女子にして、子の死するを以て悲哀す、故に神（神霊）を先後の宛若に見す」。155**迸** 散り散りに逃げ走る。**流落** 落ちぶれて放浪する。双声の語。唐・銭起「秋夜の作」詩に「流落す 四海の間、辛勤たり 百年半」。156**顧** 訪れる。**宿留** 一箇所に留まる。畳韻の語。『史記』孝武本紀に「海上に宿留す」、司馬貞索隠に「音は秀溜。宿留は遅待（待つ）の意。若し字に依りて読めば、則ち宿りて留まるを言う、亦た是れ待つ所有り、並びに通ずるなり」。157**戻** 背反する。**仇讎** かたき。『左伝』哀公元年に、呉と越の敵対関係について「我と壌（地域）を同じくして世よ仇讎為り」。158**婚媾** 婚姻関係のある親戚。姻戚。159・160 役人の冠のごとき荘重さと舞姫の袖のごとき軽快さとを対比する。**儼** 重々しく威厳があるさま。**峨冠** 高々とした冠。官位の高いことを表す。086「江陵に赴く途中……」第108句注を参照。**舞袖** 舞ってひるがえる袖。王融「雑詩四首 秋夜」（『玉台新詠』巻一〇）に「舞袖 明燭を払い、歌声 鳳梁を繞る」。161**屹** 安定して揺るがないさま。162 狩猟のときに周りを取り囲んで獲物を追い立てるさまに見立てる。**蒐狩** 狩猟。春の猟を「蒐」、冬の猟を「狩」という。班固「東都の賦」（『文選』巻一）に「時節に順いて蒐狩し、車徒（車と兵士）を簡びて以て武を講ず」。163**靡然** 勢いに押されて、なびき伏すさま。**東注** 古楽府「長歌行」（『文選』巻二七）に「百川東して海に到る」というように、川は東に流れて大海に注ぐものとされていた。ここでは、山が東に向かって次第に低くなるさまを形容する。164**偃然** 安らかに横たわるさま。『荘子』至楽に「人 且に偃然として巨室に寝ねんとす」。**北首** 北に向かう。「首」は頭を向けるの意。『礼記』檀弓下に「北方に葬りて北に首うは、三代（夏・殷・周）の達礼なり」と、死者を葬るときに頭を北向きにするのが古礼にかなっていたことを踏まえる。165・166 山が光り輝くさまを燃え上がる炎に、山の気が立ちこめるさまを飯を蒸して出る湯気に喩える。**熺焔** 火勢が盛んである。「熺」は「熹」に通じる。**饙餾** 「饙」は飯を蒸す。「餾」は冷めたものを再度蒸す。『爾雅』釈言に「饙・餾は、稔（飪）るなり」。167～170 「或○而不△」という句法の連用。**輟** 中止する。**倚** 片方へ傾く。ここでは、かたよる程度が「斜」よりも甚だしいことをいう。**彀** 弓をいっぱいに引き絞る。171 禿げ山をいう。**赤** 「赤裸」「赤脚」というように、むき出しのさまを形容する。「赤」をこの意味で使うのは、唐代から現れる用法。133「元和聖徳詩」に、幼児が裸で立つ姿を述べて「赤立して傴僂（身をかがめるさま）たり」。**禿鬜** 「禿」「鬜」ともに禿げ頭。『説文解字』髟部に「鬜は鬢禿なり」。172**燻** 煙を立てる。いぶす。**柴槱** 燔柴（槱燎）の祭礼。張衡「東京の賦」（『文選』巻三）に「槱燎の炎煬を颺げ、高煙を太一（天の神）に致す」とあるように、薪を積み上げて供物を焼き、その煙を空高くとどかせて天を祭った。「槱」は積むの意。173・174 卜占に喩えた対句。**亀坼兆** 亀の甲羅を火にあぶり、その熱で生じたひび割れ（亀裂）の形状によって吉凶を占うことをいう。「坼」は裂け目が生じる。「兆」は亀甲を焼いてできたひび割れ。**卦分繇** 「卦」は易において自然や人間などの吉凶を象徴する記号。「繇」は易の各卦につけられた占いの言葉。ここでは「卦辞」と同義。

易の卦は、陽爻「⚊」と陰爻「⚋」という記号によって構成され、三本の爻を重ねて八卦（乾・坤・震・巽・坎・離・艮・兌）を作り、さらに八卦を上下に重ねた六本の爻から六十四卦を作る。175・176 山の形状を易の六十四卦によって喩える。「剝」は「坤下艮上」の卦、すなわち「䷖」となり、上の一本のみが陽爻で下の五本は陰爻。これを前方の山が横たわる形に見立てる。「姤」は「巽下乾上」の卦、すなわち「䷫」となり、下の一本のみが陰爻で上の五本は陽爻。これを後方の山が断ち切れた形に見立てる。

177 延延離又屬　延延として離れて又た属なり
178 夬夬叛還遘　夬夬として叛きて還た遘う
179 喁喁魚闚萍　喁喁として魚は萍を闚い
180 落落月經宿　落落として月は宿を経
181 誾誾樹牆垣　誾誾として牆垣を樹て
182 巘巘架庫廐　巘巘として庫廐を架す
183 參參削劍戟　参参として剣戟を削り
184 煥煥銜瑩琇　煥煥として瑩琇を銜む
185 敷敷花披萼　敷敷として花は萼を披き
186 闟闟屋摧霤　闟闟として屋は霤を摧く
187 悠悠舒而安　悠悠として舒べて安らかに
188 兀兀狂以狃　兀兀として狂いて以て狃る
189 超超出猶奔　超超として出でて猶お奔り

190 蠢蠢駭不懋

蠢蠢(しゅんしゅん)として駭(おどろ)きて懋(つと)めず

［校勘］

184「衜」文本作「啣」。


ながながと離れてはまた続くのもあり、きれぎれに背いてはまた出逢うのもある。

ぱくぱくと魚が浮き草の下から頭を出すのもあり、ちらほらと月がまばらな星空を渡るのもある。

きっちりと土塀を立てているのもあり、たかだかと倉庫や馬屋を組み上げているのもある。

すらりと長く剣や矛を削り尖らせているのもあり、きらきらと宝石をくわえているのもある。

びっしりと一面に花が蕾を開くのもあり、ぽたぽたと屋檐(ひさし)から雨粒が砕け落ちるのもある。

ゆったりとのどかに安らかなのもあり、めちゃくちゃに羽目を外して馴れ馴れしいのもある。

ぴょんぴょんと跳び出してまだ走るのもあり、もそもそと動き騒いで努力しないのもある。


第九段も、引き続き言葉遊びによって終南山の姿を形容する。ただし、句法の上では毎句の頭に畳字を連用する形式に転ずる。

南山詩　114　343

177**延延**　長く続くさま。　**属**　連続する。　178**夬夬**　きっぱりと決断するさま。『周易』夬に「君子は夬夬」、その王弼注に「君子　之に処(お)れば、必ず能く夬(か)の情累を棄て、之を決して疑わず、故に夬夬と曰うなり」とあり、君子は小人への情のしがらみを決然と断ち切るべきだという。　**遘**　遭遇する。　179**喁喁**　魚が口を上に向けて水面でパクパクするさま。　**闖**　頭を外に出す。『公羊伝』哀公六年に「之（袋）を開けば、則ち闖然として公子の陽生なり」、何休解詁に「闖は頭を出だす貌」。萍　ウキクサ科の多年草。ここでは水に浮く草をいう。180曹操「短歌行」（『文選』巻二七）に「月明らかに星稀なり」とあるように、月光の明るさによって星がまばらになることから、大きな山が小さな山々の間にあることをいうか。落落　まばらなさま。陸機「歎逝の賦」（『文選』巻一六）に「親（親族）落落として日びに稀なり」、李善注に「落落は稀なる貌」。宿　星座。「星宿」と同義。181誾誾　きちんとしているさま。『論語』郷党に「朝して、下大夫と言う、侃侃如たり。上大夫と言う、誾誾如たり」。一説に「言言」に通じ、『詩経』大雅・皇矣の「崇墉（崇国の城壁）言言たり」、毛伝に「言言は高大なり」とあるのと同じであるという（清・王元啓『読韓記疑』巻一）。牆垣　垣根。『左伝』襄公三十一年に見える語。182巘巘　高く険しいさま。厩庫　「厩庫」と同義。「庫」は戦車や武器を保管する倉庫。「厩」は馬の飼育小屋。『礼記』曲礼下に、君子が家屋を建てる際の順序を述べて「宗廟を先と為し、厩庫を次と為し、居室を後と為す」。183参参　細長いさま。張衡「思玄の賦」に「余が佩の参参たるを長くす」。剣戟　「戟」は長い柄の先端に戈をつけた武器。184煥煥　まばゆく光り輝くさま。銜　口にくわえる。瑩琇　美しい宝石。「琇瑩」と同義。『詩経』衛風・淇奥に「匪（鮮やかに美しい）たる君子有り、充耳（耳飾り）は琇瑩」、毛伝に「琇瑩は美石なり」。185敷敷　花が一面にぱっと咲くさま。披萼　「披」は開く。「萼」は花の蕾を保護する外側のうてな。186闟闟　「闟」は物が下に落ちて音がするさま。『韓詩外伝』巻二に「巫馬期は喟然として天を仰ぎて歎じ、闟然として鎌を地に投ず」。屋摧霤　「屋」は家のひさし、軒。「霤」は雨だれ。鍾乳石のような奇岩の形状を、軒から落ちる雨だれの滴に見立てたものか。187悠悠　のんびりとしたさま。舒而安　ゆるやかで落ち着いている。『淮南子』原道訓に「柔弱以て静かに、舒安以て定まる」。188兀兀　理性を失うさま。110「張徹に答う」に、正体をなくすほど飲酒することを詠じて「觥（酒杯）秋に兀兀たるを縦にす」。狂以狃　「狂」は常軌を逸するさま。「以」は「而」に同じく、前後の語を接続する助字。「狃」は動物などが人に馴れて警戒しないさま。転じて驕り侮るの意。『左伝』僖公十五年に「一夫も狃るべからず、況んや国をや」。189 **超超** 跳び越えるさま。190 **蠢蠢** 群小の物がうごめき騒ぐさま。束晳「補亡詩六首　由庚」(『文選』巻一九)に「蠢蠢たる庶類(万物)」。**駭** びっくりして騒ぐ。 **懋** 勉める。努力する。

191 大哉立天地　大いなるかな　天地に立ち
192 經紀肖營腠　経紀は営腠に肖たり
193 厥初孰開張　厥の初め　孰か開張する
194 僶俛誰勸侑　僶俛して誰か勧侑する
195 創茲朴而巧　茲の朴にして巧みなるを創むるに
196 戮力忍勞疚　力を戮せて労疚を忍びたるか
197 得非施斧斤　斧斤を施すに非ざるを得んや
198 無乃假詛呪　乃ち詛呪を仮る無からんや
199 鴻荒竟無傳　鴻荒にして竟に伝うること無く
200 功大莫酬僦　功は大にして僦を酬ゆること莫し
201 嘗聞於祠官　嘗て祠官に聞けり
202 芬苾降歆嗅　芬苾には降りて歆嗅すと
203 斐然作歌詩　斐然として歌詩を作り
204 惟用贊報酭　惟れ用て報酭を賛けん

［校勘］

194「僶俛」文本作「黽勉」。

195「朴」文本作「扑」。

199「鴻」祝本作「洪」。

「無」蜀本作「莫」。

200「莫」蜀本作「豈」。

201「嘗」文本作「常」。

202「嗅」魏本、蜀本、銭本作「齅」。


偉大なるかな、天地の間に立つこの山よ、整った秩序は人体の器官にも似る。

そもそもの初めは誰が開き拡（ひろ）げたのか。こつこつと続けることを誰が勧めたのか。

かくも素朴にして巧妙なものを創造するのに、みなで力を合わせて労苦を堪え忍んだのか。

斧斤（おの）を振るったのではなかろうか。あるいは呪詛（まじない）の力を借りたのではなかろうか。

遥か太古のことゆえ、ついぞ言い伝えもなし。いさおしが大きくて、お返しすることもできぬ。

かつて祭祀の官（つかさ）に聞いた。芳しき供え物には神が降臨し、香りを享けて嗅ぎたもう、と。

ならば、彩り鮮やかにこの歌を作り、もって御心に報いる一助となさん。


第十段は、終南山を創りあげた造物主の偉大さ、霊妙なはたらきを讃える。経書に由来する表現をちりばめつつ、荘重かつ格調高く詩全体の結びとする。

191**大哉**　功績や徳行の偉大さを称賛する語。『周易』乾・彖伝に「大いなる哉乾元」。192**経紀**　筋道、秩序。天地自然の秩序と人間の身体器官とが類似するという考え方は、たとえば『淮南子』精神訓に「肺は目を主り、腎は鼻を主り、胆は口を主り、肝は耳を主る。外を表と為して内を裏と為し、開閉張歙（張りつめたり弛んだり）するに、各おの経紀有り。故に頭の円なるは天に象り、足の方なるは地に象る」と見える。**肖**　類似する。**営腠**　中国医学の術語。「営」は営衛。人体における血液・体液の循環作用。『黄帝内経素問』調経論に「血を営に取り、気を衛に取る」。「腠」は肌脈。皮膚と筋肉のあいだにあり、血と気が流通する経脈。193**厥初**　「厥」は「其」と同義。『詩経』大雅・生民に、周の民の始祖について「厥の初め民を生ずるは、時れ維れ姜嫄」。**開張**　切り開き拡張する。194**僶俛**　懸命に勉め励むさま。双声畳韻の語。「黽勉」に通じる。『詩経』小雅・十月之交に「黽勉して事に従い、敢えて労を告げず」。**勧侑**　「勧」「侑」ともに勧めるの意。馬融「長笛の賦」（『文選』巻一八）に、笛の音色によって食事を勧めることについて「君子に勧侑す」。196**戮力**　力を合わせる。協力する。「戮」は「勠」に通じる。『尚書』湯誥に「聿に元聖（賢人の伊尹）を求め、之と力を戮す」。**労疚**　苦労する。張衡「東京の賦」に「民事（民の農事）の労疚するを恤う」。197**得非**　……ではなかろうか。強い反問、推測の語気を表す。後の「無乃」と同義。**斧斤**　おの、まさかり。刃が縦についているものを「斧」、横についているものを「斤」という。198**詛呪**　災いが下るように神に祈る。呪詛する。『尚書』無逸に、民衆が上の者を呪って「厥の口に詛祝（呪）す」。以上の第193～198句は、『楚辞』天問や『荘子』天運に見える表現に倣い、天地開闢や造化のはたらきについて疑問を投げかける。199**鴻荒**　大昔。双声の語。漢・揚雄『法言』問道に「鴻荒の世は、聖人之を悪む」。200**酬僦**　代価を支払う。終南山を創造した労苦に対して報酬を支払うことをいう。「僦」は賃金、運送費。転じて直（値）の意。201**祠官**　神官。祭祀をつかさどる官。202**芬苾**　供物の香りが芳しいさま。双声の語。「苾芬」と同義。『詩経』小雅・楚茨に「苾芬たる孝祀（祖先の祭り）、神　飲食を嗜む」。**歆嗅**

双声の語。「歆」は神霊が供物の香りを享受する。『詩経』大雅・生民に「其の香り始めて升り、上帝　居んじ歆く」。「嗅」は鼻でにおいをかぐ。203・204　『論語』公冶長に「吾が党の小子　狂簡（進取の気象に富むさま）にして、斐然として章（あや模様）を成せども、之を裁する所以を知らず」というのを踏まえ、この「南山の詩」を彩り美しく作り上げて神に捧げようと述べる。「斐然」は、あや模様を織りなすさま。文彩の美しさを喩える。**惟用**　『尚書』君奭に「予は惟れ用て天に閔（勉）めて民に越ぼす」とあるなど、重々しい語気を表す。「惟」は語調を整えるための助字。**賛**　助ける、賛助する。**報酭**　「報」「酭」ともに報いるの意。

詩型・押韻　五言古詩。去声四十九宥（囿・究・授・繡・岫・就・噣・秀・酎・覆・瘦・宙・簉・漱・糅・昼・狖・仆・富・宥・售・祐・甃・旧・又・罶・救・溜・復・右・冑・臭・副・鼬・皺・驟・佑・灸・籀・柩・獣・鷲・留・袖・狩・首・餾・収・槱・繇・宿・廐・琇・霤・狃・侑・疚・呪・僦・嗅・酭）、五十候（漏・覯・湊・透・茂・構・鏤・袤・候・戊・竇・漚・陋・走・詬・懋・寇・鷇・奏・貿・逅・脰・瞀・鬭・雊・湊・逗・槈・購・譳・餖・梪・後・媾・彀・姤・遘・楙・腠）、五十一幼（幼・謬）の同用。平水韻、去声二十六宥。

（緑川英樹）

115　豐陵行　豊陵行

元和元年（八〇六）七月、順宗が豊陵に葬られる。歌行体の語り口によって、葬列が都から豊陵へと至り埋葬されるさまを描き、廟祭こそが古式にのっとった祭祀であるとして、陵墓での祭りを批判している。

1 羽衛煌煌一百里
2 曉出都門葬天子
3 羣臣雜沓馳後先
4 宮官穰穰來不已
5 是時新秋七月初
6 金神按節炎氣除
7 清風飄飄輕雨灑
8 偃蹇旂旆卷以舒
9 逾梁下坂笳鼓咽
10 嵽嵲遂走玄宮閭
11 哭聲訇天百鳥噪
12 幽坎晝閉空靈輿
13 皇帝孝心深且遠
14 資送禮備無贏餘
15 設官置衛鎖嬪妓
16 供養朝夕象平居
17 臣聞神道尚清淨
18 三代舊制存諸書

羽衛　煌煌　一百里
暁に都門を出でて　天子を葬る
群臣　雑沓　馳せて後先し
宮官　穣穣　来たりて已まず
是の時　新秋　七月の初め
金神　節を按じて　炎気除く
清風　飄飄　軽雨灑ぎ
偃蹇たる旂旆　巻きて以て舒ぶ
梁を逾え坂を下りて　笳鼓咽び
嵽嵲　遂に玄宮の閭に走る
哭声　天を訇かして　百鳥噪ぎ
幽坎　昼に閉じて　霊輿空し
皇帝　孝心　深く且つ遠く
資送　礼備わりて　贏余無し
官を設け衛を置きて　嬪妓を鎖し
朝夕に供養すること　平居に象たり
臣聞く　神道　清浄を尚ぶと
三代の旧制　諸書に存す

19 墓藏廟祭不可亂　墓藏　廟祭　乱るべからず
20 欲言非職知何如　言わんと欲するも職に非ず　知る何如

［校勘］
3「臣」銭本作「官」。
7「淸」祝本作「靑」。
8「旃」祝本作「旗」。
10「遂」蜀本作「逐」。
「閭」潮本、祝本、文本、蜀本、魏本作「虛」。
12「閉」祝本作「閑」。
13「且」魏本作「日」。
15「鎖」祝本作「瑣」。文本、蜀本作「鏁」。

豊陵のうた

羽をきらきらと輝かせた衛兵が百里列をなし、夜明けに都城の門を出て天子を葬送する。

臣下たちがひしめきあとさきに追いかけ、宦官は夥しくあとからあとからやってくる。

いま時は秋になったばかりの七月はじめ、秋の神がゆっくりと訪れて暑気は払われた。

涼風が吹き雨がさっと降って道を洗い清め、たかく立てられた旗はまいたりのべたり。

橋をこえ坂をくだり笛太鼓はむせび、小高いところ地下宮殿の入り口にたどりつく。

哭する声は天にとどろき鳥たちがさわぎ、暗い穴は白昼に閉じられ御輿はからっぽ。

今上陛下の孝行の御心はふかくとおく、あますことなく物資が供給され礼が備わった。

役所を設け侍衛を置きこしもと妓女がとめ置かれ、朝夕にお供えしてふつうにおられるよう。

わたくしが聞くところでは鬼神を祀るありかたは清らかさを尊ぶと。夏殷周三代の古い制度は諸々の書物に書いてある。

陵墓への埋葬と宗廟のお祭りは混淆してはいけない。ひと言申し上げたいが職権の範囲にない、いかにしたものかしらん。

0豊陵　順宗の陵墓。今の陝西省富平県にある。順宗は貞元二十一年（八〇五）正月に即位したが、既に中風にかかって口がきけなくなっていたため、八月に憲宗に位を譲って退位した。翌元和元年正月に崩御、七月に葬られた。『新唐書』順宗本紀に「元和元年……秋七月壬辰朔。壬寅、順宗を豊陵に葬る」。**1羽衛**　羽で飾った旗を背に負った天子の護衛兵。江淹「雑体詩三十首」袁淑・従駕（『文選』巻三一）に「羽衛　流景藹たり」、李善注に「羽衛は羽を負える侍衛なり」。**煌煌**　輝かしいさま。『詩経』大雅・大明に「檀車煌煌たり」、毛伝に「煌煌は明らかなり」。**3雑沓**　多くのものが混み合うさま。左思「蜀都の賦」（『文選』巻四）に「輿輦雑沓し、冠帯混并す」。**4宮官**　宦官のこと。**穰穰**　数がおびただしいさま。『詩経』周頌・執競に「福を降すこと穰穰たり」、毛伝に「穰穰は衆きなり」。**5・6**　時は七月、秋の神が訪れて猛暑は去った。**金神**　秋の神。五行説で「金」は秋に当たる。110「張徹に答う」第56句注を参照。**按節**　馬の歩調を緩めること。『楚辞』離騒「吾　羲和（太陽を運ぶ御者）をして節を弭えしむ」の王逸注に「弭は按なり、按節は徐歩なり」。**7・8**　風と雨が道を掃き清める。神がそこに来ている、という含み。**軽雨灑**　『韓非子』十過に「昔者　黄帝は鬼神を泰山の上に合し、……風伯進み掃い、雨師　道を灑ぐ」。偃蹇旂旆　旗が高く掲げられ連なりまとい合うさまをいう。「偃蹇」は畳韻の語。「旂」も「旆」も旗。枚乗「七発」（『文選』巻三四）に「旍旗偃蹇たり」。9梁　橋梁。地下墓に入ってゆく、この世との境界にあるものを指していうか。坂　地下墓へと続く下り坂をいうか。笳鼓　あしぶえと太鼓。行列を先導する。顔延之「車駕の京口に幸して、三月三日、曲阿の後湖に侍遊する作」（『文選』巻二二）に「金練　海浦を照らし、笳鼓　溟洲を震わす」。咽　悲しみで音がつまることをいう。10嵽嵲　山が高くそそり立つさま。畳韻の語。杜甫「京自り奉先県に赴く詠懐五百字」詩に「晨を凌いで驪山を過ぐれば、御榻（天子の玉座）嵽嵲に在り」。玄宮閭　墓のある地域。「玄宮」は地下宮殿の意。『通典』巻八六・礼四六に引く厳善思の上表文に「臣又た聞く、乾陵の玄宮、其の門は石を以て閉塞し、其れ石縫鋳鉄、以て其の中を固くす」。「閭」は墓室の入り口の門。11哭声　「哭」は人の死を悲しみ、大声で泣く礼。訇　轟く。魏・陳琳「武軍の賦」に「声は訇隠として山を動かす」。12幽坎　暗い穴。墓穴のこと。霊輿　天子の乗る輿。揚雄「羽猟の賦」（『文選』巻八）に「六の白虎、霊輿を載す」、李善注に「服虔曰く、霊輿は天子の輿なり」。13孝心　祖先に飲食物を供えて祭る心がけ。憲宗が実父順宗に対してするのをいう。資送　物資を送る。ここでは死者への副葬品を送ること。礼備　礼が備わる。『宋書』符瑞志下に「威蕤、王者の礼備われば則ち殿前に生ず」。無贏余　手元にあまさない。すべて送る意。15鎖嬪妓　こしもとや歌舞の妓女が御陵の宮殿に留め置かれていること。唐の制度では、皇帝の諸陵に宮殿を構え役人や侍者などを置いていた。杜甫「橋陵詩三十韻　因りて県内の諸官に呈す」に「宮女　晩に曙なるを知り、祠官　朝に星を見る」。白居易の「新楽府　陵園の妾」も御陵に奉仕する宮女の悲劇をうたう。16供養　廟に食物を供える。象平居　ふだん生活しているのと同じである。陸機「挽歌詩三首」其三（『文選』巻二八）に「備物　平生に象たり、長旌　誰か旆を為らん」。『資治通鑑』唐紀・宣宗大中十二年の胡三省注に「凡そ諸帝升遐（崩御）すれば、宮人の子無き者、悉く山陵に詣りて朝夕に供奉し、盥櫛を具え、衾枕（寝具）を治め、死に事うること生に事うる如くせしむ」。17神道　鬼神を祀るありかた。『周易』観に「聖人は神道を以て教えを設け、天下服す」。18三代旧制　夏・殷・周の古い制度。19「墓蔵」は陵墓の埋葬、「廟祭」はみたまやの祭り。両者は別のことで、それらの礼を混淆してはいけない。後者こそが古式にのっとった祭祀である。『礼記』檀弓上に「葬なる者は蔵なり。蔵なる者は、人の見るを得る弗きを欲するなり」。『論衡』四諱に「古礼は廟祭し、今俗は墓祀す」。20非職　自分の職権の範囲でない。『三国志』魏書・孫暁伝に「上は非職の功を責めず、下は分外の賞を務めず」。当時、韓愈は国子博士であり、諫官の立場にはなかった。

知何如　いかにしたものかしら。

詩型・押韻　七言古詩。換韻して以下の二種の韻を用いる。（1）上声六止（里・子・已）。平水韻、上声四紙。（2）上平九魚（初・除・舒・閭・輿・余・居・書・如）。平水韻、上平六魚。

（乾　源俊）

116

雨中寄孟刑部幾道聯句

雨中に孟刑部幾道に寄する聯句

元和元年（八〇六）秋、長安での作。この年の六月、国子博士として江陵（湖北省荊州市）から召還された韓愈と長安に出てきたばかりの孟郊の二人が、うち続く秋雨の中、孟郊の叔父孟簡に贈ったもの。二人は雨で孟簡を訪ねることのできない憾みから詠み始めて、みずからの才能を貶めては孟簡を大いに持ち上げる。次に孟簡との忌憚のない交遊を確かめた上で、自分たちの不遇を嘆き、最後に孟簡からの援引、特に無官の孟郊に対してのそれを期待する内容となっている。もっとも特に最後二十句では、韓愈が孟郊を過度に褒めるのに対して、それを承けた孟郊も過度にへりくだって見せるところなど、聯句の遊びの要素が多分に盛りこまれている。この頃、韓愈は長安に寓居していた孟郊との間で多くの聯句を制作している。この聯句という形式を用いて不在の第三者に宛てるのは、韓愈と孟郊には同じく元和元年の作とされる130「剣客李園に贈る聯句」があるが、これらに先行するものとしては、大暦十二年（七七七）以降のものとされる皎然らの「建安寺に夜会し雨に対して皇甫侍御曾を懐う聯句」がある。

1 秋潦淹轍跡　　秋潦　轍跡を淹し
2 高居限參拜　愈　　高居　参拝を限る　愈
3 耿耿蓄良思　　耿耿として良思を蓄え
4 遙遙仰嘉話　郊　　遥遥として嘉話を仰がんとす　郊
5 一晨長隔歳　　一晨　歳を隔つるよりも長く
6 百歩遠殊界　愈　　百歩　界を殊にするよりも遠し　愈
7 商聴饒清聳　　商聴　清聳饒く
8 悶懐空抑噫　郊　　悶懐　空しく抑噫す　郊
9 美君知道腴　　美君　道の腴なるを知り
10 逸歩謝天械　愈　　逸歩　天の械を謝す　愈
11 吟馨鑠紛雑　　馨を吟じては紛雑を鑠かし
12 抱照瑩疑怪　郊　　照を抱きては疑怪を瑩らかにす　郊

13 撞宏聲不掉　　宏きなるを撞けども声は掉わず

14 輸遡瀾逾殺　愈　　遡かなるに輸ぐも瀾は逾いよ殺がる　愈

15 簷瀉碎江喧　　簷に瀉げば砕江　喧しく

16 街流淺溪邁　郊　　街に流るれば浅渓邁く　郊

［校勘］

1「淹」文本、蜀本作「無」。
6「遠」祝本、文本、蜀本、魏本作「還」。
7「商」蜀本作「高」。
8「悶」潮本、祝本、文本、蜀本、魏本作「閟」。
11「馨」文本、蜀本作「聲」。

雨の日に刑部の孟幾道どのに寄せる聯句

うち続く秋雨で車轍の跡も水浸し、高堂へお伺いするのもままならない。（韓愈）
ひとり寂しい不安を抱えながら、あなたにお目通りしたいという思いは募るばかり。遥かにあなたのお話を拝聴したいと願っています。（孟郊）
たった一日でも一年が経つより長く、百歩の隔たりでさえも異なる土地に居るより遠い。（韓愈）
秋の調べは清らかに冴えわたる響きに溢れ、鬱々たる思いはことばにならずについ吐き出される。（孟郊）
りっぱな君子たるあなたは道がどれほど豊かなものかをよくご存知で、そのすばらしい歩みは天の枷に縛り取

られようとはしない。(韓愈)

かぐわしいばかりに吟じられる歌は雑然とした代物など跡形もなく溶かしてしまうし、りっぱなお考えは怪しげなものなど白日のもとに曝してしまうほど。(孟郊)

大きな鐘を撞いてもその音は存分に響かすこともできず、波は遥か彼方までわたっていこうとするにつれ勢いはますます弱まってしまうとは。(韓愈)

軒先に雨水が注ぎ落ちると砕け散る川の波のようでうるさく、街中に流れこむと浅い谷川となって流れてゆく。(孟郊)

全体を三段に分ける。第一段は、秋の長雨で孟簡に会えないことを残念に思い、彼の人徳や学識の高さを讃えつつ、それが周囲の者には理解されない憾みを詠む。

○孟刑部幾道　孟簡(?—八二三)、字は幾道。徳州平昌(山東省臨邑県)の人。進士科、博学宏詞科に及第。倉部員外郎、司封郎中を経て、元和四年(八〇九)には諫議大夫、さらには給事中、浙東観察使、戸部侍郎などになったが、穆宗が即位した元和十五年(八二〇)、吉州(江西省吉安市)司馬に左遷される。長慶三年(八二三)、太子賓客として洛陽に分司し、その年の十二月に没した。『旧唐書』巻一六三、『新唐書』巻一六〇に伝あり。孟簡が刑部の職にあったことを記す史料はないが、『新唐書』本伝には、戸部に属する倉部員外郎に任ぜられた孟簡が、貞元二十一年(八〇五)に戸部侍郎になった王叔文に与しなかったことから憎まれ、これを懸念した宰相韋執誼が孟簡を他の部署に配置換えしたと記しており、魏本の引く集注はこの配置換え先が刑部ではないかという。韓愈「貞曜先生(孟郊)の墓誌銘」に「初め、先生与に倶に学ぶ所の同姓簡、世次に於いて叔父為り。給事中由り浙東に観察たり」、また孟郊の「舟中にて従叔の簡に遇うを喜び、別れし後に寄せ上る、時に従叔初めて擢第し江南に帰り、郊は行に従わず」詩から、彼が孟郊の父方の叔父に当たることが知れる。韓愈には他に元和十四年（八一九）、潮州に左遷された後に書いた「孟尚書に与うる書」もある。1秋潦　秋の長雨による大水。馬融「長笛の賦」（『文選』巻一八）に「秋潦は其の下趾（根）を漱う」。淹　浸かる。曹攄「友人を思う」詩（『文選』巻二九）に「密雲　陽景を翳い、霖潦　庭除（庭先の階段）を淹す」。高居　相手の居処に対する敬称。参拝　目上の人に拝謁する。3耿耿　語る相手もなく、ひとり不安で落ち着かないさま。『詩経』邶風・柏舟に「耿耿として寐ねず、隠ましき憂い有るが如し」。蓄思　孟簡を慕って訪ねたいという思いが募ること。成公綏「嘯の賦」（『文選』巻一八）に「蓄思の悱憤たる（言いたくとも言えない憂い）を舒ぶ」。「良」は、次句の「嘉」と同様に、相手の事に関わることを飾った言葉。4遥遥　遥かに。対象を遠く仰いでいう言葉。陶淵明「郭主簿に和す二首」其二に「遥遥として白雲を望めば、古を懐いて一に何ぞ深き」。嘉話　すばらしい話。張協「七命」（『文選』巻三五）に「不敏に在りと雖も、敬んで嘉話を聴かん」。5・6　時間的、空間的にわずかな隔たりがその満たされぬ心情によって大きく増幅させられる。一晨　一日、あるいは一朝。隔歳　年が改まる。殊界　住む場所が一線を画す。「界」は境界。7・8　雨に加えて秋という季節に思いはますます結ぼれていく。商聴　物悲しさを誘う秋の音を耳にする。「商」は五音の一つの商声。五行説で秋に配当され、秋風、落葉、虫の声など凄愴な音色をいう。孟郊「秋懐十五首」其八に「商声　中夜に聳え、蹇支（萎えた足）前み行くを廃す」。饒清聳　清らかで透き通った音は十分に耳をそばだてさせるものがある。「饒」はありあまるほど多い。陸雲「顧彦先の為に婦に贈る二首」其二（『文選』巻二五）に「摠章（楽官の名）は清弾（清らかな琴の調べ）饒し」。悶懐　悶々とした思い。唐・張継「章八元に贈る」詩に「衰年　二妙に逢い、亦た悶懐を寛くするを得たり」。抑噫　心のもだえを押しこめたり、また耐えきれずについ洩らしたりするさま。双声の語。「噫」は嘆きや悲しみの声を出すこと。9美君　徳をそなえたすばらしいお方、美君子。道腴　道の精神的な豊かさをいう。「腴」は脂がたっぷりとのった美味なもの。班固「賓の戯るるに答う」（『文選』巻四五）に「慎みて志す所を脩め、爾の天符を守り、命に委ね己を供うし、道の腴を味わう」、李善注に「腴は道の美なる者なり」。**10逸歩**　他人の追従を許さない優れた歩み、足跡。『文心雕龍』辨騒に「屈宋（屈原・宋玉）の逸歩、之を能く追うもの莫し」。　**謝天械**　天子から与えられた官職や地位を自身を束縛するものと見て、決して恋々としないこと。「謝」は謝絶する。「械」は手かせ足かせ。　**11吟馨**　芳しいばかりの格調高い詩を吟ずること。孟郊「李員外の小榼（酒などを盛る器）の味に答う」詩に「仙情　夙に已に高く、詩味　今　更に馨し」。　**鑠**　溶かす。**紛雑**　ごちゃごちゃとまとまりのない状態や詩文をいう。『文心雕龍』諸子に「百姓の群居するや、紛雑にして顕われること莫きに苦しむ」。　**12抱照**　立派な考えを秘めていること。「照」は玉のごとく光り輝くもの。『楚辞』九思・疾世に「昭華と宝璋（いずれも宝玉）を抱いて、衒鬻せん（売りこもう）と欲するも取る莫し」。　**瑩疑怪**「瑩」は玉が鮮明な光彩を放つようにはっきりとさせる。「疑怪」は疑わしく怪しげなもの。江淹「雑体詩三十首」謝恵連・贈別（『文選』巻三一）に「翰を点じて新賞を詠じ、袠（本の覆い）を開きて疑う所を瑩らかにす」。　**13・14**　孟簡の人物としての大きさを巨鐘と大波に喩えるが、その真価が発揮されず、影響力が及ばないことをいう。**撞宏**　大きな鐘を撞く。020「酔いて東野を留む」に「東野　頭を迴らさず、寸筳の鉅鐘（巨大な鐘）を撞つが如き有り」、その第12句注参照。　**不掉**　存分にその能力を発揮できない。022「病中　張十八に贈る」に「談舌久しく掉わず、君に非ずんば亮に誰か双ばん」。　**輸邈**　遥か遠くにまで波が流れ行くこと。張衡「南都の賦」（『文選』巻四）に、川の流れを「長く輸ぎ遠く逝く」と描写し、李善注に「広雅に曰く、輸は写（瀉）ぐなり」。**殺**　弱まり衰える。『呂氏春秋』長利に「地は日に削られ、子孫は弥いよ殺がる」、高誘注に「殺は衰うるなり」。**15・16**　前句の波のイメージを承けて、ふたたび雨の情景へ引きもどし、次の想い出のシーンへ転じようと図る。　**簷瀉**　軒先から雨水が注ぎ落ちること。　**砕江喧**　流れ落ちる雨水が川の波がぶつかり砕けるようでやかましい。杜甫「立秋に雨ふり院中にて作有り」詩に「樹湿りて風涼進み、江喧しくして水気浮く」。街流　大通りにできた水の流れ。　**浅渓邁**　浅い谷川のように流れていく。「邁」は流れ行く。左思「呉都の賦」（『文選』巻五）に、呉の大江について「寂寥として長く邁く」。

17 念初相遭逢　　念う初め　相い遭逢するに
18 幸免因媒介　　幸いに媒介に因るを免る
19 祛煩類決癰　　煩を祛くは癰を決くるに類し
20 愜興劇爬疥　　興に愜うは疥を爬くよりも劇だし
21 研文較幽玄　　文を研きて幽玄を較らかにし
22 呼博騁雄快　　博を呼びて雄快を騁す
23 今君軺方馳　　今　君　軺は方に馳せんとし
24 伊我羽已鎩　　伊れ我　羽は已に鎩がる
25 温存感深恵　　温存　深恵に感じ
26 琢切奉明誡　愈　　琢切　明誡を奉ず　愈
27 迨茲更凝情　　茲に迨びて更に情を凝らすも
28 暫阻若嬰瘵　　暫く阻まれて瘵に嬰るが若し
29 欲知相従盡　　相い従うの尽くすことを知らんと欲せば
30 靈珀拾纖芥　　霊珀　纖芥を拾うがごとし
31 欲知相益多　　相い益するの多きことを知らんと欲せば

32 神藥銷宿憊　神薬　宿憊を銷すがごとし
33 德符仙山岸　徳は仙山の岸に符い
34 永立難欹壞　永く立ちて欹壊し難し
35 氣涵秋天河　気は秋天の河に涵り
36 有朗無驚湃　郊　朗なる有りて驚湃無し　郊

〔校勘〕
20「爬」　蜀本作「瓟」。
23「方」　文本、蜀本作「車」。
24「已」　文本、蜀本作「毛」。
26「誡」　潮本、祝本、文本、蜀本、魏本作「戒」。
30「拾」　潮本、祝本作「捨」。
32「銷」　文本作「消」。
36「無」　蜀本作「无」。

思えば、はじめて出会った時、ありがたいことに仲立ちなど介さずにすんだ。

煩わしい思いを払い去るのは腫れ物を切り取るようで、心が満たされるのは痒いところを掻くよりもずっと気持ちよいものだった。

詩文はその奥義を究め、出目を叫んで興じる博打も豪快そのもの。

このたび、あなたは使者として軺車を馳せてゆくことになったが、わたしはというと翼をもぎ取られた身。温かいいたわりからは慈愛の深さが感じられるし、もっと人格を磨いてりっぱな教えを承りたい。（韓愈）
ここに至ってますます思いは募るばかりだが、ひとしきり雨に邪魔されては病気にかかったような気持ち。あなたにとことんつき随うことがどういうことかといえば、霊妙な琥珀が細かな塵までも吸い取るようなもの。あなたから大いに裨益する所があるということがどういうことかといえば、不可思議な薬で長患いの病をすっかり治してしまうようなもの。
その人徳は仙山の崖が立ちはだかるそれにぴったりで、永久に崩れることなどありえない。
その気性は秋の天の河にどっぷりと浸っているそれであって、明るく穏やかで波立つようなことはない。（孟郊）

第二段は、韓愈と孟郊がそれぞれ十句ずつ詠む。ここも彼らの真の交遊を通して孟簡の学問の深さや人間としてのスケールの大きさを一段と褒め称え、それによって韓愈・孟郊にとっていかに大切な存在であるかを強く訴える。

18幸免　運良く免れる。『論語』雍也の「子曰く、人の生くるや、直。之を罔いて（ゆがめて）生くるや、幸いにして免る」に出る語。**媒介**　紹介者。『旧唐書』張行成伝に、唐・太宗の言葉として「古今の用人を観るに、必ず媒介に因る。行成の若き者は、朕　自ら之を挙げて、先容（とりもち）無きなり」。**19〜22**　学んだり遊んだりする中から孟簡のすばらしさを再認識する。**祛煩**　心の煩わしいものを取り除く。「祛」は「去」に通じ、取り去ること。王褒「四子講徳論」（『文選』巻五一）では、制度の煩雑を取り除くことについて「煩を去りて苛を蠲き、以て百姓を綏んず」。**決癰**　腫れ物を切り取る。『荘子』大宗師に「彼は生を以て附贅（くっついたいぼ）

・縣疣（垂れたこぶ）と為し、死を以て決疣（切れたおでき）・潰癰（つぶれた腫れ物）と為す」と、方外に遊ぶ者の死生観を述べる。**悏興**　興趣が満たされる。「悏」は心にかなう。**疥**　かゆくなる湿疹で、皮癬ともいう。**研**　詳しく究めること。陸機「文の賦」（『文選』巻一七）に「或いは之を覧て必ず察し、或いは之を研きて後精し」。**較**　明らかにする。嵇康「養生論」（『文選』巻五三）に「夫れ神仙は目に見えずと雖も、然れども記籍の載する所、前史の伝うる所にして、較らかにして之を論ずれば、其れ有ること必たり」。**幽玄**　哲理などの深遠なこと。『周書』武帝紀上に「至道は弘深にして、混成して際無く、体は空有を包み、理は幽玄を極む」。**呼博**　出目を叫んで賭ける。「博」は博弈。**騁雄快**　豪快にやってのける。「騁」はほしいままにする。170「司門盧四兄雲夫院長の望秋の作に酬ゆ」に「若し酣に乗じて雄怪を騁せしむれば、造化　何を以てか鐫攙に当たらん」。**23軺方馳**　栄えある使者として地方に颯爽と赴くこと。「軺」は使者の乗る車。丘遅「陳伯之に与うる書」（『文選』巻四三）に「軺に乗り節を建てて疆場（辺境）の任を奉ず」。ここはあるいは他所へ栄転してゆくことをいうか。**24羽已鎩**　陽山への左遷によって翼を切られたも同然だという。068「県斎にて懐い有り」でも、陽山左遷を「翮を鎩がる　時は䄍に方たる」と述べる。その第48句注参照。**25温存**　あたたかい気持でいたわるさま。畳韻の語。「存」は慰めること。**深恵**　恵愛の情が深いこと。**26琢切**　切磋琢磨して人格を磨く。『詩経』衛風・淇奥に「匪たる（鮮やかでうるわしい）君子有り、切するが如く磋するが如く、琢するが如く磨するが如し」。**明誡**　すぐれた教え。『漢書』谷永伝に「災異は皇天の人君の過失を譴告する所以にして、猶お厳父の明誡のごとし」。**27・28**　いやます孟簡への思いも雨によって阻まれていることを恨む。隋の煬帝「王　入城を迎えんとするも雨に礙げられ日を移せんとする書」に「方に仰延を要めんとするも、雨に乃ち暫し阻まる」。**凝情**　会いたいという思いが募る。白居易「晩秋の夜」詩に「情を凝らすも空しく思う所を語らず、風は白露を吹きて衣裳冷ややかなり」。**嬰瘵**　病気になる。「嬰」はかかる。「瘵」は病。『詩経』大雅・瞻卬に「邦に定まること有る靡く、士民其れ瘵む」、毛伝に「瘵は病むなり」。29～32　この四句は隔句対をなし、畳みかけるように孟簡の人間的魅力やその博学を讃える。**相従尽**　孟簡の魅力に惹かれてどこまでも従おうとする。**霊珀拾織芥**　霊妙な力を持つ琥珀が細いチリやゴミを吸いつける。「霊珀」は琥珀。東晋・郭璞『山海経図賛』磁石（『藝文類聚』巻六・地部・石）に「磁石（磁石）は鉄を吸い、琥珀は芥を取る」。『三国志』呉書・虞翻伝の裴松之注に引く『呉書』では、虞翻を無視した人に対して「虎魄（琥珀）は腐りし芥を取らず、磁石は曲がれる鍼を受けずと。過るも存わざるは、亦た宜ならずや」と言い放っているが、ここは逆に孟簡がどんなにつまらない者でもさえも拾い上げてくれるはずだという。**神薬**　死んだ者を生き返らせられるほどの不思議な薬。『列子』湯問に「扁鵲（古の名医）遂に二人に毒酒を飲ませれば、死に迷うこと三日、胸を剖き心を探りて易えて之を置き、投ずるに神薬を以てす。既に悟むれば初めの如し」。**宿憊**　長患いの病気。「憊」は疲れ苦しむ。33**仙山**　蓬萊山など東海の島にある仙人の住む山。34**欹壊**　傾き壊れる。35**涵**　水にひたるように、気性が十分に涵養されている。唐・銭起「江行無題一百首」其二十一に「水は秋色を涵して静かに、雲は夕陽を帯びて高し」。**秋天河**　梁・庾肩吾「江州に奉使す　船中七夕」詩に「九江　七夕に逢い、初弦　早秋に値たる。天河は来たりて水に映じ、織女は舟に攀じんと欲す」。36**朗**　明るく輝く。孟郊「張籍に寄す」詩にも、天の河について「清漢　徒自らに朗なり」。**驚湃**　波の激しくぶつかりように心が荒々しいこと。「滂湃」の語を孟郊らしく言い換えたものか。

37　祥鳳遺蒿鷃　　祥鳳　蒿鷃を遺れ
38　雲韶掩夷靺　　雲韶　夷靺を掩う
39　争名求鵠徒　　名を争いて鵠を求むるの徒
40　騰口甚蟬喝　　口を騰げて蟬の喝くよりも甚だし

41 未來聲已赫
42 始鼓敵前敗
43 鬪場再鳴先
44 遐路一飛屆
45 東野繼奇躅
46 脩綸懸衆犗
47 穿空細丘垤
48 照日陋菅蒯　愈
49 小生何足道
50 積愼如觸蠆
51 愔愔抱所諾
52 翼翼自申戒
53 聖書空勘讀
54 盜食敢求嘬
55 惟當騎款段
56 豈望覿珪玠
57 弱操愧筠杉
58 微芳比蕭薤
59 何以驗高明

未だ来たらざるに　声　已に赫たり
始めて鼓つに　敵　前に敗る
闘場　再び鳴きて先んじ
遐路　一たび飛びて届る
東野　奇躅を継ぎ
脩綸もて衆犗を懸く
空を穿ちて丘垤を細たりとし
日に照らして菅蒯を陋とす　愈
小生　何ぞ道うに足らん
慎を積みて蠆に触るるが如し
愔愔として諾する所を抱き
翼翼として自ら戒を申ぶ
聖書　空しく勘べ読むも
盗食　敢えて嘬らうことを求めんや
惟だ当に款段に騎るべし
豈に珪玠を覿るを望まんや
弱操　筠杉に愧じ
微芳　蕭薤に比す
何を以てか高明に験されん

60　柔中有剛夬　郊　　柔中に剛夬有り　郊

［校勘］

38「靺」　文本作「韎」。

46「綸」　文本作「輪」。

50「蠆」　蜀本作「萬」。

52「申戒」　潮本、祝本、文本、蜀本、魏本作「伸誡」。

53「勘」　潮本、祝本、文本、蜀本、魏本作「甚」。

55「叚」　銭本作「段」。「叚」と「段」は本来は別字だが、通用していた。ここでは「段」と見なす。


瑞鳥の鳳凰は蒿の間を飛び交う鷦鷯など相手にもせず、宮廷で奏される雲韶は夷狄の曲など圧倒する。

名声を得ることに血道をあげて科挙の合格を狙う輩は、その口やかましいことといったら蟬の鳴き声よりひどい。

あなたはまだ登場しないうちからその名声は赫赫たるものがあり、戦いの一番太鼓が打ち鳴らされるや敵はもう降参するありさま。

科挙という戦場で二度までも先に勝ち名乗りをあげ、その遠い道のりを一足飛びで行き着いた。

東野どのはそのすばらしい跡を継ごうとして、とてつもなく長い釣り糸にたくさんの牛を餌に引っ掛けている。

大空を突き抜けんばかりの高い山にしてみれば丘や蟻塚などちっぽけなもの、白日の下では菅や萱などみすぼらしいというもの。（韓愈）

わたしなど取るに足らぬ者で、慎重に慎重を重ねるのは蠍にでも触れるのを恐れるかのよう。
心安らかに自分が信ずるものだけを後生大事にするし、びくびくとして戒めを自分に言い聞かせもする。
いたずらに聖人の書いた書物を引き比べて閲覧する日々を送っているだけで、どうして他人様のものまで貪り
食うようなまねなどしようか。
ただ駄馬に乗るのがお似合いで、天子から特に賜る介圭(かいけい)を拝めるような身分など望むべくもない。
吹けば飛ぶようなこの節操はあの竹や杉を前に忸怩たるものがあるし、有るか無しかの香りも蕭(よもぎ)や薤(にら)となんら
変わらない。
いったい何によって天子にご覧いただこうか、柔順に見えても剛毅な面を打ち出すこともわたしにはあるのだ
が。(孟郊)

第三段は、韓愈と孟郊が十二句ずつ詠むが、先ず韓愈が孟簡について圧倒的力で楽々と科挙に及第し、仕官を果たしたことを述べた後、孟郊も雄大な志を抱いてその後を継ごうとしているのだと大いに推奨する。それを承けた孟郊は逆にいたって謙虚に述べながらも最後は孟簡からの引き立てを訴える。

37・38　朝廷で必要とされるべき孟簡とつまらぬ輩たちとを対照的に描写する。**祥鳳**　新たに憲宗が即位し、年号が元和と改まった時に華々しく登場した孟簡を喩える。鳳凰は天下太平の時に現れる瑞鳥。『礼斗威儀』(『初学記』巻九・帝王部・総叙帝王)に「人君　政訟平らかなれば、即ち祥鳳至る」。**蒿鷃**　ヨモギの間を飛び交う斥鷃(ミソサザイの類)で小人物を喩える。『荘子』逍遥遊に、鵬の大いなる飛翔を見た斥鷃が「我騰躍して上るも、数仞に過ぎずして下り、蓬蒿の間を翺翔(こうしょう)す(飛び回る)。此れ亦た飛ぶことの至りなり。而るに彼且(まさ)に奚(いず)くに適(ゆ)かんとするや」と笑ったことに対して、荘子は「此れ小大の辯なり」と断ずる。**雲韶**　宮廷で奏される

正統的な音楽である雲門と大韶。111「会合聯句」第66句注参照。**掩**　覆い尽くして凌駕する。**夷靺**　東方の異民族の音楽。「靺」は「韎」に同じ。『周礼』春官・鞮鞻氏に「鞮鞻氏は四夷の楽と其の声歌を掌る」、鄭玄注に「四夷の楽とは、東方を韎と曰い、南方を任と曰い、西方を侏離と曰い、北方を禁と曰う」。**39争名**　名声を勝ち取る。『戦国策』秦策一に「名を争う者は朝（朝廷）に於いてし、利を争う者は市に於いてす」。**求鵠**　「鵠」は矢の的。『礼記』射義に「古者天子は射を以て諸侯・卿・大夫・士を選ぶ。……射は各おの己の鵠を射るなり」。周代、天子が弓射によって諸侯以下の徳行ある者を選抜したことから、唐代では科挙の合格を喩える。唐・姚合「下第」詩に「枉げて郷里の挙ぐるところと為るも、鵠を射るに藝は渾て疎なり」。**40騰口**　わあわあと口先だけで勝手なことを言うこと。「騰」は「滕」に同じで、口に上せること。『周易』咸に「其の輔（あご）・頬・舌に咸ずとは口説を滕ぐるなり」。白居易「書に代うる詩一百韻　微之に寄す」にも「口を騰げて因りて痏を成し、毛を吹きて遂に疵を得たり」。**蟬喝**　つまらない者が騒ぎ立てる。112「納涼聯句」第27句注参照。**41**　まだ試験場に現れないうちからその名声は盛んに聞こえている。白居易「于頔・裴均を論ずるの状　于頔・裴均入朝せんと欲するの事宜」に「臣慮るに、于頔未だ来たらざるの間、内外　之に迎附する者、其の勢い已に赫赫炎炎たり。況んや其れ已に来たるをや」。**42**　試験が始まった途端にその優劣はおのずと明らかになる。**始鼓**

進撃の際に打つ一番太鼓。『左伝』荘公十年に「夫れ戦いは、勇気なり。一鼓（鼓）にして気を作し、再びして衰え、三たびして竭く。彼竭き我盈つ、故に之に克つなり」。**43闘場**　科挙の試験を闘鶏場に喩える。梁の元帝「洛陽道」詩に「玉珂（くつわ飾り）は戦馬に鳴り、金爪（闘鶏の爪につけられる金具）闘場の鶏」。**再鳴先**　他人を制して進士科、博学宏詞科と立て続けに及第したことを、闘鶏で勝った鶏が先に鳴くことに喩える。『左伝』襄公二十一年に「斉の荘公朝して、殖綽・郭最を指さして曰く、是れ寡人の雄なり。州綽曰く、君以て雄と為さば、誰か敢えて雄とせざらん。然れども臣不敏にして、平陰の役（戦役）に、二子に先んじて鳴けり」とあり、杜預注に「(襄公)十八年、晋は斉を伐ちて、平陰に及び、州綽は殖綽・郭最を獲たり。故に自ら鶏闘の勝ちて先に鳴くに比せり」。韓愈「唐の故の朝散大夫・尚書庫部郎中鄭君の墓誌銘」にも、鄭群が進士科と書判抜萃科に及第したことを「再び鳴くに文を以てして進塗(栄達の道)闢く」と述べる。44遐路　仕官するまでの遠い道のり。王粲「蔡子篤に贈る」詩(『文選』巻二三)に出る語。一飛　あっという間に仕官を果たしたことをいう。『史記』滑稽列伝に、淳于髠が三年蜚ばず鳴かずの鳥の話で斉の威王の荒んだ政治を諷したところ、威王は「此の鳥飛ばざれば則ち已むも、一たび飛べば天に沖がる。鳴かざれば則ち已むも、一たび鳴けば人を驚かす」と答えたという故事を踏まえる。届　至る。木華「海の賦」(『文選』巻一二)に、船の速さについて「一たび越ゆること三千、終朝ならずして届る所に済る」とあり、李善注に孔安国『尚書伝』を引いて「届は至るなり」。45　孟簡の人並外れた事跡を孟郊も継いで行くことをいう。「躅」は足跡。『漢書』叙伝上に「周孔(周公・孔子)の軌躅に伏す」。46　孟郊が小人たちなど及びもつかぬスケールの人物であることをいう。『荘子』外物の「任の公子は大鉤巨緇(巨大な釣り針と糸)を為り、五十犗を以て餌と為し、会稽に蹲まり、竿を東海に投じ、旦旦(毎日)にして釣る」を踏まえた表現。脩綸　長い釣り糸。犗　去勢した牛。47穿空　天空を穿つほどに高くそびえ立つ山で、孟郊のことをいう。細丘垤　蟻塚のごとくちっぽけなものとみるのは、つまらぬ輩を喩える。『孟子』公孫丑上に、有若が孔子の偉大さを讃えて「麒麟の走獣に於ける、鳳凰の飛鳥に於ける、泰山の丘垤の於ける、河海の行潦(道の溜まり水)に於けるの類なり」、趙岐注に「垤は蟻封なり」。照日　太陽の下にすべてがさらけ出される。孟郊を太陽に喩える。48菅蒯　つまらぬ輩をいう。「菅」はスゲ、「蒯」はアブラガヤで、いずれも取るに足らない粗末なもの。112「納涼聯句」第81句注参照。49　これまでの韓愈の過度な褒め言葉に対して、これまた孟郊も過度ともいえるほど謙虚に出る。小生　孟郊自身をいう。50蠆　毒をもつ蠍。『左伝』僖公十二年に「蜂・蠆に毒有り。況んや国をや」。51愔愔　安らぐさま。『左伝』昭公十二年に引く「祈招」詩に「祈招の愔愔たる、式て徳音を昭らかにす」、杜預注に「愔愔は安和なる貌」。**抱所諾**　自分がそうだと思うものだけを大事にする。**52翼翼**　慎むさま。『詩経』大雅・大明に「維れ此の文王、小心翼翼たり」。**申戒**　諭し誡める。『史記』暦書に「（堯は）年耆いて舜に禅り、文祖（始祖の廟）に戒を申べて云えり、天の暦数は爾の躬に在りと」。**53聖書**　聖人の書いた書物、聖典。韓愈「李翊に答うる書」に「始め三代両漢の書に非ずんば敢えて観ず、聖人の志に非ずんば敢えて存せず」。**勘読**　書物を校勘し読み解くこと。**54盗食**　自分の欲望のために人のものでも奪い取ろうとすること。『顔氏家訓』省事に、なりふり構わず地位を得ようとする者を「何ぞ食を盗んで飽くを致し、衣を窃んで温かきを取るに異ならんや」と喩える。**嘬**　一気に貪り食う。『礼記』曲礼上に、食事の作法について「炙（炙りもの）を嘬らうこと毋かれ」、鄭玄注に「其の食を貪ること甚だしきを為すなり。嘬とは一挙に臠（切り肉）を尽くすを謂うなり」。**55**　駄馬に乗るしかない、うだつの上がらないことをいう。**款段**　歩みがのろいさまを表す畳韻の語。『後漢書』馬援伝に、馬援の従弟の少游が語った言葉として「士　一世に生まれては、但だ衣食裁かに足り、下沢車（轂の短い軽便な車）に乗り、款段馬を御し、郡の掾吏と為りて墳墓を守り、郷里に善人と称せらるるを取れば、斯れ可なり」、李賢注に「款とは猶お緩のごときなり。形段（歩む里程）の遅緩なるを言うなり」。**56**　皇帝から直々に褒賞をもらうほどに出世することをいう。**覿**　じっくりと眺める。**珪玠**　「介圭」に同じ。双声の語。「珪」は玉、その大きいものが「玠」。王から大臣や諸侯に特に下賜される。『詩経』大雅・崧高に、宣王が諸侯の申伯に褒賞を与えて「爾に介圭を錫（賜）い、以て爾の宝と作せ」。**57弱操**　貧弱で頼りない節操。梁・何遜「諸遊旧に贈る」詩に「弱操　植つること能わず、薄伎　竟に依る無し」。**筠杉**　竹と杉。いずれも堅貞にして不変なる節操の象徴。孟郊が孟簡を見送った「山中にて従叔簡の挙に赴くを送る」詩に「石根（巌の下）百尺の杉、山眼（山の泉の湧き出る穴）一片の泉。之に倚れば道気高く、之を飲めば詩思鮮やかなり」とあるが、かつて共に山中で実際に目にした竹や杉に対して今の孟郊には忸怩たるものがあるのであろう。58**微芳**　かすかに放つ香り。ここは人徳に比す。陸機「塘上行」（『文選』巻二八）に「江蘺（水辺の香草）幽渚に生じ、微芳　宣ぶるに足らず」。**蕭薙**　「蕭」はヨモギ、「薙」はオオニラで、つまらないものの喩え。59・60　ひたすら控えめであった孟郊が最後で剛毅なところもあると売りこみ、孟簡の援引に期待を繋ごうとする。**験高明**　天子にその能力を試されることをいう。「高明」は君主。『尚書』洪範に「高明は柔克（やわらかな態度で治める）」、孔安国伝に「高明は天を謂う」。あるいは孟郊の賢明さをいうか。**柔中有剛夬**　臣下は本来、柔順なものだが、時として剛直に主君を正すべきものだという臣下論を孟郊自身もしっかり持ち合わせているということをいう。『周易』夬に「夬は決なり。剛の柔を決するなり」。また前掲『尚書』洪範の孔安国伝は、その後に「言うこころは天は剛徳と為すも、亦た柔克有りて、四時を干さず。臣は当に剛を執りて以て君を正すべく、君も亦た当に柔を執りて以て臣を納るべきを喩う」。これは孟郊がこれまで謙虚な言葉を並べて来て、最後にここでずばっと自己主張してみせるのにも重ねられよう。しかしこのような努力も功を奏しなかったようで、韓愈「貞曜先生の墓誌銘」に、孟簡の言葉を引いて「生けるときに吾挙ぐること能わざれども、死すれば吾　其の家を恤れむを知る」と、孟郊を推挙することができなかったとある。

詩型・押韻　聯句（五言古詩）。去声十六怪（拝・界・噫・怪・殺・介・疥・鎩・誡・瘵・芥・憊・壊・湃・韎・届・蒯・戒・玠・薤）と十七夬（話・械・邁・快・喝・敗・犗・蠆・嘬・夬）の同用。平水韻、去声十卦。

（愛甲弘志）

117

秋雨聯句

秋雨聯句

秋雨とそれに触発された思いをさまざまな角度から詠ずる。「秋霖（秋の長雨）」に苦しむ「苦雨」のモティーフは、『楚辞』九辯や張協「雑詩十首」（『文選』巻二九）など古くから見られ、本詩はそれを受け継ぐ。詩の表現は終始一貫して秋雨に関連するものとなっており、その枠組みを越え出て行くような話題の大きな転換は見られない。特定の題材を対象として表現を競い合う、聯句による詠物の試みともいうべき作品。元和元年（八〇六）の秋、国子博士として都長安にあっての作。同じく秋雨を詠じた116「雨中に孟刑部幾道に寄する聯句」も同時期の作か。本詩の前半は韓愈と孟郊それぞれが二句ずつを聯ねるが、後半になると詩興の高まりによるものか、十句、八句、四句など、句数が多く、また不揃いになってゆく。

1 萬木聲號呼
2 百川氣交會　郊
3 庭翻樹離合
4 牖變景明藹　愈
5 溁瀉殊未終
6 飛浮亦云泰　郊

万木　声　号呼し
百川　気　交会す　郊
庭　翻りて　樹　離合し
牖変じて　景　明藹たり　愈
溁瀉　殊に未だ終きず
飛浮　亦た云に泰だし　郊

7 牽懐到空山
8 屬聽邇驚瀬　愈
9 簷垂白練直
10 渠漲清湘大　郊
11 甘津澤祥禾
12 伏潤肥荒艾　愈
13 主人吟有歡
14 客子歌無奈　郊
15 侵陽日沈玄
16 剝節風搜兌　愈
17 坱圠遊峽喧
18 颼飀臥江汰　郊
19 微飄來枕前
20 高灑自天外　愈
21 巷穴何迫迮
22 蟬枝掃鳴曦　郊
23 楥菊茂新芳
24 逕蘭銷晩馤　愈
25 地鏡時昏曉

懐いを牽きて空山に到らしめ
聴を属して驚瀬に邇づかしむ　愈
簷は白練の直なるを垂れ
渠は清湘の大いなるを漲らす　郊
甘津　祥禾を沢し
伏潤　荒艾を肥やす　愈
主人　吟じて歓有り
客子　歌うも奈ともする無し　郊
陽を侵して　日　玄に沈み
節を剝いて　風　兌を捜す　愈
坱圠　峡の喧しきに遊び
颼飀　江の汰に臥す　郊
微かに飄りて枕前に来たり
高く灑ぎて天外自りす　愈
巷穴　何ぞ迫迮たる
蟬枝　鳴曦を掃う　郊
楥菊　新芳茂く
径蘭　晩馤銷ゆ　愈
地鏡　時に昏暁

26　池星競漂沛　郊
27　讙呶尋一聲
28　灌注咽羣籟　愈
29　儒宮煙火濕
30　市舍煎熬忲　郊
31　臥冷空避門
32　衣寒屢循帶　愈
33　水怒已倒流
34　陰繁恐凝害　郊
35　憂魚思舟檝
36　感禹勤畎澮　愈
37　懷襄信可畏
38　疏決須有賴　郊
39　筮命或馮蓍
40　卜晴將問蔡　愈

池星　競いて漂沛たり　郊
讙呶して一声を尋ね
灌注して群籟を咽ぐ　愈
儒宮　煙火湿り
市舎　煎熬忲る　郊
臥冷ややかにして空しく門を避け
衣寒くして屢しば帯を循ず　愈
水怒りて已に倒流し
陰繁くして恐らくは凝害せん　郊
魚を憂えて舟檝を思い
禹の畎澮に勤むるに感ず　愈
懐襄　信に畏るべく
疏決　須く頼る有るべし　郊
命を筮して或いは蓍に馮り
晴を卜して将に蔡に問わんとす　愈

［校勘］

1「呼」　文本下有小字「郊」。

4「藹」　銭本作「靄」。

8「邇」文本作「耳」。
9「垂」文本作「流」。
12「伏」潮本、祝本、蜀本、魏本作「服」。
21「迮」潮本、祝本、文本、魏本作「窄」。
22「枝」魏本作「林」。
「掃」銭本作「埽」。
23「楥」潮本、祝本、文本、蜀本、魏本作「園」。王本、銭本作「援」。
24「逕」銭本作「徑」。
25「曉」文本下有小字「郊」。
29「煙」銭本作「烟」。
32「循」潮本、文本、蜀本作「修」。
35「魚」潮本、祝本、文本、蜀本、魏本作「虞」。
36「勤」祝本作「動」。
38「疏」潮本、祝本、文本、蜀本、魏本作「疎」。
39「馮」文本作「憑」。
40「晴」潮本、祝本、文本、蜀本、魏本作「情」。

秋雨聯句

万の樹木が叫び声をあげ、百の河川が雲気をあつめる。（孟郊）

庭はひっくり返らんばかりで樹が離れたり重なったり、窓辺はめまぐるしく明るくなったり暗くなったり。（韓愈）

注ぎこむ川の勢いはいっこう衰えず、飛ぶように物を押し流すこと甚だしい。（孟郊）

思いは人気（ひとけ）ない山中へと運ばれ、耳傾けて間近に迫る早瀬の音を聴く。（韓愈）

軒には白絹がまっすぐに垂れ、壕（ほり）には清らかな湘水の大いなる流れが溢れる。（孟郊）

甘やかな雫（しずく）がめでたき穀物をうるおし、土に染み入る潤いが枯れ草を茂らせる。（韓愈）

主（あるじ）は詩を吟じて喜ぶが、客たるわたしは歌をうたうも詮方（せんかた）ない。（孟郊）

陽の気が侵されて日の光は黒い雲に沈みゆき、季節の度を越して風は西の水辺を求める。（韓愈）

はるばると喧しき峡谷を旅行き、ひゅうひゅうと風吹くなか江の波間に臥す。（孟郊）

微かに漂って枕元に忍び寄り、高く天の彼方より降りくだる。（韓愈）

穴にひしめく蛬（こおろぎ）の何と夥しいこと、枝に鳴く蟬の声は払われてひそともしない。（孟郊）

垣根の菊は新たなる芳（かお）りを盛んに放ち、小径の蘭は残んの香も消えてゆく。（韓愈）

地に敷く鏡のような水面は明と暗とを繰り返し、池に映る星は競うかのように漂い動く。（孟郊）

やかましく追いかけあってひとつの声となり、あたりに注ぎこんであらゆる音を塞ぐ。（韓愈）

学館は炊事の煙も湿りがちだが、街場の宿では料理の火が惜しげもなく燃えさかる。（孟郊）

寝床は冷えて入り口を避けても甲斐なく、着物は寒くしきりに帯のあたりを撫でまわす。（韓愈）

水は猛ってすでに逆流を始め、陰気が滞って妨げをなしはしまいか。（孟郊）

水に落ち魚となるのを恐れて舟を求め、禹（う）が水流を通し洪水を防いでくれたのをありがたく思う。（韓愈）

洪水に襲われ呑みこまれるのは実に恐ろしいこと、水路を切り拓くことこそが頼り。（孟郊）

天の定めを知るため蓍にたずね、晴れるか否か大亀の甲に問おう。（韓愈）

全体を二段に分ける。第一段は、韓愈と孟郊が二句ずつ交替するかたちで、秋の長雨とそれがもたらす害悪や厭わしさをさまざまな視点から繰り返しうたう。

1号呼　大声で叫ぶ。樹木に風が吹きつける音を擬人化する。『楚辞』九章・惜誦に「進みて号呼すれば又た吾に聞く無し」。『荘子』斉物論に、大地の無数の穴が風に吹かれて音を発することを述べて「万竅　怒呺（号）す」。2百川　ありとあらゆる河川。『詩経』小雅・十月之交に「百川　沸騰す（溢れ乱れる）」。気交会　「気」は沸き立つ水のエネルギー。「交会」は集まる。杜甫「雨を喜ぶ」詩に「崢嶸（高いさま）たり　群山の雲、交会して未だ断絶せず」。3翻　風雨によって混乱するさまをいう。離合　離れたり重なり合ったりする。樹木が風に吹かれて激しく揺れ動くさま。『楚辞』離騒に「紛として総総（集まるさま）として其れ離合す」。南宋・朱熹『韓文考異』巻三によれば、「雑合」に作る本もあった。「雑合」は入り乱れるさまをいう畳韻の語。137「鼾睡を嘲る二首」其二の「鴻蒙　総べて合雑たり」に見える「合雑」も同義。4明藹　外の様子が明暗不安定で不気味に変化することをいう。「藹」はもやなどが垂れこめて薄暗いさま。南朝宋・鮑照「王宣城を送別す」詩に「江郊　藹として微かに明らかなり」。5漴瀉　「漴」は河川が合流する場所。『詩経』大雅・鳧鷖に「鳧鷖（水鳥）漴に在り」。「瀉」は注ぐ、流入する。双声の語。殊未終　「殊」は否定を強める語。蘇武「詩四首」其四（『文選』巻二九）に「懽楽（歓楽）殊に未だ央きず」。6飛浮　川の水が舟などを軽々と運び去るさまをいう。双声の語。顔延之「車駕の京口に幸して、三月三日、曲阿の後湖に侍遊するの作」（『文選』巻二二）に、多くの舟が水上を行くさまをうたって「千翼　汎びて飛浮す」。云　語調を整える助字。泰　水量の多さが甚だしいこと。「太」に通じる。7・8　激しい水音を聴いていると、まるで深山を訪ね渓流の音を間近に聴くかのように感じられるという。**牽懐**　思いを引き連れてゆく。水音によって想像をかき立てることをいう。**空山**　人気ない深山。**属聴**　耳を傾ける。「属耳」と同義。『詩経』小雅・小弁の「耳　垣に属く」に出る語。張華「何劭に答う二首」其一（『文選』巻二四）に「耳を属して鶯鳴を聴く」。「属」は注意・関心を一つの方向に集中することをいう。**驚瀬**　急流、早瀬。『楚辞』九歌・湘君に「石瀬は浅浅たり」。**9・10**　雨を清浄なものに誇張して喩える。**白練**　白い練り絹。軒先を流れ落ちる雨を滝に喩える。唐・徐凝「廬山の瀑布」詩に、一条の滝をうたって「今古　長えに白練の飛ぶが如く、一条　青山の色を界破す」。**清湘**　湖南省一帯を流れ洞庭湖に注ぐ湘水。溢れる溝の流れを大河に喩える。079「湘中にて張十一功曹に酬ゆ」第2句注参照。**11・12**　恵みの雨をうたう。**甘津**　「甘」は喜ばしい。「津」は潤い。「甘露」と同義。**祥禾**　穀物の美称。「祥」はめでたい。「嘉禾」というに同じ。**伏潤**　地下に染み入る潤い。**荒艾**　枯れ果てた草。「艾」はヨモギ。**13・14**　豪雨から慈雨へと展開した韓愈に対する孟郊の違和感を述べる。**主人**　韓愈を指す。**客子**　孟郊を指す。**15・16**以下、もっぱら雨の厭わしい側面を詠ずる。**侵陽**　雨のもたらす陰の気によって陽の気が損われることをいう。『周易』剝卦に附された鄭玄の注（唐・李鼎祚『周易集解』巻五）に「陰気　陽を侵す」。**日沈玄**　太陽が雨雲に隠れることをいう。「玄」は黒。五行説では水は黒色に対応する。**剝節**　季節の常軌を逸していることをいうか。「剝」は損う、傷つける。「節」は節度、秩序。**風捜兌**　風が西方の水辺を捜し求めるということで、秋雨を吹き寄せることをいうか。「兌」は易の八卦の一。『周易』説卦伝には「兌は沢と為す」とあって、水辺に対応する。また、方位は西を表す。西方は五行では秋の季節に対応する。『呂氏春秋』有始に「西方を飂風と曰う」、高誘の注に「兌の気の生ずる所なり」。**17・18**　雨に降りこめられた状況を、長江の舟旅になぞらえる。**坱圠**　広々と果てなきさま。双声の語。賈誼「鵩鳥の賦」（『文選』巻一三）に「坱圠として垠り無し」。**飂飅**　風吹く音を形容する語。畳韻の語。左思「呉都の賦」（『文選』巻五）に、風の音について「颼瀏として飂飅す」。**汰**　『楚辞』九章・渉江に「呉榜（呉国製の櫂）を斉えて汰を撃つ」、王逸の注に「汰は水の波」。19枕　前句の「臥」を承ける。21蛬　コオロギ。次句の「蟬」と同じく秋の風物。迫迮　密集するさま。畳韻の語。雨を避けるコオロギが巣穴にひしめくことをいう。22掃鳴巇　鳴き声が払ったように失われること。「巇」は声高く鳴くこと。『詩経』小雅・庭燎および魯頌・泮水に「鸞声（鳳凰の声）巇巇たり」。23・24　菊と蘭をうたう。ともに秋に咲き、君子の徳を象徴する花。『楚辞』に多く見える。援菊　垣根に咲く菊。「援」は垣根。「垣」に通じる。謝霊運に「田南に園を樹え（庭を造り）、流れを激し（せき止め）援を植う」（『文選』巻三〇）と題する詩あり。また陶淵明「飲酒二十首」其五（『文選』巻三〇では「雑詩二首」其一）に、垣根の菊をうたって「菊を采る　東籬の下」。新芳　咲き初めた花の若々しい香気。径蘭　小道に生ずる蘭。『楚辞』招魂に「皐蘭（水辺の蘭）径を被いて斯の路漸さる」。晩飶　盛りを過ぎて衰え、消え入ろうとする香気。第21〜24句は、盛んになるものと衰えゆくものとの対比を繰り返す。25地鏡　湖や池などの水面を鏡に喩えていう。あるいは降り続いた雨で大地が池のように浸水したことをいうか。陳・顧野王『輿地志』（『初学記』巻八・州郡部・河南道）に「宋文帝の時、青州の城南の地、遠く望めば倒影は水の如し。之を地鏡と謂う」。時　時に応じて、その時ごとに。昏暁　夜と昼。転じて明と暗。杜甫「岳を望む」詩に「陰陽　昏暁を割かつ」。26池星　雨上がりの夜空に耀く星が池いちめんに映っていることをいうか。唐・劉得仁「宣義の池亭に宿る」詩に「夜深くして斜舫の月（舟へと斜めに射し入る月光）、風定まりて一池の星」。孫汝聴は浮き草の類と解する。漂沛　漂い揺れるさま。双声の語。27雨音が混じり合って同じ一種類の音として聞こえることをいうか。讙呶　叫びわめく。転じて、かまびすしいさま。『詩経』小雅・賓之初筵に「載ち号し載ち呶す」、毛伝に「号呶は、号呼し讙呶するなり」。尋一声　辺譲「章華（台）の賦」（『後漢書』辺譲伝）に、楽音が互いの後を追うように交響するさまをうたって「声を尋ねて響きは応ず」。28　雨水の流れる音によって、ほかの音がまったく聞こえなくなることをいう。灌注　注ぎこむ。班固「西都の賦」（『文選』巻一）に、長安郊外の河川について「源泉灌注して、陂池（ため池）交ごも属なる」。第25～28句は「地」と「池」、「讙」と「灌」というふうに冒頭に旁が同じ文字を重ねる。咽塞ぐ、つまらせる。群籟　自然界が発する諸々の音。「万籟」というに同じ。「籟」は風が吹くことで生ずる音。東晋・王羲之「蘭亭詩二首」其二に「群籟参差たり（さまざまに異なる）と雖も、我に適いて親しむに非ざる無し」。29・30　役所の寒々しさを町中のにぎわいと対比させる。儒宮　国立の学校。国子監（教育機関を管轄する役所）を指す。韓愈「竇司業を祭る文」に、竇牟が国子司業に任ぜられたことを「命じて儒宮に副（副長官）たらしむ」。煙火湿　雨のため炊事の煙も湿っているかのようだという。唐・韋応物「僩奴・重陽の二甥に答う」詩に「貧居　煙火湿る」。市舎　町なかの宿屋。煎熬　「煎」は水気がなくなるまで煮詰める。「熬」は煎る。『戦国策』魏策二に、料理人の易牙が斉の桓公に料理を進めたことを述べて「煎熬燔炙（あぶる）し、五味を和調して之を進む」。忲　傲るさま。贅沢なさま。料理のために火が盛んに使われることをいう。張衡「西京の賦」（『文選』巻二）に「心奢り体忲る」。31　ベッドは冷えきっていて、風が吹きこむ入り口を避けても寒さは耐え難いという。32衣寒　着物が薄く粗末なものであることをいう。循帯　帯のあたりを撫でさする。「循」は撫でさする。寒さのために衣服を整え直すことをいう。梁・沈満願「晨風行」に、愁いのため帯も緩むほどに痩せ細ることをうたって「帯を循ずれば緩み易く愁いは却け難く、心の憂いや銷鑠し叵し（消し去り難い）」。33倒流　水が逆流する。木華「海の賦」（『文選』巻一二）に「滂を吹けば則ち百川倒に流る」。34凝害　「凝」は留まり滞る。「害」は妨げる。35・36　洪水への恐れから、禹の治水事業を思い起こす。憂魚　水に落ちて溺れることを恐れる。『左伝』昭公元年に、禹の治水の功績を称えるなか、禹がいなければ洪水に呑まれて魚となっていたことだろうと述べて「禹微かりせば、吾其れ魚とならん」とあるのを踏まえる。舟檝　舟と櫂、転じて舟。「檝」は「楫」に通じる。『尚書』説命は、それを国家にとって必要不可欠な臣下の喩えとして「若し巨川を済らば、汝を用て舟楫と作さん」。勤畎澮　水路を切り開くなどの治水工事。「畎」「澮」はいずれも水路。『尚書』益稷に、禹の言葉として「予九川を決して（切り開いて）四海に距らしめ、畎澮を濬いて川に距らしむ」。37・38　前二句に続けて、洪水の恐ろしさと治水の重要性を述べる。懐襄　水が陸地を侵す。「懐」は包みこむ。「襄」は登る、上がる。『尚書』堯典に、洪水のさまを述べて「蕩蕩として山を懐き陵を襄り、浩浩として天に滔り、下民其れ咨く」。疏決　水路を切り開いて水の通りをよくする。『孟子』滕文公上に「禹九河を疏し、……汝漢（汝水と漢水）を決す」。39・40　雨が止むことを祈って、占いをしようという。筮命　天の定めを占う。蓍　めどぎ。占いに用いる細長い棒。筮竹。卜晴　雨が止むかどうかを占う。蔡　亀。亀の甲羅を熱し、そのひび割れによって吉凶を推し量る。『左伝』襄公二十三年に、占い用の大亀を送りとどけることを述べて「大蔡を致す」、杜預の注に「大蔡は大亀」。

41 庭商忽驚舞　　庭商　忽ち驚き舞い
42 墉禜亦親酹　郊　　墉禜　亦た親ら酹る　郊
43 氛醨稍疎映　　氛醨くして稍く疎映し
44 雺亂還擁薈　　雺乱れて還た擁薈す
45 陰旌時摎流　　陰旌　時に摎流たり
46 帝鼓鎮訇磕　　帝鼓　鎮に訇磕たり
47 槖圃落靑璣　　槖圃　青璣落ち
48 瓜畦爛文貝　　瓜畦　文貝爛る
49 貧薪不燭竈　　貧薪　竈を燭らさず

50 富粟空塡廥　愈
51 秦俗動言利
52 魯儒欲何丐
53 深路倒羸驂
54 弱途擁行軑
55 毛羽皆遭凍
56 離蓰不能翽
57 翻浪洗虚空
58 傾濤敗藏蓋　郊
59 吾人猶在陳
60 僮僕誠自鄶
61 因思征蜀士
62 未免濕戎旆
63 安得發商飈
64 廓然吹宿靄
65 白日懸大野
66 幽泥化輕壒
67 戰場暫一乾
68 賊肉行可膾　愈

富粟　空しく廥を塡ぐ　愈
秦俗　動もすれば利を言い
魯儒　何をか丐わんと欲する
深路　羸驂倒れ
弱途　行軑擁す
毛羽　皆な凍に遭い
離蓰として翽る能わず
翻浪　虚空を洗い
傾濤　蔵蓋を敗る　郊
吾人　猶お陳に在り
僮僕　誠に鄶自りす
因りて思う　征蜀の士
未だ戎旆を湿すを免れず
安くんぞ商飈を発し
廓然として宿靄を吹くを得んや
白日　大野に懸かり
幽泥　軽壒に化す
戦場　暫く一たび乾かば
賊肉　行くゆく膾にすべし　愈

69 捜心思有效
70 抽策期稱最
71 豈惟慮收穫
72 亦已救顚沛　郊
73 禽情初嘯儔
74 礎色微收霈
75 庶幾諧我願
76 遂止無已太　愈

心を捜りて効有らんことを思い
策を抽きて最と称せらるるを期す
豈に惟だ収穫を慮るのみならんや
亦た已て顚沛を救わん　郊
禽情　初めて儔に嘯き
礎色　微かに霈を収む
庶幾わくは我が願いに諧いて
遂に止みて已太だしき無からんことを　愈

［校勘］

43「氛」潮本、祝本、文本、蜀本、魏本作「氣」。

45「摎」文本作「樛」。

54「途」潮本、祝本、文本、蜀本、魏本作「塗」。

「軑」底本、潮本、蜀本、王本作「軑」。祝本、文本、魏本、銭本作「軑」。「軑」は字書には見えず、底本の注に「音軑」とあることから、原文を「軑」に改める。

56「離」潮本、祝本、文本、蜀本、魏本作「籬」。

「蓰」潮本、祝本、文本、蜀本、魏本、銭本作「簁」。

57「翻」祝本作「飜」。

68「肉」祝本作「冈」。

「行」　潮本作「安」。

72 「巳」　王本、銭本作「以」。

庭には突如として商羊が激しく舞い、我もまたみずから堤防の神を祭る。(孟郊)

雲気は薄らいで徐々に射し入る陽に照り映え、靄は乱れ動いてふたたび群がり集まる。

陰鬱な旗のようにたなびく雲がときおり空を流れゆき、天帝の打ち鳴らす太鼓のような雷鳴がいつまでも轟轟と響く。

棗の園には青い玉が散り落ち、瓜の畑には彩なす貝が腐る。

貧者の薪が竈を照らすことはなく、富者の穀物が蔵を無駄に埋めている。(韓愈)

秦の民はとかく利を求めがち、魯の儒者は何を物乞いしたいのか。

山奥の路に疲れた馬は倒れ、ぬかるむ道に旅の車はひしめき滞る。

鳥たちはみな寒さに襲われて凍え、弱々しい羽は天翔ることかなわない。

逆巻く水は天を洗い、倒れ来る波は蔵の貯えを駄目にする。(孟郊)

我すら陳を旅する孔子のごとく食物に窮すれば、奴僕らの苦しみたるや言うまでもない。

かくて思いやられるのは蜀を征伐する兵士たち、軍旗の濡れそぼつは避けられまい。

何とかして秋風を吹き起こし、居座る雲気をからりと打ち払いたいもの。

天に懸かる白日が広大な野を照らし、しめった泥が埃となって舞いあがるように。

戦場の土がしばしの間乾けば、賊どもの肉を膾にすることもできよう。(韓愈)

我が胸中を探って功を遂げんと願い、策を示して最たるものと称されんことを期す。

作物の収穫を愁えるのみならず、躓き倒れた人々に救いの手をさしのべたい。（孟郊）
鳥はつれを慕って長く啼き始め、礎の石は少しずつ雨気を収める。
我が希望のかなうのを願う。どうかこのまま秋雨が止み二度と激しく降らぬことを。（韓愈）

第二段は、前段に引き続き秋雨の害悪とそれに触発された思いをうたうが、時事を織りこむなど叙述に展開を図ろうとする工夫が見える。なお、この段では一人の句数が八句、十句、四句と多様な形式をとる。

41庭商 「商」は商羊。伝説上の一本足の鳥。水の災いを予知する力を持ち、雨が降りそうになると舞う。『論衡』変動に「天 且に雨ふらんとすれば、商羊 起ちて舞う」。張協「雑詩十首」其十（『文選』巻二九）に「商羊 野庭に舞う」。 **42墉禜** 水害を祓うための祭儀。「墉」は水路や河川の堤防。『礼記』郊特牲に、蜡祭（陰暦十二月にもろもろの神を祭る儀式）について「坊（堤防）と水庸（墉）を祭るは事（農事）あればなり」。「禜」は神を祭る。梁・崔霊恩『三礼義宗』（『初学記』巻二・天部・霽晴）に「禜は雨を止むるの祭なり。毎に城門に禜る」。 **酹** 地に酒を注いで神霊を祭る。 **43氛** 立ちこめる水蒸気、靄。 **醨** 薄い酒。ここでは転じて薄らぐの意。韓愈「風伯（風の神）を訟う」に「雲 屏屏（厚く重なるさま）たれば、吹きて醨からしむ」。 **疎映** うっすらと日が射して、ところどころまばらに照り映えることをいう。 **44雺** 「氛」と同じく靄の類。 **擁薈** 「擁」「薈」ともに群がり集まる、覆い塞ぐ。『詩経』曹風・候人に「薈たり蔚（鬱蒼としたさま）たり」、毛伝に「薈蔚は雲の興る貌」。 **45陰旌** 暗く光を遮る旗。たなびく雲を喩える。 **摎流** めぐり流れる。畳韻の語。揚雄「反離騒」（『漢書』揚雄伝上）に「雲蜺（虹）の旖柅（なよやかなさま）たるに乗り、昆侖（仙山）を望みて以て樛（摎）流す」。 **46帝鼓** 天帝の打ち鳴らす太鼓。雷鳴を喩える。『河図帝紀通』（『藝文類聚』巻二・天部・雷）に「雷は天地の鼓（鼓）なり」。 **鎮** 「長」と同義。 **訇磕** 大きな音が轟きわたるさま。双声の語。司馬相如「上林の賦」（『文選』巻八）に

「砰磅（音の激しいさま）訇磕たり」。47 雨に打たれて棗の実が落ちたことをいう。青璣 熟さぬ棗の実を喩える。「璣」は水中の珠や玉。48 大雨のため瓜が収穫されぬまま腐ってしまったことをいう。畦 うね。転じて畑。文貝 文様ある貝殻。高価な装飾品として珍重された。『尚書』顧命に出る語。瓜を喩える。爛 腐爛する。49・50 貧賤の者は竈にくべる薪が乏しく、富貴の者の倉庫には必要以上に多くの穀物が貯蔵されているという。第29・30句と同様の対比を述べ、以上八句の締めくくりとする。51・52 前二句を承け、利を追求する生き方と否定する生き方の対比を述べ、以下八句のうたい起こしとする。秦俗 秦国の民衆とその気風。長安の人々を指していう。動 常に、しょっちゅう。動作・行為がたやすく出現することをあらわす語。言利　みずからの利益を追求する。秦における利益追求の気風については、『淮南子』要略に「秦国の俗、貪狼（強欲）にして強力、義寡なくして利に趨る」。魯儒 「魯」は儒家の祖孔子の郷里。「儒」は儒者、学者。魯の儒者は世俗の名利に無関心でひたすら学問に勤しむ清貧の士としてとらえられており、時には揶揄の対象ともなった。たとえば、『史記』叔孫通伝には、儒家の教えを固守し、朝廷の招きに応じぬ魯の学者に向かって叔孫通が「真に鄙儒（田舎学者）にして、時の変わるを知らざるなり」と嘲笑する話が見える。李白に「魯儒を嘲る」と題する詩がある。53深路 山中奥深く、人里離れた険しい路。羸駿 「羸」は痩せ衰える。「駿」は字義は四頭立ての馬車の外側の馬。ここでは馬車を引く馬をいう。54弱途 ぬかるんで人馬の脚がめりこむような悪路。擁行軑 馬車が行き悩み渋滞することをいう。「擁」は押し合いへし合いして前に進まない。「軑」は、そとかりも（車の轂の外側にかぶせる筒状の金具）、転じて車。『楚辞』離騒に「玉軑を斉えて並び馳す」。55毛羽 鳥類。『淮南子』天文訓に「毛羽なる者は飛行の類なり」。56離蓰 生え初めたばかりの羽毛の弱々しいさま。畳韻の語。木華「海の賦」に「鳧雛（水鳥のひな）離褷（蓰）たり」。翽 鳥が飛翔する。もとはその羽音。『詩経』大雅・巻阿に「鳳凰 于に飛ぶ、翽翽たる其の羽」。57虚空 大空。58蔵蓄 倉庫などの建物に物を貯蔵する。転じて貯蔵物。『礼記』月令に「（孟冬の月）百官に命じて蓋蔵を謹ましむ」。59　みずからの困窮ぶりをいう。孔子が陳の地で困難に遭遇し食物にも窮したことを踏まえる。『論語』衛霊公に「陳に在りて糧を絶つ。従者（随行の弟子たち）病みて、能く興つ莫し」。次句とともに歇後語（フレーズの一部を示すことで、その後に続く内容の全体を言い表す表現）の手法を用いる（南宋・洪邁『容斎四筆』巻四・杜韓歇後語）。60　前句を承け、自分でさえ窮しているのだから、奴僕など微賤の者の困窮については言うまでもないという。**僮僕**　召使い、しもべ。**自鄶**　言うまでもないの意。「鄶」は国名。今の河南省密県の東北一帯。『左伝』襄公二十九年に、呉の季札が各国の歌を聴いた際に鄶国以下の小国の歌については論評しなかったことを述べて「鄶自り以下は譏る無し」、杜預の注に「その微（微小）なるを以てなり」。61・62　蜀（四川省）の平定に向かった兵士たちの苦しみを思いやる。当時、蜀では剣南西川節度使の留後を称する劉闢が叛旗を翻していた。憲宗は元和元年正月、高崇文に討伐を命じ、同年九月、成都を回復、十月に劉闢は誅殺される（『旧唐書』および『新唐書』憲宗紀）。二句は、高崇文の蜀討伐について述べたものか。127「征蜀聯句」参照。**湿戎旆**　「戎」は軍隊。「旆」は旗。杜甫「雨に対す」詩に「巴（四川省東部）の道路を愁えず、漢の旆旗を湿すを恐る」。63**安得**　何とかして……したいものだ。**商飈**　「商」は秋。五音の一つである「商」は五行説では秋に配される。「飈」はつむじ風。陸機「演連珠五十首」其四十一（『文選』巻五五）に「商飈山を漂く」。64**廓然**　がらんと広大な空間が広がるさま。晴れあがった大空をいう。**宿靄**　長く滞留して晴れない靄。逆賊を喩える。65・66　前二句を承けて、雨があがったときの情景を期待をこめて思い描く。**白日**　天子の威光を喩える。**幽泥**　日が射さぬため暗く湿った泥土。**軽壒**　「壒」は土埃。「軽塵」というに同じ。67・68　第61・62句を承けて、逆賊の討伐に成功した戦場のさまを思い描く。**暫一**　ひとまず。**行**　やがて、ほどなく。**膾**　肉を細かく切り刻む。『荘子』盗跖に「人の肝を膾にして之を餔う」。69・70　逆賊の討伐について述べた前句を承けて、自分もまた功績をあげたいと願う。**捜心**　みずからの心のなかを探る。次句にいう「策」のために思考をめぐらすことをいう。**有効**　「効」は手柄、功績。『漢書』朱博伝に「其れ力を尽くして効有らば、必ず厚賞を加う」。**抽策**　「抽」は表に引き出してはっきりと示すことをいう。「策」ははかりごと、国家のための策略。**最**　第一、至上。71・72　作物の出来を愁えるのみならず、苦難にあえぐ人々をも救いたいという。**救顛沛**　「顛沛」は躓き倒れ伏す、困窮する。『論語』里仁に、いかなるときにも仁に違わぬことを説いて「造次（慌ただしいとき）にも必ず是に於いてし、顛沛にも必ず是に於いてす」。

73・74　雨の止みかけ、もしくは雨あがりの情景をうたう。**禽情**　鳥がつれを慕う心情。**嘯儔**　「嘯」は長く声を引いて鳴く。「儔」は仲間、つれあい。曹植「洛神の賦」（『文選』巻一九）に「儔に命じ侶に嘯く」。**礎色**　「礎」は建物の柱の基礎となる石。「色」は様子、ありさま。『淮南子』説林訓に、雲気に礎石が湿ることを述べて「山雲蒸し、柱礎潤う」。**収霈**　「霈」は雨。雨が止むことを礎石に雨が吸収されてゆくと捉えた。75・76　秋雨の止むことを願ってうたい収める。**諧**　しっくりと調和する。**已太**　「已」「太」ともに程度の甚だしいこと。『詩経』唐風・蟋蟀に「已大（太）だ康しむ無かれ」、毛伝に「已は甚だし」。

詩型・押韻　聯句（五言古詩）。去声十四泰（会・藹・泰・瀬・大・艾・奈・兌・汰・外・噦・餲・沛・籟・忲・帯・害・澮・頼・蔡・酹・薈・磕・貝・膾・丐・軑・翽・蓋・鄶・旆・靄・壒・膾・最・霈・太）。平水韻、去声九泰。

（浅見洋二）

118 城南聯句

城南聯句（じょうなんれんく）

元和元年秋の作。三〇六句に及ぶ長篇であり、かつ対句を跨いで交互に句を付け合うという新しい句法（後世「跨句体」と呼ばれる）を用いる点で、画期的な作品である。一連の韓孟聯句の代表作とするにふさわしい。「城南」は長安の南郊。官人の別荘が多く集まる地であり、韓愈の別荘はその一角、韋曲の東にあった（妹尾達彦「唐代長安近郊の官人別荘」、唐代史研究会編『中国都市の歴史的性格』一九八八）。韓愈がいつ頃この別荘を手に入れたかは明らかでない。ただ孟郊に「城南の韓氏の荘に遊ぶ」詩が有り、庭園の秋のたたずまいを詠った後で、「願わくは神仙の侶を逐い、飄然として汗漫（広大無辺の領域）に通ぜん」と、自分も韓愈と同様に朝廷の官職を得たいという希望を漏らしている。かつ孟郊は元和元年（八〇六）冬に洛陽に赴いて以降、長安に出て韓愈と会った形跡がないので、その制作時期は元和元年の秋と推定される。したがって韓愈は当時すでに城南に別荘を所有していたのであろう。恐らくこの聯句も、孟郊が韓愈の別荘を訪れて作られたものと見られる。別荘の庭と思しき所から詠い起こし、城南の地を巡るように展開するが、叙述には必ずしも一貫した流れは無い。属目の景を詠うのではなく、連想の働くままに句を繋いでいったものと考えられる。視点を移動させながら次々と叙述するため、城南の地を描く絵画を見ながら詠ったという可能性も考えられる。

なおこの聯句は段落で切りにくく、かつ対句の付け合いに妙味が有るので、二句ごとに区切って説明を加えることとする。

1 竹影金瑣砕　郊

2 泉音玉淙琤

竹影(ちくえい) 金(きん) 瑣砕(ささい)たり　郊(こう)

泉音(せんおん) 玉(ぎょく) 淙琤(そうそう)たり

〔校勘〕

文本毎句下有詩人名、惟第6・22・24・46・144・160・198・202・208・212・220・282句無。

0「城南聯句」潮本、祝本、文本、蜀本、魏本下有「一百五十韻」。

1「瑣」潮本作「鎖」。祝本、文本、蜀本、魏本作「鏁」。

2「音」魏本作「聲」。

「琤」潮本下有小字「愈」。

城南聯句

竹に射す日の光は金と砕けてチラチラと、（孟郊）

泉水の流れは宝玉が響くかにさやさやと。（韓愈）

竹叢と泉水は当時の庭園のしつらえのなかでも、とりわけ重要なもの。それゆえにありきたりな題材ともいえるが、そこに動く光と音を視覚・聴覚に分けて、洗練された典雅な美しさからうたい起こす。

1竹影　竹に当たる日の光。通常は北周・庾信(ゆしん)「至仁山の銘」の「窓は竹影を銜む」、唐の太宗「儀鸞殿の早秋」詩の「松陰　日に背いて転じ、竹影　風を避けて移る」のように竹の影を言う。言葉はありきたりだが、意味を変化させて印象を強めている。なお竹は好んで庭園に植えられる植物。孟郊の「城南の韓氏の荘に遊ぶ」詩にも「清気　竹木を潤し、白光　虚空に連なる」とある。　**金**　金色に輝く光。五行でいう秋の色だが、ここは透明感を伴っていて、夏の炎熱から秋の輝きへと変化した日の光を表している。また硬質で金属的なイメージを好む孟郊らしい措辞ともなっている。　**瑣砕**　細かく砕けた状態、また砕けた玉の音を形容する。双声の語。「金」が細かく砕け散るようすであり、その質感を表す役割も果たしている。　**2泉音**　庭園に引き込まれた泉水の水音。詩のなかでは「泉声」が習見するが、「泉音」は未見。韓愈・孟郊には習熟した詩語をあえて一字を代えて新奇な語にした例が少なくない。　**淙琤**　玉の触れ合う音をあらわす双声の語。硬質で清らかな音。杜甫「大暦三年春、白帝城より……詩凡そ四十韻」に「畳壁　霜剣を排し、奔泉　水珠を濺ぐ」というのは、ほとばしる水を視覚のうえで珠玉にたとえるが、ここでは聴覚における比喩。水音を玉の音になぞらえるのは、陸機（りくき）「招隠詩」（『文選』巻二二）に「飛泉　鳴玉を漱（すす）ぐ」、左思（さし）「招隠詩二首」其一（同上）に「石泉　瓊瑤に漱ぐ」などと見えるように、山中に住む隠者に結びつく。ここでも庭園を世塵から遠い山中に見立てる。

3　瑠璃翦木葉　愈　　瑠璃（るり）　木葉（もくよう）を翦（き）り　愈（ゆ）

4　翡翠開園英　　　　翡翠（ひすい）　園英（えんえい）を開（ひら）く

［校勘］

3「翦」　祝本、文本作「剪」。

瑠璃かと見まがうのは切り取られた木の葉、（韓愈）

翡翠かと見るのは庭の花が咲いているのだ。（孟郊）

庭園の樹木の葉と花の美しさを宝玉で比喩するが、比喩される語よりも比喩する語が強く作用し、まるで「瑠璃」「翡翠」で作られた葉や花が樹木を飾る人工庭園のごとき景観を現出させている。句造りで言えば、「竹」「泉」という実景から「金」「玉」という宝物が導かれた前二句とは逆に、「瑠璃」「翡翠」という宝玉によって「葉」「英」が描かれるという面白さがある。

3瑠璃　半透明で紺青色の宝玉。「琉璃」とも表記。双声の語。『後漢書』西域伝に「大秦」（ローマ帝国）が産出する鉱物を記して、「土には金銀奇宝多く、夜光璧、明月珠、……琉璃……有り」。元稹（げんじん）「紅芍薬」詩に「煙は軽し　琉璃のごとき葉」と芍薬の葉を琉璃に比喩する。108「鄭群（ていぐん）　簟を贈る」に「一府　伝え看る　黄瑠璃」と「簟」を「瑠璃」にたとえるように、色彩のみならず、表面のつややかでなめらかな感触も含む。**翦**　はさみで切り取る。韓愈は芍薬の花について「霜刀　汝を翦る　天女の労」（001「芍薬の歌」）、また李の花について「翦（翦）刻して此の連天の花を作る」（162「李花二首」其二）など、花や葉の巧妙な造形美を造物主がはさみで切り取って作ったものという。**4翡翠**　金、玉、琉璃と続くのを受けて、玉の翡翠を取り上げた。畳韻の語。但し、孟郊「宣州銭判官の使院庁前の石楠樹の詩に和す」詩の「鴛鴦　花は数重、翡翠　葉は四（し）もに鋪く」のように、緑色の葉を喩える例は見られるが、花と結びつく例は珍しい。鳥の翡翠であれば緑（雌）と赤（雄）が連想可能だが、そこまで厳密に色に拘る必要はないだろう。上の句と合わせて、庭には「瑠璃」も有れば「翡翠」も有ると詠んだと見ておく。なお「瑠璃」と「翡翠」を物の比喩として対比させる例には、王維「感化寺に遊ぶ」詩の「翡翠　香煙合し、瑠璃　宝地平らかなり」がある。**園英**　庭の花。双声の語。293「夕に寿陽駅に次し呉郎中の詩後に題す」の「見ず　園花と巷柳とを」のように、「園花」を用いるのが一般的であるが、ここは押韻の関係もあり、敢えて「英」に変えて語感を強めている。

5 流滑随仄歩 郊　流滑 仄歩に随い 郊
6 捜尋得深行　捜尋 深行を得たり

つるつると滑りながら傾くような足取りになり、（孟郊）
幽境を求めて奥深くまで入っていくことができる。（韓愈）

庭園から出て外の自然に移動する転換にあたる二句。
5流滑　つるつると滑る。南朝宋・謝霊運「嶺表の賦」に「蘿蔓　攀ずるを絶ち、苔衣　流滑たり」。また謝霊運「石門新営」詩（『文選』巻三〇）には「苔滑りて誰か能く歩まん」という例もある。仄歩　身体が斜めに傾きながら歩く。孟郊「寒渓九首」其二に「仄歩　危曲を下れば、枯を攀じて孀啼を聞く」。6捜尋　幽境を探勝する。「冥捜」「幽尋」の語があるように、「捜」「尋」の対象は、自然の奥処。孫綽「天台山に遊ぶの賦」（『文選』巻一一）に「夫れ遠く寄せ冥かに捜り、信に篤く神に通ずる者に非ざれば、何ぞ肯えて遥かに思いて之を存せんや」。南斉・謝朓「何議曹の郊遊に和す二首」其一に「山際　幽尋を果たす」など。

7 遙岑出寸碧 愈　遥岑 寸碧を出だし 愈
8 遠目増雙明　遠目 双明を増す

遥か遠くの峰は一寸ほどの碧色を上に出し、（韓愈）
遠くを眺める二つの目は明るさを増す。（孟郊）

爽やかで広がりのある秋景色を眺め渡して、以下の微細な観察へと転じる契機を作り出す。
7遥岑　遠くに見える峰。「岑」は「峰」と同義。唐詩に習見する「遥峰」の一字を変えた語。寸碧　一寸ほどの碧色。峰という大きな物が遠くから見ると、極めて小さな物に見える錯覚のおもしろさをいう。8遠目　遠くを眺める目。李白「夕に霽れて杜陵にて楼に登り韋繇に寄す」詩に「楼に登りて遠目を送り、檻に伏して群峰を観る」。双明　両目がともにはっきり見える。239「襄城を過ぐ」に「潁水嵩山　眼を刮りて明らかなり」。

9　乾穟紛拄地　郊　　乾穟　紛として地に拄ち　郊
10　化蟲枯挶莖　　化虫　枯れて茎に挶がる

［校勘］
9「拄」　王本作「往」。

乾いた穂は入り乱れて地に立っており、（孟郊）
虫の抜け殻が枯れたまま茎にしがみついている。（韓愈）

枯れた穂とそれにへばりつく虫の抜け殻を捉える。植物も昆虫も生の姿をさらしたまま死んでいる。およそ詩の題材にふさわしくないものに着目する。

9　穂の乾いた穀物が無秩序に突き立っている様子。収穫されることなく、うち捨てられたものか。**乾枯** 枯れた状態。孟郊は「商葉（秋の葉）乾雨を堕す」（「秋懐十五首」其五）など、この字を好んで用いる。**拄地** 棒状のものを地に立てる意。10**化虫** 変態する昆虫をいうに違いないが、詩では未見の語。**揭**『説文解字』手部に「揭は戟持なり」、清・段玉裁の注によれば、ひじを戟のように曲げて持つこと。西晋・衛恒「四体書勢」（『晋書』衛恒伝）が引く後漢・崔瑗「草書勢」に「旁点邪めに附し、蜩蟷（せみ）の枝に揭がるに似る」と、せみの動作として使われる。

11　木腐或垂耳　愈　　木腐りて或いは耳を垂れ　愈

12　草珠競駢睛　　草珠　競いて睛を駢ぶ

木が腐ってまるで人の耳を垂れ下げたようなものがあり、（韓愈）

草の珠は競うように目玉を並べている。（孟郊）

森の世界をユーモラスに描く。枯れて乾いた前二句に対し、濡れて潤った物を配する。木が耳を垂れ、草が眼をずらりと並べるのは、童話のような気味の悪さもある。

11　「木耳」というきのこの一種（きくらげ？）の奇妙なかたちを描写する。12　前句の「木」の「耳」に、「草」の「睛」を配する。**草珠** 目を見張ったような大きく丸い草の実。苦蔵（洛神珠ともいう。和名は千生りほうずき）の類か。**駢睛** 瞳を並べる。ユーモラスな表現で、見立ての面白さを支えている。

13　浮虚有新斸　郊　　浮虚(ふきょ)　新たに斸(き)る有(あ)り　郊(こう)

14　摧扤饒孤撐　　摧扤(さいこつ)　孤撐(ことう)饒(あま)る

ぽっかりと中空に穴があいたようなのは新たに刈り取られた場所、(孟郊)

枝は粉々に切り砕かれて、ぽつんと幹だけがのこっている。(韓愈)

樹木が伐採されて、空洞になった木、幹だけが柱のように突っ立った木などを描く。

13浮虚　ふわふわとして実のないものを言う例が多いが、ここは以前有ったものが無くなって中空に穴があいたような状態を指すと解した。**新斸**　切ったばかり。105「憶昨行　張十一に和す」に「古剣　新たに斸りて　塵埃を磨く」。**14摧扤**　古楽府「箜篌謡」(『楽府詩集』巻八七)に「見ずや山巓の樹の、摧扤　下りて薪と為るを」というのは、砕かれたさま。ここでも木々の枝が切り砕かれた様子と解する。**饒孤撐**　枝葉を切られて裸になった幹だけがのこっている。114「南山詩」に「孤樘(撐)巉絶たること有り」というのは「孤絶して屹立する峰」(同注)をいうが、ここでは切られた木がぽつんと柱のように立つこと。

15　囚飛黏網動　愈　　囚飛(しゅうひ)　網(あみ)に粘(ねば)りて動(うご)き　愈(ゆ)

16　盜啅接彈驚　　盗啅(とうたく)　弾(たま)に接(せっ)して驚(おどろ)く

〔校勘〕

15「囚」　潮本、文本作「蟲」。
16「盗」　潮本、文本作「雀」。

飛んでいた虫は蜘蛛の網に囚えられ、粘り着いてじたばたもがく。（韓愈）
盗み啄む鳥は弾を撃たれてパッと飛び上がる。（孟郊）

小動物の動きに目を向ける。「囚」「網」と「盗」「弾」の対応により、動こうとして動けぬものと動くまいとして追い立てられるものとが鮮明に対比されている。

15囚飛　囚われた飛ぶもの。もちろん韓愈の造語。「虫飛」に作る本があるが、おそらくは非。粘網　蜘蛛の巣が粘り着く。或いは下句の「弾」に合わせて人の仕掛けた餅網とすると、囚えられたのは鳥になる。16　前句の虫に、鳥、おそらくは雀を配する。啅　ついばむ。「啄」と同じ。接　射る、撃つ。曹植「白馬篇」（『文選』巻二七）に「手を仰いで飛猱に接し、身を俯して馬蹄を散ず」とあり、李善注は「凡そ物の飛ぶに、迎えて前に之を射るを接と曰う」と説明する。

17　脱實自開坼　郊　　脱つる実は自ら開坼し　郊
18　牽柔誰繞縈　　　　柔を牽きて誰か繞縈せし

弾け出ようとする実は自分から殻を開き、（孟郊）
柔らかな蔓を引っ張って、誰がまといつかせたものか。（韓愈）

ぽっかり弾ける植物の実、木の幹にまといつく蔓草を描く。硬いもの（実）と柔らかなもの（蔓）、また勢いよく弾ける動きとたおやかにまといついた姿とが対比される。

17脱実　「脱」は弾け落ちる意。114「南山詩」に落葉を「林柯に脱葉有り、堕ちんと欲して鳥驚きて救う」とうたう。　開坼　開き裂ける。301「裴僕射相公の仮山十一韻に和す」に「勢いに随いて忽ち開坼す」。ここは実が殻を裂いて弾け出る意であろう。　18　蔓草が木にからまる様子をあたかも人が巻き付けたかのように捉える。　牽柔　柔らかな蔓を引っ張る。　繞縈　二字を合わせた例はみないが、どちらもぐるぐるまといつく。

19　禮鼠拱而立　愈　　礼鼠は拱きて立ち　愈

20　駭牛躅且鳴　　駭牛は躅りて且つ鳴く

［校勘］

20「駭」　潮本、祝本、文本、蜀本、魏本作「駭」。

礼を心得た鼠は拱手して二本足で立ち、（韓愈）
心を驚かせた牛は、うろうろと歩いては鳴き声をあげる。（孟郊）

動物の仕草を、まるで礼儀や愛情という徳目を備えているかのように見立てる。かつ鼠はちょこまかと動き、牛はゆったりと静かに立っているものだが、それを逆にしてユーモラスに描いている。

19礼鼠　『関尹子』三極に「(聖人は)拱鼠を師として礼を制す」。南宋・陸佃(りくでん)の『埤雅(ひが)』釈虫に「今一種の鼠は、人を見れば則ち其の前足を交えて拱す、之を礼鼠と謂う、亦た或いは之を拱鼠と謂う」。リスのように後ろ足で立ち上がった仕草が拱手するかに見えるので、「礼」儀をわきまえた「鼠」という。**拱而立**　動物が徳を備えることを語ると言えば、韓愈「猫　相い乳す」があるが、ここでは動物を暖かい目で見てユーモラスに捉える。

20『礼記』三年問に、天地の間に生れたものは、血属が有ればそれが分かるので、自分の仲間を愛さないものはいない。鳥獣もその故郷を通りかかると、飛びめぐり、「鳴号し、躑躅(たちもとおる)し」て、ようやく立ち去るのだと説く。それを踏まえれば、前句の「礼鼠」に対応して、自分の育った土地に来た牛が、親兄弟を思い、心を驚かせて歩き回っているという意味に解しうる。**駭**　驚く。異文の「騃(がい)」は愚かの意。**躅且鳴**　歩き回って鳴き声をあげる。028「此の日惜しむべきに足る　張籍(ちょうせき)に贈る」に「轅馬　躑躅として鳴き、左右　僕童泣く」。

21蔬甲喜臨社　郊　　蔬甲(そこう)　社(しゃ)に臨(のぞ)むを喜(よろこ)び　郊(こう)

22田毛樂寛征　　田毛(でんもう)　征(せい)を寛(ゆる)うするを楽(たの)しむ

［校勘］

21「喜」　文本作「嘉」。

蔬菜の子葉が生じ、社日が近いことを喜び、(孟郊)

畑から作物もできた、徴税が軽いのが嬉しい。(韓愈)

農作物の順調な生育、税に苦しむこともなく収穫の祭りを迎える農村の喜び。21 牛から農作業を連想し、村の重要な儀式である土地神の祭りに転じる。蔬甲　蔬菜の子葉。唐・劉得仁「春坊の顧尚書に寄す」詩に「数畦　蔬甲出ず」。社　土地神を言い、またそれを祀る村落共同体をも言う。立春、立秋後の五番目の戊の日を社日と呼び、土地神の祭りを行う習慣があった。なお212「城南に遊ぶ十六首」其一・賽神の「麦苗は穟を含み桑は葚を生ず、共に田頭に向かいて社神を楽しましむ」や313「南渓に始めて泛ぶ三首」其二の「願わくは同社の人と為り、雞豚もて春秋に燕せん」など、韓愈の後年の作には城南の社祭が何度か取り上げられている。22田毛　「毛」は土地から産出する農産物をいう。『左伝』昭公七年に「土の毛を食む、誰か君の臣に非ざる」、杜預の注に「毛は草なり」。寛征　賦税を軽くする。「征」は賦税。『左伝』僖公十五年に「是に於いて秦始めて晋の河東を征し、官司を置く」、杜預の注に「征は賦なり」。

23 露螢不自暖　愈
24 凍蝶尚思輕

露蛍　自ら暖めず　愈
凍蝶　尚お軽からんことを思う

［校勘］
23「暖」　魏本作「煖」。

冷たい露の降りた草葉の蛍は身を暖めることもなく、（韓愈）
凍てついた蝶はなおも軽やかに飛びたいと願う。（孟郊）

人事に対応させて、秋の小動物（昆虫）の様子を描く。ともに死を迎えつつある虫だが、蛍は明るくても暖かくなく、蝶は凍えていても飛ぼうとすると、逆方向に描く。さらに蛍が自閉するのに対して、蝶は外に向かって動きだそうとするという対比も認められる。

23露蛍　蛍は草葉に住むことから「露蛍」といったもの。韓愈以後、宋詩では常用の詩語となる。蛍は『礼記』月令に「（季夏の月）腐草　蛍と為る」というように晩夏の虫であり、露はおなじく月令に「（孟秋の月）白露降る」というように初秋の気象。前二句が秋を収穫の時として喜ぶ人事に対して、秋の到来に凍える生き物をいう。不自暖　光はあってもそこから暖は取れないの意。蛍の冷ややかな光を写し取る。24凍蝶　寒くなってなお残る蝶。前例は見えないが、「凍」は孟郊の好んだ語であり、凍てついて身動きが自由にならない様子も、「冬日」詩の「凍馬　四蹄吃り、陟卓として自ら収め難し」などの例がある。「寒蝶」ならば普通で、白居易「悟真寺に遊ぶの詩」の「寒蝶　飛ぶこと翾翾たり」など。思軽　軽やかに舞い上がろうと思う。謝朓「宋玉の風賦に擬す」詩の「軽挙して遠遊せんと思う」や唐・皎然「冬日天井西峰の張錬師の所居」詩の「天外　軽挙せんと思う」など。孟郊が蝶に自らを投影した句か。

25 宿羽有先曉　郊　　宿羽　暁に先んずること有り　郊
26 食鱗時半横　　　　食鱗　時に半ば横たわる

［校勘］
26「半」　王本作「牛」。

木々に宿る鳥は夜明けに先立って飛ぶものもあり、（孟郊）
餌を食べていた魚は水中に斜めになる時もある。（韓愈）

鳥と魚について。ここにも動と静の対比がある。いずれも寝る、食べるという基本的な行為から、鳥は巣から飛び立とうとし、魚は動きを途中で止めて水中に静止する。

25宿羽　木々に巣くう鳥。孟郊は後の「寒渓九首」其三にも「宿羽　皆な剪棄せられ、血声　沙泥に沈む」と使う。先暁　夜明け前。『後漢書』邳彤伝に「彤は張万、尹綏をして暁に先んじて吏民に譬さしむ」。なお鳥の具体的動作は、羽ばたいて飛び出すことと解したが、鳴くことも含まれて良いだろう。26食鱗　採食している魚の意か。上句の「宿羽」が寝る鳥であるのに対して食べる魚。半横　「横」は魚が水中に静止している状態をいうだろうが、「半」は個体の「横」たわる姿勢が完全に横たわるのでなく半分ほどの意か。

27　菱翻紫角利　愈　　　菱翻りて紫角利く　愈
28　荷折碧圓傾　　　　　荷折れて　碧円傾く

［校勘］
27「翻」　蜀本作「繁」。
「紫」　文本作「觜」。

菱は風にひるがえり、紫色の角張った実が鋭い。（韓愈）

ハスの葉が折れて碧の円が傾いている。（孟郊）

前句で魚が出たのを受けて、水辺の植物に目を向ける。「菱」も「荷」も古くから詩に詠われてきた植物。それを秋の衰えた姿で描き出す。

27**菱翻**　「翻」は植物についてはは葉や花が風にあおられて揺れ動くこと。謝朓「中書省に直す」詩（『文選』巻三〇）の「紅薬（赤い芍薬）階に当たりて翻る」。**紫角**　紫色で角張ったもの。菱の実をいう。物の名を挙げず、色彩と形状を捉えた二字であらわす。この手法は李賀によってさらに展開される。唐・張籍「城南」詩に「翻芰紫角稠る（しげる）」（羅聯添『張籍年譜』では長慶四年（八二四）の作）は韓愈のこの表現を受けたもの。28**荷折**　茎が折れたハスを詠うのは、謝朓「病を移して（病気と届けを出して）園に還り親属に示す」詩の「荷を折りて寒袂を葺（おお）い、鏡を開いて衰容を眄（み）る」などの先例があるが、総体に新しい視点だろう。秋の風雨に打ち萎れたハスを言う敗荷、枯荷などの詩語が生まれるのも、中唐以降のようだ。**碧円**　前句の「紫角」と対応させて、色と形で表現する。

29 楚膩鱣鮪亂　郊　　楚膩（そじ）　鱣鮪（てんい）乱（みだ）れ　郊（こう）

30 獠羞螺蠏幷　　獠羞（ろうしゅう）　螺蠏（らかい）幷（なら）ぶ

楚のご馳走の鱣（てん）や鮪（い）が乱れ泳ぎ、（孟郊）

獠族のご馳走の螺（ら）や蠏（かい）が肩を寄せ合う。（韓愈）

水面の植物から水中の生き物に移る。どちらもそこに生きて動いているものを、食べ物として捉えるおかしさを添える。食材といっても、辺境の地におけるご馳走。我々は食べはしないけれど、といった意を帯びるところもユーモラス。

29楚膩　「楚」は春秋戦国時代の楚の国の領域だが、ここは都を遠く離れた田舎のニュアンス。「膩」は肥えて脂ぎったさま。そこから旨い物、ご馳走の意に解する。孟郊「盧殷を弔う十首」其七に「高く緑蔬の羹を嗜み、意に肥膩の羊を軽んず」。**鱣鮪**　『詩経』衛風・碩人に「鱣鮪発発たり」とあり、毛伝は「鱣は鯉なり。鮪は鮥なり」、また釈文は「鱣は大魚、口は頷下に在り、長さ二三丈、江南では黄魚と呼ぶ。鮪は鱣に似る。大なる者は王鮪と名づけ、小なる者は叔鮪と曰う」と注する。釈文に従えばチョウザメの類か。**30獠羞**　「獠」は西南の異民族。「羞」はご馳走。洗練された上品な料理ではなく、ソバージュな、中華では食さないものといった意味を含むか。**螺蠏**　タニシとカニ。ともに水生の生き物ではあるが、貝と節足動物に分かれる。**幷**　螺と蠏が一緒になっている。上句の「鱣鮪」も下句の「螺蠏」も多数であることが共通するが、「乱」が無秩序な豊饒であるのに対して「幷」は行儀正しく、仲良く一緒にいる。

31　桑蠖見虚指　愈
32　穴貍聞鬬獰

桑蠖(そうかく)　虚(むな)しく指(ゆび)するを見(み)　愈(ゆ)
穴貍(けつり)　闘(たたか)うこと獰(たけだけ)しきを聞(き)く

［校勘］

32「貍」　潮本、祝本、文本、蜀本、魏本作「狸」。

桑の枝を這う尺取り虫は、指で物を測るでもなかろうに、伸びたり縮んだりが見え、（韓愈）
穴の中にいる山猫の、猛々しく争う声だけが聞こえる。（孟郊）

桑の枝を動く尺取り虫に「虚」を見、穴からの猛々しい声に姿の見えない山猫という「実」を聞き取るという対か。

31桑蠖　桑の木についた尺取り虫。尺取り虫といえば、『周易』繋辞伝下の「尺蠖の屈するは、以て信（伸）ぶるを求むるなり」が想起されるが、ここではそうした意味付けはなく、単に尺取り虫独特の動きを写し取る。

虚指　『爾雅翼』釈虫・尺蠖がいうように、「指」は布の長さを測る時など、物差しの代わりに指を拡げたり縮めたりを繰り返すこと。尺取り虫の屈伸をたとえる。「虚」というのは、実際に測るわけでもないのに、の意。32

狸　『説文解字』豸部では「狸は伏せる獣、貙に似たり」と言う。013「謝自然の詩」に「木石　怪変を生じ、狐狸　妖患を騁にす」。

33　逗翳翅相築　郊　　翳に逗まりて翅は相い築ち　郊
34　擺幽尾交搒　　　　幽を擺いて尾は交ごも搒つ

［校勘］
34「搒」　蜀本、王本作「榜」。

鳥は木陰に止まって、羽ばたいては羽を打ち合い、（孟郊）

けものたちは暗いあなぐらから出てきて、しっぽを互いに打ちつける。(韓愈)

鳥と獣との動き。隠れているものと出てきたものとの違いはあるが、どちらも自分の体で音をたてる。
33 物陰にいる鳥に目を向ける。逗 とどまる。114「南山詩」に「或いは蓊(さか)んにして雲の逗まるが若し」。築 打つ。当たる。『晋書』周莚(しゅうえん)伝に「曾(そう)は胆力有り、便ち刀環を以て続(ぞく)を築ち、之を殺す」。34擺幽 暗がりから抜け出す意に解した。「捞」は叩くように打ちつける。狐狸のような尾の大きな動物が巣穴から出てきて尾を地面に打ちつける動作か。

35 **蔓涎角出縮** 愈
36 **樹啄頭敲鏗**

蔓涎(まんせん) 角(つの) 出縮(しゅっしゅく)し 愈(ゆ)
樹啄(じゅたく) 頭(あたま) 敲鏗(こうこう)たり

蔓のようによだれのあとをのこしながらカタツムリは角を出したりひっこめたり、(韓愈)
樹を突(つ)いてキツツキは頭でコツコツと音を響かせる。(孟郊)

小動物の中から蝸牛(かたつむり)と啄木(きつつき)を取り上げる。中に「角」「頭」という体の一部を表す語を換喩的に据え(この点は第33句の「翅」、第34句の「尾」も同様である)、前に「涎」「啄」、後に「出縮」「敲鏗」という小動物を特徴づける形容を配している。
35蔓涎 つるのようなよだれとは、カタツムリがぬめぬめと跡をのこしながら動くことをいう。出縮 カタツムリが角を出したり縮めたりする動作。双声の語。36樹啄 啄木のことであろう。敲鏗 硬い物を叩く音。双声の擬音語。晩唐の陸亀蒙「江南秋懐、華陽山人に寄す」詩に「雲磬　冷ややかに敲鏗たり」。

37　脩箭裹金餌　郊　　脩箭　金餌に裹み　郊
38　羣鮮沸池羹　　　　群鮮　池羹沸く

［校勘］
37「脩」　銭本作「修」。
「裹」　潮本、祝本、文本、蜀本作「裊」。魏本作「梟」。
「餌」　祝本作「鉺」。

長い釣り竿は見事な餌にたわみ、（孟郊）
群がる魚で池は羹が煮えたぎるありさま。（韓愈）

池での釣り。しなう釣り竿の先には、姿を見せないものの大きな魚が暗示され、水面には小魚たちが群がる。
37脩箭　釣り竿。「脩竿」であれば普通。「箭」は矢竹であり、その意を活かせば、細くてしなやかな釣り竿であろう。金餌　高価な釣り餌。隋・李巨仁「釣竿篇」に「惜しまず　黄金の餌、惟だ憐れむ　翡翠の竿」。この餌に大魚が食いついているのだろう。38群鮮　たくさんの小魚。『老子』六十章に「大国を治むるは、小鮮を烹るが若し」、河上公の注に「鮮は魚なり」。沸池羹　煮えたぎる羹のように、池の水面に魚が激しく群がる。

39 岸殼坼玄兆　愈　　岸殼（がんかく） 玄兆（げんちょう）を坼（さ）く　愈（ゆ）

40 野麰漸豊萌　　　　野麰（やぼう） 豊萌（ほうぼう）を漸（の）ばす

岸辺の亀の甲には玄奥なしるしがひび割れ、（韓愈）
自生した大麦はだんだんに豊かな穂先を伸ばす。（孟郊）

池からの属目の景。岸に見える豊年の予兆が、大麦によって現実のものとなっていることを詠う。

39岸殼　岸辺にうち捨てられた殼。孫汝聴（そんじょちょう）は昆虫の抜け殼というが、「岸」が冠することから、黄鉞は貝殼、文（ぶん）讜（とう）は亀の甲羅という。**坼**　ひびが入る。ひび割れた形から判断して占いをする。114「南山詩」に「或いは亀の兆を坼くが如し」。**玄兆**　玄妙な予兆。「兆」の原義は甲羅や骨を焼いてできるひび。そこから占い、兆候の意味。『周礼』春官に「卜師は開亀の四兆を掌る」。『隋書』天文志上に「玄兆著明にして、天人遠からず」。**40野麰**　「麰」は大麦。『孟子』告子上に「今夫れ麰麦もて播種して之を耰（ゆう）せん」とあり、趙岐注に「麰麦は大麦なり」。「野」は人の手によらず自生している意。『穆天子伝』巻四に「黒水の阿、爰に野麦有り」、その郭璞の注に「自然に生ずるなり」。自生したものが豊かに実ることで、農作物の実りも豊かであることを連想させる。**漸**　草木がだんだんに伸びること。謝霊運「従弟恵連に酬ゆ」詩（『文選』巻二五）に「山桃　紅萼を発き、野蕨　紫苞を漸す」、李善注に「尚書に曰う、草木苞を漸すと。孔安国曰う、漸は進長なりと」。また「漸」は『周易』の卦名（漸進を表す）でもあり、兆しを詠う句にふさわしい。**豊萌**　豊かに芽生える。畳韻の語。「豊」も『周易』の卦名（大いなる意）である。

41 窖煙冪疏島 郊
42 沙篆印迴平

窖煙(ようえん) 疏島(そとう)を冪(おお)い 郊(こう)
沙篆(さてん) 迴平(かいへい)に印(いん)す

［校勘］
41「窖」潮本、祝本、文本、蜀本、魏本作「瑤」。
「煙」銭本作「烟」。
42「迴」祝本、文本、魏本、王本作「廻」。

窯から立ち上る煙が点在する島を覆い隠し、（孟郊）
砂上には篆書が一面の平地に刻印されている。（韓愈）

水辺の中洲と砂浜の風景。上空への視線と地上への視線が対をなす。
41窖煙　「窖」は瓦でも焼く窯か。日常的な、生活感のある光景である。その煙は勢いよく立ち上るのだろう。『酉陽雑俎』前集巻八・雷に「午に及んで介山の上に黒雲有りて気は窖煙の如し」。**疏島**　疎らに点在する島の意か。**42沙篆**　砂上の篆書とは鳥の足跡。095「雪を喜ぶ　裴尚書に献ず」第28句に「書文　鳥篆奇なり」、その注を参照。**迴平**　ぐるっとまわり一面、平らに拡がる砂地。補釈がもとづくところとして挙げる唐・王勃(おうぼつ)「山居の晩眺　王道士に贈る」詩の「迴沙　籒文を擁す」は砂浜の上の風紋を「籒文」に比喩したもの。

43 痒肌遭蚝刺 愈

痒肌(しんき) 蚝(けむし)の刺(さ)すに遭(あ)う 愈(ゆ)

44 啾耳聞雞生　　啾耳　雞の生まるるを聞く

［校勘］

43「痒」　潮本、祝本、文本、蜀本、魏本作「瘁」。

「肌」　文本作「飢」。

肌がかゆいと思ったら、毛虫に刺されたのだった。（韓愈）

耳にやかましいのは、ひよこの生まれた鳴き声。（孟郊）

身体感覚に立ち戻る。結果を先に言い、原因を後から補う倒置的な句造り。

43痒肌　かゆいといった皮膚感覚が詩にあらわれるのは希か。**遭蚝刺**　「蚝」は毛虫。『玉篇』虫部に「蛓は毛虫なり。蝍、蚝、並びに上に同じ」。**44啾耳**　耳に騒がしい音が響く。耳鳴りか、幻聴か。ひよこの生まれた鳴き声も比喩であって実際ではあるまい。「啾」は馬融「長笛の賦」（『文選』巻一八）に「啾咋嘈啐として華羽に似たり」とあり、李善は蒼頡篇を引いて「啾は衆声なり」と注する。175「双鳥の詩」では「百虫と百鳥と、然る後鳴きて啾啾たり」と騒がしい鳴き声を形容する。なお南宋・范成大「甲辰人日病中に六言六首を吟じて以て自嘲す」其一の「攢眉　輒ち山字を作し、啾耳　惟だ水声を聞く」は、この句に倣ったものだろう。

45 奇慮恣迴轉　郊　　奇慮　迴転を恣にし　郊

46 遐睎縱逢迎　　遐睎　逢迎を縦にす

〔校勘〕
45「迴」文本、魏本、王本作「廻」。
46「睎」潮本、文本作「晞」。

奇抜な発想が縦横無尽に回転し、（孟郊）
遠く眺めわたして景色を存分に迎え入れる。（韓愈）
外物の叙述から一転、詩作についての言述を挟む。孟郊は自分の内部において想像力が自由自在に動き回ることをいい、韓愈は外界を積極的に、貪婪に吸収する。内面と外界に分けて、いずれも「恣」「縦」、厭くことなき意欲を示す。

45 全体として分かり難さは無いが、言葉使いはいかにも孟郊らしい。**奇慮** 前例が見当たらないが、「奇思」は『楚辞』九辯に「奇思の通ぜざるを閔れみ、将に君を去って高翔せんとす」と見える。類い希な考えの意であろう。**恣迴転** 孟郊は後の「石淙十首」其七でも「穴流 迴転を恣にし、竅景 東西を忘れしむ」と使う。なお孟郊には、古楽府「悲歌」の「心に思いて言う能わず、腸中車輪転ず」を踏まえた018「遠遊聯句」冒頭の「別腸 車輪転ず」や「路病」詩の「愁環 我が腸に在り、宛転として終に端無し」など胸の内に思いが渦巻くことを詠う例が多く、一つの特徴をなしている。**46遐睎** 「睎」は遠くを眺める。「古詩十九首」其十六（『文選』巻二九）に「領（うなじ）を引きて遥かに相い睎（のぞ）む」。114「南山詩」に「蒼黄として遐睎するを忘る」。**逢迎** 本来は人を出迎える意。ここでは目に飛び込む景を人であるかのように迎え、受け入れる。

47　巓林戢遠睫　愈
48　縹氣夷空情

巓林(てんりん)　遠睫(えんしょう)を戢(おさ)め　愈(ゆ)
縹気(ひょうき)　空情(くうじょう)を夷(たの)しましむ

山頂の樹林に至るまで目の届く限りを見て、（韓愈）
縹色の山の気は邪念のない心を楽しませてくれる。（孟郊）

山頂の樹林に目を留め、そこから広がる山の気を眺めて、自然に湧き上がってくる喜びを詠う。

47巓林　山の頂の林。視界の届く限りの最も遠い所。**戢遠睫**　「戢」は収納する、止める。目地の限り、極限まで見てそこで止まるの意味。「睫」はまつげ、そこから遠くまで見ることを「遠睫」と言った。第8句にいう「遠目」と同じ。**48縹気**　清々しい山の気を言うだろう。「縹」は薄い藍色。**夷**　喜ぶ。『詩経』小雅・節南山に「既に夷び既に懌ぶ」、鄭箋に「夷は説（悦）なり」とある。**空情**　邪念の無いさっぱりとした心情。仏道の色合いを帯びた語だが、「遠睫」との対となるこの句では、その意味を含めずにおく。南朝宋・呉邁遠(ごまいえん)「楚朝曲」（『楽府詩集』巻五八）に「壮年流し瞻(たか)て襄く和を成し、清貞たる空情　電の過ぐるに感ず」。

49　歸跡歸不得　郊
50　捨心捨還爭

帰跡(きせき)　帰(かえ)り得(え)ず　郊(こう)
捨心(しゃしん)　捨(す)てて還(ま)た争(あらそ)う

帰る道はあっても、帰ることができない。（孟郊）

一切を捨て去るのだと悟って捨ててはみたがまた抗い求めてしまう。(韓愈)

ここまで詠じてきたが、これで終わりにはできない、なお続けようという意欲を仏教語を借りて語る。もちろん表現への執着をよしとするのである。

49 この句では前の「空情」を仏道的な意味に読み替えているのではないか。但し、重々しい意味合いではなく、一種の言葉遊びの要素が強い。一句は「帰る道はあっても、まだ帰れない」くらいの軽い意味かもしれない。**帰跡** 帰る道筋。「帰迹」に同じ。北周・庾信「周の太子太保の歩陸逞の神道碑」に「烏江の艤船、更に帰迹無し」。**50捨心** 仏教語。四無量心の一つ。一切を捨てて執着しない。**捨還争** 捨てたはずなのになお獲得を求める。

51 靈麻撮狗蝨 愈

52 村稚啼禽猩

霊麻(れいま) 狗蝨(くしつ)を撮(つま)み 愈(ゆ)

村稚(そんち) 禽猩(きんしょう)啼(な)く

[校勘]

52「稚」 祝本作「雉」。

神秘のゴマ、その犬のシラミのような粒をつまみ、(韓愈)

村の子供は猩々のように大声で泣く。(孟郊)

見立ての句。麻を蝨と言い、子供を猩々だと言って、良いはずのものを、つまらない、劣るものに敢えてなぞらえる面白さ。

51霊麻　ゴマ。「胡麻」と表記すると西域渡来の植物であることが示されるが、「霊麻」というとその神秘的なまでの有用性を示す。王嘉『拾遺記』前漢上に「董偃(とうえん)　常に延清の室に臥し、霊麻の燭を列べ、紫玉を以て盤と為す」というように、豪華な灯燭の油としても用いられた。狗蝨　『広雅』釈草に胡麻の別称として「狗蝨」が見えるが、韓愈以前にすでに「狗蝨」の語は定着していたか。少なくともこの句では別称として用いているのではなく、白い粒状の形態をそのまま別のつまらぬ物に比喩したと取らねばならない。52　子供の泣き声を怪しい獣に喩える。小さいくせに大声をあげるという大小の対比も含まれている。孟郊は聴覚に敏感なところがあり、耳障りなものに一種の憎しみを籠めて詠う例が少なくない。村稚　村の子供。幼さ、腕白さを意識させる。村童であれば丘遅(きゅうち)「旦(あした)に漁浦潭を発す」詩（『文選』巻二七）の「村童　忽ち相い聚り、野老　時に一望す」などの例があり、これを言い替えたのだろう。禽猩　猩々。人語を解する獣。『礼記』曲礼上に「猩猩は能く言うも、禽獣を離れず」とある。また『爾雅』釈獣に「猩猩は小さくて啼くを好む」、郭璞の注に「猩猩は状は獾㹠（アナグマ）の如く、声は小児の啼くに似たり」。

53　紅皺曬檐瓦　郊　　紅皺(こうしゅう)　檐瓦(えんが)に曬(さら)し　郊(こう)

54　黄團繫門衡　　黄団(こうだん)　門衡(もんこう)に繫(つな)がる

［校勘］

53「檐」　潮本、祝本、文本、蜀本、魏本作「簷」。

赤く皺の寄った物が軒先の瓦の上で日にさらされ、（孟郊）
黄色くまるい物が門の横木に結ばれている。（韓愈）

農家に干されている農作物を描く。今も農村によく見られる光景であるが、そんな平凡な農村のたたずまいを詩に取り込むのは新しいか。また、色と形状だけで点描し、その物の名をいわない手法は、李賀によってさらに展開される。認識よりも感覚によって世界を捉える印象派の画家に通じるところがある。南宋・周紫芝『竹坡詩話』はこの二句について、物の名を言わないにもかかわらず、秋の農村の景がまざまざと浮かび上がると讃える。53**紅皺**　干した実の形容。南宋の范成大に棗の形容に用いる例があり、また銭注は苦瓜と解しているが、特定するには及ばない。色と形状を感覚的に捉えた面白さを見れば良いだろう。　**檐瓦**　軒端の瓦。北周・庾信「詠懐に擬す二十七首」其十二に「武安　檐瓦振るい、昆陽　猛獣奔る」。　54**黄団**　これも干した実を色と形によってあらわす。洪興祖は「瓜蔞」、あるいは「匏瓜」といい、樊汝霖は「栝楼」といい、孫汝聴は「橘柚」の類という。「瓜蔞」・「栝楼」はキカラスウリの和名があてられる。范成大は韓愈の新奇な造語をよく用いて、「橘園」詩のように「黄団」で果実を形容する例がいくつか見えるが、必ずしも橘に限定しなくてよい。　**門衡**　門のうえにさしわたした横木。農家の簡素なたたずまいを示す。「衡門」の語は『詩経』以来習熟。陳風・衡門に「衡門の下、以て棲遅すべし」。

55 得雋蠅虎健　愈　　雋（しゅん）を得（え）て蠅虎（ようこ）健（たけ）く　愈（ゆ）
56 相残雀豹趙　　相（あ）い残（そこな）いて雀豹（じゃくひょう）趙（おど）る

［校勘］
55「雋」　潮本、魏本作「儁」。「健」　祝本、文本作「揵」。

勝利を奪い取った蜘蛛はたくましい。（韓愈）
傷つけ合って勇猛な雀は躍る。（孟郊）

小動物をユーモラスに捉える。クモや雀のような小さくて弱々しい物に、「虎」「豹」という勇猛な獣の名をかぶせたアンバランスな面白さ。そうしてクモや雀が争っているのも第53・54句で描かれた日差しに包まれた農家の庭先の光景なのだろう。

55得雋　勝つこと。『左伝』荘公十一年に、「大崩を敗績と曰い、得俊（雋）を克と曰う」。064「魚を叉す　張功曹を招く」に「雋を得て　語　時に囂し」。**蠅虎**　ハエトリグモ。西晋・崔豹（さいひょう）『古今注』魚虫に「蠅虎は蠅狐なり。形は蜘蛛の若く、而して色は灰白、善く蠅を捕う」。「蠅虎」の語はかなり通行しているようで、韓愈はいわば普通名詞として用いたと思われるが、孟郊はその構成を対にして新たな語を作る。**56相残**　013「謝自然の詩」に「人鬼　更ごも相い残う」。**雀豹**　造語であろう。前句の「蠅虎」に応じて、豹のように勇猛な雀を持ち出したと解する。雀には黒い斑点が有るので豹になぞらえたのではないか。なお方世挙は何かの鳥の異名で、もとづくものがあったのではないかと説く。北宋の梅堯臣（ばいぎょうしん）「烏を諭す詩」には「雀豹　鵰鶚に代わり、搏撃　秋霜より粛（きび）し」とあり、これは雀鷹（小形の鷹）のことだという。**趫**　躍り上がる。

57 束枯樵指禿 郊　　枯を束ねて樵指は禿し 郊
58 刈熟擔肩赬　　熟を刈りて担肩は赬し

［校勘］
58「擔」 文本、蜀本、魏本作「檐」。
「赬」 潮本、文本作「頳」。

枯れ枝を束ねて杣人の指は赤剝けし、（孟郊）
熟成した穂を刈り取って担いだ肩は赤くなる。（韓愈）

薪を束ね穂を担ぐ農民の仕事、その労苦のさまを指や肩の赤い色で語る。
57束枯　薪を束ねる。束薪であれば普通。孟郊には「束柴」、韓愈には「束蒿」の例があるが、「枯」を用いたのは対象を特定せず、大きく秋の季節感を出したのであろう。禿　擦れて赤剝けした状態。杣人の指も、それが赤剝けしていることも、従来の詩には詠われなかった題材である。58刈熟　成熟した穀物を鎌で刈り取る。「束枯」に合わせて作った語。担肩　単独で読めば「肩に担ぐ」ことだが、上句に合わせれば「（刈り取った穀物を）担いだ肩」。

59 澁旋皮卷臠 愈　　渋旋りて皮巻臠たり 愈

60 苦開腹彭亨　　苦開きて　腹彭亨たり

［校勘］
60「彭亨」　潮本、祝本、文本、蜀本、魏本作「膨脝」。

渋い皮がぐるぐる巻き取られてしわしわ、(韓愈)
苦い瓜が切り開かれ、その腹はぽっこり。(孟郊)

前二句で薪を束ね、穀物を刈って運ぶ労働を詠ったのを承け、収穫された農作物を加工する様子を描く。「渋」「苦」は「苦渋」を分けた言葉遊びだろうが、労働者の皮膚や腹の様子を連想に入れているかもしれない。
59 渋い実の皮が巻き取られていくのを描く。銭仲聯がいうように、干し柿を作る作業と考えると理解しやすい。**巻攣**　皺のよったさま。畳韻の語。『荘子』在宥に「之の八者(儒家の尊ぶ明・聡・仁・義・礼・楽・聖・知)は、乃ち始めて攣巻傖囊(乱雑にする)して天下を乱さん」。60**苦**　瓜の一種、苦瓜を意識する。**彭亨**　ぽっこりとふくらんだ様子。畳韻の語。178「石鼎聯句詩」に「豕腹　漲りて彭亨たり」。

61 機春潺湲力　郊　　機春　潺湲たる力　郊
62 吹簸飄颻精　　吹簸　飄颻たる精

水車が穀物を搗くのは、サラサラと流れる水の力、(孟郊)

払って穀物のごみを取り除くのは、サヤサヤと吹き寄せる風の精妙さ。（韓愈）

穀物を搗いたり簸（あお）ったりする作業を描く。搗くのは水車、簸るのは風。水と風という自然の力を借りる。人と自然が共存する穏やかな光景。

61機春　絡繰（からくり）によって臼を搗く。孟郊は後の「石淙十首」其六で、谷川を大きな水車に見立てて「谷磑（がい）（石臼）余力有り、渓春　亦た多機」といっている。　**潺湲**　水の流れる様子。畳韻の語。『楚辞』九歌・湘夫人に「流水の潺湲たるを観る」。**62吹簸**　穀物を吹いたり箕であおったりして精製する。「簸」は『詩経』小雅・大東に「維れ南に箕有るも、以て簸揚すべからず」に見える。また習鑿歯（しゅうさくし）が前を歩いていた孫綽にやり返した「之を簸し之を颺ぐ、糠秕　前に在り」の故事（『晋書』孫綽伝）もよく知られる（『世説新語』排調では人物が異なる）。**飄颻**　風が吹くさま。畳韻の語。**精**　韓醇は『荘子』人間世の「筴を鼓し精を播し、以て十人を食うに足る」を引いて「米」とするが、上の句と合わない。風が精緻に穀物を分別することをいう。

63 賽饌木盤簇　愈　　賽饌（さいせん）　木盤（もくばん）簇（あつ）まり　愈（ゆ）

64 靸妖藤索絣　　靸（そう）の妖（よう）なるは藤索（とうさく）もて絣（ゆ）う

〔校勘〕

63「盤」　文本、蜀本作「槃」。

「簇」　潮本、祝本、文本、蜀本、魏本作「蔟」。

64「靸妖」　銭本作「妖靸」。

「絣」　祝本作「併」。蜀本作「帲」。

お供えのご馳走を盛った木のお皿がごたごた、（韓愈）
異様な草履は藤のつるで編んである。（孟郊）

農村の祠のようす。粗末な物、異様な物が目に入り、さびれた村の雰囲気を感じさせるが、そこに題材としての面白さも感じているのだろう。
63**賽饌**　神に供えられた食べ物。「賽」は祭り。「饌」は供え物。　**木盤**　木製のお皿。粗末な容器をいう。　**簇**　多くの物が乱雑に集まる。　64　これも供えられた物か。日本の神社でも大きな草鞋を供えることがあるが、その類と見る。　**鞁**　『釈名』釈衣服によると、皮革を用いたスリッパ状の簡易な履き物。ここは植物を編んだ草履の類と見ておく。「鞁妖」は、前句との対から言えば「妖鞁」の方がよいが、とりあえず底本に従う。　**藤索**　用例が少なくて判断が難しいが、藤の蔓を縄代わりに用いたのではないか。農村らしい素朴な材料である。　**絣**　結う、くくる。

65　荒學五六巻　郊　　荒学（こうがく）　五六巻（ごろっかん）　郊（こう）
66　古藏四三瑩　　古蔵（こぞう）　四三瑩（しさんえい）

［校勘］
66「四三」　祝本、文本、蜀本作「三四」。

荒れた学舎には書物が五、六巻ばかり。（孟郊）
昔、埋葬されたおくつきが三つ四つ。（韓愈）

田舎の学校と墓地。いずれも荒れ果てたわびしいものとして捉える。
65荒学　村の学校であろう。もともと小さな規模のものが、満足に使われていない様子。「荒」は心理的な意味合いが強く、がらんとして学ぶ者がいない状態を言うだろう。66古蔵　「蔵」は埋葬。『礼記』檀弓上に「葬なる者は蔵なり」。韓愈「浮屠文暢師を送る序」に「生者は養いて死者は蔵す」。塋　墓。

67　里儒拳足拜　愈　　里儒　足を拳めて拝し　愈
68　土怪閃眸偵　　　土怪　眸を閃かせて偵う

村里の儒者は足を折り曲げて拝礼し、（韓愈）
土中の怪物が目を光らせて様子を窺っている。（孟郊）

前の学校と墓地の描写を承けて、さびれた所に住むものに目を向け、ぎこちない動作で秩序を守ろうとする教師と人間の秩序の外に在る妖しげな動物とを対比する。
67里儒　「荒学」の教師を指すであろう。語としては新奇でないが、詩のなかに使われることは韓愈以前には稀。拳足　膝を折り曲げて丁寧に拝礼する。『荘子』人間世に「擎跽曲拳は、人臣の礼なり」。68土怪　土中に居る怪物。『国語』魯語下に「木石の怪を夔(き)、蝄蜽(もうりょう)と曰い、水の怪を竜、罔象(もうしょう)と曰い、土の怪を羵羊(ふんよう)と曰う」とあり、これに拠れば羊に似た怪物となるが、ここは墓地にいる怪物を想像する。閃　目を見開く。目をキラリと光らせる。

69　蹄道補復破　郊
70　絲窠掃還成

蹄道(ていどう)　補(おぎな)うも復(ま)た破(やぶ)れ　郊(こう)
糸窠(しか)　掃(はら)うも還(ま)た成(な)る

［校勘］
70「掃」　銭本作「埽」。

蹄の跡をのこす道は、手を入れてもまた壊れ、(孟郊)
糸を張った蜘蛛の巣は取り払ってもまたすぐ張られる。(韓愈)

田舎の情景の描写であるが、人為―自然、破壊―作成の二項対立がそれぞれに交差して巧みな対比を構成する。道を補修することと蜘蛛の巣を取り払うことは、人為による作ると壊すの対比。人為に対する自然の方は、道がまた壊れ、蜘蛛の巣がまた張られる。

69　さびれた農村の有様を、補修してもすぐ通れなくなる道によって表す。蹄道　蹄の跡のついている道。『孟子』滕文公上に「獣蹄鳥跡の道、中国に交わる」。破　損壊する。下の「成」と対応する。70糸窠　蜘蛛の巣。「窠」は生き物の巣。穴のなかの巣。

71 暮堂蝙蝠沸　愈　暮堂(ぼどう)　蝙蝠(へんぷく)沸(わ)き　愈(ゆ)
72 破竈伊威盈　破竈(はそう)　伊威(いい)盈(み)つ

［校勘］
72「伊威」　潮本、祝本、文本、蜀本、魏本作「蛜蝛」。

日暮れの堂にはコウモリが沸き立ち、（韓愈）
壊れた竈(かまど)にはわらじ虫が満ちる。（孟郊）

城南の農村を歩いていてたどり着いた屋敷。荒れ果てた様子が、溢れ出るコウモリやわらじ虫によって不気味に描かれる。前二句を承けて人の不在を強調している。二句とも下三字が双声。
71暮堂　何の変哲もない語だが、詩語としては韓愈以前に見えない。**蝙蝠沸**　「蝙蝠」は人の不在のしるし。「堂」が今や蝙蝠の住み家となっている。045「山石」に「黄昏　寺に到れば　蝙蝠飛ぶ」。日暮れてそこに蝙蝠が一斉に飛び交っているのを「沸」という。第38句でも小魚が水面に群がるのを「群鮮　池羹沸く」と「沸」を用いる。蝙蝠の乱舞は人気のないのを際立たせる。**72破竈**　破れたかまど。詩語としての前例は見つけられない。**伊威**　わらじ虫。畳韻の語。『詩経』豳風(ひんぷう)・東山に「伊威室に在り」、その鄭箋に「家に人無ければ則ち然り」とあり、人の居なくなった家を象徴する存在の一つ。**盈**　満ちる。竈の周囲は本来なら穀物が満ちているべきところ。

73　追此訊前主　郊　　此を追いて前主を訊えば　郊

74　答云皆冢卿　　　　答えて云う　皆な冢卿なりと

［校勘］

74「答」　祝本、文本、蜀本、王本作「荅」。

この状態から振り返って、屋敷の前の主人を問えば、（孟郊）
どなたもこの上ない身分のかたばかりでしたとの答え。（韓愈）

住む人もなく荒廃した邸宅と、かつての主人の栄華を対比する。白居易「凶宅」詩はそこに「教訓」を読み込むが、ここにはそれがない。

73追此　屋敷の現状から発して。「追」は追求する意、「此」は屋敷の現況を指す。訊　尋ねる。問いただす。前主　以前の持ち主。白居易「凶宅」詩に「前主は将相為り」。74皆　この屋敷の代々の主人。二人以上であることをいう。冢卿　最上位の卿。『左伝』襄公十四年に「先君　冢卿有りて以て師保と為す」。『荀子』大略に「冢卿は幣を脩めず」、その楊倞の注に、「冢卿は上卿なり」。人臣を極める地位に昇っていたことを周代に置き換えていう。

75　敗壁剝寒月　愈　　敗壁　寒月を剝ぎ　愈

76　折篁嘯遺筌　折篁（せっこう）　遺筌（いしょう）を嘯（ふ）く

破れた壁には、剝ぎ取られた冷たい月。（韓愈）
折れた数本の竹が風に吹かれ、亡き人の筌の音色を奏でる。（孟郊）

荒れた屋敷の光景。月の光も筌の音も本来美しいもの。それが「寒」「遺」と結合し、かつ「敗壁」「折篁」が加わることによって、華やかな生活が失われて、今は荒涼とした情景だけが残ることを印象付けている。
75敗壁　崩れて隙間の空いた壁。　剝寒月　「寒月」は唐詩では習用。そこでは李白「月を望んで懐い有り」詩の「寒月　清波を揺らし、流光　窓戸に入る」のように、冷涼な美しさを湛えるが、ここでは荒廃した建物のなかに置いて定型的な美を破壊する。「剝」というのは、壁の隙間から月がのぞいていることをいうか。　76折篁　何本も折れている竹の群れ。風に吹かれて篁が音を立てる例に、謝荘（しゃそう）「月の賦」（『文選』巻一三）の「風篁韻を成す」がある。　遺筌　亡き人の遺愛の筌の笛。筌がその場に残っているというのではなく、長さがまちまちの竹の折れ口が風に鳴ることから、筌のようだと言っている。

77　袿熏霏霏在　郊　袿熏（けいくん）　霏霏（ひひ）として在（あ）り　郊（こう）
78　綦跡微微呈　綦跡（きせき）　微微（びび）として呈（てい）す

［校勘］
77「袿」　潮本、祝本、文本、蜀本、魏本作「桂」。

「霏霏」　蜀本作「菲菲」。

婦人の服に焚きしめられた香りは、今もしげく残り、（孟郊）
美しい靴の跡が、ほのかにあらわれている。（韓愈）

邸宅にいたであろう高貴な女、その華麗な姿を香の香りと靴の跡によって浮かび上がらせる。
77 袿　婦人の着用する丈の長い上着。熏　香を焚きしめる。またその香り。霏霏　盛んなさま。濃密なさま。孟郊「石淙十首」其六に「草色　瓊のごとく霏霏たり」。在　変わらずに存在する意。78 綦跡「綦」は靴の飾り、また靴の跡。唐・戴叔倫「宮詞」に「塵は玉階に暗く綦跡断つ」。微微　わずかに。呈　目に見えるものとしてかたちをあらわす。

79 劍石猶竦檻　愈　　剣石　猶お檻に竦え　愈
80 獸材尚挐楹　　　　獣材　尚お楹を挐む

［校勘］
80「挐」　銭本作「拏」。

剣を彫った石の欄檻が昔のままに高くそびえ、（韓愈）
獣の形をした飾りが、今もなお柱をつかんでいる。（孟郊）

屋敷の建物について、その意匠をこらした造りを描く。
79剣石　鋭い剣のかたちに彫った石。　竦檻　「檻」はてすり、欄檻。横に伸びる欄干に剣をかたどった石が縦に立つさまをいう。　80獣材　獣の形に削られた木材。柱の飾りに用いられているのだろう。　挐　つかむ。張衡「西京の賦」（『文選』巻二）に「熊虎升りて挐攫す」、李善注に「挐攫は相い搏持する（つかむ）なり」と言う。　楹　柱。母屋の前庭に面した柱をいう。

81　寶唾拾未盡　郊　　宝唾　拾いて未だ尽きず　郊
82　玉啼墮猶鎗　　　　玉啼　堕ちて猶お鎗たり

［校勘］
81「拾」　文本作「食」。
82「啼」　蜀本作「題」。

宝玉と化した美女の唾は拾っても拾いきれず、（孟郊）
珠玉の涙が落ちて今もなおからんと響く。（韓愈）

屋敷のなかにかつていたであろう女の幻影を、唾と涙という顔面から出される液体によって現出させる。唾（言葉）も涙も女の感情を豊かにあらわす物ではある。

81宝唾　唾が珠玉となったもの。『荘子』秋水に「子は夫の唾なる者を見ずや。噴けば則ち大なる者は珠の如く、小なる者は霧の如し」とある。通常は優れた言葉、詩文の喩えに用いられる。ここは古い屋敷にかつて居た美女の姿を連想して、彼女の言葉のなごりが珠となって残っていると言うのだろう。82玉啼　涙を宝玉にたとえる。「玉涙」のように「涙」という名詞を使えば穏当であるが、「啼」と言い換えることで「啼く」動作の具体性が伴う。猶　かつてそこで啼いていた女の涙が落ちる音が今もなお響くようだと解する。鎗　本来は金属が触れ合う音。「玉」であることから硬質な音が響く。

83　牕綃疑閟豔　愈　　窓綃(そうしょう)　疑(うたが)うらくは艶(えん)を閟(と)ざすかと　愈(ゆ)
84　粧燭已銷檠　　　　粧燭(しょうしょく)　已(すで)に檠(けい)に銷(き)ゆ

［校勘］
83「愈」　潮本無。

窓の薄絹のとばりはあでやかな女(ひと)を閉ざすかのよう。（韓愈）
彩りを施した蠟燭はすでに燃えて燭台の中に消えた。（孟郊）

引き続き美女のイメージを追う。なおも存在するかのようにイメージした姿が、フェードアウトするように消えていく。
83窓綃　窓を蔽う薄絹のカーテン。薄く柔らかな絹のとばりは女の換喩でもある。閟艶　婉麗な人を閉じ込める。カーテンの向こうには女が室内に籠もっているかに想像する。**84粧燭**　化粧をする際に使う蠟燭であり、またそれ自体にも彩りが施されているものだろう。**檠**　燭台。119「短燈檠の歌」参照。

85　綠髮抽珉甃　郊※　　緑髪　珉甃に抽きんで　郊
86　靑膚聳瑤楨　　　　　青膚　瑶楨聳ゆ

［校勘］
85「郊」　底本、潮本、王本無。祝本作「一有郊字」。

髪のように細い緑の草が美しい敷石の間から伸び、（孟郊）
女のすべらかな肌をもった青い木が、玉樹のなかにすくっと立つ。（韓愈）

佳人の姿をのこしつつ、草と木の描写に移行する。「抽」も「聳」も植物の生命力のある伸長を語ろうとする。
85緑髪　黒々とした若々しい髪。ここは美女の髪を連想させつつ細く伸びた草に喩える。旧注には苔の形容とする説が多いが、松の葉や春草に喩える例があるので、草と見る。なお、草と女の髪の比喩は李賀「春昼」詩に「草細くして梳るに堪え、柳長くして線の如し」などと見える。**珉甃**　美しい敷石。「珉」は玉の一種。「甃」は井戸や道に敷いた瓦、または石。**86青膚**　木の青い皮。木の皮を「膚」というのは、上句同様、女の身体のイメージが揺曳するから。これも苔とする説（韓醇）がある。銭仲聯は上句の苔と重なるから孫汝聴のいう「（木の）青皮」がよいとするが、ここでは上句を草と解するので重複は免れるにしも、「聳」というからには苔よりも木のほうがふさわしい。ただし「青膚」を竹の比喩とすれば、一句は「青膚　瑤楨に聳ゆ」という句作りになり、完全な対句になる。**瑤楨**　美玉のように光沢があって硬質な木の幹。「楨」にはネズミモチの和訓をもつ木の名の意味もあるが、ここでは幹の意。

87　白蛾飛舞地　愈　　白蛾（はくが）　舞地（ぶち）に飛び（と）　愈（ゆ）
88　幽蠹落書棚　　　　幽蠹（ゆうと）　書棚（しょほう）より落（お）つ

白い蛾がかつての歌舞の場に飛び交い、（韓愈）
隠れていた紙魚が書棚から落ちる。（孟郊）

前の「緑」「青」を承けて「白」「幽（黒）」と色を示す語を列ねつつ、廃屋の現況を描く。蛾と紙魚によって、読書人としての嘗ての生活が失われた無惨な現状を際立たせ、一連の描写を一段落させる。また「書」は「詩」を連想させ、次の詩会に転じる契機ともしている。

87　かつては華やいだ歌舞が演じられた所に今は人の不在の代わりに「白蛾」が舞う。**白蛾**　『漢書』元帝紀に「（建昭元年）白蛾群飛して日を蔽う有り」というように害虫で且つ不吉の予兆。その顔師古の注に「蛾は今の蚕蛾の類の若し」。**舞地**　王宮や高貴な邸宅で歌舞を演ずる場所。杜甫「秋興八首」其六に「首を回らせば憐れむべし歌舞の地、秦中は古自り帝王の州」。**88幽蠹**　隠れている虫。木食い虫や白蟻などにも言うが、ここは「書」とあることから紙魚と見る。

89 惟昔集嘉詠 郊　惟れ昔　嘉詠を集め 郊
90 吐芳類鳴嚶　芳を吐きて鳴嚶に類す

［校勘］
89「昔」王本作「惜」。

その昔ここに人々が会して素晴らしい詩歌を集中させ、（孟郊）
口から発せられる香しいことばは、小鳥のさえずりに似る。（韓愈）

この地でかつて行われた詩会へと話題が転換する。この聯は独立した句が並列される二句ではなく、線上に連続するいわゆる流水対として読むことができる。

89惟昔　「惟」は発語の辞。その昔。037「驁驥」に「惟れ昔　穆天子、之に乗りて遐遊を極む」。嘉詠　優れた詩歌。90吐芳　司馬相如「上林の賦」（『文選』巻八）に「芳を吐き烈を揚ぐ」というのは植物の香り。それが美しい言葉の比喩になる。宋玉「神女の賦」（『文選』巻一九）の「芬芳を吐きて其れ蘭の若し」のように。韓愈自身においては、109「酔いて張秘書に贈る」に「東野は動もすれば俗を驚かし、天葩　奇芬を吐く」。鳴嚶　鳥の鳴き声。『詩経』小雅・伐木に「鳥鳴くこと嚶嚶たり。……嚶として其れ鳴く」。

91 窺奇摘海異 愈　奇を窺いて海異を摘み 愈
92 恣韻激天鯨　韻を恣にして天鯨を激す

［校勘］
92「恣」　潮本作「次」。

奇怪な物を探し求めて海の怪異を摘み取り、（韓愈）
思いのままに詩歌を作って天の巨鯨を激しく突き動かす。（孟郊）

優れた詩人の集った詩会、そこでの新たな発想、自由な想像力による創作の喜び。

91窺奇　奇怪な物を捜求する。110「張徹に答う」に「奇を捜りて日びに富める有り」。海異　海の奇怪な物。
92恣韻　「韻」は詩に内在する調べ。それを恣に奏でるとは、制約を超えて自由に詩を作ること。激　強く動かす。詩は「天地を動かし、鬼神を感ぜしめる」ものである。天鯨　018「遠遊聯句」では「海鯨　明月を呑み、浪島　大漚に没す」（孟郊の句）とあった、その「海鯨」が天に昇ったものか。北溟の鯤が鵬に変化するように。

93　腸胃繞萬象　郊　　腸胃（ちょうい）　万象（ばんしょう）を繞（めぐ）らし　郊（こう）
94　精神驅五兵　　　　精神（せいしん）　五兵（ごへい）を駆（か）る

はらわたにありとあらゆる物をめぐらし、（孟郊）
頭のなかであらゆる兵器を駆使する。（韓愈）

前二句に続いて詩作について語る。それは二人の独特の詩観を存分に反映している。一つは尋常の詩には入らない詩材を求めること。二つは詩作によって自然現象をも動かそうとすること。

93腸胃　「腸」は心、思いの在処を意味するが、「胃」まで伴う例は少ない。孟郊「元魯山を弔う十首」其五に「賢人　腸胃潔し、寒日　空しく澄凝たり」とあるのは飢えと結びついた表現。ここは精神的営為を総動員する感じだろう。216「張籍を調る」に「精神忽ち交通し、百怪我が腸に入る」。また揚雄「甘泉の賦」（『文選』巻七）の題解に李善が引く桓譚『新論』には、揚雄が賦を完成させた後「夢腸」が飛び出し、これを内に収めたが翌日に死んだという話を載せる。**繞**　まとう、めぐる。心の中にありとあらゆる物を取り込んでめぐらせる意。但し、孟郊は「汝墳にて従弟楚材の贈らるるを蒙る」詩で「分涙　白日に洒ぎ、離腸　青岑を繞る」、また「淡公を送る十二首」其九で「離腸　師の足に繞い、旧憶　路に随いて延ぶ」と、腸の方が対象にぐるぐると纏わり付く意味の例が有るので、ここも腸が森羅万象にうねうねと纏わっている意の可能性もある。**万象**　宇宙に存在するすべての事物。謝霊運「従いて京口北固に遊ぶ応詔」詩（『文選』巻二二）に「皇心　陽沢を美で、万象　咸な光昭たり」。また『文心雕龍』物色に「詩人の物に感ずるは、類を聯ねて窮まらず、万象の際に流連して、視聴の区に沈吟す」。**94精神**　詩作を戦に見立てる。前句の「腸胃」が身体に直結した即物性をもつのに対して、より知的な活動をいう。**五兵**　五種の兵器。『周礼』夏官・司兵に「五兵五盾を掌る」。鄭玄の引く鄭司農の注に「五兵なる者は、戈・殳・戟・酋矛・夷矛なり」。

95　蜀雄李杜抜　愈　　　蜀雄　李杜抜きんで　愈

96　嶽力雷車轟　　　　　岳力　雷車轟く

蜀の詩豪として李杜が突出する。（韓愈）
五岳のような大きな力を雷のように轟かせて人々を驚かせた。（孟郊）

詩の偉大な力を発揮した先人として、李白、杜甫を挙げる。

95蜀雄　蜀の英雄。次句も含めて、李杜の詩の力、ダイナミズムに焦点をあてる。李白は蜀の人とされ、杜甫も蜀の滞在が長いので、「蜀の雄」というか。**96岳力**　前例は無いが、李杜の偉大さを五岳の雄大さになぞらえたものだろう。**雷車**　雷を鳴らす時に天上で引く車という。西晋・傅玄（ふげん）「雲中の白子高の行（うた）」に「童女　電策を掣し、童男　雷車を挽く」。雷は人に居住まいを正させ、動植物を目覚めさせるものである。ここは李杜の作品の持つ力を喩える。

97　**大句斡玄造**　郊
98　**高言軋霄崢**

大句（たいく）　玄造（げんぞう）を斡（めぐ）らし　郊（こう）
高言（こうげん）　霄崢（しょうそう）に軋（きし）む

［校勘］
97「玄」　潮本、祝本、文本、蜀本、魏本作「元」。

桁外れの句は玄妙な造化の働きに作用してこれを動かし、（孟郊）
頭抜けた言葉は、雲にそびえる山々を摩する。（韓愈）

李杜の詩句が世界を動かし、天の届くほどに高くそびえ立つことをいう。97大句　規格を越えた素晴らしい詩句。孟郊「鄭夫子魴に贈る」詩に「宋玉は大句を逞しくし、李白は狂才を飛ばす」。幹　めぐらす。張華「志を励ます」詩（『文選』巻一九）に「大儀斡運し、天廻り地遊ぶ」とあり、李善注に「斡は転なり」。玄造　霊妙な造化の働き。唐・元結「荒を閔れむ」詩に「令行われて山川改まり、功は玄造と侔し」。98高言　高邁なことば。軋　軋轢を起こすほどに高く登る。霄崢　雲に入るほど高い山。

99　芒端轉寒燠　愈　　芒端　寒燠を転じ　愈

100　神助溢杯觥　　神助　杯觥に溢る

［校勘］

99「愈」　蜀本作「郊」。

筆のきっさきで暑さ寒さも入れ替えてしまい、（韓愈）
神の助けが手にする杯からも溢れてくる。（孟郊）

文学によって造化に参入し、季節をも動かす。そこには人智を越えた神の助力があり、それが溢れるほど豊かに授けられる喜び。

99芒端　筆端、筆の先。「芒」は本来、穀物の穂先。「端」はちょっとした筆さばきで軽々と、といった意味。寒燠　寒さと暖かさ。「玄造を斡らす」の具体例として詩が季節を変えてしまうことをいう。100神助　神明の助力。神懸かり。『詩品』中品・謝恵連には、「（謝霊運）嘗て云う、此の語に神助有り、我が語に非ざるなりと」。また杜甫「韋左丞の丈に贈り奉る二十二韻」に「読書　万巻を破り、筆を下せば神有るが如し」。杯觥　さかずき。「觥」は角製もしくは角を象った大杯。

101 巨細各乗運　郊※　　巨細　各おの運に乗じ　郊
102 湍瀾亦騰聲　　　　湍瀾　亦た声を騰ぐ

［校勘］

101「郊」底本、潮本、祝本、魏本、王本作「愈」。
102「瀾」潮本、祝本、文本、魏本作「湋」。

巨大なものも微細なものも、それぞれ文学世界の運りに乗って活動し、（孟郊）速い流れも遅い流れも、その名をとどろかせた。（韓愈）

李杜から転じて、両者以外の詩人たちがそれぞれ持ち前を発揮したことをいう。「巨細」といい「湍瀾」というのは、大詩人に限定せずに多様な文学を認めているかに見える。

101巨細　大きなものと小さいもの。『列子』湯問に「物に巨細有るか」、040「海水」に「豈に魚と鳥と無からんや、巨細各おの同じからず」とあるのは、物体の大小。ここは『文心雕龍』明詩の「巨細或いは殊なるも、情理は同じく致す」と同様、作者、作品の大小を言うだろう。乗運　文学という宇宙の中で、その動きに乗って活動する意。李白「古風五十九首」其一に「群才　休明に属し、運に乗じて共に鱗を躍らす」。102「巨細」が大小によって作者・作品の多様性をいうのを受けて、水の流れの速い遅いの違いで言い換える。湍瀾　速い流れの水と溜まって濁った水。『孟子』告子上に「告子曰く、性は猶お湍水のごときなり」。趙岐の注に「湍水は圜なり。湍湍として濚る水を謂う」というのは、渦を巻く早瀬。「瀾」は『説文解字』水部に「流れずして濁るなり」とあるのがほとんど唯一の手がかり。騰声　『宋書』謝霊運伝論に「爰に宋氏に逮び、顔謝（顔延之と謝霊運）声を騰ぐ」というように、肯定的なことば。

103 凌花咀粉蕊　愈　　花を凌ぎて粉蕊を咀み　愈
104 削縷穿珠櫻　　　　縷を削りて珠桜を穿つ

［校勘］
103「凌」　魏本作「菱」。
「愈」　底本、潮本、祝本、蜀本、魏本、王本作「郊」。
104「珠」　潮本作「株」。文本、蜀本作「朱」。

花を押し広げて、花粉のついたしべを嚙みしめ、（韓愈）
糸をさらに細く削り、それでサクランボを貫き通す。（孟郊）

自然の中の美しい物にさらに手を加え、文学の世界を再構築する営みをいう。美しい花と可憐な実を配し、自然に大胆かつ繊細な手を加えて作品化することの比喩とする。
103凌花　花を暴力的に押し広げることか。　咀粉蕊　「粉蕊」は花粉のついたしべ。韓愈「進学解」に「英を含み花を咀む」。　104削縷　糸をさらに細くすることか。「縷」は糸だが、柳の細い葉の比喩にも用いられるので、前句の「花」との対応から、細長い葉をイメージするのかもしれない。　珠桜　小さなサクランボ。「珠」は真珠に比していう。南宋・陸佃の『埤雅』釈木・桜桃に「小なる者は珠璣の如し。南人は其の小なる者を語りて之を桜珠と謂う」とある。

105 綺語洗晴雪　郊※　　綺語　晴雪洗い　郊
106 嬌辭哢雛鸎　　　　嬌辞　雛鶯哢る

［校勘］
105「郊」　底本、潮本、祝本、蜀本、魏本、王本作「愈」。
106「雛」　潮本、文本、蜀本、魏本作「鶵」。
「鸎」　魏本作「鶯」。

彩のある言葉は、晴れて輝く雪が景色を洗い清めるように美しく、（孟郊）
愛らしい言葉は、いとけないウグイスのさえずり。（韓愈）

引き続いて詩句について。この聯では表面の華麗さや女性的魅力を備える面をいう。上句が視覚で語るのを受けて、下句では聴覚で対にする。
105綺語　彩のある言葉。東晋の郄超（げきちょう）「法要を奉ず」（『弘明集』巻一三）に「何を綺語と謂う、文に巧言を飾りて、華やかにして実ならず」とあるように、仏教では十悪の一に挙げられるが、ここは文字通り美しい言葉として用いる。**洗晴雪**　雪が外観を一新させることを、新鮮な文学表現の比喩とする。「洗」は洗い清める。「晴雪」は晴れて輝く雪。梁・元帝「江州の百花亭に登りて荊楚を懐う」詩に「柳絮　晴雪飄（ひるがえ）る」。106嬌辞　かわいらしい言葉。**雛鶯**　文字通りには雛鳥のウグイスであるが、小鳥のかわいらしさをいうのだろう。

107　酣歓雑弁珥　愈※　　酣歓（かんかん）　弁珥（べんじ）雑（まじ）り　愈（ゆ）
108　繁價流金瓊　　　　繁価（はんか）　金瓊（きんけい）流（なが）る

［校勘］
107「歡」　魏本作「歌」。
「雜」　潮本、祝本、文本、蜀本、魏本作「新」。
「愈」　底本、潮本、祝本、蜀本、魏本、王本作「郊」。

愉快な宴もたけなわ、貴人たちの帽子や耳玉が入り交じる。（韓愈）
値の張る、金や玉にたとえられる酒が流れるように費やされる。（孟郊）

前句で女性のイメージが現れたのを承けて、賑やかな宴会の描写に移る。貴人が居並ぶ、金に糸目を付けぬ豪華な宴席のようす。
107酣歓　宴席がたけなわとなって楽しさ高まる。　弁珥　高貴な人の帽子と耳玉。身に付ける物によって身分高い人々の集まりであることを示す。　雑　酒席狼藉となって、列席者の席乱れて入り交じる。　108繁価　前例が見当たらないが、「繁」は盛ん、多いの意であるので、高価と同じ意味と解した。　金瓊　金や玉に喩えられる美酒。漢・枚乗「忘憂館の柳の賦」に「爵は献ず金漿の醪」、また『楚辞』招魂に「華酌既に陳び、瓊漿有り」。唐・盧綸の「上巳の日に斉相公の花楼の宴に陪す」詩に「満席　金瓊を羅ぬ」。

109　菡萏寫江調　郊　　菡萏　江調を写し　郊
110　萎蕤綴藍瑛　　　萎蕤　藍瑛を綴る

［校勘］
109「江」　潮本、祝本、文本、蜀本、魏本作「紅」。
110「萎」　潮本作「葳」。

蓮の花のように江南のおもむきを写し、（孟郊）
萎蕤の草のように藍田の玉を連ねる。（韓愈）

「菡萏」「萎蕤」は下三字の様態の比喩。二句は軟質・赤・南方―硬質・緑・北方という対偶構成を含む。
109菡萏　蓮の花。畳韻の語。『詩経』陳風・沢陂に「彼の沢の陂、蒲と菡萏有り」とあり、毛伝に「荷の華なり」、釈文に「未だ開かざるを菡萏と曰い、已に発けるを芙蓉と曰う」と説明する。**江調**　江南の趣。江南の詩歌の調べ。劉鑠「行き行き重ねて行き行くに擬す」詩（『文選』巻三一）に「悲しみは江南の調べに発す」、その李善注に「古楽府の江南の辞に曰う、江南蓮を採るべしと」。なお孟郊は、「陸暢の湖州に帰るを送り、因りて憑りて故人皎然の塔陸羽の墳に題す」詩に「江調は再びは得難く、京塵は徒らに躬に満つ」と詠うのを始め、皎然を中心とした湖州での詩壇の風格を表す語として何度も用いている。110**萎蕤**　038「彭城に帰る」の「文字　萎蕤少なし」のように植物が勢いよく繁るさまをいうのがふつうだが、ここでは「菡萏」と対にして植物の名と解する。畳韻の語。明・李時珍『本草綱目』では玉竹なる竹の別名。**綴**　言葉を書き綴る意味に玉を繋げる意味を生かす。**藍瑛**　藍田の玉。押韻に合わせて「瑛」を用いる。

111 庖霜膾玄鯽　愈　　霜を庖して玄鯽を膾とし　愈

112 淅玉炊香粳　　玉を淅ぎて香粳を炊く

［校勘］

111「膾」　王本作「鱠」。

112「淅」　銭本作「淅」。

霜のような白身を料理してクロフナのなますを作り、（韓愈）

真っ白い玉を洗って香ばしい飯を炊く。（孟郊）

宴席の食事に転ずる。肴と主食という取り合わせは、ご馳走の表現として一般的。二句は「霜」「玄」、「玉」「香」と形容を巧みに重ねて、素材の良さを表現している。

111炰霜　「炰」は料理の手を加える。「霜」は「鯽」の白身の比喩。玄鯽　フナ。珍味をいう。112淅玉　「淅」は米を研ぐ、洗うの意。銭本の「淅」も同じ。「玉」はここは白く艶やかな米を表す。北周・庾信「趙王の米を賚（たま）うに謝するの啓」に「荊台に異なりて玉を炊ぐ」。香粳　香りの良いご飯。「粳」はうるち米。杜甫「閿郷（ぶんきょう）の姜七少府鱠を設く、戯れに贈る長歌」に「軟らかに香粳を炊くは老翁に縁る」（粳は一本には飯に作る）。

113　朝饌已百態　郊
114　春醪又千名

朝饌（ちょうせん）　已（すで）に百態（ひゃくたい）　郊（こう）
春醪（しゅんろう）　又（ま）た千名（せんめい）

朝からご馳走が百の様態、（孟郊）
春に醸しあがった濁酒は千の銘柄。（韓愈）

料理と酒の種類の多さによって豪華な食卓をいう。

113朝饌　朝のご馳走。「饌」は料理を取りそろえたご馳走。白居易「春に遊ぶを夢む詩に和す一百韻」に「朝饌　独盤を饋り、夜醪　百斛を傾く」。百態　さまざまな姿、様子。魏・嵆康（けいこう）「声に哀楽無きの論」に「祇だ千変百態し、各おの一詠の歌を発せしむ」。114春醪　春に醸造ができあがる濁り酒。陶淵明「挽歌に擬する辞三首」其二に「春醪　浮蟻生ずるも、何の時か更に能く嘗めん」。千名　酒の銘柄の多いことをいう。張衡「南都の賦」（『文選』巻四）に、酒ではないが珍味美食について「酸甜の滋味、百種千名あり」という。

115 哀匏蹙駛景　愈
116 洌唱凝餘晶

哀匏(あいほう)　駛景(しけい)を蹙(うなが)し　愈(ゆ)
洌唱(れっしょう)　余晶(よしょう)を凝(こ)らす

〔校勘〕
115「蹙」潮本、文本、魏本作「缺」。祝本作「鈌」。
「駛」潮本、祝本、文本、魏本作「蹙」。蜀本作「缺」。
116「洌」祝本、王本作「冽」。

悲哀を湛えた匏(ほう)の音が過ぎゆく時を急き立て、（韓愈）
凛とした歌声が消えのこる光を固める。（孟郊）

座の音楽に転じる。夕方の情景を描き、終日宴が開かれていたことを表すとともに、名残を惜しむ気持ちを込める。また楽器が促し、歌が留めると言って、両者の持つ方向性の違いを対比する。
115 哀匏　悲しい音色をたてる笙に似た楽器。「匏」は『尚書』舜典にいう「八音」（代表的な八種の楽器）の一つ。駛景　馬が馳せるように速く過ぎ去る光、時間。116 素晴らしい歌声が沈み行く日の光を留めるということだろう。直接の典故は見当たらないが、歌が雲を止める例に『列子』湯問の「節（楽器の一種）を撫して悲歌すれば、声は林木を振るわし、響きは行雲を遏(とど)む」、また宴の最中に沈み行く日を呼び戻す例には左思「呉都の賦」（『文選』巻五）の「魯陽(ろよう)戈を揮いて高く麾(さしまね)き、曜霊（太陽）を太清に迴らす」がある。洌唱　高く澄んだ歌声。

「冽」は冷たい、澄んで清らかの意。「凝」と響きあっている。**余晶**　残っている光。これも前例は見当たらない。「晶」は結晶。粒状の輝きとなって留まっているのである。「冽」「凝」「晶」は冷たく、硬質なものを好む孟郊らしい措辞である。

117　解魄不自主　郊　　解(と)けし魄(たましい)は自(みずか)ら主(つかさど)らず　郊(こう)
118　痺肌坐空瞠　　　　痺(しび)れし肌(はだ)は坐(い)ながらにして空(むな)しく瞠(みは)る

音楽によって身体から抜け出た魂は、自分で制御できない。（孟郊）
しびれがきれた体は、じっとしたまま目を凝らすだけ。（韓愈）

音楽を聴いた反応。二句とも感動で我を忘れて陶酔するというかたちでいうが、上句に対して下句はややユーモラスをまじえる。

117　素晴らしい音楽を聞いて、魂が身体から抜けてぼうっとなる状態。**解魄**　「解」は束縛から解き放つ意。『荘子』在宥に「心を解き神を釈(と)き、莫然として魂無(な)し」。**自主**　自ら管理、制御する。唐・元結「心規」に「王公大人と雖も、亦た自ら口鼻耳目を主る能わず」。118**痺肌**　釘付けになって長時間、耳を傾けていたために、しびれがきれる。嵇康「山巨源に与えて交わりを絶つ書」（『文選』巻四三）に「危坐すること一時にして、痺れて揺るぐこと能わず」。「肌」は皮膚というより肉。**空瞠**　視線を凝らしても焦点が定まらない状態。

119　扳援賤蹊絶　愈　　扳援(ばんえん)　賤蹊(せんけい)絶(た)え　愈(ゆ)

120 炫曜仙選更　　　炫曜(げんよう) 仙選更(せんせんか)わる

［校勘］

120 「曜」 文本、魏本作「燿」。

追いすがろうにも卑しい者には道が途絶え、（韓愈）
光り輝いて、選ばれた仙人のような客たちは次々と現れる。（孟郊）

宴席の場を俗界から隔絶した仙境に見立てる。俗人は交えず、入れ替わる客はみな仙人のように素晴らしいと詠う。

119 扳援　追って呼び戻す。『楚辞』哀時命に「往者は扳援すべからず、来者は与に期すべからず」。賤蹊絶　卑俗な人には到達する道がない。宴にあずかるすべがないの意。120 炫曜　目映く輝く。『楚辞』遠遊に「五色雜りて炫燿たり」とあり、洪興祖の補注に「炫は明なり、燿は照なり」とある。「燿」は「曜」と同じ。067「劉生の詩」に「怪魅炫曜として蛟虬堆し」。仙選　仙人のような選りすぐりの客。梁・元帝「隠居先生陶弘景の碑」に「雲霄の勝賓、大虚の選客」。

121 叢巧競採笑 郊　　　巧(こう)を叢(あつ)めて競(きそ)いて笑(わら)いを採(と)り　郊(こう)
122 駢鮮互探嬰　　　鮮(せん)を駢(なら)べて互(たが)いに嬰(えい)を探(さぐ)る

［校勘］
121「採」 潮本作「取」。

巧みな言辞を凝らして、競い合って笑いを誘おうとし、（孟郊）
新鮮なことばを並べて、お互いに首飾りの珠玉のような句を探る。（韓愈）

宴席の場での談話と詩作。巧妙な話術で笑いを誘い、奇抜な詩句を競い合う。
121 **叢巧** 『後漢書』馮衍伝下に引く「顕志の賦」に「叢巧の世を乱すを悪み、従横の俗を敗るを毒む」とあり、李賢の注に「叢は細（繁細）なり。或いは聚に作り、義も亦た通ず」と言う。ここは言辞の技巧を尽くす意味だろう。 **採笑** 人を笑わせる。前例が見当たらないが「取笑」（笑わせる、笑われる）の言い換えであろう。『後漢書』蓋勲伝に「既に怨みを一州に結ぶに足るに、又た当に笑いを朝廷に取るべし」。 122 **駢鮮** 旧注は『荘子』大宗師の「跰䠲して井に鑑す」に結びつけ、子供が客人をのぞくさまとか、足を引きずるさまとか解する。しかし上句と合わせれば「鮮を駢べ」と読んでいいのではないか。 **探嬰** 「嬰」は「纓」に通じる。首飾り。珠玉のような詩句をいうと解した。

123 桑變忽蕪蔓 愈　　桑変じて 忽ち蕪蔓たり 愈
124 樟裁浪登丁　　樟裁ちて 浪りに登丁たり

［校勘］

124「丁」　王本作「于」。

桑畑が変貌してたちまち荒れ野になり、（韓愈）
樟の木が棺を作るために切られ、その音がむやみにトントンと響く。（孟郊）

世の移り変わり、その無常さを強調する。前句は世の転変、後句は人の死を言うが、棺材が登場するのは新しい。

123桑変　「桑田　滄海に変ず」をつづめた語。東晋・葛洪『神仙伝』麻姑に「麻姑自ら説きて云う、接侍して以来、已に東海の三たび桑田と為るを見る」。　蕪蔓　耕地が荒れ果てたさま。双声の語。意外に用例は遅く、杜甫「文公に上方に謁す」詩に「甫や南北の人、蕪蔓　耘鋤少なし」が早い例。124樟　くすの木。香りがあり木目が細かいので良木とされる。『後漢書』礼儀志下に「諸侯王、公主、貴人は皆な樟棺」とあり、高貴な人の棺桶として用いられた。　裁　断ち切る。切って器物を作ることをいう。　浪　むやみに。木を切る音ばかりが高く響く空しさを表す。　登丁　木を切る音の形容。双声の語。前例は見当たらないが、『詩経』大雅・緜に「之を築きて登登たり」、その毛伝に「登登は力を用うなり」、また小雅・伐木に「木を伐ること丁丁たり」、その毛伝に「丁丁は木を伐る声なり」とあるのを合わせたものだろう。

125霞闘詎能極　郊　　霞闘　詎ぞ能く極めんや　郊
126風期誰復賡　　　風期　誰か復た賡がん

［校勘］
125「極」　潮本、文本、蜀本作「拯」。
126「誰復」　潮本、祝本作「復誰」。

茜雲のように美しい詩文の闘い、それはどこまで行くことだろう。（孟郊）
風雅な趣き、誰がまたそのあとを受け継ぐのだろうか。（韓愈）

風流な詩会は過去のものとなり、今となっては知るすべもなく、あとを継いで行う人もいないと詠嘆する。
125**霞闘**　「霞」は日出、日没の際の赤く染まった雲。美しさの喩えに用いる。「闘」は闘わせること、競い合うこと。オーロラのような美しい動きを想像させる。　**詎能極**　「極」は高みに到達する。それを確かめようもないという意。　126**風期**　高尚な気風。『晋書』習鑿歯伝に「其の風期の俊邁なること此の如し」。　**賡**　継承する。韓愈「上巳の日、太学に燕し、琴を弾くを聴く詩の序」に「之に賡ぐに文王宣父の操を以てす」。

127 皐區扶帝壤　愈　　皐区(こうく)　帝壌(ていじょう)を扶(たす)け　愈(ゆ)
128 瓌蘊郁天京　　瓌蘊(かいうん)　天京(てんけい)を郁(さか)んにす

［校勘］
128「瓌」　銭本作「瑰」。

このめでたき地域は王土を支え、（韓愈）
美質や才知が天の都を盛んにする。（孟郊）

優れた詩会に象徴される文化の高さから、帝城の賛美へと展開する。

127 皋区　張衡「西京の賦」（『文選』巻二）に「寔に惟れ地の奥区（深奥の区域）・神皋（神々しい地帯）なり」というのにもとづき、神聖な地をいう。　帝壌　皇帝のいます地、みやこ。唐・王勃「九成宮頌」に「時和を帝壌に詠ず」。　128 壌蘊　前句の「皋区」が「神皋奥区」の略なので、こちらの「壌」「蘊」も並列と見る。「壌」は傑出していること、「蘊」は貯えられていることで、いずれも才能の高さを言う。　郁　薫り高いさま、盛んなさま。
天京　都。李白「梁園より敬亭山に至る」詩に「粲粲たる呉と史と、衣冠　天京を耀かす」。

129 祥色被文彦　郊　　祥色　文彦を被い　郊
130 良才插杉檉　　　　良才　杉檉を挿す

［校勘］
130「才」　潮本、祝本、文本、蜀本、魏本作「材」。

めでたい気色が文学に秀でた俊才を包みこみ、（孟郊）
すぐれた人士が杉や檉の枝を挿す。（韓愈）

土地の賛美からそこに集う人々の賛美へと繋げる。祝福された人々の福気をいうのであろう。
129祥色　めでたい気色。「瑞色」であれば普通で、唐・高宗「太子妃を納め、太平公主は出降す」詩の「玉庭瑞色浮かぶ」など。これの言い替えであろう。被　覆う、及ぶ。文彦　「彦」は『詩経』鄭風・羔裘の「邦の彦なり」の毛伝に「士の美称」とある。孟郊「包祭酒に上る」詩に「岳岳たり（そびえ立つ）冠蓋の彦、英英たり（傑出した）文字の雄」と詠うのに近いだろう。130挿杉檉　「檉」はギョリュウという木。『詩経』大雅・皇矣に「之を啓き之を辟くは、其れ檉　其れ椐」。毛伝に「檉は河柳なり」。梁・江淹「草木頌十五首」のなかに「杉」「檉」が並べて挙げられている。それには「杉」はひときわ高く聳えること、「檉」は冬にも青々と茂ることが讃えられる。貴人たちが杉や檉といった嘉木の枝を冠に挿すことをいうか。

131　隠伏饒氣象　愈
132　興潜示堆坑

隠伏して気象饒かに　愈
興潜して堆坑を示す

隠れ伏して、気は豊饒に溢れる。（韓愈）
興りまた潜んで、丘や谷をはっきりと示す。（孟郊）

都にふさわしい気の豊かさ、そしてその動きから生まれる自然の有様が詠われる。
131隠伏　隠れて外にあらわれない。『周易』説に「坎を水と為し、溝瀆と為し、隠伏と為す」。気象　自然界に充満する気。120「士を薦む」に「気象　日びに凋耗す」。132興潜　興り、また潜む。その主体は帝都を包む「気」。「潜興」の例は、西晋・傅玄「晋四廂楽歌」其十に「風化の潜み興ること、雲の如く雨の如し」。堆坑　丘と谷。

「堆」は司馬相如「上林の賦」（『文選』巻八）に「穹石に触れて堆埼を激す」、郭璞の注に「堆は沙堆なり」（『漢書』司馬相如伝上の顔師古の注では「高阜なり」）とある。また「坑」は土地の窪んだところ、谷を言う。

133　擘華露神物　郊　　華を擘きて神物を露わし　郊
134　擁終儲地禎　　　　終を擁して地禎を儲う

華山を裂き開いて神霊を顕現させ、（孟郊）
終南山を抱きかかえて大地の福をなかに貯める。（韓愈）

この地のめでたい気の働きは、名山に宿る神霊を顕現させたり貯蔵したりする。

133擘華　張衡「西京の賦」（『文選』巻二）などに、巨霊が華山を押し開いて黄河を通したという言い伝えが見える。114「南山詩」第69句注参照。**露**　顕す。「擘」と呼応して、裂いて中身を出すというダイナミックな動きが巧みに描かれている。**神物**　神霊、またはその霊妙な働き。『周易』繫辞伝上に「是の故に天は神物を生じ、聖人は之に則る」。134擁終　「終」は終南山。終南山を抱きかかえる。**儲**　対の「露」が外に顕現するのと反対に、内部に蔵する、秘める。**地禎**　「禎」は吉祥の意。大地の幸、めでたさ。

135　訏謨壮締始　愈　　訏謨　締の始まりを壮にし　愈
136　輔弼登階清　　　　輔弼　階の清きに登る

［校勘］

135「訏」　銭本作「訐」。

大いなる計は力強く国を動かし始め、（韓愈）
天子を支える大臣たちは、朝階の気高い場所に登る。（孟郊）

帝都を守る山々から、朝廷の施策や大臣の立派さに移る。神に見守られて優れた政治の行われるめでたさ。

135**訏謨**　帝王の偉大なはかりごと。畳韻の語。『詩経』大雅・抑に「訏謨　命を定め、遠猶（遠い将来の計画）辰に（しかるべき時）告ぐ」。毛伝に「訏は大なり、謨は謀なり」。**締始**「締」は国家を作り上げること。国家運営の始まり。左思「魏都の賦」（『文選』巻六）に「而して是れ有魏　開国の日、締構の初め」。136**輔弼**　天子を補佐する臣下。双声の語。『国語』呉語に「昔吾が先王には、世よ輔弼の臣有り」。**登階清**「登階」は朝堂の階上に登ること。唐・李華「含元殿の賦」に「輦を降りて階を登り、微かに玉声を聞く」。「清」は気高く枢要なこと。『南史』徐陵伝に「清階顕職は選に由らず」。

137　坌秀恣塡塞　郊　　坌たる秀は塡塞を恣にし　郊
138　呀靈滀渟澄　　　　呀たる霊は渟澄を滀む

［校勘］

138「滀」　王本作「畜」。

湧き立つ秀でた気はほしいままに一帯を埋め、（孟郊）
地上の霊気を空にしてそこに清らかな水を蓄える。（韓愈）

上句は山、下句は水。山水が秀麗の気から生み出される造化の働きを讃える。
137坌　湧き上がる様子。孔融「禰衡を薦むる表」（『文選』巻三七）に「溢るる気は坌涌たり」、李善注に「坌涌は涌く貌」とある。秀　秀でた気。山の高く秀でた様子を言う。孟郊「華厳寺の楼に登りて終南山を望み林校書兄弟に贈る」詩に「勢は万象の高きを呑み、秀は五岳の雄なるを奪う」。塡塞　埋める。一杯にする。『後漢書』五行志一に「董卓は多く胡兵を擁して街衢を塡塞す」。138呀霊　「呀」は班固「西都の賦」（『文選』巻一）に「周池を呀しくして淵を成す」、李善注に「呀は大いに空しき貌」、五臣注に「呀は大なり」。韓愈「宴喜亭の記」に「陥つる者は呀然として谷を成す」。上句に合わせれば、「呀霊」は大いなる霊といった意か。滀　集める。木華「海の賦」（『文選』巻一二）に「潤濆淪として（水は乱れ）滀漯す（集まる）」。渟澄　溜まった澄んだ水。唐・元結「五如石銘」に「又た瀧の如き者、泉は渟澄たるべし」。

139 益大聯漢魏　愈　　益ます大にして漢魏に聯なり　愈
140 肇初邁周嬴　　肇初　周嬴を邁ぐ

［校勘］
139「聯」　潮本、祝本、文本、魏本作「連」。

140「嬴」　蜀本作「羸」。

いよいよ盛大になって漢、魏にまで続き、（韓愈）
そもそもの始まりは遠く周、秦を越える昔のこと。（孟郊）

帝都を巡る山水の秀抜さを描いたことを受け、城南の地に栄えてきた名族の描写へと転じる。その歴史の長さ、活躍の大きさを述べるが、時間軸を逆にして対としている。

139益大　子孫がいよいよ繁栄する。韓愈「唐の故の贈絳州刺史馬府君の行状」に「晋亡びて趙氏　諸侯と為り、其後の益ます大にして、斉楚韓魏燕と六国と為す」。140肇初　始まり。揚雄「皇后の誄」に「肇初元に配され、天命是に将く」。邁　越える。『三国志』魏書・高堂隆伝に「三王は邁ゆべく、五帝も越ゆべし」。周嬴　朝代の周と秦。周秦であれば普通だが、韻の関係で秦をその姓である「嬴」で表したもの。

141　積照涵徳鏡　郊　　照を積みて徳鏡を涵し　郊
142　傳經儷金籯　　　　経を伝えて金籯に儷ぶ

英知の光を蓄えて徳を表す鏡をたっぷりと潤し、（孟郊）
経書の学を伝えるのは黄金を詰めた箱に匹敵する。（韓愈）

城南にまつわる名族、杜氏と韋氏についての叙述。明知と徳を備え、家学ともいうべき儒学を身につけて高い地位を得た繁栄をいう。表現のうえでは漢の杜延年・韋賢の事を用いるが、実際に指すのは同時代の杜佑・韋安石。城南の韋曲・杜曲には、韋安石と杜佑の別業があり、その栄華は「城南の韋杜、天を去ること五尺」と称された（『山堂肆考』など）。名家の繁栄を、初めのこの二句では有徳、学問など内実の充実から語り起こすが、以下の句で、私生活の贅沢、庭園の見事さなど、物質的な華麗ぶりを繰り広げるのは、漢の京都の賦以来のかたちを踏襲する。なお後年の作212「城南に遊ぶ十六首」の一首に「韋氏の荘に題す」があり、そこでは昔日のおもかげを失った荒廃ぶりをうたう。

141 『韓集校詮』では、漢の杜延年が宣帝を立てて、漢室の中興をもたらしたことを言うと見る。下句の韋賢の故事ほど明瞭ではないが、城南の韋杜の叙述が続くので、その説に従う。積照　「照」は物事を正しく照らす光、英知。それを積み蓄える。梁・劉孝綽「雪に対す」詩に「浮光　粉壁に乱れ、積照　彤闈に朗たり」。涵　映る。潤す。『雲笈七籤』巻五「唐の茅山の昇真王先生」に「先生は浩気虚懐にして、語黙一致し、照を涵すこと鏡の如く、物に応じて私する無し」。徳鏡　持っている徳が鏡のように明らかに輝くこと。『法苑珠林』巻一六・納妃部・灌帯に「長安西明寺の道宣律師なる者は、徳鏡なる玄流（僧侶）にして、業高く清素たり」。142　一句は漢・韋賢の故事を用いる。『漢書』韋賢伝に「（韋賢の）少子玄成、復た明経を以て位を歴て丞相に至る。故に鄒魯の諺に曰く、子に黄金万籝を遺すは、一経に如かず」。その如淳の注に「籝は竹器、三四斗を受く。今、陳留の俗に此の器有り」。蔡謨の注に「満籝なる者は、其の多きを言うのみ、器の名に非ざるなり。若し陳留の俗を論ずれば、則ち我は陳人なり。此の器有るを聞かず」。顔師古は『説文解字』、揚雄『方言』を引いて「筐籠の属」と説き、また「盈」に作る本もあることから「盈満の義」として、いずれも通じるという。ここでは「鏡」との対から箱の意にとる。伝経　杜甫「秋興八首」其三に「匡衡　疏を抗げて功名薄く、劉向　経を伝えて心事違う」。杜甫の句が劉向から劉歆への伝授をいうように、ここでは韋賢から韋玄成への伝授をいう。儷並ぶ、同等の価値をもつ。漢・揚雄『法言』君子に「昔　顔淵は退を以て進と為す、天下　儷ぶもの鮮なし」。

143　食家行鼎鼒　愈　家に食らいては鼎鼒を行い　愈
144　寵族飫弓旌　族を寵して弓旌に飫かしむ

家での食事にも鼎や鼒の巨大な器を使い、（韓愈）
一族に及ぶ天子の寵愛で、高い位を存分に堪能させる。（孟郊）

韋氏杜氏の繁栄の様を描く。「食（物質）」と「寵（官位）」を対とし、富と貴とを表す。「鼎鼒」「弓旌」という象徴的な語は、格式の高さを伝える一方で、その繁栄を類型化させる働きも持つだろう。143食家『周易』大畜に「利貞、家食せず、吉」というのは、家居の身を離れて仕官することをいうが、ここでは出処の対比ではなく、公的な宴席でない、家での日常の食事でさえ、かく豪華であるという。行『周礼』天官・庖人に「凡そ禽獣を用いるは、春は羔豚を行う」、その賈公彦の疏に「行と言う者は、義は用と同じ」というように、「用いる」の意。鼎鼒「鼒」はおおがなえ。『詩経』周頌・糸衣に「羊自り牛に徂く、鼒鼎及び鼒」。毛伝に「大鼎は之を鼐と謂い、小鼎は之を鼒と謂う」。144寵族　天子の寵愛を受ける一族の意味にもなりうるが、ここは前句との対から動賓構造に解した。司馬遷「任少卿に報ずる書」（『文選』巻四一）に「日を積み労を累ねて尊官厚禄を取り、以て宗族交遊の光寵を為すこと能わず」。飫　飽き足りる。『左伝』襄公二十六年に「是を以て将に賞して之が為に膳を加えんとす、膳を加うれば則ち賜に飫く」、杜預注に「飫は饜なり」とある。弓旌　弓と旗。賢者を招く際に用いる。『左伝』昭公二十年に「昔我が先君の田するや、旃は以て大夫を招き、弓は以て士を招き、皮冠は以て虞人を招く」、また『孟子』万章下に「敢えて問う、虞人を招くは何を以てするか。曰く、皮冠を以てす。庶人は旃を以てし、士は旂を以てし、大夫は旌を以てす」。ここは招請されて与えられる官位の意。

145 奕制盡從賜　郊
146 殊私得逾程

奕制（えきせい）尽（ことごと）く賜（たま）わるに従（したが）い　郊（こう）
殊私（しゅし）程（てい）を逾（こ）ゆるを得（え）たり

［校勘］
145「奕」潮本、祝本、蜀本、魏本、王本作「弈」。
146「逾」文本作「愈」。
「程」蜀本作「陳」。

輝かしい詔勅によってすべて天子から賜わるがまま、（孟郊）
破格の恩沢、規定を超えるほどにいただく。（韓愈）

韋杜両家が天子の覚えめでたく、類を見ない愛顧を得たことを述べる。ここでは批判を加えることなく、単にこの地にまつわる話柄をかくもめでたい覚えありとして取り上げている。

145奕制　熟語としての前例は見当たらない。「奕」は大いなるさま、盛んなさま。『詩経』大雅・韓奕に「奕奕たる梁山」、毛伝に「奕奕は大なり」。「制」は天子の下す詔勅。蔣之翹の注に「奕制は上の二句の事を指す。言うこころは此れ皆な君従（よ）り賜う所なり」と言う。なお兪樾は「奕」を「弅」（異の古字。通常と異なる特別なという意味になる）の誤りと見る。下句の「殊私」との対からは「異制」でも通じる。146殊私　天子が臣下に下す特別の恩寵。たとえば白居易「雲生じて日蝕を見ざるを賀する表」に「臣等　幸いに昌運に遭い、謬ちて殊私を荷う」など、謝表などの公用文書で常用の語。

147　飛橋上架漢　愈　　飛橋　上りて漢に架かり　愈
148　繚岸俯規瀛　　　　繚岸　俯して瀛を規る

［校勘］
148「規」　潮本、祝本、文本、蜀本、魏本作「窺」。

高々とそびえ立つ橋は、上にあがって天の河に架かり、（韓愈）
うねうねとめぐる岸は、俯き見れば大海をまるい池としている。（孟郊）

天子の恩寵による賜わり物の代表として、以下贅を凝らした第宅を取り上げる。二句はその庭園に天漢と大海を取り込んでいる様子を描く。

147飛橋　高所に掛かる橋。『後漢書』西域伝・大秦に「又た飛橋数百里有り」。梁・徐陵「簡文帝の山斎に和し奉る」詩に「架嶺　金闕を承け、飛橋　石梁に対す」。架漢　「漢」は天の河。『詩経』小雅・大東に「維れ天に漢有り」、その毛伝に「漢は天河なり」。唐・王勃「乾元殿頌」其五に「千間　漢に架かり、雲を韜し日を閟ざす」。148繚　曲がりめぐる。ぐるりとめぐらす。班固「西都の賦」（『文選』巻一）に「繚らすに周牆四百余里を以てす」、李善注に「繚は猶お繞のごときなり」。俯　うつむく。庭園の美を享受する人の動作であるだけでなく、前句の「上」とともに方向の上下を示す対ともなっている。規　まるく線を引く。区切る。『漢書』東方朔伝に「今規して以て苑と為し、陂池水沢の利を絶ちて民の膏腴の地を取る」。瀛　池の中央部。『楚辞』招魂に「沼に倚り瀛に畦して遥かに博を望む」、王逸注に「瀛は池中なり。楚人は池沢の中を名づけて瀛と曰う」。また大海の意味もある。後漢・王充『論衡』談天に「九州の外、更に瀛海有り」。前句の「漢」に対応するので、ここは両方の意味を重ねているだろう。

149　瀟碧遠輸委　郊　　瀟碧　遠く輸委し　郊
150　湖嵌費攜擎　　　　湖嵌　攜擎を費やす

［校勘］
150「湖」　潮本、文本、蜀本作「胡」。
「擎」　文本作「檠」。

瀟江のみどりの水を遠くここに流れ集め、（孟郊）
太湖のごつごつした石をわざわざ引っさげて運んできた。（韓愈）

庭園の構成要素である石と水、それが遠い南の地から運ばれた物であるとして価値を高める。もっとも唐代の庭園はふつう江南の風景を模すものであった。ここに「瀟」「湖」という南方の湖水を挙げることによって、遥かな地への思いが伴い、詩に広がりをもたらす。

149 **瀟碧**　「瀟」は瀟江。湘江とともに流域に景勝地が多い。「碧」は水の色。瀟湘の水の碧について、孟郊は「瀟湘の水は空しく碧なり」（「湘妃怨」）、「千峰　碧湘に映ず」（「南岳の隠士を懐う二首」其二）など、しばしば詠っている。なお韓醇は二字で竹の譬喩と見ている。　**輸委**　水が流れ集まる。熟語としては「委輸」が一般的。木華「海の賦」（『文選』一二）に「於廓いなるかな霊海、長く委輸を為す」、また唐・駱賓王「江南に在りて宋五之問に贈る」詩に「淪波　地穴に通じ、委輸して帰塘に下る」。150 解しがたいためか、字の異同があるが、とりあえずこのまま読み、太湖石をうたうと解する。　**湖嵌**　太湖石の愛好はこの時期から始まる。白居易の詩には「太湖石」と題する詩など頻見。「湖」は太湖。「嵌」は穴が空いたり、またそのために表面がごつごつしたさま。

携擎　「携」は手にさげる。「擎」は手にささげあげる。南方から太湖石を運んでくる。ちなみに白居易の洛陽履道里の庭園にも蘇州から運んだ太湖石があった（「池上篇」序）。

151 萄苜従大漠　愈　　萄苜　大漠従りし　愈

152 楓櫧至南荊　　楓櫧　南荊より至る

［校勘］

151「漠」　潮本、祝本、文本、蜀本、魏本作「漢」。

ブドウやウマゴヤシは大砂漠から、（韓愈）

トウカエデやイチイガシは南方の荊州からもたらされる。（孟郊）

庭園の珍しい植物を取り上げ、それらが遠方の各地から届けられたものであることを詠う。前句は草、後句は樹木で対応させ、かつ中原とは異なる風土である砂漠と南方とを挙げて、ここにあらゆる植生が網羅されていることを示す。

151**萄苜**　葡萄と苜蓿。ともに漢の武帝の時に西域からもたらされた植物。『漢書』西域伝・大宛国に「漢使　蒲陶（葡萄）・目宿（苜蓿）の種を采りて帰る」。**大漠**　西域の砂漠地帯。王維「使いして塞上に至る」詩に「大漠　孤煙直に、長河　落日円かなり」。152**楓櫧**　いずれも木の名。司馬相如「上林の賦」（『文選』巻八）に上林苑中の珍しい樹木を挙げるが、その中に「沙棠櫟櫧、華楓枰櫨」とある。**南荊**　荊州。中国の南部であるのでこう言う。『後漢書』袁術伝に「劉表は僭して南荊を乱す」、嵇康「琴の賦」（『文選』巻一八）に「南荊を進め、西秦を発す」。

153　嘉植鮮危朽　郊　　嘉植　危朽鮮なく　郊

154　膏理易滋榮　　　　膏理　滋栄し易し

［校勘］

154「理」　潮本、文本、蜀本、魏本作「埋」。

めでたい植物には、傾いたり枯れたりしたものは見あたらず、（孟郊）

つややかで筋目が通っていて、じょうぶで育てやすい。（韓愈）

園内の植物が傷むこともなく、元気に育っていることをいう。植物の繁茂は当然ながらその家の繁栄を反映するものである。またそれは天の恩恵を受けたものでもある。

153**嘉植**　前二句の葡萄、苜宿、楓、櫧を代表とする、庭園中の珍しい植物を言うのだろう。直接の用例ではないが、孟郊「蘇州の韋郎中使君に贈る」詩に「嘉木　性植に依り、曲枝　亦た生ぜず」は同じ意味の例。**鮮稀**　である。滅多にない。**危朽**　傾き、朽ちかかる。建物の例だが、『法苑珠林』攝念篇・引證部に「彼の空舎の危朽腐毀するを見る」とある。154**膏理**　光沢があり、きちんと筋目が通っている。『周礼』地官・大司徒に土地それぞれの物産を記して、「二は川沢と言う。其の動物は鱗物に宜しく、其の植物は膏物に宜し」。鄭玄注に「鄭司農云う、膏物は楊柳の属を謂う。理致にして且つ白きこと膏の如し」。これによれば植物の形状をいうが、「滋栄し易し」から読めば、栽培に適した、きめ細かく滋養に富む土をいうとも解しうる。**滋栄**　植物が勢いよく茂る。張衡「帰田の賦」（『文選』巻一五）に「原隰鬱茂し、百草滋栄す」。

155　懸長巧紐翠　愈　　長きを懸けて巧みに翠を紐び　愈

156　象曲善攢珩　　曲がれるを象りて善く珩を攢む

長い線が垂れ下がって、器用に翡翠の枝を結んでいる。（韓愈）
曲線を描いて、上手に珩玉を集めている。（孟郊）

苑中の植物の形容。「長」と「曲」を対比させて、形の美しさ、面白さを描く。自然物の形状に巧まざる技巧を見つけるのは、韓孟の自然観察の特徴か。それは自然のなかに人為との類似を認め、自然に親近感を覚える態度のあらわれである。

155 黄鉞が「垂柳を状するに似る」というのにとりあえず従う。ただし銭仲聯は「糸瓜」であるかもしれないという。 **懸長** 柳が長い枝を垂らしているさま。 **紐翠** 「紐」が読みにくいためか、方崧卿『韓集挙正』巻三に引く閣本では字形の近い「細」に作るが、それでは下句と対にならないし（もっともこのあたり、対でない二句が少なくない）、一句の句作りもわかりにくい。しなやかに垂れ下がる柳の枝が上部で一つに束ねられたさまをいうのか。あるいは伸びた枝先が柔らかくて結べそうなさまをいうのか。 156 前句が柳を描くとすれば、こちらは蔓状に延びて円い実を沢山付ける植物、たとえば葡萄を意識するだろう。銭中聯は実の形状から枳椇（きく）であろうと言う。西晋・崔豹『古今注』草木に「枳椇子は一名樹蜜、一名木餳、実の形は拳曲し、核は実の外に在り」とある。 **攢** 集める。112「納涼聯句」に「皓として玉璞を攢むるが若し」。 **珩** 佩玉の上部に用いられる玉。『国語』晋語二に「白玉の珩六双」、韋昭注に「珩は佩上の飾りなり。形は磬に似て小さし」とある。枳椇であれば形状は近いが、ここは韻の関係で璧などの代わりに用いられた可能性もあり、円形の実でも直ちに差し支えるわけではない。実が集まった様子からは葡萄もふさわしい。

157 魚口星浮沒 郊　　魚口（ぎょこう） 星（ほし） 浮沒（ふぼつ）し 郊（こう）

158 馬毛錦斑騂　　馬毛（ばもう） 錦（にしき） 斑騂（はんせい）たり

［校勘］

158 「斑」 文本、蜀本作「班」。

魚の口から沫が星のように吐き出されて浮いたり消えたりし、（孟郊）
馬の毛は斑の赤毛が錦模様を作る。（韓愈）

庭園の描写が豪華さから離れて、「城南聯句」らしく、しだいに微細な物の注視へと移る。とりあえず魚・馬を描写したものとして訳出したが、それでは庭の池の魚、庭につながれた馬という、取り合わせの無理を免れない。おそらく「魚口」「馬毛」は何らかの植物の部分を比喩したものであろうが、それがどんな植物のどんな形状の比喩か、想定しがたい。

157**魚口**　魚の口。古楽府「烏生」に「鯉魚は乃ち洛水の深淵中に在るも、釣鉤は尚お鯉魚の口を得」。**星**　魚の吹き出す沫を喩える。南宋・陸佃『埤雅』の鮒に関する記述に「沫を吹くこと星の如し」と見えるが、前例は見出せない。**浮没**　浮いたり没したり。北宋・欧陽脩「暑さを病むの賦」に「星辰の浮没を覧、日月の隠蔽せらるを視る」。158**馬毛**　馬の毛。南朝宋・鮑照（ほうしょう）「薊（けい）の北門自り出ずる行に代う」に北方の厳しい寒さを描いて、「馬毛　縮みて蝟（ハリネズミ）の如く、角弓　張るべからず」。**錦**　馬の毛の模様をいう。**斑騂**　「騂」は赤、牛馬の赤毛。「斑騂」は赤毛のまだらをいうのだろうが、用例を見ない。

159　五方亂風土　愈
160　百種分鉏耕

五方（ごほう）　風土（ふうど）を乱（みだ）し　愈（ゆ）
百種（ひゃくしゅ）　鉏耕（しょこう）を分（わ）かつ

［校勘］

160「鉏」 潮本、祝本、文本、蜀本、魏本作「鋤」。

国の東西南北と中央、それぞれの風土がこのなかに入り乱れ、（韓愈）
様々な植物は、それぞれに分けて植え育てられている。（孟郊）

庭園の中にさまざまな植物が混じり合い、かつそれらがきちんと分けて植えられていることを詠う。国中の様々な植生が集められ、入り乱れていながら、それぞれがふさわしいやり方で植えられいるという見事さ。
159五方　東西南北と中央。『礼記』王制に「五方の民、皆な性有るなり。推移すべからず。……五方の民、言語通ぜず。嗜欲同じからず」。班固「西都の賦」（『文選』巻一）に「都人士女、五方に殊異す」。乱　異なるものが混じり合う。多様な状態であって、無秩序という否定的意味は薄い。風土　地理気候。『国語』周語上に「是の日、瞽帥・音官、以て風土を省る」。160百種　百穀の種。『礼記』郊特牲に「百種を祭りて以て嗇に報ず」。ここでは多くの植物を言う。鉏耕　鉏き耕す。植えて育てることを言う。『史記』亀策列伝に「耕し耰し、鉏き耨る」。

161 葩蘖相妬出　郊　　葩蘖　相い妬みて出で　郊
162 菲茸共舒晴　　　　菲茸　共に舒び晴る

［校勘］
161「蘖」 潮本、祝本、蜀本、魏本作「孽」。
162「晴」 祝本作「睛」。王本作「情」。

花と芽とは妬み合うように伸び出、（孟郊）
香り立ち咲き誇り、一斉に生え茂って晴れやかさが溢れる。（韓愈）

城南の地の植物。その生命力の奔出をとらえる。両句とも擬人化することによって植物そのものの勢いがいっそうあらわになる。

161**葩蘖**　「葩」は花、「蘖」はひこばえ、新芽。ともに植物の美しさ、若々しさを感じさせるもの。それ故に嫉妬し合うという表現に結びつくのだろう。**相妬**　妬み合う。孟郊「嬋娟篇」に「漢宮に寵を成すは多時ならず、飛燕婕妤は相い妬嫉す」。162**菲茸**　香りを振りまき、勢いよく伸びるさま。用例を見ないが、「菲菲」「茸茸」を二字にまとめた語か。「菲菲」は香り立つさま、「茸茸」はゆたかに茂るさま。『楚辞』離騒に「芳菲菲として其れ弥いよ章か」、王逸の注に「菲菲は猶お勃勃のごとし。芬香の貌なり」。唐・張籍「花を賦す」詩に「宛宛として清風起こり、茸茸として麗日斜めなり」。あるいは上句に合わせて「菲」を花、「茸」を芽と取る可能性もあるが、かなり無理がある。**舒晴**　元気よく伸び、明るさをあたり一面に繰り広げる、と読んでおく。

163 類招臻倜詭　愈
164 翼萃伏衿纓

類招きて　倜詭に臻り　愈
翼萃まりて　衿纓を伏す

［校勘］
164「翼」　潮本作「翠」。

「衿」 文本作「襟」。

様々なたぐいのものたちが招き寄せられる、並外れたものまでもが。（韓愈）
鳥たちも集まって首を伏せて帰属する。（孟郊）

この庭園には、植物に限らず、珍しい動物たちも集まって来ていることを言う。

163**類招** 「類」は種類。『戦国策』楚策四に「黄雀は……夫の公子王孫、左に弾を挟み、右に丸を攝り、将に己に十仞の上に加えんとし、其の類を以て招を為すを知らず」。『戦国策』では「おとり」のこと。 **倜詭** 倜儻詭異を二字につづめた造語。並外れ、奇異。 164**翼萃** 「翼」はここは広く鳥類を指す。言葉の上では司馬相如「長門の賦」（『文選』巻一六）の「翡翠は翼を脅めて来たり萃る」を意識する。 **衿纓** 『礼記』内則の「婦の舅姑に事うるは父母に事うるが如くす。……纓を衿び屨に綦す（ひもをつける）」との例は知られるが、ここの「纓」は枚乗「七発」（『文選』巻三四）に「翠の鬣に紫の纓」とあり、李善注に「纓は頸毛なり」と記すのに従い、「衿」とあわせて頸から胸元にかけての羽毛を言うと解する。それを「伏」せることで帰属の意を示すのだろう。

165 **危望跨飛動** 郊　　危望 飛動に跨り 郊
166 **冥升躡登閎**　　冥升 登閎を躡む

［校勘］
166 「登」 文本、蜀本作「豋」。

高くから眺めようと、飛び立ちそうな高い建物に跨り、（孟郊）
大空に登って、高々とした場所を踏まえる。（韓愈）

城南の楼台に登る。水平を離れて高みへと移動する。高所のもつ勢い、危うさを大げさに語る。165**危望**　高所から遠くを眺める、またその視線。孟郊「元魯山を弔う十首」其八に「視を刷して危望を聳やかす」。**跨**　乗る。身を置く。**飛動**　飛び動く。前二句の禽獣への連想を持ちつつ、高く聳える建物の持つ勢いを表すのだろう。166**冥升**　高い大空に登る。語は『周易』升に「上六、冥升、不息の貞に利あり」を用いる。**登閎**　揚雄「校猟の賦」（『漢書』揚雄伝上）に「五帝の寥廓を歴、三皇の登閎を渉る」。顔師古の注に「登閎は高く遠きなり」。

167 春游轢靃靡　愈
168 彩伴颯婺嫇

春游（しゅんゆう）　靃靡（すいび）を轢（ふ）み　愈（ゆ）
彩伴（さいはん）　婺嫇（おうぼう）を颯（う）ごかす

［校勘］
168「嫇」　文本下有小字「愈」。

春の野歩き、風になびく草花を足に踏み、（韓愈）
鮮やかに装って連れだつ人々は、初々しい美しさをふりまく。（孟郊）

高楼から見晴らしたのを受けて、下を歩く人々に転じ、踏青の様子を描く。春の行事としてありふれた踏青だが、それを見慣れぬ表現を用いて新鮮な光景に作り替えている。

167春游　春の日の行楽。陸機「日出東南隅行」（『文選』巻二八）に「冶容　詠ずるに足りず、春游良に歎ずべし」。**轢**　車でひくように上を踏みにじる。**靃靡**　草花が風にやわらかくなびくさま。畳韻の語。『楚辞』招隠士に「蘋草　靃靡たり」。王逸の注に「風に随いて披敷す」。**168彩伴**　連れだって踏青に赴く美しい衣装の女性を言うのだろう。**颯**　風の音、また風が物を吹く意。ここは風が物を揺らすように、あたりに振りまく意と解した。**嫈嫇**　女性の初々しい美しさ。畳韻の語。唐・張鷟「遊仙窟」に「嬌を含みて窈窕として迎えて前み出で、笑いを忍びて嫈嫇として返りて却き迴る」。

169　遺燦飄的皪　郊　　遺燦　的皪たるを飄し　郊

170　淑顔洞精誠　　　　淑顔　精誠洞く

女性たちが残した輝きは、キラキラとした明るさを風に乗せて散らせたよう、（孟郊）
美しいかんばせには、純真さがそのままあらわれている。（韓愈）

春の野に遊ぶ女たちを描く。上句は外に発散する輝き、下句は内面のあらわれ、といったように分けられる。

169遺燦　女性の輝きが振りまかれ、あとに残されたということだろう。「遺」はあとに残ること。「燦」は明るいさま。088「杜侍御に陪して湘西の両寺に遊び……」に「山楼　黒くして月無く、漁火　燦きて星のごとく点ず」。

飄　風に乗ってひるがえる。**的皪**　キラキラと輝くさま。畳韻の語。司馬相如「上林の賦」（『文選』巻八）に「明月の珠子、江靡（川の岸辺）に的皪たり」。170**淑顔**　女性の美しい容貌をいう。陸機「君子有所思行」（『文選』巻二八）に「淑貌　色　斯に升る」の一字を入れ替えた語。**洞**　内部に秘められたものが外にそのままあらわれる。**精誠**　心中のまごころ。畳韻の語。『荘子』漁父に「真なる者は精誠の至なり。精ならず誠ならずんば、人を動かす能わず」。『文子』精誠に「其の能く行う所以の者は、精誠なり」。白居易「長恨歌」に「臨卭の道士鴻都の客、能く精誠を以て魂魄を致す」。

171　嬌應如在寤　愈
172　頽意若含酲

嬌応　寤に在るが如く　愈
頽意　酲を含むが若し

あだっぽい受け答えは、まるで夢うつつのよう。（韓愈）
気だるげな様子は、酒に酔っているかのよう。（孟郊）

女性（妓女）の艶めかしい様子。踏青の後の宴席での様子か、あるいは歌い舞い、存分に楽しんだ宴の後の有様か。

171**嬌応**　艶冶な応対の意であろう。**如在寤**　孫汝聴が「寤は寤寐を謂う」というのは、夢のなかにいるようだ、と解したか。とりあえずそれに従う。「寤」には「夢（見る）」の意味もある。『周礼』春官・占夢が挙げる夢の種類に「寤夢（覚醒している時に見たことがあらわれる夢）」というものもある。172**頽意**　「頽」は崩れる意、「意」は情意と解して、愁いを帯びた気だるい様と見ておく。**含酲**　「酲」はひどく酒に酔った状態。『詩経』小雅・

節南山に「憂心は酲の如し」、毛伝に「病酒を酲と曰う」、また張衡「東京の賦」（『文選』巻三）に「罔然として酲の若し」とある。

173 鵷毳翔衣帶 郊
174 鵝肪截佩璜

鵷毳 衣帯に翔け 郊
鵝肪 佩璜を截る

［校勘］

174「佩」 潮本、祝本、文本、蜀本、魏本作「珮」。

大鳥の羽毛が天翔るようにひらひらとする衣の帯の飾り、（孟郊）
鵝鳥の脂肪を切ったようにつややかな珮玉の璜の飾り。（韓愈）

女たちが侍る貴人たちへと転じる。その華麗な装束を描出。

173 **鵷毳**「鵷」は瑞鳥。朝臣の列を「鵷行」と言うように、朝官の比喩に用いる。「毳」は細い羽毛。『詩経』王風・大車に「毳衣は菼の如し」、毛伝に「毳衣は大夫の服。菼は鵻（小鳩）なり」とある。**衣帯** 衣服の帯。「古詩十九首」其一（『文選』巻二九）に「相い去ること日に已に遠く、衣帯は日に已に緩し」。174 **鵝肪** 鵝鳥の脂肪。玉の白く光沢ある質感を動物のあぶらにたとえる。曹丕「鍾大理に与うる書」（『文選』巻四二）に、「窃かに玉書を見るに、美玉を称えて、白きは脂を截るが如し」。「鵝肪」は韓愈以前の詩には見出しにくい語だが、本草、漢方の書に「鵝脂」「鵝肪」の語がよく見えるので、唐代においてもそうした方面においては習熟したものであったか。佩璜　官人が腰に帯びる珮玉の下部につける、半円形の玉。『周礼』春官・大宗伯に「玄璜を以て北方を礼す」。鄭注に「半璧を璜と曰う。冬に閉蔵し、地上に物無く、唯だ天の半ば見わるを象る」。

175　文昇相照灼　愈　　文昇りて相い照灼し　愈
176　武勝屠攙搶　　　　武勝りて攙搶を屠る

文においては高い地位に昇って輝きを発し、（韓愈）
武においては力量に優れて世を乱す妖星を打ち落とす。（孟郊）

文武いずれにおいても優れていることを詠う。前句は文昌星を想起させ、後句はその連想で凶星を打ち落とす武の力を取り上げる。

175文昇　「文」は孫汝聴が「文は文士を謂うなり」というのに従って、文官と解する。照灼　あざやかに輝く。双声の語。鮑照「行薬して城東の橋に至る」詩（『文選』巻二二）に「尊賢は永く昭（照）灼たるも、孤賤は長えに隠淪す」。176攙搶　彗星。双声の語。兵乱の起こる凶兆とされた。司馬相如「大人の賦」（『史記』司馬相如伝）に「攙搶を攬りて以て旌と為す」とあり、正義に「天攙は長さ四尺、末鋭く、天搶は長さ数丈、両頭鋭く、其の形は彗に類す」と説明する。

177　割錦不酬價　郊　　錦を割きて価に酬いず　郊
178　構雲有高營　　　　雲を構えて高営有り

〔校勘〕

177「酬」　魏本作「醻」。

「郊」　潮本無。

178「構」　文本、蜀本作「搆」。

錦を切り裂いて与え、その代価に見合う報酬を取らず、（孟郊）

雲のように高々と軍営を構えている。（韓愈）

官人たちの威勢のよさ。上句は惜しげもない振る舞い、それを金銭の羽振りのよさとすると、下句は権勢の強大さをいうか。

177**割錦**　錦を切り裂く。高価な錦を切り裂いて人に分けること。『三国志』呉書・甘寧（かんねい）伝の裴松之注に引く『呉書』に「其の出入は、歩みては則ち車騎を連ね、水なれば則ち軽舟を連ぬ。……住止は常に繒錦を以て舟を維ぎ、去れば或いは割棄して、以て奢を示すなり」とある。**不酬価**　代価に見合わないこと。ここは物に見合った代価を求めないことだろう。後代の例だが『宋史』陳思道（ちんしどう）伝に「醯（す）を市側に鬻（ひさ）ぎて以て晨夕に給す。物を買うに価に酬いず、索むる所の如く之を与う」。178**構雲**　雲に届くほど高くに建造する。唐・韋応物（いおうぶつ）「荘厳精舎に游集す」詩に「雲に構えて八区を眺む」。**高営**　「営」は軍営を張る建造物。

179 **通波牣鱗介**　愈

通波（つうは）　鱗介（りんかい）牣（み）ち　愈（ゆ）

180 疏畹富蕭蘅　疏畹　蕭蘅富む

［校勘］

179「牣」　蜀本作「認」。

180「蘅」　潮本作「衡」。

川の流れには魚や亀が満ちあふれ、（韓愈）

切り開かれた田畑には蕭や杜蘅がいっぱいに茂る。（孟郊）

ここからは荘園の様子。この二句は動植物の豊穣さを詠う。

179 通波　庭園を貫いて流れる水。陸機「張士然に答う」詩（『文選』巻二四）に「回渠　曲陌を繞り、通波　直阡を扶く」。唐・駱賓王「晩に河曲に泊す」詩に「通波　竹箭の水、軽舸　木蘭の橈」。牣　満ちる。『詩経』大雅・霊台に「王　霊沼に在り、於に牣ちて魚躍る」。毛伝に「牣は満つるなり」。『韓集挙正』は「仞」に作るが、意味は同じ。『詩経』のこの句を引く『孟子』梁恵王上も「牣」に作る。鱗介　うろこや甲羅のある水中動物の総称。蔡邕「郭有道碑文序」（『文選』巻五八）に「猶お百川の巨海に帰し、鱗介の亀龍を宗とするがごときなり」。

180 疏畹　「疏」は切り開く。「畹」は耕地。『楚辞』離騒に「余は既に蘭の九畹を滋き、又た恵の百畝を樹う」、王逸の注に「十二畝を畹と曰う」とある。蕭蘅　ともに香り有る草。「蕭」はよもぎの類。『詩経』王風・采葛に「彼こに蕭を采る」、毛伝には「蕭は祭祀を共にする所以なり」とあり、その疏によれば香気が有るので脂を祭祀の燭に用いるという。「蘅」は香草の杜蘅。曹植「洛神の賦」（『文選』巻一九）に「駕を蘅皐に税く」、李善注に「蘅は杜蘅なり」、劉良注に「蘅皐は香草の沢なり」。

181 買養馴孔翠　郊　　買い養いて孔翠を馴れしめ　郊

182 遠苞樹蕉栟　　遠く苞みて蕉栟を樹う

買い入れて、孔雀や翠鳥を飼い馴らし、（孟郊）

遠くから包んで献上された芭蕉や棕櫚を植える。（韓愈）

荘園の様子。ここで述べられる鳥も植物も南方のもの。それが飼われ植えられているのは、庭園に続いてここでも南方の珍奇な動植物を所有することによって豪勢ぶりをあらわす。

181買養　購って養う。北宋・司馬光の「保甲を罷むるを乞う劄子」に「買い養いて補塡するも、尚お猶お旧の如し」。馴　馴らす。061「恵師を送る」に「江魚　池に活きず、野鳥　籠に馴れ難し」。孔翠　孔雀とカワセミ。いずれも南方に棲む色鮮やかな鳥。左思「蜀都の賦」（『文選』巻四）に「孔翠群れて翔け、犀象競いて馳す」、劉淵林の注に「孔は孔雀なり、翠は翠鳥なり」とある。182遠苞　「苞」はつつむ。『尚書』禹貢の揚州に「厥の包は橘・柚」。「包」が包んで献上するのを表すのに同じ。蕉栟　バショウとシュロ。ともに南方の植物。『広志』（『藝文類聚』巻八七・菓部・芭蕉）に「芭蕉は……交阯建安に出ず」。『広志』（『藝文類聚』巻八九・木部・幷閭）にまた「椶、一名に幷閭（栟櫚に同じ）」。

183 鴻頭排刺芡　愈　　鴻頭　刺芡を排し　愈

184 鵠鷇攢瓌橙　鵠鷇（こくかく）　瓌橙（かいとう）を攢（あつ）む

［校勘］

184「鷇」潮本、文本、蜀本作「殼」。祝本、魏本、銭本作「鷇」。

「瓌」銭本作「瑰」。

鴻の頭かと見まがう、トゲある鶏頭がならび、（韓愈）
白鳥の卵かと見るような、大きな橙（だいだい）がびっしりと。（孟郊）

前二句が鳥と植物を描いたのを承け、鳥を連想に置いて植物を比喩する。鳥の名を冠する語は、『本草綱目』に載せる植物の別名に少し手を加えたものであり、言葉遊び的な面白さがある。鋭角と円の対でもある。

183 **鴻頭**　ケイトウ。『古今注』巻下に「芡、鶏頭なり。一名鴻頭……実に茫刺有り」。**刺芡**　「芡」は鶏頭。『方言』巻三に「南楚は之を鶏頭と謂い、……青・徐・淮・泗の間は之を芡と謂う」。「刺」は『古今注』に見えたように、その実にトゲがあるから。184 **鵠鷇**　白鳥の卵。畳韻の語。橙の別名でもあり、『本草綱目』橙の釈名に「金毬、鵠殼」とある。「鷇」は卵で、「殼」は卵の外皮、すなわち卵の意。**攢**　多くのものが一カ所に集まる。ここはびっしりと生っているようす。**瓌橙**　大きな柑橘類の実。「瓌」は「瑰」と同義で、大きい意。

185 鶩廣雜良牧　郊　広（ひろ）きに鶩（は）せて良牧（りょうぼく）を雑（まじ）え　郊（こう）

186 蒙休賴先盟　休（よ）きを蒙（こうむ）りて先盟（せんめい）に頼（たよ）る

［校勘］
185「鶩」　祝本作「鶩」。

広い天下を自由に馳せる、すぐれた地方長官を何人も出した家柄で、（孟郊）
すぐれた徳を賜るのは、先祖の盟約のおかげ。（韓愈）

この人物が誰を指すのか。韓醇は第191句の注に于頔をいうと指摘する。それは212「城南に遊ぶ十六首」其二に「于賓客の荘に題す」があるのによる。「于賓客の荘に題す」は住む人もなく荒廃したさまを描くが、元和の初めは于頔が宰相になり、憲宗との姻戚関係も結び、おそらくは絶頂の時。第179句以降、連続する荘園の記述は、于頔の荘園と解しておく。韓愈は江陵から都へ召還される旅の途中で「襄陽の于相公に上る書」を献じ、また孟郊も貞元十四年（七九八）頃に「襄陽の于大夫に献ず」詩を書いて、ともに幕下への招聘を求めている。

185**鶩**　馳せる。113「同宿聯句」に「槐密にして長蔭を鶩す」。**良牧**　優れた地方長官。「牧」は州郡の長を言う。『三国志』呉書・陸胤伝評に「胤は身絜く事済し、称を南土に著す、良牧と謂うべし」。高適「尉遅将軍の新廟に題す」詩に「良牧　深仁を懐き、君が与に明祠を建つ」。186**蒙休**　文讜の注に「休は美なり」というのに従う。その場合、「休」は「休徳」の意であろう。『漢書』厳助伝に「南越王　恵沢を被り、休徳を蒙るを甚だ嘉す」。**先盟**　これも孫汝聴が「先盟は先世の盟」というのに従う。先代が皇帝との間で盟を交わし、そのために今、皇帝の美徳を恩恵として承けている、と解したが、どうか。

187 罷旆奉環衛　愈　　旆を罷めて環衛を奉り　愈

188 守封踐忠貞　　　　封を守りて忠貞を践む

旆牛を飾った軍旗はおろして、宮中警護の役をたまわり、（韓愈）

封土として与えられた境域を守って、忠貞の道を踏み行う。（孟郊）

引き続き伝統ある一族の描写。近衛軍として、また節度使、刺史としての活躍を言う。ちなみに于頔は、近衛軍の要職には就いていないが、地方長官として湖州刺史、蘇州刺史、陝虢観察使、山南東道節度使を歴任している。

187 **罷旆**　「旆」は旆牛の尾を飾りとした旗。軍旗に用いる。**環衛**　宮中の警護。唐・陸贄「遷幸の由を論叙する状」に「重門に結草の禦無く、環衛に誰何の人無し」。近衛軍は誇るべき職務とみなされていたとおぼしい。188 **守封**　封ぜられた土地を守る。『左伝』哀公十六年に「天は其の衷を誘い、嗣を獲て封を守らしむ」。**践**　踏み行う。実現する。唐・孫逖の「信安王の禕に太子大師を授くるの制」に「忠公を践んで節を立て、明粛を体して用を成す」。**忠貞**　真心が籠もっていて、節操が堅い。『尚書』君牙に「惟れ乃が祖乃が父は、世よ忠貞に篤し」。

189 戰服脫明介　郊　　戦服　明介を脱ぎ　郊

190 朝冠飄彩紘　　　　朝冠　彩紘を飄す

戦闘のための服装から、明るく輝く鎧を脱ぎ、（孟郊）

朝官の冠は彩り鮮やかなひもが颯爽とひるがえる。（韓愈）

武将から朝廷の官人へと転身、文武ともに優れたことを示し、朝廷においても衣冠の姿の颯爽たるさまを描く。189戦服　戦闘のための服装。「戎服」ならば一般的で、『左伝』襄公二十五年に「鄭の子産は捷を晋に献じ、戎服して事を将う」、また200「庫部の盧四兄曹長の元日朝より廻るに和し奉る」に「戎服は上趨して北極を承け、儒冠は列侍して東曹に映ず」。明介　「介」は鎧。『詩経』鄭風・清人に「駟介旁旁たり」、毛伝に「介は甲なり」。なお、魏・阮籍「詠懐八十二首」其三十九（『古詩紀』巻一九）に「明甲　精光有り」とある。190朝冠　朝官の冠。『孟子』公孫丑上に「悪人の朝に立ち、悪人と言うは、朝衣朝冠を以て塗炭に坐するが如し」。彩紘　「紘」は冠のひも。『周礼』夏官・弁士に「玉笄朱紘」。

191　爵勳逮僮隷　愈

192　簪笏自懐繃

爵勳　僮隷に逮び　愈

簪笏　懐繃自りす

爵位の授与は下僕にまで及び、（韓愈）

襁褓の時から、役人のしるしである簪や笏を持つ。（孟郊）

勲功によって爵位を与えられ、朝官に取り立てられる恩恵が嬰児や下僕にまで及ぶことを詠う。前句は恩恵の及ぶ範囲、後句はその時期を挙げて、一族の繁栄振りを描く。

191爵勳　報奨として賜る爵位と官位。公文書の用語であって、詩に入れるのは珍しい。僮隷　隷僕。これも本来散文の語。192簪笏　冠を止める簪と手に持つ笏。朝官の礼装であることから、その象徴。梁の簡文帝「馬宝の頌」に「簪笏行を成し、貂纓席に在り」。懐綳　胸に抱かれ背に負ぶわれる嬰児を言う。「懐」は胸に懐く。『論語』陽貨に「子は生まれて三年、然る後に父母の懐を免る」、馬融の注に「父母の懐抱する所と為る」。また「綳」はおぶい紐。『漢書』宣帝紀に「曾孫は襁褓に在ると雖も、猶お坐して郡邸の獄に収め繋がる」、顔師古の注に「襁は即ち今の小児の綳なり」。赤子の時から取り立てられた例に、『漢書』外戚伝の「(衛)青の三子は襁褓の中に在りて、皆な列侯と為る」。

193　乳下秀嶷嶷　郊　　乳下（にゅうか）　秀（ひい）でて　嶷嶷（ぎょくぎょく）たり　郊（こう）

194　椒蕃泣喤喤　　　椒蕃（しょうばん）　泣（な）きて　喤喤（こうこう）たり

［校勘］

193「秀」　魏本作「笑」。

乳呑み児なのに、もう秀でて利発そうな顔立ちをし、（孟郊）

サンショウの実のように子だくさん、おぎゃあおぎゃあと賑やかな泣き声。（韓愈）

一家の繁栄を、子孫について語る。上句はその聡明ぶり、下句はその多産。

193乳下　乳呑み子。杜甫「石壕の吏」に「室中　更に人無し、惟だ乳下の孫有るのみ」。秀　魏本は「笑」に作り、孫汝聴の注に「笑は美なり」と言う。『韓集校詮』は「笑に美の義無し、当に亦た秀に作るべし」と指摘するが、子供は生まれて三月たつと親を認識して笑うようになることを挙げ、「下句の泣字と対すれば、亦た通ずべし」とも言う。 **嶷嶷** 物事を識別するようす。『詩経』大雅・生民に「誕(これ)実に匍匐し、克く岐たり克く嶷たり」、毛伝に「岐は意を知るなり、嶷は識るなり」、鄭箋に「其の貌は嶷嶷然として識別する所有るなり」とある。194 **椒蕃** 『詩経』唐風・椒聊の「椒聊（サンショウ）の実、蕃衍して升に盈つ」をつづめた語。サンショウのように多産であることをいう。 **喤喤** 赤子の泣くさま。『詩経』小雅・斯干に「乃ち男子を生む。……其の泣くこと喤喤たり」。

195 貌鑑清溢匣　愈
196 眸光寒發硎

貌鑑(ぼうかん)　清(きよ)きこと匣(はこ)に溢(あふ)れ　愈(ゆ)
眸光(ぼうこう)　寒(さむ)きこと硎(けい)より発(はっ)す

鏡にうつした容貌は、きよらな輝きが箱に満ちあふれ、（韓愈）
眼の光は研ぎたての刃のように冷たく鋭い。（孟郊）

秀でた顔立ちの描写。繋がりから子供達について言うと見る。容貌から発散される清らかな輝きと眼に凝集する怜悧な光の対比。
195 **貌鑑** 姿を写しだした鏡。 **匣** 鏡を収める箱。徐幹(じょかん)「情詩」（『玉台新詠』巻一）に「鏡匣 上に塵生ず」。196 **眸光** 眼の光り。唐・崔宗之(さいそうし)「李十二白に贈る」詩に「双眸 光は人を照らし、詞賦は子虚を凌ぐ」。 **寒** 冷たい。ここは輝きをいう。 **発硎** 研ぎ石から下ろしたばかりのような鋭さをいう。『荘子』養生主に「今臣の刀は十九年、解する所は数千牛なり、而して刀刃は新たに硎より発するが若し」、成玄英の疏に「硎は砥礪の石なり。

……其の刀の鋭利なこと、猶お新たに磨くが若きなり」とある。

197 館儒養經史 郊　　儒を館して経史を養え　郊

198 綴戚觴孫甥　　戚を綴めて孫甥に觴ます

儒者を屋敷に抱えて経書や史書を子弟に教え、（孟郊）
親戚を集めて子弟たちに宴を設ける。（韓愈）

子弟の教育と社交。当時の名家ではどのように教育が行われていたかがわかって興味深い。親族の老若が酒宴をともにすることも、一族結束のために行われたのだろう。

197館儒　屋敷内に儒者を抱えて家庭教師とすること。『北史』景穆十二王伝上の拓抜子孝の伝に「乃ち学館を私第に置き、群従の子弟を集め、昼夜講読す」とあるのはその一例。韓愈も北平王馬燧の援助を受けつつ、その屋敷で子弟たちの家庭教師をした経験を持つ。養　教える。『礼記』文王世子に「太傅少傅を立てて以て之を養え、其の父子君臣の道を知ることを欲するなり」、鄭注に「養は猶お教うるのごときなり」とある。経史　経書や史書、またその学問。『三国志』蜀書・尹黙伝に「司馬徳操、宋仲子等に従いて古学を受け、皆な諸経史に通ず」。

198綴戚　親戚の者たちを綴るように次々と集める。觴　「さかずき」の意から人に酒を飲ませる動詞として用いる。『荘子』至楽に「魯侯御して之を廟に觴ます」など。孫甥　一族の若い者たち。押韻のために「甥」の字を用いる。

199　考鍾饋肴核　愈　　鍾を考きて肴核を饋り　愈
200　鼛鼓侑牢牲　　　　鼓を鼛ちて牢牲を侑む

鍾を打ち鳴らしてさかな・木の実を勧め、（韓愈）
太鼓を叩いて、宗廟に供えた後のご馳走を振る舞う。（孟郊）

前句に一族の子弟に酒を振る舞う宴席を描いたのを承け、宗廟の祭祀とその後の宴会に移る。『周礼』天官・膳夫に「楽を以て食を侑む」とあるように、音楽を奏でながら神に祭った供え物を戴くのである。

199**考鍾**　鍾をたたく。『詩経』唐風・山有枢に「子に鍾鼓有るも、鼓せず考かず」。毛伝に「考は撃つなり」。豪華な食事に鍾が付随することは、たとえば張衡「西京の賦」（『文選』巻二）に「夫の翁伯・濁質・張里の家の若きは、鍾を撃ちて鼎食す」。**饋**　食べ物を人に進める。『周礼』天官・膳夫に、「凡そ王の饋は、食は六穀を用い、膳は六牲を用う」。その鄭玄の注に「物を尊者に進むを饋と曰う」。**肴核**　魚肉や果実のごちそう。『詩経』小雅・賓之初筵に「殽（肴）核維れ旅ぬ」。左思「蜀都の賦」（『文選』巻四）に「金罍　中に坐し、肴核　四もに陳ぶ」。

200**鼛鼓**　「鼛」は打つ。演奏する。『尚書』益稷に「夔曰く、鳴球、搏拊、琴瑟を鼛撃して以て詠えば、祖考は来格す、と」。**侑**　勧める。『詩経』小雅・楚茨に「以て酒食を為し、以て享じ以て祀り、以て妥んじ以て侑め、以て景いなる福を介く」、毛伝に「侑は勧むなり」とある。**牢牲**　生け贄として祭られた肉、ご馳走。「牢」は『左伝』僖公十五年に「晋侯七牢を饋る」、杜預の注に「牛羊豕各おの一を一牢と為す」とある。『旧唐書』礼儀志三に「鑾駕の至る時に比びて牢牲総て畢る」。

201　飛膳自北下　郊　　飛膳　北自り下り　郊

202　函珍極東烹　　　　函珍　東烹を極む

鳥料理が北からやって来て、（孟郊）
あご肉の珍味、東方の料理を極め尽くす。（韓愈）

美食についての描写。繁栄する家門を語るには、膳の贅沢さも豪勢な暮らしぶりの欠かせない要素。北と東の地から、つまり全国あちこちからもたらされた、珍奇で希有な料理を連ねることによって、食の贅をあらわす。

201飛膳　禽鳥を用いた料理。「飛」は鳥を意味する。揚雄「羽猟の賦」（『文選』巻八）に「軽飛を蹸く」、李善注に「軽飛は、軽獣飛禽なり」とある。北　中国の北方。次句との対からすれば「北下」で一語と見た方が良いし、和刻もそう訓むが、ここは敢えて対をくずす訓み方をした。202函珍　「函」は『詩経』大雅・行葦の「嘉肴は脾臄、或いは歌い或いは咢す（太鼓をうつ）」、その毛伝に「臄は函なり」、『説文解字』马部に「圅（函）は舌なり」というのを見れば、舌の肉。しかし銭仲聯は「函」は「頷」に通じるとして「下頷の内の肉」という。「珍」は珍味。東烹　東方の料理の意。韓愈のこの句を用いた、元末明初の人戴良の「陸味は南品を萃め、海腥は東烹を極む」（「対菊聯句」）は、「東烹」の語の理解を助ける。ただしそこでは「海腥」（海の食材）ゆえに「東」。ここでは『礼記』郷飲酒義の「狗を東方に亨（烹）るは、陽気の東方に発するに祖るなり」が響くか。ただしそこでいう「東方」は疏によれば「東房」の意。韓愈が潮州の奇異な食べ物についてうたった、264「初めて南に食す　元十八協律に貽る」に「自ら宜しく南烹を味わうべし」に、南方の料理を「南烹」というように、ここでは東方の料理と解した。

203 如瓜煑大卵　愈　　瓜の如く大卵を煮　愈
204 比線茹芳菁　　　　線に比して芳菁を茹う

［校勘］
203「瓜」　潮本作「爪」。

瓜ほどの大きさもある卵を煮たり、（韓愈）
細い糸筋のような香ばしいニラの花を食う。（孟郊）

宴席に並ぶ工夫の凝らされた料理を、円と直線、大きなものと繊細なものとの対比で描く。また張衡「南都の賦」（『文選』巻四）の「春卵、夏筍、秋韭、冬菁」を踏まえるなら、そこに季節感も加味される。

203『漢書』張騫伝に「而して大宛諸国は使いを発して……大鳥の卵及び犛軒の眩人（手品師）を以て漢に献ず」。顔師古の注に「鳥の卵は水を汲むの甕の如きのみ」。『史記』封禅書に「安期生　巨棗を食らう、大なること瓜の如し」。204比線　「比」は類似する意。「線」は細い糸。茹　食う。『漢書』董仲舒伝に「舍に食らいて葵を茹う」とあり、顔師古の注に「菜を食うを茹と曰う」とある。芳菁　香り高いニラの花。「菁」は、張衡「南都の賦」の「冬菁」に対する李善注に、『広雅』を引いて「韭は其の華を之れ菁と謂う」とある。

205 海嶽錯口腹　郊　　海岳　口腹に錯わり　郊

206 趙燕錫媌婭　　　趙燕（ちょうえん）　媌婭（びょうけい）を錫（たま）う

［校勘］
206「趙燕」　魏本、文本、銭本作「燕趙」。
「媌」　文本、蜀本作「娱」。

山海の馳走が口や腹の中で入り交じり、（孟郊）
趙や燕の目元涼やかな美女、柳腰の麗人が下賜される。（韓愈）

食と色の快楽。欲望の充足も富豪の家なればこそ。

205 **海岳**　海と山。梁・王僧孺（おうそうじゅ）「懺悔して仏に礼するの文」に「辰象の正気を含み、海岳の淳霊を畜う」、255「鄧州の界（さかい）に次（やど）る」に「早晩王師は海岳を収め、普（ひろ）く雷雨を将（もっ）て萌芽を発せん」。ここは海や山に産する食物をいう。**錯**　混じる。交錯する。『尚書』禹貢に「海物惟れ錯る」とあり、孔安国の伝に「錯は雑なり、一種に非ざるなり」とある。**口腹**　口や腹。『礼記』楽記に「先王の礼楽を制するや、以て口腹耳目の欲を極むるに非ざるなり」、陶淵明「帰去来の辞」序に「嘗て人事に従うは、皆な口腹の自（おのずか）ら役するなり」。206 **趙燕**　趙と燕の国。美人の産地。「古詩十九首」其十二（『文選』巻二九）に「燕趙　佳人多く、美しき者　顔は玉の如し」。**媌婭**　『説文解字』女部に「媌は目裏好きなり」、目元が美しい人。「婭は長好なり」、スレンダーな美人。

207 一笑釋仇恨　愈　　　一笑（いっしょう）　仇恨（きゅうこん）を釈（と）き　愈（ゆ）

208 百金交弟兄　百金（ひゃっきん）弟兄（ていけい）に交（まじ）う

一笑して怨讐を捨て、（韓愈）
百金を散じて義兄弟と交わる。（孟郊）

食欲、色欲を満たす場面に続いて、笑って仇を許す俠気、大金を惜しみなく散じて義兄弟となる豪気を描く。

207一笑　李白が頻用する語。ただし美女の嫣然たるほほえみをいうことが多い。「古風五十九首」其九に「斉に倜儻生有り、魯連　特に高妙。……意は千金の贈を軽んじ、顧みて平原に向かいて笑う」というのが、無欲な俠気を示す笑いでありこれに近い。釈仇恨　諍いから生じた怨念を解き放つ。白居易「元九に与うる書」に「其の余の雑律詩は、……但だ親朋合散の際を以て、其の恨みを釈き懽びを佐くるを取るのみ」と「釈恨」の語が見えるが、そこでは個人の内部における煩悶の解決。208百金　黄金百斤。大金。『史記』伍子胥（ごししょ）伝に「此の剣は直い百金、以て父に与えん」。弟兄　ここは義兄弟をいう。『史記』楚世家に「始め寡人は王と約して弟兄と為る」。

209 貨至貊戎市　郊　貨（か）は貊戎（はくじゅう）の市（いち）より至（いた）り　郊（こう）
210 呼傳鸚鴒令　呼（こ）は鸚鴒（おうよく）の令（れい）を伝（つた）う

［校勘］
210「傳」　王本作「慱」。
「鸚」　潮本、祝本、文本、蜀本、魏本作「鸜」。

珍しい財物は西域の異民族の市からもたらされ、（孟郊）
呼び声はオウムの声が響いてくる。（韓愈）

贄をあらわすものとして西域渡来の品。そしてまた南方熱帯の地の産である鸚鵡。

209 **貨**　『尚書』洪範に「八政、一に食を曰い、二に貨を曰う」とあり、孔安国の伝には「用物を宝とす」、孔穎達の疏には「貨とは金玉布帛の総名なり。皆な人の用と為すが故に用物と為す」とある。日用品から宝物までを含むが、この句では珍しい品物をいうだろう。　**貊戎**　西と北の蛮族。四方の異民族を代表させる。『周礼』夏官・職方氏に「四夷、八蛮、七閩、九貉、五戎、六狄の人民」とあり、鄭司農の注に「東方を夷と曰い、南方を蛮と曰い、西方を戎と曰い、北方を貉狄と曰う」とある。「貉」は「貊」と同じ。　**市**　市場。ペルシャのバザールを連想させる。　210　孫汝聴が「令は使なり。鸚鴿をして伝呼せしむなり」と説くのに従えば、「呼伝　鸚鴿をして令む」と訓むべきかもしれない。句作りは疑問がのこるが、意味のうえでは大差はない。　**鸚鴿**　「鸚」は鸚鵡、オウム。「鴿」は鴝鵒、キュウカンチョウ。ともに人語をしゃべる鳥。経書に見える例を挙げれば、『礼記』曲礼上に「鸚鵡は能く言う」。『春秋』昭公二十五年に「鸜（鴝）鵒の来たりて巣づくる有り」。ただしここでは「鸚」と「鴿」二種の鳥に区別する必要はない。

211 順居無鬼瞰　愈　　順居　鬼の瞰る無く　愈
212 抑横免官評　　抑横　官の評するを免る

［校勘］
211「瞰」　潮本、文本作「瞰」。
212「横」　祝本、文本作「撗」。

穏やかな暮らしは、幽鬼がのぞき見ることもなく、（韓愈）
ほしいままな振る舞いを抑えて、官からの謗りを免れる。（孟郊）

豪勢な生活を送る中でも、節度を守っていることをいう。礼法を守り、抑制がきいてこそ、名族たりうるということだろう。

211 **順居**　従順ですなおな生活。**鬼瞰**　揚雄「解嘲」（『文選』巻四五）の「高明の家は、鬼　其の室を瞰る」にもとづく。そこでは「高明の家というものは魔が忍び寄るものだ」の意であるが、ここでは順境にあっても凶事の予兆もないという。212 **抑横**　抑枉（無実の罪）の意味の前例はあるが、ここは横暴、放縦を抑制する意味だろう。**官評**　朝廷からの批判。「官謗」と同じ。『左伝』荘公二十二年に「高位を辱くし、以て官謗を速やかにするを敢えてせんや」。

213 殺候肆凌翦　郊　　殺候　凌翦を肆にし　郊
214 籠原帀罝紘　　　　籠原　罝紘を帀らす

［校勘］

213「凌」潮本、祝本、文本、蜀本、魏本、銭本作「陵」。

「翦」文本作「剪」。

214「原」祝本作「言」。

「帀」蜀本、王本作「市」。

「罝」王本作「置」。

「紭」文本作「紘」。

粛殺の気がたちこめると、ほしいままに万物を犯し切り、（孟郊）
平原一帯にワナを張り巡らす。（韓愈）

狩猟へと移る。狩猟も豪勢な快楽の一つ。

213殺候　植物の枯れる秋を言う。それゆえに秋は狩猟の行われる季節でもあった。『礼記』月令に「（仲秋の月）、殺気は浸（ようや）く盛んに、陽気は日びに衰う」。また陸機「演連珠五十首」其五十（『文選』巻五五）に「勁陰殺節も、寒木の心を凋ましめず」とある。凌翦　凌いで切り取る。暴力的に命を奪い取ること。214籠原　狩りのためにすっぽり囲われた原っぱ全体。罝紭　「罝」も「紭」も網。動物を捕らえる仕掛け。

215　羽空顛雉鷃　愈
空（くう）に羽（はね）して雉鷃（ちあん）顛（お）ち　愈（ゆ）

216　血路迸狐麖
路（みち）に血（ち）ぬりて狐麖（こけい）迸（はし）る

空中に羽を舞い散らせて、キジやウズラが落ちてくる。(韓愈)
道に血をしたたらせながら、狐や大鹿は必死に逃げ走る。(孟郊)

狩猟の現場。傷つきながらも懸命に逃げようとする禽獣を生々しく描く。
215羽空　孫汝聴に従って、空中に羽が舞い散ると解する。　顚　墜落する。　雉鷚　キジとウズラ。『荘子』逍遥遊に「斥鷃　之(鵬)を笑いて曰く、彼は且に奚くに適かんとするや。我は騰躍して上るも、数仞に過ぎずして下る」。　216血路　道を血で濡らす。064「魚を叉す　張功曹を招く」の「血浪　凝りて猶お沸き」を連想させる。
迸　逃げ走る。散り散りに逃げる。『三国志』蜀書・譙周伝に「百姓は擾擾として、皆な山野に迸り、禁制すべからず」。　狐麖「麖」は鹿の一種。謝霊運「山居の賦」に「山下は則ち熊羆豺虎、羱鹿麕麖」とあり、「麖は音は京、能く踔擲す(飛び跳ねる)」との注がある。押韻の関係で「麖」が使われたのだろうが、狐と鹿を熟語にする例はほとんど無く、目新しさを出している。

217 折足去踸踔　郊
足を折りて去ること踸踔たり　郊

218 蹙鬐怒髭鬤
鬐を蹙めて怒りて髭鬤たり

足を折って逃げるものは、片足でぴょんぴょんと、(孟郊)
たてがみを逆立てて、怒りのあまりに毛はぼうぼう。(韓愈)

狩猟のなかで追い詰められた動物の姿。

217 **折足**　足を折る。唐・呂温「由鹿の賦」に「或いは足を折りて骨を砕く」。**踸踔**　跛行のようす、ぴょんぴょんと跳ねるようす。双声の語。『荘子』秋水に「夔は蚿に謂いて曰く、吾一足を以て跉踔して行く」とある「跉踔」と同じで、成玄英の疏には「跳擲なり」とある。218 **髬髵**　動物が威嚇、恐怖のために毛を逆立てる動作。怒『史記』廉頗藺相如列伝に「怒髪上りて冠を衝く」。**髬鬤**　逆立った毛の乱れるさま。畳韻の語。『楚辞』大招に「被髪　鬤たり」。王逸の注に「鬤は乱る貌なり」。

219 躍犬疾翥鳥　愈　　躍犬　翥鳥よりも疾く　愈
220 呀鷹甚飢蝱　　呀鷹　飢蝱よりも甚だし

［校勘］
220「飢」蜀本作「饑」。

跳びかかる犬は、空を翔る鳥よりも速く、（韓愈）
口を大きく開けた鷹は、飢えた虻よりも執拗に獲物に食らいつく。（孟郊）

狩猟の手助けをする犬と鷹の描写。前二句の追いつめられた獲物の様子とは対照的に、襲いかかる者たちの荒々しい姿が生々しく描かれる。

219 **躍犬**　躍動する猟犬。新奇な語だが、犬の動態をみごとにあらわす。**翥鳥**「翥」は飛ぶ。唐・宋之問「大庾嶺を度る」詩に「魂は南に翥ぶ鳥に随う」。唐・張説「趙侍御の帰舟を望むに同ず」詩に「形影相い追う　高く翥ぶ鳥」など、こちらは意外に先例が乏しくない。220呀鷹　口を開けて食らいつこうとする鷹。飢鷹であれば珍しくなく、鮑照「蕪城の賦」（『文選』巻一一）に「飢えたる鷹は吻を厲ぎ、寒き鴟は雛を嚇す」とある。「呀」は大きく口を開けた形容なので、飢えたようすが強調されている。飢寅　飢えた虻。「寅」は「蝱」の略体。虻は人や家畜を襲って血を吸う虫。『荘子』天運に「蚊虻膚を噆めば、則ち通昔寐ねず」。

221 筭蹄記功賞　郊　　蹄を筭えて功賞を記し　郊

222 裂脳擒摚振　　脳を裂きて摚振を擒う

［校勘］

221「筭」魏本、銭本作「算」。

222「脳」潮本、祝本、文本、蜀本作「腦」。魏本作「𦠆」。銭本作「脇」。

「擒」潮本、祝本、文本、魏本作「相」。

「摚」文本、銭本作「樘」。蜀本作「湯」。

「振」文本、蜀本作「棖」。

獲物の蹄を数えて、狩りでの功績とその褒美とを記し、（孟郊）

脳天を叩き割って、ばたばたと暴れる獲物を縛り上げる。（韓愈）

成果を数えたり、とどめを刺したりする狩猟の終わったあとの行動を描く。

221筭蹄　獲た獣の数を蹄で数える。獲物の数は左耳で数えるのが一般的で、ここは敢えて蹄を持ち出して、聯句らしい面白さを見せている。功賞　功績とそれに応じた褒賞。『史記』刺客列伝に「已にして功賞を論じ、群臣と坐に当たる者と各おの差有り」。222　文字の異同が多い句だが、ひとまず底本に従って解する。裂脳　唐・沈汾（しんふん）『続仙伝』に「已に劈（さ）けば、脳を裂き血を流して斃（し）せり」。撐振　双声畳韻の語。樊汝霖の「撐は距むなり、振は揬（つ）くなり」に従うと、手足でもがき、抵抗する獲物をいうか。

223　猛斃牛馬樂　愈　　猛（たけ）きは斃（たお）されて牛馬（ぎゅうば）は楽（たの）しみ　愈（ゆ）
224　妖殘梟鵅惸　　妖（よう）は残（そこ）なわれて梟鵅（きょうかく）は惸（うれ）う

〔校勘〕
224「鵅」潮本、文本、蜀本作「鴿」。

猛獣が倒されて、牛や馬は喜び、（韓愈）
妖しい鳥が退治されて、フクロウやミミズクは憂える。（孟郊）

狩猟によって正義が行われ、悪である猛獣や妖鳥が退治されたことをいう。

223猛斃　「猛」は猛獣。「斃」は倒れて死ぬ。『礼記』檀弓下に「之を射て一人を斃す」。牛馬　おとなしい家畜の代表。『周礼』夏官・職方氏に「其の畜は宜しく牛馬なるべし」。224妖残　前句の「猛」同様、「妖」一字で除かれるべき不吉な鳥を表す。梟鵅　ともに凶鳥であり、「妖」に連なる存在である。双声の語。「鵅」はミミズク。『爾雅』釈鳥に「鴾は鴟鵂なり」とあり、郭璞の注に「今江東では鵂鶹を呼んで鴟鵂と為す」とある。惸愁えるようす。『詩経』小雅・正月に「憂心惸惸たり」、毛伝に「惸惸は憂える意なり」とある。親玉を失って、自分たちも退治されるのではないかと愁えるのである。また「煢」と同じで、孤独で頼る者がいないことにも言う。和刻本は「惸りなり」と訓読しており、その意味でも通る。

225 窟窮尙嗔視 郊　　窟に窮まりて尚お視を嗔らし　郊

226 箭出方驚抨　　箭出でて方に抨くに驚く

［校勘］

226「抨」　蜀本作「枰」。

洞穴に追いつめられて、なお目を怒らせており、（孟郊）
矢が取り出されたとたん、弓をはじく音にも驚く。（韓愈）

獲物たちの臆病でおどおどした様子を描く。

225窟窮　獣が巣穴に追いつめられて身動きがとれないことをいう。嗔視　目を怒らせて睨む。126「闘鶏聯句」に「睛を嗔らせて時に未だ怠らず」とある「嗔睛」と同じ意味。226箭出　矢が弓袋から取り出される。杜甫「八哀詩　贈太子太師汝陽郡王璡」に「箭は出ず　飛鞚の内」。驚抨「抨」は弓を手ではじく。杜甫「閬州自り妻子を領して却って蜀山に赴く行三首」其三に「石を転じて魑魅を驚かしめ、弓を抨きて狖鼯を落とす」。

227 連箱載已實　愈
228 礙轍棄仍贏

箱を連ねて載せて已に実ち　愈
轍を礙げて棄てて仍お贏れり

〔校勘〕
228 「贏」　蜀本作「羸」。

荷箱を並べて載せた獲物はもういっぱい。（韓愈）
轍の邪魔になるほど棄てられているが、なお十分に余っている。（孟郊）

獲物を持ち帰る場面。その豊富さを、加減双方から誇張をこめて描き出す。
227 連箱　「箱」は馬車につける荷箱。『詩経』小雅・甫田に「乃ち千斯の倉を求め、乃ち万斯の箱を求む」。載已実　車の箱が満載になる。宋玉「高唐の賦」（『文選』巻一九）に「獲車已に実つ」。228 礙　妨害する、邪魔になる。庾信の「梁の東宮の行雨山の銘」に「横たわる藤は路を礙ぐ」。贏　余る。121「秋懐十一首」其七に「豈に必ずしも贏余を求めんや」。

229 喘覿鋒刃點　郊
230 困衝株枿盲

喘ぎて鋒刃を覿れば点じ　郊
困じて株枿を衝きて盲う

［校勘］
229 「覷」 祝本、文本、蜀本、魏本作「覰」。

喘ぎながら刃を見れば血の汚れがついており、（孟郊）
よたよたと目も見えず、切り株にぶつかる。（韓愈）

狩りを終えた従者たち。疲労困憊ぶりを描く。
229 喘 あえぐ。疲れ果てて荒く息をする。 覷 うかがい見る。観察する。 鋒刃 刀剣の先と刃。刀の鋭利な部分。『尚書』費誓に「乃が弓矢を備え、乃が戈矛を鍛え、乃が鋒刃を礪げ」。 点 汚れる。 230 困 くたくたになる。わけがわからぬ状態になる。 衝株枿 「株枿」は切り株。南宋・羅願「鄂州張烈女祠堂碑」に「譬えば昼に当たりて狂走し、株枿に抵たりて水火を踏むが如し」というように、やみくもに足を運んで、切り株にぶつかることをいう。

231 掃淨豁曠曠　愈　　掃くこと浄らかにして豁として曠曠たり　愈
232 騁遙略苹苹　　　　騁すること遥かにして略苹苹たり

きれいに掃き清められたかのように、あたり一面、からっとして広々。（韓愈）
遥かに馬を馳せる、そこはおおむね草が広がっている。（孟郊）

狩りの終わった後の様子。狩りによって清められ、静まったことを詠う。王維「猟を観る」詩の「回(かえ)りて雕(わし)を射し処を看れば、千里　暮雲平らかなり」を連想させる。
231豁曠曠　「豁」も「曠曠」も広大なさま。枚乗「七発」（『文選』巻三四）に「浩くして瀇瀁たり、慌として曠曠たり」。　232騁遥　遠くまで馬を走らせる。梁・王筠(おういん)の「第六叔の為に重ねて吏部尚書に除せらるるを譲るの表」に「未だ駿駕の蹇足にして方に遥塗を騁すること有らず」。　芊芊　草が集まって生えているようす。宋玉「高唐の賦」（『文選』巻一九）に「滂滂たるを渉り、芊芊たるに馳せる」とあり、李善注に「説文に曰く、芊芊は草の貌」、また劉良注に「芊芊は草の叢生する貌」とある。

233　饞扠飽活臠　郊　　饞(むさぼ)り扠(さ)して活臠(かつれん)に飽(あ)き　郊(こう)
234　悪嚼噂腥鯖　　　　悪(にく)み嚼(かじ)りて腥鯖(せいせい)を噂(く)う

獲りたての肉を貪るように刺してたっぷり食い、（孟郊）
むしゃむしゃとまだ生臭い肉にかぶりつく。（韓愈）

狩猟で得た獲物を食らう。狩りの闘争心が燃え続けるせいか、食う行為にも攻撃性を帯びる。
233饞扠　双声の語。「饞」はむさぼり食う。170「司門の盧四兄雲夫院長が秋を望むの作に酬ゆ」に「利の為にして止まるは真に貪饞なり」。「扠」はぐさっと刺す。柳宗元「劉二十八院長の旧を述べ懐いを言うに同ず」詩に「野鶩　行くゆく弋を看、江魚　或いは扠を共にす」。　活臠　獲ったばかりの鳥獣の肉ということだろう。「臠」は切り取った肉片。　234悪嚼　畳韻の語。「悪」は対象に対する攻撃的な態度をあらわすか。　噂　祝充が『説文解字』口部を引いて「噍（か）む貌」という以外に手がかりはないが、食らいつくことと解しておく。腥鯖　「鯖」は魚・肉を混ぜた珍味をいう。『西京雑記』巻二に「（婁）護　乃ち合わせて以て鯖を為（つく）り、世は五侯鯖と称し、以て奇味と為す」。「腥」は上句の「活」が「獲ったばかり」を表すように、殺したばかりの肉から生じる臭いをいう。

235　歳律及郊至　愈
236　古音命韶韺

歳律（さいりつ）　郊至（こうし）に及（およ）び　愈（ゆ）
古音（こおん）　韶韺（しょうえい）を命（めい）ず

一年の催しは冬至の日の郊祭となり、（韓愈）
古来の音楽は、舜帝の韶、帝嚳（ていこく）の韺の演奏を命ずる。（孟郊）

狩猟から郊祀の場面に移る。城南の地は郊祀の行われる場所である。また冬至は陰から陽に移る転換点であり、狩猟という陰の窮まった場面から、冬至の郊祀を描いて陽へと転換する。前の生々しい句から一転して荘重な流れになるが、これも聯句の運びの面白さだろう。

235**歳律**　時節。時節の行事。陸機「周夫人の為に車騎に贈る」詩（『玉台新詠』巻三）に「昔者　君と別れしとき、歳律は将に暮れんとするに薄（せま）る」。**郊至**　冬至の日に行われた郊祭。『礼記』郊特牲に「周の始めて郊す、日は至を以てす」。236**古音**　古来の音楽。『旧唐書』音楽志一に「是（ここ）に於いて南北を酌斟（しんしゃく）し、考うるに古音を以て、作りて大唐の雅楽と為す」。**韶韺**　上古の帝王の音楽。「韶」については『尚書』益稷に「簫韶九成し、鳳皇来たりて儀あり」、孔伝に「韶は舜楽の名」とある。「韺」は「英」とも表記され、『漢書』礼楽志に「昔黄帝は咸池を作り、顓頊は六茎を作り、帝嚳は五英を作る」とある。

237 旗旆流日月　郊

238 帳廬扶棟甍

旗旆　日月流れ　郊

帳廬　棟甍扶く

旗指物は日や月がたなびき、（孟郊）

天幕張りの小屋は棟木が支えるかのようだ。（韓愈）

郊祭の情景。旗があちこちにはためき、臨時に設営された小屋が並ぶ。

237 **旗旆**　いずれも旗。『新唐書』礼楽志十二に「是の時に藩鎮は稍復た破陣楽を舞う、然れども舞う者は画甲を衣て旗旆を執り、纔か十人のみ」。**流**　靡かせる。孫楚「石仲容の為に孫皓に与うる書」（『文選』巻四三）に「羽檄は日を燭かし、旌旗は星を流す」。**日月**　天子の旗指物に描かれる模様。『礼記』郊特牲に「龍章にして日月を設け、以て天を象るなり」。唐・韋応物「鄠戸曹の驪山感懐に酬ゆ」詩に「翻翻たる日月の旗、殷殷たる鼙鼓の声」。

238 **帳廬**　幔幕を張って小屋としたもの。『後漢書』蒲類伝に「帳を廬として居る」。133「元和聖徳詩」に「廬幕　周く施かる」。祭祀に参加する人々が集う場所。「廬」は食糧が備蓄された野外の接待所。『周礼』地官・遺人に「凡そ国の野の道、十里にして廬有り、廬には飲食有り」。それが天幕で設けられたことは、『周礼』天官・掌次に「凡そ祭祀には、其の旅幕（多人数用の幕）を張り、尸次（祭服に着替える更衣所を作る幕）を張る」。

棟甍　棟梁。左思「呉都の賦」（『文選』巻五）に「飛甍　舛互す」。

239 磊落奠鴻璧 愈　　磊落として鴻璧を奠り　愈
240 參差席香蔓　　　参差として香蔓を席く

［校勘］
239「鴻」祝本作「鴈」。
「璧」蜀本作「壁」。

あれこれと大きな玉器を神に供え、（韓愈）
ここかしこに撒いて、香り高い蔓草を神の敷物とする。（孟郊）

神を祀る祭壇のようす。大きな璧玉を供え、薫り高い霊草を撒いて神の座をつくる。

239磊落　多くの物がそれぞれにどっしりとあるさま。双声の語。潘岳「閑居の賦」（『文選』巻一六）に、「石榴・蒲陶の珍、磊落として其の側らに蔓衍す」。奠　神に供え物とする。鴻璧　「鴻」は大の意。「璧」は天を象った円形の玉器。133「元和聖徳詩」に「璧を奠り斝を献ぐ」。240参差　たくさん有って秩序だっていないようす。双声の語。『詩経』周南・関雎に「参差たる荇菜（あさざ）、左右之を流む」。席　敷いて座席とする。香蔓　香り高い霊妙な草。「蔓」は『爾雅』釈草に「葍は蔓茅なり」とあるのに拠れば、ひるがおの類。ここは『楚辞』離騒に「蔓茅と筳篿とを索る」、その王逸注に「蔓茅は霊草なり」とあるのに従う。

241 玄祇祉兆姓 郊　　玄祇　兆姓に祉し　郊

242 黒秬饛豐盛　　黒秬(こくきょ) 豊盛(ほうせい) 饛(もう)たり

［校勘］

241「祇」 祝本作「祗」。蜀本作「秖」。

玄妙なる神は万民に幸いをもたらし、（孟郊）
くろきびの酒はなみなみ、たっぷりと供えられる。（韓愈）

郊祭の描写が続く。神が祥をもたらすことをいう上句に対して、神に供える酒をいう下句。

241玄祇 神祇。『梁書』武帝紀上に「徳は玄祇に格(いた)り、功は造物に均し」。**祉** 幸福。『周易』泰に「六五、帝乙妹を帰(とつ)がしむ。以て祉ありて元吉なり」。**兆姓** 百姓、万民。「大和八年疾愈(やまい)えての徳音」（『文苑英華』巻四四一）に「既に慶を両宮に上(たてまつ)れば、宜しく恩を兆姓に覃(ほどこ)すべし」。**242黒秬** 「秬」は黒いきび。豊作を祈願して、祭りに供える酒。『尚書』洛誥に「秬鬯(ちょう)（くろきびの御神酒）二卣(ゆう)（酒器）を以てす」。『詩経』魯頌・閟宮に「稲有り秬有り」。**饛** 山盛りにしたさま。『詩経』小雅・大東に「饛たる簋飧(きそん)（食器に盛られた料理）有り」。**豊盛** たっぷりあること。『後漢書』皇后紀上・光武郭皇后に「賞賜は金銭縑帛、豊盛 比ぶる莫し」。

243 慶流蠲瘥癘　愈　　慶(けい)は流(なが)れて瘥癘(されい)を蠲(のぞ)き　愈(ゆ)

244 威暢捐

輣　　威(い)は暢(の)びて

輣(しょうほう)を捐(す)つ

めでたさが行き渡って、疫病は息の根を止められ、（韓愈）
天子の威光は四方に広がって、戦車を不用なものとする。（孟郊）

郊祀を行う、その背景となる天下の平安が示される。天子の威徳によって、流行病は消え、周囲の蛮族達も服従する。憲宗によって唐室に中興がもたらされた、元和元年という時期を表すものであろう。

243慶流　「慶」はめでたさ。『漢書』周緤伝に「功を帝籍に勒し、慶は子孫に流るるかな」。「流」は流布する。孫汝聴は元和二年の恩赦をいうとするが、ここでは慶祥が広がって伝染病の蔓延を抑えたと解する。　蠲　除去する。　瘥癘　流行病。『詩経』小雅・節南山に「天は方に瘥を薦む」。244威暢　天子の威光が広く及ぶ。『史記』秦始皇紀に「武威は旁く暢び、四極を振るい動かす」。　捐　棄てる。廃棄する。　轒輣　城攻めに使う戦車。「轒」は「衝」に同じ。『漢書』叙伝下に「戎車七たび征し、衝輣閑閑たり」、顔師古の注に「鄧展曰く、輣は兵車の名なり」。また『後漢書』光武帝紀上に「衝輣城を橦つ」、李賢の注に「衝は橦車なり」とある。

245 靈燔望高囧　郊　　霊燔　高囧を望み　郊
246 龍駕聞敲飀　　　　龍駕　敲飀を聞く

［校勘］
245「囧」文本、蜀本、王本、銭本作「冏」。
246「敲」文本作「㪣」。

犠牲を焼いて、高く明るい天を望み、（孟郊）
天帝の御車は、打ち付けるような風の音を響かせる。（韓愈）

空に立ち上る燔柴の煙、それに呼応するかのように、天帝が降臨するのを、風の音で表す。祭りのクライマックスか。

245霊燔　薪や柴の上に犠牲の肉や玉帛を置いて焼く。天を祀る儀式である燔柴をいう。『礼記』祭法に「泰の壇に燔柴して天を祭るなり」、『爾雅』釈天に「天を祭るを燔柴と曰う」とあり郭璞の注に「既に祭りて薪を積み之を焼く」。高囧　高く明るい。天空をいう。双声の語。「囧」は明亮なさま。孟郊「石淙十首」其九に「隠鱗乍ち囧（囧）を漂わす」。246龍駕　龍の引く車。天子の車をいう常套の語だが、ここでは上帝の来臨をあらわすと解した。『楚辞』九歌・雲中君に「龍駕して帝服す」。敲飆　叩くように吹き付ける風か。双声の語。『集韻』に「飆は暴風なり」。

247是惟禮之盛　愈
248永用表其宏

是れ惟れ　礼の盛んなる　愈
永く用て其の宏いなるを表す

［校勘］
247「惟」文本、蜀本作「爲」。

これぞまさしく礼がみごとに行われているあかし、（韓愈）

こうして永く聖徳の大いなることが表われる。(孟郊)

天帝が盛大な御代の永遠に続くことを言祝ぐ。元和という時代のめでたさが、郊祀においてはっきりと現われるのである。

247是惟　『尚書』多士の「是れ惟れ大命」など、『尚書』に見える重々しい言い方。248永用　やや改まった言い方。後漢・蔡邕の「朱公叔の鼎の銘」に「後裔をして永く用て亨祀し、以て其の先の徳を知らしむ」。「用」はそれによっての意。宏　広大なこと。

249 徳孕厚生植　郊　　徳孕みて生植を厚くし　郊
250 恩熙完刖剠　　恩熙きて刖剠を完うす

帝徳がはぐくんで動物・植物の繁殖は豊かに、(孟郊)
恩愛は暖かく、足切り・入れ墨の刑で体を損なうことはしない。(韓愈)

皇帝の仁愛は広く万物に行き渡り、罪人すら体に罰を加えられることはない。

249孕　育み養う。孟郊「覆巣行」に「陽和発生して均しく孕育す」。厚生植　「厚生」は手厚く養うこと。『尚書』大禹謨に「徳を正し用を利とし生を厚くして惟れ和す」、孔安国の伝に「生を厚くして以て民を養う」。「生植」は、ここは動植物をいう。唐・権徳輿「後湖に遊びて讌坐するに侍従す」詩に「化工若し情有らば、生植は皆な如かず」。250恩熙　天子の恩寵が明るく輝く。完刖剠　身体を損傷する刑罰を行わない。「完」は傷つけることなく、体を完全なままにする。「刖」は足切りの刑、「剠」は入れ墨の刑罰。『漢書』刑法志に「今　法に肉刑三有り」、その孟康の注に、「黥（剠）・劓二、左右の趾を刖するは合わせて一、凡そ三なり」。

251　宅土盡華族　愈　　土に宅するは尽く華族　愈
252　運田閒強甿　　　　田を運らすは強甿を問う

［校勘］
252「閒」　文本作「閑」。

土地に住んでいるのはのこらず高貴な家柄ばかり。（韓愈）
田畑の耕作には力のある農民も混じっている。（孟郊）

郊祀の儀礼と徳化から、荘園や寺院が点在する城南の描写に移る。土地を上から与えられる華族と自ら労働する農民との対比だが、力を持った農民を言うことで城南の地の豊かさ、活力が印象付けられている。

251宅土　人が居住すること。『尚書』禹貢に「桑の土は既に蚕し、是に丘を降りて土に宅す」。左思「魏都の賦」（『文選』巻六）に「宅土熇暑（焼けるように暑い）にして、封疆障癘（瘴癘）あり」。華族　高貴な一族。『晋書』王遐伝に「少くして華族を以て仕う」など、正史では『晋書』から頻見する。詩には韓愈以後に見える。252運田　田畑を運営すること。「運」は開墾や耕作をすることであろう。強甿　力のある農民。城南の地ゆえに余力を持った農民が存在するのであろう。「甿」は農民。『周礼』地官・遂人に「甿に勧むるに彊予を以てす」、鄭玄の注に「甿は猶お懵のごとし。懵は無知の貌なり。……彊予とは民に余力有れば復た之に田を予うを謂うなり」とある。

253 蔭庾森嶺檜　郊　　庾を蔭いて嶺檜森たり　郊
254 啄場翽祥鴨　　　場に啄みて祥鴨翽たり

［校勘］
253 「庾」 祝本作「庚」。
254 「翽」 祝本、魏本作「劌」。 「鴨」 潮本、蜀本作「鵬」。

野積みされた穀物を覆い守るように嶺の檜が並んで繁り、（孟郊）
脱穀場に落ち穂をついばんで、鶍明の鳥が羽ばたく。（韓愈）

物置場や脱穀場など、どこの農村にもある場所に「檜」「祥鴨」を添えることで、荘厳さを帯びる風景として捉える。もともとは田舎、野卑である光景を、聖なる方向に持ち上げる。

253 **蔭** おおう。倉が山の神の加護に包まれていることを言う。**庾** 屋根の無い倉庫。野積みの物置場をいう。『詩経』小雅・楚茨に「我が倉は既に盈ち、我が庾は維れ億たり」、毛伝に「露積を庾と曰う」とある。**森** 樹木が繁って並んでいること。厳かな雰囲気を表す。郭璞「江の賦」（『文選』巻一二）に「栛槤（二種の樹木）は嶺に森り峰に羅なる」。**嶺檜**　峰に生えている檜。「檜」は宮殿や寺院に多く植えられる樹であり、ここは神秘的な山の感じを出している。254**啄場**　「場」は脱穀のための広場。『詩経』小雅・小宛に「交交たる桑扈（鳥の名、イカル）、場に率い粟を啄む」。**翽祥鵬**　「翽」は『詩経』の「翽翽」を一字で言ったもの。羽ばたくさま。『詩経』大雅・巻阿に「鳳凰于に飛ぶ、翽翽たる其の羽」。鄭箋に「翽翽は羽の声なり」。「祥鵬」は「鷫明」「鷫鵬」「焦朋」とも表記する。鳳凰の類。『史記』司馬相如伝の引く文（「難蜀父老文」）に、「猶お鷫明の已に寥廓に翔け、羅者の猶お藪沢に視るごとし」。司馬相如「上林の賦」（『文選』巻八）に「鵷鶵を捷り、焦朋を揜る」。張揖の注に「焦朋は鳳に似る。西方の鳥なり」。

255　畦肥翦韭薤　愈
256　陶固收盆罌

畦は肥えて韭薤を翦り　愈
陶は固くして盆罌を収む

［校勘］
255「翦」文本作「剪」。

耕地は地味豊か、ニラを切り取り、（韓愈）
陶器がしっかりと焼き上がり、できた盆や甕を窯からとり収める。（孟郊）

ニラや陶器という身近な物で、農民の日常生活の確かさ、豊かさを描く。「肥」と「固」が好ましい状態にあることを示し、成果として得られる物が例示される。

255畦　うね。『荘子』天地に「（一丈人）方に将に圃畦を為らんとす」。翦韭薤　「翦」は切る。「剪」に通じる。「韭薤」はニラ。杜甫「衛八処士に贈る」詩に「夜雨　春韭を剪る」。256盆罌　盆と口が小さく腹の大きな甕。114「南山詩」に「或いは纍として盆罌の若し」。

257利養積餘健　郊
258孝思事嚴祊

利養　余健を積み　郊
孝思　厳祊に事う

［校勘］
257「健」祝本、文本作「徤」。
258「祊」蜀本作「枋」。

先祖への供養によって、余徳としての健やかさを積み蓄え、（孟郊）
父祖を敬う思いは、厳かな祊の祭りを執り行う。（韓愈）

その地の居民は、代々の父祖を大切に敬うことで、由緒ある家柄であるとともに、今もしきたりを守る立派な家風を守ることをいう。
257利養　ここは供養すること。『儀礼』特牲饋食礼に「主人は出でて戸外の西南に立ち、祝は東面して利の成るを告ぐ」、鄭玄の注に「利は猶お養のごときなり、供養の礼成るなり」とある。積余健　「積」は積み蓄える。「余健」は余徳として得られる健やかさ。『易経』坤・文言伝の「積善の家には必ず余慶有り」に類する表現。

258孝思　孝行の気持ち。『詩経』大雅・下武に「永く言に孝思すれば、孝思維れ則とならん」。事厳祊　「祊」はもともと宗廟の門。そこから先祖を祀ること。『詩経』小雅・楚茨に「或いは肆ね或いは将む、祝（神官）祊に祭る」。厳密には正祭の翌日の祭りをいう。『礼記』礼器に「祭を堂に設け、祊を外に為す」。鄭玄の注に「祊祭は明日の繹祭なり。之を祊というは、廟門の旁に於いてす、因りて名づく」。

259　掘雲破嵽嵲　愈　　雲を掘りて嵽嵲を破り　愈
260　採月漉坳泓　　　　月を採りて坳泓に漉う

雲を掘り抜き、ごつごつとそびえ立つ山を踏み破る。（韓愈）
月を取ろうとして、深い窪みの水を掬う。（孟郊）

田園から寺を目指して山中へと入っていく。山を踏破する勢いのよさと一時的な静止、そこから澄明な心境を喩える安らかさを導いている。動と静の対でもある。

259掘雲　山中の雲に分け入ることをいう。柔らかで抵抗のない雲を、固い物に力を加える「掘」という動詞を使うことで、歩を進めることの困難さ、それに向かう力動感をあらわす。似た語には「穿雲」があり、唐詩によく見える。嵽嵲　山のけわしいさま。畳韻の語。115「豊陵行」に「嵽嵲遂に玄宮の閭に走る」、第10句注を参照。
260採　捜して摘み取るニュアンス。漉　掬う。127「征蜀聯句」に「水に漉いて鱣蛸（魚や巻貝）を雑う」。坳泓　窪みに深く貯まった水。双声の語。「坳」は小さな窪み。050「雪を詠ず　張籍に贈る」に「坳中　初めて底を蓋う」。「泓」は深い水。白居易「双石」詩に「坳泓　一斗を容る」。

261 寺砌上明鏡 郊
262 僧盂敲暁鉦

寺砌(じせい) 明鏡(めいきょう)に上(のぼ)り 郊(こう)
僧盂(そうう) 暁鉦(ぎょうしょう)を敲(たた)く

［校勘］
262 「盂」 蜀本作「孟」。

寺の石畳、明るい鏡のようなつややかな石の上に立つ。（孟郊）
寺僧の鉢、朝餉のかねが打ち鳴らされる。（韓愈）

清浄で静謐な寺院を描く。上句は寺に着いたことをいい、下句で境内に入ると鉦が聞こえてきたという流れ。
261**寺砌** 寺の石畳。「砌」は階下の石畳。謝朓「中書省に直す」詩（『文選』巻三〇）に「紅薬は階に当たりて翻り、蒼苔は砌に依りて上る」。**明鏡** 澄明な鏡。前句の「月」からの連想があろう。唐・駱賓王「月を望んで思う所有り」詩に「霜に似て玉砌に明るく、鏡の如く珠胎を写す」。ここは鏡のように物を映している石畳を喩え、併せて寺を訪れて澄明な心境を得たことをも暗示する。262**僧盂** 「盂」は飲み物、食べ物を入れる食器。『史記』滑稽列伝の「酒一盂」は酒の容器。**敲暁鉦** 「鉦」は合図のために打ち鳴らすかね。『詩経』小雅・采芑に「鉦人 鼓を伐(う)つ」というのは、軍事において退却の合図をする係りのかね。一句、孫汝聴は上句と合わせて、「僧盂は暁鉦の如きなり」というが、僧侶・食器・敲・夜明け・（食事を知らせる）鉦という要素を並べて、朝食を知らせるかねが響くのをいうと解した。

263　泥像對騁怪　愈
264　鐵鐘孤舂鍠

泥像（でいぞう）対（むか）いて怪（かい）を騁（は）せ　愈（ゆ）
鉄鐘（てっしょう）　孤（ひと）り鍠（こう）を舂（つ）く

［校勘］
264「鐘」　潮本、祝本、蜀本、魏本作「鍾」。

仏の塑像が向かい合って怪異な姿を思い切り呈し、（韓愈）
鉄の梵鐘だけが静かな山中でゴーンと撞かれている。（孟郊）

引き続き寺のようすだが、こちらは不気味さを感じさせるものに目を向ける。静かな中に怪しさを漂わす像と音を響かせて動く鐘という、映像と音声の対。

263**泥象**　塑像の仏像。『魏書』世祖太武帝紀下に「泥像中に玉璽二を得たり」。**対**　一対の物が向かい合って。**騁怪**　白居易「太湖石記」に「奇を争い怪を騁せ、公（牛僧孺）の眼中の物と為る」。170「司門盧四兄雲夫院長の望秋の作に酬ゆ」に「若し酣に乗じて雄怪を騁せしむれば、造化　何を以て鐫劖に当たらん」、216「張籍を調（あざけ）る」に「精誠　忽ち交通し、百怪　我が腸に入る」など、「怪」は韓愈の愛好する所。文讜は「金剛二像を謂うなり」。
264**鉄鐘**　鉄製の梵鐘。唐・李邕（りよう）「嵩岳寺の碑」に「食堂（じきどう）の前の古き鉄鐘なる者は重さ千斤」。**孤**　ひとり。ただそれだけ。**舂**　撞く。259「瀧吏」に「船石　相い舂撞す」。**鍠**　金属的な音。ここは鐘の音。『後漢書』馬融（ばゆう）伝に「鍠鍠鎗鎗として、農郊大路の衢に奏し、百姓と之を楽しむ」、李賢の注に「鍠鍠鎗鎗は鐘鼓の声なり」。

265 癭頸鬧鳩鴿　郊　　癭頸（えいけい）　鳩鴿（きゅうこう）鬧（かまびす）しく　郊（こう）

266 蜿垣亂蛷蠑　　蜿垣（えんえん）　蛷蠑（きゅうえい）乱（みだ）る

［校勘］

266「垣」　潮本、蜀本作「⿰虫亘」。

瘤のようにくびをふくらませてハトは騒がしく、（孟郊）

くねくねと続く垣根のようにゲジゲジどもがひしめきながら列を作る。（韓愈）

鳥と虫という小動物、その音と動き。いずれも喧騒と雑然といった、無秩序で穏やかならざる様態を描く。

265 **癭頸**　頸に瘤ができること。ハトが頸をふくらませている様子に喩える。畳韻の語。南宋・陸佃『埤雅』釈鳥・鶃に「鴿の頸は癭の如く、鶃の顙（ひたい）は瘤の如し」とある。**鬧**　騒がしい、争い騒ぐ。087「潭州に船を泊して諸公に呈す」に「鼓笛　鬧しきこと嘈嘈たり」。**鳩鴿**　ともにハトの類。双声の語。北魏・楊衒之『洛陽伽藍記』巻一に「修梵寺に金剛有り、鳩鴿入らず、鳥雀棲まず」。266 **蜿垣**　婉曲した垣根。畳韻の語。虫がいる場所と取るのは平凡。虫の動くさまの比喩と解した。**蛷蠑**　「蛷」は洪興祖が「多足の虫」というのに従えば、ゲジ、ヤスデ、ムカデの類か。「蠑」は洪興祖は「蜥蜴」。両者併せて地を這う虫。

267 甚黑老蠶蠋　愈　　甚（しん）は黒（くろ）くして蚕蠋（さんしょく）老（お）い　愈（ゆ）

268 麥黄韻鸝鶊　麦は黄にして鸝鶊韻く

桑の実は黒ずみ、カイコは年老いる。（韓愈）
麦が黄色く色づいてウグイスたちが鳴き声を響かせる。（孟郊）

小動物の描写から、再び城南の田園に戻る。晩春初夏の光景であり、カイコもウグイスも時期が終わりつつあることを詠う。

267 葚　桑の実。『詩経』衛風・氓に「于嗟　鳩よ、桑葚を食らう無かれ」。同じく魯頌・泮水に「翩たる彼の飛鴞、泮林に集まる。我が桑葚を食らい、我が好音を懐う」。**老蚕蠋**　「蠋」はワーム状の虫。『荘子』庚桑楚に「奔蜂は藿蠋を化する能わず、越鶏は鵠卵を伏する能わず」。ここでは「蚕蠋」二字でカイコと解する。「老」とはカイコに月齢あるゆえ。268 **麦黄**　麦の穂が実って黄色くなること。唐・李頎「陳章甫を送る」詩に「四月南風に大麦は黄なり、棗花未だ落ちずして桐陰長し」。**韻**　鳴き声が聞こえること。地鳴きの声であろう。**鸝鶊**　黄鸝と鶬鶊、ともにウグイスの類。『詩経』周南・葛覃「黄鳥于に飛ぶ」の孔穎達の疏に「陸機の疏に云う、黄鳥は黄鸝留なり。或いは之を黄栗留と謂う。幽州の人は之を黄鸎と謂う、一に倉庚（鶬鶊）と名づく。……葚の熟する時に当たり来たりて桑間に在り。故に里語に黄栗留は我が麦の黄ばみ葚の熟するを看ると曰う」とある。

269 韶曙遲勝賞　郊　　韶曙　勝賞を遅ち　郊
270 賢朋戒先庚　　賢朋　先庚を戒む

［校勘］

269「曙」　潮本、文本、蜀本作「暑」。
270「朋」　潮本、祝本、文本、蜀本、魏本作「明」。

美しい朝の景色は賞翫する人を待っており、（孟郊）
かしこき方々は先の約束をしっかり守る。（韓愈）

春の景物に連続しつつ、人々の行動に移る。景色を共に楽しもうと親しい人たちと約束した、ということを勿体ぶって言う面白さを含むか。

269 **韶曙**　美しい夜明け。「韶」は韶光、韶景など春を形容することが多く、ここも春のあけぼのを言うだろう。梁・元帝『纂要』（『初学記』巻三・歳時部・春）に「春を青陽と曰う……景を媚景、和景、韶景と曰う」。**遅待**　待つ。待ち望む。**勝賞**　美しい景色を賞でること。双声の語。梁・昭明太子「張纘に与うる書」に「文筵講席、朝遊夕宴、何ぞ曾て茲に勝賞を同じくし、此と共に言寄せざらん」。270 **賢朋**　別荘に招かれた客たちをいうか。**戒先庚**　「先庚」は『周易』巽の「庚に先んずること三日、庚に後るること三日、吉」に出る語。前もって決められた約束。「戒」はそれを固く守る。

271　馳門塡偪仄　愈　　門に馳せて塡ぎて偪仄たり　愈
272　競墅輾砯砰　　墅に競いて輾じて砯砰たり

［校勘］

272「砯」　潮本、文本、蜀本作「砅」。

門に向かって馳せ参ずる人々が、びっしりと道を埋め尽くす。（韓愈）
別荘のならぶ地に競うように車がガラゴロと音をたてる。（孟郊）

城南の別荘に見られる賑わい。景色を楽しむ人の出入り、その密集と速度を対比させる。

271 **偪仄**　押し合いへし合いに混み合うさま。畳韻の語。張衡「西京の賦」（『文選』巻二）に、「麀鹿麌麌として、駢田偪仄たり」、薛綜注に「駢田偪仄は、聚会の意」。杜甫「偪仄行」に「偪仄　何ぞ偪仄、我は巷南に居り君は巷北」。272　春景を楽しむために競うように車を走らせることを描く。唐・胡曾（こそう）「寒食に都門にて作る」詩に「軒車は競いて出でて紅塵合し、冠蓋は争いて回りて白日斜めなり」。**輾**　転ずる。車輪が音をたてて回る。**砯砰**　大きな音の形容。双声の語。郭璞「江の賦」（『文選』巻一二）に「巌に砯たりて鼓作す」、李善注に「砯は水の巌に激するの声なり」。また潘岳「西征の賦」（『文選』巻一〇）に「砰と桴（ばち）を揚げて以て塵を振（うご）かす」、李善注に「字書に曰く、砰は大声なり」。

273 碎纈紅滿杏　郊　　　碎纈（さいけつ）　紅（くれない）は　杏（あんず）に満（み）ち　郊（こう）
274 稠凝碧浮餳　　　　　稠凝（ちゅうぎょう）　碧（へき）は餳（あめ）に浮（う）く

［校勘］

273「碎纈」潮本、祝本、文本、蜀本、魏本作「醉結」。

細かな絞り染めとなって、紅色が杏の花に満ちており、（孟郊）
稠密に凝り固まって、碧色が餳のうえに浮いている。（韓愈）

杏の紅の花を詠んだ上句に合わせれば、下句は池の光景。「稠凝」は池の水のどろっとしたさまをいい、「餳」はその比喩となる。ただ「杏」が実景であるのに対して「餳」が比喩としか読めないところに難がある。或いは下句は碧い物を散らした粥をいうとすると、上句は粥に入れる杏の実をいうことになる。孟郊が庭の杏の花をうたったのを、韓愈が敢えて杏の実と取って粥に転じたとすれば、聯句における対句が作者が交代することで方向が変わる例となる。しかし前後の流れからいっても、庭の叙述のなかに置かれた二句と見るのが妥当だろう。

273 杏の花が紅色を絞り染めにしたように咲いている光景であろう。鮮やかさとともに生命力を感じさせる。

碎纈　細かく砕いたような小さな絞り染め。172「無本師の范陽に帰るを送る」に「蜂蟬　錦纈を碎く」。274 稠凝　濃密なさま。「餳」にたとえられる池の水についていう。碧　水に映る木々の色。餳　「粥餳」のこと。寒食の日の食べ物。梁・宗懍（そうりん）『荊楚歳時記』に「（寒食）火を禁ずること三日、餳大麦粥を造る」。隋・杜台卿『玉燭宝典』に、「寒食には大麦の粥を為り、杏仁を研（つぶ）して酪を為り、餳を以て之に沃ぐ」。

275 蹙縄覲娥婺　愈　　縄（なわ）を蹙（ふ）みて娥婺（がぶ）を覲（み）　愈（ゆ）
276 鬬草擿璣珵　　草（くさ）を鬬（たたか）わせて璣珵（きてい）を擿（と）る

ぶらんこ遊びをしている美しい女たちを拝み、（韓愈）
草あわせのために美しい玉のような草花を摘む。（孟郊）

寒食清明の頃の女性たちの遊びを描く。鮮やかな春景色の中、大きくまた軽やかに動く艶やかな女性たち。

275**鞦韆**　鞦韆の遊びをいう。もともと北方山間部の民族の遊びであったが、中国に入って女子の遊ぶところとなった。『荊楚歳時記』には「立春」の遊びとして「又た打毬・鞦韆の戯を為す」。五代・王仁裕『開元天宝遺事』に、天宝年間、寒食節には宮中に鞦韆を設け、宮女たちがはしゃぎ楽しんだ、玄宗がそれを「半仙の戯」と呼び、都下の人々の間にもその呼称が広まった、という記事が見える（巻下・半仙之戯）。**覯**　本来は天子など目上の人に会う。『周礼』春官・大宗伯に「春に見るを朝と曰い、夏に見るを宗と曰い、秋に見るを覲と曰い、冬に見るを遇という」。ここでは幸運にも高貴な佳人たちを目にすることができたといった意か。**娥婺**　本来は嫦娥と婺女、すなわち月と星の女神。それによって美女をいう。鞦韆の遊びが「半仙の戯」と呼ばれたことを踏まえ、ぶらんこに興じる女たちを仙女に見立てる。276**闘草**　草あわせの遊び。『荊楚歳時記』には「五月五日、四民は並びに百草を蹋み、又た百草を闘わすの戯有り」と、端午の行事として記している。**擷**　取る。唐・宋之問「秋蓮の賦」に「芳心未だ成らざるに、採擷せられて都て尽く」。**璣珵**　真珠や玉。『尚書』禹貢に「厥の篚は玄纁璣組なり」、孔伝に「璣は珠の類」、また『楚辞』離騒に「豈に珵の美の能く当たらん」、王逸の注に「珵は美玉なり」。草の実の比喩であれば分かり易いが、ここは春なので草花の美しさに喩えたと解しておく。

277 **粉汗澤廣額**　郊　　粉汗　広額を沢し　郊
278 **金星墮連瓔**　　金星　連瓔に堕つ

白粉のまじった汗が広い額をしっとりと濡らし、（孟郊）
金星の花黄が宝玉を綴った飾りに落ちる。（韓愈）

沈欽韓によれば、この二句は前の二句を受ける。ぶらんこや草あわせで活動した結果、女たちは汗を流し、飾りも落ちる。そこにも官能的な魅力を認める。

277粉汗　白粉のまじる汗。隋・盧思道「採蓮曲」に「珮動きて裙風入り、妝銷えて粉汗滋し」。旧注には『世説新語』容止に載せる、魏の何晏が色白で白粉を塗っているのではないかと疑われたが、大汗をかいて一層肌の白さが際立ったという故事を引く。そのように、この語からは色白の膚も連想させる。沢　しっとりと潤す。潤って輝く。『楚辞』離騒に「芳と沢と其れ雑糅（まじわる）す」、王逸の注に「沢は質の潤うなり。玉は堅くして潤沢有り」とある。広額　広い額。男女ともに言うがここは女性。左思「嬌女の詩」（『玉台新詠』巻二）に「鬢髪広額を覆い、双耳　連璧に似たり」。278金星　花佃（花黄）の一つ。額に貼り付ける装飾。梁・蕭紀「閨妾征人に寄す」詩に「色を斂めて金星聚まり、悲を禁らして玉筯流る」。陳・顧野王「艶歌行」に「窓開きて翠幔巻き、妝罷みて金星出ず」。連瓔　珠玉を連ねた首飾り。

279 鼻偸困淑郁　愈　　鼻は偸まれて淑郁に困しみ　愈
280 眼剽強盯矘　　眼は剽められて盯矘を強ちにす

鼻はかすめ取られたのか、馥郁たる香りにふらふら。（韓愈）

眼は美に奪い取られて、ジロジロと見ずにいられない。（孟郊）

鼻や眼という感覚器官が、女性の香りや美しさに、無意識のうちに引き付けられてしまうことをいう。「偸」と「剽」、「困」と「強」などの語によって、美に吸い寄せられる様がユーモラスに描かれる。

279**鼻偸**　「偸」は強烈な香りに悩殺されて嗅ぐこともできなくなり、まるで奪い取られたようだ、の意か。**困**　めまいがする。芳香の濃密さに意識が薄れる。**淑郁**　濃厚な香気。畳韻の語。司馬相如「上林の賦」（『文選』巻八）に美女たちについて「芬芳漚鬱し、酷烈淑郁す」。280**剽**　盗む。120「士を薦む」に「春を捜して花卉を摘み、沿襲して剽盗に傷つく」。**強**　むりやり。強引に。**盯矓**　真っ直ぐに視るようす。畳韻の語。元稹「有酒十章」其二に「胡為（なんす）れぞ月輪は滅缺して星は矓盯す」。

281　是節飽顔色　郊
282　茲疆稱都城

是（こ）の節（せつ）　顔色（がんしょく）に飽（あ）き　郊（こう）
茲（こ）の疆（きょう）　都城（とじょう）と称（しょう）さる

この時節はさまざまな色彩が満ちあふれ、（孟郊）
この地域はみやこと称される。（韓愈）

総括へと向かう。時間・空間ともに華やぎに満ちた場。

281**是節**　この時節。特別な思いを込める。梁の簡文帝「九日韻を賦す」詩に「是の節　陽数に協い、高秋　気は已に精たり」。ここは元和元年という、新帝によって新しい時代が開かれる年であるという認識も込められているだろう。飽　飽和する。満ち足りる。顔色　色彩。城南の景色や雰囲気、女性たちの姿など、さまざまな色を意識させる。282茲疆　上句が時間をいうのを受けて空間をいう。城南を指す。都城　みやこ。本来は都城に入らないにもかかわらず、都城といっていいにぎわいの意か。或いは単に「都城」にふさわしい華やぎが有るということかも知れない。いずれにせよ、「称」には誇らかに唱えられるの意をもつ。

283　書饒罄魚繭　愈　　　饒かなるを書きて魚繭を罄くし　愈
284　紀盛播琴箏　　　　　盛んなるを紀して琴箏に播す

豊饒なさまを書いて、魚子紙・蚕繭紙を使い尽くし、（韓愈）
めでたい事柄を記して、それを琴や箏の調べにのせて広めていく。（孟郊）

めでたい事柄がたくさん有り、それを書き記し、歌曲として全国に、また後代に伝える。二人にとってはこの聯句こそそれに当たるだろう。

283罄　尽きる。張衡「東京の賦」（『文選』巻三）に「東京の懿未だ罄きず」。149「東都に春に遇う」に「塩米　屢しば罄くるを告げらる」。魚繭　上質の紙をいう。『唐国史補』巻下に「紙には則ち……魚子唐有り」。何延之「蘭亭記」（『太平御覧』巻七四八・工芸部・書中）に王羲之について「書は蚕繭紙を用う」。284紀　記す。法や道の意味もあるように、記してそれが人の守るべきものとなるというニュアンスがある。唐・元結「呂公の表」に「将に盛徳を紀して来世に示さんとす」。播　伝え広める。琴箏　琴と箏。古来の代表的な弦楽器。西晋・傅玄「琵琶の賦」に「工人の音を知る者をして琴、箏、筑、箜篌の属に載せて馬上の楽を作らしむ」。

285　奚必事遠覿　郊
286　無端逐羈傖

奚ぞ必ずしも遠覿を事とせんや　郊
端無くも羈傖に逐わる

［校勘］
286「羇」　魏本、銭本作「羈」。

なにも遠くの地を見に行くには及ばないのに、（孟郊）
なぜか宿無しのよそ者に放逐された。（韓愈）

ここで転換。話題は韓愈の陽山令左遷に移る。ただし、孟郊が話題を転じたか否か疑問。上句だけ見れば、「城南だけでも書くことはいくらでもある、わざわざ遠くまで出かけるまでもない」、と第284句に連続する意味に受け取ることができる。それを韓愈が話題を遠謫へ転じて孟郊の句を「どうして遠くへおいでなさったのか」と、韓愈の流謫に対して軽い皮肉、慰めの言と取って陽山に転じたのか。孟郊に転換の意図がなかったとすれば、この箇所は二人の間でどのように不連続性が生じるかを探る好例となる。

285**奚**　反語の辞。なんぞ。229「間遊二首」其二に「奚ぞ九衢の塵を事とせんや」。**遠覿**　遠くを見る。「覿」は見る。孟郊は「友人に答う」詩の「良覿　忽ち茲に在り」など、この字をよく用いる。「遠視」であれば、謝恵連「湖に泛びて帰り楼中に出でて月を翫づ」詩（『文選』巻二二）に「近矚　幽蘊を祛い、遠視　諠囂を盪ぐ」などの例がある。286**無端**　わけもないのに。**逐**　陽山令に流されたことをいう。**羈傖**　「羈」は旅。「傖」は田舎もの。他の地の人に対する蔑称。『晋書』周玘伝に「将に卒せんとして、子の勰に謂いて曰く、『我を殺す者は諸傖子なり。能く之を復せば、乃ち吾が子なり』。呉の人は中州の人を謂いて傖という、故に云うのみ」。

287 將身親魍魅　愈　　身を将て魍魅に親しみ　愈

288 浮跡侶鷗鶄　　　跡を浮かべて鷗鶄を侶とす

この身みずから魑魅魍魎と仲良しになり、（韓愈）
身を江湖に浮かべて、カモメやゴイサギを仲間とした。（孟郊）

陽山、江陵での生活を詠う。化け物と付き合ったとおどける韓愈に、孟郊は機心を棄て自由な境地で水鳥と親しんだのだろうと受ける。孟郊の句には、溧陽県尉の仕事になじめず、林野を彷徨して詩を作っていた自らの経験も反映されているか。

287将身　自分の体で。生々しい体験であることを強調する。親　皮肉とユーモアを含んだ言い方。魍魅　魑魅魍魎を二字につづめた。288浮跡　陸を歩けば足跡が残るが、舟で江湖を行くのでこう言ったのであろう。侶　仲間とする。伴う。鷗鶄　カモメと五位鷺。「鷗」は機心を持たない人に親しむ鳥。言うまでもなく、『列子』黄帝に見える話にもとづく。また「鶄」は鷺の仲間で、鵁鶄とも言う。杜甫「曲江にて鄭八丈南史に陪して飲む」詩に「雀は江頭の黄柳の花を啄み、鵁鶄と鸂鶒（オシドリの類）は晴沙に満つ」。

289 腥味空奠屈　郊　　腥味　空しく屈を奠り　郊

290 天年徒羨彭　　天年(てんねん)　徒(いたず)らに彭(ほう)を羨(うらや)む

［校勘］

290「天」　潮本、祝本、文本、蜀本、魏本作「夭」。

生臭い味の食物をただ空しく屈原に供え、（孟郊）
天から与えられた寿命、あだに彭祖の長寿を羨んだ。（韓愈）

陽山での辛い思い。国を追われた屈原に、都を逐われた自分をなぞらえ、長生きはむずかしかろうと観念する。

289**腥味**　生臭い味。調理されていない粗末な食物。018「遠遊聯句」に「醇を飲みて明代に趣き、腥を味わいて荒阪に謝せん」。**空**　ただそうするしかない、というニュアンス。無実の罪で貶謫された韓愈の気持ちを代弁する。**奠屈**　「奠」は供え物を置いて死者を祀ること。「屈」は屈原のこと。018「遠遊聯句」に「糈を懐きて賢屈に餽(おく)る」、孟郊「盧仝(ろどう)に答う」詩に「楚屈は入水して死す」。屈を祭る、屈を弔うという例は多いが、奠を使って新しさを出している。290**天年**　天寿。自然に与えられる寿命。『荘子』山木に「此の木は不材を以て其の天年を終うるを得たり」。**彭**　彭祖。長寿の代表。『列仙伝』などに見える。

291 驚魂見蛇蚓　愈　　魂(こん)を驚(おどろ)かして蛇蚓(だいん)を見(み)　愈(ゆ)

292 觸嗅値蝦蟛　　嗅(にお)いに触(ふ)れて蝦蟛(かほう)に値(あ)う

魂もびっくり仰天、ヘビや大ミミズを目の当たりにしたり、（韓愈）
ひどい臭いと思ったら、エビや小蟹に出くわした。（孟郊）

陽山、江陵で見かけ、出あった好ましくない小動物。蛇やエビなど取るに足らない物を敢えて取り上げて、僻遠の地の不気味さとその地に居る不快感を強調する。

291 蛇蚓　077「八月十五日の夜　張功曹に贈る」に「牀より下れば蛇を畏れ　食には薬を畏る」など、陽山の地の「蛇」はたびたび見える。「蚓」は和訓のミミズでは小さな生き物を思わせるが、「蛇」と並ぶ、大きくて恐ろしげなものを言うのだろう。**292 触嗅**　触れることと嗅ぐことを並列させたようだが、上句との対応からは嗅覚に触れるということだろう。梁・武帝「浄業の賦」に「香気馞起し（盛んに立ち）、鼻に触れて識を発す」という例はあるが、その「触鼻」をさらに発展させた言い方か。**値**　予想せずに出くわす。「遇」とほぼ同じ。**蝦蟚**　エビと小蟹。韓愈の「鱷魚の文」に「大海其の南に在りて、鯨鵬の大、蝦蟹の細も、容帰せざる無し」。

293 幸得履中氣　郊　　幸いに中気を履むを得
294 忝從拂天棖　　　忝くも天棖を払うに従う

幸いなことに中正の気を踏んで帰ってくることができ、（孟郊）
ありがたいことに天子の門をくぐることになった。（韓愈）

陽山からの復帰をいう。憲宗によって正常な状態に戻った政局の変化に自分も乗じることができ、宮廷に足を踏み入れることになった。
293履中気　「履」は踏み行う意。漢・劉向『説苑』修文に「彼の舜は匹夫を以て正を積みて仁に合し、中を履みて善を行えば、卒に以て興る」。「中気」は調和のとれた正しい気。世界の中央に満ちる気をいう。唐・皎然「鄭方回に答う」詩に「高秋　日月清く、中気　天地正し」。294忝　身の程をすぎて、といった態度を示す。従主体的にしたのでなく、上から与えられた指示に従って、といったへりくだった態度を示す。払天棖　朝廷に入ったことをいう。「棖」は門の両側の柱。「天」を冠して朝廷の門をあらわす。『礼記』玉藻に「君　門に入れば、介（介添え）は闑を払う。大夫は棖と闑の間に中る。士の介は棖を払う」。

295　帰私暫休暇　愈　　私に帰りて暫く休暇し　愈
296　驅明出庠黌　　　明に駆けて庠黌に出ず

［校勘］
296「明」　潮本、祝本、文本、魏本作「昵」。蜀本作「昵」。

公より退いて、しばし家で休息し、（韓愈）
夜明け前に馬を走らせて、国子監へと出仕する。（孟郊）
国子博士として都に召還されてからの韓愈の生活をいう。このあと、城南の地で二人で聯句の制作を楽しんだことを詠う、最後の段落へと移る。

295帰私　「私第に帰る」「私門に帰る」といった語が、史書によく見える。習熟した「帰私第」などは私邸に帰るという具体性があるが、「帰私」の場合は観念的になる。休暇　休養する。296駆明　夜明け前に馬に乗って出かけること。「明」は夜明け前の時間。『尚書』堯典「日中して星鳥以て仲春を殷す」に対する孔穎達の疏に「日の未だ出でざる前二刻半を明と為す」。庠黌　学校。国子監。『孟子』滕文公上に「設くるに庠序学校を為して以て之を教う。庠は養うなり。校は教うなり。序は射なり。夏は校と曰い、殷は序と曰い、周は庠と曰う」。また『後漢書』儒林伝上に「乃ち黌宇を更脩し、凡そ造構する所は二百四十房、千八百五十室」、李賢の注に「説文に曰く、黌は学なりと」。

297　鮮意竦輕暢　郊　　鮮意（せんい）　竦きて（うごきて）軽暢（けいちょう）たり　郊（こう）
298　連輝照瓊瑩　　　　連輝（れんき）　照らして（てらして）瓊瑩（けいえい）たり

新鮮な発想が軽く伸びやかに躍動し、（孟郊）
二つ並んだ輝き、瓊や瑩のように照り映える。（韓愈）

「城南聯句」の詩作そのものへと移る。下句は賛辞として何に対しても用いることができそうだが、上句は孟郊の考える、この聯句、ないし韓孟の詩作の特質に個別化している。それは何より新しさであり、軽快な、はつらつとした動き、躍動感であった。
297鮮意　新鮮な考え、発想。新意の言い替えであろう。孟郊「山中にて従叔簡の挙に赴くを送る」詩に「之に倚れば道気高く、之を飲めば詩思鮮かなり」。竦　動く。木華「海の賦」（『文選』巻一二）に「振るう莫く竦く莫し」、李善注に「広雅に曰く、振は動なり。竦も亦た動なり」。**軽暢**　軽やかでかつ伸びやか。211「席八に和す十二韻」に「芳菲は斧藻を含み、光景は形神を暢びやかにす」。298**連輝**　二人の詩作がならび輝くことをいう。**瓊瑩**　「瓊」も「瑩」も美玉。『詩経』斉風・著に「之に尚うるに瓊瑩を以てす」。

299　陶暄逐風乙　愈　　陶暄たり　風を逐う乙　愈
300　躍視舞晴蜻　　　　躍視す　晴れに舞う蜻

のどかなものだ、風を追って舞うツバメ。（韓愈）
はずむような気持ちで晴れた空に舞うトンボを見る。（孟郊）

ゆったりと春景色を眺め、ツバメやトンボという小動物の動きを通して、新鮮な詩想を得る。生き生きとした心で感じ、新しい光景を獲得するのだが、そこに二人で続けてきた長い聯句が終盤に入った満足感、充実感も重なっているだろう。

299**陶暄**　二字が熟した例は見出せないが、春の温暖なさまをいうのだろう。「陶」にはのびやかの意がある。枚乗「七発」（『文選』巻三四）に「陽気を陶し、春心を蕩す」。李善注に『韓詩章句』を引いて「陶は暢なり」。**乙**　ツバメ。鳦。朱熹の『考異』が「風乙」云々というのは、下句で引く和刻本と同じく、「風乙を逐う」と読んだのだろうが、下句の読みと同じく「風を逐う乙」と読む。300**躍視**　「躍」は躍如、躍然などの省略形とみる。韓愈には「韋侍講の盛山十二詩の序」の「夫れ利を得れば則ち躍躍として以て喜ぶ」の「躍躍」という例もある。生き生きと弾むような状態を言うだろう。「視」は動詞として解した。**舞晴蜻**　「蜻」はトンボ。蜻蜓ともいう。

杜甫「卜居」詩に「無数の蜻蜓　斉しく上下す」。なお、和刻本は一句全体を「躍視　晴蜻を舞わしむ」と訓読する。それも一解だろうが、「舞晴」「晴蜻」ともに前例が見当たらないことでもあり、ごく普通に読んでみた。

301 足勝自多詣　郊
302 心貪敵無勍

足勝れて自ら詣ること多く　郊
心貪りて敵勍きこと無し

足は達者で自分からいろんな場所にたどりつき、（孟郊）
心は貪欲、敵は強い者などいない。（韓愈）

行動も精神も旺盛に詩作に立ち向かうことをいう。広い空間を凌駕し、他をなみする筆をふるう。詩作を戦いになぞらえる下句は、韓愈の闘争心の強い態度をよく示す。

301足勝　足がとても丈夫だということ。「勝」は健の意味。歩き回ることは詩作の根本に関わる行動であり、ここに飽くことのない文学的探求心が表現されている。多詣　多くの場所にたどりつく。『魏書』西域伝の粟特国の条に「其の国の商人は先ず多く涼土に詣りて販貨す」。ただしここの「詣」には、文学的な到達という意味が重ねられているだろう。302敵無勍　『左伝』僖公二十二年に「君未だ戦いを知らず。勍敵の人、隘くして列せざるは、天　我を賛くるなり。……且つ今の勍き者は、皆な吾が敵なり」。

303 始知樂名教　愈
304 何用苦拘停

始めて知る　名教を楽しむを　愈
何ぞ用いん　拘停に苦しむを

やっとわかった、名教を楽しむということが。（韓愈）
どうして拘束された窮屈な状態に苦しむことがあろうか。（孟郊）

聖天子の治める御代だからこそ、その教化を楽しみ、自由に詩精神を遊ばせることができるというのだろう。自分たちの活躍できる時が来たという思いが有るのではないか。

303 **名教**　儒家の教え。任昉（じんぼう）「百辟　今上に勧進する牋」（『文選』巻四〇）に「且つ明公（蕭衍）は本自（もと）諸生にして、楽しみを名教に取る」。『世説新語』徳行に「王平子（王澄）・胡毋彦国（胡輔之）諸人は、皆な任放を以て達と為す。或いは裸体なる者有り。楽広笑いて曰く、『名教の中に自ら楽地有り。何為れぞ乃ち爾るや』と」。304 **拘儜**　旧注は「拘泥」と同じで、拘束の意味という。「儜」は困る、弱るの意。拘束されて困窮する状態を言うと解しておく。

305 **畢景任詩趣**　郊　　景（けい）を畢（お）えて　詩（し）の趣（おもむ）くに任（まか）さん　郊（こう）
306 **焉能守硜硜**　愈　　焉（いず）くんぞ能（よ）く硜硜（こうこう）たるを守（まも）らん　愈（ゆ）

日が暮れるまで詩心を自由に遊ばせる。（孟郊）
なんでがちがちの小人の態度を固守などできよう。（韓愈）

孟郊は詩に限定して、詩作の楽しみをいうが、韓愈は詩において拘束されない、不羈奔放を求めるのみならず、さらに拡げて生き方そのものも包んでいるかに見える。そしてそれはまさに韓愈の本質であり、敢えていえば孟郊も韓愈とは陰陽を逆転したそれであったといえよう。

305 **畢景**　日が暮れる。鮑照「都へ還る道中に作る」詩（『文選』巻二七）に「星を侵して早路に赴き、景を畢えて前儔を逐う」、李周翰の注に「畢景は落日なり」とある。ここは一日に止まらず、人生を終えるまでという気持ちであろう。**詩趣**　前例は見当たらず、後世の例では詩の趣という意味が一般的。しかしここは詩心が赴くという意味に解したい。306 **硻硻**　「硻」は「硜」と同じという孫汝聴に従うと、『論語』子路篇に子貢がいかなれば「士」と言えるかと問うたのに対して、孔子が答えた三番目にランクされる士は、「言必ず信。行必ず果、硜硜然として小人なる哉」。石のように頭が固いさま。小人の礼教を否定する。

詩型・押韻　聯句（五言古詩）。下平十一唐（璜）、十二庚（英、行、明、撐、驚、鳴、横、獰、搒、羹、平、生、迎、猩、衡、趟、亨、卿、笙、鎗、檠、鯨、兵、觥、瑛、粳、瞠、更、賡、京、坑、澄、擎、荊、榮、珩、搶、蘅、盟、喤、硎、甥、牲、烹、兄、評、麖、鬤、宦、棖、盲、苹、謍、鱜、剠、鴫、祊、鍠、蠑、鶊、庚、甿、傖、彭、蟚、棖、黌、瑩、勍）、十三耕（琤、莖、鏗、萌、爭、絣、棚、嚶、轟、崢、桜、罌、丁、耕、閎、娙、橙、紘、繃、婞、紭、抨、甍、輣、宏、甿、罌、泓、砰、箏、儜、硻）、十四清（晴、縈、征、軽、傾、幷、情、禎、精、塋、偵、成、盈、呈、楹、楨、声、瓊、名、晶、嬰、檉、禎、清、嬴、籯、旌、程、瀛、騂、睛、纓、誠、酲、營、栟、貞、菁、令、惸、羸、鯖、蘡、盛、鉦、餳、珵、瓔、城、鶄、蜻）の通押。平水韻、下平七陽と八庚の通押。

（韓愈句：川合康三、孟郊句：齋藤茂）

韓愈小伝

齋藤　茂

生い立ち

韓愈が生まれたのは代宗の大暦三年（七六八）、李白が宣州当塗県（安徽省蕪湖市）で卒してから六年後であり、杜甫が夔州（重慶市奉節県）を離れて最後の旅に出た年であった。盛唐期を代表する二人の詩人と、ちょうど交代するかのように生を受けている。

祖父の韓叡素は桂州都督府（広西壮族自治区桂林市）の長史（副官）を勤めており、父の仲卿はその長男で、雲卿、紳卿らの弟がいた。父は潞州銅鞮県（山西省長治市）の尉（県の副官）、鄂州武昌県（湖北省鄂州市）の令（県の長官）、饒州鄱陽県（江西省鄱陽県）の令を歴任し、最終官は秘書郎（宮中の図書を扱う官）であった。武昌県から鄱陽県に移る時には、李白が善政を讃える「武昌の宰韓君の去思頌の碑」を書いている。ただし、李白は碑を立てようとした人々から頼まれただけで、父と個人的な交流が有ったわけではない。碑文が書かれた時期は明らかではないが、韓愈の生まれる十年ほど前のことと見られている。したがって生まれた時に、父がどこに居てどのような立場にあったのかは、残念ながら分からない。なお韓愈の詩文集を『昌黎先生集』と呼ぶように、その出身地を河北昌黎（河北省秦皇島市）とする説があるが、これは韓氏の中で最も栄達した一族の出身地、すなわち郡望であり、韓愈の一族の出身地ではない。鄧州南陽（河南省南陽市）とする説も同様である。本籍地と言えるのは河南河陽（河南省孟州市）、すなわち黄河を挟んで洛陽の対岸に位置する孟県の地であった。もっとも、そこには代々の墓があるだけで、家産と呼べるような土地までは無かったようだ。

韓愈は四人兄弟の末子で、三人の兄のうち一人は幼くして死んだらしく、名が伝わるのは長兄の会と次兄の介である。父は韓愈が三歳の時に亡くなったため、その後は洛陽に居た長兄に引き取られて養育された。兄弟と言っても三十歳の年齢差があったから、むしろ親子に近かった。当然ながら異母兄である。韓愈の母は姓氏も明らかでなく、あるいは妾であったのかもしれない。しかも産後の肥立ちが悪かったのか、彼の生後二ヶ月の間に亡くなったという。乳母の李氏が代わって育ててくれたのだが、そのためか李氏は韓家に留まって一生を送っている。

七歳の時に韓会が起居舎人（皇帝の言動を記録する官）に抜擢され、伴われて長安に移った。韓愈自身の述懐によれば、この頃から詩文を作る勉強を始めたという。しかしそれから三年後の大暦十二年（七七七）、兄は宰相の元載が罪を得て自殺を命じられた事件に連座して、韶州（広東省韶関市）の刺史（州の長官）に左遷された。同時期に元載の党派として処分された者の中で最も遠方に左遷されているため、元載の事件の後で、さらに別の理由で再度貶謫されたという見解もあるが、仔細は分からない。韓愈も兄に同行したが、その生涯で三度嶺南（今の広東省、広西壮族自治区の地をいう）に赴くこととなる、これが最初の経験であった。

左遷による失意、家族を伴ってはるばる嶺南の地に来た心労などが重なったものであろう、韓会は大暦十四年に韶州で亡くなってしまった。取り残された家族には大きな危機であったが、そこで一家を支えたのが嫂の鄭氏であった。彼女は夫の柩を河陽の墓地に帰葬した後、宣州宣城県（安徽省宣城市）にあった韓氏一族の荘園に落ち着き、そこで韓愈と義理の息子である老成を養育してくれた。老成は次兄の介の次男で、子がなかった長兄の養子となっていた。韓愈からは甥に当たるが、年齢はあまり差が無かったようである。韓愈の兄弟はすでに亡く、老成の兄の百川も早世していたため、鄭氏は二人を指しながら「韓氏の両世（二世代）、惟だ此のみ」（「十二郎を祭る文」）と嘆いたという。

科挙受験

宣城でともかく落ち着いた環境を手に入れ、科挙（官吏任用資格試験）受験の勉強に勤しむことができた韓愈は、十九歳となった貞元二年（七八六）に、科挙の中で最も難関とされる進士科を受験するために上京した。しかし翌年春の試験には落第し、そのまま長安に留まって受験勉強を続けた。都での生活は容易ではなかったが、幸い大官の馬燧に謁見してその援助を受けることができた。従兄の韓弇（韓雲卿の子）が吐蕃（チベット族の国家）との交渉に参加し、貞元三年（七八七）の閏五月に平涼川（甘粛省平涼市）で行われた和平交渉の席で騙し討ちにあって死んだのだが、馬燧は吐蕃との戦闘を指揮する立場にあったので、韓弇のことも知っていたのである。その縁故を頼って援助を依頼したところ、幸いにも馬燧は韓愈を自宅に招き、子弟の家庭教師を兼ねて置いてくれたのであった。この好条件を利して貞元四年、五年と続けて進士科を受験したようだが、合格はできなかった。貞元六年に一旦宣城に帰省し、七年に再度上京して、翌八年の春に四度目の受験でようやく合格を果たした。同年の及第者には、後に高官に至った崔群、李絳、王涯、そして早世したが文学で名を知られる李観、欧陽詹らがいた。人材が豊富であったことから、この年の合格者名簿は竜虎榜と呼ばれたという。なお韓愈がその詩を高く評価し、以後親しい友となった孟郊も受験していたが、この年の合格は成らなかった。

進士科に引き続いて吏部（人事を掌る官庁）の博学宏詞科も受験したが失敗し、さらに貞元九年、十年と落第を重ねた。彼は科挙を三年連続で受験したと見られるが、博学宏詞科もまた同様であった。当時の任官制度では、六品以下の下級官僚は任期を終えた後、次の任用まで三年間待つ（これを守選という）のが原則で、進士及第者も銓選（任用試験）を受けるまで同様の待機を必要とされた。これは就職希望者に対してポストが足らないための措置であった。但し、博学宏詞科など吏部が別に行う科目試や、皇帝が特定の人材を求めて臨時に行う制科に合格した場合は、すぐに任官することができた。それゆえ、進士及第者の多くが博学宏詞科を目差したのである。同年及第の中でも、李観は貞元八年、李絳は九年にそれぞれ合格しており、また崔群は十年の制科に合格している。韓愈も後に続こうと受験を繰り返したのであろう。しかし吏部が行う試験は、直接任用に関わるものだけに、資格試験の性格を持つ科挙とは意味合いを異にし、その選別には別種の力学も働いていたようだ。二度目の落第をした後、崔立之という友人に送った手紙に「凡そ二たび吏部に試みられ、一たび既に之を得るも、又た中書（宰相）に黜けらる」（「崔立之に答うる書」）と言っており、自身の能力が及ばないところに別の力が加わっていたことを窺わせている。

三度の落第を重ねたあと、貞元十一年（七九五）の春には、宰相に推挽を求めて直接上書するという手段に出た。英才を育て、これを登用することが宰相の務めであるから、ぜひ自分に仕途を開いて欲しいという趣旨であった。しかし虫がいい要求と映ったのであろうか、正月二十七日、二月十六日、三月十六日と三度に渉って繰り返し上書したものの、何の音沙汰もなく、結局五月に都を離れざるを得なかった。

博学宏詞科に落第し、挫折を味わう一方で、韓愈は家の不幸にも遭っていた。幼少から世話になった嫂の鄭氏が、貞元九年（七九三）の九月に宣城で亡くなったのである。翌年に韓老成に伴われた柩が河陽に着き、韓愈も長安から葬儀に駆けつけた。その霊にささげた「鄭夫人を祭る文」では、親代わりとなって養育してくれた恩に感謝し、嫂のために一年の喪に服す（礼の規定では五ヶ月でよい）と述べている。

幕僚暮らし

博学宏詞科に合格できなかったので、韓愈は守選の期間に入ることになり、生活のために節度使や観察使の幕僚となる道を選んだ。それは守選の際の一般的な選択でもあった。俸給が得られるだけでなく、幕僚として有力者の知遇を得る機会も少なくなかったからである。貞元十二年（七九六）七月、宰相も勤めた董晋（とうしん）が汴州（べんしゅう）（河南省開封市）刺史、宣武軍節度使、宋亳潁州（そうはくえいしゅう）観察使となると、観察推官（秘書官）として招かれ、その幕下に入った。そして生活が安定したためであろう、幕僚として汴州に滞在している間に、盧氏（ろし）を妻に迎えている。詳しい年月は明らかでないが、貞元十五年に長男が生まれているので、おそらく十三年のことであったと思われる。韓愈はこの年三十歳になっており、やや遅い結婚であった。

またこの時期には、もう一つ重要な展開があった。それは孟郊、張籍、李翺（りこう）らが韓愈のもとに集まり、後世「韓門」と称される文学グループが形成されてきたことである。孟郊とは科挙受験の折に知り合っており、十七歳も年長の相手ではあったが、「忘年の友」として隔てなく付き合っていた。孟郊は貞元十二年にようやく進士科に合格し、一旦江南に帰省した後、董晋のもとで行軍司馬（節度使を補佐する副官）の職にあった旧知の陸長源（りくちょうげん）を頼って、十三年の夏に汴州に来ていた。張籍とは孟郊の推薦によって知り合い、韓愈が貞元十四年に汴州で科挙の予備試験の試験官を務めた際に合格させている。その後さらに友人の馮宿（ふうしゅく）に推薦し、その助力もあって、張籍は十五年春に進士科に合格した。そして李翺は貞元十二年に韓愈を慕って尋ねてきたらしい。張籍を推薦した手紙の中で、「近ごろ李翺は僕に従いて学び、頗（すこぶ）る得る所有り」（「馮宿に与えて文を論ずる書」）と記している。このように、幕僚の身ではあったが、文学の面では時代の旗手として求心力を高めつつあったのである。

しかし安定していたかに見えた汴州での暮らしも、貞元十五年二月に節度使の董晋が在任のまま死ぬと一変した。韓愈は葬列に加わって汴州を離れたが、その四日後に叛乱が起こり、行軍司馬の陸長源等が殺されたのである。陸長源は兵士に対して苛烈なところがあり、それを恨まれたのだという。柩を洛陽まで送った後、家族の消息を尋ねて汴州に戻ろうとしたが、その途中で徐州（江蘇省徐州市）に避難したことを知り、二月の末に徐州郊外の符離で家族と再会することができた。しばらくそこに滞在し、その間に長男の昶が生まれている。

秋には徐州刺史、徐泗濠節度使の張建封に招かれ、節度推官（秘書官）としてその幕下に入った。幸便に職を得たようであるが、実際には必ずしも満足できるものではなかった。汴州の時と比べて窮屈な職場だったのか、九月には勤務規定を緩めてくれるよう上書している。しかしそれが認められなかったので、正月の挨拶の使者として朝廷に赴く旅の途中でも不満を漏らしている。結局、貞元十六年五月の初旬に職を辞して徐州を離れたが、しかし結果的にはこれが幸いした。洛陽に向かう途中、李翺、王涯等と睢陽（河南省商丘市）にあった漢代の梁苑の故地に遊び、その折に記した五月十四日付けの文章が残っているが、前日の十三日に張建封が死に、まもなく徐州で叛乱が起こったからである。汴州でも徐州でも、叛乱の直前にその地を離れたわけで、偶然とは言え、誠に幸運であった。

任官と左遷

貞元十六年（八〇〇）の冬に洛陽から長安に出て、翌年春の銓選に応じたが失敗、十八年に再度挑戦してようやく合格し、国立学校の一つである四門学（中級以下の官僚の子弟を教育するもの）の博士（教授）となることができた。なお孟郊は貞元十七年に洛陽での銓選に合格して宣州溧陽県（江蘇省溧陽市）の尉を授かったが、それが意に染む任官ではなかったため、韓愈は彼の赴任に際して著名な「孟東野を送る序」を書き、孟郊の詩が傑出していることを称え、運命は天に与えられるものと慰めている。これは貞元十八年のことであったが、それからしばらくして、韓愈はまた身内の不幸に遭っている。それは叔父甥の関係でありながらも年齢が近く、兄弟のように育った韓老成の死であった。貞元十年（七九四）に嫂の葬儀で顔を合わせたが、その後も彼は宣城に住んでいたようだ。そして韓愈が汴州で幕僚となると、貞元十三年に会いに来てしばらく滞在し（韓愈の結婚と関わってのことかもしれない）、十四年に家族も汴州に迎えるべく、一旦宣城に戻ったのであった。おそらく生活が安定したので、韓愈がその家族の面倒を見ようとしたのであろう。しかし、董晋の死によって汴州で暮らすことは叶わなくなり、徐州でも身を落ち着けるゆとりを持てなかったので、韓老成を呼び寄せることはできなかった。四門博士となって、ようやく官途が開けてきたところであったから、できれば長安に呼びたいと思っていたのではなかろうか。彼の霊を祭るために書かれた「十二郎を祭る文」には、韓愈の悲しみと無念さがにじみ出ている。

朝廷の官僚となったものの、四門博士という閑職に甘んじることができなかったのか、韓愈は貞元十九年の秋に職を辞し、王族であり有力者でもあった京兆尹（長安地域を治める京兆府の長官）の李実に手紙を送って援引を求めた。まもなく監察御史（検察官）に任じられたが、それが李実の力に拠るものかどうかは分からない。当時、御史中丞（検察庁である御史台の実務的な責任者）の李汶が人材の登用に熱心であったので、その推薦を受けたという説が有力である。官位から見れば、正七品上の四門博士から正八品下の監察御史になるのは格下げのようであるが、御史台の職は一般に重視されており、官途の初めに監察御史を経験することは、むしろ出世の一歩と見なされていた。やっと働き甲斐のある職を得たわけだが、しかし運命はここで再び暗転する。就任して間もない十二月に連州陽山県（広東省陽山県）の令に左遷となり、生涯二度目の嶺南行を余儀なくさせられたのである。

この左遷がどういう理由に由るのかは、諸説有って明らかではない。『旧唐書』の伝では、当時社会問題化していた「宮市」（宦官たちが宮中で入り用の物資を、民間から只同然で調達する行為）について、韓愈が数千言におよぶ上奏文を奉って批判した（但し該当する上奏文は現存しない）ためと言い、『新唐書』でもそれが徳宗の怒りを買ったのだと記す。一方、韓愈の死後にその生涯を記した「神道碑」（墓道に立てる碑文）には異なる理由が挙げられている。この年の夏、都を中心とする関中地域に旱魃がおこり、これによる飢饉が発生していたため、韓愈は年貢を免除するよう求める意見書「御史台より上りて天旱人饑を論ずる状」を提出したが、それが「専制者」に憎まれて左遷されたのだという。具体的な人名は記されていないが、飢饉にもかかわらず例年通りに年貢を取り立てたのは、韓愈が先に援引を求めた京兆尹の李実であった。そして李実は徳宗の寵愛を得ていたので、意見書を出した韓愈の方が罰せられたというのである。史書では『資治通鑑』が同じ見解を取っている。従来は後者の説が有力であるが、なお定論とはなっていない。この件に関する韓愈自身の言が異なる側面を見せていることも、その一因である。本人の発言は少し後で触れることにし、しばらくは事跡を追ってみたい。

先の意見書は、同僚の張署、李方叔との連名であったらしく、三人はいずれも南方の県令に左遷された。韓愈は郴州臨武県（湖南省臨武県）の令となった張署と一緒に旅をして、途中郴州郴県（湖南省郴州市）で刺史の李伯康の世話になるなどしながら、貞元二十年（八〇四）の二月に陽山県に着任した。ここは山間の小さな町で、生活環境は好ましいものではなかった。また辺地では交流できる知識人が限られるため、それも不自由だったようである。仏教嫌いの韓愈ではあるが、陽山県では僧侶とも交流して061「恵師を送る」、062「霊師を送る」など代表的な送僧詩を残し、結果的にそれらがこの時期の詩作を特徴づけている。一方、県令の職務を疎かにすることはなく、むしろ善政を施したので、陽山の民は子に「韓」と名付ける者が多かったという。これは韓愈の「行状」（死後にその生涯を記す文章）などに書かれている話であり、美談としても型にはまった印象があるが、後年もう一度嶺南の地方官に左遷された折にも善政を布いているので、あながち文飾のみとは言えないだろう。地方官として治績をあげ、徳を称える碑を立ててもらった父の資質を受け継いでいるのかもしれない。

江陵府へ

貞元二十一年（八〇五）の正月に徳宗が崩御し、順宗が即位すると、二月に大赦が発布された。その報せは夏には陽山県にも伝わったらしい。韓愈はそれを知ると、都へ呼び返されることを期待し、郴州に行って李伯康のもとで沙汰を待った。通常は次の任務を知らされてから任地を離れるものなので、いかに強く帰還を願っていたかが窺える。しかしその期待は裏切られ、八月に受けた辞令は江陵府（湖北省荊州市）の法曹参軍（法務を掌る官）に任ずるというものであった。陽山県令より位は上であるが、参軍は府の中では立場が低く、罪を受ければ鞭打たれることも覚悟しなければならなかった。但し、臨武県令であった張署も同じ江陵府の功曹参軍（祭礼などを掌る官）になっているので、韓愈だけが低く扱われたわけではなかった。再び張署と一緒に旅立ったが、途中で瘧を患ったり、洞庭湖で強風に遮られたりして、十月にようやく江陵府に着いている。

ところで順宗の即位後には、その周囲に集まっていた王伾、王叔文、韋執誼および柳宗元、劉禹錫らのグループが実権を握り、矢継ぎ早に改革を推し進めていた。韓愈にとって柳宗元、劉禹錫の二人は、文学の面で認め合う間柄であり、御史台にいた時には監察御史の同僚であった。しかし韓愈自身は、陽山への左遷にこのグループの意図が働いていたのではないかと疑っていた。江陵府への旅の途中で、朝廷にいた王涯ら三人の友人に援引を求める詩（086「江陵へ赴く途中……翰林三学士に寄せ贈る」）を送っているが、その中で「同官　尽く才俊、偏えに柳と劉と善し。或いは慮る　語言洩れ、之を伝えて寃讎に落つるかと。二子は宜しく爾るべからず、将た疑うらくは断めんや還た不や（同僚はみな俊才で、とりわけ柳宗元、劉禹錫と仲が良かった。あるいは彼らからわたしの発言が漏れて、敵対する者に伝わったのかと考えてみるが、二人がそんなことをするはずがないので、そうと断定して良いものかどうか）」と言っているのである。また後に張署のために書いた祭文（「河南張員外を祭る文」）では、権力者に媚びる輩が自分たちを憚り、うわべは従順さを装って、裏で讒言して追放したと述べている。これも順宗を取り巻いたグループを念頭に置いているように見える。これらは左遷の背景に対する韓愈の考えを窺わせて興味深いが、しかし本人の言うように断定は難しく、そのまま事実と受け取るのは躊躇される。王伾、王叔文らのグループは結束が固く、互いに「死交」（死んでも背かない交友）を結んでいたという。柳宗元、劉禹錫と親しく接していても、彼らの輪に入っていけない雰囲気を感じていて、そうした違和感が韓愈に疑いを懐かせたのではなかろうか。また韓愈の発言は陽山に居る時ではなく、江陵府に移ることが決まった後であることから、清の厳虞惇（げんぐとん）は順宗の朝廷で王伾ら改革派のグループが政権を握り、柳宗元、劉禹錫も重用されたのに、自分は江陵府への転任に止まったことを怨んだのではないかと指摘する。徳宗の寵臣であった李実は順宗の即位と共に地位を逐われており、嘗ての同僚であり親しい友でもあった二人の助力で都へ召還される希望を懐くのも、韓愈には無理からぬことであろう。当時の詩には改革派を諷するような作品が少なからず見られ、後年『順宗実録』を編纂した時にも低い評価を与えるが、或いはそこに個人的な失望感、不快感が関わっていたのかもしれない。

そして改革派の施策に対しては、保守派の官僚や宦官たちが激しく反撥していたため、風疾（ふうしつ）（中風）を患っていた順宗が八月に退位し、代わって憲宗が即位すると、朝廷は再び大きく変動し、改革派は一斉にその地位を逐われて、柳宗元、劉禹錫もともに南方に左遷されることとなった。韓愈もそれを聞き及んだからこそ、王涯らに詩を送って、自らへの沙汰が改められることを期待したのである。柳宗元らを敢えて名指ししたのも、自分が改革派に不利益を蒙ったと訴える意味合いだったのかもしれない。しかしその訴えも効果が無く、そのまま江陵府に着任したのであった。なお劉禹錫は江陵府に立ち寄って韓愈と再会しているが、左遷の旅の途中であり、慌ただしく別れたようである。

新しい文学の旗手

江陵府では張署やここで再会した鄭群らと詩の贈答をしながら過ごしていたが、憲宗の即位による朝廷の変化が及んできたものであろう、元和元年（八〇六）六月に権知国子博士（権知は暫定的に就く意）として、ようやく朝官に復帰することができた。国子博士は最初に就いた四門博士と同様、国立学校の一つである国子学の教授職であるが、上級の官僚の子弟を教える立場であり、官位も正五品上と、少し上であった。

長安に戻った韓愈の元には、孟郊、張籍、張徹らが集って、再び活発な創作活動が行われた。まず注目されるのは、孟郊を相手に集中的に作られた聯句の作品である。聯句は数人が交互に数句ずつ詩句を担当して一篇の作品に仕上げるもので、遊戯的な側面の強い様式とされる。現存する中では東晋の陶淵明らの作品が最も古く、その後斉梁の宮廷サロンで広く行われた。唐に入ると一旦下火となるが、大暦年間（七六六～七七九）に厳維や鮑防らが会稽（浙江省紹興市）で、次いで顔真卿や皎然らが湖州（浙江省湖州市）でそれぞれ試みて、再び関心が高まっていた。韓愈らの聯句は汴州にいた貞元十三年（七九七）の秋に、皎然と関係の深かった孟郊が主導して始められたようである。そして、すぐに新しい試みを加えて聯句の性格を大きく変化させた。それは同じ句数を順番に担当するという従来のやり方を改め、詩興のままに句を継いで、聯句の展開の中で互いの技量を競い合うという姿勢を明瞭にしたことである。これによって、サロンや宴会での遊戯文学という性格の強かった聯句が、詩想や表現を競う文学的な実験の場という意義を持つことになった。貞元十四年の早春、汴州を離れて江南へ旅立つ孟郊を送って作られた018「遠遊聯句」は、二人の聯句にとっても新しい旅立ちであった。そして元和元年六月に長安で再会すると、堰を切ったように次々と新しい作品に挑戦したのである。三ヶ月ほどの間に九首の聯句を残していることもその意気込みを感じさせるが、三〇六句に及ぶ118「城南聯句」から僅か四句の140「莎柵聯句」まで、長短織り交ぜつつ、どれ一つ同じ形の作品が無いという点に、新しい表現を求めて切磋琢磨した二人の姿勢を見ることができる。

聯句は、しかし社会的には遊戯文学の域に止められており、韓愈らもその作品によって評価を得ようとするつもりはなかった。むしろ重要なことは、聯句を通じて競い合い、自分のものとした新しい詩語、表現を、正統的文学である四言詩、五言詩に活かしたことである。元和元年秋から二年春にかけて、韓愈は133「元和聖徳詩」（四言）、110「張徹に答う」、114「南山詩」、120「士を薦む」（以上五言）などの代表的な作品を次々と作っている。いずれも詩想、表現において従来にない新しさ、奇抜さを見せ、当時および後世の詩人たちの眼を奪うに足る作品であった。このうち120「士を薦む」は、副都洛陽の長官である東都留守として赴任することになった鄭余慶に、孟郊を幕僚として推薦する詩だが、孟郊を褒めた「空に横たわりて硬語を盤らせ、妥帖　力は奡を排す（硬質な言葉を天空に横たわるように繰り広げ、対象をぴったり捉えるその筆力は怪力の奡を凌ぐ）」という一節は、韓愈自身にも当てはまることであり、まさに彼らの文学の個性と意義を語るものといえる。そして、二人が聯句や古詩で用いた新しい詩語は、宋代の詩人たちに注目され、応用されて、宋風の詩の確立と展開に少なからぬ貢献をなしたのである。

またこの頃には、文章家としての名声も高まっていたようである。貞元十九年（八〇三）に監察御史となり、同僚の柳宗元、劉禹錫らと交際している頃から、古文家としての力量はすでに高く評価されていた。人から文章を依頼されることも当時から見られるが、元和元年以降は、墓誌銘や墓碑の類を頼まれることが目立って増えている。これらは生涯の事跡を記録し顕彰する文章で、石に刻んで墓中もしくは墓道に置くものであるから、当代有数の文章家に依頼するのが一般であった。後に「諛墓（墓の中の人におもねるという意）」と悪口を言われることもあったが、こうした依頼を次々と受けることで、韓愈の文名は確実に高まっていったのである。

硬骨の官僚

元和元年（八〇六）に孟郊を鄭余慶に推薦した韓愈だったが、翌年には自らも後を追うように洛陽勤務を願い出た。文名の高まった韓愈を妬んで昇進を妨げようとした者がおり、難を避けて洛陽へ出たのだと言われるが、詳しいことはわからない。洛陽は長安に対して東都と呼ばれ、皇帝が行幸した場合に首都機能を果たすべく官僚機構が備えられていた。したがって、韓愈は東都の国子監に権知国子博士として着任したのである。長安と異なって実権には乏しいが、それゆえに権力争いから離れていることができた。

しかし、東都へ移って静かな生活を楽しもうとしていたのではなかった。元和三年、仮の意味を持つ「権知」の二文字が取れ、正式に国子博士を拝命した後、翌年の六月に洛陽勤務の都官員外郎（とかんいんがいろう）に転任となった。これは刑部（法律や裁判を掌る官庁）に属し、罪を犯した者の財産を没収し、管理する職務だが、韓愈はこの時同時に祠部（しぶ）の仕事も兼務した。こちらは礼部（礼楽や科挙を掌る官庁）に属して、祭祀などの行事および道観や寺院に関わる仕事を管掌する職で、ここに些か問題があった。当時道観や寺院を事実上管轄していたのは宦官であり、彼らが道士や僧侶と結託して権益を独占していたのである。韓愈は法律に照らしてこれを正そうとし、宦官の出入りを禁じて、洛陽の道観寺院に入り込んでいた犯罪者らを処罰した。これは祠部の官僚として正しい行為ではあったが、既得権益を侵された宦官たちは様々な手段で妨害を謀り、ために韓愈も音を上げて、鄭余慶に「日び宦者と敵（かたき）と為る」（「鄭尚書相公に上（たてまつ）る啓」）と訴えざるを得なかった。しかし鄭余慶が助勢してくれたのかどうかは明らかではない。むしろ面倒を引き起こしたと、苦りきっていたのかもしれない。

一年余り経った元和五年の冬、韓愈は河南県（河南省洛陽市）の県令に転じた。洛陽の行政組織は、上に河南府が置かれ、その下に洛陽県と河南県がある。街の真ん中を洛水が東西に流れ、その南側を管轄するのが河南県であった。東都とは言え朝廷の官僚であったものが地方官として出たことになるが、副都の一角を治める県の長官であるから、格下げということにはならない。恐らく、宦官と敵対してしまった韓愈を異動させることで、事態の収拾を図ったものであろう。ところが、韓愈には鄭余慶ら上に立つ者の思いが分からなかったのか、それとも硬骨漢のなせるわざなのか、ここでも問題を引き起こしてしまう。この河南県側には河北、河南の節度使たちの多くが私邸を構えていた。節度使は人事権を持ち、独自に幕僚を召し抱えることができたが、それは任地においてであり、私邸にまで適用されることではない。しかも罪人を匿ったり、不逞の輩に軍籍を売って後ろ盾になるなどの不正が多かったため、韓愈はまたも正面から摘発に乗り出そうとしたのである。しかし、これを聞いた鄭余慶が節度使の反撥を恐れ、摘発を止めるよう言ってきたため、韓愈も断念せざるを得なかった。鄭余慶に送った弁明の手紙には、賄賂を取って軍籍を与えている例を挙げ、「坊市（町なか）に坐して餅を売るものも又た軍人と称せば、則ち誰か軍人に非ざるや」（「留守鄭相公に上る啓」）と述べている。根深い問題であり、それだけに解決の難しい事柄だったことが窺える。ただし、上司からは止められたが、これを伝え聞いた憲宗は「韓愈は我を助くる者なり」と言って喜んだという。剛直な性格が禍して後には逆鱗に触れることにもなるが、憲宗は概して韓愈を高く評価してくれた。おそらくこれがその最初であろう。

このように洛陽では職務に追われていたが、文学活動も長安の時に引き続いて活発であった。孟郊と交流するだけでなく、「月蝕詩」で知られる盧仝や文章家として名を残している皇甫湜など、新たに数人の友人を得ている。また私的な事柄では、母に代わって慈しんでくれた乳母の李氏が、元和六年三月に亡くなったことが挙げられる。韓愈の成長後も韓家に留まり、汴州、徐州での幕僚暮らしにも、長安、洛陽での勤務にも、家族と一緒に付いていていた。長年の恩に報いるためであろう、韓愈は「乳母墓銘」を書いて丁寧に葬っている。

元和六年の秋、韓愈は職方員外郎となって長安に戻った。これは兵部（軍事を掌る官庁）に属し、地図や周辺の地の防御に関わる事柄を扱う職務である。長安勤務となったのは、洛陽で宦官や節度使と衝突をしたことへの配慮が有ったのかもしれないが、より直接的には後ろ盾となってくれた鄭余慶が長安へ戻ることになったためと思われる。鄭余慶は十月に吏部尚書（大臣）として朝廷に復帰するのであり、それに少し先立って朝廷へ戻る道を選んだのではなかろうか。しかし、復帰早々にまた問題が生じた。当時、華山の北麓にある華州華陰県（陝西省華陰市）の長官柳澗が州の長官から訴えられていたが、長安へ向かう途中でそのことを聞いた韓愈は、冤罪であるとして再度審理するよう上奏したのである。しかし元和七年二月に柳澗の有罪が確定し、韓愈も連座して国子博士に降格されてしまった。個人的な縁故があったわけでもない柳澗のために弁護して、そのとばっちりを受けた格好であるが、正しいと思うことは黙っていられないのが韓愈の性格であった。

史官の任

元和八年（八一三）三月、比部郎中となり、史館修撰を兼務した。比部郎中は刑部に属して租税や軍糧に関わる職務だが、韓愈の主な仕事は歴史の編纂をする史館修撰の方にあった。前年、国子博士の時に著名な「進学の解」を書いているが、それが宰相の目にとまり、韓愈の文才を生かそうとして兼務させたという。史書の編纂は名誉な職務であり、それも宰相に認められての任命であったから、自信を深めたことと想像される。六月に劉という人物に答えた手紙（「劉秀才に答えて史を論ずる書」）には、春秋を著した孔子、その伝を書いた左丘明、史記を編纂した司馬遷らを例に挙げて、史書を編む者は天の刑罰を受ける（孔子ら三人は不遇であった）ものだと言い、自分は適任ではないと述べているが、それは謙遜であり、もとより本心ではなかった。しかし、この手紙の内容が永州（湖南省永州市）に左遷されていた柳宗元の知るところとなり、翌九年の正月に、史官としての覚悟を質す手紙が送られてきた。これに対する韓愈の返事は残っていないが、当然本心を答えたものと思われる。柳宗元からはすぐに段秀実という人物の伝記が送られて来たが、韓愈もこれを基礎史料として受け容れている。後代編纂された新旧『唐書』に段秀実の伝が有り、その一部は柳宗元の伝記に基づいた内容になっている。また元稹からも同様にある人物の伝記が届き、やはり史書に載せることを約束している。

さて、史官となった韓愈に与えられた大きな仕事は、元和八年の十一月に宰相の一人である李吉甫から命じられた『順宗実録』の重修である。先に韋処厚という人物によって実録三巻が編まれていたが、内容が周到ではなかったため、これを編纂し直す仕事であった。実録は皇帝の日々の言動を記録した起居注に基づいて、その死後に一代の記録として編集するものである。順宗は貞元二十一年（八〇五）の正月に即位し、八月には退位したので、在位期間は甚だ短いが、王伾、王叔文らの改革派が保守派と政争を繰り広げた時期であるため、執筆には細心の注意が求められた。元和十年の夏、五巻に纏め直して進上したが、その際の上奏文に編纂の苦労を窺わせている。

なお元和九年の十月に、史館修撰を兼任のまま比部郎中から考功郎中に転じ、十二月に、今度は知制誥を兼務することになった。考功郎中は、吏部に属し文武百官の勤務評定を行う職で、知制誥は官吏の任免などの制勅を起草する役目である。これも文章力を評価されてのことであった。そして元和十一年正月には詔勅の起草を受け持つ中書舎人に昇進し、緋魚袋を賜った。緋魚袋は魚の形をした銅製の符を入れる袋で、五品以上の官員に下賜される服飾であるが、五品以上の官位につけば必ずもらえるというものではなく、論功行賞の意味合いがあった。

中書舎人は要職であり、さらに緋魚袋を賜ったことで名誉も得たのである。

こうして順調な官僚生活を送っていたが、その間には個人的に、あるいは社会的に、幾つかの出来事があった。私的な事柄では、科挙受験時代から親しく交際し、また時々に切磋琢磨してきた孟郊が死んだことが挙げられる。孟郊は韓愈が長安に戻った後も、洛陽に住み続けていた。母の喪に服するために官職を辞し、その後は家居していたが、元和九年三月に鄭余慶が興元軍節度使となると、節度参謀として再び幕下に招いてくれた（これにも韓愈の働きかけが有ったらしい）。しかし八月に妻を伴って洛陽から興元府（陝西省漢中市）へ向かう旅の途中で、病のために亡くなったのである。韓愈は友人の樊宗師と共にその葬儀を助け、墓誌銘を書いて死を悼んでいる。

そしてもう一人、後世「鬼才」と称される李賀が元和十二年に二十七歳で死んでいる。韓愈は洛陽に居る時期に知り合ってその才能を見出し、元和五年の河南府での予備試験では高位で合格させた。しかし進士受験のため長安に赴いた際に、その才能を妬んだ者が、父親の諱（晋肅といった）を犯すことになるので賀は進士を受験できないと言い立て、受験資格を奪われてしまった。韓愈はこの時、著名な「諱の辯」を書いて反駁したが、道理が通らず、李賀は帰郷せざるを得なかったのであった。その後も交流が続いたかどうかは明らかでないが、彼が夭折したと聞いて韓愈は深く嘆いたことであろう。

淮西の乱

韓愈が朝官として順調に昇進している間に起こった大きな社会的事件は、蔡州（河南省汝南県）に置かれた淮西節度使をめぐる擾乱であった。元和九年（八一四）に節度使の呉少陽が死ぬと、朝廷は別の人物を後任に充てようとしたが、息子の元済が朝命を拒否して叛乱を起こしたのである。安史の乱後も各地で節度使の叛乱が続いたため、節度使の死後にその子が留後（後任）を称すると、朝廷も混乱を避けてこれを追認することが慣例化していた。しかし憲宗の即位後は、権威を回復するため承継を認めない方針に転換したので、これに反撥したのであった。朝廷は周辺の節度使たちに呉元済の討伐を命じたが、面従腹背の者も少なくなく、はかばかしい戦果を挙げられずにいた。朝廷内部でも討伐に異論が出たため、元和十年の五月に御史中丞の裴度が戦況を視察し、その上で改めて討伐を強く主張した。ところが六月になって、主戦論を支持していた宰相の武元衡と裴度の二人が刺客に襲われ、武元衡が死に、裴度が負傷するという事件が起こったのである。刺客は呉元済と通じていた成徳（河北省石家荘市）節度使の王承宗が送り込んだもので、都は一時大混乱であったという。

韓愈は当初より討伐を主張しており、裴度が改めて主戦論を唱えた時に「淮西の事宜を論ずる状」を奏上してこれに同調した。さらに六月の暗殺事件の後には「賊を捕らえて賞を行うを論ずる表」を奉り、犯人の逮捕と呉元済、王承宗両者の処罰を強く求めている。韓愈にとっては至極当然の行動であっただろうが、宰相の中にも討伐を好まない者がおり、そうした朝廷内部の非戦論者からは憎まれることとなった。元和十一年正月に中書舎人に昇進したが、江陵時代の知人である裴均の息子が処罰されると、交際を理由に五月に太子右庶子に異動させられた。これは東宮職で、位は正四品下と中書舎人より上だが、閑職であり、実質的には降格であった。直接非難できないために、取るに足らない理由で韓愈の活動を妨害しようとしたのであろう。

しかし憲宗の意志は堅く、元和十二年七月に討伐軍が派遣され、裴度がその責任者である淮西宣慰招討使に任じられた。討伐を求める上奏をした韓愈も、裴度の推薦によって加えられ、御史中丞を兼務の上で行軍司馬に抜擢された。また高官の証しである紫衣と金魚袋とを賜っている。勇躍した韓愈は潼関を出ると、本隊と離れて汴州（蔡州の北隣にあたる）に急行し、その地を治める宣武軍節度使韓弘の協力を取り付けた。そして十月には、蔡州の守りが手薄であると知って、手勢を分けてもらって間道づたいに急襲することを願い出たが、唐鄧随（河南省・湖北省）節度使の李愬に先を越され、李の手で呉元済が捕らえられて蔡州は陥落した。韓愈は柏耆という人物の策を容れ、彼を王承宗のいる恒州（河北省石家荘市）に派遣して説得させたので、王承宗も治める地域の一部を朝廷に返還して恭順の意を表した。こうして三年に及んだ乱は平定され、十一月に長安に凱旋すると、働きを認められた韓愈は十二月に刑部侍郎に昇進した。侍郎は尚書に次ぐ地位であるが、実務の責任者であり、位は太子右庶子と同じ四品下であっても、はるかに働き甲斐のある職務であった。

また討伐の功績を讃える碑文の作製を命じられたので、元和十三年正月に「淮西を平らぐる碑」を進上し、憲宗の英明さを称え、裴度の功を顕彰した。ところが呉元済を捕らえた李愬が己の功を低く見ていると不満を持ち、碑文の内容が正しくないと訴えたため、三月に改めて段文昌という人物が撰述することとなった。李愬は徳宗朝の功臣李晟の子であり、その妻は後宮に出入りしていたので、憲宗は彼の不満を収めるために要求を容れたのである。武臣の横暴が通った形だが、碑文に対する後世の評価は、韓愈が段文昌を圧倒している。

仏骨を論ずる表

元和十三年（八一八）四月、鄭余慶が礼楽の規定、慣習などを改正、整理する役目の詳定礼楽使となると、推薦されてその副使を兼務した。これも韓愈の学問を評価されてのことであった。官僚として、文章家として、そして学者としても認められて、朝廷での地歩を固めたかと見えたが、ここで最後の試練が訪れた。

長安西郊の鳳翔府（陝西省鳳翔県）に法門寺があり、そこに釈迦の指の骨が祀られていて、三十年ごとに開帳されていた。元和十四年がその年に当たっていたので、憲宗は勅使を送って正月に仏骨を宮中に迎えさせ、三日間供養してから長安市中の諸寺を巡回させるよう命じた。庶民にも拝礼が許されたので、人々は争って喜捨し、資力の無いものは自らの腕や髪を焼いて仏に供えようとするほどで、大騒ぎになったという。孔孟の道を守り、仏道二教を嫌っていた韓愈は黙っていられず、「仏骨を論ずる表」を献じて、憲宗に仏教の信奉を止めるよう諫言した。この中で、上古の皇帝はみな長命であったのに、後漢の明帝の時に仏教が中国に伝わった後は王朝が次々と交替して、短命な皇帝が多く、在位四十八年を数えた梁の武帝も最後は侯景の乱のために餓死するという不幸に遭っていること、また釈迦は夷狄の人間であって、言葉も文化も違い、その教えには取るべきものが無いことを論じて、仏骨を捨てさせて後代の惑いを断つように進言したのである。韓愈は正しいことを述べたつもりであり、憲宗が自分を評価していてくれるので、この諫言も受け容れてもらえると思ったのだろう。しかし憲宗は烈火の如く怒り、この上表を宰相たちに見せて、韓愈を死刑にせよと命じたのである。仏教を信じた皇帝はみな短命であると述べたくだりが逆鱗に触れたのであった。宰相の裴度、崔群らが取りなして死罪は免れたが、正月十四日に遠く潮州（広東省潮州市）へ流されることとなった。

表向きは潮州刺史への左遷であるが、死罪を赦されてのことであり、実質上は流罪であった。したがって、命が下れば一日たりとも長安に留まることは許されず、家族も一緒に追放された。十二歳であった四女の挐はたまたま病床にあったが、追い立てられてともに旅立ち、ために商州（陝西省商洛市）まで来た時に病死してしまった。この時は路傍に仮埋葬をして先を急いだが、四年後の長慶三年（八二三）十一月にその柩を河陽の代々の墓に埋葬した。その「女挐の壙銘」には、正しいと信じて行った諫言が、結果として娘を若死にさせてしまったという悲痛な思いが記されている。

三度目の嶺南行であるが、今回が一番遠く、かつ辛い旅であった。途中韶州で、兄に連れられて来た最初の旅を思い起こしているが、潮州はそこからなお三千里もの旅程を要する海辺の街で、長安からは約八千里（四〇〇〇キロ）の遠方であった。北方とは風土が異なり、食事にも悩まされたが、しかし州の長官としての職務を疎かにすることはなかった。悪渓という川に鰐魚（ワニの一種）が棲み、住民や家畜に危害を与えていると聞くと、「鰐魚の文」を作って祀り、退散を祈ったところ、以後その害が無くなったという。新旧『唐書』の伝に記すこの話は、もとより誇張されているだろうが、潮州で善政を布いたことは確かであった。後に韓愈を祀る廟が建てられ、宋代にこれが修築された際には、蘇軾が「潮州韓文公廟の碑」を書いて、住民の尊崇を受けていることを称讃している。

この年の十月に袁州（江西省宜春市）刺史に転任の命が出るが、新旧『唐書』の伝にはそれに関わる次のような逸話が記されている。三月に潮州に着くと、通例に倣って着任を報告する上表をしたが、それを読んだ憲宗は宰相たちに向かって、「韓愈の諫言はわたしを愛すればこそだと分かっているが、仏教を信じる君主が短命だというのは人臣たる者の言うことではない」という趣旨の発言をした。それは再度取りなしをさせて、韓愈を赦してやろうという意図であったが、剛直な韓愈を嫌っていた皇甫鎛が他の宰臣に先んじて口を開き、都により近い州の刺史に移すことを主張したため、すぐに召還されず、袁州刺史に転ずることになったのだという。憲宗も怒りが収まって、少し後悔していたのだろう。しかし硬骨漢の韓愈には敵が多かったため、せっかくの温情を生かせなかったのである。

元和十五年の閏正月八日に袁州に着任したが、潮州からの旅の途中で、柳宗元が任地の柳州（広西壮族自治区柳州市）で死んだという報せを受けた。二人は政治的な立場は異なっても、地方長官として民政に心を砕いた点では同じであった。韓愈は袁州でも、奴隷に売られた子供を親元に帰させ、人身売買を禁止するなどの施策を行っている。柳宗元も柳州刺史として善政に努め、奴隷を解放し、少数異民族の要望にも耳を傾けていた。また文章家として以前から互いに認め合う間柄であり、潮州でも詩のやり取りをしている。柳宗元のために書いた「柳子厚墓誌銘」では、彼が政治的に不遇であっても文学に優れたことを称え、仮に宰相となって活躍したとしても、その文学と比べたなら価値はいずれが勝るとも言えないと記している。親しかった孟郊らと同様に、彼の文学も高く評価していたことがわかる。

晩　年

韓愈が袁州に着任する十日ほど前に、都では憲宗が急死していた。宦官が毒を盛ったのだと言われている。袁州でも着任の上表をしているが、読んで欲しい憲宗はすでに居なかったのである。しかし代わって即位した穆宗によって、元和十五年（八二〇）九月に国子館の祭酒（学長）として召還され、十二月に約二年ぶりに都の土を踏んだ。

明けて長慶元年（八二一）の七月、兵部侍郎に昇進した。部署は異なるが潮州へ左遷される前の立場に戻ったと言えよう。しかし、ここで因縁めいた事件が起こる。淮西の乱の時、成徳節度使の王承宗が呉元済と通じる動きを見せたので、韓愈は乱の平定後に使者を送って朝廷への恭順を誓わせたが、元和十五年十月に王承宗が死ぬと、その後任をめぐって混乱が生じたのである。朝廷は魏博（河北省）節度使の田弘正を送り込んだが、長慶元年の七月末に乱が起こって、田弘正は家族、直属の部下もろとも殺害されてしまった。そこで八月に牛元翼という人物が後任となったが、乱を主導した王庭湊が留後を自称し、軍隊を出して牛元翼らの一行を包囲したのだった。また魏博節度使の後任が、淮西平定の功を唱えた李愬であったが、田弘正の仇を討とうと牛元翼に宝剣を送って励まし、兵を出せるよう準備をさせていた。李愬はまもなく病気になったため、魏博軍と成徳軍が衝突する事態には至らなかったが、朝廷はこの混乱を収めるため、翌二年の二月に王庭湊を正式に節度使に任じ、韓愈を派遣して宣撫させることにしたのである。兵部侍郎の立場上やむを得ない役目だが、気が立っている兵士たちを前に宣撫するのは危険を覚悟しなければならなかった。工部侍郎であった元稹が「韓愈惜しむべし」と上奏し、穆宗も後悔したと伝わるが、韓愈は予定通り成徳節度使の治所である鎮州（元和十五年に穆宗の諱を避けて恒州から改名）へ赴いた。そして、毅然とした態度で王庭湊とその兵士たちに臨み、朝命に従わせて無事宣撫の任を果たしたのである。包囲されていた牛元翼も帰ることができ、功を認められて九月に吏部侍郎へと昇進することになった。

　行政官庁である尚書省の中でも、人事を握る吏部は最も位が高く、その実務の責任者である侍郎は誰しもが望むポストであった。任用試験で苦労させられた韓愈だけに、感慨もひとしおであったことだろう。だが長慶三年になって、奇妙な策謀に巻き込まれる。六月に京兆尹に転じ、御史台の長官である御史大夫を兼任することになった。京兆尹は長安地域の警察権を持つので、御史台に挨拶に行くのが慣例であったが、なぜかこの時だけは挨拶に行かなくて良いという特例が付いていた。御史台の実務を担う御史中丞の李紳（りしん）とはもともと反りが合わなかったのだが、韓愈が挨拶に来ると思って待っていた李紳は面白くない。彼には「短李」というあだ名が有ったが、それは背が低いことと短気とを掛けたもので、硬骨漢ぶりは韓愈にも劣らない面があった。こうなると意地の張り合いになり、不仲が露わになったため、これを問題視した宰相の李逢吉（りほうきつ）が、両成敗の形で韓愈を兵部侍郎、李紳を江西観察使とするよう奏上した。しかし、すべては李逢吉の策謀だったのである。李逢吉は穆宗の覚えめでたい李紳を嫌い、彼を遠ざけようとして剛直な韓愈を利用したのであった。事情を察した穆宗は、李紳を戸部侍郎として朝廷内に留め、韓愈を吏部侍郎に戻してくれた。朝廷は権力闘争の繰り広げられる場であり、韓愈も何度も煮え湯を飲まされてきたが、人を陥れるために利用されたのは初めての経験であった。なお韓愈の「行状」に記すところに拠れば、京兆尹に就いた時に、とかく横暴な振る舞いの多い近衛軍の兵士たちが、「是れ尚（かつ）て（以前）仏骨を焼かんと欲する者なり、安（いず）くんぞ忤（もと）るべけんや（どうして逆らえよう）」と噂しあって懼れ、身を慎んだという。韓愈の剛直さはそれほどに知られていたのである。

長慶四年の夏に韓愈は病気になり、百日間の休暇を願い出て長安城南の別荘で静養した。長安城の南郊には、漢代以来皇帝や王族の陵墓が築かれており、唐代には寺院や官僚の別荘も多かった。韓愈の別荘は終南山麓にかかる辺りにあり、樊川という川に近い場所であった。元和元年（八〇六）の秋に孟郊と[118]「城南聯句」を作った時には、すでにここを保有していたと見られ、その後も時々に来ては詩を作っている。また息子の昶はここで受験勉強に励み、この四年春に無事進士に及第していた。韓愈は病気静養中でも、別荘に居る間はまだ体力があったようで、張籍が遊びに来ると、一緒に周囲の景勝を見て回っている。また韓愈がその才能を認め、僧侶から還俗させて進士受験を勧めた賈島も、この時長安で受験準備中であったが、やって来て張籍と三人で船遊びを楽しんでいる。自らが文学の友として引き立てた人々と交流しながら人生の最後を過ごすことができたのは、喜びであったに違いない。

休暇の期間が満ちた八月に吏部侍郎の官を辞し、長安城内の靖安里にある屋敷で引き続き静養した。それでも中秋節には、近くに住んでいた張籍が来て一緒に月見をしたことを詠う詩を作っており、筆を執ることをやめていなかった。だが、次第に病が重くなり、十二月二日に自宅で亡くなった。「行状」に拠れば、亡くなる少し前、妻子に「某の伯兄（長兄）は徳行高く、方薬を暁り（薬の処方に精通し）、食するに必ず本草（動植物・鉱物などの薬効を記す書物）を視るも、年は四十二に止まる。某は疎愚（愚か）にして食するに禁忌を択ばざるも、位は侍郎と為り、年は伯兄を出づること十五歳なり。如し又た足らざれば、何に於いてか足らん（これで足りなければ、足りることなどない）。且つ終わりを牖下に獲（家の中で死ねる）、幸いに大節（人として守るべき道）を失うに至らず。以て下きて（死んで）先人（先祖）に見うは栄と謂うべし」と語ったという。死後に礼部尚書を贈られ、文と諡されたが、いずれも新しい文学の旗手として活躍した韓愈にふさわしいであろう。

（文中、年月日は陰暦、年齢は数え年を用いた）

参照文献一覧

＊基礎資料

李翺「故正議大夫行尚書吏部侍郎上柱國賜紫金魚袋贈禮部尚書韓公行狀」（『李文公集』巻一一）

李翺「祭吏部韓侍郎文」（『李文公集』巻一六）

皇甫湜「韓文公神道碑」（『皇甫持正文集』巻六）

皇甫湜「韓文公墓銘」（『皇甫持正文集』巻六）

張籍「祭退之」詩（『唐張司業詩集』巻七）

李漢「昌黎先生集序」（『昌黎先生集』巻首）

『旧唐書』巻一六〇「韓愈伝」

『新唐書』巻一七六「韓愈伝」

＊年譜

『韓愈年譜』（徐敏霞校輯、中華書局、一九九一。以下の各年譜を収め簡便である）

「韓吏部文公集年譜」（宋・呂大防）

「韓文公歴官記」（宋・程倶）

「韓子年譜」（宋・洪興祖）

「韓文公年譜」（宋・樊汝霖）
「韓文年表」（宋・方崧卿）
「昌黎先生年譜」（清・顧嗣立）
「昌黎先生詩文年譜」（清・方成珪）

韓愈年譜

年月日は陰暦、年齢は数え年を用いる。
推定した事跡には（＊）を付す。

皇帝・年号	西暦	年齢	韓愈の事跡	時事 主要な文学者の動向
代宗 大暦三	七六八	一	韓仲卿の四男として生まれる。母の姓氏は不詳。	
五	七七〇	三	父仲卿死す。長兄の会に引き取られ、洛陽で養育される。	杜甫死す。
七	七七二	五		白居易、劉禹錫生まれる。
八	七七三	六		柳宗元生まれる。
九	七七四	七	起居舎人となった会に伴われて長安へ行く。詩文を作る勉強を始める。	
十二	七七七	一〇	夏、会は宰相元載の失脚に連座して韶州（広東省）刺史に左遷される。愈も同行する。	
十四	七七九	一二	会は韶州に着任後ほどなく死し、嫂の鄭氏に従って、柩を河陽（河南省）にある代々の墓地に帰葬する。その後、戦乱を避けて宣城（安徽省）にあった一族の荘園で生活する。	元稹生まれる。

徳宗 貞元二	七八六	一九	進士科を受験するため、宣城から上京する。	
三	七八七	二〇	進士科を受験して落第する。 北平王の馬燧に、韓弇の従弟であることを告げて謁見を求め、生活の援助を得る。	閏五月、従兄の韓弇は吐蕃との会盟に赴き、平涼川で死す。
四	七八八	二一	再び進士科を受験して落第する（＊）。	
五	七八九	二二	三たび進士科を受験して落第する（＊）。	
六	七九〇	二三	宣城に帰省する。途中、滑州（河南省）刺史の賈耽に援引を求める手紙を送る。	
七	七九一	二四	進士科受験のため、再び上京する。	李賀生まれる。
八	七九二	二五	進士科に及第。同年に李観、崔群、王涯、李絳、欧陽詹らがいた。 引き続いて博学宏辞科を受験するも落第。	
九	七九三	二六	再び博学宏辞科を受験して落第。 この年（もしくは翌年）六月に鳳翔府（陝西省）に行き、節度使の邢君牙に援引を求める。	柳宗元、劉禹錫進士科に及第。 九月、嫂の鄭氏死す。
十	七九四	二七	三たび博学宏辞科を受験して落第。 河陽に行き、嫂の葬儀の後、長安に戻る。	李観死す。

十一	七九五	二八	正月二十七日、二月十六日、三月十六日の三度に亘って宰相に上書し、推挙を求めるも、返事を得られず。 五月、長安を去って河陽に行く。 九月、洛陽へ出る。	八月、北平王馬燧死す。
十二	七九六	二九	七月、汴州（河南省）刺史の董晋に招かれてその幕下に入り、汴宋亳潁等州観察推官、試秘書省校書郎となる。 李翺、徐州（江蘇省）より訪れ、交遊を結ぶ。	孟郊、進士科に及第。
十三	七九七	三〇	七月、病気のため一時幕職を休む。 孟郊、張籍らが汴州に来て、文学的な交流が行われる。孟郊と初めて聯句を試みる。	韓老成、汴州に来る。 盧氏を娶る（＊）。 李翺、進士科に及第。
十四	七九八	三一	春、江南へ旅立つ孟郊を送る。 十一月、汴州で郷試の試験官となる。	韓老成、家族を迎えに宣城に戻る。 張籍が汴州の郷試の首席となる。
十五	七九九	三二	二月、董晋が死に、その柩に付き従って汴州を離れる。その四日後に汴州で乱が起こり、柩を洛陽まで運んだ後、避難した家族を追って徐州へ行く。二月の末に家族と再会し、しばらく符離県（徐州南西部）に住む。 八月、徐州刺史・徐泗濠節度使の張建封の幕下に入り、節度推官、試太常寺協律郎となる。 九月、勤務規定などをめぐって張建封に上書するも、受け入れられず。 冬、朝廷への年賀の使者として長安に出張する。この時欧	張籍、進士科に及第。 子の昶生まれる。

			陽詹と再会する。	
十六	八〇〇	三三	春、徐州に戻る。 五月、張建封の死の前に幕職を去り、洛陽へ行く。 冬、家族を洛陽に置いて、吏部銓試（任用試験）に応ずるため長安に出る。	白居易、進士科に及第。 五月十三日、張建封死し、徐州に乱が起こる。
十七	八〇一	三四	銓試に落第。三月、洛陽に戻る。 七月、李景興、侯喜、尉遅汾と洛北の恵林寺に遊ぶ。 冬、再び銓試に応ずるため長安に出る。	孟郊、銓試に及第して、溧陽県（江蘇省）尉の職を授かる。
十八	八〇二	三五	春、銓試に及第して四門博士の職を授かる。 この年の進士科の試験に際して、侯喜ら十人を試験官の陸傪に推薦する。 妻子を迎えるため、休暇を取って洛陽へ戻る。途中、華山に遊ぶ。 七月、襄陽（湖北省）節度使の于頔に援引を求める手紙を送る。	孟郊、母を伴って溧陽県に赴任する。
十九	八〇三	三六	秋、四門博士の職を去る。 京兆尹の李実に援引を求める手紙を送る。 監察御史に任ぜられ、劉禹錫、柳宗元らと同僚になる。 旱魃の被害が大きかったため、徴税を緩めるべく、「御史台より上りて天旱人饑を論ずる状」を奏上する。 十二月、陽山県（広東省）令に左遷される。やはり監察御史から臨武県（湖南省）令に左遷された張署と同行する。	韓老成死す（＊）。 杜牧生まれる。

二十	八〇四	三七	二月、陽山県に着任。途中、郴州（湖南省）で刺史の李伯康の世話を受け、その後も交流する。	
二十一 順宗 憲宗 永貞元	八〇五	三八	大赦の知らせを受け、夏から初秋の時期に陽山を出て、郴州で新たな勅命が下るのを待つ。 八月、江陵府（湖北省）法曹参軍に任ぜられる。衡州、潭州（いずれも湖南省）を経て、十月に江陵府に着任する。 江陵で、朗州（湖南省）司馬に左遷された劉禹錫と再会する。	正月、徳宗崩御。順宗即位。 二月、大赦。 八月、順宗退位。憲宗即位。年号を永貞と改元。 王伾、王叔文の党が朝廷を逐われ、劉禹錫は朗州司馬、柳宗元は永州（湖南省）司馬に左遷される。
元和元	八〇六	三九	六月十日、権知国子博士として召還される。長安で孟郊、張籍らと再会。韓愈を中心として、再び活発な文学的な交流が行われる。孟郊と新しい聯句のスタイルを模索し、「城南聯句」など数多くの作品に結実させる。	正月、順宗崩御。 二月、郴州刺史の李伯康死す。 六月、従兄の韓岌死す。 冬、孟郊は東都留守の鄭余慶に招かれて洛陽に赴く。
二	八〇七	四〇	正月、「元和聖徳詩」を献上する。 夏、願い出て洛陽勤務となる。	
三	八〇八	四一	洛陽勤務のまま、正式に国子博士を拝命する。	
四	八〇九	四二	六月十日、洛陽勤務のまま、都官員外郎に転任となる。祠部の仕事を兼任。道観・寺院から宦官を閉め出す処置を執り、宦官たちと衝突する。東都留守の鄭余慶に助力を訴える。	正月、李翺が嶺南節度使の幕下に入る旅の途中で立ち寄る。

五	八一〇	四三	冬、河南県（河南省）の県令に転任。河南県にある節度使の私邸を取り締まろうとして、鄭余慶に止められる。鄭に手紙を送って弁明する。	
六	八一一	四四	秋、職方員外郎となり、長安勤務となる。 華陰県（陝西省）県令の柳澗の事件に関して、再審を求める上奏文を提出する。	三月、乳母の李氏死す。
七	八一二	四五	二月、柳澗の有罪が確定し、連座して国子博士に降任となる。	
八	八一三	四六	三月、比部郎中となり、史館修撰を兼務する。 十一月、『順宗実録』の編纂を命じられる。	李商隠生まれる。
九	八一四	四七	春、柳宗元から史官としての心構えを質す手紙が届き、これに答える。 十月、考功郎中に転任、引き続き史館修撰を兼務する。 十二月、考功郎中のまま、知制誥を兼務する。	八月、孟郊死す。 九月、淮西節度使の呉少陽死し、子の呉元済が朝命に反す。
十	八一五	四八	夏、『順宗実録』を進上する。 「淮西の事宜を論ずる状」を奏上し、淮西討伐を支持する。	五月、御史中丞の裴度が淮西の情勢を視察し、改めて討伐を進言する。 六月、裴度と宰相の武元衡とが、成徳軍節度使の王承宗が送り込んだ刺客に襲われ、武元衡は死に、裴度は負傷する。

十一	八一六	四九	正月二十日、中書舎人に昇進。緋魚袋を賜る。 五月、罪を得た知人との交際を咎められ、太子右庶子に転任となる。	
十二	八一七	五〇	七月、裴度が淮西宣慰招討処置使として淮西の乱の討伐に向かうに際し、御史中丞、彰義軍行軍司馬に抜擢されて、従軍する。 八月、潼関を出て、汴州に急行し、宣武軍節度使韓弘の協力を取り付ける。 十月、間道づたいに敵の本拠地蔡州（河南省）を突くことを願うも、唐鄧随節度使李愬に先を越される。蔡州陥落後に柏耆を恒州（河北省）に派遣し、成徳軍節度使の王承宗に恭順を誓わせる。 十一月、長安に凱旋し、十二月、刑部侍郎に昇進する。	十月、淮西の乱が平定される。李賀死す。
十三	八一八	五一	正月、「淮西を平らぐる碑」を進上する。三月、李愬の訴えにより韓愈の文案が廃され、翰林学士の段文昌に改めて撰述の命が下される。 四月、鄭余慶が詳定礼楽使となり、推薦されて副使を務める。	
十四	八一九	五二	正月、「仏骨を論ずる表」を奏上。憲宗が激怒して極刑に処せられるところを、裴度らが取りなし、十四日に潮州（広東省）刺史へ左遷される。 三月二十五日、潮州に着任。	二月二日、潮州への旅の途中、商州（陝西省）で四女の挐が病死する。 十一月八日、柳宗元死す。

年号	西暦	年齢	事項	関連事項
			十月二十四日、袁州（江西省）刺史に転任。	
十五	八二〇	五三	閏正月八日、袁州に着任。 九月、国子祭酒として召還され、十二月、長安に戻る。	正月二十七日、憲宗崩御。 閏正月三日、穆宗即位。
穆宗 長慶元	八二一	五四	七月、兵部侍郎に転任。	
二	八二二	五五	二月、後任をめぐって混乱した成徳軍を宣撫するため、鎮州（元和十五年に恒州から改名）へ赴く。 九月、吏部侍郎に昇任。	
三	八二三	五六	六月、京兆尹、兼御史大夫に転任。 十月二日、再び兵部侍郎に転じ、更に十九日に吏部侍郎に復す。 十一月、潮州への旅の途中で死んだ四女挐の遺骨を河陽の墓に帰葬する。	春、韓老成の子の湘が進士科に及第。
四	八二四	五七	夏、病気のために休暇を願い出て、長安城南の別荘で休養する。八月、吏部侍郎を辞職。 十二月二日、長安靖安里（せいあんり）の自宅で死す。礼部尚書を贈られ、文と諡（おくりな）される。	正月、穆宗崩御。敬宗即位。 春、子の昶が進士科に及第。
敬宗 宝暦元	八二五		三月、孟県の代々の墓地に埋葬される。	

第二冊関係地図

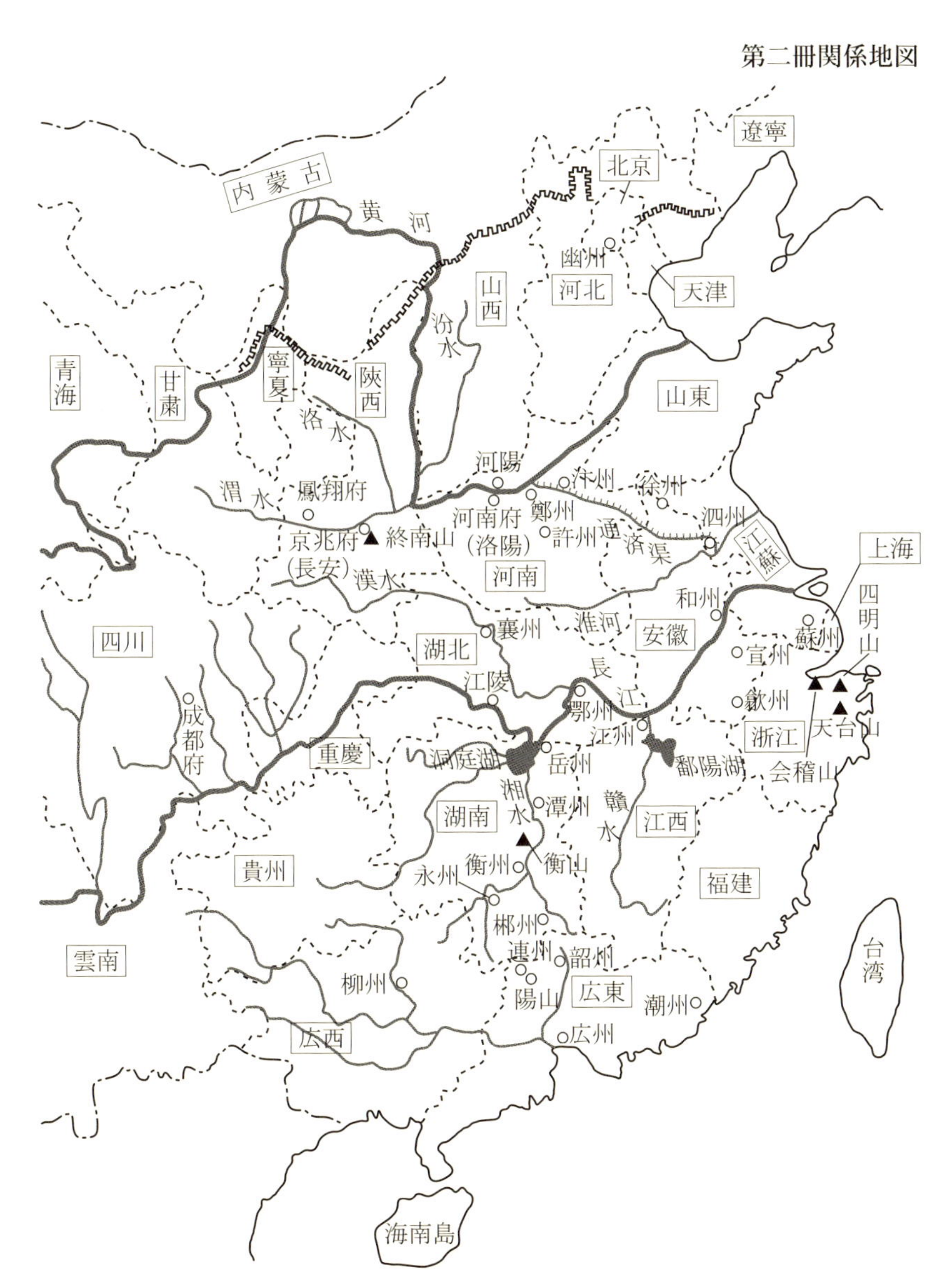

・□は現在の省・直轄市・自治区名、-----はその境界線を示す。
・『中国歴史地図集』第五冊（地図出版社、1982年）に拠り、作成した。

編　者

川合　康三　國學院大学教授
緑川　英樹　京都大学准教授
好川　　聡　岐阜大学准教授

執筆者（五十音順）

愛甲　弘志　京都女子大学教授
浅見　洋二　大阪大学教授
伊﨑　孝幸　大阪大谷大学非常勤講師
稲垣　裕史　大阪大谷大学准教授
乾　　源俊　大谷大学教授
齋藤　　茂　大谷大学非常勤講師
鈴木　達明　愛知教育大学准教授
谷口　高志　佐賀大学准教授
谷口　　匡　京都教育大学教授
中木　　愛　龍谷大学准教授
二宮美那子　滋賀大学准教授

韓愈詩訳注　第二冊

二〇一七年九月二〇日　第一版第一刷印刷
二〇一七年一〇月五日　第一版第一刷発行

定価［本体一〇〇〇〇円＋税］

編　者©　川合康三
　　　　　緑川英樹
　　　　　好川聡
発行者　山本實
発行所　研文出版（山本書店出版部）
〒101-0051
東京都千代田区神田神保町二—七
TEL　03-3261-9337
FAX　03-3261-6276
印刷　富士リプロ㈱
製本　塙製本

ISBN978-4-87636-427-5